U0631602

有爱的青春陪伴者

北风三百里

著

黑夜末风停了

册

图书在版编目（CIP）数据

墨尔本风停了吗 / 北风三百里著. -- 成都：四川
文艺出版社，2025. 6. -- ISBN 978-7-5411-7229-8

Ⅰ. I247.5

中国国家版本馆 CIP 数据核字第 2025DA7052 号

MOERBEN FENG TING LE MA

墨尔本风停了吗

北风三百里 著

出 品 人	冯　静
责任编辑	陈雪嫒
特约编辑	雪　人
装帧设计	颜小曼　唐卉婷
封面绘制	六月 Pearl
责任校对	段　敏

出版发行　四川文艺出版社（成都市锦江区三色路 238 号）
网　　址　www.scwys.com
电　　话　0731-89743446（发行部）　028-86361781（编辑部）

印　　张　20
版　　次　2025 年 6 月第一版
书　　号　ISBN 978-7-5411-7229-8
定　　价　65.80 元（全 2 册）
排　　版　长沙大鱼文化传媒有限公司
印　　刷　天津睿和印艺科技有限公司
成品尺寸　145mm×210mm　　开　本　32 开
字　　数　640 千字
印　　次　2025 年 6 月第一次印刷

上册目录

MO ER BEN FENG
TING LE MA

下册目录

MO ER BEN FENG
TING LE MA

·第一章·
风起

飞机落地。

旅客的交谈声传入耳膜，木子君在滑行造成的颠簸中醒了过来。她茫然地看了一会儿窗外的夜色，半晌才意识到——到墨尔本了。

到墨尔本了。

一夜僵直，她动了下脖颈，听见骨头"咔嚓"一声。手机已经有信号了，开机声和消息提示音响作一片。木子君看了旁人半晌，这才想起，自己也有一个接机的人要联系。

她赶忙拿出手机。

电话卡的国际流量有限，父母和朋友的问候她都没敢点开，直接划到和接机人的对话框。谁知，屏幕卡顿片刻，跳出的消息却让她哑然。

接机人：不好意思啊，我临时有事去不了了。

接机人：我朋友替我，这是他微信，你加下。

虽说也没影响她，但刚落地就有变故，木子君还是没忍住皱了下眉。她划拉了下屏幕，继续往下看。

第三条消息是个微信名片。木子君点开头像，发现是一张随手拍摄的照片。缩略图里的黑色背景放大后能看出丝绒质感，像是一个铺设了黑丝绒的桌面，右下角露出半枚……

筹码。

赌场用的筹码。

正观察着，身体忽然往前一倾，飞机彻底停稳。坐在木子君右手边的年轻男生起身拿行李,很客气地问她:"这书包是你的吗?"

这个时间坐中澳航班的,基本都是等开学的留学生。木子君冲他点了下头,对方就很顺手地帮她把东西拿了下来。

其他行李都托运了,书包轻便,她不用太狼狈。南北半球季节相反,木子君穿上厚外套,又背上书包,边跟着人群往外走,边给那位"筹码"发送了加好友申请,备注"接机"。

下飞机的时候,空姐客气地与她告别。从连廊走进机场大厅,可以清晰地感受到玻璃外的寒意。

7月的墨尔本很冷。

方才坐她身边的那位男生一直走在她前面,显然已经对整个入境流程很熟悉了,木子君偷了个懒,跟着他过检,刷护照,取行李……

第一次来,一路都很顺利,直到走到到达大厅的出口。

书包加上两个行李箱,她一时腾不出手。折腾了一番,她总算靠在墙边坐下,看了一眼那位"筹码"朋友的消息——

他通过了她的好友验证,一句话没说,先给她发了一张照片。

木子君一愣,把那照片点开,放大,发现是一座建筑的大门。她刚想问,对方的消息就又来了:右边直走接机处。

惜字如金啊。

木子君腹诽。

她好不容易解放双手,只想抓紧机会问确切点。

木子君:你到了吗?外面有点冷,我的厚衣服都在箱子里……

她盯着屏幕半晌,没想到对方下一条是条语音。她点开语音——很年轻的一道男声,带着一点清冷疲惫,伴随着环境里的鸣笛声。

"我到了,从停车场开过去。"

这种地方路上停车限时,木子君反应过来,赶忙记了下那大门的样子,拖着箱子就往门外跑去。

墨尔本机场,小得也就是个地级市的规模。

到达出口拢共就两个,在左边的尽头和右边的尽头。木子君按"筹码"说的向右直行,很快就抵达他所说的那栋建筑物前。

路边全是等接机的留学生,个个穿着单薄,刚从国内的盛夏踏进这南半球的寒冬。天亮前是最冷的时候,一群人哆嗦着推着行李箱,偶尔抬头,翘首以盼接自己的车。

木子君又掏出手机发消息:我穿着黑色外套,两个箱子分别是红色和黄色的。

对方没回她，估计是开车腾不出手。木子君直接默认他看见了，她蹲下，抱着身体在寒风里靠抖取暖。

这天气，冻得她都幻听了——听的就是上飞机前父母反复的唠叨。

"你这是想去大海捞针？"一道女声温柔又发愁，"知道你和爷爷关系好，可是你这……"

另一道男声也很快响起来，低沉稳重，是她爸。

"他找了一辈子都没下落，你和他夸什么海口？自己都照顾不好，还要管这些闲事……"

烦死了。

木子君叹了口气，呼出的气直接在没亮透的夜色里结出水雾。她挠了挠鼻尖，再抬起头的时候，看见远处驶来一辆金属灰的车。

夜色未散，车灯直射进眼，木子君看不清车牌号。方才太冷，她用围巾紧紧裹住下半张脸，手也揣在夹克口袋里，整个人在路边缩得像只原地蹲守的兔子。

那车最后轰了一脚油门，然后停到她跟前。她蹲在晃眼的灯光里，看见从驾驶座下来一个男生。夜色和逆光的车灯让她只能看到一团模糊的光雾，但她能感觉到，对方打量了一下她的外套和两个箱子。

"木子君？"

他开口，是方才语音里的音色。

她后知后觉地"啊"了一声。

眼睛适应了车灯的光后，对方的身形逐渐从逆光中浮现。两人一蹲一站，车灯刺眼，照穿凌晨的寒气和人眉宇间的凛冽感。

乍看上去，这人和墨尔本的冬天一样冷。

对视片刻后，他把目光移开，在她行李箱上扫了一下。

"就这两个？"他说，"那你先上车。"

木子君"嗯"了一声，没动。

那位"筹码"也没动。

半晌，发现靠自己努力是站不起来的木子君伸出手，语气诚恳："冻麻了。"

对方一愣，这才伸手拉她。两人手指相触，木子君感觉他没比自己热多少。不过她是被冻的，这人更像天然体温偏低。

而后，一股力道从手上传来，她被他一把拉起。

木子君被冻得缓不过劲儿，上了车也没敢摘围巾。

不过车里显然还是暖和多了。暖风开着，车窗一关，再加上车载音响清浅地播放着纯音乐，让这辆车像是漂浮在异国夜色里的一艘孤船。

她缓了口寒气，又把视线移回到开车的男生脸上。场面太过安静，她觉得自己应该说些什么。

没想到，对方先开口了。

"地址是你给乔（Joe）的那个吗？"

木子君努力让自己被冻僵的脑细胞活跃起来："乔是……"

"筹码"顿了顿，换个称呼："隋庄。"

"哦，对对，"木子君赶忙点头，"对，就是那个地址。"

房子和接机人一样，都是来墨尔本前就找好的。木子君在澳洲的同学把她拉到一个租房群里，里面都是直接发布租房信息的二房东，价格会比直接找中介便宜不少。木子君进群时间太晚，好房源都被瓜分了，最后在一个马来西亚华人的两层联排别墅里租下一楼的一间。

说话的时候，热气穿不透围巾，就只能往上走，凝结在睫毛上，结出一层水雾。车已经远离机场，窗外是一条笔直的公路，路边是接连不断的巨幅广告牌。

木子君眨了下眼睛，看着车窗外异国的夜色，内心忽然百感交集。

如今从国内直飞墨尔本，不过十余小时的航班。可在此前很长一段岁月里，想到这个地方，或许要海上大半个月的航行，隔山隔海，再难回头……

脑内正阳春白雪地感慨着，胃里却很世俗地"咕"了一声。且因为两个人都没说话，这一声显得十分嘹亮。

木子君有点尴尬地按了下胃，又把围巾往上拽了拽，目光刚盯住自己车窗里的倒影，便听见驾驶座的男生开口说话："前面能吃饭。"

他没问她饿不饿，就这么来了一句。

木子君"哦"了一声，反问："顺路吗？"

"顺。"

"那就……"

"嗯。"

车头微微一歪，开进左侧一条岔路。

木子君忽然发现和这"筹码"说话很省力气。他浑身上下透着为了避免更多交流而单刀直入的简洁。

车往前开，那家亮着灯的快餐店映入眼帘。"筹码"把车泊在门前的停车场，和木子君一起下了车。

或许是时间太早的原因，店里只有两个店员，睁着惺忪睡眼炸薯条、炸鱼饼、收银。木子君随便要了个套餐，看向身边的男生——他要了一杯热可可。

看来也知道冷。

点单的时候，他和服务生说了几句，以木子君的外语水平听起来，口音不像是初来乍到的留学生。

是在澳洲长大的吗？

店里是比车里更暖更明亮的存在，两个人的面容也比方才清晰许多。木子君拿着汉堡在窗边坐下，观察片刻他侧靠在柜台上的样子，意识到对方的年龄应该和她差不多。

暖气热风正对着她吹，木子君终于在落地后第一次摘了围巾。绕了两圈，围巾尽头的流苏和右腕上的玉手链纠缠到一起。

线绳相缠，木子君赶忙去解。

寻常的玉手链珠子不下十二颗，间隙紧密。她戴的这串却只有六颗，用一根红绳串起。玉用的是冰底猫眼，弧面圆润，油绿起荧，内里自有一串冰光来回游动。

漂亮归漂亮，却不像年轻女孩戴的东西。再加上六颗珠子太显松散，就有点不合常理。

她解线绳的时候很小心，像生怕把手链弄坏。等到好不容易解开，"筹码"已经端着热可可过来了。

两个人一打照面，对方脚步忽然顿住。

他方才接她的时候也打量过她，不过那是在辨认她的外套和行李箱。这一刻，他的目光明显是落在她的脸上，甚至带了些意外。对视片刻后，他毫无预兆地开口确认："你第一次来澳洲？"

"对啊，"她说，"我下周开学。"

她答得诚恳，对方也似反应过来什么，很快把目光移开。两人并肩坐下喝了会儿热饮，木子君再度打破沉默。

"你怎么称呼啊？"她问。

"筹码"低着头，似乎在想什么事。被她问及后，他回答问题的样子心不在焉。

"宋维蒲。"他的口气像是压根儿不觉得她会记住，"中文名叫宋维蒲。”

吃快餐就是图个快。两个人草草吃过，很快回到车上。宋维蒲旋开暖风和音乐，木子君靠在副驾驶上，很快就觉得困了。

昨天在飞机上也睡了，但坐着总归休息不好。她调低副驾驶的椅背，眼睛一闭，直接在音乐声中睡着了。

车从夜色开向黎明，抵达的时候天光已亮。

车一刹，木子君身子微动，过了几秒才从睡梦中缓过来。她动了下眼皮，侧过脸时，发现宋维蒲正在看她。

她有点困惑地看回去。

天大亮，人的长相看得更清晰。对面的男生脸部线条和他做事一样，每一处转折都干净利落，鼻梁和下颌尤其锋利。除此之外，眼睫极黑。

他在木子君目光移过来的下一秒解了安全带，把车熄火，下车帮她搬行李。

木子君愣了片刻，彻底从睡梦中回过神。手机里有几条来自房东的未读消息，正在询问她几时到达。她忙着回复短信，起身下车，看见自己的行李已被放到车外。

“谢了啊。”木子君自觉应该笑着道谢，无奈气温太低，她被冻得面色僵硬，“那我进去了，下次接机还……”

她想说“还找你”，但人家这一次也是替朋友做事，这话似乎不大合适，于是这后半句话说了一半又被咽回去。两个人点了下头算告别，木子君拖着行李，数着门牌号往前走。

宋维蒲最后看了一眼她的背影，低下身子回到车上。

手机上有隋庄的未读消息，宋维蒲重新发动汽车，点亮屏幕，看见对方问：送到没？你银行账号再给我发下，我给你转接机钱。

宋维蒲没回复。

路上已经开始有车了。他双手扶着方向盘，右手食指一下下地敲击。片刻后，他又把锁定的屏幕解开。

宋维蒲：这人你从哪儿认识的？

隋庄：朋友的同学，说要接机，推给我了。

隋庄：怎么了？

宋维蒲：看她眼熟。

隋庄：人家第一次来澳洲。你回过中国吗？你上哪儿眼熟？

隋庄：你是外国人，可能没听过我们中国古典文学名著里那句台词。

隋庄：——这个妹妹我曾见过的。

宋维蒲：不懂。

隋庄：说你和人家硬套近乎。

看来人还是该听从第一反应，他确实多余理隋庄。宋维蒲把手机锁屏扔到副驾驶座上，车子很快汇入墨尔本清晨的车流。

市中心高楼林立，电车"叮咚"而过，各色人种行色匆匆地走过斑马线。等红灯的时候，宋维蒲喝了口冷透的可可，脑海里又浮现出那张从夜色里仰头望向自己的脸。

他好像没法和隋庄解释，他对她是真的似曾相识。

另一边，木子君正站在门口等房东给自己开门。

手机屏幕亮了一下，是介绍接机的朋友来问候：我刚醒，隋庄接上你了吧？

木子君：他没来，他朋友接的我。

木子君：又帅又好使。

进门十分钟后，木子君大概弄清了租住的这栋房子的基本情况。

房东是个三十多岁的马来西亚华人，在一家东南亚菜馆做厨师，住在二楼带独立卫浴的主卧。主卧右手边有两间卧室，一间住了个缅甸女留学生，另一间是个新加坡护士，早出晚归，不太见人。

她的房间在一楼，背阴。

木子君进门站了片刻，感觉房间里的温度和室外也没什么差别，于是回头问："我能买个取暖器吗？"

房东抱着手臂，站在她身后，闻言不禁一嗤："水电煤气都是平摊，你买取暖器，那怎么算？"

木子君被他问住。

"墨尔本的冬天就是这样咯，"房东揉着惺忪睡眼，作势上楼，"你刚来，熬一次就习惯了。"

很难习惯吧。

也就三分钟，二楼浴室忽然"叮当"乱响，伴随着房东带着马来西亚口音的抱怨。木子君忍不住向门外探身，看到一个戴着方框眼镜的女生拿着包，一步三阶地跳下楼。

东南亚人的长相和华人还是好区分的，这位应该是那个新加坡护士。木子君牵起嘴角说了声"嗨"，对方看她一眼，冷淡地点点头，然后便大步流星地往门外冲。

上班挺赶。

木子君又把身子缩回卧室。

上一任租客保洁做得并不好，床底和桌上还散落着不少垃圾。木子君打扫卫生，把行李摆放整齐，又开窗通风。凛冽的空气向室内蔓延，激得她很快清醒过来。

简直像是被游戏空投到陌生地图里，连个能指引操作的系统提示都没有。她一筹莫展地站在窗户前，心里计划了一下接下来要办的电话卡和银行卡，以及要买的生活用品，目光不由自主地移到腕上的手链上。

算了，放一放。

人在异乡，先活下来。

忙乎了大半个白天，木子君总算把东西都置办齐全。时间紧迫，床单、被罩来不及细挑，她直接从超市买了最便宜的一套，搬家丢了再买也不心疼。一天忙下来，饿得前胸贴后背，她回家吞了几口面包，然后生无可恋地躺到床上。

床垫"嘎吱"一声，空气依旧阴冷。木子君望了一眼窗外慢慢阴沉的天色，开始后悔住到这里了。不过短租合同只签了三个月，也就一个学期的事，她年底再换也行……

她在对美好未来的畅想中逐渐闭上眼，裹着新买的被子睡着了。

梦里是流光般的画面。

老光景，夜上海，西装革履的男人把那串冰底猫眼的玉手链重新戴回女人的手腕上，舞曲伴着女人的笑语："苑少爷花大价钱拍下来的，还给我做什么？"

男人低下头，器宇轩昂的样子，说话的语气带着世家子弟的散漫："我花大价钱买的，可不止这玉链。"

一眨眼，流光尽碎，男人垂垂老矣，把那只剩一半的手链塞进她手里，声音苍老："子君，帮爷爷找，帮爷爷找……"

妈妈在喊她走，不让她接。她却一狠心，把那手链紧紧攥到手心。

"我找，"她说，"我来找。"

木子君忽然觉得自己哆嗦了一下。

又哆嗦了一下。

然后，她就被冻醒了。

窗外已经黑透，二楼也没什么声息。木子君挣扎着看了一眼时间，发现已经是半夜十一点。整个房间也就被子里有点热气，又随着她拿手机的动作迅速飘散。

　　被子不厚，是下午在超市随手抓的打折货，不知道填的什么劣质绒。木子君哆嗦着从椅子上抓过外套穿上，又挣扎着下了床。

　　她吸了下鼻子，意识到大事不好。

　　不行，不能刚来第一天就冻病了。

　　房间气温足够低的时候，室外都显得没那么湿冷。她犹豫片刻，在新下的地图软件上搜索杂货店——基本都关了，唯一一家还在营业的，定位在市区 CBD 的唐人街。

　　不过也显示着"closing soon（快打烊了）"的字样了。

　　就像网购似的，货物充足的时候还好，"仅剩 1 件"的提醒一出来，就产生一种莫名的紧迫感。木子君三下五除二爬起来，又加了两件保暖的衣服，一头扎进异国的冰凉夜色中。

　　往 CBD 这条路，她白天已经走过一遍，晚上的样子却很不同。商铺都闭店了，但不关灯，光线从橱窗里透出来，照着萧条的街景。电车还在开，犹如城市的动脉，响着"叮当"声呼啸而过，又消失在光亮的尽头。

　　她顶着风走到唐人街。

　　街从巷起，起点竖着一扇牌楼。毕竟太晚了，大部分店铺已歇业闭店，只剩招牌亮着彩灯，暗淡的红绿光芒交错。

　　木子君往里走了两步，看见一家礼品店，玻璃上贴着黄色的繁体字，下面的柜台上摆了一排金色的招财猫。

　　导航显示杂货店就在附近。

　　或许是时间太晚，而这条街的建筑又太古朴，再加上一个找不着门的杂货店和初到异乡的茫然，木子君实打实地感到一丝慌乱。她又不抱希望地转了一圈，连店门的影子都没见着，反倒是发现隔壁有一家尚在营业的俱乐部（Club）。

　　这家俱乐部的门脸还没有那家华人礼品店招摇，只有门框缠了圈红灯串，门上镶了几块彩色玻璃。巨大的铁锁挂在门把上，风一吹就撞得玻璃"铛铛"作响。

　　理智告诉她，这地方非礼勿入；直觉告诉她，那杂货店应该就在里面。

　　这是这条街上唯一还营业的地方。

　　正犹豫着，俱乐部的门开了。

锁本就在晃，门一开，更是撞得"叮当"乱响。门里的热空气和喧嚣在一瞬间泄出，又随着门的关合被截断。

然后，寂静的街上便多了一个人。

对方起初并没看向木子君，左手拎着钥匙，右手拎着外套。他正打算穿上时，大概是感受到身侧的目光，目光便偏过来了一些。

继而人也转了过来。

俱乐部里透出光，打穿五彩玻璃，又投在对方的脸上，他脸上便也映出斑斓色彩。木子君本能地"嗨"了一声，然后才觉得巧合。

她落地都没有二十四小时，就和宋维蒲见了两面。这人……不睡觉吗？那么早接她机，现在又从这种地方出来，看起来也待很久了。

灯在晃，光也在他的脸上动。木子君小心翼翼地打量他，越打量越觉得，这长相并不像个"玩咖"啊……

她内心活动过于丰富，也很容易被脸上的表情出卖。宋维蒲看了她一眼，又回身望向自己出来的地方，语气和她表情一样复杂。

"直接进，"他说，"不查护照。"

行，都对对方有了看法。

"不是！"木子君赶忙解释，"我不是来玩的，我来找杂货店。"

她把手机递给宋维蒲，手机定位已经和杂货店所在的地标重合。他垂眼扫了片刻，这才反应过来，递还她手机，回身示意道："在二楼。"

早上接机的信任值在，她立刻跟着他走了几步。谁知，男生忽然停下脚步，叫她差点一头撞上他的后背。

他转身，她抬头。他个子挺高，看她的时候眼神垂着。两个人距离陡然被拉近，她嗅见他身上的寒气。

"你跟紧点。"他说，"你知道这里是干什么的吗？"

"什么？"木子君一愣，"不是俱乐部吗？"

宋维蒲摇了下头，说："是赌场。"

墨尔本赌博合法，雅拉河边的赌场日夜人声鼎沸，唐人街里这家则是小了一号的销金窟。荷官和赌徒都是亚洲面孔，周遭全是筹码"哗啦啦"的响动声。

我就是想买床被子……木子君很绝望地想。

场地里人很多，她也按宋维蒲说的跟他跟得很紧。他对这里显然很熟悉，有员工擦肩而过时会与他打招呼，他也点头致意。短短一段路，木子君已经粗浅地听出他说了普通话、粤语、闽南话。

最初的路曲折，进到场地深处反而开阔，再往里走，视线里便出现一台老旧电梯，开门时"嘎吱"作响，里面灯光惨白。宋维蒲示意她进去，她迟疑片刻，没什么出息地问："你上吗？"

宋维蒲被她问愣了。

"上去就是，"他说，"我得下班了。"

她"哦"了一声，灰溜溜地进去。电梯太老，电梯门开了迟迟不关，宋维蒲就站在电梯外和她对视。

他在电梯闭合前的最后一秒进来。

电梯里有股陈腐老旧的味道，他一进来，那味道竟然被冲淡了。木子君侧头看他，神色显出几分意外。

"嘎吱"一声，电梯开始往上走，速度慢到木子君觉得自己应该说点什么填补空白。

"那个……没楼梯吗？"她看着他，"这电梯感觉快报废了。"

"楼梯太乱，"他说，"做什么的都有。"

木子君迅速心领神会。

"你不下班了？"她又问，"你在这儿上班？"

话音刚落，"叮咚"一声，电梯竟然爬到二楼了。电梯门打开，对面就是家杂货店，灯已经关了一半，老板娘在做清点。木子君心道不好，拔腿就往店里跑，和老板娘描述起自己要的毛毯——

厚点，再厚点，款式、颜色随便。

老板娘烫着鬈发，很快给她从库房拿了几条毯子出来。木子君问了问价格，觉得还算公道，便掏出信用卡准备付账。谁知对方语气一变，神色奇怪地看向了她。

"现金，"老板娘推开信用卡，"只收现金。"

啊？

木子君一手攥着得之不易的厚毯子，一手攥着被嫌弃的信用卡，如遭雷击。

"我就带了卡……"

"我这边只收现金。"老板娘方才清点被打断，此刻语气显出不耐烦，"那你明天拿现金来买。"

……我明天就被冻硬了。

眼看毯子要被老板娘从手里抽走，木子君满脸写着欲哭无泪。正僵持着，门外忽然传来一道声音，说的一口标准粤语。听是听不懂，但和老板娘明显是一来一往。木子君侧过头，看见宋维蒲靠在门上，姿态松散地和老板娘寒暄。

三言两语过后，老板娘便把毯子松开了。然后，宋维蒲进门，掏出几张现金递过去。

澳洲钞票纸质软，对折着夹在他指间，和老板娘换来木子君一夜好眠。木子君抱着毯子和他走出杂货店，身后灯光很快变暗。

两人相对而站，木子君的目光顺着他的肩膀往后看。

这是一条很长的走廊，从楼下完全看不出楼上会有这么多铺面。招牌全写的中文，店铺应有尽有。杂货店右边是个发廊，发廊右边是个中医馆，后面的看不太清楚，只能看到走廊尽头是一家书店。

"你发我你账号吧，"木子君说，"我回去给你转钱。"

"你转给隋庄就好。"宋维蒲按下电梯按钮，电梯门又"嘎吱嘎吱"地展开。她抱着两条毯子挤进电梯，想起了方才被中断的对话。

"你在这儿上班啊？"她怎么也看不出他和这儿有任何联系，方才楼上的店都关了，但他也不像雇在杂货店，"你……你在发廊？"

宋维蒲笑了一声。

他表情总是很淡，笑起来竟然很好看，只是太快了，一闪即逝。

"我在书店。"他说。

电梯到地面，又是沸腾的热气。她跟宋维蒲原路返回，听得耳后"砰砰"炸响，是什么机器爆出高赔率赌注。当他们走出这里后，所有喧哗又都随着大门闭合被关进那栋闭塞老旧的建筑。

"你坐电车？"他问。

"不用。"木子君摇头，"我走回去就行。你呢？"

宋维蒲侧头指了一下方向。

"我就住这里。"他说。

有宋维蒲示意，木子君这才看到那条极狭窄的巷子。主干道的光线投进深巷，隐约能见到巷子深处的二层小楼。一楼照样是商铺，二楼窗户掩着，大约就是他说的住处。

她收回目光，觉得再没什么话题可说，便开口道："那我走了。"

男生点了下头，转身往巷子里走去。他身形刚隐进阴影，却听木子君又喊了他一声。

"今天一天……"她脑海里过了一遍从接机到刚才的事，"都谢谢你帮忙啊。"

"不用谢，"他声音不高，"你像我认识的一个人。"

"我？"木子君一愣，"像谁？"

宋维蒲声音顿了片刻。

"我也不知道。"他说。

然后，他转身，身形彻底消失在黑暗里。

木子君原地站了一会儿，觉得有点冷，也就没再多想那句没头没尾的话。

唐人街上又恢复了寂静，月色铺就一地清霜。偶有夜行的黑猫蹿过墙头，最后在澳华历史博物馆门前的石狮雕像下盘卧。

澳大利亚最早一批华人是为淘金而来，这条古街也是从那时起繁衍生息。两侧建筑都近百年历史，当夜幕降临，游人散尽，街道的样子和上个世纪并无差异。

唯独不属于那个年代的霓虹招牌兀自亮起，仿若新老故事，轮番交替。

人在异乡，租房犹如蚂蚁搬家，从各个渠道买来生活用品，再一件件填满自己的房间。忙了一周有余，学校那边发来邮件，预告了学校的迎新会，包括讲座和社团招新的时间、地点。

只一周，天气就转暖了，只是风还是有点大。灰头土脸好几天，木子君总算涌起点打扮的冲动。参加迎新当天，她从衣柜里把自己的风衣找出来，换了牛仔裤和马丁靴，上身一件黑色打底，仔仔细细化了个妆。

她眉眼颜色偏淡，唇色也浅，不化妆的时候气质很随和。但或许正是因为脸上颜色太少，上色后饱和度陡然升高，唇红齿白、乌发黑眸，整张脸透着清亮，像是生生不息的春日。

外面风大，她不想被吹得"群魔乱舞"，便扎了个低马尾。双手往头后拢，蓬松而沉甸甸的一束，耳侧藤蔓似的垂下几绺。

临出门前刷了下手机，木子君忽然看见隋庄发了一条状态。两个人因为接机加了好友，她上次把还宋维蒲的钱打给他之后就再没说话，隋庄的朋友圈里则除了卖鞋就是卖鞋，此时一张照片忽然出现在"为祖国文化传播做点贡献"的文案底下，让人觉得好奇。

木子君点进去，看见照片里是一张桌子，中英双语写着"华人剧社招新"。她辨别了一下旁边的学校标志，很快意识到隋庄是自己的校友。

这个华人话剧社，木子君之前听过，是20世纪90年代的中国留学生创立的。话剧社耕耘到今天，历史比她年龄尚长几岁，在当地几代华人中都有声望，每年开演的冠名费就能拉到不少钱。

她一手系鞋带，一手在对方朋友圈下评论：你在迎新会招新吗？

时间挺早，新生估计还没到现场，隋庄回复她的速度可以用电光石火四个字形容：对啊，来吗？

她不知道隋庄大几，负责招新的话，他应该不是大二就是大三。

隋庄又很热情地补了一句：在图书馆门口卖咖啡那儿。

她笑笑，回复：好，我过去看看。

入学有些手续要办，木子君一进校门就被人塞了个透明袋子，里面装着学校地图和学校周边的美食地图，甚至有几家餐厅趁着迎新来分发优惠券。走到一半，有个姑娘突然来和她传教，边传边带着她把接下来的手续都办完，并在木子君道谢的时候，用英文虔诚道："是主指引我帮助你，感谢主吧。"然后迅速消失。

木子君颇为新奇。

办完这一切，她该去找隋庄了。

她顺着汹涌的人流往前走，穿过文学院的钟楼，很快就抵达社团招新处。

她踮脚张望片刻，看见远处一个头发仔细抓过的男生朝自己疯狂地挥手："这边！这边！"

这人太潮，潮牌配潮鞋，左耳一个耳钉，脖子上两条项链，潮得木子君都不想靠近。她硬着头皮走过去。华人剧社的立牌就在桌边，对方是隋庄无疑。

"你认识我？"走过去的时候，她问了一句。

"看你头像啊，"隋庄说，"一模一样。"

他浑身透着一股自来熟，敲了下社团立牌就问："你刚才加了别的社没？是自己看，还是我给你介绍下？"

"看见学妹就这么热情，"身边忽然响起一声嘹亮的冷笑，"刚才来的男生也没见你说话。"

木子君转过头，看见个扎高马尾的小麦色皮肤女孩走过来，身材绝好，胸以下全是腿，对方把手里的资料递给她。

"这是我们部门的简介，以及历年的公演留影。"她对木子君的语气很和蔼，"隋庄和你搭讪呢，你听他说话等于浪费时间，这上面写得更全。"

她又抽出一张纸给木子君，言简意赅，迅速传达有效信息。

"这是报名表，"她说，"感兴趣的话，填了给我就行。"

木子君点了下头，拿着报名表和社团资料往路边撤了几步。恰巧咖啡店露天席空出座位，她拿着东西坐下，一边看，一边听隋庄和那个女孩说话。

没几句，她就听见隋庄问："宋维蒲不来了？"

木子君不由自主地竖起耳朵。

"在书店吧。"那女孩随口说道，"他本来也不是话剧社的。"

"话剧社正值用人之际啊，"隋庄痛心疾首，"我的事，那不就是他的事吗？"

"人家和你有这么好吗？"

木子君抬了下眼。

"那我们是感情深厚的……"隋庄说，"父子关系。"

木子君觉得有点好笑。

两人又吵嚷一番，看见木子君抬头望着他们。隋庄缓和语气问道："怎么了？"

"没事，没事。"木子君赶忙摇头，"就是……宋维蒲也是我们学校的留学生吗？"

隋庄挠了挠眉毛："是，他是咱们学校的，不过他不是留学生。"

旁边的女孩接过话："他和我一样，我俩都是出生在这儿的华裔。不过我小学和初中都是回国念的，他没离开过墨尔本。"

木子君恍然："那他中文说得真好……你也说得好。"

隋庄笑了笑："他语言天赋绝了。上次我俩去意大利人聚集区才知道他会意语，一开口一股黑手党味。"

"对对对。"那个女孩也兴致勃勃地回忆道，"我觉得他不仅是会说，他是说每种语言都像是在那儿长大的。我回国念书才把普通话学好，他在唐人街长大，结果广东人、福建人都把他当老乡……"

"他在唐人街长大？"木子君重复道，脑海里浮现出他住的那条巷子和楼。

"对啊。"隋庄一拍大腿，"墨尔本唐人街家喻户晓的小天才！全唐人街同龄华裔男生的公敌！"

木子君笑出声，身后继而响起一道清冷的声音。

"这么兴奋，不饿吧？"那声音说，"那我把饭扔了？"

木子君身子一僵。隋庄两步窜到她身后，把宋维蒲手里打包的外卖接过来。宋维蒲单手拎着杯喝到一半的咖啡，走到木子君对面打算坐下。

他显然没想到这儿坐着的女生是木子君。

他俩前两次见面，她第一次是带着隔夜航班的憔悴，第二次是带着半夜被冻醒的狼狈，这还是她第一次"全副武装"出现在宋维蒲面前。木子君看见他在手心转了下杯壁，明显有点措手不及。

"嗨……嗨？"她试探地打了声招呼。

宋维蒲点了下头，也说了声"嗨"，然后坐到她对面。两人沉默片刻后，隋庄的声音打破了寂静："是我的错觉吗？不是只有我一个人觉得气氛尴尬吧？"

木子君陷入了更纯粹的沉默。

谢谢他成功地让气氛更加尴尬了。

为了避免尴尬，木子君开始埋头专心填话剧社的报名表。

近二十年的老社团，组织结构已经非常完善。她其实对话剧兴趣不大，填表纯粹是为了逃离尴尬气氛。扫了一下几项工种，她决定加入台词翻译组。

话剧演出是中文台词，但不排除现场会有外国同学来看，因此舞台两侧需要有英文字幕。她初来乍到，做这个还能练练英语。

填好个人信息后，她把报名表交给隋庄，对方立刻转向宋维蒲开始感慨："看看，新来的学妹都这么支持工作。你就油盐不进，不加入话剧社就算了，帮忙招新也不来……"

"关我什么事。"宋维蒲说。

木子君忽然意识到，其实从一开始和宋维蒲打交道，她就能感觉出对方身上强烈的"局外人"感，那种独善其身的气质在同年龄段人里很少见。

不过在赌场那次，他对她倒是算得上……乐于助人？

木子君低着头看手机，一边给待办事项打钩一边回忆这些事。桌面上忽然传来"咔嗒"一声，她抬起头，看见隋庄放下一杯刚从旁边买的咖啡。

"新社员福利，"他说，"喝吧。"

不用那女孩大声嘲笑，宋维蒲都嗤笑一声："我没听说过你们话剧社有这个福利。"

"从今年有的。"隋庄翻了个白眼。

"上午那两个男生也没有。"那女孩提醒。

"……从下午有的！从现在开始有的！"隋庄一挥手，"你们俩好烦啊。我就是单纯地让学妹体验一下我们话剧社像咖啡一样温暖的气氛，我有错吗？"

他回头看向木子君："就是我们人在海外，一定要团结友爱，互帮互助。那个……你以后碰到什么困难，你就来问话剧社的学长学姐，大家肯定会帮忙的！这是我们话剧社的风气！"

木子君忽然想起什么似的"啊"了一声。

宋维蒲把目光转向她。

方才她低着头写字，马尾已经从一侧肩膀垂落。她拽了下领口，划拉手机，很快找出个东西。

"我确实是……需要一些帮助，"她把目光转向宋维蒲，"我需要一个比较熟悉这边华人社区的人。"

下一秒，手机被她推过来，屏幕上是一张照相馆拍的黑白照片。上头的人穿着旗袍，身形窈窕，眉目秀丽，手臂纤细，腕间戴着一串珠链。

漂亮归漂亮，神色却很傲，看起来不大好惹。

宋维蒲垂眼一扫，又和坐在自己对面的木子君对比了一下，语气有些意外："这是你？"

很奇怪，照片上的人和她明明长得有几分相似，气质却是截然不同。

"不是，不是。"她赶忙摇头否认，"这是我要找的人，她七十年前来的墨尔本。我觉得这边年龄比较大的华人，说不定有耳闻。"

她话是直接对着宋维蒲说的，他和她对视片刻，忽然意识到了不对劲。

"你是要找我帮你吗？"宋维蒲哑然失笑。

"是啊，"木子君态度和神色都极诚恳，"我觉得你特别乐于助人。"

宋维蒲一时无言。

隋庄："这是他长这么大受过的最大的误解。"

天色尚明，赌场还没到最热闹的时候。

赌场开在半地下的位置，从门口进去有个下沉的台阶。宋维蒲拎包进门，照常和迎面而来的熟人打招呼，然后坐电梯去二楼。

电梯门闭合的瞬间，他后背靠上电梯后壁，神色里有些平日不大出现的疲惫。

最近又进了一批新书，他清点了几天还是没搞完，有点想按隋庄说的雇个员工。不过，就这书店的进账数额……能收支相抵就不错了，雇人连最低工资都开不到。

缓慢的"嘎吱"声后，电梯终于爬到二楼。除了那家杂货店，剩下几家都半死不活地开着。宋维蒲拎着包往书店走，脚步忽然停在了那家针灸馆前。

说是针灸馆，名字口气却很大，叫"妙手回春馆"。医生姓曾，八十多岁了，扎针的时候手直哆嗦，他小时候每每去帮家里人开药看到曾大夫行医都担心扎偏穴位。医馆雕花木门半掩，宋维蒲驻足片刻，推门走了进去。

屋子里一股中药味。

进门先是个双臂伸展的等身木雕，身上篆刻着穴位和筋脉走向。往里是一扇屏风，绣着一树红梅。屏风后有人在咳嗽，宋维蒲喊了声"曾大夫"，然后便折了进去。

宋维蒲说的是粤语，对方回的也是粤语，宋维蒲知道他不会说普通话。一老一少寒暄片刻，他从兜里把手机拿出来，找出木子君发给他的那张照片，然后递到老人面前。

面前这位是宋维蒲认识的还在唐人街的最老的人，听说来墨尔本的时间是 20 世纪 50 年代。要是连曾大夫都不知道木子君找的这位上海老婆婆，那他这边估计也帮不上什么忙了。

宋维蒲其实就是想随口一问。

曾大夫戴着老花镜看了看手机，看了看他，又凑近屏幕，仔细看了看。

"小蒲，"曾大夫昏花的老眼里显出困惑，"你拿你外婆年轻时候的照片来问我做什么？"

宋维蒲根本没反应过来。

"这是在上海吧？不像在这边拍的照，"曾大夫把手机推回他手边，"这时候比我遇见她那年还要年轻呢。"

宋维蒲后知后觉地重复："这是我外婆？"

他没见过外婆年轻时候的样子，家里一张她年轻时候的照片都没有。

"是你外婆啊，"曾大夫摘掉老花镜，"你自己不认得？"

宋维蒲忽然反应过来了。

他认得，他怎么不认得。

他记事的时候外婆已是八十老朽，人老了干瘪如树皮，只有眉目能见三分往昔风采。他觉得木子君眼熟，又想不起她到底像谁。

倒也不是他的错，十八岁的人和八十岁的人，任谁也联系不到一起。

现在他想起来了。

木子君像照片里的人，照片里的人是他外婆。

另一边，木子君被隋庄和那个女孩带去吃饭了。

聊天的时候她才知道，那个女孩中文名叫由嘉，父母是北京人，在她出生前就移民了。她七岁以前在墨尔本长大，更习惯别人叫她阿林娜（Alina）。

不像宋维蒲，虽然也是华裔，但隋庄他们都习惯叫他中文名，毕竟唐人街里的叔伯们也是这么叫他。

华裔和华裔也很不同。

"那他英文名叫什么啊？"木子君吃饭的时候问。

隋庄笑了一声，和由嘉对视一眼，反问她："你知道唐人街以前有个算命的吗？"

木子君神色困惑。

"哦，那个老头去年去世了，到去世前一天还在给人算命，所以我见过几次。宋维蒲说他小时候，唐人街的好多华人都让那老头给自家孩子算英文名。"

"宋维蒲的英文名是算命的算出来的？"

木子君真是越发觉得这人经历复杂，身份成谜，浑身上下透着违和与离奇。

"对，离谱吧？"隋庄说，"花了一百刀，算出他叫 River（河）……他外婆可真舍得花钱。"

River……先不说这个名字值不值一百刀，木子君忍不住追问道："他外婆？"

隋庄动作停顿片刻，和由嘉对视一眼，回头看向木子君。

"对，他是他外婆收养的，他外婆去年刚去世。"他说，"他那个书店，也是他外婆留给他的……你别主动提这些事。"

木子君赶忙点了点头，停顿片刻，又问："英文名里还有叫 River 的吗？这不是河的意思吗？"

听着像叫人 Rainbow（彩虹）似的，或者 Apple Pie（苹果派）。

隋庄点点头："有的，我刚开始叫也别扭，叫着叫着就习惯了。"

一顿饭吃完，迎新日算是告一段落。木子君和隋庄他们分头离开，回家时，缅甸室友正在一楼厨房煮饭。

两人打了个招呼，又聊了几句开学的事，木子君便进了自己房间。

入住半月有余，她已经把这房间布置得很像样了。桌上摆了几本书，右手边摆了一个玻璃花瓶，里面装着她从街边低价买的红玫瑰和尤加利叶，人在床上也能隐约闻见花叶香气。

木子君把外套挂上衣架，躺在床上研究起宋维蒲的微信。

他应该不太用这个账号，朋友圈没开通，头像是筹码，名字是 River。她那天看见还以为是什么网名，没想到他真就叫这个。

宋维蒲，River，唐人街长大，大二，日常出入赌场，所以头像是随手拍的筹码，在赌场二楼有家书店，外婆去年去世。

她打开对话框，接机那次简短的语音对话后，是她今天给他发的一张照片。他当时说自己晚上要去书店做清点，有空就帮她问问唐人街的老人，也不知道问出什么没有。

正纠结要不要给对方发微信时，那枚"筹码"忽然说话了。

River：照片里的人叫什么？

木子君差点从床上滚下来。

半晌，屏幕上终于有了回复：金红玫。

手机另一头的宋维蒲皱起眉。

他外婆连驾照和 ID 卡的照片都是六十多岁时拍的，刚才他翻箱倒柜半天，终于找到一张她四十岁的旧照。他对比了一下，和木子君给他的那张照片，五官重合度极高。

手机和照片都放在书桌上，窗外便是暮色中的唐人街。天色渐晚，宋维蒲慢慢拧开台灯，身形逐渐映成窗帘上的一道影。

他方才为了找照片，翻出不少外婆生前的文件，连殡仪馆的丧葬单都有。灯光照亮纸张，映出细腻的光和钢笔字迹，上面用双语手写了死者的生卒年月和姓名籍贯。

金相绝，1919 年至 2012 年，籍贯中国，卒于澳大利亚墨尔本。

两个名字，都姓金，长得也是九分相似。是姐妹，还是……改过名字？

宋维蒲忽然发现自己对外婆一无所知。

整条唐人街的人都知道，他是被金相绝收养的。当时街上有一对年轻夫妻，和家里有矛盾，来澳洲工作后便与家里断了关系。生下宋维蒲不足一年，夫妻俩因为车祸意外去世。

一岁的小男孩，话尚说不清楚，但哭声很嘹亮。社工派人来送他去福利院时，他哭得整条街都能听见。哭到最后，金相绝拄着拐杖从他现在住的二楼下来，精神极佳，对着街边看热闹的邻居破口大骂，上海话犀利，"册那"层出，最终一句"一人一口饭还养不活个孩子了"一锤定音。

他当然没沦落到"一人一口饭"，饭都是金相绝喂的。七旬老太，无儿无女，还真把他带大了。在宋维蒲的印象里，金相绝不怎么显老相，永远的头发雪白、脊背挺直，到去世前一天都很体面。

她去世也没受苦，就是自然衰老。她在沙发上听唱片机听到睡着，没再醒过来。

她从没提过自己年轻时的事，但唐人街的叔伯都对她很尊敬。上了年纪的人似乎都知道，这个姓金的老太婆，有过许多为人称道的过去。

但宋维蒲并不知道。

这是人的惯性。人们总觉得，一个人从生下来就是被自己认识的时候的样子。譬如宋维蒲心里的金相绝，一直是那个头发雪白、脊背挺直、说话带上海腔的老妇人。

他看到四十岁的金相绝已经觉得意外，照片上正值韶华的她，更让人震惊。

金相绝是去年去世的，宋维蒲那时刚上大学。他一贯是她能在牌友面前炫耀的话题，下午还在麻将桌上夸奖宋维蒲拿奖学金的事，晚上就听着留声机溘然长逝。他按她故乡的规矩给她操持了一场葬礼，来祭拜的人中有不少她年轻时的朋友，对话间也有与她早年有关的只言片语。

宋维蒲这时才意识到，他参与进金相绝人生的时间太晚。他没有了解过她近一个世纪的生命都经历了什么，他甚至不知道是什么契机让她从上海来到墨尔本。

但已经来不及了。

生老病死，人生常事。金相绝去世后，宋维蒲靠奖学金和政府贷款读书，继承了她那间商铺二楼的屋子，也接手了她那家在赌场楼上的华文书店。

书店顾客不多，偶尔有些老人来买，也多是买的金庸、古龙的武侠小说。卖得最好的是学华文的教材，是上一代移民的父母买给乡音尽忘的孩子。

铺面是他的，没有房租，他只需要维持基本的进出货和整理。金相绝尚有些遗产，加上政府贷款和奖学金，足够他念完大学。有额外的收入他也不拒绝，例如那次去机场接木子君。

不过他现在思绪有点乱。

他隐约地感觉，自己接的好像不只是一个人，还是一个烫手山芋。

木子君犹记自己对宋维蒲的第一印象：又帅又好使。

但现在，她要给这个印象填上一笔负分：发消息有头没尾。

譬如昨天大半夜，他突然来问她金红玫的名字，问完了就没再回一个字。木子君等到睡着，第二天一睁眼，对话仍然停留在自己的那条回复。

她编辑了几个字进对话框，顿了顿，又尽数删除。人家宋维蒲又不欠她的，接机就不说了，上次在杂货店还帮她垫钱。她一句"乐于助人"就把找人的事托给他……

木子君默默勾掉给宋维蒲的负分，给自己打了个负分——自己的自来熟程度比隋庄有过之而无不及。

问可以，不能兴师问罪的。沉思片刻后，木子君在对话框里打字：你书店开门了吗？我想买本书。

一个小时后。

这是木子君第二次来唐人街。

白天的唐人街和晚上截然不同，行人熙熙攘攘，路边店门大开，队伍大排长龙，整条街用一个词形容就是"敞亮"。

白天的唐人街是一条彻底的现代街道，赌场半地下的门脸夹在一群光鲜亮丽的店门中间，几乎要隐形了。木子君定了定神，推门而入，沿着上次宋维蒲带她走的那条路去找电梯。

人往里面走，街道的喧嚣在消失，取而代之的是赌客们的吆喝。半地下的设计让这里昼夜的概念十分模糊，木子君猜测这栋建筑有些年头了，内里装修的风格很老，这么多年过去，也没人将它翻新过。

尤其是坐电梯往上走，二楼的那些店简直像20世纪80年代的地下街道。真奇怪，外面的世界光速更迭，唐人街沿街的店铺也都修得很体面，这里的时间却是凝固的。

而宋维蒲呢？

华裔，生在国外，又长在唐人街。白天，他和他们这些留学生一样在大学里上课，离开学校后却要进入一个三十年前的时空。

木子君没有接触过这样复杂的成长环境，她光是想一想都有一种矛盾感和撕裂感。

但对方身上，偏偏看不到这两样东西。

"叮咚"一声，电梯抵达二楼。她右拐，朝着走廊尽头的书店走。路过那家"妙手回春馆"的时候，她脚步停顿了一下，觉得很新奇。

不过看了看，她就继续往前走了。

书店是玻璃门，牌子上写着"相绝华文图书"六个字，门前挂着一束风铃。木子君推门进去，只见几排一人多高的书架和两面紧贴着墙的书柜。

另一面墙没有放书，是很宽阔的窗户。百叶窗半拉着，光线从窗外投进来，被百叶分割成碎片，照亮空气中浮动的尘埃，和单膝跪在地上整理书的宋维蒲。

他上身穿了件纯黑色的卫衣，松弛但不空荡，肩形撑出一个挺括的形状。木子君咳了一声，他回头看她，神色里闪出一种很微妙的回避感。

木子君把这理解为对方没帮她找到金红玫的愧疚——大可不必啊，这人"包袱"也太重了。照片刚给你一天，她又不是你外婆，你没一下找到也很正常嘛！

他朝木子君点了一下头，回身继续收拾。他胳膊一动，身边地板上的一摞书眼看就要被碰倒。

木子君手疾眼快，一个箭步冲过去给他扶稳。

宋维蒲："……谢谢。"

她说了声"不用"，也是单膝跪下的姿势停在他身旁。

宋维蒲："你要买什么书？"

木子君已经做了功课："《孤独星球》，澳洲版的。"

宋维蒲说了声"好"，起身去给她找。《孤独星球》是本全球发行的旅行杂志，单行本以国家为主题印制，算得上最权威的旅行指南。

他去找书，她蹲在地上看他的书。目光在方才按住的那摞书籍上转了转，木子君大惊："你这儿有 67 版的《侠客行》！"

宋维蒲书还没找到，直起身子从书架间看她。

木子君手指在书脊上划过。

"还有 67 版的《笑傲江湖》！

"《鸳鸯刀》！

"你有绝版的金庸全套！"

这书放在这儿几十年无人问津，都是卖剩下的，宋维蒲不知道木子君的兴奋点在哪里。他走回去蹲到她身边，看见木子君给那摞金庸作品拍了照，发给了一个人。

她发语音："爸！我在墨尔本找到67版的金庸全集了！你老师之前不是找了好久吗？我买一套，你可以送给他！"

她说完了，目光转向宋维蒲。他意识到对方在询价，算了一下，说："一套的话，这种旧书，收你二百二十刀吧。"

木子君被这个价格搞得神色凝固。

宋维蒲："……那收你二百刀？"

不是这个意思！

"你……"木子君语气无奈，"你知道这个在国内绝版了吗？你这生意做得……"

有一种和长相不符的质朴。

"那……"宋维蒲迟疑片刻，看到木子君有鼓励他提价的意思，鼓起勇气开口道——"二百五？"

木子君无语。

定价定得像在自我介绍。算了，他在这边长大，的确没有那个理解"二百五"深层含义的文化环境。

"不是你的问题。"她没头没尾地说。

67版金庸全套十一本书，包起来也装满了一个纸箱。宋维蒲这边帮木子君打包，包完了推了一支笔过去。

"你写下邮寄地址。"他说，"寄书得找有资质的国际快递，我帮你从店里寄就好。"

木子君点点头，接过笔便在便笺上留下一串地址。宋维蒲余光看她写字，片刻后便把视线移正。

木子君的硬笔书法非常好看，比他在唐人街见的一些老人都写得好。

她倒是没有注意到宋维蒲在看她的字，反倒是一边写一边反应过来。她从下了飞机，和宋维蒲就一直维持着各种金钱关系。

她付款，他接机；她买毯子，他借钱；他卖书，她买书……

单纯而稳固。

那现在就说点不单纯不稳固的。

她靠在柜台上，看他整理书的样子，脑海里又浮现出对他最开始的评价：又帅又好使。

"我……"她缓缓开口，"我没有催你的意思啊，就是随口问问。你昨天问我照片里的人叫什么，你是……有消息了吗？"

宋维蒲手上一顿。

他昨天没有继续对话的原因有很多，最直接的一条就是麻烦。长期以来的生活经验让他下意识地规避麻烦，除了隋庄这种狗皮膏药型的，他和人的交情一直很浅。

　　木子君还在等他的答案，他把最后一本书放进纸箱，抬眼望向她。

　　"还没有。"他说，"唐人街上了年纪的老人不多了。"

　　木子君"嗯"了一声，低头看他手下压着的纸箱。

　　"我也想过，"她说，"她可能已经不在了。"

　　书店里静悄悄的，尘埃浮动。宋维蒲忽然意识到，纸箱里的 67 版金庸全集，是他外婆几十年前的进货，生命比他更久远。

　　她把这些旧书翻出来重见天日，就像他在家里翻箱倒柜地找她的旧照片。扪心自问，他也并不是完全不好奇。

　　木子君站在书店的柜台前，正心不在焉地翻她刚买的《孤独星球》。她今天没扎头发，长发披散在肩头，不烫不染，极黑。宋维蒲隐约感到，他能从她脸上看到金相绝年轻时的样子。

　　金相绝的头发也黑过，金相绝也这样年轻过，但他记忆里只有她头发雪白、垂垂老矣的样子。

　　他产生了一些合理的猜测。

　　柜台上有宽胶带，他拆开一卷，把纸箱的盖子封口。木子君伸手帮他按住，他目光在她手腕上停顿片刻，又移开，问："她是你家里的长辈吗？"

　　"不是啊。"木子君惊讶地抬头，随即反应过来，"你觉得我和她长得很像，是吧？"

　　宋维蒲没说话，低着头缠胶带。

　　毕竟这件事还挺明显的。

　　"家里人以前也怀疑过，可的确不大可能，"木子君收回手，"她1937 年就离开中国了，没有留下过血脉。我爷爷一辈子没结婚，四十多岁去新加坡做生意的时候朋友去世，就收养了我爸爸。爷爷发现我越长越像她的时候，大家都很惊讶，甚至去追问了我妈妈的长辈……"

　　宋维蒲放下手里的东西，抬头看她。

　　"你听说过'我俩不是双胞胎'（I'm not a look-alike）系列照片吗？"木子君从手机里搜出一组摄影师弗兰克斯·布鲁内尔（Francois Brunelle）拍摄的照片，宋维蒲低头去看，发现这组作品甚至登报送展过，"一个摄影师花了十二年寻找没有血缘关系但相似的两个人，然后发现这种情况并不少见。我爷爷到最后，也认可了这只是巧合。"

宋维蒲很快领会到她话里的意思——

原来，他们两个都不是这两位老人的直系血亲。

"你是替你爷爷来找她的？"

"对。"木子君说，"我爷爷病了，临死前想再见她一面。家里人都说她这么多年没消息，大概率是去世了，不过我想……万一呢。"

纸箱已经打包好，宋维蒲用裁纸刀把胶带截断。刀刃划破空气，像是划开金相绝蒙了灰的生命，露出过往的一丝缝隙。

宋维蒲抬头看向木子君。

"我可以再帮你问问。"他说，"除了照片和名字，你还有别的信息吗？"

木子君"啊"了一声，忽然把袖子拉起来，将手腕放上柜台桌面。宋维蒲低下头，看见她手腕上那串玉链。

他后知后觉地意识到，这和照片上金相绝腕上的是同一串。只不过金相绝戴的那串珠子是整串，木子君手上这串只有六颗。

"她走的时候，把这个留给我爷爷了。"木子君很认真地给他展示，"我这里有六颗，她那里应该也有六颗。你看我这个。"

她抬手，手腕很细，衬着古玉的光泽。两个人都凑近看，他这才发现，每颗珠子上都刻着一个字。

"结发……"宋维蒲歪了下头，语气难得显出艰难，"结发？"

木子君另一只手拨了下珠子，语气很宽容："你是华裔，不懂这些很正常，不是文化水平的问题。"

宋维蒲心想，她怎么从"二百五"开始就一直话里有话。

"结发为夫妻。"她说，"这是一首诗的前半句，后半句是'恩爱两不疑'。'结发'在古代是结婚的意思，我爷爷这里只有前半句，后半句在我要找的那个奶奶那儿。"

"你有六颗。"宋维蒲说。

"对。"木子君拨了下最后一颗，"这颗上没有字，在玉上用红宝石镶的金边红玫瑰，工艺很烦琐的，就是因为那个奶奶叫金红玫。那个奶奶那儿，应该也有一颗珠子，是用金丝镶勾的竹叶。"

宋维蒲："那你爷爷叫……"

木子君："苑成竹，竹叶的竹。"

短短一天的工夫，宋维蒲把这间他从小长大的房子翻箱倒柜了两次。

宋维蒲从记事起就没搬过家，这间唐人街的屋子也是金相绝在澳洲唯一的落脚点。她去世的时候随身的遗物都是他亲自收的，身上并没有一串玉手链。如果有，那就只会放在家里。

昨天为了找照片翻开的档案还没放回原处，金相绝放衣服和首饰的箱子又被一个个打开。宋维蒲从卧室找到阁楼，连自己遗失多年的幼儿园毕业照都找出来了，也没见到木子君说的那半串玉手链。

金相绝放东西放得很规整的，找到最后，所有首饰其实都在首饰盒里。几副珍珠镶嵌的耳环、几枚戒指，以及一根荷花样式的簪子，也就仅此而已。

阁楼里全是灰，他把首饰盒盖上，后知后觉地咳了两声，这才觉得自己荒唐。

找到了又怎么样？找到了，他会把东西给木子君吗？金相绝从没提起过木子君的爷爷，她一辈子活得潇潇洒洒，大概率是没把这个男人放在心里。至于那串"恩爱两不疑"的手链，说是定情信物，他却从小就没见过，该不会……

宋维蒲有点同情地想，该不会是这位苑爷爷单方面的定情信物？毕竟据他所知，他外婆虽然一辈子没结婚，但一把岁数还会出门和较帅的华人老先生跳交谊舞。

男人啊！宋维蒲想。

还是不能对自己的魅力太自信。

天色已晚，他把翻乱的东西一样样放归原处，继而去拉沿街的窗帘。金相绝生前每晚都会靠在窗边往街上看，神色恍惚，不知道在想什么。

宋维蒲意识到自己以前从没好奇过她在想什么。他竟然在金相绝去世的第二年，开始对她的故事产生好奇。

而且这一切，都要归功于他亲自接来的那个烫手山芋。

那天过后，宋维蒲没再联系木子君，木子君也把精力投入了开学后的生活。房东仍然不太友好，室友仍然十分冷漠，不过课程忙起来就不用管太多，偶尔隋庄和由嘉还会来找她吃饭。

只是偶尔半夜睡醒，她看见手腕上的玉珠泛着冷光，心里会升起一种莫名的怅惘。

宋维蒲没有义务帮她，她也没打算把希望全寄托在对方身上。这是她自己的事，她应该自己想办法。只是她初来乍到，连自己的生活和学业也只是勉强维持。澳洲的华人社会说开放也开放，唐人街门庭若市，可随意进入。可说封闭又似乎极度封闭，每个人身上都带着不同的时代印记，新的留学生和老的移民几乎是井水不犯河水。

她这样一筹莫展地想着，拇指摩挲着玉珠上金边玫瑰的凸起，有了一个模糊的计划。

第二天。

还差三分钟下课，木子君的手机振了一下，看见了由嘉的消息。

由嘉：晚上要不要去体验一下墨尔本的夜生活？

木子君：夜生活？

由嘉：哎呀，你就当去练口语。

木子君：晚上有点事，得去趟图书馆

由嘉：知识哪有帅哥好看！！！书本哪有腹肌好摸！！！

没想好回什么，下课了，木子君干脆发了个表情包搪塞。学生们从教室鱼贯而出，她跟在最后，心不在焉地往图书馆走。

无头苍蝇，乱撞也得有个大概方向。她昨晚捋了一遍手里的几条线索，觉得还是得把唐人街当成突破口。

刚开学，图书馆的座位并不紧俏。她找了个位子放书包，然后就往东亚馆的位置走去。馆区内部又按东亚各国研究分出区域，她沿着中国区的方向找，很快找到了墨尔本当地的华人报刊和几本以唐人街发展为主体的学术书籍，中英文都有，华人报刊甚至可以追溯到20世纪30年代。她也懒得往座位的方向拿，在地板上盘腿一坐，直接一张张地翻阅。

她想找一个网上查不到消息的老地方，叫长安旅店。

以前信息不如现在发达，上点档次的店面开业，总归是要在报纸上刊登的，类似现在的"盛大开业"。报纸越往前翻，越看得头痛，繁体小字，甚至油墨褪色，笔画都模糊了起来。书架阴影投在泛黄的报纸上，让字迹更加不清晰。

木子君捶了捶麻掉的腿，手扶住书架最底下的那层木板，把自己往外挪了挪。

光线好一些。

于是，她又撑着地板，往外挪了一点。

然后就有人踩到了她的手。

对方没踩实，她及时回头，看见一个人抱着高高一摞书，已经被遮挡了视线。他似乎感到了异常，身子微微侧了下，发现脚下有人的瞬间，急忙把已经迈过来的脚步收了回去。

木子君还没来得及庆幸自己免遭踩踏，那一摞书就从左边歪倒，然后劈头盖脸地砸在了她身上。

知识哪有帅哥好看，书本哪有腹肌好摸。不过这两样东西砸下来的眩晕感，还真是可以和陷入爱河相媲美一下。

宋维蒲把书重新码齐后，又在她身边蹲了半天。木子君眼前终于不冒金星了，宋维蒲这才松了口气，伸手示意她可以借自己的力起来。

木子君反应迟钝地看了他手心片刻，然后摇了摇头，把目光移回旧报纸——油墨本来就褪得不大清楚，被砸了一下，她现在看什么都是重影的。

男生一愣，随即单膝跪着在她身侧蹲下。

"这是七十多年前的华人报纸，"他说，"你看这个干什么？"

她立起一边的腿，手肘撑住膝盖，然后又翻了一页。

"找个地方。"她已经开始烦躁。

"找什么？"

"找一家旅店，"她说，"七十多年前开在唐人街上，我想看看有没有它的营业信息。"

黑白报纸上印着医馆的广告，印着药店的广告，甚至有饭店和理发店，就是找不到这家旅店的信息。

"叫什么？"

"长安旅店。"

开学图书馆人不多，东亚区人更少。他们两个在高耸的书架间一坐一跪，空气里只有报纸翻动的声音。

时间太久，纸变得很脆。每翻过一页，都像漫长的岁月被揉碎。

木子君第三次翻开 1938 年 6 月的那份报纸时，宋维蒲忽然伸手按住了折页。

"怎么了？"她没在这页上看到任何有用信息，只能转头看宋维蒲。他离她很近，头微微低着，侧脸轮廓线条分明，让她想起他接她那晚五官被车灯打出的明暗。

"你找长安旅店？"他问。

"对。"木子君说。

他五指从报纸最上面慢慢往下划，食指指尖最终停在一张唐人街街景的照片上。黑白照片里是重叠的招牌，他在照片中间的一个招牌上画了一个圈，继而轻轻点了一下。

"这家。"他说，"'长安'用粤语说是 Cheong Onn。它没挂中文招牌，这家 Cheong Onn Hotel，是你要找的地方吗？"

Cheong Onn Hotel，长安旅店。

很小的招牌，很窄的门脸，很模糊的照片。

木子君把那张报纸抽出来，身子挪到光亮处凑近看，终于辨认出了那个被其他招牌遮挡住的"Cheong Onn Hotel"。

这没有宋维蒲，她哪辈子能认出来。

"我看现在是没有了。"木子君转头看宋维蒲，"你小时候见过这家店吗？"

"没见过。"宋维蒲辨认了一下照片里的地理位置，"这栋楼倒是没有拆除。现在是个餐馆，早几年还有人租下来当牙科诊所，铺面换过很多次了。"

他看了一眼木子君："你找这家店，也是为了找金相……金红玫吗？"

木子君的眼睛快贴到报纸上，试图从这些过期的汉字里看出些蛛丝马迹："对。金红玫在这个旅馆住过，她在澳洲的消息，也是旅馆老板的孙子告诉我爷爷的。"

可惜报纸是过期的，地址是过期的，大堂的预订电话也是过期的。她在纸上抄了些无关紧要的信息，又把长安旅店的照片拍下来，最终把资料都塞回书架。

"我来吧。"宋维蒲说，"顺序已经乱了。"

她有些不好意思地收回手。

他整理书已经很熟练了，木子君也没想到他开着书店还会在学校图书馆兼职。唐人街的资料厚至膝盖，他自己还有一摞还书要归位，木子君抱起手臂，在他身旁跃跃欲试。

"那边有推车，"宋维蒲说，"你可以帮我推一下。"

木子君庆幸这个时间点的东亚馆里没人，她推车的时候可以有一搭没一搭地和宋维蒲聊天。两个人之前的沟通以金钱交易为主，以她找金红玫为辅，这还是她第一次能问些和他自己有关的问题。

虽然说着说着又往钱的方向发展，例如图书馆助理馆员的薪水一小时超过三十刀。木子君感觉自从人到异国，花钱和赚钱就成了生命中必不可少的话题。

三十刀不少，很多餐馆打工的时薪还不足十五刀。她有点动心，趴在推车上问："那我能报吗？"

"学生都可以。"宋维蒲说，"不过今年的申请还没开放。"

"那申请开放的时候，你和我说一声吧。"她说，"我怕我注意不到。"

宋维蒲刚把几本韩文书排好，引着她推车往韩国区走。她歪头看了一眼，又问："你是也懂韩语吗？"

"一般懂。"他说，"不过书脊上有序号，我们整理是靠序号。"

木子君感觉他的"一般懂"应该和她的"一般懂"不是一个概念。比如她只会说两句粤语，也觉得自己对粤语一般懂。

"我觉得我应该学学粤语。"她说，"我现在感觉，想在墨尔本老华人圈找人，不会粤语寸步难行。"

"可以啊，很好学。"他说，语气自然。

木子君觉得他的"很好学"和她的"很好学"，应该也不是一个概念。

"还是挺难的。"她说，"我之前有个广东同学，教了我好久，我只学会两句。"

推车上最后一本书也被放回书架，宋维蒲终于有工夫停下手里的工作回头看她。

"哪两句？"他问。

"'磊猴'，"木子君说，"他说是问好用的。"

"发音挺标准的。还有呢？"

"'痴线'，"她模仿热情骤然高涨，"我同学说和我们那边骂人'二百五'一个意思。"

宋维蒲一愣。

这个数字……等一下？

书都还归原位，宋维蒲今天的工作也告一段落，还有了一些语言文化上的额外收获。两人并肩出了图书馆，木子君辨认片刻方向，说："我往这边走。"

"我得坐电车。"宋维蒲说。

天气似乎暖了些，不过程度有限。室外忽地起了风，木子君缩了下身子，语气带了无奈："白天还十多度，现在又这么冷……"

"墨尔本就这样。"宋维蒲抬头看远处天色，确认不会下雨，"气温变得很快，刮风下雨都很突然。"

她的头发被风吹得扬起来，有几缕掠过他脸侧。两人点头算是告别，宋维蒲在电车站靠着路灯等车。

道路笔直，非市中心没有高建筑，他能看见路尽头的天际线。电车从远处"叮叮当当"地驶来时，宋维蒲脑海里又浮现出那个旅店的名字。

长安旅店。

1938年的报纸，1938年的旅店。时间太久了，连网上都查不到它的信息，就仿佛这是个没有存在过的地方。

电车到站，宋维蒲跟着人流上了车。电车的速度比人快得多，他抱着手臂坐去车窗边的空座位，往后一靠，看见了方才比他先走一步的木子君。

女生爱漂亮，气温还没升起来就换上长裙，外面搭了件皮衣，被冻得一溜小跑。车窗半开，他比她快一些，缓缓停在第一站。宋维蒲胳膊撑住车窗，冲外面小跑前进的人喊了一声："木子君！"

她蓦然停住脚步，目光茫然地往身旁看，然后看到了电车上的宋维蒲。他身子微低，问她："你冷吗？"

乘客下车，她避开人流，往车身的方向走了两步，苦笑道："风太大啦。"

宋维蒲点了下头，从书包里拿出折好的围巾，从车窗丢了出去。木子君下意识伸手接，围巾直接砸进她怀里，暖烘烘的一团。

电车"铛"的一声，门开始闭合。再抬头的时候，电车已经驶离。

她只能看见宋维蒲半扶着车窗的手，指节微微弯曲，侧放在窗框上，手指一下一下地敲击金属车身。

唐人街和电车站还有一段距离。回家的时间恰逢饭点，街道上全是来吃饭的人。宋维蒲走过川流不息的人群，脚步最终定在一家中餐馆前。

旅游旺季还没到，店前也未大排长龙。门口站了个招揽顾客的服务员，看见宋维蒲站到门前，便笑道："来找李姐啊？"

李姐是这家中餐厅的老板娘，也是金相绝生前的牌搭子。宋维蒲点了下头，门里便传来忙不迭的叫声："锐乌啊！锐乌！"

宋维蒲无奈。

"阿姨，"他说，"继续以前那样叫我就可以。"

一个接着假睫毛的黄色鬈发中年女性蓦地从门内闪出来。

"不行！"她决绝道，"我在练英语呢！都来了十几年了还说不好，我得学着叫你英文名,是不啦,锐乌?"

"李姐,"服务员揪了下她的袖子,"人家是 River……"

"哦,"李姐恍然大悟,"还是你们留学生发音标准——蕊乌。"

宋维蒲放弃了纠正。

外面风大,老板娘把宋维蒲迎进门,照常给他从后厨拿出几份外卖盒饭。宋维蒲已经习惯了,推辞太难,他也不想把时间花在推辞上。

"阿姨,"他说,"您这个店面,之前是一家诊所,是吗?"

老板娘手上打包没停:"对,华大夫嘛。跟孩子去新西兰养老了,转手给了我。"

"那华大夫再往前是什么店?"

"那我哪里知道?"老板娘语气有些奇怪,"华大夫那个诊所开了四十多年,他以前的店,那得多早就在这边生活?"

"那您有华大夫电话吗?我可以去问他。"

"华大夫都得老年痴呆啦!"老板娘豪爽地挥手,"我去年给他打越洋电话拜年,还是他儿子接的。"

饭菜包好,老板娘把一袋吃的推到宋维蒲面前。

"小蒲,"她语气奇怪,"你怎么突然问这些?我这店怎么了?"

"我……"宋维蒲一时语塞,沉默片刻,继续说,"我们学校有一些研究要做,我在收集资料。"

李阿姨,华人阿姨。学业的事,天大的事。

"你搞好了是不是能给个高分啦?"她拍干净手,立刻把围裙摘下来,"那我们这里阁楼有点东西,你来看看能用上不。"

吃过李阿姨那么多饭,这还是宋维蒲第一次走到这家餐馆深处。尽管建筑外观已经被装修翻新多次,但内部的构造还是沿用的原本布局。两个人先后爬上顶层阁楼,开门的瞬间,积年未扫的灰尘立刻弥漫开。

李阿姨立刻往后退:"租下来也没进去过。太脏了,打扫都不晓得从哪儿开始。你要进去吗?"

宋维蒲咳了一声,问:"这里面是什么?"

"租下来的时候,华大夫说是个库房。"李阿姨说,"我看嘛,像个垃圾场。他们以前在这里开店的人,什么东西没用了,又不好丢,就往这里面放,东西乱着呢。"

李阿姨:"给你要个袖套去?"

宋维蒲低下身子看了看里面——几乎每件东西都罩着层厚灰,有一些柜子，样式很老，明显不是这个时代的东西。

"不用了，"他说，"我直接进去找吧。"

李阿姨满意地拍打掉身上刚染上的灰尘，说："好，仔细找，分数拿高点啊。"

教室。

冬天，学生的衣服也偏深色系。密密匝匝一群人头里，木子君低着身子和由嘉小声说话。

台上发言的是话剧社的社长，台下是今天被拉来头脑风暴的社员。其实话剧社先前已经开过迎新会了，今天的会议是针对他们今年要演的新剧本。用社长的话说，话剧社近年的演出虽然精彩，但一直是在翻演经典的话剧剧本。今年，他们决定自编自导自演一出新戏，让话剧社焕发新的生机。

编剧组日夜赶工，剧本已经在假期完工，讲的是一对有情人因为战争被迫天各一方的故事。故事悲剧结尾，用社长的话说——催人泪下。不过有一些剧情还是有悖逻辑，他想群策群力，让大家提出些建议。

木子君纯是被由嘉拉来的。

"我论文还没写完！"木子君说。

"傻孩子，"由嘉和蔼地看着她，"我希望你进入大学的第一件事是明白，体验比成绩重要。等你七老八十的时候，你不会记得自己第一篇论文写了什么，但你一定会记得，你十八岁的那个冬天，有一个美女学姐带你去蹦迪，触目所及，是来自世界各国的，腹肌——"

"和胸肌。"

"那你现在拉我来社团活动干什么？"木子君问。

"看着你啊，别一会儿又给我跑了。"由嘉的目光转向台上的社长，"开完会去我那儿挑件去蹦迪的衣服，随便吃点，晚上直接去。"

木子君揉了下太阳穴，也把目光转向讲台。

刚才听社长讲了几句，这个故事里的男女主角，一个是世家公子哥儿，一个是夜总会舞女。两个人初见是在欢场，本以为是露水情缘，谁晓得公子哥儿做生意惹上事被人追杀，美女救英雄，两个人朝夕相处，一处就处出了感情。

"要不要这么跌宕？"由嘉咋舌。

"还行。"木子君托着下巴，手里的圆珠笔一下下撅在桌面上，"和我爷爷的感情经历还挺像。"

"你爷爷还有这么一段啊？"由嘉把注意力转回身边。

"七十多年前嘛，年头很乱，"木子君抬起眼，"什么都有可能。"

由嘉："那你家难道就是那种祖上就开始阔的巨富之家——"

"只有祖上阔。"虽说不是亲的，但木子君思及苑成竹一生坎坷，仍然忍不住感慨，"打仗的时候分家了，后半生一路下坡路。我爸也没什么经商脑子，但搞学术挺有天赋……"

情况就是这样，反正她目前还在为了租的房不给开暖气发愁。

后面的剧情就逐渐不合逻辑了，怪不得社长要来寻求社员意见。木子君听得不耐烦，想起包里还有宋维蒲的围巾，便转头问道："你和宋维蒲有一样的课吗？"

"不多。"由嘉胳膊撑在桌子上玩手机，"你要找他吗？可以问隋庄，隋庄照着他选课抄的。"

木子君点了下头，刚想拿出手机问隋庄，由嘉又想起什么似的："隋庄晚上也去蹦迪，"她说，"我问下他宋维蒲去不去。"

木子君有点无法把宋维蒲和蹦迪联系到一起。

社长讲剧情讲得动情，语气开始哽咽。由嘉嫌弃地抬头看了一眼，一拉木子君的胳膊，说："你直接去我家吧，我的衣服你随便挑。"

两个女生鬼鬼祟祟地往外溜，隋庄也接通了由嘉的电话。她开了外放，木子君很快听到了那边的噪声。

像是刚下课。

由嘉和隋庄说话已经很有默契，没头没尾，仿若特务接头。

"晚上记得吧？"

"当然。"

"宋维蒲去吗？"

隋庄顿了顿，手机似乎拿远，在问旁边的人："晚上我们去蹦迪，你去吗？"

宋维蒲的声音："不去。"

隋庄："你怎么每次都这么坚决啊！你比木子君还难叫！"

由嘉："她今天去的哎。"

对面陷入沉默。

木子君凑近手机："宋维蒲你去吗？你去我正好还你围巾。"

由嘉立刻抬眼看她，表情显然是在问她什么围巾。木子君还没想好怎么回答，手机对面忽然断断续续地传来宋维蒲的声音。

"哦……那我去，拿围巾。"

由嘉和隋庄都是一脸莫名。

由嘉父母在国内，她现在自己在学校旁边租了个公寓。木子君到由嘉的公寓后，在由嘉的衣柜里翻了半天，总算找出一条暴露程度没那么夸张的黑色吊带长裙，腰细得她喘不上气。

由嘉还在一旁加油打气。

"就是这样。"由嘉穿的是件银色的亮片短裙，衬着小麦色的皮肤，有种带着原始张力的性感，"这个鞋你也能穿，我再给你把头发卷一下……"

木子君怕自己憋死，深深吸了一口气。两人对视片刻，由嘉忽然凑近木子君，用小指把她嘴边多余的口红擦掉。

"别紧张呀，"由嘉弯起眉眼，"这才是你十八岁的第一堂课。"

音乐声震耳欲聋。

木子君的第一杯酒是由嘉买的莫吉托，第二杯酒是隋庄买的响尾蛇。他们两个都是常客，很快就玩嗨了，由嘉直接跳到高处的巨型音响柜上，吸引了全场大半目光。木子君在台下看着她笑，觉得，这么好的身材，是她她也往上跳。

又喝了几口酒后，木子君觉得空气闷热，便往外走去。

她刚才看到宋维蒲了，他没下场，但和几个来的人认识。他在卡座上和人聊了一会儿，状态很放松。

木子君觉得宋维蒲身上的气质真的很奇怪，他好像和什么环境都格格不入，但真站进去，又和什么环境都能融为一体。图书馆可以，唐人街可以，这种鱼龙混杂的俱乐部也可以。

方才他坐的地方空了，木子君过去和人打招呼，问了几句，他们说他出门透气了。她点点头，去门口把寄存的外套和包取出来，包里还有要还给宋维蒲的围巾。

这家俱乐部在一条巷子里，半地下，出门要上一段台阶。由嘉的高跟鞋太高了，再加上喝了两杯鸡尾酒，木子君走得摇摇晃晃。扶着墙往外走时，她忽地听见上面有人说："来。"

她抬头，看见一个剪影朝自己伸手。台阶还剩最后几阶，但很陡，她把手递给对方，然后被一把拉了上去。

俱乐部里烟味弥漫，室外空气清凉，一下就把她的酒劲冲散了。

宋维蒲身边站了个金发碧眼的男生，言语间大概能听出来是同学，在这边偶然碰上。对方很识趣，看见木子君后便挥手离开了。

"今天好多学生。"木子君说。

"刚开学，"宋维蒲说，又看了下她的衣服，"冷吗？"

他老问她冷不冷，木子君合理怀疑是因为他是长辈带大的原因。

她摇了下头，把围巾递给他。宋维蒲说："你回去时再给我吧。"然后带她走到巷子避风的凹处。

她靠住墙，松了口气，鼻腔里还残留着场地的燥热和喧嚣。宋维蒲抱着手臂靠上对面的墙。墙壁间的空间太窄，他们身形微微错开，但仍是很近。

"太吵了。"她说。

"嗯，"宋维蒲说，"没什么意思。"

"那你还来？"

"你不是要还我围巾吗？"

对。

木子君低头看着他的围巾，很厚实，黑白条纹，有和他身上一样的味道。一阵冷风吹来，她用围巾遮了下露着的锁骨，觉得缓和了一些。

"觉得没意思的话，"宋维蒲看着她，"下次可以不来。"

木子君随口"嗯"了一声，半晌才反应过来他在说什么。

他好像看出了她不太习惯这里。

是好玩的，光怪陆离。但她很明显感觉到，自己和那些沉浸在音乐声里的玩家之间，隔着一层看不见的膜。

"他们叫了我好多次，"她说，"我觉得可以……试试。"

"现在试过了。"

"嗯。"

"喜欢吗？"

"一般。"

太吵了。

宋维蒲笑了笑，说："我也觉得很吵。"

"由嘉从小受这边的教育长大，"他说，"隋庄在国内就这样。你不用要求自己一定要和他们一样。"

"我怕我显得不太合群。"木子君说。

"合群有时候意味着不舒服，"宋维蒲说，"你舒服一点比较重要。"

"可是你在哪里好像都……"木子君组织了一下语言，"挺舒服。"

宋维蒲显然没想到她会这么说，半晌才抬起头，没什么所谓地笑了一声。

"是吗？"他说，"我以前在哪里都不舒服。"

巷道外跑过一群年轻人，鬼叫着，带进来一阵风。宋维蒲起身替她挡了一下，从衣服里拿出一本很薄的册子。

她茫然地接过，手指能摸出这些纸张年代悠久。大部分纸页都卷边了，边角泛黄得厉害，封装处也已经松散。

"这是什么啊？"她问。

"长安旅店的员工名册，"宋维蒲替她翻到其中一页，"有你要找的人。"

木子君一愣，随即低下头，顺着他翻开的那页看。泛黄的纸张上，用繁体字潦草地写了一串人名，有账房，有服务员，还有——

"前台，金红玫。"

东西太旧了，简直像是文物，扉页上是抖都抖不干净的灰。她一下从靠着的墙上站直，抬头望向宋维蒲："你从哪儿找到的？"

"店没了，楼还在，"他说，"有个库房，我随便翻了翻。"

说这句话时，宋维蒲脑海里短暂地出现了一下自己被呛得咳了半宿的画面。

"你这都能翻出来！"木子君捧着花名册连声感慨，"你也太厉害了吧！"

花名册后面还有几页字，但模糊得厉害，恐怕得拿回家慢慢看。木子君把本子合上，由衷地感慨："你怎么帮我这么大忙啊……"

沉默片刻，她又慢慢抬起头，观察起宋维蒲。

他很坦荡地看着她，就像是看着一个很熟悉的人。木子君忽然意识到，从接机的那一刻起，宋维蒲对自己的态度，就和他本身呈现出的性格南辕北辙。

他在这件事上花费的心思和时间，都已经超出了她对他这个人的预期。其实如果帮她的人是隋庄，她或许只会觉得对方是乐于伸出援手。

可是这个人偏偏是宋维蒲……

她攥紧花名册，终于按捺不住语气里的意外："所以你为什么……一直帮我啊？"

宋维蒲抱着手臂没说话，木子君开始担忧自己的问题略显多余。

别人帮你，怎么还问起居心了。

墨尔本夜色寂静，巷道里忽然起了风。她手指越攥越紧，也弄皱了一段被灰尘掩埋许久的岁月。

等了很久，宋维蒲终于开口——

"最开始，我怕麻烦。不过现在，我也开始好奇。

"我外婆，到底是个什么样的人。"

直到躺到由嘉公寓的床上，木子君才有工夫重新思考今晚宋维蒲和她说的所有话。

车是隋庄给她们叫的，木子君的酒量比她自己想象的大，由嘉倒是有点喝高了。两个男生把她俩送到车上，她转过头，和车窗外宋维蒲看着她的眼神正好对上。

从接机开始的一切困惑和违和感都有了答案。

金红玫怎么会是他外婆呢……

由嘉唱了一路歌，木子君把她送回公寓，进了她家门，她也不让人走，醉醺醺地找睡衣给木子君穿。木子君无奈，陪着由嘉洗漱，最后被她拽去双人床一侧。

"我特别讨厌自己一个人住……"由嘉在她旁边嘀咕，"我小时候在国内，我爸妈在国外搞事业。等我来了澳洲，他俩又回国内搞事业。我特别讨厌自己一个人住……"

木子君叹了口气，抱着手臂侧身安慰道："没事，今天我陪你住，你睡吧。"

由嘉喝多了，没那么容易睡，眼神锃亮地和她讨论男人。

"Kiri 啊。"

木子君英文名叫 Kiri，不过宋维蒲和隋庄都叫她中文名多，只有由嘉习惯叫她英文名。

"怎么了？"

"你觉得 River 怎么样？"

木子君反应了一下，意识到她在说宋维蒲，心情更加复杂。

"挺好的。"她说。

"我觉得他对你挺不一样的，"由嘉若有所思，"我和他是高中同学，我没见过他对别的女生这么关注。"

确实，宋维蒲要是长得像她爷爷，木子君也会对他另眼相待。她理了下由嘉台词里的逻辑，转头提问："你不是在国内上的学吗？"

"我在国内上的小学和初中，"由嘉摆手，"隋庄是我初中同学，我走的时候他说他会来澳洲念大学，我没当回事，他还真来了。然后我高中回澳洲读，和 River 一个班。"

"国内喜欢成绩好的男生是吧，"由嘉陷入回忆，"我们这边不是，我们这边那种身材好的、体育好的男生最受欢迎。"

"就没什么大脑。"木子君说。

"对，"由嘉开始笑，"她们就喜欢胸肌大又没脑子的。"

由嘉的下一句让木子君猝不及防："你别看宋维蒲看上去挺瘦的，他胸肌也挺大的。"

木子君差点从床上滚下去。

"而且他胸肌大又有脑。"由嘉火上浇油。

"行了！"木子君及时叫停，清除了脑内一些不该出现的画面。她伸手抓住由嘉的手腕，语重心长道，"我觉得你中文水平有点太好了。"

由嘉收回手，平躺在床上，目视天花板。

"反正他高中在我们学校人缘还不错，和谁都能玩到一起。"

"不过我其实能看出来，"由嘉笑了笑，"他和谁都那样，他没有关系特别近的人。那帮人觉得他容易接触，纯粹是他智商和情商都太高，处理人际关系像玩似的。"

木子君神色奇怪："你怎么知道的？"

"有一次，"由嘉抱起手，"有个喜欢他的人想喝他的水，他就给了。"

"嗯，"木子君说，"然后呢？"

"然后他等那个人走了，就直接把那瓶水扔了。"

木子君陷入沉默。

这不像她接触时候的宋维蒲，她不知道是不是他伪装太好的缘故。

"我那次也是偶然看见的，"由嘉说，"后来我就开始多关注他，我发现他这种行为还挺多的。他对所有人都这样，好像和谁关系都不错，其实对谁都很抵触。所以去年上了大学，我发现隋庄天天和他在一起的时候，还挺惊讶的。"

"不过仔细一想，隋庄那个人……"由嘉叹气，"本来就像块狗皮膏药。"

"你别这么说人家，"木子君拍了拍她，"今天还是隋庄叫车送我们回来的。"

"他初中就这样。"由嘉挥手，"我说 River 对谁都很表面，隋庄就是对谁都掏心掏肺。我走的时候他在机场边送边哭，你说我俩那时候才十五岁，他……"

由嘉顿了顿，闷声道："大傻子。"

木子君听出潜台词，发出了一声意味深长的"哦"。这两个人天天打打闹闹欢喜冤家，没看出来还有这么一段。

由嘉又重复了一遍"大傻子"，语气已然有些困倦。木子君笑了笑，等她睡着，重新把目光移向天花板，继续对宋维蒲的画像。

宋维蒲，River，唐人街长大，在图书馆兼职，在赌场二楼有家书店，被金红玫——也是他口中的金相绝收养。

"我没找到你说的那半条玉手链，"木子君想起他在巷子里说，"我也很遗憾现在才遇到你，因为她已经去世一年了。"

由嘉的公寓有扇落地窗，木子君翻过身，看向窗外繁华的 CBD 夜景。这栋建筑极高，还能看见远处灯火辉煌的雅拉河。

她忽然觉得她与金红玫，也隔着这样一条河。她的影子在对岸时隐时现，她想过河又不得其法，只能看见河面上弥漫着的那层浓重的雾气。雾气里有越洋的邮轮，有战争，有历史，有命运的阴错阳差。

而宋维蒲是一座隐藏在雾气里的桥。

只有他，能带她去对岸。

话剧社大会，台下又是黑压压一片。

"我能退社吗？"木子君问坐在一旁玩手机的由嘉。

"别啊，"由嘉惊讶，"不就是多开了……二三四次会吗？"

距离上次见宋维蒲已经过去了两周。木子君尚且没想好如何对家里开口金红玫去世的事，但话剧社开会已经开了四次，每次都叫她和由嘉去。社长为剧本愁白了头发，后半部分的剧情推翻又重写，怎么都无法自圆其说。

"你不是说他们这剧本开头和你爷爷的故事挺像的吗？"由嘉抬头，"你爷爷那事后来是什么发展的？你给社长提供下思路。"

木子君脑海里闪过宋维蒲那句"她已经去世一年了"，悒悒道："我爷爷那是彻底的 BE（悲剧结局）。"

"咱们社长就是要彻底的 BE。"

由嘉话音刚落，教室后门忽然"嘎吱"一声。木子君一回头，看见隋庄和宋维蒲走了进来。

由嘉冲隋庄吹了声口哨，对方就像家养哈士奇一样过来了。她俩往里挪了两个座位，隋庄坐在由嘉身边，宋维蒲坐在离木子君最远的地方。

"什么风啊？"由嘉低声说，"把他都能吹来？"

"社长为了打开思路，"隋庄也压低声音，"从他家书店订了好几本爱情小说，都是民国虐恋，说今天开会，他正好送过来。"

"River，"由嘉震惊道，"你家书店还有这种书？给我看看。"

宋维蒲把放在腿边的纸袋传了过来，木子君和由嘉脑袋凑在一起，然后一起被大头美人的封面震撼。

"国内看这个？"由嘉问。

"这是三十年前地摊上卖的书，"木子君说，"我们早就不看了。"

"River，"由嘉转头，"你该进点新货了，这还都是你外婆进的吧？"

金红玫忽然被提起，宋维蒲和木子君对视一眼，又不约而同地把视线移开。宋维蒲看向台前，低声说："我又不知道女生喜欢什么。"

"Kiri 知道啊！"由嘉一拍大腿，格外激动，"你书店不是要招员工吗？就她吧！"

木子君和宋维蒲蓦然对视，不等开口，只听台上话剧社社长的声音传来："你们四个好激动啊，是对剧情有什么想法吗？"

四人立刻陷入沉默，社长叉着腰往他们的方向走了几步："派个代表说一下？"

木子君觉得由嘉从底下踢了她一下。

社长目光炯炯，木子君不情不愿地站了起来。他们手里其实都有剧本的大纲草稿，她迅速瞥了一眼前面的内容，抬头看向社长。

"说说嘛，"社长说，"咱们编剧头发都要掉没了，需要打开一些思路。"

打开思路……

木子君深吸一口气，脑海里忽然断断续续地，出现了一些爷爷给自己讲过的画面。

"就是……少爷和舞女，本来以为是露水情缘，结果少爷做生意被人寻仇，被舞女救了，然后两个人躲起来……养伤养出感情了……"

"对，这是我们创作组的初始设定，"社长很激动，五指聚拢，"然后呢？"

木子君忽然看了宋维蒲一眼。

他抱着手臂看着她，神色也是若有所思。她缓慢地把目光转回讲台，被一股力量驱动着，鬼使神差地说了下去。

"少爷说，他会娶她，替她赎身，让她在上海等他。

"她信了，也等了，可是少爷再没回来。上海开始动乱，有当权的点名让她去府上跳舞，她不去，被抓进了监狱，朋友托了很多关系才救她出来。

"朋友让舞女离开上海，安排她进了一家回欧洲的外国舞团。她本来不想走，可别人告诉她，如果她被抓回去，所有救她出来的人都要受牵连。

"所以最终……她还是离开了上海，留下的人，再也没有听到过她的消息。"

整个屋子都安静了。

社长张了几次嘴，都没有想出问什么。一片寂静里，反倒是坐在一旁的宋维蒲开了口。

"少爷为什么没去找她？"

木子君转头看向他。

河上的浓雾逐渐清晰，她再一次看到了那座桥，和对岸女人的身影。

"他不是不去，他是去不了。"木子君说，"他为了回去找她，和家里闹翻了天。计划偷跑回上海的前一天，北平半夜枪响，战争开始了。"

屋子里很久没有人说话。

木子君能听见自己的心脏跳得厉害，宋维蒲与她对视的目光也过于深沉。一片寂静里，远处一位一直在奋笔疾书的同学猛然敲了一下桌子，大喊道："妙啊！妙啊！我可以重写剧本了！"

社长推了下眼镜，神色也显出震撼。

"这是你……临时想出来的？"他问，"你是台词翻译组的？你要不然来创作组……"

"不用了。"木子君转回视线，"我就是想起一些家里人的事，忽然有了灵感。具体情节怎么安排……你们定就好。"

她示意了一下手里的袋子："这些书你还要吗？"

社长看了看书，又看了一眼旁边的宋维蒲，硬着头皮说："要的，还是要的。"

"哦，"木子君把纸袋递给他，"那你记得给他钱。"

社长沉重转身："给的，给的，花了我二百五呢……那我们今天就，可以散会了。大家撤吧！"

问题解决得猝不及防，台下一阵轰然，大家总算可以撤退。教室里很快空了，由嘉也识趣地拖着隋庄离开。

只有宋维蒲一言不发地坐在原处，左手撑住头，食指揉着太阳穴。

金红玫，玉手链，旅店前台，舞女。

他外婆还真是令人惊喜。

木子君显然也有些坐立难安。她想等宋维蒲开口，但对方一直不说话。僵持许久后，她在椅子上转了九十度，正好面向他。

"我不想直接和我爷爷说她去世了，"她沉不住气，"他年轻的时候去过好几次欧洲打听消息，结果有人说她在船上染病死了，他当时就大受打击。他现在人在病床上，好不容易有了希望，要是再是这个结局……"

"她跟着走的是个欧洲舞团，"宋维蒲转过头，"那她为什么会来澳洲？"

"我也不知道啊，"木子君伸出手，把手链上那颗镶嵌着红玫瑰的玉珠转到最上面，"我现在唯一知道的就是，她把这颗珠子给了长安旅店的老板，老板的孙子又在他爷爷去世以后把珠子和其他遗物捐给了国内一家华侨博物馆。"

木子君："反正中间又隔了好多人，这珠子就回到我爷爷手上。他这才知道，金红玫不在欧洲，在澳大利亚，还在墨尔本的唐人街生活过。"

她又问："你们还能联系上长安旅店老板的孙子吗？"

"能联系，可是他也什么都不知道。他还没出生的时候他家就离开澳洲了，这珠子也只是他爷爷遗物里的一个，什么说明都没有。"

木子君手指捏着那枚镶了红玫瑰的玉珠，沉默半晌，再次鼓起勇气开口。

"宋维蒲，"她说，"你是我认识的人里，唯一见过她的了。"

"我知道。"宋维蒲说，"你想要什么？"

"我想把剩下的六颗珠子找回来，"木子君看着他，"我想在我爷爷去世之前，把这串手链完完整整地还给他。

"我想和他说，金红玫虽然去世了，但一直记得他。金红玫也像他一样，一直留着他们的定情信物。他们只是错过了，不是不爱了。"

宋维蒲屈起食指，指节一下下地叩着桌面。

"万一……"他说，"真的不爱了呢？她养了我十八年，没有和我提起过你爷爷，家里也没有你说的那半串玉手链。你爷爷满欧洲找她，她从来没回过国。结论……也很明显了。"

他说得句句在理，木子君也哑然。她手指一颗一颗地摸过自己手上的玉珠，"结发为夫妻"……

六颗珠子，一句诗，一朵红玫瑰。而竹叶与"恩爱两不疑"，就这样遗失在被定性为"不爱"的岁月里。

好忧伤，木子君想。

她想过河，桥说你过了也白过。

正忧伤着，桥又说话了。

"不过也没关系，"他说，"就算她不爱你爷爷了，我觉得也没关系。"

啊？

木子君抬起头，看见宋维蒲单手举着由嘉方才留下的话剧大纲，目光迅速地扫到末尾。

"木子君，"他说，"你有没有想过，你如果想知道这些珠子在哪里，就需要弄清楚我外婆在澳洲都发生了什么。这段人生，和爱情没有关系。"

他把剧本放下，目光转向木子君。

"这是她自己的故事，"宋维蒲说，"我那天晚上和你说了，我现在，对这段故事也很好奇。"

这是木子君第三次来唐人街。

前两次来，一次半夜，一次白天，今天这次是个傍晚。暮色让整条街泛出柔和的质感，几家中餐馆点亮门前灯笼，门外是大排长龙的中外食客。

她跟在宋维蒲身后，发现他几乎认识这条街上所有人。路过一处沪菜馆时，宋维蒲被老板娘抬手截停。木子君从他身侧望去，看见个鬈发阿姨和他寒暄。

"资料用上了哦？"老板娘问。

宋维蒲很快反应过来，回答："嗯。"

"那就好那就好，没想到还能派上用场。"老板娘捋了捋胸口，"用功哦，为了份作业灰头土脸找了半宿……"

木子君插嘴："你找什么啊？"

宋维蒲面无表情地加快步伐，把她从菜馆门前带走："没找什么。"

老板娘看着他俩走远，从兜里掏出把瓜子，嗑开又"噗"一声吐掉皮。

"锐乌长大了，"她点点头，"晓得带女孩子回家了。唉，要是他外婆还在就好啦。"

绕过沪菜馆，前面就是宋维蒲上次拐进去的岔道。木子君跟着他走进去，路过两扇后厨的门和一道蒸腾着热气的通风口，这才抵达那栋小楼。

楼是红砖砌的，分上下两层。木子君观察了一下一楼的铺面，发现大门紧锁，窗户紧闭，里面的玻璃柜都清空了。墙上钉了幅画框，玻璃压板蒙了厚厚的一层灰。

"这是什么地方？"她扶着窗户转头。

"以前卖灯具的，"宋维蒲说，"现在关门了。"

"为什么关门啊？"

宋维蒲掏出钥匙，带她沿着露天的楼梯往楼上走。

"我没时间打理。"他说。

看来也是金红玫的。

金红玫还真能干，孤身一人来到大洋彼岸，在唐人街攒下一家书店，还有一家灯具店。而且听这意思，都不是租的铺面，是买下来了。

铁楼梯一走"咣当"作响，木子君加快步伐跟上去。二楼上去是一条狭窄的平台，直通到住户门前。宋维蒲转动钥匙，"咔嗒"一声，回头示意她跟上。

踏入大门的一瞬间，木子君觉得自己进了一个很古老的时空。

进门是花拼地板，奶油色墙漆，墙上装了大理石的壁炉。壁炉上摆着照片，是宋维蒲从小到大的毕业照，靠近天花板的地方则挂了一幅世界地图。壁炉旁有一台复古的唱片机，壁炉下是墨绿色的皮质沙发，扶手处已经被磨得发白。

不过除了这些家具，剩下的东西都很中式了。进门后不远有个下沉的台阶，进了客厅，正对一张红木圆桌和一张藤编椅，书架柜子上都放着青花的瓷器。窗户尤其偏中式，木质拱形，把远处的唐人街框进画幅里。

联想到自己那个家徒四壁的出租屋，木子君由衷地感慨："你家好好看。"

"是吗？"宋维蒲瞥了一眼四周。大概是在这里长大的原因，他没什么感觉。两个人换了鞋，他带木子君往屋子里面走，然后把金红玫的卧室门打开。

方才两个人已经就金红玫的事达成共识，木子君也和他说从那本花名册里翻出点东西。他想了想，觉得说再多话，不如带木子君来看一眼金红玫生前住的地方。

"不过也没什么东西，"他示意她进门，"我都翻过一遍了。"

木子君蹑手蹑脚地进来，打量金红玫的卧室，明显有点忐忑。

金红玫的房间很朴素，一张床，一个极大的衣柜，靠窗放着梳妆台。暮色倾斜，木子君几乎能看到她在这间屋子里起居行走、慢慢老去的样子。

"你可以翻，"宋维蒲说，"我晚点整理。"

说完，他从靠着的墙上直起身子，转身朝门外走。房门被半掩，木子君手足无措地站了半晌，终于走到衣柜前。

她双手合十先默念："金奶奶，我是来帮我爷爷找您的，您不在，我就找找珠子。我没有不尊敬您的意思啊。"

这么想完，她缓缓打开衣柜，一件件地观察起金红玫的衣物。

她爷爷和她提过，金红玫爱穿旗袍。可是这衣柜里的旗袍并不多，颜色也都很朴素。联想到书店和灯具店，木子君猜测金红玫后半生已然走上了勤劳致富的路线，旗袍这种肩不能扛手不能提的衣服就此被淘汰。

不过衣柜里还有一个单独辟出的空间，挂着几条颜色鲜亮的舞裙。木子君拉着裙摆扯开看了看，有一条裙摆缀着黑色羽毛，腰间刺着金色牡丹。

她一脸困惑地研究了一会儿，把这条裙子塞回去了。

女人房间，还值得一看的就是梳妆台，按理说这也是最可能放玉手链的地方。不过宋维蒲已经明确说过这里没有，木子君在首饰盒里翻了翻，也只翻出几枚耳环戒指、两串珍珠项链，和一枚荷花样式的簪子。

客厅里传来响动，她把东西都放归原位，重新回了客厅。刚才她把那本花名册放在茶几上，此刻宋维蒲正撑着额头研究。

见她出来，他直起身，手指在员工花名册上点了点——她用红色铅笔在那一页上画了个圈。

"你画了陈元罡？"他问，"这个人怎么了？"

那是金红玫往后三四页的位置，陈元罡的职位是门童。木子君"哦"了一声，急忙坐到他身侧的沙发上。

皮质沙发下陷，她低头去找名字。两个人身子靠近了些，宋维蒲侧过脸看她，并没有躲开。

"我把花名册上这些人，"木子君手指划过泛黄的纸，"都用中英文在网上查过一遍，能查到消息而且确定是其人的，只有这个陈元罡。"

她掏出手机，打开地图搜索。宋维蒲侧身望过去，看见她的定位在墨尔本郊区一座偏远的山上。

他大概知道那个地方。山腰处有座小镇，藏着些红酒庄园和农场。只不过木子君找的这个地方，还要再往山上走几公里。

"他家？"

"不是，"木子君说，"他家开的粤菜馆。是一个山顶的中式庄园，名字就叫'陈元罡私房酒家'，现在是他孙子在经营。他们家网站有关于陈元罡的介绍，提到他刚来澳洲时在唐人街一家旅社当门童。"

宋维蒲接过手机看了看。

地图上有这家粤菜馆的照片，"陈元罡私房酒家"的中英双语刻在两扇牌匾上，被庄园外的树木遮掩着。

"你打算从这家粤菜馆开始问？"

"对。"木子君忙不迭点头，"不过现在就是……有一个，不对，有两个问题……"

宋维蒲抬头看向她："说。"

她坐直身子，伸出第一根手指。

"第一，"她说，"这个地方好偏，也没巴士车站，没有车根本过不去，我得有个人开车带我去。"

宋维蒲没说话。

"第二，"木子君继续说，偷偷加了一根手指，"我担心就算陈元罡活着，他也是一个……只会说粤语的老爷爷。这边这种老移民太多了，我可能和他沟通，比较有障碍。"

客厅里很安静。

木子君想，宋维蒲这么聪明，他肯定知道她什么意思。

过了半天，宋维蒲终于开口了，下的结论比她想的更聪明。

"我懂了，"他说，"你是给自己找了个司机，还会翻译。"

"那不是你也说，"她努力找补，"你也对你外婆挺好奇的……"

宋维蒲抱着手臂靠回沙发上。

"也没有好奇到这种程度。"他说。

哎？

木子君拿着花名册，顿时陷入一种"你干吗啊，不是都说好了，怎么突然变卦"的错乱中。她把手机从宋维蒲手里拿回来，戳了戳公共交通抵达，随即被单程长达四个小时的转车和步行路程超过五公里击退。她试图研究打车，又发现这破地方荒山野岭，估计很难叫到网约车。

更别说她"磊猴"和"痴线"的粤语水平……

不是，这桥怎么这样啊！想搭就搭，想塌就塌！

　　身边沙发一松，木子君目光跟着宋维蒲走，发现他起身去倒了一杯水，样子简直是没把她的崩溃放在眼里。一瞬间，她懂了由嘉嘴里那个"对谁都很表面"的人。

　　木子君把花名册往茶几上一扔，耐着性子开口："宋维蒲，我以为刚才在学校，咱俩不是说好了吗？"

　　宋维蒲拿低杯子，神色也意外："说好什么了？我只说我对我外婆好奇，也没说别的。"

　　木子君差点被他噎死。

　　"我挺忙的，"他说，"书店、图书馆，还得上课。"

　　"由嘉不是说让你招店员吗？"木子君也站起来了，"你书店有人帮忙看着，就没这么忙了。"

　　"招人？"他说，"你知道澳洲法定最低工资多少吗？"

　　怎么有人能把不舍得花钱雇人说得这么遵纪守法？她再次被他噎住。

　　漫长的沉默后，木子君长叹了口气。

　　她就知道。

　　他俩最后，一定会回归纯洁而稳固的金钱关系。

　　"那你要不然，就当成接机呢？"她问得诚恳，"你接机来回也要一个多小时吧，那我们算下去这个山庄要多久，然后——"

　　她反应太慢，宋维蒲打断她的话，语气带了循循善诱的意味。

　　"我没你想的那么缺钱，"宋维蒲说，"我是缺时间，缺人帮我打理书店——"

　　"那我帮你打理书店行了吧！"

　　客厅过分安静了，只有宋维蒲喝水的声音。

　　一下，又一下。

　　"我不用法定最低工资，"木子君叉腰站着，破罐子破摔，"你就当我打黑工——不是！当我打义工！"

　　"我也没那么黑。"宋维蒲说。

　　木子君叉着腰反应片刻他的话，猛然抬头。

　　哦，弄了半天，这桥不是塌了，这桥是要收她过路费啊？

　　"你想周几去找人？"宋维蒲简直是无缝衔接了刚才的对话。

　　"周……"木子君恍惚道，"我看最早的预定是这周六……"

　　"行啊，"宋维蒲把水杯放下，"那就周六。"

木子君一愣。

"那你周五没课的时候，来书店试下工。"

木子君有点没反应过来。

"下楼吃饭？"宋维蒲起身去穿外套，"和我一起能打七折。"

……

一个小时后，木子君拖着疲惫的身躯回了家。手机屏幕亮起，是朋友来问她留学生活的进展：就上次你说那个接机的帅哥，又帅又好使那个，有啥进展吗？

木子君忽然悲从中来，抄起手机恶狠狠地回复：

一点也不好使！

奸商一个！！！

周五。

木子君小时候写作文：今天的天空阴沉沉的，还下着雨，就像我现在的心情。

就像她现在的心情。

倒不是说没有打工的计划，但宋维蒲这事她怎么想怎么有种连蒙带骗的感觉。好好一个女大学生，带着使命远赴重洋，调子起得挺高吧？结果开始在唐人街书店打黑工。

她撑着伞进了唐人街，走到赌场门前，收伞抖了抖，水溅了一裤腿。

时间还不到九点，大部分餐馆都未营业，连赌场里的人都比前两次来时稀疏。

她熟门熟路地找到电梯，抱着手臂站进去。

电梯上升，摩擦出铁锈质感的噪声。出电梯门右拐，走到尽头，"相绝华文图书"的牌子映入眼帘。

想着自己还有求于宋维蒲，她深吸一口气，状态平稳地推门进去。

大约是阴天的原因，书店里所有灯都打开了，白炽灯照得室内一片冷白。木子君在门前站定片刻，听见角落里传来一阵"咔嚓"声。

循声望去，宋维蒲半坐在桌子侧沿，正在给桌面上的书拍照。听见脚步声，他抬头看了一眼木子君，头向柜台的方向微侧。

她走过去，他也回身，边从相机里往外拿存储卡边示意她坐下。两人在柜台电脑前一坐一站，她放下包，忍不住询问："干什么啊？"

"干活。"他说。

他把读取器插上机箱，起身拿鼠标，另一只手随意搭在她座椅后背。木子君正襟危坐看着电脑屏幕，相机内存卡打开，全是他刚才拍的照片。

鼠标晃了一下，他又打开网页。木子君辨认片刻，发现是国内一家网购平台的商户后台。

"帮我上传一下。"他说，"商品描述都是八成新，定价先空着，我下午填。"

"你要开网店？"木子君问。

"嗯。"宋维蒲点头，把鼠标推到她手边，"你不是说我店里很多书在外面绝版了吗？放着也是滞销，不如拿去网上卖。"

鼠标轮往下一滑，是琳琅满目的书皮封面。木子君茫然地点了点头，又想起什么似的按住他的胳膊。

宋维蒲身子一僵，试图抽走未遂。

她劲儿真大。

"咱们说清楚啊，"她语气认真，"我给你店里干活，你明天带我去找人，以后也不能随便撂挑子。"

宋维蒲愣了片刻，明显是没听懂这高深的中文词汇，反问道："什么是撂挑子？"

"就是……"木子君一时语塞，"就是你不能不管我！"

她的手按着他的胳膊，他侧站在她身侧。窗外雨势渐大，敲打着玻璃，"叮当"不绝。大约是书店太旧了，这些书也太旧了，屋子里泛着一股淡淡的潮气。

宋维蒲的目光从她手上移开，慢慢直起身子。

"可以，"他说，声线在密闭的空间里压得很低，"不会不管你。"

· 第二章 ·
红玫瑰

　　宋维蒲说墨尔本天气变得快，的确如此。周五下了一天雨，周六便又晴朗起来。

　　木子君早起随便弄了一些吃的，正坐在客厅喝牛奶，晨跑回来的缅甸室友破门而入，激动地询问她家门口那个在车外等人的是不是她男朋友。

　　木子君立刻矢口否认，对方发出一声可惜的赞叹，继续询问那是不是在追她。

　　木子君心道，他俩目前的关系的确有些复杂，类似我把你当桥，你却想薅我羊毛。几个回合下来，已然回不到最初单纯的金钱往来。

　　推门而出的时候，宋维蒲果然正站在门外等她。

　　他个子高，右手拿着一杯咖啡背靠车身。她难得见一个人等人的时候不玩手机，他似乎也不抽烟，只是百无聊赖地站在原地等她，仍是那副和四周环境既和谐又格格不入的气质。

　　木子君看着宋维蒲身后的那辆车，其实接机那次木子君就想问这辆车的事，她最近又常在街上看到类似车型——车头完全是轿车造型，驾驶室后面却没有后备厢，直接挂载无车顶的车厢，她在国内完全没见过这种车。

　　"皮卡车，"宋维蒲听到她询问后也略显惊讶，"你以前没见过这种车吗？"

　　皮卡车，她的确没见过，但仔细想想，这种车型还真是很适合澳洲地广人稀又劳动力价格高昂的现状，能通勤能越野能运输，当然还能……

接机。

"你自己买的吗？"木子君问。

"成人礼。"他说。

她反应过来，点了点头，跟着宋维蒲上车，走了两步见他转身看向自己，提醒道："右舵车。"

爬上副驾驶的时候，木子君由衷地感慨：不一样的地方真是太多了。南北两座半球，季节相反，车型陌生，连左右舵都得走错几次才能修正惯性思维。

她简直难以想象金红玫当年语言不通，是多久才彻底习惯这里的生活。

气温终于升到了不用开空调的程度，她绑好安全带后降下车窗，目光移向窗外。这还是她到墨尔本后第一次出市区，心情颇有种小学去春游的愉悦。

木子君的手臂架在车窗处，阳光打穿了腕上的玉珠。木子君忍不住又一颗颗地摸过去，拇指指腹在金边红玫瑰上摩挲，感受凸起的金属和宝石质感。木子君忽然有了个念头，转头问道："宋维蒲，你们澳洲有立春的概念吗？"

男生正变道，没听懂她的话。

"什么是立春？"

"就是春天从今天开始的意思。"木子君说，"我们历法里有一个专门的日子，过年用的也是这个历法。你们南半球季节和我们是反着的，你们有吗？"

宋维蒲想了想，回答："可能有天文概念上的吧。你说的那种，我不记得有。"

"这样啊……"木子君点点头，目光移向窗外，"那我感觉，今天天气这么好，今天就可以算澳洲的立春。"

宋维蒲笑笑："所以这个历法可以凭感觉定？"

"那倒没有。"木子君又把胳膊放到车窗上，架着下巴，"不过反正这里也不用这个历法。我们随便定一个，别人也不知道。"

她顿了顿，说："我爷爷说，他第一次对你外婆动心，就是立春那天。"

他们已经上了高速。时间很早，又是周末，路上竟然没什么车。车速快，风太大，宋维蒲把车窗都关上。木子君额头抵着车窗看路旁的风景，心不在焉地给他讲。

"他小时候家里经商，有一年冬天，他帮家里去上海谈生意，"她说，"当时还没打仗，他家里也没衰落。那笔生意谈得很大，成交以后，有当地的朋友带他去上海最大的那家舞厅。"

木子君："百乐门，你听说过吗？"

"没有。"宋维蒲单手扶着方向盘，另一只手撑着侧额。

"现在还在呢，"木子君收回身子，目光看着路前面，"你要是有一天回国，我可以带你去看看。"

"看我外婆跳舞的地方？"宋维蒲点了下头，"有点奇怪。"

木子君想了想，觉得也是，于是继续讲故事。

"你外婆当时是百乐门的舞女，还是最有名的舞女。"她说，"别的舞女跳舞是节目，她跳舞得拍卖。有时候拍项链，有时候拍耳环，她只给拍到她首饰的人跳舞。我爷爷去的那次，拍的就是这串玉手链。

"我爷爷年轻的时候，算不上什么好人……这是他自己说的。他说那时候他年轻气盛，当晚碰上一个做生意的死对头，两人把这串手链的价格越叫越高。到最后也不是拍手链，就是为了面子。"

"看来你爷爷赢了。"宋维蒲说。

"嗯，他做了那个冤大头，"木子君笑起来，"就为了你外婆的一支舞。"

她动了下手腕，阳光打透玉珠。宋维蒲眼神动了下，这是他第一次仔细打量这串手链。

"那天之后，他本来该回北平城和家里交差，但意外耽搁了。这么一耽搁，就出了事，一行人全被结仇的人报复。出事的那天是立春，他从百乐门带你外婆出去，两个人在同一辆车上，中枪以后一同逃到一处苏沪交界的乡下村落，然后一住就是……三个月。"

伤筋动骨一百天，三个月倒也不算长。

不算长，他也没有详细和木子君说那三个月发生了什么。

但他偏偏就记了一辈子。

"哦，还有，"木子君抬了下手，"这串手链刚拍下来时，上面是没有这些东西的，就是十二颗玉珠。这十个字，都是我外公自己刻上去的。这红玫瑰和竹叶，也是他找人镶上去的。"

"后来他说他要回北平，就把'恩爱两不疑'和玫瑰、竹叶都留给了你外婆，自己带着'结发为夫妻'走了。"

这一走就是一辈子。

"大概就是这样。"木子君说。

车减速，路两旁的树干逐渐浓密。木子君意识到他们要开始上山了，再次降下车窗，窗外浓度极高的氧气立刻灌进车厢。

车就这么一头扎进山林公路。如果说刚才还有点没睡醒，那此刻便只觉得神清气爽。山路多转弯，宋维蒲降低车速，路旁不时掠过红酒庄园的招牌。

"我不懂三个月的事为什么可以变成一辈子的执念，"宋维蒲忽然开口，"而且你爷爷年轻的时候，听起来也不是个专情的人。"

"我也不懂，"木子君在车窗灌进的风里闭上眼，"我想过很多理由，最后觉得，人和人的相处有太多细节，连当事人也找不出具体的原因。比如我爷爷，他现在很多事都忘了，但是他会反反复复地提起，他们真正结缘，是那年的春分。"

山林更深，叶片涌动如潮。

他们驶入墨尔本的春分。

车又开了半个小时，终于抵达陈元罡私房酒家。山顶平台已经停了几辆车，木子君一开始没觉出违和，走了两步才意识到，她这是在澳洲。

周遭已然尽是山野，除了面前的中式庄园，没有任何人工痕迹。一瞬间，木子君明白了陈元罡为什么要把餐厅开在这里——

即便是唐人街，也是"嵌"在异乡的一处华人聚集地，充斥着各色人种和英文招牌。而在这种地方，只要人愿意相信，大可认为自己身处故乡的名山大川。

身不归乡魂可归。人心所在处，肉身不能困。

上山的时候木子君打过电话，门口已经有服务生在等他们。三人迈过门槛，迎面而来的竟是一片香樟树。从树丛间穿过，庄园里两排房屋，一排是吃饭的餐厅，另一排小木屋看起来则像是能提供住宿。

吃饭的空间都是独立的，墙角摆放着青花瓷的花瓶，梁柱上的雕刻也是花鸟图案。不是宋维蒲还在身边，木子君会觉得自己已经回国了。更让她意外的是，那些青花瓷瓶里面装的竟然是……沉甸甸的泥土。

她冲着那些瓶子发了会儿愣，便有个头发绾髻的姑娘走进来给了他们两份菜单。木子君接过细看，发现菜单封面是一张黑白照——一个华人家庭，两位男人穿西服站立，两位女人面孔一中一西，前排站了一高一矮两个男孩，正中间是个须发尽白的老人。

老中青三代男人的长相微妙相似，木子君移开目光，先试探着问那位缩着发髻的漂亮姑娘："我想问一下，这位是不是就是……陈先生……"

"您说哪位陈先生？"对方歪过头，眼睛眨了眨。木子君意识到她年龄并不大，只是碍于工作打扮得比较成熟，"这四位，都被称呼为陈先生。"

木子君把菜单方向掉转，指向那位老人，确认道："这就是陈元罡先生吧？"

小姑娘有问必答，给的比她问的还全面："对呀，创建酒楼的是陈元罡先生。后面这两位是他的一对儿女，接手酒楼的是这一位和他的意大利妻子。不过去年，这一位——"

她的手指划过两个孩子中那张明显是混血儿的脸。

"陈笑问先生开始管理酒楼了。"

"那陈元罡先生他——"

"他身体不太好，我们也很少见到他。"

小姑娘笑着说完，似乎这才意识到她问的内容太过详细，神色变得有些疑惑。木子君迟疑片刻后还是简述来意，对方往窗外看了看，回忆道："陈先生现在或许没空，您刚才说那位陈老先生的老朋友叫……"

"金红玫。"木子君说。

"那我得去问一下经理，"小姑娘点了下头，目光移到菜单上，"您要不然先点单，一边吃一边等？"

菜单压在手下一直没翻开，木子君点了下头，继而把菜单翻开。来之前她大概了解了一下这家酒楼的消费水准，但前几道菜的价格映入眼帘的一瞬间，她还是觉得眼前一黑。

服务生单手拿着点单机，歪着头站在桌旁等她。木子君把菜单立起，挡住自己整张脸，看向一直在旁边没有开口的宋维蒲。

宋维蒲一脸疑惑。

"怎么都这么贵啊？"她压低声音问。

宋维蒲默不作声地看了她片刻，也把菜单立起，回答她："这种酒楼很正常。"

木子君把视线移回菜单，又往后翻了几页，深感这锅折合人民币高达四百元的粥里三百元都是装修和服务费。她又往后翻了翻，忽然听到宋维蒲那边传来一声带了些讶异的气音。

她继续立着菜单转过脸，看到宋维蒲的菜单停在了靠后的一页上。她迅速把身子偏过去细看，继续压低声音感慨："找到一个十五刀的菜，真不错。"

宋维蒲仿佛用了很大的力气才没在外人面前长叹出声，只把菜单向木子君偏了几度，手带着她的视线从价格处移开，转而在菜名处点了两下。

木子君："红玫河粉？"

"要点这一道吗？"面前的小姑娘立刻道，"这道可是酒楼历史最悠久的一道菜，当初陈老先生发家，靠的就是在悉尼的唐人街开粉面档呢……红玫……哎？这会不会就和您说的那位金小姐有关系呀？"

小姑娘："您怎么不说话呀？"

"哦，我在反省自己，"木子君默然片刻道，"你们的反应，都比我快。"

"各有优势，"宋维蒲放下菜单，"你很擅长用别人。"

木子君无语。

等陈元罡的孙子陈笑问过来花了不少时间，包厢窗外正对那片香樟树林，木子君看了一会儿，意识到这种大片香樟在墨尔本这种纬度并不多见，更像是从国内海运过来的。

与世隔绝的酒楼，香樟树，青花瓷，还有里面来路不明的泥土。她猜想这位老人在建造这栋山顶的豪华建筑时心中一定有些未了的执念，而那道以金红玫的名字命名的菜，已经证明他们这一行并未来错。

"红玫河粉，"木子君忽然笑道，"不知道陈元罡起这个名字有没有征求过你外婆的意见，听起来又洋气又接地气。"

出乎她意料的是，宋维蒲并没有接着她的话说下去，只是低头看着菜单上的那一页，像看到了一个人散落在这世上的吉光片羽。

原来拼凑一个人一生的除了遗物，还有旁人对她的记忆。

菜单的封面除了陈家三代人的合影，右侧空白的墙面上也记录了陈元罡早年的人生——

1923年出生于广东台山，十岁跟随父母前往墨尔本，父母在唐人街开粉面档。1940年，他和父母前往悉尼，从接手自家粉面档开始，一步一步，成了全悉尼最豪华的粤菜酒楼的老板。

他在唐人街的时间与金红玫重合，那时她刚刚跟随那支欧洲舞团离开故土。"红玫河粉"这个名字乍听让人摸不着头脑，可对陈元罡来说，那或许就是他一生中最重要的东西，也是他余生一切的开端。到底是和金红玫有怎样的渊源，才会让他饱含怀念地用金红玫的名字命名他事业的根基呢？

宋维蒲想象不到，金红玫也没有和他说过。

金红玫甚至都没有在他面前提起过,她曾经有过"红玫"这样一个名字。

思绪正飘着,木子君在他身边长叹一声。宋维蒲把目光移过去,看见她也对着菜单发呆,满脸忧伤,仿佛共情了他的心路历程。两个人虽说此前打过不少交道,但直到最近去书店才知晓了彼此的专业——木子君学的是心理,宋维蒲学的是建筑。

这样看来,她这种共情能力,还是有一些学心理的潜质的。

果不其然,木子君又长叹了一口气,对着菜单满脸神伤道:"就点了两份河粉,一个茶位就六十刀,有没有搞错。要是每一颗珠子都要花这么多钱,我没找完就破产了。"

宋维蒲一愣。

"你不用算汇率你没办法共情,"木子君看了他一眼,"一个人三百人民币,简直像在喝钱。"

宋维蒲无语。

所以不共情的人是他?

这烫手山芋,是真烫啊。

半个小时后,陈笑问迟迟未来,木子君朝门外张望片刻,又给宋维蒲倒了一杯茶。他手疾眼快地把杯子换了位置,推辞道:"我说我不喝了,再喝今天睡不着了。"

"刚泡了两次,"木子君语气失落,"你再喝一点,咱们喝回本。"

宋维蒲:"这顿饭真的不用你请。你别喝了,亏不到你身上。"

"那不行啊,"木子君态度坚持,"你都送我过来出人出力了,我不能还让你出钱吧。虽说是咱俩一起做事,但我也不能总占你便宜——"

说话间,一杯茶水又被斟满,递到了宋维蒲手边。他看着水面莹光长叹一声,无奈之际,楼道里忽然响起一阵吵闹声。

木子君循声望去。

他们进入包厢的走廊另一侧是巨大的落地窗,正午阳光直射,几道人影直接从远处被打过来,投射到包厢门前。

木子君看着走在最前面的两道影子互相拉拽着,一道佝偻些,伴着一道很老的说着粤语的声音。

她下意识去看宋维蒲,对方将视线转向她,表情比她更意外。

"他说他要觅金小姐。"宋维蒲解释说,"他说两个人已经……约好了。"

另一道声音也在这个时候响起来，是很无奈的中文，带着一点外国口音的普通话。

　　"爷爷，我听不懂粤语的……你……这位不是金小姐，刚才经理说了，她只是认识金小姐。哎，爷爷，你不要跑——"

　　下一瞬，一道佝偻身影蓦然撞进包厢。木子君视线一动，和一双苍老的眼睛四目相对。

　　用"苍老"这个词来形容或许不大恰当。因为除了眼角的皱纹和略有浑浊的眼球，在那双眼睛之后，木子君觉得自己看到的是一个非常年轻的灵魂，十五岁，不会超过十六岁。那个十五六岁的少年人在看到木子君的一瞬间眼睛就亮起来了，步履匆匆地走到她身边，努力让自己说话的粤语腔调没有方才那么浓："金小姐，金小姐你回来了呀？金小姐你怎么才回来呀！"

　　他说话带着粤语腔调，但不浓重。木子君意识到他以前和金红玫说话的时候大概也是这个口音，急忙解释："陈老先生，您误会了，我不是金红玫……"

　　"金小姐，我今天没做错事呀，"他委屈道，"你答应过我的，不要又戏弄我。舞会今天晚上就要开始了，你——

　　"你答应过我会做我的舞伴呀！"

　　木子君和宋维蒲对视一眼，这次是实打实地陷入了手足无措。

　　包厢的门被拉开，方才另一道影子的主人也终于赶到了。对方一张混血脸，脸部轮廓乍看上去是亚洲人，但五官的一些细节又有西方人的影子，那一头鬈曲的头发倒是非常意大利。他像是已经预料到了屋内混乱的一切，打量了一下木子君和宋维蒲，又把目光移向自家控制不住的长辈，长叹一口气。

　　"爷爷，"他走过去耐下性子劝说，"我说过了，这位小姐不是金小姐——

　　"她就是金小姐！"陈元罡彻底被他烦透了，回过头发火的样子就像个和家长发脾气的少年人，"老豆！你能不能不要再管我去舞会！"

　　宋维蒲和陈笑问一怔。

　　木子君问："什么是老豆？"

　　宋维蒲："爸。"

　　宋维蒲侧头不合时宜道："学会第三句了？"

　　木子君："嗯……"

场面属实有些难以控制。漫长的僵持后，木子君把手里的茶杯转了一下，继而调整语气对陈元罡说："我……答应你的事肯定会做到的，你先去玩吧，我和你……老豆，单独说几句话。"

陈元罡方才一直得不到回应，忽然被木子君这么顺毛捋了一把，竟然在一瞬间安静下来，拄着拐杖晃晃悠悠朝门外走去，一位一直在门口张望的工作人员也急忙跟上他的步伐。

陈笑问看着自家长辈的背影消失，再回头时，对木子君的态度可以说得上肃然起敬。

"不好意思，"他说，"我爷爷以为自己十几岁已经很久了，认错人也不是第一次……"

他连声道歉，木子君终于慢慢把视线从陈元罡背影消失的地方收回来。纵然已经是隔代的血亲，但陈笑问脸上仍然留有他爷爷的许多面部特征，例如鹰钩的鼻梁与下巴当中的那道凹槽。

认错了吗？也算不上吧。

她能确定的是，她和宋维蒲的第一站，来对了。

信息量太大，消化起来有点费劲。

木子君在酒楼的梨花椅上坐着，眼看着陈笑问把自己本来就很乱的头发揉得更乱，两只手倒叉腰侧，把敞开的西装外套掀到更靠后的位置，如一只原地打转的混血大鹏。

"长安旅店，"陈笑问一边转，一边复述这个名字，"我爷爷没有和我提过。"

了不起，金红玫也没提过。他们那代人如此寡言少语，对自己少年时代的经历约好了似的闭口不谈，把难题都留给这一代。

"我看陈老先生心心念念和金小姐的约定。"木子君开口问，"他除了今天这些话，以前没有和你说过其他内容吗？"

"没有。他的记忆是去年开始错乱的，总是问我们金小姐怎么还不回来，在此之前，我和我父母，都没听过这位金小姐的名字。"

木子君："那你觉得如果我去问他……"

"很难说。"陈笑问皱着眉，"我们也试过让他说出更多内容，都被他用这是他和金小姐的秘密搪塞了。不过刚才他看到你以后……"

他停止原地打转，回过头仔细看了看木子君。

意大利男人，看拖把都深情，何况看人。木子君被他看得坐立难安，明显感觉到身后一直没说话的宋维蒲把手抱起来，开始打量他们二人火花四射的对视。

"我想起来了，"陈笑问终于在宋维蒲的轻咳声里结束了和木子君长达十秒的视线交会，"有时候，我爷爷凌晨六点会起床去院子里散步。他那个时候的神志比较清楚，你们要不然，等到明天早上试试？"

木子君沉默片刻，看向宋维蒲："那我让你凌晨四点来接我是不是有点过分？"

宋维蒲："怪不得让我喝那么多茶。"

她又不会未卜先知！

"没关系的，你们也可以不回去。"陈笑问连忙安排道，"我们这里不只是酒楼，也有住的地方。你们如果愿意留宿，我安排服务生去打扫房间。"

木子君什么都没带，好在庄园里什么都有。两个人晚饭也是在山顶吃的，碰见几对来度假的华人，都是上了岁数的老夫妻。这里像是给墨尔本的华人造了一处幻境，让人觉得，来到这里，就等同回到了大洋彼岸的故乡。

陈元罡凌晨六点散步，那他们起码五点半就要在院子里蹲守。木子君怕自己起不来床，吃过晚饭便早早睡下。

她给宋维蒲发消息：我先睡了。

对方并没回她。

算了，他经常不回她。

山顶入夜极安静。人住在城市里，街道再安静也有噪声。但山顶的夜就是彻底的夜，再加上初春虫鸟未鸣，房间里只能听见树叶被风吹过，涌动有如浪潮。

木子君在这浪潮的翻腾声中醒过来，摸了摸手机，发现时间是半夜两点。

宋维蒲也有了回复：好，我去外面透气。

发送时间，1：37。

木子君无奈。

看来白天那个茶在他身上，劲儿是有点大了。

山中午夜，风声渐大。她从床上坐起来发了会儿呆，意识到自己这是睡得太早，生物钟略显紊乱。衣服都在床头，她抓来穿上，又把头发扎起来，决定去外面看看宋维蒲还在不在。

他们住的就是中午见到的那排木屋，宋维蒲的房间在她隔壁。木子君借着窗户往里看了看，不像是有人的样子，便裹紧衣服往下走。

不远处是他们吃饭的餐厅和厨房。

陈元罡这庄园到了晚上更加以假乱真，餐厅外的小池塘映着月色，呈现出低配版荷塘月色的朦胧感。池塘边的栏杆上靠了一道人影，身形轮廓明显是宋维蒲。

远处的灯光微弱，好在月色还算明亮。月光清霜似的洒在木质连廊和宋维蒲身上，她咳了一声，往前一步，入了画。

宋维蒲并没被她吓到，也未觉她的到来唐突。两人都用胳膊撑着栏杆，她低头，看见水面上漂着一片残破的荷叶。

上个花期过去了太久，下个花期还远未到来。池塘上只有这么一片荷叶，象征这里曾有荷花绽开。

"宋维蒲，"木子君把下巴放到手臂上，忽然就知道了他在干什么，"你想她了？"

"你还真是学心理的。"

"和专业没关系，"她说，"人之常情。"

他们为了金红玫而来，她甚至被陈元罡当成金红玫。他晚上吃饭的时候话就很少了，她也并不是一个迟钝的人。

"也不算想她。"宋维蒲仰起头，开口说，"她那个年龄，离开也是很正常，我甚至很庆幸她没受什么苦。相比于想，我更多的其实是……后悔吧。"

"为什么呀？"

"因为……你吧。"

木子君"啊"了一声，一脸茫然地转头看他。

他起初并没有更多解释，意识到木子君一直盯着自己以后，才慢慢转过身子，用后背抵住栏杆。天上月亮垂挂，月侧晕染开一圈光晕。唐人街上有老人和他说过，月晕预示着要刮风，月晕缺口的方向便是刮风的方向。

墨尔本日日起风，这样的光晕并不少见。

"我以前没有后悔过，"他的语气很淡，和他平常说话一样，情绪不多，"她把我养大，我给她送终，我以为这就够了。可是你来找我，你一直在问我关于她的事，我才发现，我一点都不了解她。"

宋维蒲说："所以我后悔，我后悔她还在的时候，我没有和她多说些话。"

"也不怪你，"木子君说，"我长大以后，和我爷爷也没有很多话。"

"我小时候也不和她说，"宋维蒲看着月亮，"我整个青春期都很叛逆，讨厌所有人。两边的人和文化好像都不算完全接纳我，我也干脆拒绝接纳别人，包括她。"

木子君转瞬明白了由嘉口中高中时代的宋维蒲。

"不过你总归还是……很优秀的，"木子君说，"在唐人街其他邻居面前，金红玫应该很以你为傲。"

"嗯。"宋维蒲点头，"她活得很张扬，什么都可以炫耀一下，我也每天被她拿去炫耀。"

"我爷爷说她年轻的时候非常泼辣。"木子君说。

"老了也是。"宋维蒲忍不住叹气，"每次和我吵架就把我赶去街上，大声说今天不许吃饭，故意让街上其他叔叔阿姨听见。等我吃完了别人家的饭，她再让我回去，我都不知道她是不是就是懒得做饭。"

木子君笑出声来。

她觉得河对岸的那个女人在这个瞬间忽然清晰了起来，而不再是一个隔着岁月的影子。她用爷爷的话和宋维蒲的话拼凑金红玫，拼凑出一个女人一生中的共性。

两人对话告一段落时，远处忽然传来了急促的"嘚嘚嘚"的声音。

木子君朝远处张望，宋维蒲也直起身子。午夜山顶的薄雾里，一道佝偻的身影逐渐浮现，竟然是陈元罡拄着拐杖跑了过来。

木子君下意识地往宋维蒲身边站了一步。

怎么……怎么回事？不是说六点才起床吗？怎么半夜两点多就跑出来了？而且看这打扮，简直称得上整装待发。

"没事，"宋维蒲压低声音，"他好像清醒了，你和他说话试试。"

木子君咽了口唾沫，等着陈元罡跑到她身前。他脸上又是那种十几岁少年的神情，拐杖戳地"嘚嘚嘚"，在雾气里过分清晰。

"金小姐呀，金小姐，"他终于气喘吁吁地跑到了木子君跟前，用蹩脚的口音和她说，"快和我来，我把夜宵带过来啦。"

木子君："啊？"

夜宵？

陈元罡伸手来拉她的手腕，一握，手掌都是老人皮肤上才有的松弛和褶皱。木子君看了一眼宋维蒲，反手抓住陈元罡，问他："去哪儿啊？"

"去后厨呀。"陈元罡说。

他边说边抬手指，木子君纠结几秒，被他拖着往前走，终于想起问什么。

"啊啊，那个……"她说，"他能一起来吗？"

她抬手，指尖指着宋维蒲。

陈元罡顺着她手指的方向打量，神色忽然带了丝鄙夷。

"金小姐，"他说，"和你说了嘛，好好谈一场恋爱。不要寂寞了，就花钱去找男人啊。"

木子君和宋维蒲一愣。

"算了。"陈元罡最终还是大度道，"既然是金小姐花过钱的男人，就一起来吧。"

说完，他又拄着拐杖"嘚嘚嘚"地走了，另一只手紧抓着木子君。宋维蒲进退两难，一时拿不准要不要跟过去。

"宋维蒲！"

雾气里传来木子君的声音。

"你过来呀！"

细思之下，人家陈老先生也没说错，从接机到买书，他的确是木子君花钱找来的男人。宋维蒲在原地站了半晌，最终还是自暴自弃地抬腿跟上。

陈元罡带木子君去的竟然是酒楼的后厨。

厨房里没开灯，只能借着窗外的月光向内打量。木子君被他拉到了一处锅灶前，终于看清，锅灶旁放了一盘焦黑的食物。一老一少坐定灶台前，陈元罡把那盘食物推到木子君面前，邀功似的说："快吃吧，金小姐，快吃。"

木子君回头，看见她花钱找的宋维蒲也跟过来了。

"他让我吃……"她小声说。

"那你就吃啊。"

"都焦了……"木子君一脸不可思议，"你要毒死我吗……"

"我毒死你干什么，"宋维蒲说，"毒死你谁给我钱。"

神经病啊！

她瞪着宋维蒲，他若无其事地看回来。目光交锋间，陈元罡忽然拄着拐杖站到她身边，嗫嚅道："金小姐，我都给你带了一个月的炒河粉了。那件事情，你考虑得怎么样了呀？"

那件事情？

哪件事情？

木子君与宋维蒲对视一眼，男生使了个眼色，她神色便意味深长起来。

"那件事情啊，"她稳重地点点头，"我还得再考虑一下。"

"不行的，金小姐，没有时间考虑了，"陈元罡大难临头地瘫坐下去，"学校的舞会明天晚上就要开始，我已经应承他们……"

学校，舞会。

联想到白天的只言片语，木子君似乎摸到了事情的大体脉络。看来金红玫年轻的时候，和陈元罡有一些关于这场舞会的承诺。

方才和宋维蒲过来的路上，两个人已经聊过办法，这一刻的木子君也拉了把椅子，坐到了万念俱灰的陈元罡对面。一把岁数的老人，沮丧起来还是和十五六岁的少年一样，眼角向下耷拉，满脸写着无助。

"我没有说不帮你呀，"木子君好声好气地说，"不过我啊，要考考你。"

陈元罡有点振作起来的样子："考……我？"

"是啊。"木子君点头，"你每天金小姐长、金小姐短……我猜你是有求于我才这样巴结我，而不是真的想和我做朋友，对不对？"

她循循善诱，说得陈元罡正襟危坐，一脸少年人的惊慌。

"不是的，"陈元罡朝她拼命摆手，"我是真的想和金小姐做好朋友的。这个旅店里，金小姐是对我最好的人了。"

"是吗？那这样的话……"木子君盯着陈元罡，意识到他看她的眼神浑然是在看金红玫，"你就把我到唐人街以来的事，完整地复述一遍，一个地方都不许错。说错一件，就证明你并不关心我，只是想利用我才跟着我。"

厨房外的樟树又一次被夜风吹得涌动，陈元罡拖着椅子往木子君的方向挪动半寸，诚恳道："可以的，我记得金小姐来唐人街后的每件事，我是真的把金小姐当成朋友在意的。"

1938年，墨尔本。

金红玫第一次来长安旅店这一年，陈元罡十五岁。

那些日子，旅店里的客人都传言，有一家欧洲的舞团来到了墨尔本，舞团里各国舞女争奇斗艳，甚至有一名上海女人。唐人街的单身汉们个个都很好奇，但个个都掏不起看表演的门票钱。

"欧洲的舞团，为什么来到澳大利亚？"这天早上，陈元罡听见有住客互相询问。

"战事蔓延厉害，欧洲也要被炸成废墟，"另一个人回答，"舞团那么多张嘴等着吃饭，团长总得想办法，这才来到我们这边。"

隔山隔海，炮火尚未烧及南半球上这片遥远孤独的大陆。但白澳政策的阴影悬于头顶，选择离开的华人也逐日增多。唐人街上人丁稀落，大家互相传递着故乡的消息，也有人组织华人捐物捐款。

好的消息总归寥寥，时间久了，士气也低迷。中秋将至的那个月，旅店里忽然有人起哄，说祝老板，这街上的金山客来到墨尔本，第一个落脚点总是你这里。今年你不如做件善事，帮大家安排些娱乐。

祝老板叼着一管从中东商人那里购买的水烟，洋里洋气地出现在众人面前。祝老板说吵什么吵，想做什么？打牌？放电影？叫那支破烂戏班来唱戏？

台下嘘声一片，都嫌他老土。最终有道声音响起来，说，去叫那欧洲舞团，让舞女来给我们跳支舞！

嘘声渐小，旁观的人也兴奋起来。新来的欧洲舞团近日里名气渐大，那位金小姐的舞姿对当地是异域风情，对这条街上的人来讲却是久违的故乡。

起初只有几个人喊，到后面，就成了起哄。

来跳舞！

来跳舞！

……

祝老板喷了口烟，咂了下嘴，将长长的水烟管挪到身边。唐人街近来人太少，中秋佳节都回不去故乡，人们想寻些热闹，也是情理之中。

"那么——"他拖长了声音，"小河粉！"

十五岁的陈元罡连滚带爬地从人群里站了出来。

这是陈元罡随父母来到异国他乡的第五年。白天，他在墨尔本一所华文学校里和一群南洋富商、上流华人的子女同窗读书；放了学，他就要赶到这家旅店做门童，为在唐人街不远处开粉面档的父母补贴家用。

他的父母厨艺并不精绝，做得最好的也无非是炒河粉，而这档生意，也让陈元罡失去了自己的名字，被街坊称为"小河粉"。

陈元罡讨厌这个外号，讨厌炒河粉的味道，更讨厌满身油烟的父母。放学后，他宁肯做门童做到天黑，也不愿意回到唐人街尽头的家。

接着说旅店。

十五岁的陈元罡站出人群，被祝老板用水烟敲了敲脑壳。祝老板斜着眼睛看他，指挥道："去，叫账房写封英文信函，由你送去舞团。问问单让那中国舞女来一趟，要花多少钱。"

陈元罡连声应下，回头便去二楼找账房先生写信了。一小时后，一封全英文书信滚烫出炉，装在信封中，函口是遵循了外国礼仪的封蜡。蜡还滚烫着，陈元罡双手捧起，由唐人街一路跑至墨尔本中心的科林路。

那是欧洲舞团下榻的旅社。

陈元罡平日就学校、唐人街两点一线，第一次来市中心的地段，紧张得连眼睛都不敢抬。撞了好几个人，他终于跑到旅社门前，只见三四个身段窈窕的年轻女人站在门口吸烟，时不时发出嘹亮的大笑。

周遭往来的皆是金发、红发、棕发，陈元罡一眼认出同他一般黑发黑眸的金红玫。她穿着一条金色长裙，化了浓妆，肩上披着被用作献殷勤的男士西装。她和他见过的任何一个东方女人都不一样，她站在那儿，就像从地底下蹿起来一团金色的火焰。

她英文说得蹩脚，全是语法错误，但用最简单的词也能表达清意思，换来她身旁不同肤色的女人捧腹——一群女人站着，像是一簇狂野的花盛开在科林街街头，来往的男士都忍不住侧目。

有个女人见到陈元罡，推了下金红玫的肩膀，示意她回头。陈元罡生下来就没与这样漂亮的女人说过话，吞吞吐吐、结结巴巴，最后还是金红玫将他手中的信封接过。

"我们想，"陈元罡努力显得大方些，"我们想请你，来跳舞。"

"请我去跳舞？"

金红玫上下打量了陈元罡一遍，无名指抹了下嘴角的口红，学着他的调子说："去外面跳，我可说了不算，你去同团长谈好了，他住在203房。"

于是，他又满面通红地接过信函，往她身后的旅社大门走去。走了没两步，金红玫叫住他，问："你会讲英文吗？"

他在华文学校读书，英文写作在唐人街数一数二。只是他胆子太小，总是不敢开口讲。乍一被问起，他竟然语塞了。

金红玫夹着烟走过来，轻提西装领口。西装肩型宽阔，披在她身上却不显晃荡，她瘦归瘦，身形竟可撑起男人的衣服，神色气场里带种居高临下的压迫感。陈元罡盯住她的脸，发现自己移不开视线，然后听到金红玫说："我教你三个词，三个词足够了。"

"挨——"她指指陈元罡。

"因外特——"她指指信封。

"西——"她指指自己。

陈元罡半天才反应过来这三个词是"I、Invite、She（我、邀请、她）"。

陈元罡忽然觉得，金红玫这个英语水平，发音和语法漏洞百出，都敢在西人面前高谈阔论，他怕什么，他有什么好紧张的。

于是，他挺起胸，认真地道："我会讲的。"

然后，他挺胸抬头地进了旅社，去找团长了。

成年后的某一天，陈元罡在高尔夫球场吸着烟与人谈笑风生，他在恍惚间忽然记起，自己第一次在外人面前昂起头来，就是与金红玫见面的那个下午。

他拿出在学校做汇报演讲的仪态去与那名英国籍的舞团团长交涉，语速均匀，用词严谨，最后团长竟起身将他送出客房。言谈间，他也知晓，舞团很少允许演员单独外出表演，不过团长也与故土分别已久，在中国的经历让他明白中秋节的意义，因此理解唐人街中国人的思乡之情。他允许金红玫去长安旅店表演，不过演出的费用须得直接送来舞团，金红玫能拿多少要他这个团长说了算，否则规矩将乱。

他都听懂了，也都记下了，回去一字一句地转述给祝老板。祝老板难得正眼看他，夸他事情办得漂亮，又用报纸将酬劳包好遣他送过去。

自此，金红玫要来长安旅店跳舞的消息传遍唐人街。祝老板趁热打铁，中秋节的茶水座位限量出售，靠前的价格还要高些——只是再高也挡不住单身汉们趋之若鹜，茶水座位一票难求。

陈元罡高兴自己不用花一分钱就能看金红玫跳舞，学校里那些鼻孔朝天的公子哥都来求他帮忙安插座位。

人们被白澳政策的阴云压抑太久，唐人街太久没有这样一件值得兴师动众的事，人人都在期待金红玫的到来。

中秋当日。

祝老板是个很讲派头的人，表演开场前，他便叫陈元罡把他在唐人街裁缝铺里为金红玫定制的舞裙送到舞团下榻的旅社，又给陈元罡拿了租车的钱。一来二去，陈元罡已经成了旅店与金红玫的对接人。陈元罡每天腰板挺直，中秋当天将衬衣别进西裤，抹了油头，体体面面地去接金红玫了。

舞团下午的演出才结束，一群人浩浩荡荡回旅社。金红玫走在最后，舞鞋拎在手里，赤足穿着黑金色的高跟鞋。团长对舞女们管得很严，表演的服装都是舞团的，演出结束后立刻归还。祝老板嫌那舞裙太西洋化，为金红玫定制的那条带了些中国元素，腰间还有刺绣的牡丹。

陈元罡捧着牡丹舞裙，跟在金红玫身后回她房间。她也不避嫌，人站进屏风后面就换衣服，光影重叠，影子投在地上，是曼妙的曲线。

陈元罡低下头，紧张得额头冒汗。他正打算退出去时，听见屏风里一声懒洋洋的"过来"，双脚不由自主地挪过去。

他看见屏风后的金红玫，舞裙上身，下摆坠着黑色羽毛，腰间金色牡丹，后背敞开，露着一对振翅欲飞的蝴蝶骨。金红玫挺了下背，叫他："过来，帮我系上。"

后背是两对系带，陈元罡满头大汗地走过去，小心地帮她系好，手一点不敢碰到她身体。金红玫撩了下头发，发香在他鼻尖处爆裂开。陈元罡急忙往后退，退到屏风外，看见她的影子在梳头。

唐人街全是男人，金红玫出发前自己盘发，自己上妆。陈元罡下楼给她打点好车子，扶着她上车，自己坐进了副驾驶座。

轿车开进唐人街，两旁的店家顾客全都停下手中活计，探头想看车中的女人。长安旅店旁更是站了一排买不起票又想一睹金红玫风采的人，挤挤挨挨，还是被先下车的陈元罡轰开道路。金红玫摇摇曳曳地打开车门，人下车，走到哪里，哪里便寂静下来。

金红玫走进长安旅店，祝老板端着水烟出来迎接，言谈镇定，勉强能放上台面。茶水座上的人个个探着头看她，她轻飘飘地瞥一眼，转头道："祝老板，你的旅店，是给狼开的吗？"

祝老板尴尬地笑起来。

祝老板付了一支舞的钱，她也只给众人跳了一支舞，脚步间是流光溢彩的夜上海。那一年的中秋节，女人是故乡的女人，明月也是故乡的明月。

一曲舞罢，食客意犹未尽，又点了不少茶点。祝老板这次赚得盆满钵满，笑眯眯地请金红玫上楼，与她喝了一壶海运来的碧螺春。陈元罡站在旁边端茶倒水，也听见了金红玫与祝老板的闲谈。

她说自己和日本人结怨，赶在上海沦陷前随这欧洲舞团跑出战区。海上艰苦，同行的一个越南舞女生了重病，她一路照料，可对方还是死掉了。船上有人分不清她们两人的面貌，甚至误传去世的是她，好不吉利。

漂洋过海到了欧洲，可那边也不太平。经济萧条，人们无心玩乐，舞团濒临破产。团长孤注一掷带她们来了澳洲，没想到在这边广受欢迎，赚了不少门票钱。

可惜，可惜。她在国内做舞女的时候，客人的打赏尚且归她自己。到了这舞团里，收入却要尽数交给团长，每月只得一点微薄薪水，攒不下半分积蓄。舞团里规矩极严格，舞女们甚至不允许拥有自己的舞裙和舞鞋，只怕她们出去到别的地方跳舞。

或许是出于同为华人的情谊，也或许是今天的收入让祝老板看到了金红玫的掘金力。他沉思片刻，压低声音说："不然，你以后便来我这里跳舞？我们关起门来，客人不多，只叫我私下的交情，绝不让他们走漏风声。"

金红玫眉间一挑，似是有了兴趣。她将手臂搁上桌面，陈元罡便看到了她腕上那串玉珠链子，七颗，一朵玫瑰和一片竹叶，还有五颗，上面刻着看不清的字。

"至于你没有舞裙和舞鞋，也无积蓄的事……"祝老板目光也落在她手腕上，"今天你这一身，我可是花了大价钱定制，以后便归你了。你不必给我钱，将这手腕上的珠子抵我一颗，如何？"

祝老板识货，也看出她那玉手链是金红玫浑身上下最值钱的东西。他开口便要玉珠，金红玫明显迟疑。祝老板俯身向前，问她："怎么，只一颗珠子，都不舍得？"

一边是难得的机会，一边是难舍的首饰。陈元罡并不知道金红玫在迟疑什么，看见祝老板对自己使眼色，也凑过去，添油加醋道："金小姐，你那团长管着你们，连些积蓄都存不下，你能跳一辈子舞吗？他们西人不讲人情，若是世道更乱，舞团解散，这异国他乡，你可该怎么办？"

他话音刚落，祝老板又唱红脸："莫要恐吓金小姐。"

"这算什么恐吓，"金红玫冷笑一声，"你们别把我当成那二门不迈的闺房小姐，分不清轻重，说几句话就六神无主。祝老板的想法很不错，我金红玫身无长物，拿颗珠子，就当作投石问路。"

交易谈妥，金红玫起身下楼，陈元罡也识趣地跟上。唐人街又是一路注目，他扶着她上了车，两人回到舞团的旅社。金红玫在屏风后换了衣服，将祝老板定制的舞裙藏在床底下的行李中，又从梳妆台前拿起剪刀。

陈元罡忽然发现，她看着那玉手链的神情很复杂，带了漠然，也有不舍。剪刀张开搁在手链旁，迟迟无法合拢。

陈元罡壮起胆子问："金小姐，这玉手链，对你很重要吗？"

他一开口，金红玫蓦然回过神，再抬起头时，脸上仍是那副睥睨的神情："没什么重要的。言而无信的人，我只当他已经死了。"

话音一落，她用那剪刀一铰，手链的线便断开了。她把那颗镶着红玫瑰的玉珠拨下来，示意陈元罡来拿。

他抬手，那颗玉珠坠进他掌心，触感是玉的冰凉。

红玫瑰玉珠就这么到了祝老板的手中。她总在深夜舞团入睡时跳窗下来，在楼下的陈元罡会等着她，带她去祝老板私人的聚会。有一晚，他们的脚步声似乎惊动了团长，他开窗探看，他们身子紧贴在墙壁上躲避。

直到窗户关上，他们开始在墨尔本深夜的街头狂奔。金红玫在无人处终于放声大笑，笑声穿透雾气，将午夜撕开一条裂缝。

陈元罡十五岁那年，金红玫成为长安旅店最隐秘的客人，他是秘密的守护者。

1939年，东亚战场陷入白热化，平型关大捷，打破了日军不可战胜的说法。同年年底，德国闪击波兰，英法对德宣战，第二次世界大战全面爆发。

整个世界乱成一锅粥，只有澳大利亚仍是南半球的一座孤岛。除了年初的山火，另一个略显轰动的新闻，便是欧洲舞团的团长醉酒后与人起了冲突，被一名逃来澳大利亚的别国通缉犯一枪击毙。他的死讯，成了当日墨尔本本地报纸的头版头条。

陈元罡曾对金红玫说："若是世道更乱，舞团解散，这异国他乡，你可该怎么办？"他也没想到，自己一语成谶。舞团原地解散，舞女们各奔东西。金红玫将自己的衣服首饰装进李箱，最终决定先去长安旅店住一阵子。

团长不在，陈元罡可以光明正大地来接她。他个子长高了些，与她并肩从科林街走到唐人街。男人们打量她的眼神意味深长，金红玫目不斜视，进了长安旅店，先与祝老板关门商谈。

陈元罡照常在场。

他其实是替金红玫捏了一把汗的。

1939年的墨尔本，社会治安并不好。这片土地最初本就是英国犯人的流放地，又因为偏居南半球一隅，藏了不少从各国流窜而来的逃犯。危机四伏的大环境下，唐人街里也有自己的帮派和规矩。

正经混饭吃的人少，女人更少。金红玫一介女流，没了舞团做靠山，容貌又是一等一的漂亮，这样堂而皇之地迈进这里，简直是羊入狼群。

她人进了房间，门关上，右腿搭上左腿，身子斜倚。祝老板仍在抽水烟，烟雾飘得满屋都是，笼着他与金红玫。陈元罡站在烟雾外，听到金红玫与祝老板说，她想祝老板认她做个异姓女儿。

祝老板这个人，陈元罡还是了解的。书香门第出身，品行不说高尚，也算端正，只是家道败落后自己开始经商，精于算计些。

他看出来了，金红玫显然也看出来了。

"我自己又不是没女儿，"祝老板磕了下烟，"为何要认你做女儿？"

金红玫接过他的水烟，也吸了一口。

"因为，"她说，"您比我更清楚，唐人街这些男人，在我身上打什么主意。"

"认我做靠山？"祝老板笑了，"看出我在唐人街说得上话？"

"不让您白做。"金红玫仍是斜倚着，语气游刃有余，"这几年，来澳洲的华人越发少，码头那边也有便宜床位，您这唐人街旅店的生意怕是难做？"

陈元罡都忍不住点头。

白澳政策像阴影一样浮在唐人街头顶，连他几个同学的父母都因为环境压抑选择离开，遑论讨生活的底层华人。旅店住客不多，就只能靠白日的茶水营生——近来连茶水都少了。

"那您说，"金红玫俯下身子，"我往您那旅店门前一站，会如何？"

祝老板眼色一闪。

金红玫很清楚自己有什么，也清楚当下最紧要的是什么。人在异乡，无所依凭，她把自己仅有的筹码拿出来，换一个安稳活命的机会。舞团倒了，她要的是在这个算不上安宁的唐人街找个靠山，然后活下来。至于活下来以外的事——去他的礼法清白教条三从四德，都不在她眼里，她本就是舞女出身的。

"不过您这是旅店，"金红玫继续说，"可不是街角那种地方。祝老板，你懂男人，我也懂。你们男人嘛，越是那得不到的女人，越是见一面就心驰神往，对吗？"

金红玫："您认我做干女儿，他们不敢动我，又想见我，这长安旅店会如何？就算那白人警察来了，我也只是个做事的前台，他们能拿您如何？"

金红玫顶着祝老板干女儿的名头，在长安旅店做了前台。陈元罡也从她身上学到了一个道理——无依无靠的人要活下来，就得让自己有利用价值。

祝老板供她食宿，她又用私下表演的钱买了胭脂水粉和衣服，招招摇摇地往长安旅店前台一站，满街的男人便像蜂蝶一般被盛开的花吸引。以往，并非所有墨尔本的华人都在唐人街。但自从金红玫来了，哪怕是在墨尔本郊区农场做事的华人，每月也要找出一天时间，穿戴齐整，来长安旅店喝口茶。金红玫则提着裙角在男人间穿梭，由男人为她点烟，而她夹着烟大笑，仿佛她就合该生于这花团锦簇之间。

出乎陈元罡的预料，金红玫的语言天赋很好。来了不到三个月，她便学会了粤语。闽南话嘛，也能讲。来的客人说什么口音，她便说什么口音。风情摇曳的女人说着乡音，更让这些顾客流连忘返。

陈元罡有一次与她聊起，她便伸出手指对他回忆：

上海话嘛，那是从小讲到大的，江浙一带的人都能聊得起。粤语和闽南话，来这边三个月耳濡目染，并不难。至于英语，是有人教过她些简单的，其余的出国后，与人说着说着就学会了，不过语法都是乱讲的。

"最初是谁教你？"陈元罡问。

金红玫那时正为自己染指甲，她吹了口气，神色忽然变得寡淡。

"是个混账东西。"她说。

"金小姐，"陈元罡又问她，"等仗打完了，你会回上海吗？"

金红玫把染了指甲油的手搁在桌上，另一只手往嘴里递烟，示意陈元罡给她点。她吸了口烟，淡声道："或许会回，也或许不会了，我一时也想不起有什么人值得我回。你要回去吗？你不是说，你的亲戚都在灾荒年死绝了吗？"

"是的，是都死绝了。"陈元罡茫然地点头，"可是……我很想念故乡的土地。"

金红玫笑出声来。

"那等你老了，就让他们用船给你运来几罐台山的土，"她说，"你装在青花瓷瓶子里，瓶子放在家里，把它当成你故乡的土地。"

"那我也叫那个人帮金小姐运来些故乡的泥土。"陈元罡很恳切。

"也可以，不过哪里是我的故乡呢？"金红玫说，"我是难民，从东北逃去了北平，又从北平逃去了上海，被家里人卖进歌舞厅，如今又来这里。算了，或许我就是株野草吧，哪里的土地，都能长野草。"

陈元罡觉得她像生于锦绣的花，她却说自己是无根的野草。旅店门外又来了为抗战募捐的华侨团体，金红玫一手夹着烟，一手在晾指甲，让陈元罡把客人塞给她的澳币拿出去，以祝老板的名义。

金红玫与陈元罡说话的样子，和别的男人不同。或许是陈元罡年龄还小，脑海里生不出那些龃龉念头，对她好，也是当作对朋友的好。有一次，金红玫说她近来总是半夜饿，陈元罡便每日从家里偷一份炒河粉，趁着夜色送来长安旅店。日子一久，金红玫腰围渐粗，她便私下凶他："少放些油吧！"

于是，陈元罡干脆自己半夜来炒，放少少的油。不过他实在厌恶这道菜的味道，做了半年，进步有限。

战况断断续续地来，华文报纸隔日由悉尼一家华文报社送达墨尔本，唐人街的男人们便聚在一起高谈阔论。有人在想办法筹款，有人义愤填膺，也有人说起风凉话。总是有新的面孔出现，也有旧的面孔忽然消失。在这新人旧人之间，陈元罡十六岁了。

那日的晚饭，父母特意为他做了不是河粉的饭，陈元罡却高兴不起来。

或许是受了其他西人学校的影响，陈元罡所在的这所华文学校，男孩子到了十六岁，会被准许参加秘密举办的兄弟舞会，每个人都要带着舞伴前来。

陈元罡是没有舞伴的，他一直猜测自己是他们学校最穷的学生。其余男生显然也是这样认为的，随着舞会时间渐近，时不时便来揶揄他："元罡，你寻到舞伴了吗？不然，我将我家中除草的女工介绍给你吧！"

有一次问急了，他一时冲动，脱口而出："谁说我寻不到舞伴？我早已邀请好了！"

围观的哄笑声从学校响到唐人街，吵得陈元罡心烦意乱，连那晚的炒河粉都做焦了。金红玫吃得直皱眉，筷子一放——这怎的退步到比第一次还难吃了？

她要走，陈元罡急忙道歉。金红玫抱着手臂看向他，月色照着一张因为没填饱肚子而冷若冰霜又美艳动人的脸。

陈元罡看了那脸一会儿，忽然有了主意。

金红玫起初自然是不答应。

虽说来了国外落魄了，可她当年也是百乐门的台柱子，被一个乳臭未干的毛头小子拉去舞会，算什么样子？可陈元罡似乎把她当成救命稻草，日日求，夜夜讲。为了讨她欢心，他连炒河粉的技术都一日比一日精进，到后来，甚至比他父母白日卖的更好吃。

金红玫恨自己馋嘴。真是要拴住女人的心，先拴住女人的胃。她堂堂一个唐人街交际花，为了一口夜宵，竟然迟迟说不出拒绝的话。陈元罡求她求到舞会前夜，两人坐在黑灯瞎火的旅店大堂，他可怜巴巴地问："金小姐，我都给你带了一个月的炒河粉了。那件事情，你考虑得怎么样了呀？"

金红玫低头，看着陈元罡刚从唐人街尽头端过来的炒河粉。

经过一个月的历练，陈元罡这道菜已经做得河粉劲道、韭黄爽脆，分明泛着油光，入口却丝毫不腻。她金红玫吃人嘴软，眼见窗外月光如水，终究还是不情不愿地答应了。

"行，我去就是了。"她说，"你去和祝老板说好时间，我要提前回房间打扮的。"

"你这样去就很好看了。"陈元罡说。

"这样怎么够？"金红玫说，"你去上海问一问，我金红玫和谁出去，谁不是全场最有面子的人。"

陈元罡年龄小，尚且不懂何为面子。等到第二天，他穿着不合身的西装进了长安旅店，看见金红玫穿着那身牡丹舞裙下了楼，头戴一顶西洋帽，帽尖了羽毛，帽檐垂下黑纱，纱下是一张珠光宝气的脸。

金红玫说到做到。那一日，她艳惊四座，而陈元罡成了舞会上最有面子的人。他从没参加过舞会，第一次下舞池，用的是在家偷练的生疏舞步。他才十六岁，身材还算不上拔节，金红玫穿了高跟鞋，也没比他矮太多。他大着胆子搂她的腰，感受到了她因为连吃一个月夜宵而导致的紧绷。

"你胖了。"他诚实地说。

"呸。"金红玫柳眉倒竖。

有交换舞伴的环节，几个觊觎许久的男同学一窝蜂似的拥上来。金红玫翻了个白眼，手搭在陈元罡的肩膀上，懒洋洋地说："累了。"

她对小毛头没兴趣。陈元罡的面子是炒河粉给的，这帮人没面子。

他识趣地扶着她往外走，金红玫边走边发牢骚："当年在上海滩，我一支舞拍卖价格老高，能上座的都是名流富商。现在沦落到给你们这些愣头小子做舞伴……"

陈元罡："我也能做名流富商。"

"你能卖炒河粉。"金红玫说。

"我可以从卖炒河粉开始，"陈元罡说，"等有钱了，就开饭店，开酒楼。"

"你想法真多，"金红玫把高跟鞋脱掉，赤脚和他走在夜色里，"要用船运泥土，要开酒楼，还要做名流富商。怎么，祝你飞黄腾达，成就一番大事业？"

"金小姐这样的性格，若是遇见契机，"陈元罡认真道，"也能成就一番大事业。"

"可惜我遇不见契机，我生来就是难民，然后做了舞女，现在嘛，是个前台。"她说，"我眼下不惦记大事业，只想活下来。以前靠他们洋人的舞团，如今靠祝老板。我做不成名流富商，我只想做株野草，能自己扎根在这天地间，不用再靠别人讨生活。"

陈元罡似懂非懂。

1940年，二战局势愈演愈烈。荷兰、比利时、法国先后被占领，日本提出"大东亚共荣圈"的说法，试图将在东亚挑起的战争合理化。消息传来，在澳华人怒火中烧，长安旅店里的骂声从清晨响到打烊。

陈元罡在这骂声中与金红玫告别。

他的父母决定搬到悉尼，和在那里的同乡会合，合伙开一家大排档。他走前为金红玫做了最后一次炒河粉，看着她吃完。

后来，陈元罡的父母在悉尼相继去世，他接手了父母的大排档。当年夜里给金红玫做饭的手艺派上用场，接手没多久就顾客盈门。

1990年，陈元罡回到墨尔本，与金红玫见了一面。他们都老了，小门童成了酒楼的大老板，小前台也如愿以偿，成了扎根的野草。那次会面后，陈元罡开始着手酒楼的建造。巨额财富扔进这个荒山上的无底洞，儿子也忍不住过问钱都花在哪里。

原来一草一木、一砖一瓦，都有来处。门前的树，是海运来的故乡的树；瓶中的土，是海运来的故乡的土。

这是陈元罡所能记起的，与金红玫有关的故事。

陈元罡太老了，说了太多话，说到困倦处，身子一歪，便要从椅子上栽下来。木子君手疾眼快地扶住他的肩膀，看向宋维蒲的神情很茫然。

人岁数大了，入睡只在一瞬。被木子君扶着的陈元罡很快鼾声如雷，宋维蒲给陈笑问打了电话，叫他来接人。

陈笑问很快赶到，身旁跟着睡眼惺忪的酒楼经理。他让经理扶陈元罡回房间，自己留下，和木子君连声道歉。

陈元罡岁数太大，有些叙述也偏于混乱，但好在，金红玫为什么来澳洲，那第一颗珠子为什么在长安旅店，都在他的叙述间有了眉目。夜太深了，他们草草说了经过，便分头回房睡觉。

木子君和宋维蒲走到房门口，她又忍不住摸了下剩下的几颗珠子。感到她有话要说，宋维蒲放缓了步子。

"我听到前面，还当陈元罡暗恋过你外婆，"她说，"听到最后，又不像。"

"确实不像。"宋维蒲认可，"不是所有男女间的感情都是爱情，他对你说话的时候，很尊敬。"

"不过听起来，她确实对我爷爷没什么感情了，"木子君叹了口气，"我不知道接下来这些珠子还要不要找。"

"看你的想法，"宋维蒲说，"我白天还得开车，去睡一会儿。"

木子君点了下头，目送宋维蒲进了房间。她也重新回到凉透了的被子里，用指腹一颗一颗地按过腕上的珠链。

屏幕亮了一下，难得宋维蒲主动给她发消息。木子君眯着眼睛点开，看见他的筹码头像后面跟了四个字：继续找吧。

在山里睡觉，有种与世隔绝的安静。

木子君半夜迷迷糊糊听见下雨声，到了早上醒来时，门外已经被水洗过一样干净。早晨气温偏低，她穿了件外套出门，看见宋维蒲房门半开，有人在里面打扫卫生，他本人已经不见踪影。

沿着连廊走下住处，是庄园里油画似的晨景。

清晨有薄雾，穿过薄雾是片平坦草坪，服务生正在布置露天餐厅。木子君裹了下衣服走过去，看见陈笑问正站在一旁与经理说话，有些早起的客人零散落座。

余光见着木子君过来，他示意经理离开，向她点头致意。

虽说不影响沟通，不过木子君昨天已经发现，他中文说得没有宋维蒲流利，和她说话的时候明显在努力不往语句里夹意语或者英语。朝他的方向走了几步，露天餐厅在她的视野里逐渐清晰，方才不见踪影的宋维蒲竟然坐在一处角落，旁边落座的是……陈元罡？

她不禁讶异。

陈笑问顺着她的目光回头看了一眼，微微抬手，示意她在陈元罡视线之外落座。木子君也怕他又缠过来，跟着陈笑问坐到一处植被之后。

"昨天闹到那么晚，"陈笑问致歉道，"今天竟然都醒得这么早。"

"我们的问题，没想到他会半夜跑出来。"木子君也想起昨天半夜被叫醒的陈笑问，"不过好在该问的东西都问清楚了。"

"能帮到你们就很好，"陈笑问继续客气，"他的记忆也被唤醒了。刚才看到宋先生，说要和他提一些金小姐的性格脾气，让他好好照顾金小姐，毕竟他是……"

陈笑问神色略显疑惑："金小姐花钱雇来的男人。"

木子君无奈。

行吧。

昨天太晚，木子君只来得及说了个大概，现下安安静静坐下来吃早饭，才能把陈元罡当年的故事一一向陈笑问叙来。故事曲折离奇，陈笑问起初听得惊讶，到了尾声，神色反倒平和起来。

"陈老先生对金小姐到底是怎样的感情呢？"木子君说完了，语气若有所思，"不像爱情，也不像友情，倒像是一种恩情，竟然记了这么多年。"

"一个十六岁的少年，出身不好，长相也很平凡，"陈笑问笑着摇摇头，"金小姐给了我爷爷从来没有体验过的自尊，他又带着这份自尊过完了后来的一生。东方的神话里总盼神仙降世，她那时候在我爷爷眼里，应当也与神仙没什么分别。"

"木小姐，"陈笑问转过头，"你刚才提起了那颗红玫瑰的玉珠子，我能看看吗？"

木子君点点头，把手伸过去。陈笑问低头仔细观察一番，确认道："你还差余下六颗？"

"对的。"木子君说。

"需要我帮你问问吗？"陈笑问体贴地问，"我认识的华裔很多，说不定有消息。"

他手尚托着她手腕，与她说话的时候身子微低，深邃的眉骨下面还是那双看拖把都很深情的棕色眸子。

木子君结巴了一下，回答："我……啊……倒是也……也可……"

身后忽然"刺啦"一声，木子君回头，看见宋维蒲不知道什么时候已经结束了陈元罡为金红玫服务的私人辅导，坐到了她旁边的位置。

"你怎么醒得这么早啊？"木子君说，无意识地把手从陈笑问那儿抽出来。

宋维蒲："茶喝多了。"

"陈先生说可以帮我问问其他华裔珠子的消息。"木子君继续说。

宋维蒲吃饭的手顿了顿，冲她点头道："人真好啊。"

话是好话，语气和用词倒是不太匹配。木子君看着他眨了眨眼，回过头，和陈笑问继续刚才的对话："陈先生，我晚上还特意想了一下你名字的事。我昨天听到你名字，就觉得很有典故，晚上终于想起来了。应当是取自'笑问客从何处来'，是首讲思乡的中国古诗。"

陈笑问恍然大悟："好，那我去了解一下。我并不了解中国古诗，只小时候听我爷爷背过。"

两人又交谈了几句，经理来叫陈笑问，似乎是后厨出了什么麻烦。木子君方才已经提到自己吃过早饭便会离开，陈笑问的样子似乎是很遗憾自己没办法把他们送出门。

"没关系的，"木子君说，"珠子有下落的话，我们还会联系。"

他点点头，和她与宋维蒲握手道别，最后行了个贴面礼才离开。木子君第一次遇到此等礼节，一时有些僵硬。

两人目送陈笑问远去，木子君忍不住感慨："你们华裔都好开放啊。"

宋维蒲没说话。

"我说你们华裔都好开放啊。"木子君以为他没听见，重复强调。

宋维蒲用叉子戳了个叉烧包，冷不丁地开口："意大利人的事，和我们华裔有什么关系。"

木子君一噎。

从陈元罡的庄园回来后的一整周都很平静。

把打听消息的希望寄托到陈笑问身上后，第一批论文的提交时间也依次临近。木子君除了去相绝书店坐班就是在学校写论文，眼看着图书馆人员渐满，终于找不到座位了。

倒也不是不能回家写，不过气温尚未回升，家里没有暖气，她着实舍不得图书馆的恒温空调。木子君上上下下转了两圈，终于在门口撞见了同样寻找座位无果的由嘉。

由嘉倒是不怕冷，大冷的天衣服照样露肩膀，脖颈线条纤长得像只黑色猎豹。木子君被她拉着往外走，目标直指建筑学院的大楼。

"我们楼里有个讨论室，特别大，"由嘉说，"就是有点吵，你去吗？"

"有座位就很好了。"木子君说。

"肯定有座位。"

的确是有座位，也的确是吵。建筑学院大多团队作业，人在讨论室聚了一堆又一堆，只有靠墙的那排桌子安静些。三张桌面长宽各两米，中间挡板交叉摆放，一个大桌子分割出四个座位，彼此互不干扰。

木子君和由嘉坐到了朝外的两个座椅上。

挡板不矮，木子君过去的时候能看见对面有个人正盖着冲锋衣趴在桌上睡觉，坐下的时候，对方的身影就被挡得一干二净。亏得远处几个小组讨论声嘹亮至此他还能睡着，木子君坐下后不久便把耳机戴上，把噪声隔绝到白噪声之外。

写了没一会儿，木子君就觉得由嘉从身侧捅了自己一下。她侧过头，发现对方已经滑着转椅凑到她身边。

"太无聊了，我怎么会选这种专业，"由嘉的声音隔着耳机响起，"你先陪我聊会儿天。"

木子君摘下耳机，一时也想不出什么话题。不过由嘉倒是从不缺话题，研究了一会儿她手腕上那串没摘的手链，把红玫瑰玉珠单拿出来观摩片刻，便追问道："你那天说，你去陈元罡私房酒家了是吗？"

"是。"木子君点头，"你知道？"

"知道啊，以贵闻名华人圈。"由嘉说，"怎么样？问到什么了吗？"

她之前和由嘉简单说了几句这串珠子的来龙去脉，由嘉明显对她要做的事没什么兴趣。不过论文当前，什么都比写论文有趣。

"还是问到挺多东西的，"木子君怅然回答，"不过接下来怎么办还没什么头绪，澳洲这么大，找点东西大海捞针似的……"

"你有什么事让隋庄帮你呗，"由嘉替隋庄大方道，"反正他除了卖球鞋也每天不务正业的，人生的意义主要花在了乐于助人上。"

"还行，"木子君说，"宋维蒲在帮我。"

由嘉一愣。

木子君这才想起来自己和由嘉只更新到自己要做的事，还没来得及共享自己与宋维蒲离奇的缘分。木子君从手机里再次调出那张照片，由嘉看看照片又看看她，沉思片刻，小心地提问："你接机那次，也是他是不是？"

木子君点点头。

"什么缘分啊！"由嘉声音陡然变大，木子君感觉桌子对面的人都被震得从睡梦中抖了一下，赶忙示意她放低声音。

"那他……"由嘉顿了顿，问的问题剑走偏锋，"对你好吗？"

木子君无奈。

"你是不是太久没回国中文表达能力退化了？"木子君说，"这话不能这么问。"

"哎，不是，我就是说，他不会有什么那种不负责任的行为吧，比如，把你送到一个地方然后一个人走了什么的……"

"没有啊。"木子君也奇怪，她总感觉由嘉口中的宋维蒲和她认识的那个人完全不一样，"他说他不会不管我。"

"是我中文理解能力也退化了吗？"由嘉恍惚道，"这句话是可以在没有引申含义的情况下使用吗？"

建筑学院暖风大开，吹得木子君口渴。她拿起刚接的水抿了一口，侧头和由嘉解释："其实你上次和我说他为人处世比较……他那天正好也和我提过，他十几岁的时候是有点问题。"

由嘉缓过来了一点，看来不是自己继语言水平低下之后又罹患认知障碍。

"谁十几岁的时候没点毛病，"木子君继续说，"我也有过。"

"那你要这么说我也有，"由嘉说，"我还和金头发的啦啦队队长打过架，我到现在也最烦金发妞。"

"是啊，"木子君笑笑，"我学心理就是因为自己有过毛病。"

"什么毛病啊？"由嘉追问。

"也没什么。"木子君转过头，继续改屏幕上的语句，语气变得有些寡淡，"小时候嘛，就比较敏感。"

身后的小组讨论越吵越烈，已经不是白噪声能遮盖的音量。木子君把最后几行参考文献的格式改好，闭合电脑，准备去相绝书店做最后的修改。

"由嘉，我觉得他不是你说的那种对谁都很表面的人，"她说，"我觉得他对我，反正是挺好的。"

由嘉看着她起身："你不学了？"

"我去书店写。"木子君把包背好，"先吃个饭，你饿了吗？"

由嘉点了点头，两个人起身穿过讨论到快打起来的建筑系小组团队，桌面上只留下木子君进门的时候接水的一次性纸杯。桌对面的人似乎终于从睡梦中起身，带得桌子微微晃动，纸杯里的水也泛起波纹。

宋维蒲拎着包走到木子君刚离开的座位旁，目光扫过她留在纸杯上的唇膏印痕，将那道痕迹转到朝外一侧后，他把杯里剩下的水一饮而尽，然后扔进了桌旁的垃圾桶里。

其实木子君在宋维蒲店里的工作时长并没有什么具体要求，基本是没事的时候过去坐坐就行。没去几次，木子君就感受到，这地方温度适宜，灯光明亮，没有噪声，比图书馆更适合赶论文。

或许是店面过于偏僻，店里大部分时间没有客人，她所谓的上班也只是坐在桌子前面干自己的事，有人来结账的时候简单接待即可。

不过太久没和宋维蒲说话，木子君会在一些瞬间意识到，其实他们两个的缘分很浅。如果不是那串珠链，他们两个本就没什么交集。就这么想了两周，以至于宋维蒲忽然出现在书店那天，她都没有意识到对方是来发工资的。

一沓崭新的澳币被他放到桌面上，木子君恍然大悟。没关系，她和宋维蒲，果然还是建立了牢不可破的金钱关系。

钱到位了，却没见宋维蒲走，他反倒找了把椅子在书架旁坐下，随手拿了本杂志开始看。

木子君刚把钱数清楚，十张崭新的五十元澳币，分摊到她那少得可怜的工作时间，基本也和白工的时薪不相上下。她抱着打义工的心态过来，简直是一笔意外横财。

她抬头打量宋维蒲片刻，问道："你不走啊？"

宋维蒲将杂志微微从面前低下去，露出一双眼睛和她对视。

"我去哪儿？"

"不是……"木子君改口，"我是说，你还有事吗？"

"没事我不能在书店坐着吗？"

也是，哪有发了工资就让老板赶紧走的道理。

除了第一天带她给网店传照片，宋维蒲还没有和木子君一起在书店待过。密闭空间里陡然多出直属上级，她竟然一时间不知该继续写论文还是假装认真工作……虽然这书店真是找不出什么工作！

"你刚才干什么就干什么。"宋维蒲在杂志后面说。

她火速把刚刚才合上的电脑打开。这篇论文的截止时间就在今晚七点，她文献刚刚罗列完毕，还得从头到尾检查一遍语法错误。偏偏已经连着熬了几宿，此刻注意力很难集中，几乎是看几行视线就涣散开。

正犯着困，宋维蒲像是从书架前站起身。椅子滑轮滚动，被他拖到她桌子旁边。木子君困倦着侧过脸，看到对方在自己身边坐下，伸手点了点她的笔记本。

"你打出一行乱码了。"他说。

木子君陡然清醒过来。

她抬起头，格式工整的论文当中多出一行意义不明的字符串，像是天外来语。她急忙把那行字删掉，长吸一口气，说："我还得改遍语法才能交，你让下，我再去买一杯咖啡。"

"下午四点喝咖啡啊？"

她右手和身后都是墙，前面是书店的柜台桌，宋维蒲刚坐到她左侧，漫不经心地和她说话，顺便把她出路都挡住了。木子君困得太阳穴疼，推他椅背："你自己看会儿店，让我出去。"

之前就觉得他这人有点深藏不露的不正经，今天大概是自己的事都办完，更有和她逗闷子的闲情逸致。宋维蒲椅子往后一滑，把她出路全挡死，语出惊人："你说句好听的，我帮你改啊。"

木子君一愣。

什么和什么就说句好听的。

宋维蒲挡在她唯一的出口，她又不能从他身上踩过去。对方看她没有开口的意思，神色居然还略有失落。

"那天不是挺会说的吗？"他把视线转回她的笔记本电脑，把屏幕转向自己的方向，而后便自然而然地把页码拉到最上面，开始一句一句地往下看，偶尔删改一些不合适的用词。

"哪天啊？说什么？"木子君摸不着头脑。

"没什么。"宋维蒲已经把她电脑拉到自己面前了，"你睡会儿吧，我帮你改语法。"

木子君终于反应过来对方要做什么，恍然大悟地坐回了座位——他刚才让她干什么来着？

"宋维蒲，"木子君由衷道，"你可真是'物美价廉'。"

不，甚至超越了物美价廉。物美、价免，还刚给她发了五百澳币的工资。

宋维蒲刚帮她重写了导语里的一行句子，开口道："我语感上感觉，这个成语不适合用在人身上。"

"可以的，"木子君万分肯定，"这是我母语。"

刚才困得睁不开眼，宋维蒲一帮她改论文，木子君反倒精神了。她趴在桌子上打开手机，看到前段时间刚注册的 IG（照片墙）上有了条新的关注申请。这个账号还是由嘉帮她申请的，她不大喜欢这种公开的社交软件，便设置了私密模式，到现在接受的关注请求也只有由嘉和那个缅甸室友。

辨认片刻请求账号，她忽然意识到这是陈笑问。

他惯用的是意大利名，账户名也是 Federico.Chen。木子君通过了他的请求，发现这人状态里除了美食就是美酒，还有一些和家人团聚的合照。

他最新发布的是一张中英双语的海报，木子君点开辨认片刻，发现是一张宣传"陈元罡私房酒家"创立二十周年的酒会邀请，时间就在中秋节前后。下面一串评论都是"congrats（恭喜）"，她想着陈元罡的事陈笑问帮忙不少，便礼节性地和评论区里大批恭喜的留言一样发了个撒花的表情包。

没想到陈笑问的回复速度也很快，私信里发来一串英文，询问她是否也要来参加。

去……去吗？

木子君把手机向上滑动，重新审阅了酒会的现场活动，感觉确实档次不低。她撑着脸重新通读了一遍海报上的文字，转头呼叫宋维蒲。

"你改完了吗？"她问。

宋维蒲手上没停，头微微侧过一些。

"还差几行。"他说。

"陈笑问在 IG 上问我们去不去他们酒楼二十周年的酒会。"

宋维蒲不敲了。他目光凝在屏幕上，迟疑片刻，转头与她目光相对。

"木子君，"他无意识地加重了她名字第三个字的发音，"我给你改论文，你去和陈笑问聊天？"

啊……啊？

被质问的木子君一时没懂他这两句话的上下文逻辑，但他语气一出来，让她在转瞬间仿佛陷入了道德制低点。

"我没和他聊天，"她辩白道，"就是在 IG 上互关的时候顺便说了一句。"

"你都没和我互关。"

不是……不是？

木子君无奈之中把目光收回，看向屏幕，重新点开搜索框，把宋维蒲的名字输了进去，一边输一边在心里吐槽他这个叫 River 的破名字竟然还有这么多重名。

"哪个是你？"她没好气道。

宋维蒲没理她。

"我说哪个是你？"

"其实我没注册过 IG。"宋维蒲说。

木子君无语。

拿着宋维蒲手机等验证码的时候，木子君也很想知道，改个论文的工夫，事情怎么会发展到她帮宋维蒲注册 IG 账号的地步。

论文提交时间逼近，她又催了宋维蒲几句，然后重新把注意力集中到屏幕上。新账号页面干净得像一片荒原，她把几项设置都替他改好，思及他性格，隐私模式也设置成了"私密"。名字、简介都留给他自己设定，木子君戳开头像界面，问道："你相册里有自拍吗？"

"没有。"他专注在她论文上。

猜也没有。

她也不知道为什么，她就感觉宋维蒲这个人不会自拍。

木子君右滑屏幕，直接调出相机界面，侧身对准宋维蒲的侧脸。他不是非常板正的人，敲键盘的姿势也松弛，左手指节撑在太阳穴处，右手调节页码。屏幕微光映亮面容，他似乎意识到了木子君在拍他，微微把脸侧向她的方向。

"咔嚓"一声。

木子君迅速把那张定格的侧脸设置成了他的 IG 头像，然后和自己互发关注请求。两个手机并列摆放在她面前，她依次通过，抬头问道："互关完了，那陈笑问那边我们去吗？"

宋维蒲垂着视线看了会儿屏幕上那个用他侧脸设置了头像的账号，把手机息屏放进口袋。论文还剩最后的总结部分，他不紧不慢地改完最后一段，把电脑推回给木子君。

"不去，"他站起身，把书包背上，"我烦意大利人。"

木子君明白了，宋维蒲不适宜任何一种单一的评价。

鱼和熊掌不可兼得，但宋维蒲，是一个"物美价廉"的奸商。

宋维蒲给她发的五百刀现金还没在兜里揣热乎，就被当成房租交出去了。

两周房租四百四十刀，木子君背着手站在客厅，等房东把她那十张崭新的五十元澳币点数清楚，又找还给她三张皱巴巴的二十元，上面仿佛还有油渍，印证了这位房东白天在后厨的工作。木子君记得由嘉和她说过澳币可以过水，干脆捻着那三张澳币去了卫生间，用水冲洗一番之后，再用晾衣服的夹子夹在了卧室里。

下午，宋维蒲给她检查完论文她就提交了，这时候所有作业了结，当真是无事一身轻。她躺回靠墙的狭窄单人床，看到家里人在询问她最近的情况，应付着回了几句。

说到一半，她又想起了上次妈妈说爷爷已经出院的事，便随口问道：爷爷最近怎么样呀？

家：还是那个样子呀，自己闷在家里，谁也不见。

家：感觉前几年脾气还是挺好的，最近越来越怪。

木子君：他是照顾别人情绪一辈子，岁数大了，不想忍了吧。

她话里有话，没有人回复她了。

真遗憾。木子君看过爷爷年轻时的照片，西装革履，器宇轩昂，意气风发的样子就像从民国剧里走出来的。为了那些闲言碎语隐忍了自己，委屈了爱人，最后换来的，是一个旁人口中的"怪老头"。

也不是没想过弥补，于是等了一辈子，找了一辈子。最后要是只得一个"她已经不爱你了"的结局……木子君心口微微抽了一下。

她又下意识地去摸手腕上的玉珠，冰凉沁骨。白天陈笑问的消息还没回复，既然宋维蒲他……烦意大利人，她也没兴致单独找车来回，编辑了段礼貌的话便推辞了。

处理完一个又一个消息，木子君刚准备睡觉，微信又响了，是由嘉转发了个推文。

由嘉：新开的早午餐店。

由嘉：明天去吗？去二免一，我和隋庄请你吃白食。

木子君：你真是致力向我证明你中文没有退化。

木子君：吃白食也不能这么用！

由嘉：这样啊。

由嘉：十点见！

十点，早午餐餐厅。

木子君就没见过比墨尔本更热衷于早午餐的城市，新店日日开业，座位日日爆满。由嘉和隋庄找了处靠窗的方桌等木子君，她人刚坐下，就看见由嘉拿出手机，宣布道："震惊！今天早上我一刷 IG，好友推荐竟然给我推了宋维蒲！他个古代人竟然注册现代账号了！"

木子君只默默听着。

"这头像，"隋庄也应和道，拿过由嘉的手机观摩，"怎么有种女友视角的感觉。"

木子君低着头。

她大早上这是来干吗的。

"不对啊，好友推荐，我和他有什么共同好友，"由嘉奇怪，看向隋庄，"我以为是你那边给我推过来的。"

"我没关注他啊。"隋庄一脸茫然。不过话都说到这儿了，他干脆打开自己手机，给宋维蒲的账号发送了一个关注请求。

"我来 request（请求）一下。"隋庄说。

三秒后。

隋庄："……他把我 refuse（拒绝）了。"

由嘉："……以 r 还 r ！"

木子君想笑不敢笑，又不想说那照片和账号都是出自她手，全程假装没听见，不在乎，一心看菜单，凡尘俗世与我无关。

"我要这个可颂的套餐。"她和由嘉说。

由嘉比了个手势，把三个人的咖啡和早午餐都统计好，叫过服务生来一一点单。难得上一拨作业都提交了下一拨作业还没来，三个人都很松弛，边吃边聊，窗外落进一地早春天光。

木子君觉得自己很喜欢由嘉，也很喜欢和她在一起，更喜欢她有什么事都叫上自己。木子君自认不算内向，但也没有外向到可以随手捡朋友的地步，没想到来墨尔本第一天就被由嘉捡走了。由嘉带她一步步地认识了墨尔本这座城市，也一步步地……

她侧头看向窗外，在由嘉和隋庄的交谈声里喝了口咖啡，神色恍惚。

一步步地，认识了宋维蒲。

手机忽然响了。

由嘉和隋庄正聊得火热，余光扫了一眼木子君，看她拿着手机和人说话，没说几句神色就显出惊讶。片刻之后，她把电话挂断，手机上随即响起一声未读消息的提醒。

"怎么了？"由嘉侧头问。

"那个私房酒家的陈笑问和我说，"木子君之前和她提过酒家的事，她理解起来也不费劲，"他帮我在一些老移民圈子里问了金红玫的事，有人回复他了。"

"谁呀？"由嘉睁大眼睛。

木子君把刚收到消息的那张图点开放大，朝由嘉的方向转过去："这个红头发的女孩。"

那还不是一张单人照，是一张乐队的海报。那位红发姑娘个子很高，怀里抱了把贝斯，皮肤略黑，气质甚至还有点像由嘉。海报右侧是乐队成员的名字，这个女孩排在第三位。

"Judy Tang.（茱蒂·唐）"由嘉念道。

"对。"木子君把手机收了回来，"他和我说，这个叫茱蒂的女孩子告诉他，自己小时候家里挂了一张很大的合照，是她爷爷小时候拍的。合照里面有一个女人，叫金红玫。"

"她也是墨尔本华人吗？"

"不是，她在本迪戈（Bendigo）长大的，"木子君回忆着陈笑问转述的话，"是她爷爷小时候在墨尔本生活过。不过她的乐队最近在悉尼巡演，特别忙，这周末去给酒家二十周年庆典现场表演的时候可以和我当面……"

说到这里，木子君揉了揉太阳穴。

"还是得去一趟。"她说。

"去呗，"由嘉低头吃了两口自己的水波蛋，"反正宋维蒲不是最近都在帮你。"

隋庄："是我耳朵出问题了吗？"

"他是帮我，不过他可能不大想再去陈笑问那儿了，陈笑问不是中意混血吗，"木子君语气也无奈，"……他说他讨厌意大利人。"

隋庄从听到宋维蒲注册了 IG 以后就觉得很离奇，发现他主动帮助木子君更是神色震惊，如今听闻他还讨厌意大利人，终于控制不住了。

"我们说的是同一个人吗？你们是背着我认识了其他的宋维蒲吗？"隋庄抬手叫停两个女生的对话，"而且你说什么？他讨厌意大利人？"

"对啊，"木子君点点头，"他亲口说的，他烦意大利人。"

"他超爱看《教父》，"隋庄说，"他说意语说得像黑手党一样就是那时候开始的，而且我俩上次去意语区，他和卖意大利面的意大利人谈笑风生。"

木子君一怔。

"他讨厌意大利人，只有一种可能，"隋庄说，"可能是最近，有一个意大利人让他讨厌了。"

咖啡杯里冰块碰得轻声作响，木子君低头用吸管喝了两口，品味出个中深意后，深沉地开口道："那就更得麻烦你，那天过来接我一下了……"

·第三章·
少年恩

　　庆典当日。

　　车开过去是晚上六点半，庄园外停满了车，显然比上次热闹太多。木子君只和隋庄约定了接车时间，去程是在繁华区叫到了出租车。

　　抵达庄园熟悉的大门后，她便下车一个人穿过树林，顺着引导向前走去。

　　酒庄这次庆典的日子正赶上国内的中秋佳节，她白天在市区还没感觉出什么节日气氛，连唐人街也只是有几家亚超前面摆出月饼，没想到进了这庄园，倒是迎头撞上喧天锣鼓。灯笼从庄园堂厅一直挂到树林出口，上次来吃饭的户外餐厅全部换回中式陈设，桌面上陈列桂酒和月饼，让她再一次感慨这座庄园是陈元罡为自己把异乡变故乡的一场人造幻梦。

　　坐下没多久，远处锣鼓声骤响。她刚才进门就觉得异常热闹，抬头望去，发现发出声响的竟然是一支舞狮队。

　　陈笑问竟然请了一支舞狮队来。

　　领头的狮子是红色的，后面几只颜色明黄，挨着桌子跳过来，摇头晃脑地讨取客人手中祈福的纸币。这座中式庄园出现在如此遥远的国度已经算是奇迹，这支粤味十足的舞狮队则让这幅画面更显迷离。木子君瞪大眼睛看着舞狮队伴着鼓点节奏而来，身边椅子微微响动，有个人影不声不响地坐到她身边。

　　她第一反应是宋维蒲过来找她，抬头的时候才想起来这次是她一个人来的庄园。落座的人个子比她略高，头发在脑后用圆珠笔随手盘起一个髻，贴着头皮的头发已经长出纯黑的发根，盘起的部分则残留着染发剂的明红。木子君辨认片刻她的长相，转瞬反应过来——是那个乐队的贝斯手。

好像是叫……

"茱蒂？"她试探着招呼道，发现对方也在仔细打量她。两个女孩对视了一会儿，木子君觉得对方看她的眼神就像是在验证什么。

都是华裔，宋维蒲的中文是从小环境培养出的熟练，陈笑问的明显就略逊一筹。木子君不确定这位茱蒂·唐是不是那种压根儿不会说中文的类型，好在对方先朝她笑了笑，开口说话的时候，语速略慢但发音标准，很明显是被讲中文的老人带大的。

"木子君？"对方很好奇地念她的名字，"很好听的中文名字，不像我。"

这意料之外的开场白，木子君愣了愣，问："你叫唐……"

"唐葵，"红发姑娘说，"葵花的葵。"

不难听呀。

木子君既想否认唐葵对自己名字的误读，也有些诧异对方是怎么一眼就找到了她——陈笑问只是帮她问了对方关于金红玫的事，哦，对了，难不成又是……

"他说他爷爷看到你的第一眼就把你认成金小姐，我还很难相信，"唐葵还在打量她，眼神就像是在看一个认识很久的人从平面上走到了现实世界里，"的确是很像……"

宋维蒲都没有这样一眼把她和金红玫扯上联系，他也只记得她老了以后的样貌。木子君不知道唐葵这强烈的"眼熟"感是从何而来，甚至被她打量到有几分坐立难安。一段手足无措的沉默之后，唐葵低头翻了翻手机，找出一张黑白照片，递到了木子君眼前。

"我昨天翻了很久，才在旧手机里找到。"她又对比了一下照片上的人和木子君的脸，"不过不用看我也记得她的样子，这张合照就挂在我爷爷的客厅里，我从小就看。"

屏幕亮度很高，木子君被晃得眯了一瞬眼。瞳孔适应亮度后，她的手指才后知后觉地划过照片上的诸多人物。

照片是横向的黑白照，年头明显很久了，边角都有泛黄和翘起。木子君起初以为"合照"只是唐葵爷爷和金红玫的，没想到照片里的人物多达十二个，前后两排站在唐人街的牌楼下。除了正当中的金红玫，其他男孩年龄都不大，眼神明亮，身材精瘦，气质看上去和……和……

她忍不住抬头看了一眼刚舞到她面前的舞狮队。

舞狮客自带一股精神气，和习武之人相似，但又有微妙的不同，见过的人就会明白这种气场的辨识度。照片上的这批孩子，明显就是舞狮队的。

"陈笑问请来庄园的这支……"唐葵托着下巴看舞狮队渐行渐远，回忆道，"应该也是唐人街的那一支。我爷爷说，这支舞狮队八十年前就在了，一代代传下来，一直没有断过，他就是他那年的头狮。"

头狮，狮队里领头的那只狮子。

听上去也是威风凛凛。

那个年代的老人大多去世，像陈元罡这样只是记忆衰退的都算身体康健。木子君看着狮队里领头那只红色狮子生龙活虎地跑远，自然有了一些额外的期待。

曾经在舞狮队做头狮的老人，那应该身体很好吧？这样她去追问的时候，是不是就能不像陈元罡似的……

"不过我已经好久没回家了。"唐葵忽然冷不丁地冒出一句话，打断了木子君的畅想。

照片还呈现放大状态在手机屏幕上，木子君能认出站在正中间的金红玫，也看到了其他舞狮队员脚下用黑色钢笔写了名字。木子君挨个看过去，发现金红玫身旁有个姓唐的男孩子，也就十四五岁的长相，怀中抱着一只做工精美的狮头，眼睛黑而明亮，整个人生机勃勃。

"是他？"她向唐葵确认。

"对，是他。"唐葵垂下眼，看着那张脸，神色里的含义有些说不清楚，"我爷爷，唐鸣鹤。"

唐鸣鹤……鹤鸣于九皋，声闻于天，真是个有精神气的名字，像是狮王的名字。木子君低下头，试图在他的脸上找出一些和唐葵基因的联结，找着找着才意识到，后者刚才说那句"我已经好久没回家了"的时候，语气并不是只有对离家久远的思念。

人总归是不会无缘无故去做一件事的，就像宋维蒲最初对她的帮助，也是后来才发现与她和金红玫在容貌上微妙的相像有关。至于唐葵，如果只是想告诉她关于金红玫的事，其实和陈笑问要她的联系方式就好了，又何必要在庄园里和她见面呢？

更别说昨天还特意找出旧手机里的合照……

木子君抬起眼，像方才唐葵打量她一样，仔细地打量起对方。

刚才对视得匆忙，她只看清唐葵褪色的红发。这时候借着刚点亮的灯光仔细看，木子君不得不说，唐葵虽然中文说得还算熟练，但气质可能是她到墨尔本遇见的华裔里最西化的。

不奇怪，如果唐葵的家族在唐鸣鹤那代已经到了澳洲，那她是实打实的第三代华裔，关于传统的记忆都来自祖辈的描述。除了这头褪色的红发，她还打着唇钉，服装也是刚从台上下来的夸张款式……

木子君试探着问："你说你好久没回家，是你和你爷爷……"

"我们关系闹僵很久了。"唐葵抬起头，语气淡漠地回答她，"我玩乐队，不念大学，喜欢玩乐。他都不同意，把我的贝斯砸了，然后我就离开本迪戈了。"

木子君抿了抿嘴。

原来这才是唐葵来见她的原因。

"我是在本迪戈长大的，不过我爷爷不会念这个地方的英文名，只会管那里叫本迪戈。"唐葵状似艰难地回忆起这些久远的记忆，"他是十五岁去的本迪戈，小时候和父母在墨尔本的唐人街，也是舞狮队的成员。刚才那张和金小姐的合照，就是他在唐人街的时候拍的。"

"他和你提到过金小姐的事吗？"木子君小心翼翼地问。

"没有，他不太提以前的事，"唐葵摇摇头，"所以我能给你的，只有他的地址和这张照片。你要是想问出更多消息，可能得去本迪戈找他，让他亲自告诉你。

"你要去本迪戈找他吗？"

没有什么犹豫——就像是发现了陈元罡的消息以后立刻来到这座庄园一样，木子君当然会去本迪戈，而这似乎也正是唐葵所期望的，和今天来找她所计划的。

"你……"木子君语气试探，"是有什么话想让我帮你和他说吗？"

手机已经递回唐葵手里，她低头看着屏幕上的那些人——大多都已经去世了，而如今，有一个人，为了站在正中间的那个女人而来，并因此要去看望一个已经在她生命中消失很久的亲人。

"其实……也没有什么要说的，"唐葵低着头，"你去问他你的事就好了，如果能见到面的话，帮我看看他身体怎么样吧。"

除了露天的舞狮，宴会厅内也有演出，唐葵所在的乐队也要上台。

和木子君又简单说了几句她爷爷的情况后，唐葵便从地上拿起一把贝斯，拎着往乐队所在的方向走去，留下木子君一个人坐在放着月饼的露天方桌旁。

这是中秋夜啊……

庄园里的宾客大多是带着家人来的，对身在海外的华人来说，这几乎算得上除春节外最重要的节日。木子君作为留学生没有什么办法，但对唐葵而言，如果她没和家里人闹僵的话，这种日子，本来是该回家看望长辈的。

而且听她的意思，她甚至和父母一辈也没有什么联系了。

木子君有点头疼地叹了口气，目光又转向了手机屏幕——刚才唐葵把那张金红玫和舞狮队的合照也发给了她，是唐葵离开家之前随手拍摄的，像素算不上清晰，但仍能看清金红玫的眉眼。

这也是在爷爷给出的那张照片外，木子君第二次看到金红玫年轻时的照片。

她的身量比少年时代的唐鸣鹤略高一些，穿旗袍，手里拿了柄扇子，虚盖着肩头。黑白照片本来看不出颜色，但木子君望着那张照片，仍然觉得金红玫脸上的颜色比旁人鲜妍——双眸更深，睫毛更黑，唇色更艳。

从这个意义上讲，虽然他们都说木子君看起来和金红玫像，但她非常清楚地知道，她和金红玫只是皮相相似，气质却是南辕北辙。

她又盯着那张脸看了一会儿，打开了聊天软件，把照片发给了宋维蒲。

她来庄园的事并没和宋维蒲讲——毕竟他讨厌意大利人！不过难得又看到一张金红玫早年的照片，她想起宋维蒲之前说他手里最早的照片也只是金红玫四十多岁的证件照，天然觉得这张照片应该拿给他看，权当对他外婆早年形象的留存。照片发过去没一会儿，那边竟然打了个电话过来。

舞狮队又折回来了，锣鼓声渐响，木子君赶忙换了个角落接电话。她还担心她这边太吵，没想到宋维蒲那边的噪声也不小。

木子君感觉宋维蒲在那边愣了愣，问她："你在哪儿？"

"在陈元罡那个山顶的庄园，你不是不想来吗，我自己过来看一下，"木子君怕鼓声压着自己声音，把嗓门抬高了些，"他们今天办酒会，有个叫唐葵的女孩家里人以前和你外婆认识，给了我她家长辈的地址。"

"照片是……"

"就是她给我的，里面那个叫唐鸣鹤的，我要去本迪戈那边找他——"

话没说完，宋维蒲那边噪声骤然加大，和她这边的锣鼓声不同，是很明显的电子音，伴随着一声起哄般的笑声。木子君的话被噪声打断，也追问道："你在哪儿啊？"

"有同学过生日，刚进酒吧，"宋维蒲似乎转了个角度，避开了音浪传来的方向，"那你一会儿回来是……"

"隋庄接我。"

宋维蒲那边明显陷入了沉默。

木子君以为他是噪声太大没听清，声音再度抬高："隋庄接我！我和他约好了，他一会儿过来。"

她能感觉宋维蒲似乎短暂地离开了片刻话筒，再回来的时候，他语气带了一丝不确信："你俩约好了？"

"约好了啊，"木子君语气笃定，"就按他接机的价格。他本来说不收了都是同学，我觉得占人家便宜不太好……"

说着说着闭嘴了，感觉占隋庄便宜不好，宋维蒲的便宜她可是没少占。

噪声里说话太累，木子君决定回去再和他沟通。电话挂断，她越想宋维蒲最后那几句话的语气越觉得不对劲，但一时也想不出哪里有问题。

她对着手机思考片刻，鬼使神差地把对话框调到隋庄那儿，这才发现自己一个小时前给他发的"那九点我去门口等你"的消息还没收到回音。

不能吧。

但联想到第一天接机就是被隋庄放了鸽子的往事，她又觉得事情似乎……也……有那么一丝迹象……可循……

不能吧！

她"呃"了一声，又给隋庄连发了几个表情包过去，全都石沉大海。木子君神色越发严肃，果断拨通了语音。

几声等待提示音后，那边居然接起来了，语气竟然还很开朗。

"喂！"隋庄的背景音有和宋维蒲相似的嘈杂，"怎么了？"

怎么了？

你说怎么了？！

木子君一时不知是该笑还是别的，只能反问回去："你说呢？"

"啊？我说？"隋庄竟然还被她问住了，自我反省了三四秒，才发出一连串的，"哎呀，我、我、我……"

舞狮队刚走，适时又响起一声嘹亮唢呐，赢来围观客人的喝彩。木子君站在喝彩声里一脸生无可恋，在转瞬间顿悟了一个道理：放鸽子这种事，只有零次和无数次。

"不过你现在过来还来得及吧？"她长叹一声，继而退出语音界面核对时间，没想到对面的叹息比她还哀切。

"不是来不来得及的问题……"隋庄语气里全是理亏，"我刚喝酒了，现在没法开车啊。"

他话音刚落，电话那头又是一阵电子旋律。木子君听得眉毛跳了跳，感觉这旋律莫名熟悉，就像几秒前刚听过似的。

而隋庄那边也迅速振作。

"哎，没事没事！"他声音一远，像是忽然看到了什么，"我上次不就让宋维蒲帮我去接的你吗？这次还让他去，你别管他讨厌意大利人那个事了，大男人哪有那么多好恶——"

"他这次有事，"木子君迅速打断，"他给同学过生日呢，你——"

"我也给同学过生日呢。"隋庄语气惊讶，"我俩在给同一个同学过生日啊，他没喝酒，他一进门就去接了个电话，然后就一直没喝酒。"

木子君一愣。

等一下。

"你俩都在酒吧？"她确认道，"一起过去的？"

隋庄："对啊，和我们同学过来的。"

她脑海里迅速闪过刚才她和宋维蒲短暂的通话，继续确认："他也没提醒你别喝？"

隋庄："没有啊，他干吗要提醒我？

"不过他自己倒是一口没喝。

"幸亏他没喝。

"巧了不是，正好能去接你。

"真巧啊。"

木子君没再说话，心道：那真是太巧了……

庆典最终结束的时间是九点，天也彻底黑下来。宾客鱼贯而出，木子君跟在人群后面，临走前还朝和乐队成员整理乐器的唐葵挥了挥手。

庄园外面的停车场也比方才躁动不少，日常的客流没有这么集中，再加上这地方只能私家车通行，出口拥堵得也比往日严重。她踮着脚在车流里四处寻觅，半晌才找到宋维蒲那辆金属灰的车。

车里没有光亮，窗户降到最低，木子君隐约能看见个人影。她侧身从人流间穿过，小步跑到他车门前，发现宋维蒲正抱着手臂在驾驶座补觉。

"宋维蒲。"她喊。

叫了两声他都没反应，木子君只能改变方式。她伸出手在他肩膀上轻拍两下，男生似是有了反应，头微微偏了一瞬，本能地伸手盖住肩膀。

她的手被他攥着拿下来，动作僵硬得厉害。车里的人这时候才缓缓睁眼，手上的力道随着意识清醒而卸掉，木子君这才能把手从车窗里抽出。

"不好意思啊，"她说，"耽误你回家休息了。"

他从梦里反应过来，看了她一会儿，把视线转回车前窗，随手发动汽车："没事，我也不大想陪他们玩。"

距离上次坐他车已经过去一段时间，木子君拉开副驾驶的车门上去，发现座位还是上次她调节的弧度。她把安全带系好，再抬头的时候，看见他已经把车汇入离开庄园的车流，顺着出口的下坡开了过去。

出了大门，路面陡然宽阔，车流也比刚才稀疏。两边的路灯一盏一盏地被甩到车后，木子君轻咳了一声，唤起宋维蒲的注意后，便把方才唐葵和她说的话都转述了过去。

"你说的本迪戈是……Bendigo？"他反问。

"对。"木子君点头，"你去过吗？"

"没有，不过有同学家在那边，"车顺着盘山路向下，前车后灯偶尔亮起刺目红光，宋维蒲也顺着对方的节奏刹车，不过幅度很缓，"那边华人移民很多。"

"怪不得唐葵中文没什么问题，"木子君低下头，滑动着手机屏幕上的地图，"她给了我她爷爷的电话和地址，我刚才打了一个，没有人接。如果这两天都没接，隋庄说他……期中假的时候带我过去也行。"

宋维蒲没说话。

车下山后穿过路口，车流分岔，身旁的车辆比在山路上更加稀疏。木子君对着屏幕研究了半天唐鸣鹤家的地理位置，发现这座城市离墨尔本市区的距离比庄园还远不少，如果顺利的话勉强可以当天来回。不知道这种行程隋庄该怎么和她算钱，这和包车也没什么差别了……

红灯，车缓缓停下。木子君正纠结着，余光看见宋维蒲单手握着方向盘，另一只手手背搁在膝盖上，冲她的方向微微偏过头。

木子君也转过头。

"还敢找隋庄啊。"他说。

还敢……

本来也还好，被他这么一问，倒是把木子君问得失去了底气。的确，接机一次，今晚一次，隋庄身体力行地把"不靠谱"这三个字写到了自己脑门上。

　　前面的车动了，宋维蒲收回目光，跟着过了红绿灯。木子君指腹压在本迪戈的定位上看着他侧脸，不知道他说出这句话的真正含义。

　　"也不是……正好那天吃饭聊起来了，他说要是需要，可以带我过去，就和接机一个概念，"木子君说，"顺嘴就约好了。"

　　宋维蒲开车，没有再转过头，但明显在听她说话，听到最后笑了笑，左手微不可见地调整了一下方向盘，车便进入了另一条道路。

　　"还不习惯找我吗？"

　　她一愣，看向宋维蒲的侧脸。但他并没有给出后文，脸上表情也很淡，就像刚才什么都没说过，只是继续沿着向墨尔本市区的道路往回开，偶尔因为红灯停下。

　　车近繁华路段，路边商铺逐渐密集，大多已经关门，留下零星几家还有亮灯。走走停停之间，木子君感觉宋维蒲把车往路边转了一把，再抬头的时候，面前是一家市中心她路过但还没进去过的亚超。

　　"我去买点东西，"宋维蒲解开安全带，"你在车上等我还是一起？"

　　她"啊"了一声，手忙脚乱地解掉安全带，打开副驾驶的门跟了下去。

　　前台在做清点了，看见他们两个进来，提醒了一下关门时间便继续低头整理。木子君跟在宋维蒲身后，看他熟门熟路地拿了些冷冻食品，又从货架上拿了盒挂耳咖啡。

　　而她从进门就东张西望，跟着他买东西的路线绕了一圈也没真正拿什么到手里，视线倒是不死心地四处寻觅。

　　"你找什么？"宋维蒲回头问。

　　他买东西基本不挑，似乎是完全按照习惯在往推车里扔，所以走的速度也快。这时候突然停下步子，木子君心思又在别处，险些一头撞上他。

　　"哦，我……"她四顾无果，将视线从远处收回，"我想买盒月饼。"

　　"月饼？"

　　"对，晚上去陈笑问那儿才想起来，今天是中秋，"她说到这儿忽然反应过来，"你知道什么是中秋和月饼吧？"

　　宋维蒲的表情像是脑海里出现了一些碎片，而后把视线收回来投向她，点了点头："嗯。"

　　"中秋节要吃月饼的，我都忘了买了，"她叹了口气，"不过这个超市好像……"

好像没有了。

这么大的亚超，不会不卖，应当只是来的时间太晚，不多的存货被身在海外的华人抢购一空。木子君又跟着宋维蒲在卖点心的货架前转了一圈，确认一盒不剩。

"这个……"宋维蒲和她并肩站着，看了一眼空荡的货架，"我不太清楚，中秋一定要吃吗？"

"倒也不是一定，"木子君略有惆怅地摇头，"不过我今年第一次不在家过，还挺想吃的……算了。"

她打算离开，宋维蒲倒是没动，头往亚超左侧偏了下，和她说："那边还有一家。"

"那家关门蛮早的。"

早知道从陈笑问那儿偷拿一块回家了，刚才满脑子都是唐葵和她爷爷的事，木子君在整场舞会上也只喝了点果汁。买月饼无果后，她默默跟在宋维蒲身后，准备等他结过账后搭顺风车回家。

收银台的清点接近尾声，木子君虚倚着身后的架子看手机，点开消息提醒的时候，听见宋维蒲那边响起了商品被扫描的"嘀"声。他的注意力看起来并不在她这儿，木子君向下滑动屏幕，而后点开了妈妈的未读语音。

"子君哎，妈妈刚回家，今天学校忙死了，过节也不让我们休息。

"晚上要视频吗？"

木子君叹了口气，把手机拿到嘴边，压低声音回复："太晚了，我那个屋子隔音差，视频会吵到室友，算了吧。"

"就你那个每天凌晨五点起来去上早班，晚上九点就不让你们出声的护士室友啊？"

"是她……"

收银台前传来塑料袋的声音，木子君抬眼，看见宋维蒲正把结过账的商品一样样放进去。

"那吃月饼了吗？"那边又问。

木子君心不在焉地看着宋维蒲装东西，目光虚着也不知落在哪里。他把最后一样商品放进去的时候，袋子正过来，发出"哗啦"一声。

木子君按下语音键，回道："吃了，妈妈，我有点事，先不说了。"

他们两个又一次成为店铺最后的客人。拎着东西出门的时候，街上几乎没什么行人，只有一辆辆的车寂寞地开过。宋维蒲把买的东西放进后座，"咣当"一声后紧跟着驾驶座的门被拉开，木子君也在副驾驶系上安全带，准备等他在前面的岔路左拐——那是她家的方向。

结果，宋维蒲发动汽车后半晌没动。

木子君侧头看向他，语气带上几分诧异："怎么了？"

宋维蒲这才转了下方向盘，车滑出街道一侧的车道，没开几步就到了个很大的环岛。木子君之前只有打车路过这里，拐进去从第二个出口出来就是她家那条街，第三个出口出来就是唐人街方向了。

宋维蒲车速不快，前面又正好堵了几辆车，他进环岛的速度也慢。木子君左手撑在车窗上往窗外看，忽然听见他问："月饼一般能放多久？"

她缓慢回头，没有第一时间反应过来他的意思。

"刚才那家店里卖的那种月饼，"宋维蒲说，"多久就不能吃了？"

她依然摸不着头脑，不过还是回答："一两个月吧。"

车快进环岛了。

宋维蒲刹车让环岛内的车先过，抬眼往第二出口的方向看了一下，再开口的时候，木子君就懂了。

"我家有人送了一盒，还没坏，你去拿吗？"

木子君一怔。

环岛里的车加速离开，宋维蒲也踩油门了进去。第一出口眨眼就到，他放缓了几秒车速，追问她："去吗？去的话我开第三出口。"

木子君："我……"

出口迅速逼近，她得立刻做决定。环岛里开车不能太慢，身后跟的那辆车已经在鸣笛。时间紧迫，她都来不及有什么心理活动，余光只见回自己家的第二出口一闪即逝，驾驶座传来宋维蒲的声音："啧，开过了。"

木子君莫名感觉自己被设计了，但她拿不出证据。

这座环岛是附近街区最重要的一处枢纽，开过了，再绕去木子君家的方向就得多开十几分钟，顺路去趟宋维蒲家也不过多花十几分钟。情况就是这么个情况，木子君在这一刻终于获得了深思熟虑的时间，不过这一刻的深思熟虑，怎么想也是去一趟更合适。

她现在对唐人街的路很熟，毕竟一部分课余时间都在宋维蒲的书店做员工，虽然他这个老板也不大出现。红砖小楼右边是车库，宋维蒲一会儿还要送她，就没开进去，只是把车停靠到路边，而后两个人一同顺着露天的楼梯上到二楼。

老式门打开，发出古董铁器一样的声音。木子君跟着他走进没有人的一片漆黑，摸索着打开灯，而后再一次见到了他家古朴的客厅。

他把东西放到地上便去冰箱帮她找月饼，翻了一阵没找到，便去柜子里找。木子君背着手站在客厅里等他，看着从客厅到厨房的灯逐盏点亮，最后听到宋维蒲起身拿了钥匙，和她说："可能在车库，我下楼拿一下。"

她点点头，余光看见地上的东西，问："那我帮你把吃的放冰箱？你买的那些都容易化。"

他点点头，而后便拎着一串钥匙，沿着门外的铁楼梯"叮叮当当"地下去了。人进了车库，动静微弱了不少，木子君把他刚买的食物拎到冰箱旁，一样样地摆放到位。

冰箱分三层，上面是生鲜，中间有一层单独的冷冻柜，最下面一层温度更低，适合长期保存食品。木子君打开最下面的那扇门，发现里面塞得满满当当，几盒冷冻水饺摆在最外面。木子君看了看生产日期，发现是去年9月的。算了算，金红玫去世大概也是在这个时间前后。

她不确定这是金红玫买的还是宋维蒲，如果是前者，那可以说这是木子君第一次如此明确地接触到金红玫在这个房间里的饮食起居。金红玫在某个节点顺理成章地老去和离开，留宋维蒲一个人一点点整理她留下的痕迹。

门响了一声，宋维蒲回来了。

他手里的月饼盒比她想得要大，正方体的礼盒，看起来像是谁送过来的礼物。木子君想把冷冻水饺和新买的食物都塞进冰箱，可新买的东西塞进去，水饺就没位置了。正一筹莫展着，宋维蒲走过来，拾起地上的过期水饺看了看，像是想了一会儿什么，然后一言不发地把两盒饺子都扔进了厨房的垃圾桶。

"还有过期的没？"他扶着垃圾桶盖问她，"都扔了吧。"

她"哦"了一声，回头又往外翻了几盒其他食品，把其中过期的挑出来，抱着送到厨房的垃圾桶旁边。几盒未拆封的包装勉强塞进桶内，宋维蒲系上口，拎到门边待扔。

木子君跟在他身后，壮着胆子问："是你外婆买的吗？"

"是。"宋维蒲低头把垃圾靠到墙面，回答她的问题，"我只用中间那层冷冻柜，谢谢你帮我翻下面。"

她不知道他为什么要谢她，她只觉得她好像是销毁了金红玫在这个屋子里最后的一点痕迹。

他处理完垃圾去洗手，示意木子君自己拿月饼。她顺着他的视线仔细观察了一番那盒刚从车库拿过来的月饼，对其硕大的体积实在有些惊叹。

"这也太多了，"她伸手试探了一下最外层的包装，"我拿两个行吗？我本来就是想买散装的。"

"都拿走吧，"宋维蒲从厨房抬头看她，"我不吃。"

"为什么不吃啊？"

"我一个人没什么好吃的。"

"我也一个人啊。"

"……"

屋子里一时寂静，木子君看着宋维蒲反思片刻，觉得自己也没说错话——本来就都是一个人。他被一个人留在了墨尔本，而她一个人来到了墨尔本。

月饼盒设计得很好拆，外包装一拉，里面露出三排小抽屉。她用手指钩着顶端两枚的绸扣拉出，一盒莲蓉、一盒豆沙。

宋维蒲深沉了半分多钟，也走过来，像她一样把下面那两盒拉了出来，可惜手气奇差，一盒五仁、一盒榴梿。木子君于心不忍，把五仁塞回去，检查过最下面的一排，选了个桂花的用来替换。

宋维蒲低着眼看她摆弄："不一样吗？"

"不一样的，你没吃过吗？"她也奇怪。

"很小的时候吃过，"他说，"长大了就不愿意吃了，觉得太甜。"

"她不生气吗？"木子君更奇怪，"过节不陪长辈吃月饼。"

宋维蒲顿了顿，语气平静地开口："她去约舞会认识的老先生，吃米其林中餐厅的。"

木子君居然觉得挺合理。

情理之中，意料之外，人设稳定。

月饼拆分完毕，他连包装盒一并扔到门口，而后送木子君下楼回家。两个人在室外的楼梯上一前一后地走，她挎包鼓起，摞着他给她的月饼。车半个身子停在车库外面，宋维蒲去开车门，忽然听到木子君顿住脚步。回身时，她正仰头看天。

今天白天一直是阴天，刚入夜也是多云蔽月。偏偏这时候云彩散去，露出夜色里一轮圆月。木子君仰头望了那月亮一会儿，问宋维蒲："所以南半球和北半球虽然季节相反，但是中秋节的月亮都是圆的？"

"你地理怎么学的，"他把目光从夜空中收回来，语气带了几分好笑，"南北半球和月亮有什么关系？同一天的任何地方，月亮都是一样的。"

"地理书也没提过这个啊。"木子君跟上他的步伐，语气略有不忿。

"这是常识。"

"……"

他在一轮圆月下把她送回家里，木子君不用猜都知道室友已经睡下，丁点噪声都会引来对方的怒火，只能做贼似的从厨房拿了刀叉和盘子回卧室。她坐到书桌前，把月饼从包装盒里拆出来切成两半，刚准备入口，又想起什么似的掏出手机拍了张照。

她家和宋维蒲家之间的距离开车的话很快，刚才蹑手蹑脚花了不少时间，他现在估计也到家了。木子君从聊天记录里找出和他的对话框，把月饼的照片发了过去，和他说：我吃啦。

片刻之后，对面传来了回复，没有照片，是两条文字。

River：嗯。

River：我也吃了。

月亮是一样的盈亏，气温可是一天高过一天。木子君睡得晚，第二天一早被窗外刺目的日光晃醒，忙不迭换了衣服去上早上的大课。大课过半，她收到由嘉的消息，叫她下课后去教室等自己，中午一起吃饭。

木子君这节课两个小时，由嘉那边同时段的课两个半小时。木子君过去的时候他们还没结束。是节助教课，班里同学有上台做演示的课程任务，木子君从后门溜进去的时候，刚好轮到宋维蒲最后一个上。

由嘉之前和她提过，由嘉只有这节课是和宋维蒲重合的，不像隋庄，照着宋维蒲选课抄出一套课表。学生们上台演示时间过长，眼看就要下课，全教室只有助教出于打分目的还坐在第一排认真听，后面的基本都各干各的——尤其是隋庄，头埋在手臂上睡得安然，留坐在一边的由嘉一脸嫌弃地瞥着他。

助教不会回头，由嘉他们的桌子又在最后一排，木子君顺利溜到她旁边的座位坐下。两个人一同观察了一会儿隋庄的睡姿，台上的设计图展示完毕，宋维蒲开始和助教解释自己的演示最后的收尾。

幻灯停在最后一页，是张渲染出的俯瞰图。木子君观察半晌不得其法，侧头问由嘉："你们这是设计的什么啊？"

"陵园。"由嘉说。

木子君恍然"哦"了一声，回头又仔细观察，很意外地在宋维蒲的设计图右侧看到了自己的专业内容。

"悲伤的……"她语气疑惑，"五个阶段？"

"怎么了？"由嘉听她语气不对，"他这作业我看过，不是他自己编的？"

"不是的，这是一个心理学家提出的概念。"木子君之前也只是在一篇文献中读过，回忆得很艰难，"悲伤分为否认、愤怒、迷茫、消极和接受五个阶段，这是所有悲伤势必经历的过程。要想真正从悲伤中走出来，就不能困在其中的某个阶段。"

宋维蒲说话的声音一直不高，音量保持在能让助教听清和其他愿意抬头的人听到的程度。木子君和由嘉说话的时候并不能听清他在说什么，此刻对他的内容产生兴趣，再抬头的时候，他的声音也因为和助教的交流而提高了一些。

他在她面前英文说得有限，偶然一听，语速适中，发音悦耳，比她自己班里语速奇快的澳洲同学说话好理解多了。

"陵园的五个区域对应悲伤发生后的五种情绪，随着亲友一步步走出陵园，也希望他们能走出前四种情绪，在道路终点的花园中慢慢接受逝者离去的现实，继续在现实中生活。"

演示结束，台下传来掌声，较先前几位较为热烈，也不知道是宋维蒲的设计的确有启发性还是大家盼着下课。不过他肯定也不在乎这些，又回答了助教几个问题，便把 U 盘拔下来，快步回到了最后一排的座位。

看到木子君的时候，他脚步慢了片刻，而后没有回到呼呼大睡的隋庄右侧，而是选择坐在了她椅子旁边。

时间卡得很好，还有三分钟就要下课了。助教起身安排起接下来的学术任务，木子君看见宋维蒲低头卷打印出的建筑渲染稿，脑海里又浮现出了最后那页展示上的"五个阶段"。

不知道他现在到了哪个阶段。其实哪怕是到了接受的阶段，那篇文献上也清楚地指出，接受也只是代表当事人了解到结果无法被改变，继而有能力在悲伤或失落的现实中生活。

台上的助教宣布了新的作业的截止日期，台下一片哀号。宋维蒲专心致志卷起渲染图，也没什么反应，直到木子君在他身边动了一下，他才把头抬起来。

两个人目光相对，木子君毫无预兆地开口："你知道第六阶段吗？"

宋维蒲莫名地看着她。

"悲伤的第六个阶段，"她尽力从记忆里搜寻那些碎片化的文字，"是一个叫凯斯勒的心理学家提出的。他收养的儿子去世之后，他体验到了五个阶段所有的情绪，然后发现，悲伤存在第六阶段——寻找意义。"

台上助教的讲话结束了，学生们躁动着站起要去吃饭，隋庄也缓慢地从睡梦中挪动起自己的身体。人群掠过最后一排的四个人，木子君的声音响在嘈杂的脚步声里。

"不过我也只是看了文献，凯斯勒的很多话我都读不懂。例如他说，从逝者的人生中寻找意义是人们在失去至亲后的一种应对方式，意义不在于失去本身，而是在失去之后。他的原文我也记不清了，这样用中文讲，你能听懂吗？"

教室里的人逐渐清空，宋维蒲定定地看着她的眼睛，似乎思考了很久她话里的意思，才缓慢开口："我好像也，不大理解。"

人太年轻的时候，关于死亡的事……的确很难理解。

睡了一整节课的隋庄也在这时候彻底醒过来了，他睁开迷蒙睡眼，认清由嘉身边坐着的是木子君后，整个人陡然从困倦中清醒过来。

"木子君！"他一蹬椅子，直接滑到她身边，"我错了我错了，昨天晚上真是太对不起了！他们一叫我去过生日，我就忘了个一干二净……你俩怎么了？"

他一语惊醒木子君和宋维蒲的对视，木子君急忙把目光收回。隋庄讪讪摸了下鼻子，似乎还沉浸在对她的歉意里，没话找话道："所以你上次和我说的那个事，哦，就是等于，你帮你爷爷来找人，找的人正好是宋维蒲他外婆。现在你要去见一个他外婆的老朋友，是吗？"

"你总结能力不错。"宋维蒲也收回目光评价。

"那人是在哪儿来着？"隋庄追问道。

木子君无语。

隋庄这个记性，怪不得忘了来接她，他们上次都聊得一清二楚。

"本迪戈，"木子君说，"你不说你去过吗？"

"本迪戈……本迪戈……啊，我是去过！"隋庄一拍大腿，"过去两个多小时呗，你什么时候去？我将功赎罪，开车带你，行吧？这次不要钱了，一毛钱都不要，你去多久我等多久。"

木子君不由自主地抬眼望向宋维蒲，他并没有说话，只是低下头，把自己卷好的渲染图外套上一根皮筋。

"事不过三啊，"旁边一直没说话的由嘉也忍不住调侃，"隋庄，你这次再放人家鸽子……"

"绝对绝对不会！我用我的人格担保！你说个时间，天大的事我也给推了！"

事情几乎就要被定下来了。宋维蒲把自己的东西收拾好，完全不参与他们的商议。眼看着他把书包往肩上一甩就要离开，木子君忽然伸手拉住他的书包带。

用力过大，宋维蒲直接被她扯得倒退半步。

他其实没有特别清晰地松过口，她是身体先于思想一步，把他拽回来也不知道说什么。隋庄和由嘉也被这突如其来的变故弄得愣住，看看木子君，又看看宋维蒲，目光最后落在连接了两个人的书包带上。

而被拽住的那个人原地站了半晌，回头和木子君说话的口吻很有些不理解。

"你老用那么大劲儿干什么？"

木子君一怔。

是，并不久远的记忆里，她把他按在了书店收银台上。

木子君讪讪收手，书包带微微晃荡。被她拽回来的宋维蒲又拧了几圈渲染图的打印纸，朝看呆了的由嘉和隋庄抬起眼，言简意赅地终结了他们的讨论：

"我送就行。"

说完，三人目送宋维蒲走出教室门。

由嘉呆愣着看着他走远，又把目光移回木子君身上，上下打量。木子君被看得忐忑，脑海中回想起几幕早期画面，指着他离开的方向再次强调："你们招新的时候不是就说过嘛，他这人特别……乐于助人。"

由嘉："是吗？那我估计他心里只有你算人。"

事实证明，由嘉那个"为人表面"的评价也不是空穴来风。

继说出"我送就行"之后，宋维蒲再次回到了原先若隐若现、若即若离的状态。不过公正地说，他中间也在书店问过木子君一次去本迪戈的时间，是为人处世里难得的积极一面。

"我这周给唐鸣鹤打了几个电话，都是忙音。"木子君那天说，"我

105

下周再试试，要是一直这样，咱们就得过去了。"

下周过去就是期中假期，宋维蒲和她的时间都会比较宽裕。宋维蒲闻言点点头，把给她发工资的现金信封放上收银台，再次印证了木子君此前所说——他俩之间，最稳定的就是金钱关系。

唐鸣鹤的电话和地址都是唐葵给的，电话长期忙音让木子君有些担心，但又实在不知如何与唐葵开口。固定电话忙音的原因很有限，最大的可能是换了电话号码——告诉唐葵她爷爷换了电话号码却没有知会她吗？这本就是一对已经决裂的亲人。

不过决定了最终出发日期后，她还是想和唐葵说一声。她总觉得唐葵那天之所以主动来见她，应当不光是想让她帮忙确认唐鸣鹤身体安康。

唐葵的电话倒不是忙音，只是单纯地……没人接。

消息也不回复。

她起初以为唐葵是在演出所以没时间回，结果过了一天，未读的消息和电话还是石沉大海。她也不知道自己是学业压力太小还是生性爱多管闲事，忽然就为这么个只见过一面的人担心起来，甚至和之前邀请他们演出的陈笑问要来了唐葵乐队队长的手机号。

唐葵是贝斯手，乐队的队长是主唱，也是个女孩。木子君打过去和对方问了几句才知道，原来是乐队内部闹矛盾，唐葵脾气大，吵着吵着干脆要退出，乐队几个人去找她都挨了骂。再过两周还有一场签了的小型演唱会，她这么突然消失，剩下几个人正愁请谁来弹贝斯呢。

上次在庄园和唐葵见面，木子君隐约能觉出唐葵性格颇有棱角，没想到发起火来这么极端。当初为了玩音乐和家里闹翻，现在又说退出乐队就退出乐队，真是……

她默默点着手机屏幕，把乐队队长发给她的唐葵家的地址拷贝下来，输入地图里，准备过去看看。导航路线还没加载出来，屏幕上竟然跳出一段来电提醒。

木子君愣了愣，急忙接起，电话那头是唐葵昏昏沉沉的嗓音。

"你找我？"她问。

"啊，对。"木子君急忙组织语言，心里清楚最好别在这时候提乐队的事，"我……本迪戈那边……就是……"

语言组织失败。

她叹了口气，知道自己编不好谎话，干脆把话题转到唐葵身上："你是病了吗？我给你发的消息你看到了吗？"

"嗯，我发烧了，"唐葵声音疲惫，"睡了好几天。"

"那你用不用……"她斟酌着词语，担心唐葵把队友连续赶跑之后也把自己拒之门外，"我给你带点吃的过去？你家那边好像不好送外卖？"

她不知道这是否算越界，毕竟之前她和唐葵也只是一面之缘，并在说完的一瞬间意识到自己这话是暴露了队长把唐葵地址透露给自己了。

万幸，唐葵已经烧得反应迟钝，不但没有追问她怎么知道自己家位置偏僻，甚至在短暂思考之后，说了声"好，那谢谢你了"。

两人挂掉电话，木子君松了口气，急忙换了衣服出门，去附近一家中餐馆打包了适合病人吃的饭。

木子君去唐葵家需要电车转巴士，摇晃了近一个多小时才到。给她开门的是个长相甜美的女孩，听意思是唐葵的室友，说唐葵住在二楼靠里的那间屋子。

倒是不用她说，唐葵在屋子里咳嗽得厉害，木子君站在门口都能听见。木子君顺着楼梯爬上去，敲了几下门，唐葵便放她进去了。

很凌乱的卧室，地上散落着贝斯和乐谱，桌面上有些吃空的药瓶。木子君进门后替她把窗帘拉开，久违的光线便散落进了屋子。

"你吃吧。"木子君指了下外卖袋，"我住处旁边的茶餐厅，有艇仔粥什么的，挺适合病人吃的。"

唐葵愣了愣，反应迟缓地从床边移动到书桌旁，拆开包装盒，自言自语似的说："我都好久没吃中餐了。"

木子君看了一眼她垃圾桶里的泡面袋。唐葵注意到木子君的视线，恍然大悟："我都好久没正常吃饭了。"

木子君无奈。

看来她乐队成员还是不够了解她——每次上门被骂走，你下次带点吃的来不就行了吗？

唐葵老老实实坐在书桌前喝粥，木子君低下身子帮她把乐谱捡起来，看见上面全是打的叉。

苑成竹小时候教过她一点识谱，木子君歪过头，对着谱子的节奏一点点用指腹敲击床头的铁栏。唐葵吃饭的动作顿了片刻，回头看向她，问："你也玩音乐吗？"

"不玩，我懂一点。"木子君把谱子放回床上，"写得蛮好的呀，怎么画那么多叉？"

唐葵的视线在她和谱子中间晃了一个来回，表情变得不大好看："我的地址是乐队的人和你说的吗？他们派你来说服我吗？"

原来这谱子是乐队那边的意见，画叉看来就是唐葵不认可，这也是两边闹矛盾的原因。木子君急忙转移话题，改口道："没有没有，他们就是联系不上你很担心，让我来给你带点吃的。"

唐葵看了她一会儿，也没有追问，只是扭回头继续吃饭。木子君拖了把椅子坐到她身边，小心翼翼地问："你不喜欢那首曲子吗？"

"很烂。"

"我不太懂，哪里不好啊？"

"没有不好，"唐葵仰头把粥都喝完，打开了另外一盒，"但是那不是摇滚乐。我们已经做了很多流行乐了，我想回归最开始的路线，他们不同意。"

这倒是乐队里面常见的争执。

不过人吃饱了，说话的戾气就小了不少。唐葵语速放慢，继续和她解释。

"摇滚乐是反叛和创新。"她说，"这是我加入这支乐队的理由，如果他们一开始就是做迎合市场的流行乐，我何必……"

她顿了顿。

"……为了这种乐队和家里人吵架。"

木子君敏锐地从她的停顿中捕捉到一丝遗憾。联想到她们第一次见面时唐葵自言自语"我已经好久没回家了"，和那句"他把我的贝斯砸了"，木子君心里已经隐约勾画出了这场发生在家庭内部的决裂。

再加上唐葵这个性格和唐鸣鹤早年舞狮的经历，她大概能猜想到这位老人也是个直来直往的人。两个这样的人碰到一起，还是隔代的祖孙，以及唐葵特立独行的人生选择……的确是战火一触即燃。

"其实我最近给你爷爷打了几个电话，"事已至此，木子君也忍不住透露，"都是忙音，他会搬家吗？"

唐葵闻言愣了愣，语气变得意外："忙音？我不知道。他不会搬家，他都在那栋公寓里住了一辈子了，我也是在那儿被他带大的，他没必要这么大岁数了去搬家。"

木子君点点头："哦，那可能只是换了电话号码吧……反正我下周也要去那边了，很多事，见了面就好说了。"

的确，很多事见了面就很好说，但有时候"见面"本身就是最难的。其实本迪戈并不远，短短两个多小时的车程，唐葵却这么多年没再回去。

木子君带的饭很对她口味，她说味道和小学的时候本迪戈一家粤菜馆的一模一样，后来这家店经营不善倒闭，她就再也没吃过这么对胃口的了。尤其是后来离开本迪戈，吃饭更是终日对付。

　　她说话的时候会在只言片语间流露出一些和唐鸣鹤的过往，例如她从出生就是被爷爷带大，连和自己父母的关系都没有和爷爷近。她口中的唐鸣鹤和金红玫不一样，是个非常标准合格的祖辈，心血全都倾注在孩子身上，让人很难想象他会在未来的某一天……把她的贝斯砸碎。

　　"唐葵，"木子君听到最后，试探着问，"所以你还是，有一点想他，是吗？"

　　"很难不想吧。"唐葵无所谓地笑笑，神情和语言并不相符，"尤其是这种生病的时候，小时候生病都是他照顾我，去给我买我喜欢吃的东西。可是我走的那天……你没看到当时场面有多激烈，我从来没见过他发那么大的火，其实我都不知道他为什么会气成那个样子，我只是……"

　　她顿了顿。

　　"我只是和乐队的成员玩得太晚，后半夜才回家而已，他就让我退出乐队。我一着急，干脆告诉他我不想读大学了，结果他就……直接把我的贝斯摔碎了。"

　　"那你父母呢？"

　　"他们比我更怕我爷爷。我家还挺传统的，他是所有人的大家长。他们也不支持我不读大学，我和他们也吵了起来，然后就和乐队一起离开本迪戈了。"

　　唐葵已经吃完饭，抱着抱枕盘腿坐到了地板上，一边说话一边拨弄着贝斯的弦。木子君把胳膊放在桌面上，头枕着胳膊听她讲。

　　"我已经离开那儿四年了，不是没有想过回去。不过去年听以前的同学说，我父母又生了一个孩子，哈，真的很像觉得把我养失败了，所以干脆重养一个……"

　　"不要这么说。"木子君摇摇头。

　　"……乐队来墨尔本以后发展一直不好，只能接一些商演维持，去年终于出了一张专辑，但销量很一般。我们的签约公司否定了我们之前的风格，让我们做一些更市场化的曲子，就是你在地板上看到的那些。"

　　"木子君，"她忽然停下了拨弄贝斯的手，抬头问木子君，"我很失败吗？为了梦想和家里闹翻，结果也并没有实现梦想。之前是自己不想回去，现在更多的是……没有底气回去。"

"又不是只有成功的人才可以回家。"木子君说。

唐葵闻言愣了片刻，而后低头，再次拨弄出一段旋律。

木子君："好好听啊。"

"嗯，是下个月给一支乐队在小型场馆演出助演的曲子，"唐葵轻叹道，"是他们的主场，我们只有这一首曲子。"

"你们会有自己的主场的。"木子君语气诚恳。

唐葵指间又滑出几个音符，继而抬头看着木子君，轻声说："谢谢。"

玩音乐是很消磨时间的一件事，天色在不知不觉间昏暗。唐葵从生病状态逐渐恢复过来，下楼把木子君送到了巴士车站。

"学校下周末有期中假期，"木子君说，"我和我朋友到时候去本迪戈，你……除了想确认他身体还好，真的没有什么想让我转达的话吗？"

"我一时想不起来，"唐葵摇摇头，"你见到他之前和我说一声吧，如果我到时候想到了，会发给你的。"

她话说完，一辆巴士也从远处莽莽撞撞开过来，一脚刹在木子君眼前。这个时间回市区，车里空荡荡的，木子君跳上车厢，拉开窗户和唐葵挥手。

唐葵站在车牌下也朝她挥手，身形随着巴士驶远逐渐变小，最后消失在转角的位置。

期中假期前的一周略显煎熬。

大部分科目的考试和论文都要赶在期中假之前进行和提交，木子君狠狠体验到了自己前几天闲到没事还去找唐葵的后果。忙着赶论文的不止她一个，图书馆里人满为患，她对比再三，发现宋维蒲让自己打工的书店竟然是最好的学习空间。

纵观唐人街，很难找到比他这儿生意还差的地方了。

"相绝华文图书"的招牌摆在楼道里，这家店面的年龄如此古老，或许从这栋建筑建造伊始便已经设立于此。它最开始是做什么的呢？金红玫又为什么盘下这样一处店面呢？

而在她离开后的这段日子里，宋维蒲又是出于什么样的心情，一直留存着这家书店的营业，哪怕它根本……赚不到什么钱呢？

木子君想不明白，不过当下需要她思考的事情过多，这些念头也只是在脑海中一闪即逝。至于这间书店，就像她落地墨尔本的那天就坐上宋维蒲的副驾驶座一样，他总能给她提供一片类似的空间，能让她在这异国他乡安稳落座的空间。

他在的时候这片空间是车，他不在的时候就是这间书店。木子君在书店里安安静静地把所有期中论文写完，最后一篇卡点上传到系统里时，她长舒了一口气。

抬头的时候，已经半夜十二点了。

明天——不对，已经是今天了。按她之前和宋维蒲约定的时间，他俩今天天一亮就要出发去本迪戈，她本以为自己能提前完成论文，如今看来还是高估了自己。起身收拾了没一会儿东西，木子君又想起来，宋维蒲之前和她说店里进了一批新书——她也不知道平常卖都卖不出去几本，他还进货干什么——反正就是她要把这些书往外摆一摆。

时间是有点晚，不过回顾她这一天的工作量，也就是早上起来开个窗户和灯，招待三五个老顾客，然后就努力地喝书店饮水机里的水，并努力用书店的电，干点活还拖到这个时间。短暂反思后，木子君立刻把电脑和鼠标装回书包，从抽屉里找出钥匙去开库房门。

很久没进货，库房自然也很久没开，甫一打开尘土飞扬，她眯着眼睛迈步进去，咳了几声，气息又激得更多灰尘腾起。

哪有新货啊？

木子君伸手去摸索墙壁上的吊灯开关，按了几下没反应，才意识到库房里的灯是坏的。她借着门外灯光仔细打量，脚步往里进了几寸，也没注意到库房大门弹性如此好，门轴润滑得丝滑无声，片刻不注意，就在她身后缓缓关上。

眼前霎时一片黑暗。

别说书了，架子也看不清丝毫。木子君"嘶"了一声，倒退两步，手指触上把手，想旋开门锁出去。

门锁里传来一声不祥的"咔嗒"声。

木子君一愣。

屋子里太黑，她只能掏出手机照明。可惜左手转得把手"咔嗒"直响，门锁还是没有丁点声息。

万念俱灰之下，木子君脑子里的第一个念头竟然是：还好刚才卡着点把所有论文都交了。

然后就是第二个念头……

图书馆。

期中期末阶段特殊，图书馆都是二十四小时夜灯常明。建筑系大多是小组作业，宋维蒲和隋庄坐在一间提前预约的独立讨论室里，旁边的组员基本都睡了。

"交了吗？"隋庄打着哈欠问宋维蒲。

宋维蒲神色也算不上有精神，不过比其他人意志被击垮的样子还是强了不少。点击了几下键盘后，他看着上传进度条走完，终于能把电脑扣上。

"交了。"宋维蒲瞥了他一眼，"你不困？"

"困啊，"隋庄坚强道，"但我基本没干啥活，陪你醒到最后，就是我能做出的最大贡献。"

宋维蒲："我都不知道该怎么谢你。"

他俩的说话声惊醒了其他同学，大家确认作业提交后便纷纷起身，拖着书包的样子有如行尸走肉。宋维蒲最后离开，电脑刚装进书包，手机便传来了隐约的振动。

时间太晚，他在点亮屏幕前都没想到，打电话的人竟然是木子君。隋庄催他快走，宋维蒲应了一声，快步跟上，空着的手点了接通。

宋维蒲："怎么了？"

电话里是死一般的寂静，过了很久，才传来一种介于咬牙切齿和瑟瑟发抖之间的声音："宋维蒲……"

宋维蒲："？"

他顿住脚步，追问道："怎么了？"

对面又沉默了许久，再开口时，已经气若游丝："你书店的库房……有好多……大蜘蛛啊……"

对面"咚"的一声，宋维蒲表情严肃。

他感觉木子君，晕过去了。

书店。

"就是……就是我没想到那个门会自己反锁，我就想给你打电话，结果库房里信号特别差……"

一杯水递过去。

"嗯。"

"我就举着手机开着手电筒找信号，结果灯往上一抬，就是天花板上吊下来一只……

"反正我就被吓了一跳，往后退，撞到那个架子，还撞掉一些东西。我想帮你捡起来，结果一弯腰……地上又……爬出一堆蜘蛛……"

木子君坐在收银台后面的椅子上，惊魂未定地叙述着刚才发生的一切。

宋维蒲单膝屈着蹲在她身边，看着她把那一杯水喝下去，总算缓过来一点。

他余光看了一眼库房，门虚掩着，自己都忘了上次打开是什么时候，应该是……应该是金红玫还在的时候。

递水的时候木子君手很凉，看上去的确被吓得不轻。也是，深更半夜和一堆澳洲大蜘蛛被关在一个打不开灯的库房里，她没有看见他打开门的时候哭出来就不错了。

她头微低，能看出胳膊还有一点发抖。宋维蒲此前并没有安慰过人，此刻除了递水的确不知道该怎么做。

杯子里还剩最后一口水，木子君一饮而尽，宋维蒲从她手中把空杯子接过。

"好一点了吗？"他问。

木子君点了下头，双手扶住额，有些疲惫地把胳膊撑在腿上。

"是因为我没说清楚吗？"宋维蒲站起身，把杯子放到身后的货架上，而后俯身拉开了货架下面的门，"我和你说在柜子里，这个是柜子，不是库房的柜子。库房……我也很久没进过了。"

窄小的木门被打开，露出里面一摞打包好的新书。木子君侧头看了一眼，略带绝望地把目光移回膝盖。

一天就干了这么一件事，还给干砸了……

她看起来还得缓一会儿，宋维蒲从抽屉里找出备用的灯泡，拖了把椅子进库房修灯。太久没进来，他也没想到这里面会落这么多灰尘，灯也不声不响地出了故障，墙角更是布满蜘蛛网。

换好了灯泡，库房便再度被灯光笼罩。宋维蒲拍净手上的灰尘，又俯身去捡地上散落的东西。有些书，都是金红玫以前进到店里又卖不出去的滞销品。他把书一本一本地捡起来放回架子，清理到最下面的时候，忽然发现了一封信封。

很薄的白色信封，表面泛黄，里面夹的东西摸上去有些硬。金红玫在世的时候他也没怎么进过库房，她去世后就更是大门紧锁，如果不是木子君今天把货架撞翻，或许到把这家店转手的那一天都不会看到这封夹在书页里的信封。

新换的灯泡照亮了整间库房，宋维蒲半蹲下身子，右侧的胳膊倚在货架上，慢慢把信封口打开倾倒——那张此前只在手机里见到过的、唐鸣鹤与金红玫的合照，缓缓地从信封中滑落出来。

不知道是什么时候放在这里的。

或许连金红玫自己都忘记了这张照片的存在。

照片里是年轻的她和将狮头抱在胸前的唐鸣鹤，以及背后半个多世纪前的唐人街。黑白照片没有颜色，但长期存放在信封里，竟意外保证了浓淡色泽的稳定，以至于能看出金红玫脸部的细节，是比他此前见过的所有照片都清晰的模样。

那年金红玫的年纪甚至和他现在也差不了许多，如此年轻，站在舞狮队的簇拥里，如此意气风发。宋维蒲看了照片许久，终于回过神来，在起身的同时将目光从照片上移开。

悲伤的第六个阶段，是寻找意义。

从逝者的人生中寻找意义是人们在失去至亲后的一种应对方式，意义不在于失去本身，而是在失去之后——宋维蒲忽然觉得自己好像明白了一点这句话的意思。

他在这件事上算不得非常勇敢，对那些不想面对的事，他更习惯于把它们锁起来，不去看，也不去回忆。

可偏偏木子君出现了。

她坐上了他的车，又坐进了他的书店。她打开了他不愿打开的冰箱，又打开了这间长久封存的库房。

很好，宋维蒲忽然这样想——

他现在也很想知道，她还会帮他打开哪些金红玫的过往。

那都是他，没有勇气一个人面对的地方。

墨尔本的春天淅淅沥沥走不干净，气温刚回转几分，天气就又阴冷下来，雨水连绵。车冒着雨从墨尔本一路开往本迪戈，抵达这座小城的时候倒是放了晴。

昨天在书店耽误了太长时间，他俩出门也比计划晚。路程因为下雨略有漫长，这条路也没什么其他车。宋维蒲习惯性把右手搁在膝盖上，指间虚扶着方向盘，用左手调整方向，显然会省力一些。

木子君则坐在副驾驶上研究起地图。

本迪戈地处墨尔本西北方向一百五十公里处，自从 1851 年两名妇人在这里发现了金矿，大批华人漂洋过海拥入本迪戈，为这座城市的发展史留下浓墨重彩的一笔。城市往南有一座叫巴拉瑞特的城市，和更西侧一座叫亚拉腊的城市形成三角，在淘金热时期被称为"黄金三角区"，可以说是被淘金者踏出来的三座小城。不过和菲利普湾以北的墨尔本相比，这三座城市尺寸都太小了，还是宋维蒲在身旁一边提醒，木子君一边挨个找到的。

　　联想到上次中秋节的事，她忍不住问："你高中地理是不是挺好的？"

　　宋维蒲："……这都是常识。"

　　当年需要艰苦跋涉的一段距离，如今开车倒是很快就能到。车进城区，路边荒凉的道路逐渐繁华起来，不时有独栋商店平地拔起。

　　先前宋维蒲和她说过这边华人移民很多，或许就是一百多年前那场淘金热的余温。如今车到城镇，多的显然不只是华人，连一些建筑也带了明显的东方色彩，一家百货商场门口竟然蹲了两只石狮。

　　不过这一切，都没有他们接近唐鸣鹤住处附近的那座庙宇来得震撼。

　　来之前倒是耳闻本迪戈的一处代表性景点就是一座关公庙，是附近华人建造的七座寺庙之一。其实远看庙宇的尺寸和工艺都算不上震撼，但和陈元罡的那座私房酒楼一样，在异国他乡的土地上蓦然瞧见这么一座红墙绿瓦、石狮镇守的庙宇平地而起，浑然一种时空错乱的亲切感。

　　导航显示到唐鸣鹤所住的公寓还有十分钟，木子君降下车窗，目光紧锁着那座庙不放，就像是试图在车开走前多看两眼。头往回扭了没一会儿，忽然觉得车速降下来，宋维蒲的声音从身侧传来："你要看吗？"

　　她回过头，发现宋维蒲已经把车往路边靠——又出现了！听见她肚子叫就带她买汉堡的好使人格。

　　"你怎么知道我想看啊？"她心情愉快。

　　"我再不停车怕你从车里摔出去，"宋维蒲说，"头伸回来。"

　　木子君："……"

　　又出现了，老是让人下不来台的奸商人格。

　　工作日，来寺庙的人很少。宋维蒲把车停进停车场，和木子君一同迈进朱红大门。庙宇内壁也是通体大红，沿途摆放了些当年淘金热时期留下的文物，主庙供奉关公，塑像前立着香炉与大刀，烛台灯火微明。木子君站在台前仰头观望，几乎共情那些百年前前来供奉的先人。人在异乡，的确是需要这样一处场所，能在神思恍惚间回归故里。

宋维蒲在唐人街长大，这种从西方环境里凭空生长而出的东方意象见多了，神色没有木子君这么好奇，只是抱着手臂站在她身后等待。两个人安安静静站在主庙中，倒是门口传来一道和蔼的询问声："需要志愿者讲解吗？"

木子君蓦然回头，看见个穿着员工制服的鬈发阿姨站在门口，征询意见似的看向他们。没想到这种偏僻景点还有讲解，还是中文的，看起来也是出于自愿免费的。

没有不听的理由。

景点人太少，志愿者也是一身本领闲得发慌，难得看见两个对她讲解内容感兴趣的游客。木子君从关公像前面往后退了一步，给阿姨让开地方，对方便走过来开始了讲解。

虽说主殿是关公庙，但关公并非这座庙宇唯一供奉的神像，另一座神像是孔子。一百多年前，本迪戈的第一代华人跨越大洋孤身而来，淘金工作危险而辛苦，许多人都将精神寄托在对神灵的信仰之上。

"本迪戈当年有很多华人吗？"木子君问。

"很多，本迪戈河谷在淘金热出现的前十年开采出一百二十多吨黄金，被称为'大金山'。一名广东台山的年轻人听说了本迪戈挖出金矿的消息后寄回一封家书，吸引了大批淘金客。"

语言不通，信仰不同，远渡重洋，第一代淘金客也是第一代冒险者，孤身踏上这片异域的土地。维持基本生活已是艰难，但他们仍然在异乡的土地上建造庙宇，保留了故乡的诸多习俗。

讲解员口音很软，木子君听了几句，问了一句不相关的："您是江浙人？"

"上海人。"讲解员阿姨冲她微微笑，"我丈夫来这边大学做访问学者，我在家没事做，找了这份兼职，还能和人说说话。"

她背着手点了点头。

做访问学者的，留学的，这个时代的人在国外谋生变得如此容易，但对那个时代的人而言，远渡重洋抵达异域，目之所及只有矿山岩石裸露的土地。

一代开拓者。

本迪戈的历史讲完，其他房间的玻璃柜还摆放了一些以前华人留下来的文物，甚至有当年挖矿用的铁锹。木子君跟在讲解员身后，听对方三言两语介绍了早期来到这里的几位华人，忽然回过头略带忧伤地看向她。

"很传奇，我们有很多传奇的故事，可惜鲜有人提及。以前这座寺庙附近还发现了一座无人问津的华人陵墓，这些被故乡遗忘的灵魂，如果再没人讲述他们的历史，就会被彻底忘记。"

"怎么样才算讲述呢？"木子君问，"您这样也是在讲述呀。"

"要落于文字，"讲解员摇摇头，"文字才是不朽的。"

木子君没有说话，反倒是一直跟在她们身后的宋维蒲微微点了下头，似乎是在表达赞同。

两个人就这样跟着讲解员从主庙走到了最后，展品看尽，只剩下一面在墙壁上悬挂的屏幕。他们过去的时候，上一轮播放已经过半，液晶屏里是本迪戈复活节期间街头的热闹景象——西式的复活节的庆祝方式是彩蛋和兔子，但在本迪戈，复活节的重头戏竟然是中国的舞龙舞狮。

"复活节舞龙舞狮是从淘金热时期开始在本迪戈出现的一项传统。你们看见屏幕里，这是澳洲最大的舞狮团队，这条金龙——"讲解员指向屏幕，"一百二十五米，狮子在这里被视作护卫，是金龙的守护者。"

视频质量很新，看起来也就是这几年拍的。一只红色狮子从远处舞动到镜头前方，木子君仔细观看视频，忽然觉得，那只狮头看起来有几分眼熟。

可是……

舞狮人的年龄也对不上呀。

她摇了下头，否认了心中浮现的那张唐葵发给她的照片。况且狮头都长得大差不差，总不能看到一个类似的，就觉得这是唐鸣鹤的狮头吧。

刚这么想完，那只狮子忽然摇头晃脑地靠近了镜头，狮客继而一把拽下狮头，在镜头面前站起身。

是个棕发混血的年轻人。

他冲着镜头笑了笑，手一扬，把狮头朝远处扔去，音响里随即传来一声不大标准的粤语。木子君下意识看向宋维蒲，他反应了一瞬，下意识地复读道："他喊唐先生？他说……谢谢唐先生借他这只狮头？"

讲解员不知道他们两个怎么像听到了什么意外的东西，目光打量片刻屏幕，回头对他们说："唐先生的这只狮头很有名，以前在墨尔本唐人街也做过狮王，后来就常借给本迪戈的舞狮队。你们的表情……"

"您认识唐先生吗？"木子君问，"我就是来找唐先生的，可他的电话一直打不通，我想去他家——"

"去他家？"讲解员神色更奇怪了，"本迪戈的华人都互相认识，所以我的确知道一些唐先生的事。他身体不好，正在疗养院休养，房子也挂出去要卖掉了，你们去他家找他，一定是找不到的呀。"

唐鸣鹤要卖房子这件事，木子君刚打电话告诉唐葵，她就把贝斯扔在排练室里要杀来本迪戈了。

电话里的声音是控制不住的恼火。

"他凭什么卖房子？他有什么权利卖房子？"唐葵一边走一边质问，"那是我长大的地方，他凭什么卖掉？！"

她让木子君在唐鸣鹤家附近找个地方等她，声音气势汹汹，从手机里漏出来，听得一直在旁边没说话的宋维蒲也抬了下视线。木子君讪讪地挂掉电话，朝向宋维蒲："这个唐葵，是个乐队的贝斯手，脾气比较急，你一会儿见面担待一点……"

两个人此刻正坐在唐鸣鹤家附近的咖啡厅，宋维蒲闻言无所谓地点了下头，继续低头喝咖啡。木子君看着宋维蒲这一脸对什么都无所谓的样子，联想了一下唐葵的性格，总觉得这两个人，脾气不会太对付……

事实证明，她对人与人之间气场的判断无比准确。

而且，情况比她想的更糟糕。

唐葵是坐在一辆摩托后面过来的，没想到这摩托来的速度比他们早上开车过来都快。骑车的是乐队里的鼓手，看起来她已经和乐队成员和解了。只见她从摩托上跳下来，和队友说了几句便示意对方离开。

唐葵转过头的时候，正好木子君和宋维蒲从咖啡厅里走出来。

自从上次和她说过"你们会有自己的主场的"之后，唐葵对木子君的态度可谓是无微不至，有问必答。和她点头打了个招呼后，唐葵的视线偏移，看见她身后宋维蒲的瞬间，眉头就控制不住地皱了起来。

木子君顿住脚步，不知道发生了什么。

唐葵也不是立刻就反应了过来，只是一言不发地看了一会儿宋维蒲，然后才后知后觉自己这臭表情是因为什么。

"他和你一起？"她问木子君。

木子君茫然地点了点头，然后眼看着唐葵脸色变差。

唐葵把木子君往自己身边一拉，质问宋维蒲："你是不是有个朋友叫史蒂夫（Steve）？"

宋维蒲顿住脚步。

唐葵给出更多细节："木子君学校学法律的？"

"他学建筑……"

木子君小声纠正，被唐葵又搡了一把，唐葵不耐烦道："我说史蒂夫，他有个朋友学法律。"

她说话奇冲，宋维蒲也有些不爽，脸色冷着打量了她片刻，简短回答："是，怎么了？"

唐葵顿了顿，冷笑一声，道："渣男。"她说完就走，走之前还搡了一把木子君的手腕。

木子君被拉得踉跄几步，惊恐中回头询问宋维蒲："什么情况啊？谁是渣男？"

宋维蒲："我有个朋友之前……谈过一个乐队主唱。"

木子君："啊。"

宋维蒲："他们分手之前，我和他去看过一次乐队演出。"

"你没认出她？"木子君小心地看了一眼前面大步流星的唐葵。

宋维蒲："……我甚至不记得主唱长什么样。"

两个人谁也不理谁，从咖啡厅一路走回唐鸣鹤的公寓。给唐葵打电话之前他俩就来看过一眼，老式公寓，楼正好贴了张待售房屋的广告单。唐葵在门口站定几秒，把广告单粗暴地撕下来，继而从兜里拿出了一把久违的家门钥匙。

倒是没想到她这么多年还留着。

"唐葵，"木子君冒死进谏，"你爷爷卖房这个事，你要不然再打听一下，我觉得……"

"我问了，我给……"唐葵平复了一下怒火，"我给我父母打了电话。"

她之前只给了木子君唐鸣鹤的电话，就算一直忙音也不愿和父母联系。木子君隐约记得她说过，她和父母的关系本身就一般，得知自己长大的地方要被卖掉，看来是已经气到顾不上这些陈年芥蒂。

"他们不在本迪戈，正带着孩子在海边度假。他们说我爷爷准备把房子卖了搬进养老院，他很固执，谁的话也不听，房子里的旧物也一样都不要了。他们给了我疗养院的电话，我拨过去问，护工说他今天下午要休息，明天才能见客人。"

明天才能见客人。

刨除那些情绪化的表达，这是木子君目前接收到的唯一有效信息。听唐葵的意思，她已经拉下脸从父母那儿打听到唐鸣鹤在哪家疗养院了，只是见面的时间，怎么也要拖到明天了。

唐葵带着木子君两人一路朝里走，他们一时也摸不清唐葵到底有什么打算。

宋维蒲也跟烦了，替木子君开口问："那你现在要干什么？"

老式公寓只有三层，但没电梯，三个人现在已经上到顶层。唐葵顿住脚步，回头上下打量了一下宋维蒲，回答："我带木子君回家住，明天去见我爷爷，你自己找地方吧。"

这连带责任的后果也太严重了！

木子君回过头，看见宋维蒲也难得显出无奈。

说归说，没有真的不让宋维蒲进门的道理，更何况渣男是那位叫史蒂夫的未出场同学，而非宋维蒲本人。公寓内部又分出两层，一楼是客厅和侧卧，二楼有单独的主卧和洗手间。唐葵大刀阔斧地把所有被罩住的家具都掀开，清理了一番灰尘，显然是已经打定主意不让唐鸣鹤把这房子卖掉。

掀到墙上一处被盖住的长幅相框时，唐葵动作忽然停顿了一下，看了一眼身后帮她打扫卫生的木子君，随后将布帘一把掀开。

遮掩画幅的布料无声飘落到地板上，木子君直起身，只见眼前横挂一张贯穿半面墙壁的黑白照片，而金红玫站在画幅正中央，神色倨傲地注视着她。

年轻而艳丽的女人，左手搭在唐鸣鹤举起的狮头上，身形修长而生机勃勃。照片分明没有颜色，她站在那儿，却让人想起夏日夜空里迸发的彩色焰火。

两个面容相似的女人在相框内外四目相对。

她曾无数次隔着薄雾张望，但直到这个时刻，木子君才反应过来，原来她早已在不知不觉中穿过了河流，抵达了金红玫所在的对岸。

她离她，越来越近了。

本来没有在本迪戈过夜的计划，现在要在唐葵家住一宿，就得买点日用品。最近的便利店离这里开车也要五分钟，宋维蒲去买东西，留下唐葵在这栋她长大的房子里对着木子君欲言又止。

"怎……怎么了啊？"木子君茫然。

"也没什么，"唐葵懒散地把枕套套上——她和木子君晚上会来主卧休息，宋维蒲睡在楼下，"那个叫宋维蒲的不是你男朋友吧？"

木子君愣了一下。

"不是。"她说。

"那就行。"唐葵又铺平了床单，"那你俩也没有什么……中文里那种感觉叫什么，暧昧关系？"

"没有……"

"那就行，"唐葵说，"就他那个朋友，人以类聚，他也不会是什么好人，你离他远一点。"

"他人还挺好的。"木子君说。

"哪里好？"唐葵嘴角一撇。

"他……"木子君想了想，"挺乐于助人的……"

唐葵表情略显抽搐，显然是无法把这四个字和宋维蒲那一脸冷漠联系上。

又想到他听见自己肚子叫就带自己去吃汉堡和看见她回头就带她去看寺庙的事，木子君继续补充："他还特别善解人意。"

唐葵满脸不可置信。

楼下门响了一声，应该是宋维蒲回来了。木子君放下枕头下楼去看，唐葵跟在她身后，看见正在门口换鞋的宋维蒲手里拎着个塑料袋，装着给木子君带的牙刷牙膏和毛巾，还有三人份的打包晚饭。

"你家的冰箱还能用吗？"宋维蒲问唐葵。

唐葵撤退一步，指示了厨房的位置，等宋维蒲走过去，而后把目光转向木子君。后者目送他离开，压低声音，语气诚恳地对唐葵解释："真的特别好使，你用用就知道了。"

唐葵一愣。

不是，是她中文语言能力有问题吗？原来大活人也能用"好使"这词形容吗？而且——

还能让她"用用"吗？

"乐于助人"和"善解人意"的双重叠加之下，唐葵对宋维蒲的攻击性发言暂时告一段落，但这也彻底掐灭了她说话的欲望，到吃晚饭的时候都没怎么抬头。

倒是木子君觉得房间里太安静，和她没话找话道："你们的助演准备得怎么样呀？"

"这周末。"唐葵低头扒饭盒里的米粒，"曲子改了一点，勉强能上台吧。"

"是雅拉河那个场地吗，我们能去看吗？宋维蒲你感兴趣吗？"

121

"主场是哪支乐队？"宋维蒲头也没抬地问道。

唐葵瞪了他一眼。

木子君急忙帮他解释："他就随口一问，我们去肯定是看你们的。"

说完，她又忍不住在心中长叹：这两人的关系还能不能好了……

宋维蒲喝了口水，没再说话。

地名太长，唐葵也没法口述，最后干脆从缝了不少兜的裤子里找出了两张被揉皱的门票。她在桌面上用水杯底部压平整，然后推过去给了木子君。

"我这里有两张多余的票，给你们吧。"

门票正面印刷着表演地址和主场乐队的标志，背面则是表演曲目，唐葵所在的乐队排在最后一个，也只有一首曲子。木子君用手指把揉皱的门票抚平，脑海里忽然出现了一个很奇怪的念头：要是唐鸣鹤能去看唐葵的表演，或许很多耿耿于怀的嫌隙都能化解。

但她也很快意识到自己这个念头有多可笑，于是只是默默地把门票揣进衣兜。

餐桌上还摆放了不少纸箱，他们三个也没在客厅吃饭，而是围坐在茶几旁。木子君吃饱了便把餐具推到一侧，看见茶几玻璃板下面摆着几本相册似的东西。

"我可以看吗？"她用指尖点了点玻璃。

唐葵偏了下头，没当回事："看吧。"

相册都被装在一个没有盖的纸盒里，木子君把整个纸盒拿了出来。上面一本翻开都是黑白照，零零散散，是唐鸣鹤少年时代在唐人街的照片。有一张十分威风，是他单腿站在高桩之巅，将狮头举过头顶，双目炯炯地望向镜头，十二分意气风发。

"这就是在唐人街当狮王的那次吗？"木子君问。

唐葵看了一眼，眼神略有迷茫："不清楚，他没和我说过。"

木子君"哦"了一声，收回视线，继续往后翻。仍然是黑白的，不过唐鸣鹤开始年岁稍长，似乎也不在唐人街了，而是搬来了本迪戈以后的场景。有几张照片中，他站在一家水果店前，穿着长裤和工作服，看向镜头的表情很淡，不过能看出也是个英俊精神的年轻人。

唐葵本来只是余光看着，这时候也被吸引，慢慢移到了木子君身边。

"他还有个妹妹吗？"木子君指着其中一张唐鸣鹤在水果店前牵着个小姑娘的照片询问。

"我……"唐葵语气带了几分疑惑，"我不知道。我没有见过，也没有听他提起过。"

他们那代人似乎都是这个样子的，过去的事不问不提，问了也未必说得详细。宋维蒲大概是有和唐葵一样的体会，起身拿出了另外一本，翻开第一页，竟然是结婚照。

"这个我知道的。"唐葵的视线又偏到宋维蒲那边，"我爸爸说，我奶奶是我爷爷好朋友的妹妹，不过她去世得很早，所以我也没有见过。"

"好可惜。"木子君叹了口气，为素未谋面的唐鸣鹤感到一丝悲伤。

结婚后的照片逐渐变成了彩色，唐鸣鹤的脸上也带了笑意。可惜的是，从某一页开始，照片里又只剩下他一个人。这孤单的场景持续了许多年，直到唐葵出现，才被再次打破。

他几十年的人生也只是两本相册，而唐葵和他的合照，几乎占据了纸盒里其他相册的所有空格。从满月到周岁，从第一次上学到看她上台表演……

"我最开始学乐器，还是他帮我找了老师，"唐葵翻着相册喃喃自语，"可他那天为什么要把我的贝斯砸碎呢……如果他这么讨厌我玩音乐，当初为什么要送我去学呢……"

相册终于翻到了最后一页，是唐葵离开家前，最后一次给唐鸣鹤过生日的照片。和那些孤单一人的照片相比，被唐葵搂着脖子的唐鸣鹤脸上挂着一种久违的生气。木子君看了很久才意识到，那是他在唐人街做狮王时的生气。

而在唐葵离开后，他甚至连一张照片都没有再拍过了。

不对……也不是完全没有影像。

四本相册翻到最后，压在纸箱最下面的竟然是一张光盘。不是商品，因为没有任何设计的包装，只是在光盘的白色外封上写了一行遒劲的汉字：致唐先生。

木子君看向唐葵。

这不是她有权利拿起来的东西。

唐葵在久久地注视自己和唐鸣鹤的那张合照后，终于收回视线，把那张光盘从纸箱里摸了出来。茶几前面就有设备，唐葵捏着光盘爬到正对着沙发的荧幕前，把光盘插进卡槽，然后熟门熟路地从一处角落摸索出遥控器。

老人放东西，永远这么固定。

屏幕闪出雪花，唐葵点了几下遥控器后，雪花散去，露出闪烁的画面。木子君凝神细看，发现这画面颇为熟悉，竟然就是她和宋维蒲在寺庙里见到的那段录影。

火一样的红色狮头，混血的年轻狮客，以及复活节声势浩大的舞龙舞狮。镜头缓慢摇过沸腾的人群，最终定焦在舞狮队伍里最显眼的红色狮头上。唐葵看了那画面一会儿，后知后觉地抬了下头，往天花板的角落看了一眼——木子君顺着她的目光看去，发现那个角落的墙壁上有一块颜色明显浅于别处，像是曾经悬挂着什么东西，而后被拿走了。

就这么一愣神，画面一转，已经过了红色狮头被扔出镜头的画面。寺庙里的录影就到此为止，但在这张碟片里，镜头慢慢摇开，竟然拉进来一个站在人群外的老人身影。

唐葵轻声喊："爷爷……"

唐鸣鹤很老，非常老，比相册里最后那张照片老了太多，佝偻的身形里看不出半分少年时代狮王的风采。他左手撑着拐杖，右手将狮头托举在胸前，对着镜头微微点了下头，便要转身离开。

镜头也拉近他拍了一会儿。木子君猜测这段素材或许本来有计划配一些后期效果，例如追溯一段唐人街舞狮传奇之类的内容，但最后什么都没有做。于是留在镜头里的，就只有一个沉默的老人，和一个被拉近的镜头放大拍摄的红色狮头。

这段镜头彻底结束前，宋维蒲忽然从唐葵手里拿过遥控器，点了暂停。

木子君不明所以地回过头。

唐葵也回头，只见宋维蒲皱眉看着画面，似乎观察到了什么，而后点击倒退键，把画面调到了镜头拉近的那段。

沙发高度不合适，他们都是直接坐在地上吃饭，木子君干脆爬到他身旁坐下。

"怎么了？"她问。

宋维蒲没有第一时间回答她，只是目不转睛地调整画面，直到选定最为清晰的一瞬间。

"木子君，"他抬手指了下屏幕，"那是你要找的东西吗？"

木子君一愣，随即顺着他手指的方向望向屏幕。

那只红色狮子的额头上，缀着一颗小小的碧绿玉珠。又因为镜头拉到最近，能看到那颗珠子上面，用金色镶刻出一个小小的"恩"字。

"恩爱两不疑"的"恩"。

那的确是她要找的东西，但她要找的东西已经不在原位，连唐葵都不知道下落。搬走狮头后的墙角空空荡荡，徒留下墙壁上的一团皓白。

　　闲着也无事可做，明天一早还要去疗养院见唐鸣鹤，三个人最终还是早早睡下。木子君上楼去和唐葵睡二楼的主卧，夜灯微明，她对着手机屏幕发愣，甚至把唐鸣鹤的名字键入搜索，觉得或许能看见像陈元罡似的蛛丝马迹。

　　结果当然是没有，这是一个再普通不过的老人。

　　宋维蒲的消息倒是发过来。

　　River：明天见到他，会问到的。

　　她对着那句话试图键入回复，最后也只能说出一个"嗯"字来。唐葵靠在一边瞥她，问："他找你聊天啊？"

　　木子君："没有，别人。"

　　唐葵："我又没说说是谁。"

　　木子君也不知道宋维蒲那位叫史蒂夫的同学和唐葵的队友产生过什么样的感情纠纷，总之唐葵在看宋维蒲不爽这件事上就像一个封建大家长，一直试图让后者离木子君远一些，再远一些。甚至于第二天睡醒，三个人一同去往疗养院的路上，唐葵还在后座回忆自家队友分手后茶饭不思的过往。

　　"史蒂夫这么渣吗？"木子君语气奇怪。

　　"情侣的事，"宋维蒲百无聊赖地开车，看起来也不想参与这个话题，"我不清楚，也没问过。"

　　"有什么说不清楚的，"唐葵激烈抵抗，"反正你离木子君远一点，木子君你也别喜欢他！"

　　木子君也不知道唐葵为什么一直致力于假设她和宋维蒲之间已经产生什么不可告人的情愫，难不成是他俩站在一起就自带一种气场？

　　木子君不懂。于是，她转过头，耐心地对唐葵解释："我没喜欢他，他也没喜欢我，我俩就是因为上一辈的事碰上了。"

　　专心开车的宋维蒲速度似乎略有减慢。

　　"那你来本迪戈还特意叫上他？"

　　"他有车呀，"木子君说，"他还懂粤语。"

　　"所以你纯粹是因为他好使才总和他在一起？"

　　这话有点不礼貌。木子君连忙摇头否认，小心翼翼地看了驾驶座一眼，解释道："不是好使，就是……"

好像一时也想不出什么别的词……物美价廉？

大脑空白的木子君沉默许久，最后的选择是悻悻转身坐回副驾驶座。而宋维蒲车速慢了几秒后忽然提速，冷着一张脸连超几辆车，吓得后座的唐葵急忙寻找安全带。

木子君看着极速穿梭的车流，转过头，关切道："你怎么了？"

宋维蒲："没事。"

木子君才不信。

他日常冷漠，冷漠到情绪稳定，难得看到表情里带了一丝不耐烦。这种小城市早高峰也没几辆车，木子君不知道他怎么了，看着前方道路沉思片刻，自觉不是堵车的原因，便又一次转头询问："你在不高兴吗？"

宋维蒲："没有。"

她盯着宋维蒲的侧脸观察片刻，回头看向唐葵，一脸"我想起来了"的表情。

"真的不光是因为好使，"木子君说，"是又帅又好使。"

唐葵无语。

没有红灯，也没有拦路的车，但宋维蒲的车速，忽然降下来了。

疗养院的地址是唐葵从父母那儿问的，这也是她这么多年来第一次拉下脸去和父母说话。但说到原因的时候她偏偏还藏了一半，只说两个墨尔本的朋友因为爷爷在唐人街的旧事前往，自己并不会回本迪戈。

或许是离开了太久吧，近乡情怯，如今想要关系破冰，都没有像样的理由和借口，甚至人到疗养院楼下的时候脚步一顿，不打算上去了。

"他只知道你们两个要过去，"唐葵避开木子君的眼神，"我不上去了，你们去问他狮头的下落吧。"

"可是他应该很想见你。"木子君说。

"想见我什么？"唐葵自嘲地笑了一声，"看我染的头发、文身，还有唇钉吗？我不觉得他看到我心情会好，走的那天，他也没有挽留我。"

木子君几乎是被她的话带着看了一遍她浑身的零件，不得不承认，这对于在休养病情的唐鸣鹤的确会造成刺激。她再说不出什么劝慰的话，没想到一直走在前面的宋维蒲忽然回过头看向唐葵。

"你知道唐先生的年龄吗？"他忽然说。

唐葵一愣，她忽然意识到自己好像不知道。

而木子君听他这么一问，忽然反应过来，自己好像也说不出苑成竹的确切年龄。

唐葵只知道，他很老……老人的年龄，因为太大，反而不像年轻人一样，一岁两岁都值得纠正。

　　"我开始也不知道，"宋维蒲说，"我帮她办死亡证明的时候才知道，她去世的那年九十三岁。"

　　唐葵看着宋维蒲，难得没有像昨晚似的对他不耐烦。

　　"她去世前一天问我要不要回家吃饭，我专业里有事，没有回去。"宋维蒲说，"第二天中午她在梦里走了。"

　　唐葵抿着嘴沉默半晌，只能说："在梦里走的话，应该没受什么苦。"

　　宋维蒲点了点头。

　　他说话一向点到即止，木子君大概听出来，他是提醒唐葵老人的每一面都可能是最后一面。

　　三个人沉默许久后，唐葵往前动了两步，背着手说："那我先在门口站一下，你们说你们的。"

　　她说完就从木子君和宋维蒲中间穿过去，进了疗养院大楼的玻璃门。他们两个在后面看了一会儿，也先后跟上她的步伐。

　　这家疗养院一楼大厅有护士值班，申请探视后需要等一会儿才能上楼。唐葵拿了预约单以后就坐到白色连椅的角落等待，走廊尽头有自动售货机，宋维蒲看暂时用不着他，便过去买了两瓶水。瓶装水"咣当咣当"地从售货架上掉落，他弯腰拿水，直起身子的时候，身后忽然站了一个人。

　　是木子君。

　　她很少站得离他这么近，宋维蒲微微低下视线，发现她正忧心忡忡地看着自己。两人沉默片刻，他把水递过去，问："你来买水吗？"

　　出乎他意料的是，他抬手的一瞬间，木子君也抬起了手——但高度并不是去接水，她的手伸到他头顶，摸了一下。

　　她摸他头发还得微微踮一下脚，但还是摸得很认真，像在尽职尽责地摸狗。宋维蒲的水一时也收不回去，只是愣神一样站在原地，任凭她把自己头发揉乱，又抓了几把，把发丝抓回整齐。

　　做完这一切，她才把他递过来的矿泉水接走，在他的注视之下拧开瓶盖喝了两口。宋维蒲的视线定在她身上，被她碰过的头顶发热，语气还是漠漠然："你干什么？"又一边庆幸自己早上出门之前洗了个头。

　　木子君咽下水，这才开口："专业上讲……"

　　宋维蒲一怔。

"我们专业上讲，"她说，"是不建议咨询师通过个体创伤去启发咨询者的，不过要是咨询师自己觉得有必要也可以，但为了职业生涯的长久，还是尽量避免这种方法。"

宋维蒲："……"

自动售货机忽然开始制冷，"嗡"的一声，木子君忍不住往货品方向看了一眼，再收回视线的时候，忽然发现宋维蒲的表情有点奇怪。

一种类似于……有点感动，但也有点无奈，还忍着一点笑的感觉。

了不起，原来他还能有这么复杂的表情。

"担心我心情不好吗？"他问。

啊，你又不是第一次心情不好。

你上次在陈元罡那里就心情不好。

你真的很像《没头脑和不高兴》里的不高兴……不对，那我是谁？

木子君还没从神思的神游中回来，就听见宋维蒲继续说："不用担心我，我骗她的。"

哎？

"你不是说她午睡的时候……"

"对，是午睡的时候去世的，"宋维蒲说，"不过她前一晚没叫我回家吃饭，她在通宵打麻将。"

木子君一愣。

"是我问她要不要回来吃，"宋维蒲揉了揉太阳穴，语气也变了，不过不是对金红玫的思念，更多是无奈，"她说和老姐妹打牌正开心，让我自己煮方便面。"

很难说她的大脑是陷入了混乱还是系统正在重启。

我们从不按套路出牌的金女士！

"那你和唐葵……"

"我骗她的啊，她和她爷爷两个人都很犟，"宋维蒲毫不在意地坦白，"她不进来肯定会后悔的。"

如果人的大脑是被激素控制的，这一刻，木子君大脑里对宋维蒲的怜爱激素被迅速代谢，只剩下了一种对他骗人不眨眼的奸商人格的痛恨。

是，他骗唐葵的，他骗人眼睛都不眨，信手拈来。

唐葵也不是第一个被骗的。

她木子君才是第一个！被骗的！总是被骗！骗她给他打工，又骗她开过环岛，现在还骗她泛滥的感情！

果然人以类聚。

渣男！

脑海中一秒钟闪过一百个念头后，木子君对宋维蒲腰一叉，上下打量，伴着一声冷笑，扭头就走。宋维蒲慢悠悠跟在她身后，一步顶她两步。

两个人一前一后回了大厅等候处，正在内耗的唐葵茫然抬头，看看一脸怒气的木子君，又看了看一脸平静的宋维蒲。

"怎么了啊？"她无精打采但没话找话道，"你怎么不太高兴，他……"

木子君："他！"

唐葵："？"

木子君："是狗。"

木子君刚说完，前台那边就传来了提醒声，告知他们这组探望人员可以上楼。木子君从唐葵手里拿过预约单往电梯的方向走，留下唐葵看着她的背影若有所思。

宋维蒲迅速喝完瓶装水，把空瓶丢进角落的垃圾桶。"当啷"一声后，唐葵回头看向他。

唐葵的中文水平其实差宋维蒲很远，后者几乎是母语水平，她说每句话之前还是要提前在心里组织。木子君在的时候都会迁就她说中文，木子君不在的时候，两个人的对话都是英语。

宋维蒲不对着木子君的时候表情很冷漠，唐葵上下打量他一会儿，忽然开口问："你故意说那些话的吗？让我忍不住进来。"

"我只是担心你后悔。"宋维蒲看着木子君的背影回答，她正仰着头看电梯一层层下落，目前离他们所在的楼层还有半栋楼。

"你那天没回去，"唐葵也顺着他的目光向木子君看去，"你后悔吗？"

宋维蒲静了静，说："非常后悔。"

坐着电梯上到疗养院高层，楼道里就变得十分安静。往来的护士都轻声细语地说着话，木子君回过头，压低声音询问唐葵："你不进去的话，要我帮你问问卖房子的事吗？"

"问一下吧。"唐葵终于找到一个可以托付给她的话题，"我不觉得他缺钱，我父母也不是不孝顺的人。我想不出他有什么一定卖房子的理由，那里面毕竟有……"

她停了一瞬，深吸口气道："有我很多回忆。"

病房到了。

唐葵的父母和唐鸣鹤提前知会过木子君的到来，想必也提及了她是唐葵的朋友。木子君走进来的时候，在躺椅上休息的唐鸣鹤的视线明显绕过她往后看了一下，不过发现后面只有宋维蒲一个人之后，便把目光收了回来。

　　看清木子君长相的瞬间，唐鸣鹤不出意料地愣住了。

　　他打量木子君，木子君也在观察他。老去的唐鸣鹤和照片里少年时代的他已经没有什么相似之处了，唯独一双眼睛还有狮王的精神气。木子君攥着那张他与金红玫的合照坐到他面前，发现他的视线一直往下落，在看到她手腕上的手链时，似乎停顿了片刻。

　　"唐先生。"她开口。

　　"我记得金小姐没有后人。"唐鸣鹤也开口。木子君看了一会儿，把求助的目光转向宋维蒲。

　　陈元罡的粤语她还能猜出个大概，到唐鸣鹤这里就彻底听不懂了。宋维蒲安抚似的拍了下她肩膀，走到唐鸣鹤面前，弯下腰和他说了几句话，继而朝木子君伸出手。

　　她急忙把照片递给他，他又拿过去，指给唐鸣鹤看。

　　唐鸣鹤看了看宋维蒲的脸，又拿过照片细看片刻，神色略有闪动。木子君忐忑地坐在椅子上，正发愁难道要让宋维蒲逐句翻译时，对方竟然开口，用不大标准的英语和她讲："我慢慢讲，或许你能听懂。"

　　唐鸣鹤的英语非常白，用词都简单到极点，但神奇的是，他能用最简单的单词把自己的意思清晰表达。木子君隐约记得唐葵和她说过，她爷爷年轻的时候做过一段时间的电工，在本迪戈不光做华人生意。

　　这个老狮王，并非她想象中的"一介武夫"。

　　唐鸣鹤当真开口，一字一顿地和她说起来。

　　"世界上竟然有这么神奇的事，没有血缘关系的两个人，可以长得这样相像。你进来的时候，我以为看到了金小姐。

　　"你要找的东西，被我当作文物捐给了博物馆。她的确有一串和你一样的手链，其中一颗曾经在我手里。"

　　"博物馆？"木子君惊讶道。

　　"是的，我捐走了狮头，那颗珠子在狮头上。"唐鸣鹤说，木子君眼前也浮现了视频拉近狮头后的画面。

　　"捐？为什么要捐走狮头呢？"木子君双手落在膝盖上问道，"那是您在唐人街做狮王的记忆。"

唐鸣鹤的神情忽然变得恍惚起来。

"在唐人街做狮王？"他摇摇头，"不，我已经……"

木子君听到他长长地叹了口气。

"孩子，我很多年前，就已经不再是狮王了。"

1940年，墨尔本。

金红玫到了唐人街一年，唐鸣鹤才第一次看清她的脸。

她平日不大出长安旅店的门，想吃什么，就差遣那个门童陈元罡去给她买。她总是能让男人为她跑腿，她也乐于见男人在她面前争夺注意。她坦然享受她的风情与容貌为她带来的一切便利，也不在乎每每背过身时身后的窃窃私语——无论是女人的指点，还是男人的觊觎。

1940年的墨尔本，华人女性不多，绝大部分是男人带来的家眷。纵然已经离家万里，她们身上仍然摆不脱旧时代留下的遗迹——她们恪守妇道，很少抛头露面，谨遵三从四德的规训。

唐鸣鹤的母亲也是这样一位人物。

成人后的唐鸣鹤每一次回忆童年，耳边都会重现两种杂音：一种是他家洗衣房里永不止歇的水声，另一种是父亲频繁而没有规律的斥责打骂。除此之外，母亲的唠叨和抱怨填补了这两种声音之外的所有寂静。

她抱怨自己所嫁非人，抱怨父亲对洗衣房生意的不管不问，抱怨墨尔本的天气、语言与白澳政策的严苛，抱怨……金红玫。

因此，尽管唐鸣鹤从未见过她的脸，但对她的名字却是如雷贯耳。他从母亲那里知道，金红玫今日又让两位客人为她大打出手，金红玫一个女人竟坐在大堂里抽雪茄，金红玫活得如此招摇放纵，势必得一个孤独终老的下场……

这样的关注，到底是憎恶还是向往？唐鸣鹤实在不懂这种复杂的感情。

不过他年龄太小，这些事都是心里想想。在外人面前，唐鸣鹤什么也没说过，他掩饰着自己早慧的事实，在父亲频繁的暴怒和母亲的唉声叹气中慢慢成长。除了帮家里洗衣服和在街上代写家书的老师那儿学识字，他日常生活中的另一项重要组成，是在唐人街的一个舞狮队里练功，逢年过节时参加舞狮的盛大活动。

相比于待在家里，唐鸣鹤更愿意和舞狮队的朋友待在一起。纵然师兄弟间也有打闹矛盾，但总比面对家里暴躁的父亲和牢骚的母亲要好。

十岁那年，唐鸣鹤接过了自己的第一个狮头，也拥有了自己的搭档。狮尾是个叫卢鹏的同乡，寡言，但为人真诚。他们一同训练，一同吃饭，一同爬上高桩，将信任交付彼此，也一同跌下。

多年后，唐鸣鹤回望那些年的唐人街，发现了一片年幼的记忆里不曾有过的乌云。严苛的白澳政策条例下，许许多多华人被迫离开，繁华的社区逐渐凋零，连一家华人报纸都因订购人数太少而宣告暂停发行。

暂停的不只是报纸。

舞狮队的成员逐年减少，今年已只剩八人。往年舞头狮的师兄也离开了澳洲，队里都传，如果今年过年还有庆典，那领头的狮子，应当是唐鸣鹤和卢鹏。但队里也传，今年墨尔本的华人太少了，往年承包庆典的华人商会入不敷出，庆典很可能被取消。

唐鸣鹤想做头狮，也担忧庆典取消，训练回来做事心不在焉，把客人的衣服领口洗得开线，又得了父亲一顿暴打。他顶着一脑袋血走到长安旅店后门处暗自神伤，一抬头，遇到了靠在门口抽烟的金红玫。

唐鸣鹤没记事就被父母带来了澳洲，没见过几个中国女人，见过的也都习惯性站在丈夫身后。眼前蓦然站着金红玫，他眼皮一眯，只觉得眼球要被灼伤了。

他那年十一岁，营养不良的一个小毛头，在一瞬间也共情了那些为她动手的男人。像是一团蹿上地表的金色火焰，幽幽然散着一股妖气。也像是夜色里一只黑色的蝶，落在他面前。

"怎么被打成这样？"她看了他一眼。

算不得怜悯，她很难怜悯别人。她就是随便一看，随便一问，又随便拿了几枚硬币给他，让他去隔壁的药铺随便清理。

也就是这些随便，让唐鸣鹤笃定，她是一个好人。

他听话地去药铺拿了些药膏回来，蹲在路边往头上抹。他头发自下往上剃，只剩薄薄一层发茬。金红玫抽着烟看他抹头，看他抹着抹着，就笑了。

"小光头。"她不客气地说。

唐鸣鹤嘿嘿地看着她笑，金红玫笑得更开怀了，像是蝴蝶的翅膀在夜里轻轻地颤。

他总挨打，挨打了就去看看金红玫在不在后门抽烟。在的话，她就赏他几枚硬币让他去买药。不在的话，他也只能摸着秃头回家。她的确是会使唤人的，听说他家是开洗衣房的，就把难洗的舞裙让他拿去洗，还威胁他："弄坏了针脚，洗掉了缀珠，把你卖了都赔不起。"

唐鸣鹤怕母亲看见，半夜爬起来给她洗裙子。一寸一寸，洗得极小心。洗净后，他再趁着夜色跑去长安旅店后门，用竹竿顶到二楼的窗户上晾。那是金红玫的窗户，晾干了她开窗就能取。

他的母亲烦透了金红玫，唯一的儿子却成了给她洗衣服的忠心仆从，这实在不能不说荒诞。

心情好的时候，金红玫也能耐下性子听听小孩的烦恼。唐鸣鹤那年也没什么大烦恼，除了被他爹揍，就是即将被取消的过年庆典和地位不稳的头狮名额。他说来说去都是这件事，金红玫终于追问："为什么取消庆典？"

"因为商会没钱了。"唐鸣鹤认真地回答。

"放他的屁。"金红玫翻了个白眼。她骂得很粗俗，但实在长得太美，声音又好听，粗俗也能打折扣，"商会那帮老头子来旅社喝茶，手指头上的扳指都是头等货色，他们哪里会没钱。"

"卢鹏说，商会和唐人街的老板们，明天会在俱乐部开会，"唐鸣鹤语气怅惘，"他们会决定，今年到底要不要办庆典。"

唐鸣鹤嘴上说的是庆典，真正在意的，还是他到底能不能做领头的狮子，从唐人街街头舞到街尾，腾高采青，领各家红包。

十一岁的小孩，这就是天大的头等事了。他神色憧憬，脑袋上还有刚被他爹打出的青包。金红玫捏着烟想了想，用高跟鞋的尖尖踢了他一脚。

"回去睡觉。"她说。

唐鸣鹤被踢了一脚，起身回家了。夜色里，他回头张望，金红玫身子靠在长安旅店外的墙壁上，头微微仰着，深深吸了一口烟，又吐了一个完整的烟圈出来。

那烟圈越升越高，越高越大，最终变成他那天晚上梦里的一个火圈。他舞着狮头一跃而起，钻进耀眼的火光里。

第二天，墨尔本大雨。

墨尔本总是如此，昼夜变天，冷风如刀，唐鸣鹤已经习惯。不过下雨意味着他们的衣服可以晚些洗，不然洗了也没处晾。他和他母亲有了难得的休息，他爹则难得打扮体面，出去和商会的人开会了。

晚些时候，卢鹏敲响了他的窗户。他听着隔壁的母亲睡着了，便裹上雨衣，翻窗户出去与卢鹏去听商会的墙角。

开会的地方是家俱乐部，一楼是赌场，昼夜不息，二楼唐鸣鹤没上去过。只是这次开会的结果关乎两个小狮客明年整年的光鲜体面，他们偷来两把梯子，直接从后墙架到开会的房间窗户旁。

天上下着大雨，浇了唐鸣鹤一头。他顶着雨衣眯眼往屋子里瞧，看见台上坐着衣冠楚楚的华人商会成员，台下则是密密匝匝的唐人街商铺老板。外面雨气弥漫，屋子里也潮湿。人们的衣服都是深色的，臊眉耷眼，整间屋子像浮着灰蒙蒙的雾气。

坐在中位的商会主席磕了磕烟斗，拖长了声调说："那么，时局艰难，他们洋人为难我们在澳华人，年关难过，年庆难开啊。"

他又去喝茶，翘着手上硕大的扳指。

"商会今年，实在拿不出钱来啊。"

台下寂静，倒是急坏了窗外两个小狮客。唐鸣鹤抹了把脸上的雨水，眼圈一红，侧头看卢鹏。

"那我们做不成头狮了。"

卢鹏比他稳重，空出只手掌往下压，示意他静观其变。他转回视线，忽听得屋子里一声脆响，还真就观出偌大的变化来。

当中的门被人推开了，垂着头的男人们错愕侧头，眼睛都是一眯。唐鸣鹤手指紧攥着窗框，眼睛一眨不眨地看着来人，觉得自己要激动得掉下梯子了。

真是怪了，他都不知道金红玫这是来干什么，他就激动起来了。

旁人都是灰的、黑的，只有她是金的、红的，一团烈焰似的。她解了披肩走进来，手里还拿着祝老板的水烟，得空吸上一口，吞云吐雾间暗示旁人，她是替祝老板来开会的。鞋跟踩在地上声声脆响，旗袍下露出半截小腿与脚踝。唐鸣鹤扶着窗框看那脚踝，心中出现一个单纯的念头——他愿被金小姐用鞋尖再踢一脚。

满屋子的雾气被她冲散了，她坐在第一排当中的位子，跷起腿，将披肩挂在扶手上，又抱起手臂看着台上的商会主席表演。

那商会主席坐在那儿，本是个胜券在握的姿态，从金红玫进来就变得坐立难安。他把烟斗拿起来又放下去，视线飘忽着不敢与她对视。他嗫嚅了半晌，终于宣布："那在座各位，想必都赞成取消年庆的决定。若是谁有别的想法，我们——"

台下传来一声轻笑。

唐鸣鹤眼睛睁大，手紧紧扒着窗框，一秒一刻都不愿错过。房间里仍是漫着铅灰色的雾气，人们从雾气里抬起眼，看见金红玫施施然站起来，手腕轻抬，去摸自己的耳垂。

她手指一挑，耳朵上的一枚乌金耳坠便被拿了下来。

紧接着，她拿下另一枚。

她一边往前走，一边拆自己身上的首饰。一副耳坠，一枚簪子，小指上的玛瑙戒指……她走过的路，简直淌出一地黄金。

她一边摘首饰，一边说话："听闻了，听闻了。我听那舞狮的小毛头说，今年商会不景气，留澳的华人又少，连新年的庆典都要取消，舞狮鞭炮一并作罢。

"可惜了，可惜了，他们西人为难我们、打压我们也就罢了，连我们自己，都要把这精气神一并不要了。"

三样首饰都押上桌面，金红玫施施然转身，半倚着桌面，身体曲线曼妙至极。都听出她话里有话，老板们头抬起来，眼神里想听个究竟。

"诸位老板，我金红玫呢，在唐人街是排不上号的。今天借祝老板的面子，在这儿说上几句。

"方才听吕先生说，时局艰难，年关难过。是，家里打仗回不去，想在这儿赚点钱嘛，又嫌你抢了洋人饭碗。光这一年，唐人街走了多少商户？他们那些势利眼的警察，封了我们多少铺面？

"明眼人都能看出来，他们就是不想叫咱们好过，叫咱们各个垂头丧气，精气神没了，人垮了，唐人街也难成气候。

"可要我说，我们偏偏就要争这口气。

"诸位，年是什么？我没读过书都知道，爆竹声中一岁除。过年图什么？不就图个团圆热闹。如今我们人在他乡，团圆是难，若是连这份热闹都不要，街头冷清清一片，鞭炮鞭炮不响，狮子狮子不舞，过年过得像霜打茄子，谁咽得下这口气？"

屋子里雾气散了一半，商户老板们窃窃私语，似是觉得金红玫说得有理。她扫视人群，嘴角轻扬，眼神回挑到商会的人身上。

"吕先生方才……"她微微俯身，"说商会拿不出钱？我们在外漂泊这些年，都晓得的，若只是钱的问题，那是最好解决的问题。"

她把桌面上的三样首饰推到商会成员面前："我一个旅店的小招待，拿不出太多值钱东西，这些首饰你们拿去当了，也够鞭炮响上半宿。"

商会的人皱眉看她，神色复杂。金红玫又拆了手上珠链的结扣，拨了一颗下来。

"这玉珠子也不便宜，可惜对我有些意义，不好都给你，拿一颗出来当掉，也是份心意。若是还不够……"

"够了！"

台下忽然有人喊了一声。

一家猪肉铺的老板站起来，粗声粗气道："金小姐说得没错，我们要是垂头丧气过这个年，不就被他们西人小看了？他们还真当我们被为难住了。人活一口气，这年我要过，还要热热闹闹地过。金小姐把首饰都拿出来，我这里没什么值钱的，我、我……"

他声如洪钟："我宰只猪，几百斤猪肉，初一给大家分猪肉！"

金红玫眉间一挑，脸上浮出笑，眼神瞥到商会老板手上，话说得妖里妖气："吕先生，扳指不便宜？"

吕先生的汗都下来了。

唐鸣鹤趴在窗户上，眼睁睁看着那团火从金红玫裙角沿着满地黄金烧开，点着了整间屋子。唐人街商户人声鼎沸，各地方言纷繁嘈杂，千言万语汇成一句：唐人街要过年！

唐鸣鹤至今没想通金红玫那天为什么要去闹一场，闹出了年庆，也闹出了他的舞狮表演。

是为他吗？为每天给她洗衣服的小毛头？唐鸣鹤觉得自己并不配。或者是祝老板的授意？但祝老板向来只扫门前雪。又或者，她就是想那么闹一场，觉得唐人街上的华人，该有个热闹的春节。

反正她金红玫想一出是一出，想做什么做什么。

那天会议结束后，许多唐人街的老板都把家里的东西拿出一两件去当了，或者直接拿出些钱。唐鸣鹤的爹也拿出件压箱底的皮衣，说自己总不能连金红玫都不如。唐鸣鹤看见他母亲脸都气红了，他赶忙接过衣服，说他去当，他去当就好。

唐人街的当铺在正中间，铺前排起长龙，收了这些在澳华人的东西，又拿出几张澳币。唐鸣鹤站在队伍里，前面是商会的人，脚边放了个木箱，木箱里全是商会拿来当的东西，有吕先生的扳指，还有金红玫的首饰。

他个子不高，蹲下去一小团，眼角瞥见金红玫的首饰，想起她说那些玉珠子对她有些意义。于是，他用父亲的皮衣罩住胳膊，手偷偷伸进箱子里，把那颗玉珠偷了回来。

为此，唐鸣鹤欣喜若狂。

那件皮衣换了张澳币，唐鸣鹤又按照父亲的意思，把钱送去了商会。盒子里全是皱巴巴的澳币，都是唐人街老板们捐来办年庆的钱，吕先生再也推托不得。一切就绪后，唐鸣鹤便将珠子放在衣服里收好，去舞狮队训练了。

　　商会秘书下午已经来过舞狮队，定下了唐鸣鹤与卢鹏做今年的头狮。两个小狮客欢天喜地，在训练的高桩上上蹿下跳，直出了一身大汗。训练结束的时候，狮队的队长忽然拿了只新狮头过来，让唐鸣鹤与它磨合。

　　狮头是红色的，烈火一般，眼皮和嘴唇缝制着深红色的鬃毛，鼻尖画了几道蓝。他和卢鹏趴在地上打量这狮头，半晌，他一跃而起，说："我要拿去给金小姐看！"

　　金小姐已然成了两个孩子的大恩人，他拎着狮头往长安旅店的方向跑，比先前洗裙子更加诚心诚意、俯首称臣。雨停了，但地上仍有积水，他踩着破鞋站在旅店门前的砖地上，怕踩脏进门的地毯，迟迟不敢进去。

　　最后还是金红玫出来见他。

　　他拿了狮头，胸膛挺起，和金红玫说这便是他们今年的头狮，请金小姐一定来看他们跳桩的表演。金红玫颔首。他更快乐，从衣服里掏出那颗珠子，邀功似的递还金红玫。

　　"这是金小姐珍贵的东西，"他说，"金小姐，你拿回去吧。"

　　金红玫接过那颗刻着"恩"字的玉珠，捻在指尖细看片刻，脸上露出一副淡漠的笑容。她漂亮，平日的笑容都带三分妖气。唐鸣鹤第一次见到她这样的神情，只觉得自己魂魄被收走，连句完整的话都说不出来。

　　"送出去的东西，"她淡声说，把珠子递回来，"没有收回来的道理。你拿了，就归你吧。"

　　归他？

　　怎么归他，如何归他？他个男孩子，拿着金红玫的东西回家，给母亲看见了是质问，给爹看见了怕就是挨打。他捏着珠子想了片刻，摇摇头，道："金小姐，我没地方戴。"

　　金红玫已经准备回旅店了。唐鸣鹤拿着玉珠无所适从，她转回身子，随手一指狮头。

　　"这狮子额上空荡，"她说，"你缀在上面，应当很威风。"

　　缀在狮头上？

　　唐鸣鹤在狮头额上摆弄了一下，看不出效果，又将狮头搬回舞狮队，叫卢鹏拿针线过来。卢鹏家里是在唐人街做裁缝的，他偷了根金色的线，穿针巧手将玉珠纫上了狮子额头。

烈火里烧出抹莹莹的玉，是头狮该有的气派。唐鸣鹤顶起狮头，大声说："卢鹏，咱们今年，去做狮王！"

不知旁人如何想，但于唐鸣鹤而言，那年春节，他真是大出风头。唐人街最年幼的头狮，顶着狮头像顶着团火，从街头烧到街尾，采青的时候飞身爬上长安旅店的屋檐，咬下一只大红包。

那年的鞭炮也响亮，爆竹声声，驱散了在唐人街盘旋许久的乌云。往日为了生计奔波的华人们难得闭门歇业，走街串巷地互道新年好，来年势必鸿运当头。唐鸣鹤给家里人长了脸，人人路过洗衣房夸一声虎父无犬子，威风凛凛一只小狮王。

而这一切，都是拜金红玫所赐。

年关难过，也过了。唐人街上恢复平静，唐鸣鹤继续做他家洗衣房的小工人。只是他有了盼头，他训练日日不落，盼着来年春节再做一次狮王。

他本是可以再做一次狮王的，如果不是那天爹一夜未归，第二天被人发现溺死在雅拉河岸旁。

白人警察来验尸，说是场意外，是他爹喝多了酒失足落水。或许早该有这一天的，毕竟他爹日日酗酒。唐鸣鹤觉得自己不大孝顺，因为他并无悲伤，只觉得他们母子以后不用挨打了。反正那洗衣房，也和他爹无关。

但他母亲哭得极伤心，仿佛真是死了什么今生挚爱。花圈立起来，白布戴起来，商会派人来吊唁，唐人街的男女老少来参加葬礼。唐鸣鹤站在门前鞠躬送客，看见金红玫也来了。她替祝老板拿了钞票来送，他母亲眉头一皱，却把她拦在了灵堂外面。

唐人街上人人进得，只她金红玫进不得，因为她舞女出身，因为她和男人打情骂俏，因为她算不得好女人。唐鸣鹤替他母亲害臊，金红玫却只是笑笑，转身回旅店。

唐鸣鹤第一次冲母亲发了脾气，摘下帽子追出去，在金红玫进旅店前截住她，向她道歉。金红玫照常抱着手臂，倚着门框，漫不经心地听他辩白。

他语无伦次，先说母亲无礼，又说知道金小姐是个好人，语气很急。他爹死了他都没这样急，他不明白，为什么金小姐这么好的人，她们要这样说她、这样想她？为什么金小姐被人污蔑，却不替自己解释，神色里也不见委屈？

他说到口干舌燥，金红玫终于掸了掸裙上的灰尘，轻声说："没关系，我不在意。"

他那年还很矮，大约到她胸口的位置。金红玫扶着膝盖，俯下身子，身上香气扑鼻。

"你不用再解释。"她说，"你母亲说得也并没错，我算不上什么好人。做好人是需要运气的，我没这个运气。人活着有许多事，比做好人重要。

"我不在意他们如何议论我，你也不必替我鸣不平。我自有我的路要赶，若是旁人说一句我便停下来辩解，我还走什么呢？"

说完这话，她就转身进了旅店。唐鸣鹤呆呆地看着她，看她抬手将鬓间碎发拢到耳后，腰肢柔曼地上了楼。

——"做好人是需要运气的，我没这个运气。"

他脑子里想着这句话回了灵堂，母亲流着泪骂他。他愣了很久，忽然朝他母亲吼了一声。母亲错愕，随即悻悻闭上嘴，看他的眼神瞬间变得不同了。

就像看一个成年男人那样。

唐鸣鹤知道了，他母亲就是一个没了男人便活不下去的人，她没办法独立地站在这世间，但这并不怪她。那年年底，他母亲改嫁给一个华人水果商，他们母子跟着对方，搬到了本迪戈。

唐鸣鹤走的那天，卢鹏和舞狮队的师兄弟来送他，他们竟凑钱买下了那只狮头让他带走。临走时望见金红玫站在旅店门口，唐鸣鹤便说，金小姐，我们一同拍个合照吧。

他母亲惊愕，但不敢说话，只愤愤地站在一旁等着。唐鸣鹤叫出唐人街照相馆的摄像师为他们拍合照，留了新家地址，让他将底片和照片一同寄过去。

然后，他就拎着那团火离开了，火上缀着玉珠子，那是他和金小姐最后的渊源。

继父的水果铺很大，但他不舍得雇工人，唐鸣鹤成了他的工人。继父还有一个女儿，比他小四岁，见他第一眼就喜欢他，赖上他，叫他"哥哥"，把他叫得心软。夜深人静的时候，他摸着手上搬水果箱搬出的老茧，也会想起唐人街的那个新年。

那天他如此风光，他与卢鹏是最年轻的狮王，站上高桩时，会当凌绝顶，一览众山小。

他只是没料到，那是他人生最后的高桩。

唐鸣鹤没再回过墨尔本，他被生活压得喘不过气。到本迪戈的第四年，他母亲染病，半夜小腹痛极，继父却贪觉，说天亮再送她去医院。天亮的时候，母亲死了。

和四年前一样，拉起白布，又是一场葬礼。唐鸣鹤夜里陪着棺材也觉得可笑，他母亲为什么总是信男人呢？前一个打她，后一个把她当牛马似的用。她总以为靠男人才能活，最后也死在了男人身上。

他继续管水果铺，直到有一天，继父说自己要回国。唐鸣鹤这才知道，这男人在国内本就有一对妻儿。继父卖了铺面换一笔钱衣锦回乡，把私生的女儿留给唐鸣鹤。

狮头落了灰，他也没力气舞了。小丫头要吃要喝，要穿漂亮裙子，他白天在外面什么都做，晚上回家替别人养女儿，心里也就记挂着这个妹妹。好不容易养到十六岁，小姑娘大了，漂亮了，那天他一回家，却看见她衣衫不整地吊死在窗户前。

原来是被人哄骗出去玩，又被人欺负了。

早上出去还好好的人，晚上就没了。唐鸣鹤面上是木的，从厨房里拿了刀，把带她出去玩的几个浑球都砍了。他手下留情，没死人，但个个后半辈子都不好活。

只是他也进监狱了。

铁门关上的时候，唐鸣鹤忽然明白了金小姐的那句话。

——"做好人是需要运气的，我没这个运气。"

原来他也没这个运气。

午夜梦回的时候，他会想起那个春节，他和卢鹏跳上高桩舞狮，意气风发，狮头上烧出一抹碧绿的玉色。他靠这个梦撑了三年，终于撑到了刑满出狱。铁门打开的时候，门外站了一个男人，是他的狮尾卢鹏。

卢鹏把他接回去，和他说了很多唐人街的旧事。卢鹏说自己现在学了电工的手艺，唐鸣鹤要是不怕电，也能来学工。二十郎当岁，大把时间从头开始，有什么好怕？

唐鸣鹤睁着眼看了很久的房梁，低声说，好。

卢鹏也搬来了本迪戈，唐鸣鹤吃住都在卢鹏家里，卢家人没有嫌弃他。唐鸣鹤一心一意地学电工，勤劳肯干，踏实可靠，直到有天卢鹏黑着脸，见他就是一顿臭骂。

"你哪里好了？你哪里好了？"卢鹏百思不得其解。

唐鸣鹤摸摸头——他已经不是小光头了，挺精神一个后生，身材精瘦，长得也俊俏，一双眼睛尤其明亮。卢鹏狠狠看他半天，啐了一声，说："我妹看上你了！"

卢鹏的妹妹叫卢青。他离开唐人街那年，卢青还是个拖着鼻涕的黄毛丫头，如今也是亭亭玉立。爱情降临得猝不及防，唐鸣鹤忐忑不安，他也有做好人的运气了？

学工三年，唐鸣鹤出师了，和卢鹏合伙开了店。本迪戈的华人电工少，白人收费高，他们在当地华人圈很快做出口碑。盈利的第一年，唐鸣鹤和卢青登记结婚，卢鹏看他哪儿都不顺眼，横竖配不上自己的宝贝妹妹。

"我还没结婚呢，"卢鹏愤愤道，"我什么时候能讨老婆啊？我不会要一条光棍打到死吧？"

卢青说："哥，你别说这话，不吉利。"

的确是不吉利的。唐鸣鹤结婚第二年，卢鹏给一户新房修理电路，触电身亡，当真是光棍打到死。

狮尾没了，只剩狮头。唐鸣鹤安抚了卢家父母和妻子，自己操办了葬礼。

他怎么操办葬礼这样熟练呢？

卢鹏的葬礼办完，唐鸣鹤觉得自己情绪开始出问题。他控制不住对妻子发火，控制不住和客人吵架，开始买醉，也开始晚回家。卢青以泪洗面，他觉出问题，偷偷去看医生。

那时澳洲还没有华人医生，他操着蹩脚英语去和那个和蔼的白人心理医生交流，对方用钢笔在纸上写了一串长长的单词。他回家翻着字典查——

Bipolar Disorder，躁郁症，多有遗传性。

他这才知道，他父亲当年的暴怒都是疾病。他不信邪，开了药，就算为了卢青，也不能放任自己变成和父亲一样的人。他甚至不想要孩子，怕孩子也遗传这诅咒，但卢青十分想要。可她自己身体不大好，两个人努力了许多年，她终于在唐鸣鹤三十六岁时有了身孕。

有了孩子，就会有孙辈，有绵延的家庭。唐鸣鹤从没想过他能有这样的运气——做好人的运气。他开始勤恳地工作，赚许多钱，成了远近口碑最好的华人电工。卢青怀胎十月，他在本迪戈买下一间平房，从内到外地翻新，只等卢青生孩子。

卢青喜欢向日葵，他们约定，生女儿就叫唐葵。唐鸣鹤喜欢青松，那么生儿子就叫唐松。产检的时候医生报了喜讯，是个男孩。于是，唐鸣鹤又安排了起来：若是这个儿子再生个女儿，就叫唐葵。

唐松出生的那天，卢青难产死亡。

好，真好。他唐鸣鹤这辈子，丧父、丧母、丧妹、丧友，如今丧妻。怎么，这西方的神不佑东方的命，他就活该做不成好人？唐松被送到外婆家养，唐鸣鹤发了狠地工作，把房子翻修扩建。

唐松怕他，怕极了，怕这个一言不合就摔砸碗筷的父亲。听外婆说，他爷爷也是这般脾性。唐家人有病，祖传的疾病，到了年龄就发作，是他母亲看错了人。

唐松就这样带着对唐鸣鹤的恐惧长大。他运气不错，自小由老人照看，又会读书，和隔壁一同长大的妹妹结婚，那发疯的诅咒从未在他身上应验。唐松松了口气，体面地结婚，平稳地生儿育女。

生第二个孩子的时候，唐鸣鹤突然来了医院，这年他已经两鬓斑白，成了本迪戈远近闻名的怪脾气老头。唐松心惊胆战地看着他，怕他和亲家说什么奇怪的话，可他只是坐在产房外面等，等了很久，等到护士宣布生下一个女孩。

他问："叫唐葵，行不行？"

怪了，唐鸣鹤竟然会给孙女起名。

唐松生儿子的时候，唐鸣鹤不闻不问，对这个孙女却无比上心。唐鸣鹤自己掏钱请了保姆照看，照顾不好会大发雷霆。孙女要骑马，他一把老骨头跪在地上，带着唐葵满屋子乱转，惊得唐松心里都酸涩——我爸可从没这么带过我。

唐葵治好了唐鸣鹤的病，他给她买衣服，送她上学，又接她放学。小丫头一天天长大，脸上有卢青的影子，笑起来嘴角有酒窝，像那早死的妹妹。

一切都在往好的方向发展，唯一的问题是，唐葵长大了。

长大了，有了更大的世界，就不爱回家了。别说唐鸣鹤是个老人，她连父母的话都嫌啰唆。十六岁那年，唐葵加入了朋友的乐队。有天回家晚了，乐队里的那群男孩开车把她送回家，被站在门口等她的唐鸣鹤撞了个正着。

爷孙两个爆发了迄今为止最大的冲突，唐鸣鹤用拐杖砸碎了家里的东西，对她吼："你什么都不懂！你什么都不懂！"

唐葵不知道他想起了什么，但她觉得自己要被爷爷逼得发疯。原来隔代的矛盾有时候就是这样——没有谁做错了什么，只是一个太小了，一个太老了，他们无法理解，也无法想象彼此的世界，就如同这个时代的人无法想象那个时代。

　　唐葵就这样成了这个传统家庭彻底的反叛者，她不念书，她玩乐队，她文身、戴唇钉。她隔代遗传了唐家人暴躁的性子，她摔门而去，把唐鸣鹤彻底关在了过去。

　　他再也没有什么在乎的了，也再也没有人在乎他了。他曾经是唐人街的狮王，但如今只是一个喜怒无常的老人。没有人在乎他失去了什么，经历了什么，没有人在乎他被不断剥夺珍视之物的一生。他把狮头捐给了博物馆，将房屋挂上待售，他等着时间耗干自己的生命。

　　只是偶尔午夜梦回，他竟会想起金红玫。想起那年唐人街，他还是一个绝望的小朋友，和她许下做狮王的心愿。而她神通广大，站在人群里说几句话，就让小孩子美梦成真。

　　他以为人生合该如此有求必应，于是此后一生，他也许下过许多心愿。

　　可惜，再也没有神仙应过声。

　　疗养院的人中途送来两杯咖啡，到唐鸣鹤讲完的时候，咖啡已经凉了。

　　和陈元罡比起来，这的确是不那么痛快的一生。而金红玫在这个故事里，扮演了唯一戏剧性的角色，或许也是唯一替唐鸣鹤实现过心愿的人。

　　木子君脑海里忽然浮现出那个讲解员的话，她觉得每一个客居海外的华人都像是一张拼图，当将他们拼凑起来后，会出现一张从未见过的画幅。但与陈元罡一生所求皆得相比，唐鸣鹤的一生走到如今，又似乎总是缺少了什么，让这块拼图寻不到合适的归宿。

　　"去年，我觉得自己身体不太好，"唐鸣鹤喝了口茶，继续和木子君说，"有朋友说，唐人街的澳华博物馆希望建造一个展厅，展示早年华人的生活。我想，这只狮头被销毁太可惜，就托朋友带了过去。"

　　"澳华博物馆？"木子君确认，"您说墨尔本唐人街的那一家？"

　　"对。"唐鸣鹤回忆，"他们说在二楼，我没有回过墨尔本，也没有看过。"

　　澳华博物馆离宋维蒲家只有五分钟路程，木子君很难不把目光移向他。对方似乎也陷入了短暂的困惑，而后迅速反应回来，把目光移向她说："我没去过。"

木子君一愣。

也是。

她也没去过王府井。

"捐赠的东西，还可以要回来吗？"

"他们登记在册的是那只狮头，你想要回头顶的玉珠，我想应当是不难的。晚一些，我打个电话给他们吧。"

木子君松了口气。

关于金红玫的事告一段落，唐鸣鹤也说了太多话，神色中带出一丝疲惫。木子君知道唐葵一直站在门外没有离开，可她也并没有在这一刻走进来。

两个非常固执的人，又都拥有过高的自尊。一个靠这种自尊扛下了这苦难的一生，另一个则靠自尊踏上一段赌博一般的职业生涯。像是一老一少两只狮子，分道扬镳之后，谁都不会迈出主动和解的那一步。

木子君深吸一口气，意识到自己必须替唐葵开口了。

"唐先生，"她抬起头，"谢谢您和我讲了这么多，不过您也知道，是唐葵介绍我们来的……"

听到孙女名字的瞬间，唐鸣鹤慢慢抬起头。

"其实她也和我说了一些童年时代的事，我觉得她可能……不大希望，您卖掉那栋房子。"

"她不希望？"

"她应该不希望。"木子君语气逐渐变得肯定，"她或许觉得，那个房子，代表了她和您的回忆，她觉得那是她度过童年的地方。"

唐鸣鹤看了她许久，眼角的皱纹如此清晰，眼神里的苍老也显而易见。

"她已经不在乎回忆了吧。"他摇了摇头，从摇椅上艰难地站起，拄着拐杖往床铺走去，"外面的世界那么精彩，她也不再在乎我这个老东西。"

探望时间有限，护士已经进来催了几次，木子君不得不起身和宋维蒲离开。漫长的叙述耗尽了唐鸣鹤的体力，只是草草和他们挥手作为告别。

唐葵已经不在门外了，也不知道她是在听到哪一段后决定离开的。木子君站到电梯前，楼层显示电梯还在一楼，似乎刚刚送了什么人下去。

木子君深吸一口气，忽然转身看向宋维蒲。后者头微微歪了一下，似乎是不太理解她的反应。

"我……"她闭了一瞬眼睛，又睁开，"我没有做过这种事。"

什么？

不等他发问，木子君继续说："我有一个有点疯狂的想法，你觉得我可以做吗？"

宋维蒲慢慢反应过来，回头看了看唐鸣鹤房间半掩的门，收回目光，并没有如木子君料想一般追问她是什么想法。

"可以做。"他说。

她一时不知是该笑还是失笑："你不问我做什么？"

"你又不会做坏事，"宋维蒲说，"做好事的话，疯不疯，都可以做。"

"我怕没做好，搞砸了。"她说。

"我来收场。"宋维蒲说。

什么啊。

两个人都知晓对方的话一句比一句莫名，但又偏偏一句接一句地说到了这里。电梯已经回到了他们所在的楼层，"叮咚"一声打开门，轿厢里空空荡荡。他们本该进去，可又谁都没有动。

"那我去了。"木子君身子侧移，朝唐鸣鹤的房间动了一步。

宋维蒲抬手拦住电梯门的闭合，迈步进去，而后转身看向她。

"好，"他说，还是没有问她要做什么，"那我去车里等你。"

"叮咚"一声，电梯门闭合，木子君看着宋维蒲逐渐消失在缝隙之中，取而代之的，是映在金属梯门上的自己。

她冲着那个倒影深吸一口气，而后转身，朝唐鸣鹤房间的方向走去。

周末。

展柜要到下班时间才能打开，工作人员给木子君搬了一把椅子，留她在澳华博物馆门前坐下。这个时间已经没人进门，木子君侧头看看博物馆门口左侧镇守的石狮，深感自己像是另一只石狮。

这家博物馆她第一次来唐人街的时候就见过，那天她为了毯子深夜到访，寒气彻骨。今天倒是天色转暖，她穿了件薄外套仰头仔细打量门头，黑底褐字的"澳华历史博物馆"高悬头顶，砖红墙体，主体耸立在唐人街一条寂寥的巷子里。

就在家门口，宋维蒲竟然没有进去过。

木子君这样想着，忍不住嘴角牵了片刻，想到本迪戈他也是第一次去。这个人在澳洲长大，该不会除了墨尔本没怎么出去玩过吧？

她闭上眼，忽然幻想起自己腰间挎着一把左轮手枪，打扮成杰克船

145

长的样子。整个澳洲大陆化身一片海域，她坐在桅杆上，举着指南针确认方向，继而低头冲甲板上的水手喊："宋维蒲！前进！"

然而甲板上并没有宋维蒲的踪迹。

的确，这个人看起来一点也不像踏实肯干的水手。

不是水手，那是什么呢？

船长木子君陷入沉思，在桅杆上晃了会儿腿，一脸忧心忡忡。船上没有宋维蒲使她有一些心慌，虽然他总让人下不来台，回复消息全看心情，说话真真假假，还骗取她的劳动力，但仔细想来，他从没有真的不管她过，甚至有时候还有一种不情不愿的积极感，以及若有若无的可靠感。

木子君船长如是思考着，慢慢从桅杆上滑落。海面平静，水手都回了船舱，海面上只余一片落日金黄。她靠着船舷，思考着接下来的前进方向——

红玫瑰玉珠，问到了。"恩爱两不疑"的"恩"，出现了。剩下四个字，还有那颗篆刻着竹子的珠子会在哪里呢？澳洲这么大，她下一站该去哪里呢？

她思考到头疼，船舷边沿忽然传来了水声。木子君狐疑转头，想起了水手们的传说——黄昏时分，白昼与夜晚的交界，海域之中会传来异响，船舷外会出现美丽的面容，是海妖诱惑航行者踏入深不见底的海洋。

果然，她目光投去的瞬间，船体的边沿，出现了一个模糊的身影。分明是一艘大船，却在此刻压得很低，大半船身浸入海水，那人也似乎是刚从海中出现，手搭在船舷上，朝她点了下头。

木子君鬼使神差地走了过去。

他有漆黑的头发和眼睫，浑身湿透，但并不让人觉得冰冷和难以接近。木子君慢慢走过去，看到他的五官逐渐清晰，暮色勾勒出他的轮廓，水珠顺着那道轮廓滚落。她伸出手指，轻轻点在他眉心，又顺着鼻梁滑落，而后被他攥住，合着自己的手一起，慢慢放到心口。

"喂。"

肩膀被轻轻推了一下，意识到无果后又被略重地晃动了下。木子君猛然从梦中惊醒，抬起头的时候，是一张难以让她区分梦境和现实的脸。

"你怎么在博物馆外面睡觉？"宋维蒲问。

"我来拿珠子……"木子君还在试图从睡梦中清醒过来，仔细盯着宋维蒲的脸，试图用这张现实中的脸替换梦里那张。

146

"我已经拿到了，"宋维蒲示意她伸手，而后，一颗带了他体温的玉珠从他手里落进她手心中，"博物馆关门了，你一直在睡，他们都没办法搬椅子。"

　　她赶忙从椅子上站起来，回头往门里看了一眼，门口检票的工作人员还在做最后清点。身体的移动让她到这时候才算彻底清醒过来，也彻底分清了梦境内外的两个人。

　　"去书店吗？"他说，"我清理过蜘蛛了。"

　　她"哦"了一声，迷迷糊糊跟上了宋维蒲的脚步，一边走一边张开手心，观察起那颗从狮头上摘下来的玉珠。珠子表面篆刻着镶嵌金丝的"恩"字，保养得明显没有她手里那半串好，内部甚至有隐约的开裂感。

　　她庆幸自己在它彻底被损坏前把它找了回来。

　　唐人街实在是短，博物馆和宋维蒲家离得近，他家和赌场离得也近。木子君跟他身后走到赌场一楼，又坐电梯上了书店所在的二楼，在进门前终于想起来他刚才是去做了什么事。

　　她快跑两步，从身后跟到他身边。

　　"你人送到了吗？"

　　"送到了啊，"他掏出钥匙去开书店的U形锁，"不然我回来干什么？"

　　"你回来，留他一个人在那儿会不会……"

　　"我留下也很尴尬吧，"锁眼里传来"咔嗒"一声，宋维蒲把玻璃门拉开，回头看着她，"反正留了电话，碰到问题我会去接他的。"

　　两个人进了书店，木子君喃喃自语："唐鸣鹤那么大岁数了，脑子倒是还清楚。虽说进了疗养院，好在身体还硬朗……"

　　这几天是期中后短假，也是放假以来木子君第一次来书店。库房里那批蜘蛛对她精神伤害不轻，这次进门后她特意探头观察，发现库房门锁已经换成了新的，门也开着通风。库房里一片空荡，所有积攒多年的旧货都被清空了。

　　蜘蛛应该也被清空了。

　　神清气爽。

　　其实书店白天都没什么顾客，以木子君之前守店的经验来说，到这个点更不会有人来。她和宋维蒲一起在书店桌子前坐下，后者掏出电脑毫无间歇地工作起来。

　　木子君瞥了一眼，立刻被满屏数据劝退。

　　他之前和她提过一次，下个月有一场建筑类比赛开始报名，奖金不菲，由嘉特意问他要不要组队参加。两个人的目的倒是都很单纯，为了钱，不过宋维蒲是为奖金，由嘉是为了拿奖糊弄她爸自己在好好学习，将生活费骗上新台阶。

而木子君在桌前无所事事片刻，最后从书包里翻出了话剧社前几天给她的剧本。

话剧社前些年的演出频次都是一学期一场，但这一场因为是原创，从前期筹备到最后登台演出会历时大半年。经过半个学期的酝酿，目前剧本初稿终于定下来，从道具组到导演、表演组都开始运作，木子君所在的台词翻译组也给新成员分下了各自的译稿。她习惯手译，剧本打印出来厚厚一沓，她拿一支碳素笔在字句上描画，偶尔转到电脑敲击几下，搜索不确定的单词。

刚才被叫醒得也很突然，翻译又是个很枯燥的工作，木子君没一会儿就陷入困倦。她把下巴抵在桌面上，眼神垂落看着词句，过了一会儿又偏移视线，打量起宋维蒲。

她也不知道自己为什么打量宋维蒲，刚才还梦到他。天刚刚黑下来，书店灯光雪白，两个人安安静静地坐在屋子里，并肩各干各的，就像已经认识了很长时间。

她一直在开玩笑，她知道他算不上一个乐于助人的人，只是她一直这么说下去，他好像就真的按照她所说的改变了一点。她也确信，他并非由嘉口中所描述的那个对谁都很表面的人，他更像是出于某种原因把真实的自己封闭了起来。

人的自我封闭如此常见，木子君并非没有经历过。

会是因为金红玫的离世吗，抑或更久远的事情？

她把右手拿到桌面上，枕在头的下面。宋维蒲又在键盘上敲了几下，终于叹了口气，侧过头问："你一直看我干什么？"

"我没有看你，"木子君说，"我刚睡醒，正好朝着你的方向把眼睛睁开而已。"

他并没有戳破她的谎言。木子君视线微动，忽然发现他屏幕上的文档已经被关掉，换成了搜索界面。宋维蒲注意到她视线的方向改变了，就把电脑微微转向她。

木子君手一撑，从桌面上立起身子。椅子底部带滑轮，跟着她身子往宋维蒲的方向滚动几厘米，两个人的距离骤然拉近。

屏幕映亮两张年轻的脸。

"Rose（玫瑰）&……"她轻声念道，"Leaves（叶片）？这是什么？"

"商铺的名字。"宋维蒲说。

她向他转过头，发现他也在看她。两个人离得太近，视线一触即转。木子君把视线重新转回屏幕，看到搜索结果大多是一些歌曲和花。

好在这回不等她追问，宋维蒲就给出了答案："唐鸣鹤和我说，那个在唐人街给他做狮尾的卢鹏搬回本迪戈以后告诉他，我外婆后来在墨尔本开一家服装店。不过不到半年就把店转手卖掉，然后离开了这座城市很长时间。"

"服装店？"

"对，叫红玫叶，英文店名 Rose&Leaves，似乎是和别人合开的。"

"你觉得这可能是接下来的线索？"

"我不确定，但也没有别的线索了。"

"红玫叶……"木子君对着屏幕自言自语，"查到什么了吗？"

"没有，"宋维蒲摇了摇头，继而把搜索界面关闭，"太早了，网上没有记载。我昨天去图书馆翻了一下，那几年的报纸上也没有。"

木子君一怔。

"你怎么了？"宋维蒲看她表情不对。

"你太积极了，"木子君说，"我有一点不习惯。"

他们都没有预想到他的积极造成了场面上一定的尴尬，幸运的是，木子君的手机恰到好处地响起铃声，打破了两人之间的沉默。

她看了宋维蒲一眼，急忙接起。

唐葵那边很吵，算得上极度嘈杂，音乐声混着人群喧嚣。木子君提心吊胆地等她第一句话，很久之后，终于听到了一声轻笑。

木子君彻底松了口气。

"你们两个真是敢想，"唐葵语气无奈又调侃，"你知道一个华人老爷爷出现在全是白人青少年的演出现场有多震撼吗？他们都把他轮椅举起来了，狂喊 Rock'n' Roll forever（永远的摇滚）。"

"是你送过来的吗？"

"是宋维蒲送过去的。"木子君说，顺便把免提打开，想让宋维蒲也听一下。

"好吧，"唐葵语气愉悦，"那我也勉强承认他乐于助人了。"

宋维蒲转过头，假装没听见似的继续敲键盘，木子君对着手机笑出声音。两个女孩笑了一会儿，她听到对面再次开口，声音放得很轻。

"木子君，"唐葵说，"谢谢你们哦。"

"是你帮我们找回金小姐的珠子，"木子君反谢回去，"是我该谢谢你。"

客套之中电话被挂断，木子君心情不错，想和为人积极且乐于助人的宋维蒲分享一番。一抬头，忽然发现对方左手撑着侧脸，竖拿一支笔在桌面上一边轻敲一边看着她。

刚才是她看他看得不自在，现在就成了他看她。

宋维蒲这人果然自己落了下风就要立马找回来，木子君被他看得脊背微微挺直，问道："怎么了？"

"没事，"宋维蒲开口，语气含义难辨，"我就是想，你是不是对谁都挺好的。"

什么？

她被他问得没有头绪，尚在斟酌，对方已经把电脑放进书包，往肩上一甩，示意她也起来。木子君拎着书包和翻译稿跟在他身后，看见他行云流水地关灯锁门，又在上电梯前说："我车还没开回车库，送你回家吧。"

"这么好啊，"木子君和他不再客套，"我还想走回去很冷呢。"

宋维蒲："谁让我乐于助人。"

木子君无语。

面无表情地说这种话你真是……

从唐人街走到她家还要些时间，开车也就是一眨眼的事。她最近虽然放着期中假，但早出晚归，只有晚上才回家休息。况且，她也实在不大喜欢这间房子，卧室朝阴，屋子里潮气就没有散过，房东和室友也不甚友好，碍着学期末合同才到期一直没有搬家。

车开到熟悉的街道，木子君手撑在车窗上，能看到路边一栋一栋的建筑闪过。快到家门口的时候，她忽然发现自己窗外站了个人。

她卧室在一楼，平常担心别人看到里面，都是直接拉上窗帘，今天也不例外。窗帘拉得那么紧，对方在看什么？

百米距离，车一脚油门就到了。木子君没有第一时间下车，先降下车窗仔细打量，这才看清，窗户前面竟然站的是她那位房东。

宋维蒲熄火，看她没有下车，转过头询问："怎么了？"

"哦，我……"她不知说什么，只是把目光继续投过去。大约是引擎声惊动了对方，那人回过头，视线和木子君四目相对的一瞬，露出一种措手不及的惊讶。

她没有先开口，短暂的沉默后，房东说："我看你好几天不在家，有点担心你，哈哈哈。"

"我回家了的，"木子君坐在副驾驶看着房东，"回得比较晚而已。"

"作息时间错开了，没有注意。"房东摆摆手，不在意地说，"回来就好，我担心房客出事嘛。"

他说完就背着手从她窗前走开，疾步走到房屋大门处，背影迅速消失。木子君又在副驾驶坐了一会儿，这才回过神，伸手去开车门。

解掉安全带准备起身的一瞬，宋维蒲忽然攥住她的胳膊。

木子君回过头看着他。

他应该也意识到了什么，不过房东已经逃之夭夭，他也只是视线在门前落了片刻，而后落回她的脸上。

"晚上……锁好门。"他说。

"好。"木子君点了下头，觉得他攥在她胳膊上的手松了些。

她左手搭在副驾驶的门锁上，这时候终于将门推开。宋维蒲看着她下车，皮肤之间的触感也在她起身的那个瞬间彻底消失。

车又在她门前停了一会儿，直到她房间的灯亮起，她的身影映在窗帘上，宋维蒲才放下心，把车从她门前开走。又过了一会儿，窗户被拉开了一条小缝，注视着他的车消失在路的尽头。

街道彻底陷入了寂静。

木子君站在窗前停留了片刻，回身打开了台灯。桌面上被灯光照射到的地方更为明亮，她从衣兜里拿出那枚新找回的"恩"字珠，又把手链从自己手腕上拆下来，借着台灯光芒，一点点穿到了其他珠子之后。

结发为夫妻，恩……

手机忽然振动了一下，视线偏移，看到提醒界面竟然跳出了那个新加坡室友的未读短信。

这位室友从不主动和她说话，电话号码也是缅甸室友告诉她她才存下的。两人此前的聊天记录一片空白，她这消息来得实在突然又莫名。

木子君点开，发现对方给她发了个"嗨"。

她也试探性地发了个"嗨"回去。

又过了很久，木子君都去浴室洗漱完躺回床上，手链也戴回手腕。她关闭灯光侧躺，一片黑暗中，手机屏幕又蓦然亮起光。

她眯着眼去看手机。

新加坡中英双语通用，这室友之前和她说过几次话，时中文时英文。木子君打开对话框，发现对方在自己的"嗨"下，发了一句奇怪的话：你想搬家吗？

这问题如此突然，木子君有些摸不着头脑，思考片刻后如实回复。

木子君：想搬，条件太差了。

木子君：不过得等短租合同到期。

对面安静片刻，新的消息再次送达：尽早找吧。

木子君没理解她的意思：什么？

对方又重复道：搬家，尽早。

对方并不明说，她对这个沟通能力成问题的室友实在感到一丝无奈，没有再回复，反而打开了和宋维蒲的聊天框。

她刚才把"恩"字穿回手链上后拍了张照，想发给宋维蒲作为他俩阶段性的成果，又被室友的短信打断了。眼下想给他发过去，可屋子里一黑就犯困，视线在屏幕上失焦，几次都没按准发图的加号，迷迷糊糊间，竟然就这么睡着了。

唐人街的二层小楼里，宋维蒲也刚刚关上灯。

木子君在的地方总是有点吵，车里吵，书店里也吵。也不光是她自己吵，宋维蒲自己话也比平常多。相比之下，家里有点太安静了，安静到像是一个人沉在海水里，整个世界都无比寂静。

夜色里，客厅忽然传来玻璃的叩击声。宋维蒲翻了个身，想起什么似的从床上坐起来，起身去茶几处拿了根香蕉。他脚步匆匆地走到窗前，打开的瞬间，玻璃外蹲着澳洲特产的城市动物，一只负鼠。

他把香蕉扔出去，这只外形介于貂和猫之间的动物立刻开始不顾形象地大口吞咽。宋维蒲趴在窗户上看了它一会儿，吹了声口哨。

负鼠茫然地抬头和他对视片刻，又把注意力收回到香蕉上。宋维蒲借着远处灯光看了看，发现它耳朵上缺了一块，伤口还新鲜，像是最近和其他动物打架被咬的。

"碰到麻烦才想起找我。"他摇摇头。

负鼠闻言粗哑地叫了一声，把最后半截香蕉叼进嘴里，转身沿着房顶一跳一跳地离开。宋维蒲关上窗户，心想，真是用完就跑。

窗外再无声息，他重新躺回床上。闭上眼连三秒都没有，枕头底下的手机忽然传来了语音来电的提醒。

这大半夜的……

152

宋维蒲从枕头下把手机掏出来，发现是木子君的语音时简直意外到极点。联想到送她回家的时候窗前行踪鬼祟的房东，宋维蒲心里忽然一沉，几乎是立刻开灯从床上坐起来把电话接通。

然而几声"怎么了"之后，对面只有绵长的呼吸声。

宋维蒲也慢慢反应过来。

可能是开着和他的聊天框睡着了，也没有锁屏，然后在睡梦中不小心蹭出了语音键。他不再发出声音，只是沉默地看着屏幕上木子君的头像。看样子是家里人给拍的照片，坐在车的后排座位上，怀里抱着一只小狗，头朝左侧微微歪着。

他忽然压低声音，对着手机说："木子君。"

对面沉静片刻，是一声明显在睡梦里的"啊"。

宋维蒲的头也微微往左侧歪了一点，和那个歪着头的头像对视。

"你要找我说什么？"

人说梦话，很难听清楚，何况隔着手机。宋维蒲听见对面传来一串含混不清的词句，最后几个字眼终于清晰起来。

"……不许不管我。"

他看着屏幕，嘴角带上笑，神色慢慢柔和。

"肯定管你啊，"他说，"怎么可能不管你。"

又是一串含糊的语句，对面像是翻了个身，然后语音被挂断。宋维蒲又看了会儿屏幕，把手机锁屏放回枕头下面，躺回床上继续自己被打断的睡眠。

还行。

比负鼠，还是有良心得多。

·第四章·
不知爱

"你说今年不想回来过年了？"手机里的女声略有错愕。

"没有，我随口一说，"木子君架着手机在桌上吃早餐，心不在焉地回答，"还得回去看爷爷不是。"

唐葵演出结束过去一周了，木子君也一周没见过宋维蒲，听由嘉说他们在做那个比赛的前期准备。她每天学校、家里、书店三点一线，心里对宋维蒲那天表现出的积极性打了个叉。

根本不经夸。

"还说你爷爷呢，"木子君听见她妈叹了口气，"身体倒是恢复了，脾气越来越怪。现在谁也不见，上次说过年也别去找他……"

"不能教他用手机吗？我可以和他视频的。"木子君说。

"门都进不去。"那边回答。

"那你们下次能进门了和我说，我看看他。"木子君咽下最后一口麦片，"要是连我也不让进，我过年就不回国了。机票还挺贵的，没必要花钱回去见那些人。"

手机里的女声静了一瞬，继而略带内疚地问："那你一个人在外面不可怜呀……"

"我回去才可怜吧。"木子君把手机架在水池旁，在冲洗盘子的水流声里反问，"小时候的事你忘了？"

甩了下手上的水，她说："快上课了，我先挂了。"

对话被掐断在骤然退出的通话界面上。

上午还有课，木子君回卧室把上课的东西整理好，一出门，正碰见新加坡室友从楼上下来。对方红着眼圈，看了木子君一眼，又一言不发地摔门而出。

木子君一愣。

这人是真的很奇怪。

10月已至中旬，天气暖了太多。教室外树影婆娑，映得室内的光线都是一片青绿。木子君完成了课堂讨论，临到快下课，余光瞥见手机屏幕上弹出消息提醒。

River：你晚上来书店吗？

好，您还记得我啊。

木子君等到这节课上完才慢吞吞地掏出手机回复。

木子君：来。

River：嗯。

木子君无语。

他可真是无意识气人第一名。

退出和宋维蒲的对话框，她又打开和由嘉的，才发现有条用意念回复的已读未回，她赶忙发了个表情包过去。

由嘉：你出现了。

由嘉：我以为你和宋维蒲一样都消失了。

木子君：啊？

木子君：我以为他在和你忙那个比赛。

由嘉：他已经把思路做出来了，现在是我在做。

木子君：那他在忙什么啊？

由嘉：他比我们多修了两门课。

由嘉：他应该是想申荣誉学士（Honours）的学位然后提前毕业。

由嘉不止一次和木子君吐槽过他们建筑学院的悲惨程度，每次不同学院的人坐一起，就他们最憔悴。正常上课尚且如此，宋维蒲还多修两门，且申荣誉学士学位对 GPA（平均学分绩点）要求很高，人间蒸发也……挺正常的。

由嘉：不理解他，反正我又是想转行的一天。

木子君：他是不是也想尽快修完本科然后研究生转行？

由嘉：不会，建筑是他的信仰。

评价还挺高。

木子君笑了一声，把手机收起来，继续赶往下一门课的教室了。

她不知道宋维蒲的"晚上"是几点，不过她最后一门课是下午五点结束。吃饭有点早，她拎着书包直接去了唐人街。

南半球的夏令时即将到来，天黑得越来越晚。她熟门熟路地穿过赌场，坐着"吱呀"作响的电梯上楼。最近总来看店，杂货铺的老板娘都眼熟她了，见她从电梯里走出来，还和善地与她点了下头。

书店里亮着灯，宋维蒲显然已经到了。木子君推门而入，一声"嗨"就在嘴边，又在看见他的瞬间咽了回去。

不愧是宋老师。

又坐着睡着了。

姿势比上次更嚣张，手臂抱在胸前，头垂着，转椅往后推了半米，双腿叠在书桌上，长倒是真挺长的。

他不适合开店，来人把书偷了他都不知道。

木子君在他身旁站了一会儿，看他也没醒来的意思。本想让他就这么睡着，但观察一番，她又觉得他这姿势颈椎早晚要断。

"宋维蒲。"她戳了戳他的胳膊。

他呼吸节奏乱了一瞬，眉毛也皱起来，抬手去拂她。但指尖相触的一瞬间，他像是忽然改了主意，把她的手一把攥住。

他力气很大，木子君一时也抽不开，只能低下身子继续叫他。宋维蒲睫毛抖了一下，像是意识到了什么，手上的力道慢慢松懈。木子君赶忙把手抽回来，站得离他远了两步，等他彻底清醒。

手背很热，连带着半条胳膊都有些热。

转椅动了一下，宋维蒲总算睁开眼。他收回腿，捏了下眉心，抬头看向站在一边的木子君。屋子里太安静，只有灯管细微的嗡鸣，两个人一时间都没有说话。

木子君知道自己陷入沉默的原因，她不知道宋维蒲为什么也不开口。他是在和她进行什么比赛吗？谁先沉不住气谁先打破沉默之类的。

她多虑了，因为宋维蒲的眼神很快从涣散变得凝聚，回归他高速运转的清醒状态。他动了下脖子，颈椎"咔嚓"一声，听得她胆战心惊。

然后，她看见他手伸向扔在桌子下的书包，从里面掏出一个信封。

"你的工资。"他把信封扔上桌面，嗓音带点刚睡醒的沙哑。

这次明显比上次厚。木子君捏了捏，发现里面还凸起了一块。她把信封打开，里面是一沓五十元面值的澳币和……

一块巧克力？

她哭笑不得地把巧克力拿出来。

"这是什么啊？"她拆了包装，抬头看向宋维蒲。

他还很正经："算奖金。"

包装上是意文，木子君有印象，这是意大利区那边的一家巧克力店。她拆了半块含进嘴里，把剩下半块连带包装还给了宋维蒲。

"怎么了？"

"算奖励。"

搞什么近义词大赛。

宋维蒲接过巧克力放进嘴里，这两天累到停止运转的大脑仿佛二次开机，他几乎能感受到血糖百分比在飞速上升。抬起头，木子君从旁边拖了把椅子过来，坐到他旁边，拿出电脑，开始翻译台词。

她这剧本怎么翻译不完了？

他这么想了，也这么说了。

木子君敲了几下键盘，把文档进度往下拖。

"他们加了个角色，"木子君说，"他们觉得整体基调太悲了，让女主角把男主角从枪战里救去苏州乡下以后，加了个负责吐槽的邻居，有了好多新台词。"

宋维蒲偏过身子往她屏幕上看，光标一闪一闪，落在一行标黄的新台词上——邻居甲："这孤男寡女共处一室，那还能不陷入爱河？"

这都加的什么台词？

木子君本以为宋维蒲今天又会匆匆离开，没想到他在书店待到很晚。她在桌子上翻译剧本，偶尔给来买书的顾客结账。他就拖远椅子在远处看书，看一会儿睡一会儿，整个人极尽放松。

看到后面，木子君也忍不住了，蹭着椅子到他身边，问："你看什么呢？"

宋维蒲一抬书皮，木子君才想起来这是她帮他进的一批言情新书里的一本民国小说，不过她自己都没看过。

"写的啥啊？"她问。

宋维蒲的语料库里总是有一些超出木子君预期的词汇，比如此刻，他说："破镜重圆。"

"这书不是谍战吗？"

"是有点谍战，不过我没仔细看。"

"这么严肃的背景，"她忍不住问，"你单看感情线啊？"

宋维蒲困惑地把脸从书后面露出来："我看言情小说不看感情线看什么？"

木子君竟无言以对。

说得好。

关门的时间早就过了，偏偏两个人都没走。直到晚上九点，木子君才把电脑放进书包，工资也收起来，抬头对宋维蒲说："那我回家了。"

他头还挡在书后面："嗯。"

眼睛看不见，耳朵能听。他听见她整理东西，拉开椅子，踩着步子走到门口，开门的风吹响了门前的风铃。

他听见电梯开门，她进去时的"吱呀"声，还有关门后那一声隐约的"叮咚"。

他书很久没翻页，然后他用书盖住脸。头往后靠到椅背上，很明显地感受到了木子君离开后书店变得空荡而安静，只剩天花板上白炽灯隐约的嗡鸣。

这本书。

宋维蒲忽然把书从脸上拿下来，往后翻了一页，对着新剧情面露不满。

谍战都写了好几章了，也该走走感情线了吧。

木子君趁着夜色回了家，开门时正看到新加坡室友在一楼厨房打包明天的午饭，脸色奇差。看见木子君，她嘴唇动了动，似乎想说什么，但最后还是抱着饭盒扭头上楼。

好脾气如木子君也忍不住翻了个白眼。

有事说事行不行啊。

木子君进了卧室。

书桌上的花瓶前两天空了，还没来得及买新花。她把书包放下，换上睡衣去洗漱，继而躺到床上。今天上了一整天课，在书店的时候也没歇着，她没怎么费时就进入了梦乡。

直到被室友和房东的争吵声吵醒。

木子君知道护士的上班时间会很早，比如她这个新加坡室友一般都是六点起床去上早班，但今天比平常更早一些。她半梦半醒，隐约听到了中英文夹杂着的骂声，继而是摔砸东西的声音。

随着一声摔门巨响，木子君彻底清醒过来，手机上也收到了缅甸室友的短信，询问她外面发生了什么。

木子君揉了揉眼睛，光着脚跑到门边，壮着胆子把门打开一条缝。

外面一地狼藉，行李和衣服从二楼顺着楼梯掉落一地，新加坡室友一边骂人一边往箱子里捡。很快，楼上也传来房东的骂声，用词极难听。

木子君听得皱起眉，看见正在捡拾地上东西的室友虽然还在和房东对呛，但拿东西的手明显还在发抖。室友嘴上的不甘示弱显然把二楼咆哮的男人惹恼了，一本硬壳书从二楼扔下来，直接砸上室友的肩膀，把她砸得倒退两步。

"退你押金？我退你——"又一摞封面裸露的杂志劈头砸下来，"退你这些你拿去卖钱吧！"

书脊砸在人身上，硬的地方直接撞上骨头。木子君再也看不下去，一把将门推开，将被杂志砸愣了的室友往旁边拽了几步。

室友这才从震惊中回过神，转头看她，语气仍然很不好："你出来干什么？快回房间！"

"怎么回事啊？你要不要报警？"

"报警？报什么警，谁会管，留学生是食物链底层你不知道吗？"那室友干脆松开手里的衣服，把木子君直接推回房间，"快点搬家，我提醒过你，快点搬家！"

木子君被她连推带拽弄回卧室，门被"咣当"一声撞合。那室友似乎也没有继续和房东纠缠的打算，门外的嘈杂又持续了一会儿，一楼传来摔门的巨响，二楼也是一声关门声。

整栋房子，一阵大闹过后，异常寂静。

木子君贴着门听了一会儿，心有余悸地反锁房门，继而回去给迷失在陌生语言中的缅甸室友编辑短信，解释刚才楼下发生了什么。

时间不过凌晨六点，这么闹了一场，睡意已经被彻底闹没。木子君仍是不知道室友和房东之间到底发生了什么，但她现在感觉不好，很不好。

这种不好的感觉一直持续到上午的第二节课，她完全没心思听助教在台上说什么，只是低着头不停地刷新手机上一些发布租房信息的软件。约定几个当天下午就能看房的日程后，她对着屏幕犹豫片刻，继而打开了和宋维蒲的对话框请假。

她去给他看了快两个月店，这还是第一次请假，对方的回复很快过来。

River：怎么了？

木子君：我去看房子，我现在的房子快到期了。

对面陷入一段离奇的沉默。

River：什么时候换？

木子君：还没找好，只是去看下。

River：行。

River：我下午没事，帮你一起看。

木子君愣了一瞬，忽然听见助教叫她的名字，发现自己被点到回答讨论问题。同组队友在电脑上迅速打出字号巨大的关键词，她瞥了一眼，随口胡诌了几句。

蒙混过关后，她赶忙坐下，回复宋维蒲。

木子君：你不是很忙吗？你干吗帮我看？

River：百忙之中，帮你看看。

他总是在一些出人意料的地方，使用成语。

又有约看房的人通过了她的好友申请，木子君忙着排时间，也没工夫回复宋维蒲了。她也不知道自己提前退租能不能要回押金，但直觉告诉她这件事绝对不能再拖了。

下课了。

天气是越来越好了，她的心情却没那么轻松，连去餐厅吃饭的心情也没有，只是买了比萨找了棵树坐下。木子君一边吃一边刷手机。空置的房间挨个从屏幕上跳出来，她又点了两间进收藏，准备晚些约着看房。

头顶被人揉了一把，她咬着比萨抬头，看见由嘉拎了一瓶运动饮料，运动外套系在腰上。

心情不好，表情也呆滞。由嘉和她对视片刻，长腿一迈坐到她身边，问道："怎么了？闷闷不乐的。"

"找房子呢。"木子君说，继续低头编辑在平台上的看房申请。

"不是学期末到期吗？"

她觉得这事说出来坏人心情，反正也要赶紧搬走了，便和由嘉打了个幌子道："房子有点问题，我想提前搬走。"

"看好了吗？"

"约了四个，等宋维蒲下课就去看。"

由嘉一愣。

木子君抬起头，刚想解释，由嘉手一抬，止住了她的话。

"不用说了！我懂！"由嘉手掌立起，几乎顶到她脸上，"他乐于助人嘛！"

木子君："……"

乐于助人者下午三点下课。

木子君没车，自然不可能住郊区的房子，而墨尔本市区的房子租金让人听来脑仁发烫，合租是唯一的选择。木子君和宋维蒲步行到学校附近的一片高层聚集区，连着看了三套。

然后被宋维蒲一一否决。

夕阳刺眼，看得人都有点上火。

"第一间价格挺合适啊。"

"你没住过朝阴的房子吗？"宋维蒲反问。

木子君想想自己现在所住的那间朝阴卧室的潮湿阴冷，勉强闭嘴。

第二间不用提了，她自己都没看上，卧室顶上有一道通风口，白天都能听见浩瀚的噪声，让人怀疑里面藏了个宇宙信号收集器。

"那第三间是真的不错，"木子君说，"两层呢。"

"第三间……"宋维蒲回忆片刻，笃定道，"那个房子除了主卧，剩下两个卧室只有一个卫生间，有一间住的还是情侣，客厅还有个学生在住，你进去……"

木子君："哥，我错了，你别念了。"

他怎么现在话都变多了。

室友临走前的那一眼烙在她心里，愁得她太阳穴上的血管都在跳。两个人站在墨尔本核心区的街头，街道很长，沿着尽头一直延伸，两侧高楼逐渐消失，远方有天际线的落日霞光。

她脸上也被这落霞镀上浅粉色的光，睫毛垂着，神色安静而疲惫。宋维蒲侧头看她，忽然不再说话。

"第四间呢？"

他反应慢了半拍："……什么？"

"我说刚才看的那间，"她把视线转向刚离开的方向，"比第一间贵，比第三间小，但比第二间安静一点……没什么问题了吧？"

宋维蒲也回头看了一眼他们刚离开的那栋公寓楼，再转回头的时候，语气颇有点心不甘情不愿的感觉："还行吧，家具比较……"

"没什么问题我就签了。"木子君说。

"再看看也来得及。"

"来不及了。"她语气有些焦躁，落霞也在这时候迅速消失，街道上陷入黄昏的灰暗，"我想赶紧搬走，就定这间吧。"

前面的红绿灯刚变了颜色，大群行人伴着绿灯来临的机器发出的急促敲击声迅速穿过马路。木子君转身想快步赶上，谁知刚迈出去一步，后领口一紧，忽然被宋维蒲拎了回去。

木子君无语。

这海妖对船长也太不敬了！

他把她拎回去，但是也没有马上开口，只是上下打量她。绿灯的敲击声接近尾声，木子君回头看了一眼已经全数离开马路的人群，再回头的时候，发现宋维蒲朝自己逼近了一步。

他离她远的时候尚且可以平视，离近了，难免要抬头。她视线往上抬，和他垂下来的视线对上。

"为什么要赶紧搬走？"他问，"在到期前搬走不就可以了吗？"

他问得直击要害，她却有些不知从何说起。对方敏锐地捕捉到了她视线里的一丝躲闪，他后撤半步，撤走了方才无意间给她的压力。

木子君松了口气。

"是不方便告诉我吗？"他语言上也退了半步。

"也没有什么……不方便，"她想了想那些零碎的画面，"就是我室友今天凌晨搬走了，她提醒我，就是……"

到底该怎么说呢？她室友其实什么都没说明白，她所做的一切完全是一种出于自保的直觉。正不知道怎么开口时，手机忽然响了一声，她低头看去，发现搬走的室友给自己编辑了一条很长的信息，比对方和她见面后所有的话加起来都多。

而她每多看一行字，表情就变得更难看一点。

房东手里有她们所有人的房门钥匙，室友也是有一次意外发现他会趁着她不在家进她房间。而当她拿出证据和房东对峙时，对方的说辞竟然是自己有东西丢了，怀疑是房客偷的，所以去"检查赃物"。

这只是第一件，后面更多的内容让木子君胃里都有些抽搐。她脸色非常差地把手机递到宋维蒲手里，对方眼神扫过关键词句，眼神同样迅速冷下来。

"她没有报警吗？"宋维蒲问。

"应该没有。"木子君克制着恶心感，"留学生都……不太想和警察打交道。"

"他就是知道你们不愿意和警察打交道。"

宋维蒲抬起眼，看见她表情不太舒服，想问她是不是要回家，又意识到那个地方现在未必会让她好转。街道右侧有几家韩式餐厅，宋维蒲侧身看了看那些招牌，再回过头的时候，说："我先给你买点吃的吧。"

在热气腾腾的餐馆里坐下后不久，木子君明显感觉自己缓解了。

仔细想来，宋维蒲真是一个热衷于带她去吃饭的人，天塌了不能把人饿着。

石锅拌饭热气蒸腾，旁边还有一碗大酱汤和炸鸡。木子君埋头扒了两口饭先把肚子填了个底，抬头看见宋维蒲正站在远处和人打电话。中间服务员过去找他，两个人说了几句韩语，木子君这边又端过来一盘泡菜。

她停下筷子等宋维蒲回来，对方落座对面，木子君说："其实我韩语也会说两句。"

"骂人的话吗？"宋维蒲根据她粤语水平面不改色地推测道。

"我还会说'你好'，"她说，"阿尼哈塞呦。"

"还有'擦浪嘿呦'，"她继续说，"'我爱你'。"

饭桌上安静了一会儿，宋维蒲抬头看她一眼，说："哦。"

后半顿吃得就很正经了。

原来他刚才打电话是找个在同校学法律的同学问情况，包括她房东这种事警察会怎么处理，以及如果报警后续需要提供哪些东西。木子君在他的叙述里慢慢镇定下来，石锅拌饭吃到见底，宋维蒲终于换走了公事公办的口吻。

"我俩明天陪你一起去。"他说，"你要是不想见他，就先在车里等我，我们和警察交涉好你再出来。"

"嗯。"她踏实下来，点了点头，"我就是觉得他其实还没对我做什么，我担心我站出来没有说服力……"

"对你做什么就来不及了。"宋维蒲说，"你晚上问一下你那个搬走的室友，如果她也愿意站出来，会有很大帮助。"

晚上……

唉。

饭刚吃了没几口，木子君又有点没滋味了。就算她定下今天第四间看的房子，也不可能今晚就搬进去吧。短信看完之后，一想到今天晚上还要回那个房子、那个卧室，房东手里肯定有她房间的备用钥匙，她实在有点……

"那个房子今天也没法搬，那我今天晚上……"

她还在组织措辞，宋维蒲那边吃饭的筷子忽然停了。

他把筷子放到碗旁边，韩餐都用铁筷子，和玻璃桌板相触，"当啷"一声。木子君抬头望向他，发现宋维蒲的表情似乎是已经想到了什么，但还在斟酌要不要说出口。

她用神色示意自己的不解。

"其实我知道一个地方，"对方终于组织好了语言，"朝阳，房租不高，装修风格你应该也比较喜欢，而且今晚就可以搬。"

"那你不早和我说，"木子君又惊喜又意外，"哪儿啊？"

宋维蒲往后座靠了一下，好整以暇道："我家。"

"咕咚"一声，酱汤里的豆腐直接被整个吞下去，木子君被烫得泪流满面。

"和你合租吗？"她泪流满面地说。

他品了一下她的话，纠正道："是租我的房子。"

木子君置若罔闻："我和你合租会不会……我们两个……我之前的室友都是女生……"

宋维蒲："你看上的第四间公寓的室友也是男生啊。"

木子君一愣。

"随便一个男的都行，"宋维蒲表情略有不悦，"我不行？"

木子君："我其实去找由嘉也……"

"由嘉家连沙发都没有，"宋维蒲语气不大好的同时话说得不无道理，"你能睡几天地板？"

"我可以看一下 Airbnb（爱彼迎民宿）……"

"交通方便的 Airbnb 一晚上最少八十刀。"

木子君闭嘴了。

僵持了不过三五秒，宋维蒲也调整好了语气，回归到他循循善诱的风格："而且你也可以继续找合适的房子，你当成在我家过渡一下。"

过渡一下。

木子君陷入思考状态。

过渡一下的话倒也不是不行……

"住我家你去书店上班也很近……"

合适得有点过头了。

"你以后和我商量事也方便……"

有点太缜密了吧！

"宋维蒲啊。"木子君把筷子横放在酱汤碗上，冷静开口，"其实我下午看的那几间房子，也没有你说的那么差，对吧？"

　　宋维蒲瞬间停止洗脑，轻咳一声，道："那几间也确实……"

　　他顿了顿，再开口时，语气变得果断起来。

　　"性价比不如我家。"

　　木子君算是服了。

　　木子君刚来墨尔本三个月，随身的行李一个箱子就能装满。房东恰好不在家，她把一些拿不走的东西锁在柜子里，出门的时候，宋维蒲已经叫了车在外面等她。

　　木子君迟疑片刻，问他："我还有一个缅甸来的室友，她怎么办啊？"

　　按宋维蒲的性格，她几乎预料到对方会觉得她又多管闲事。没想到，他想了一下，手指点了下手机侧边。

　　"你晚上和她说一声，让她尽快找房子。"他说，"明天我带警察和我朋友过来，他近期应该不敢了。还有……"

　　他顿了顿，补充："你记得问那个搬走的室友，如果她愿意的话，可以过来帮我们做证。"

　　他打开后备厢，把木子君的行李放进去，然后两个人上了车。世事奇妙，先前是他把她送来了这里，如今也是他把她接走。木子君降下车窗，望着那栋房子消失在视线里，想着早晨室友歇斯底里的样子，不禁心有余悸。

　　房东张狂至此，显然是打定主意她不会报警。对他们这些不满二十岁的留学生而言，精力和阅历都是刚刚足够支撑学业和生活，会本能地回避这些复杂的社会程序。

　　于是只能吃哑巴亏，于是谁都能来坑一把。维持基本生活尚且如此，更何况她还有一件那么艰难的事要做。

　　其实想一想，如果她不是一来墨尔本就遇到了宋维蒲，她找金红玫的过程根本不可能这么顺利。

　　她内心一时情绪千万，把目光从窗外收回，转向宋维蒲，想和他感慨一番。

　　然而，不出所料。

　　宋维蒲又睡着了。

　　从她家到宋维蒲家并不远，只是有行李才打车。车开进唐人街，木子君把宋维蒲推醒，他俩拖着箱子走过了最后那段车开不进的小路。

她之前来过宋维蒲家里两次，只去过客厅和金红玫的房间，没想到还有第三间客房。里面还算干净，只是空气有些沉闷，宋维蒲便打开门窗透气。

客房的朝向和面积比不上宋维蒲和金红玫的房间，但和她之前住的比起来还是强了不少。木子君把自己的床单、被罩换上，箱子推到墙角，回过头，又是一个家徒四壁的开局。

她莫名共情了金红玫初到唐人街的心情。按唐鸣鹤的说法，她刚来的时候是住在长安旅店里。那她后来怎么有的这间房子？怎么有了楼下的铺面，甚至赌场上的书店？

金红玫那年住进来的时候，房间一定比现在更空旷。而她遇到了宋维蒲，宋维蒲帮了她很多。那金红玫曾经遇到过什么人吗？

陈元罡、唐鸣鹤，他们都受了她的恩惠，那有什么人帮过她吗？宋维蒲帮她是因为她长得像金红玫，那金红玫……

木子君把被子铺好了，回过头，宋维蒲往房间里推了个桌子。桌边抵上墙面，一切就绪，闲置许久的客房终于能住人了。宋维蒲又和她说了一会儿使用厨房和卫生间的注意事项，天色就黑透了。

找了一下午房子又搬家，木子君能感觉到自己饿得血糖下降。她催着宋维蒲下楼吃饭，他点了下头，又让她等一下，从厨房里找了个盘子出来。

"你以后记得别用这个盘子。"他说，然后剥了根香蕉放进去，掰成三截，从窗户口把盘子递到一处平台上。

"什么啊？"木子君跟着往窗外看，黑漆漆的，什么都没有，"你家养动物了？"

"不是我养的。"宋维蒲说，"负鼠，晚上会来，吃不到会叫。"

由嘉之前和她提过，负鼠，澳大利亚最常见的城市动物，到了晚上就在树上和房顶乱跳，叫起来声音嘶哑难听。

这东西很怕人，不知道宋维蒲怎么像喂野猫似的喂起来。

还没到负鼠光临的时刻，木子君跟着宋维蒲去唐人街吃饭又回来，各自回到各自的卧室。

忽然住进异性家里，她以为自己会有很多不习惯，可当真躺下的时候，又觉得一切都那么理所应当。

总之也是过渡的，她还要找新房子，短暂住一下应当也没什么。

宋维蒲睡在她隔壁，房间里没什么声音，一切都静悄悄的。木子君又在床上辗转了一会儿，忍不住爬了起来，轻手轻脚地跑去了客厅。

　　她拉开一点窗帘，看到窗外的平台上蹲了一个小小的身影，正在专心致志地吃香蕉。她扶着窗户看得出神，客厅里的灯光泄到屋外，那只负鼠忽然抬起头，用黑而明亮的眼睛和她对视。

　　她不太善良地想，长得属实是不大好看啊。

　　一人一鼠四目相对，它受惊似的往后跳了一下，嘴里叼着香蕉，连蹦带跳地离开了隔壁的屋顶平台。

　　它连吃带拿，中途离开也不算吃亏。木子君看着它的背影消失在夜色里，忽然明白过来。

　　金红玫去世以后，宋维蒲应该……

　　一个人，度过了一段很难挨的日子。

　　来墨尔本后第一次换房间睡觉，木子君没觉得有什么不适应。第二天是个周六，她一觉睡到九点，听见客厅里有两道男声在说话。

　　说的是英文，一个是宋维蒲，另一个声音她不认识。木子君从床上坐起身子，想到去洗漱得路过客厅，顿时有些犹豫。

　　不过她穿衣服的时候出了些动静，客厅里宋维蒲的声音明显停顿了一下。很快，她就听到宋维蒲让对方先下楼。

　　脚步声伴随着关门声，她屏息凝神，卧室门打开缝隙，冒个脑袋出去。宋维蒲端着咖啡靠在桌边喝，两人目光对视，她小声问："谁啊？"

　　宋维蒲似乎很是思考了一下怎么和她解释来人。

　　"其实你认识。"他说。

　　"我认识？"木子君歪了下头。

　　"甚至和我讨论过，"宋维蒲说，看了下手机上的时间，"警察十点到你房东那儿，你收拾下，我开车带你俩过去。"

　　他昨天说是法学院的朋友……有点耳熟，但乍一听也想不起来，所以木子君也只是点了点头，而后给新加坡室友发短信。昨天她俩联系过，对方果然回复她能去，表示随叫随到。木子君在卫生间洗好脸，想到自己是不是在警察面前越憔悴越好，最好显得一夜没睡，干脆也不化妆了，抓了件套头的绿色卫衣就和宋维蒲下楼。

　　反正她前两次出现在他面前也是这样，此后就再也没有维持形象的必要。

"木子君。"宋维蒲忽然在后面叫她。她回头,他给她扔了片面包,然后拎起桌上的车钥匙去开车。

木子君咬着面包跟他下到商铺外面,又绕去后面的车库。车库里除了他那辆皮卡,还有一辆黑色摩托,车身中央的一处零件是抹鲜亮到极致的明绿。摩托旁边站了个男生,个子和宋维蒲差不多高,衬衣西装,整个人的精英气质几乎把"LAW(法律)"三个字母印上前额,且因为精英气质过于明显,很有当渣男的潜质。

等一下。

估计是已经和他介绍过自己,宋维蒲没再和对方多言,只是挥手示意木子君过去,指了一下对方,简单地说:"史蒂夫。"

史蒂夫。

史蒂夫。

木子君"啊"了一声,唐葵痛陈队友遇人不淑的画面立刻出现在眼前。她看了看史蒂夫又看了看宋维蒲,后者给了个眼神,示意她:"他来帮你和房东交涉的。"

木子君明白过来,单方面替唐葵和史蒂夫尽释前嫌了。

对方很官方地和她握了握手,也是一口流利中文:"宋维蒲和我提过,就叫你木子君?我小时候和他在唐人街做过很久邻居,现在在法学院。"

木子君点点头,对他的中文感到意外:"你们这些华裔说中文都没压力啊?"

"出生在这边的那一批会有点费力,"史蒂夫说,"我想做跨国双语律师,练了很久,现在中文就好很多。"

宋维蒲的皮卡后面装了东西,他跳上去清理完,又在车上蹲下看向寒暄的两人。

"去见个警察,"宋维蒲说,"你需要穿成这样吗?"

"我下午还要去律所实习的啊,"史蒂夫认真地解释,"而且穿正装,她房东会觉得我很专业。"

木子君觉得史蒂夫是来帮她的,也夸奖起来:"是很专业的,我觉得男生穿正装会一下变得很有职业感,超级帅的。"

史蒂夫受了肯定,骄傲地抬头,宋维蒲上下打量了他一下,一言不发地跳下车来,把钥匙扔进他怀里。

"怎么了?"史蒂夫脸上浮现出困惑。

"看你穿正装很有职业感，"宋维蒲直接上了副驾驶座，"很适合当司机。"

史蒂夫无语。

他们三人开车过去的时候，警车已经到了。宋维蒲和警察说当事人不想再见房东，木子君干脆就没有下车，是一名女警察上车对她和新加坡室友做了问询。

两个女生从后座上欠起身子凑在驾驶座椅中间，看见宋维蒲和史蒂夫帮她们和警察交涉。两个人个子都高，站在人高马大的警察面前也没被压下气势，木子君第一次听见室友语气友好地感慨："好帅，想找一个约会。"

全世界女人动心的时候都差不多，木子君清了清嗓子说："左边那个你随意。"

室友看向她："右边那个怎么了？"

木子君的视线在宋维蒲身上游移片刻，言不由衷地道："他……他可能不喜欢女的。"

室友发出了一声失望的叹息，然后把炙热的视线移向了左边的史蒂夫。木子君心虚地看了一会儿宋维蒲，发现对方偏过视线，冲她招了招手。

房东已经被男性警察带走问话了，木子君下车过去，女警察告诉她现在可以去把剩下的行李搬走，等调查结果出来后，会强制房东退回租押金。

一切都那么顺利，木子君松了口气，去车上把空箱子拿出来，让宋维蒲等她一会儿，就去卧室收拾行李了。

他目送她进了房间，身边忽然站过来一道阴影。他转头，史蒂夫看了一眼木子君消失的方向，笑容很了然。

"别那么笑，"宋维蒲换了英文，语气变得不大自然，"我又不是没和你提过她的事。"

"是，是提过，"史蒂夫从衣服里掏出一张叠起的白纸，"但你当时只让我帮你找市政府记录的 1942 年墨尔本的商铺信息，没有提……"

他把那张打印着红玫叶服装店的资料递到宋维蒲手里。

"没有提你顶着房东的名义，"他说，"负着男朋友的责任。"

宋维蒲一言不发地看了看资料，然后折起来放进衣兜里。史蒂夫还是笑得很贱，宋维蒲瞥过去一眼，硬邦邦地道："你那年怎么没被打死？"

"那要谢谢你当时站了出来。"史蒂夫继续贱贱地道,"我前段时间上中文课,他们说你的行为在中国叫什么?"

史蒂夫停顿片刻,换回中文:"助人为乐?"

宋维蒲一点都不想理他。

史蒂夫的表演没有持续太久,木子君一回来,他就恢复了他人畜无害的善良笑容,体贴地帮她把行李放了皮卡后斗。三人上车时,木子君的室友下车,和史蒂夫擦肩而过时,室友一脸羞涩地要了对方的手机号。

宋维蒲冷眼旁观,冷笑一声。

回程是宋维蒲开车,木子君上了副驾驶座。她系上安全带,问宋维蒲:"你笑什么?"

宋维蒲:"我笑你室友天真。"

他和木子君都系好安全带了,史蒂夫在后座慢条斯理地喝着水。宋维蒲也不等他喝完,踩一脚油门开出去,吓得他呛了一口,喷湿半边西裤。

史蒂夫实习的律所在雅拉河对岸,宋维蒲开车送他过去,又把木子君带回了家。天气过好,阳光普照,他把车停在车库外面简单冲洗,木子君在一旁等他。

洗车的喷头挂在车库里,他接上水龙头拖到外面。水柱一瞬间大力喷出,在车头上溅起水珠无数,光线甚至在这水雾中折射出了彩虹。

木子君背着手往后退了退,靠上那辆摩托。她回头看了一眼,提高声音问宋维蒲:"你还会骑摩托啊?"

他隔着水雾朝她点了下头。

木子君继续背着手巡查车库,绕了一圈回来,继续问他。

"史蒂夫和唐葵说的不一样哎,哪里像渣男了,"她说,"他是你很好的朋友吗?"

"算是吧,也没那么好。"他说。

木子君没反驳,心想,那估计是很好的程度了。宋维蒲停了水,人走到车的另一边,抬手指了下不远处:"他以前和父母住那里。"

他们住的这栋红色砖楼前面是饭馆,再过去是一栋很矮的四层公寓,米黄色,外观有些年头。木子君背着手张望片刻,回过头,看见宋维蒲关了喷头,正俯身擦洗车窗。

皮卡车身高,车窗更高,宋维蒲干脆手臂一撑跪上车头,一手拎着水管，一手叫木子君过去。

她茫然地走过去。

"你去车里面，"他说，"我在外面看不清车窗哪里脏。"

亮处不好透过玻璃看暗处，暗处透过玻璃看亮处，污渍就变得很明显。木子君自忖也提供不了什么实际的帮助，很听指挥地钻到驾驶座里。宋维蒲单膝跪在车头上，一只手按着车窗，隔着玻璃等她坐稳。

窗外日光刺眼，他洗车脱了外套，只穿了长袖的白 T 恤，竟然也像车身似的反着光。她迟疑片刻，伸出手，先点了一块最明显的灰斑。

水管一瞬间爆裂出水，车窗"咚"的一声，绽开一片水渍，那块灰斑顺着水流消失。木子君忍不住笑笑，觉得简直像在玩什么消除游戏，手指又画到另一处。宋维蒲换了条腿跪着，喷头微偏，水花又在玻璃上绽开，继而凝结成水痕无数。

两个人一内一外，效率很高，到最后就只剩下高处一片较为顽固。她用手指在玻璃上画了个圈，宋维蒲冲了两次都没什么效果。她有些着急，微微欠起身子，指尖抵在玻璃上，想给他画个更精确的范围。

他大约是实在看不清，而木子君又第三遍指向了同一个地方。她用指尖抵住玻璃的一瞬间，他也伸出手，隔着玻璃，按上了她的指腹。

她一愣，心脏忽然跳得更快，而表面还得镇定地示意污渍范围。他的手沿着她指尖画出的轨迹在车窗的外侧也画出了一个圈，然后他拿起水管，喷头探到离那个圈的圆心很近的位置，几乎抵上玻璃。

清水从管口猛然涌出，以那个圆圈为中心炸开一片巨大的水花，然后覆盖了整面车窗。木子君眼前所见皆是揉碎了日光的水痕，她等了好长时间，直到整片车窗彻底洁净，水幕落下，宋维蒲的身形再次清晰，招手示意她下车。

那波光粼粼的一幕在脑海中久久挥之不去，木子君艰难地打开车门，走到车外面。大概是她动作太迟钝，宋维蒲跳下车头后没直接走，而是回头问她："怎么了？"

船头猛晃，船长眩晕。木子君摆摆手，恍惚着说：

"你不用管我。

"我突然有点……晕船。"

室外楼梯连着窗台，木子君跟着宋维蒲上楼，看他把喂负鼠的盘子拿下来，然后开门让她进去。人还没在沙发上坐稳，对方把一张对折的白纸递给她。

"什么？"

"红玫叶。"

她迟钝片刻，随即迅速将合起的白纸打开。

纸张正面是打印出的两张照片，无论是字迹的模糊程度，还是照片里文字的排版方式，明显都有了年头。页尾是钢笔签出来的英文花体字，收尾的两个字母很明显是"Ye"。

木子君粗扫了一下，看出两张照片分别是商户的注册信息和房屋的购买信息，商店名称赫然印着"ROSE&LEAVES"，显然是红玫叶的英文名。

背面还有东西，她翻过去，发现是一份产权移交的证明。这回不再是英文签名了，两个签名一前一后，一个是一笔一画的"金红玫"，另一个是笔锋遒劲的"叶汝秋"。

后面三个字，字体很俊秀，可以想见，人也不会差到哪儿去——金红玫，叶汝秋，红玫叶……

木子君盯了那名字片刻，抬头看向宋维蒲，说话有点卡壳。

"你……"她迟疑着问，"看过这个了吗？"

"没看内容，"宋维蒲说，"史蒂夫刚给我的，怎么了？"

"没事没事。"木子君也不知如何形容自己现下的心情，"那你……你以前听你外婆提过叶汝秋这个人吗？"

她总是问他是否从金红玫那儿听到过线索的只言片语，但每次都以失败告终，这次也不例外。木子君想起他那晚说"后悔她还在的时候，我没有和她多说些话"，有点懊悔自己的不识趣。

她一边懊悔，一边对签名的这位叶先生产生了些微的敌意。纸面上是很明显的男性笔迹——名字好听，中英双语都写得一手好字，财产移交，以及"红玫叶"这种将两个人名字结合到一起的命名方式……

毕竟从金红玫的视角而言，是木子君爷爷失约在先。战乱年代背井离乡，她想过怎样的后半生都是不容指摘的。

错的只是时代，也只有时代。

木子君把那张纸的正反都拍了照，递还给宋维蒲。他仔细读了一遍内容，脸上的表情显然也懂了个大概。

看金红玫和华人老头出去跳交谊舞是一回事，研究外婆年轻时的风流债又是另一回事。不知道为什么，宋维蒲先入为主地认为，金红玫和这位看字迹就很倜傥的叶先生没有后文，一定是他外婆先把人家甩了。

172

至于木子君那一脸欲言又止，宋维蒲觉得自己有责任安慰她一下。

　　"别往心里去。"他说，"你爷爷不是唯一一个被甩的，他们都是过客，我外婆的风流债应该还有很多。"

　　木子君无语。

　　安慰得很好，下次不用安慰了。

　　次日，图书馆前的露天咖啡厅。

　　"我现在就是在想这个叶汝秋是谁……"

　　"你和宋维蒲同居了？"

　　"他的英文签名是 Albert Ye（阿尔伯特·叶），这应该能缩小范围了吧……"

　　"你和宋维蒲住一起了？！"

　　由嘉反应太激烈，木子君回过神，放下咖啡，双手按住由嘉的肩膀。

　　"合租，合租懂吗？"木子君说，"我要给他房租的……虽然是直接从我工资里扣。"

　　由嘉点点头，一脸的欲言又止，最后还是把身子缩回电脑前，滑动着鼠标打开了浏览器。

　　"叶汝秋是吗？"由嘉确认道，"你看看是这三个字吗？"

　　木子君凑过去，看她在搜索框里键入了"叶汝秋 Albert Ye"一行字，一时也反应了过来——她之前在网上搜索长安旅店无果后，就下意识把那个时代的事情都归类为只有线下资料，甚至还动了再去翻报纸的念头。由嘉这一搜，算是搜到了她的思维盲区。

　　"咔嗒"一声，界面加载片刻，竟出现了远超木子君预料的信息。

　　"是同名同姓吗？"由嘉惊讶道。

　　"叶汝秋"这个名字算不上大众，"Albert Ye"更是加了限定条件。搜索结果中英文皆有，木子君点开几个扫读，发现所有的搜索结果指向的都是同一个人。

　　由嘉读中文没她快，但也迅速领略到了这个名字背后的巨大信息量。

　　由嘉沉默片刻，和木子君确认道："你确定是这个人吗？这老爷子的身份会不会有点……太高了？"

　　木子君没说话，只是翻看着新闻报道上他与别人的合照。照片里的叶汝秋已经很老很老了，满头白发往后梳起，身上还带些 20 世纪的儒雅内敛。她皱起眉，尽量寻找时间线比较靠前的照片，一直翻看到一张对方三十岁的黑白证件照。

那是一张非常年轻，也非常英俊的脸，截取来源是一本他五年前出版的华文自传。她盯着屏幕上男人的眼睛，心里一时五味杂陈。

"怎么了？"由嘉挤过来，"真的是他？"

"嗯，"木子君把方才几个页面的网址都发到了自己手机上，"应该就是他。"

天底下没有这么巧的事，如果有，那必然事出有因。叶汝秋的眉眼很深邃，和年老时阅尽千帆的慈祥相比，他年轻的时候眼神有压抑着的野心。

而木子君对那双眼睛很熟悉，她从很小的时候，就在家里的相册里看到过一双相似的眼睛——是她爷爷年轻时候的眼睛。

金红玫爱上了一双让她想起往事的眼睛。

下午的课都是选修，木子君找了个靠后的座位，又从网上新找出不少关于叶汝秋的资料。这件事并不难，因为这位叶先生的名气实在不小。

看到后面，木子君甚至都对宋维蒲和由嘉颇有微词——这两个人看来是完全不关注业内新闻，这么有名的华人地产商，楼盘从悉尼开到墨尔本，名下还有一家建筑事务所，这两个建筑系的怎么搞的？

资料上说叶汝秋1915年出生于上海，家中早年经商后败落，但有一名叔父在澳洲发迹，于是他远渡重洋进入叔父的公司，一边攻读建筑学位，一边帮忙。

资料重合度很高，前半生的三起三落一笔带过，更多部分集中在他晚年在悉尼重新投资房地产公司，家族企业做大上市的过程。家庭生活倒是也有着笔，说他三十六岁那年娶了一名南洋船商的女儿，生了三个儿女，现在都在家族企业里任职，不乏为了利益同室操戈的小报八卦。

总而言之，太有钱了，字里行间一股豪门秘辛的气息，看上去很难和在唐人街公寓里听着留声机寿终正寝的金红玫扯上关系。

更让木子君觉得为难的是，陈元罡和唐鸣鹤都是他们努把力就能联系上的人。这个叶汝秋怎么联系？

去他公司买房吗？还是去他名下的这家建筑事务所做委托？

她托着下巴研究屏幕，鼠标往下滑了许久，最终又定在了那张叶汝秋的青年照上。她实在难以和那双酷似家中长辈的双眼对视太久，光标移动，最终标亮的，是下面那行图片来源。光标移过去的瞬间，屏幕上也自动出现一行注释——

节选自《叶汝秋自传》，2008 年。

木子君点下鼠标的一瞬间，那串注释也变了颜色，新跳出的界面是关于这本自传的介绍。台上的助教喋喋不休，窗台外落下只膘肥体壮的鸽子。木子君坐在教室最后排，眼睛一眨不眨地看着屏幕，鼠标一直往下拖，直到拖到了自传介绍的末尾。

作者：撒莎，前《悉华周报》记者，承接回忆录、自传创作委托。
E-mail: sashastudio@xxx.com

撒莎。

木子君反应过来的同时，下课铃声也响了。木子君抬头看向空荡荡的讲堂和慢吞吞收拾东西的同学，揣起电脑就往建筑学院的方向跑。由嘉和宋维蒲做模型的地方在三楼，她一口气跑到模型室门前，平复片刻呼吸，推门而入。

落地窗占了半面墙，屋子里阳光很好。

宋维蒲正半跪在地上拼模型，抬头看见来人是木子君，显然也很意外。这是她第一次来建筑学院找他，模型看起来十分脆弱，她关门的动作都变得小心。

他收了下腿，身子直起来，右腿半屈。大半边地面上都摆着模型，明显限制了他的动作。两个人一高一低半晌没说话，木子君笑了一声，问他："麻了？"

宋维蒲被戳穿了反倒放松下来，点了下头，也笑："嗯。"

她沿着墙根走到宋维蒲身边坐下，他总算不用起来，贴着墙面换了姿势，从跪姿到坐下。只可惜空间太过狭窄，只能一条腿屈起来，一条腿伸平。

"我戳你腿一下你会弹起来吗？"木子君问。

"别闹，"他立刻按住她的胳膊，"压坏了很麻烦。"

他手里是棵刚粘好的树木，木子君拿到手里仔细观摩。她是真的很好奇，宋维蒲是如何达到这种做人漫不经心、做事一丝不苟的境界的。这种树模型她之前陪由嘉去买过，造型都是定制好的，偏偏宋维蒲就要像个园丁似的把它们重新修剪一遍，每一根树杈都长短正好，立在一起犹如复制粘贴的双胞胎。

木子君不禁感慨：树犹如此，楼何以堪，有的人真是天生的工程师人格。

每天睡不够太正常了。

腿旁边是一块刨花板，宋维蒲已经在上面戳了五个间隔严格相等的洞。木子君试图把那棵树像其他四棵一样压进去，一边压一边提起了撒莎的事。

"是吗？"宋维蒲心不在焉地回了一句，后背靠住墙壁。大片阳光从窗外投进来，照在这位早上七点就过来做模型的人身上，很难不犯困。

"那我去找她？先发一封邮件好不好？"木子君吹了吹刨花板，调整着树木的高度。

宋维蒲打了个哈欠，说了声"看你"。

五棵树横看侧看都变得齐平，木子君有种辅修建筑系课程的新奇。正想和宋维蒲邀功，肩膀忽然一沉，她半边身子都陷入僵硬。

你……

你睡就睡，怎么还往人身上靠啊……

宋维蒲也不是完全靠着她，只是头低下，手臂抱着，身子微微向她的方向歪，找到了一个平衡的支点——一旦她起身，他一定会倒。

木子君慢慢把手里的树放到模型旁，感受到他的身体随着均匀的呼吸而起伏。

和宋维蒲相处这些日子，她很清楚，他秒睡归秒睡，程度都很浅，稍微有点动静就会醒。

不过她也没有动的打算。

反正她下午也没有别的课。

睡着的宋维蒲很安静，他的睫毛比她见过的所有人的都黑，沉沉盖在眼睑上。光线太亮，他在睡梦里侧脸避光。

木子君把腿收回来，一只手抱住自己的膝盖，另一只手抬起遮在他的眼前。

光被手挡住，只有几缕从指缝里漏出，又一缕一缕地落到他脸上。他皱着的眉头慢慢松开，继而身体也松弛了不少。

木子君脑海里莫名出现了她刚才栽种的那棵模型树。

她觉得自己现在也很像一棵树，给人遮阴，还给人靠着睡觉。

做树很好。

照顾人的感觉比被人照顾更好。

模型室外，由嘉趴在后门窄窄的玻璃缝上，看队友和闺密的眼神意味深长。她就说吧，她用她和宋维蒲同学五年的经验发誓，这两个人……呵。

不过相比于在咖啡厅的时候那种强烈的说破欲，她此刻毫无推波助澜的打算，只是偷偷拍了张照片发给隋庄。

隋庄：？

隋庄：？？

隋庄：什么情况？

由嘉：不要戳穿，不要说破，让感情自然地发展。

由嘉：只有静静围观，才能多一些这种纯情的暧昧桥段。

对面静了一会儿，隋庄似乎也反应了过来。

隋庄：你要非说纯情暧昧也行。

隋庄：不过以我对宋维蒲做事风格的了解。

隋庄：他要是真喜欢木子君，这孙子现在八成是在装睡。

木子君给撒莎写邮件的时候斟酌了很久，甚至想过要不要骗她自己也有回忆录的委托，但所有的谎话在她收到《叶汝秋自传》后都打消了。

中文里讲见字如面，不止局限于信件，也包括作品的阅读。读书的过程就像一场读者和作者的神交，木子君能读出来这个叫撒莎的作者是个相当真诚的人，描写回忆录主体时的口吻像一个置身事外的旁观者。从本迪戈回来那天，宋维蒲曾经说过她对人的直觉比旁人准，现在她又有了一种强烈的直觉——撒莎会愿意听金红玫的故事，也会帮他们。

两人约见的时间是周六的下午，地点在撒莎家里。撒莎住的公寓离墨尔本市区开车半个多小时，也是一片有名的华人区。宋维蒲和木子君过去的时间略早，撒莎周六要在一家花店兼职，两人便把车停在她公寓楼下等。

《叶汝秋自传》还剩最后两章没看完，木子君把副驾驶座往后推，准备在撒莎回来前把剩下的部分看完。宋维蒲照常补觉，偶尔听木子君对叶汝秋这跌宕起伏的一辈子点评几句。

"你确定不了解一下吗？"撒莎快回来的时候，木子君把书扣在怀里问，"好歹和你外婆有过一段情，还是这么个房产大亨……"

"和我外婆有一段情的人应该不少，"宋维蒲闭目养神，"我了解你爷爷就已经很累了。"

木子君无言以对。

你还挺骄傲。

车窗玻璃忽然被敲响了。

木子君和宋维蒲同时转头，看见车窗外站了个中长发的华人姑娘，头发黑亮柔顺，年龄目测二十五岁上下，戴着一副银框的细边眼镜，怀里抱着用牛皮纸包起来的一枝玫瑰，敲窗的手里还捏着杯咖啡。

宋维蒲降下车窗，对方的目光落在木子君身上，开口说话。

"木子君吗？"撒莎晃了下咖啡杯，像在打招呼，"抱歉回来这么晚，我们上楼聊。"

撒莎住的公寓年代久远，没有电梯。三个人前后上到四楼，她一开门，就见门口趴了两猫一狗。木子君本以为是她自己养的，没想到她叹了口气，换鞋走到窗户边，抬手示意："回去，我有客人。"

两只猫不满地冲木子君和宋维蒲"辱骂"一番，跳上窗台，前后跳回隔壁的阳台。撒莎收拾好沙发，又把地板上被猫弄乱的文稿捡起来，给他俩倒了茶。

"家里有点乱，"撒莎这么说着，但也没什么不好意思的感觉，"要写的东西太多了……你们是因为叶先生的回忆录来的？"

木子君点点头，把目光投向茶几一侧的书架。上面叠着远超她想象的资料书籍，中英皆有，有一个格子摆放得最为整齐，全是落款"撒莎"的回忆录和自传。

木子君一时起了好奇，答非所问："这些都是你写的小说吗？"

撒莎看着那摞书愣了愣，犹豫着回答："不……不是小说，这都是委托人的故事，我只是在复述他们讲给我的东西而已……"

"不不不，"木子君往沙发前坐了坐，"你不是简单地复述，我看了《叶汝秋自传》，你写得很好看，我是当成小说来看的。"

撒莎紧张地喝了口茶。

"我哪里会写小说啊，"撒莎说，"我想写的东西都奇奇怪怪的，我感觉读者对我想讲的那些故事都没什么兴趣……"

"谁说的？你不写出来怎么知道读者是不是感兴趣。"木子君打断她，"撒莎，你没有想过写小说吗？"

撒莎沉默片刻，攥紧茶杯柄。

"想过的。"撒莎低下头，"其实我从《悉华周报》辞职，就是为了写小说。可是要付房租，还要付车子的账单，还要养自己和狗，所以就一直在接这些回忆录的工作……"

她神色黯然，木子君意识到了自己失言，讪讪地喝了口茶，反倒是一直沉默的宋维蒲接住了对话。

　　"那很好啊，"他说，"你攒下了不少素材。"

　　"这些回忆录——"他指了指茶几旁的书架，"每个人，都可以写进小说里吧。讲海外华人的书很少，你可以补上这个空白。"

　　"对的，对的。"木子君感恩宋维蒲帮她把话找补回来，"我最近也接触了一些海外华人，感觉他们每个人都有一身的故事。撒莎，你采访过这么多人，没有比你更适合写这个题材的作者了！"

　　撒莎仍然略显犹豫，木子君再接再厉："你要是觉得素材不够，他外婆的事迹也可传奇了！等我们把珠子找齐，就回来和你汇报！"

　　"对。"撒莎这才反应过来，想起了木子君邮件里的只言片语，"我还没弄清楚，叶汝秋到底和你说的那位金女士是什么关系，还有那串手链的事……"

　　木子君赶忙端着茶杯坐到她身边。

　　"我来讲，我来讲。"木子君说，"就从我爷爷在百乐门对他外婆一见钟情讲起！"

　　先前都是别人给木子君讲故事，这还是木子君第一次给别人讲，直讲得口干舌燥，日色西沉，茶水都凉了。

　　讲到最后，木子君握住撒莎的手，语重心长道："所以我们现在，就是要想办法联系上叶先生。虽然他那里未必有我们要的东西，但他一定知道许多金红玫的事。线索越多，机会越多。"

　　撒莎反握住她的手，也是语重心长："你爷爷要是知道你为了这串手链千方百计找他情敌，想必得从病中惊坐起。"

　　撒莎这话搞得木子君五官冻结。

　　她的表情太好笑了，撒莎也觉得逗她逗得过分，轻咳一声，把手收了回来，顺便看了一眼宋维蒲。男生抱着手打量着木子君，脸上笑意很淡，想必平时也没少逗她。

　　撒莎理解他，这小姑娘的各种反应都很好玩。

　　撒莎把手边凉透的茶一口喝完，思考片刻，对木子君说道："其实你不用太在意这些调侃，我听你讲完，觉得如果把这位金小姐的一生写成小说，是一个很典型的传奇故事。"

　　"传奇故事？"木子君重复道。

"嗯。"撒莎点头,"这个世界上有许多类型的故事,对我们写小说的人而言,人物的性格和剧情都是为了故事而服务的。如果我要讲一个爱情故事,我也会把他们的爱情描写得矢志不渝。但对金小姐这种人而言……她的一生足够传奇,爱情只是组成她传奇人生的一部分。传奇注定惊世骇俗,也注定饱受非议。但对她本身而言,是与非的评价都是无意义的,道德的审判也是无意义的。"

"这我倒是,没有,"木子君弱弱地道,"我就是觉得我爷爷挺……"

"金小姐并没有让你爷爷等她,她只是继续自己的生活,对吗?"撒莎说,"这是男人的一厢情愿,也是时代的迫不得已。"

木子君沉默片刻,点了点头:"嗯。"

"至于叶汝秋的事,"撒莎拿过了沙发旁的自传翻看了一下,"其实这些资料都是他秘书给我的文字版,当面采访只有两次,还是在我主编的办公室里,我并没有直接联系过他。这样,我去问一下我主编,看她能不能安排你们见面。"

得了这句承诺,木子君总算松了口气。她用茶水润了润喉咙,便准备和宋维蒲离开。

撒莎起身送他们,两只猫又从隔壁跳过来,蹲在窗户外催她开窗。

木子君最后看了那两只猫一眼,目光扫过了书架上那些回忆录。撒莎忽然想起什么似的,从茶几上把自己拿回来的那枝花递给了木子君。

"花茎处理得有点短,"撒莎说,"花店让我带回家,不过那两只猫总吃花……你喜欢的话就带走吧。"

红玫瑰静静地躺在牛皮纸里。木子君接过,朝她道了声谢,便和宋维蒲下楼了。

带着一本书来,拿着一朵玫瑰离开。木子君上了副驾驶座,借着车里的灯光仔细打量,脑海中再次浮现出了玉珠上那两颗不同的篆刻。

红玫瑰玉珠已经回到了她的手腕上,那片竹叶在哪里呢?

抵达墨尔本的那一天,她以为自己是为了一段陈年往事的遗憾而来。但随着旁人的叙述,她逐渐发现,金红玫从来没有困在那段遗憾里。她拥有了更辽阔的一生,每一颗珠子的去处,都比她想象中更精彩。

于是时至今日,她也不再是为了弥补她的遗憾而来。

她是为了还原她的传奇而来。

说话的时候没觉得,从撒莎家离开的路上,木子君才觉出说话说得嗓子痛。宋维蒲把车停到楼下后，她几步便跑上二楼。茶几上有个碗，她也懒得去橱柜里拿杯子，倒了一碗水就喝下去。

与此同时，窗外传来一声粗哑的号叫。木子君身子一抖，回过头，宋维蒲常喂的那只负鼠凶神恶煞地看着自己。她觉得莫名，宋维蒲推门而入，看见她正在喝水，脸上表情也很微妙。

"宋维蒲，"木子君指着负鼠，"它凶我干什么？"

宋维蒲走到她身边，慢慢把她手里的碗拿过去。木子君看看他又看看那只碗，满脸不明所以。

"可能是因为，"宋维蒲斟酌着用词，"看见你……"

"什么？"

"用了……它喝水的碗吧。"

"它……我……"木子君一时张口结舌，"你……"

"它不是用那个盘子吗！"木子君震惊了。

"那个是吃饭的，这个是喝水的。"

他解释完了还安抚她："我洗过了。"

我谢谢你！

木子君一脸悲愤地看着宋维蒲，悲愤到负鼠都不叫了，怕是在思考这人用了它的碗怎么比它还激动。喝进去的水总不能吐出来，木子君去卫生间漱了好久口，再出来的时候，窗户前已经空了，徒留一个沾着香蕉碎末的盘子。

窗户下的壁橱上则多了个盒子，里面装着刚才错用的碗和一把香蕉，盒子外面写着"负鼠专用"。

宋维蒲中文说得很流利，认识的汉字也不少，但写起来还是歪歪扭扭，笔迹颇像小学生，"鼠"字尤其勉强。木子君笑了一声，把纸盒掉转方向，用马克笔把那四个字重新写了一遍。

宋维蒲刚换了衣服出来，站到她身侧。

"干吗？"他问，"嫌我的字丑啊？"

"有点。"她直言不讳。

他长这么大很少在语言方面受挫，低头看了看木子君的笔迹，也不得不承认，她的字体确实漂亮，像是小时候练字帖上的范本。橱柜上放着几张废报纸，宋维蒲在上面照着写了一遍。

他的字写得还是很像小学生，木子君撑着橱柜笑出声。

最开始认识宋维蒲的时候，她觉得他什么都能做。但相处下来，她

181

逐渐发现他也有许多"不能"的时刻——比如听不懂一些成语，比如总是犯困，比如和性格完全不符的字体……

她更喜欢和这些时刻的宋维蒲相处，这些让她觉得"我也可以帮上他"的时刻。她希望宋维蒲能逐渐学会向她求助，而不是一直无条件地帮助她，予取予求。

"你'鼠'字都写成这样，"她朝旧报纸扬了下下巴，"你怎么写你自己的中文名啊？你写给我看看。"

宋维蒲看她一眼，硬着头皮在"鼠"字下面写下一行更为笨拙的"宋维蒲"。一笔一画，极尽认真，像是在画画，而不是写字。

"哇，"木子君感慨，"原来语言天赋只管说，不管写啊。"

"语言天赋是语感，"宋维蒲嘴硬道，"写字又不能靠语感。"

马克笔的笔尖尴尬得都干了。木子君拿过那支笔，甩了甩，把笔水甩到笔头上，又把报纸翻面，写了个铁画银钩的"宋维蒲"上去。

笔锋顿挫，力透纸背，金色的墨水直接洇染到了下层的报纸上。

"练练？"她开始畅想，"等你成了著名建筑师回中国演讲，学生们一拥而上让你签名，你签个 River Song 也太简陋了。"

宋维蒲看着她签下的他的名字——她的字相当漂亮，俊秀飘逸，潇洒豪迈，和她的长相一点也不像。他用食指顺着她的笔迹描摹了几下，点头答应道："好。"

等消息的日子过得非常快，而宋维蒲再一次因为做比赛和课程不见踪影，唯独两周一次的工资发得准时——

信封里装着现金和一块巧克力，放在"负鼠专用"的盒子旁边。木子君好笑地拿起来，发现信封背面是他进步不少的中文签名。

钱来得正好，她刚好认识了一位"变卖家产"的学姐——留学生如迁徙的候鸟，毕业之前会打包巢穴，低价卖给木子君这些新居客。

住在上任房东那儿的时候，木子君什么都不想买，总觉得过几天就会搬走。到了宋维蒲这里，她倒是一会儿觉得缺这个，一会儿觉得缺那个。学姐直接在朋友圈里晒了九张六宫格，五十四件生活用品明码标价，木子君在想要的东西上用相册自带的画笔打标记，发过去确认物品是否还在。

学姐好说话，看她买得多，抹了零头和她约取货时间。木子君靠在沙发上数出该付的钱，看到屏幕上跳出来一条提醒。

学姐：那就下午六点碰头。你有车吗？

　　木子君：没有哎。

　　学姐：家具还挺大的，你最好叫个有车的朋友来帮你拿。

　　有车的朋友。

　　这不就是在点最近神龙见首不见尾的小宋老师的名吗？

　　木子君调出和宋维蒲的聊天记录，发现上一条还是三天前的"你晚上回来把衣服从烘干机里拿一下"。她调取了一下记忆，想起那天他衣服是拿了，但是并没回她消息——这人用意念回复的毛病得改改了。

　　不知道他今天是不是又要用意念回复，木子君犹豫片刻，试探着发了个"在吗"过去。

　　宋老师秒回了！

　　River：？

　　木子君：我在学姐那里买了点东西，有点多。

　　木子君：你和我去拿下？

　　River：好。

　　宋维蒲如此配合，木子君立刻把时间和地址转发给了他。

　　学姐住在维多利亚市场（Queen Victoria Market）附近一处高层公寓，两个人下午六点按时抵达公寓楼下，等着他们的是个男生，是学姐的男朋友。

　　东西的确不少，单一个原木床头柜就沉重庞大，台灯和电饭锅等电器又是一个大箱子，还有其他七七八八的杂物。木子君蹲在地上核对购物单，继而把数好的现金递给男生。

　　"电饭锅会用吧？"对方很周到，言谈间一股怪不得他有女朋友的气息，"说明书找不着了，我手写了一份放锅里了。"

　　"会的，会的，辛苦你们。"木子君点头，顺便也简单寒暄，"你俩都要毕业了吗？"

　　"是，我俩要搬去塔斯那边，"男生挠了挠头，"开始新生活，到了那儿再买吧。"

　　人在他乡，多的是这种一面之缘的对话。木子君检查了一下电器，款式很精致，购买的时候想必也是精心挑选过的，但最终也只能这样潦草地卖到新主人手里，房屋清空，落一片白茫茫的干净。

　　好在他们遇见了彼此，这一程漂泊的结局倒不算两手空空。木子君把三个纸箱都合上，回过头时，一旁的宋维蒲的视线落在电器箱上没动。

"你买这些干什么？"他垂着视线看她，"我家里不是有吗？"

"啊，那个，"木子君蹲在地上仰起头，"我不是找着新房子还得搬吗？总不能把你的电饭锅和台灯也拿走吧。"

宋维蒲嘴角动了一下，没再说话，也看不出神情含义。远处忽然传来喊声，木子君抬头，发现学姐抱着一个瑜伽垫下楼了。

"我这个也卖不出去了，"学姐招手让木子君过去，"一块儿送给你得了。那个首饰盒不好意思啊，我东西都卖乱了，昨天已经给别人了。"

"没事，没事，"木子君赶忙摆手，"我就是觉得挺好看的，我回头再去网上买就好。"

箱子太满，她和学姐蹲在一起重新规划。宋维蒲抱着手臂看她俩，肩膀忽然被人推了一下。他侧头，看见学长脸上收起成熟男人的体贴，一脸八卦地看着他。

"我还以为是你女朋友呢，"学长饶有兴趣，"怎么回事？窗户纸还没捅破？"

宋维蒲愣了愣，意识到对方把自己也当成了留学生。他不想多费口舌解释，又不想说自己听不懂"窗户纸"，含糊地"嗯"了一声。

"这样……"学长一脸过来人的了然，"我问你，她什么时候搬进来的？"

三米之外，木子君和学姐说说笑笑，两个女孩子竟然在两分钟内拉近了感情，对方正和她传授找实习的经验。宋维蒲看着她们，忽然意识到，木子君和谁都很好。

她和谁都很好，不是像他一样表面的逢场作戏，而是像一种与生俱来的天赋，让每一个遇到的人在短时间内信任她，对她敞开心扉，倾诉心结。她真诚，情绪稳定，共情能力强，每一个靠近她的人都会感到愉悦——而他也只不过是这些人中的一个。

好不公平啊。

她对谁都那么好，可他只对她这么好。

学长还在等他的回答，宋维蒲语气漠然地回道："这个月。"

"这个月？"学长确认，"这都开学三个月了，她之前住别的地方？"

这男的怎么这么多话啊。

"对。"宋维蒲语气里带了点不耐烦。

"恭喜你啊，兄弟！"学长忽然毫无预兆地拍了下宋维蒲的肩膀。宋维蒲正自己在那伤春悲秋的情绪翻涌，硬是被这一掌击出一声咳，震惊地侧头看向对方。

"兄弟，你品，你仔细品。"学长眉飞色舞道，"她在上一家住了两个多月都没想着买家具，一进你家就买了这么多，这是什么行为啊？"

"这是——"学长一字一顿，"筑巢行为啊！"

学长："这证明她觉得你家贼舒服，是一种想长期住在你家的表现！你会往酒店里买家具吗？不会。人只会往准备长期居住的地方买家具。她这是想在你家定下啦！"

宋维蒲看着学长眉毛飞到鬓角，神色控制不住地迷茫起来。

第一，为什么贼在他家会觉得舒服，不过这个不重要。

第二——

"可是她刚才说买东西是为了搬新家的时候带走……"

"不懂了吧，这就是女人的套路，"学长继续侃侃而谈，"好一招欲擒故纵。你年龄小，不懂这种男女之间的交锋。"

宋维蒲沉默不语，只是心想：什么叫欲擒故纵，中文真是太难了。

"……总而言之！"学长终于结束了他的演讲，振臂低呼，"我谈了三年恋爱，我太懂了。女人内心的想法是很难猜，但是行动不会骗人。你要通过她的行动感知她内心的想法，路漫漫其修远兮，道阻且长，你还得上下求索啊！"

宋维蒲：什么西什么阻下索？

那一边，木子君和学姐也结束了社交，拖着箱子回来找宋维蒲。

宋维蒲默念着学长的话把纸箱都搬上车，两人上了车，和家具的原主人挥手道别。

"还有什么不懂的给我发微信啊！"学姐说。

"师父领进门修行在个人！"学长喊，"你自己勤奋求索啊！"

车一溜烟开出十几米，木子君奇怪地转头看宋维蒲。

"什么啊？"她问，"你俩刚才说什么了？"

宋维蒲正被潮水一般涌入脑子的陌生汉语搞得头大，市中心的路又难开，双重夹击之下，他第一次对自己的语言能力产生了怀疑。

木子君一脸好奇地看着，他尽量把谎话编得合理："他……他教了我好多中文俚语。"

"俚语？"木子君更奇怪了，"哪些？"

"欲擒故纵啊，这个那个的，"宋维蒲踩了刹车，目光紧盯着斑马线后面的红灯，"什么意思？"

木子君恍然："教得这么深啊……欲擒故纵，欲擒故纵就是……"她组织语言片刻，握拳道："比如我想把一只鸡抓起来，就先假装把它放跑！"

绿灯亮了，宋维蒲的皮卡迟钝起步。木子君握着拳停顿片刻，望向他的眼神和语气都很笃定："然后这只鸡自己就会跑到我身边！"

宋维蒲：怎么又和鸡扯上关系了？

中文。

好难。

大概是拿家具耽误了时间，宋维蒲那晚回来得更晚。木子君第二天起床的时候，他房门紧闭，她想起书店还有事没做完，也没叫他，洗漱过后便赶过去了。

宋维蒲最近根本没时间管书店，她也是只有没课的时候过来，本月营业额可谓跌到无可救药，全凭网店的那点收入撑着。木子君上周刚算过账，除开进货成本，书店的收益只比她的工资高一点。

网店后台有几个新单子，买的都是国内绝版的版本。木子君从仓库里把顾客拍下的几本书拿出来，掸干净封皮上的积灰，又用泡沫塑料一件件包好。越洋的运费远远大于书本身的价格，她相信这些读者愿意付这笔钱，对拍下的书一定也有不为人知的执念。

她前段时间买了些漂亮信纸，用钢笔在上面写"望阅读愉快"，然后夹到书的扉页，继而去打印快递单。有一本书的地址很奇特，竟然是香港的一处寺庙。

木子君奇怪地看了那地址一会儿，把书包好，然后和快递单一并放到柜台旁的纸箱里，准备一并寄出。

刚忙完，书店的门传来两声轻叩。木子君抬头望去，竟看见一张熟悉的脸。

撒莎。

她穿着宽松的衬衣和白色长裤，手里照常捏着杯咖啡，另一只手拿着一个布袋，里面装着整齐的一摞纸。木子君的目光移回她的脸，赶忙起身和她打招呼。

"你怎么来这里了？"

撒莎小心地把门关上，拎着袋子走到木子君面前。木子君找了把椅子和她面对面坐下，她谨慎地喝了口咖啡，环顾四周的书。

"有一些叶先生的消息，"撒莎最终把目光移回来，"还有东西要给你，我正好来这边办事，就顺便捎过来了。"

说完，撒莎便从布袋里拿出一摞纸，继而用两张邀请函盖在上面。

又是两张邀请函。木子君想起唐葵给自己的那两张门票，心里一时也纳闷——这是什么在澳华人的官方礼节吗……

"我主编联系我了，"撒莎把她的注意力叫回来，"她给叶先生的秘书打过几次电话，秘书说他最近在筹备公司创办四十年的庆典，没有时间处理私人事务。"

"我以为他们两个是有私交？"

"有私交的是我主编的父亲和叶先生，不是我主编，"撒莎说，"但是《悉华周报》收到了这场庆典的官方邀请，有两个记者的名额。不过这种活动没什么价值，她就找关系把名额给你们了——叶先生会致辞。"

两张邀请函递过来，封面是烫金的双语字体，"凭邀请函入场"。木子君翻开扫读，前两页照常写的是企业创办的筚路蓝缕、华人在异国创业的不易，中页是高层和股东的照片，满头白发的叶汝秋也在其中。

纵然是自家长辈的情敌，木子君也不得不承认，这叶家的确是基因良好，儿女都遗传了叶汝秋的丰神俊逸，一股阔了好几代的气场。

至于庆典举办的时间……

木子君的目光移向邀请函的末尾，看到就在这周日晚上，地点则在北悉尼临海的一处酒店会场。

"在悉尼？"木子君确认道。

"对，《悉华周报》和他公司的总部都在悉尼。"撒莎说，"大型公司的总部都在悉尼，那边是港口城市，天气好，商业气息也浓。墨尔本这座城市比较……"

木子君猜测她搬过来的原因："风大雨大，适合搞艺术？"

撒莎："风大雨大，人就抑郁，艺术的本质是抑郁。"

懂了。

追求抑郁的撒莎把两张邀请函给了木子君，又把刚才放到桌上的那摞纸拿给她。厚度约莫二十张，双面打印，细嗅还有油墨的气息，仿佛是几小时前才印出来的。

"你们那天走了以后，"撒莎晃了下身体，明显比刚才紧张，木子君猜出这才是她今天来书店的根本原因，"我觉得你们说得对，我应该开始写了，最近也推掉了一些工作，这个是小说的开头。"

187

木子君很意外："给我看吗？"

"对，你帮我看看写得怎么样，"撒莎缠着十指，"我第一次写小说，总觉得哪里不太对……"

木子君垂眸浅浅扫了下开头，兴趣立刻提了起来。她把那摞纸在桌面上磕齐，伸手拍了下撒莎的肩膀。

"没问题，我帮你看。"木子君说，"你别紧张，我从小就看青春疼痛文学，有丰富的阅读经验。"

撒莎一怔，她好像给错人了。

"要不然，"撒莎试探着说，"你也给那天和你来的那个男生看看……"

木子君："你这是纯言情吗？"

撒莎犹豫片刻，回答："不、不算吧。"

"那你不用给他看，"木子君挥挥手，"他看小说光看感情线。"

撒莎："……"

行，一个青春疼痛丰富经验，一个看小说只看感情线，"卧龙凤雏"果然总是成对出现。

送走撒莎，木子君把书店锁上门，绕去市中心发了快递，然后坐电车回学校。到学校的时候正好是午饭时间，校门口的餐堂人声鼎沸。她要了碗沙拉想找个座位，很快看到了和由嘉、隋庄坐在一起的宋维蒲。

"这里！"隋庄冲她挥手，把空座上的书包拿开。木子君端着饭跑过去，发现宋维蒲看了自己一眼，又意味不明地把头低下。

他又心理活动个什么劲儿。

"下午有课吗？"由嘉问她。

"嗯。"木子君坐下吃了两口饭，随口聊起来，"你们呢？"

"没有，但是比赛项目出了点问题，"由嘉说，"可能要……"

由嘉看了一眼宋维蒲，假装什么都不知道的样子，和木子君汇报道："晚点让他回去。"

"喔……"木子君倒是没听出她的弦外之音，"那周末会有空吗？"

"周末有安排？"隋庄一脸暧昧。

安排？

他俩怎么现在说话奇奇怪怪的。

木子君摇摇头，把那两张请柬拿出来，简单复述了撒莎的意思。由嘉翻看了一会儿，"呃"了一声，看向宋维蒲，表情明显是比较难办。

"怎么还撞一块儿了……"由嘉叹了口气，"比赛的提交截止日期是这周日晚上，我们这两天都得通宵。"

宋维蒲接过那张邀请函，也皱起眉。木子君见他为难，赶忙改口："没事，没事，那我自己去吧。"

她已经习惯了在金红玫的事上来找宋维蒲商量，倒是忘了一开始向他求助的原因是交通和语言。但叶汝秋这件事，显然没有这两方面的困境。

"我晚点去买飞悉尼的机票，"她把邀请函从宋维蒲手里拿回来，没注意到他捏着边角的力气稍大，"刚才撒莎给我推荐了歌剧院附近一处青旅，价格蛮便宜的，我住那边就行。"

下午的课时很快到了，她急着扒了两口饭，把空盒子扔到旁边垃圾桶就跑了。三个建筑系的沉默许久，隋庄终于幸灾乐祸道："宋维蒲，人家不需要你了。"

由嘉的发言更是没什么良心："你看你在她面前像个工具似的。"

宋维蒲把塑料叉子丢进饭盒，语气忽然变得硬邦邦的，语出惊人道："你们不懂，她这是欲擒故纵。"继而站起来。

"你俩再说这种话，我撂挑子不干了。"

说完，他拿起书包往建筑系的大楼方向走。由嘉和隋庄面面相觑，一时被他这神龙摆尾一般的中文造诣惊呆了。

庆典在周日晚上，木子君本想周六再走，无奈周末机票价格暴涨，她便把离开墨尔本的时间定在周五晚上。买折扣票的网站提示填写紧急联系人的电话，她迟疑片刻，想到由嘉那个不靠谱的样子，还是给宋维蒲发了消息。

木子君：我买机票，紧急联系人可以填你吗？

模型室里，宋维蒲看着手机屏幕，刚刚平静的内心再度掀起波澜。

果然，欲擒故纵，还纵一下擒一下。刚才说不需要他，现在又要把他填成紧急联系人。宋维蒲非常肯定，她再晚一点就会来问他能不能一起去了。

据学长介绍，这叫男女间的推拉，虽然他想不到英文里对应的名词，但他觉得，他意会了！

River：可以。

木子君对着屏幕点点头，退出界面，把折扣票的信息补充完了。

而另一头的宋维蒲迟迟得不到回复，忽然开始担心，自己的回复是不是太矜持了。

她要是觉得自己态度冷淡，不敢迈出下一步怎么办啊？

宋维蒲酝酿许久，在"可以"下面又发了一条。

River：以后都可以，填我。

机票买完，木子君忙着收拾行李。手机屏幕亮了一瞬，她余光瞥见，应付似的回复了一个"击掌"的表情包。

另一头，宋维蒲胜券在握地放下了手机。旁边粘模型粘得灰头土脸的由嘉看他嘴角上扬，奇怪道："你还笑？咱们能按时交吗？"

"能。"宋维蒲看起来像是对一切都很有信心，"今天我在模型室通宵，我们能提前交。"

两个人就这么忙了一晚上，从模型到作品集到报告——由嘉觉得自己也算是长了见识。她终于意识到，宋维蒲平常完全是在用低功耗的状态应付日常的学业和生活，他一旦彻底清醒，效率之高，恐怖如斯！

"不是，"跟他连续工作了三十个小时，由嘉忍不住问，"你平常都不好好干活，你天天犯什么困呢？"

这怎么解释。

宋维蒲敲完最后一行字，沉默片刻，回头说："汽车开得再慢，耗能也比自行车高。"

由嘉无语。

他怎么现在学会用中文拐着弯地侮辱人了？

说谁自行车呢？

她想反击，但宋维蒲的手机在这个时候响了起来。由嘉的目光和他一起望过去，看到屏幕上多了一条来自木子君的语音提醒。

由嘉：你那一脸了然的表情是怎么回事？

但宋维蒲了然的表情随着木子君语音的播放，逐渐凝固。

"宋维蒲，你回家记得喂负鼠。"

第二条。

"我刚上飞机，我飞了哦，你们项目加油。"

你回家记得喂负鼠。喂负鼠？

周日晚上的活动怎么周五就飞了？她自己飞了？他呢？

一旁的由嘉话都不敢说，眼睁睁看着面前持续了三十个小时高速行驶的"汽车"一瞬烧了发动机。她伸出五指，在宋维蒲面前晃了晃，对方视若无睹地把椅子转回去。

"那个，"女人的直觉让由嘉变得异常体贴，"收尾工作我来吧，你先回家，缓一缓？"

宋维蒲敲了两下键盘，重新打开报告。

"不多了，"他语气僵硬，"一起吧。"

"那负鼠……"

键盘"咔嗒"一声，宋维蒲狠狠打了个花括号。

"饿着，"他说，"饿不死。"

由嘉："……"

木子君的飞机起飞两个小时后，宋维蒲才回到家里。

负鼠蹲在窗前"吱吱"乱叫，急得用鼻子敲玻璃。宋维蒲把包扔上沙发，从"负鼠专用"的盒子里拿出香蕉和盘子，随便掰成两截放上去。

最近都是木子君在喂，负鼠已然由俭入奢了女生把香蕉掰成小块的吃法，对此刻的食物尺寸非常不满。宋维蒲看了看屏幕上那个愉快的"击掌"，又看了一眼上蹿下跳找木子君的负鼠，一股无名火。

"吱——"负鼠冲他叫。

一人一鼠对视片刻，只听宋维蒲没好气道："用完就跑，和你一样。"

负鼠一脸呆滞，看着宋维蒲转身坐回沙发，腿"咣当"一声抬到茶几上，掏出手机看明天的机票。

——欲擒故纵就是，我想把一只鸡抓起来，就先假装把它放跑，那这鸡自己就会跑到我身边。

宋维蒲不得不承认，什么样的中文教学，都比不上亲身体验。

他现在彻底理解了欲擒故纵的本质。

欲擒故纵能成立，和人的纵与否没有太大关系。

欲擒故纵能成立，主要靠鸡自愿。

悉尼。

昨天舟车劳顿，睡下的时候已经是半夜一点。木子君本来准备躺到十点，无奈青旅房间里同住的室友一大早就开始陆续活动，开门关门间，她也只能爬起来去一楼吃东西。

天气转暖，早餐挪到了室外，昨晚领她入住的前台小姑娘打开了朝着院子的窗户，一个人承担了办理入住、卖面包和打咖啡的工作，忙得脚不沾地。木子君要了杯拿铁套餐坐在窗户附近呼吸新鲜空气，半梦半醒也能听出小姑娘地道的中式英语。

澳洲这边工签种类多，来青旅做前台的大多是拿的打工度假的签证。

木子君猜测她是刚来澳洲不久，英文水平不差，但明显是对澳式英语接受无能，每次都要重复询问才能领会，和她刚来第一个月的感觉很像。

听到对方和一个澳洲青年来回拉锯三遍后，木子君实在忍不住侧过头，提醒道："他说他牛油果过敏，让你把3号套餐里的牛油果酱去掉以后再上。"

小姑娘恍然大悟，和对方确认后赶忙按照要求制作。木子君看她不再需要帮忙，便把视线转回到拿下来的那本《叶汝秋自传》上，喝着咖啡继续研究起来。

叶汝秋一生经历跌宕，她第一遍看的时候注意力全在情节上。这次在来悉尼的飞机上二度翻阅，倒是发现了很多之前忽略的细节。

比如这个和他结婚的南洋船商之女，祝双双。

书是讲叶汝秋的，对祝双双着墨不多，甚至都没有她的单人照片，只有几张和叶汝秋的家庭合照。木子君停下翻页的手，仔细观察了一会儿她的样貌——

个子不高，五官很南洋，眼睛大而明亮，神色倔强又天真。

和金红玫完全是两个极端。

正看着，耳侧忽然传来"喂、喂"的声音。木子君侧过头，发现刚才忙得脚不沾地的那位前台已经没了顾客，正撑在窗框上探头看她。

"一个人？"对方问道。

木子君点了点头，前台便把围裙扯下来，端着给自己叠的双层培根溜了过来，坐到木子君对面，和她一起吃早饭。

"俞邈。"她一边低着头吃饭，一边抬起一只手，和木子君握了握，"你叫什么？"

"木子君。"

下个客人不知道什么时候来，她吃东西也急，百忙之中还要抽空和木子君自我介绍加寒暄。

木子君猜得没错，她的确是凭打工度假（Working Holiday）的工签过来的。时间并没她想象的那么短，只是来的前三个月都在一家肉场工作，同事亚洲人偏多，没怎么练习英语，倒是学会一些韩文。上个月转移到悉尼后，她找到了这家青旅的前台工作，十点交班后要去附近一处市集准备晚上油炸烤串的摊位。

"好辛苦啊……"木子君替她感慨。

"赚钱嘛，我想攒够钱去自驾环澳，"俞邈说，但伸出胳膊给她看了看上面油点溅起来的烫伤，"就是总烫着，和我一起的朋友关节上都结痂了。"

木子君用指尖小心地碰了碰她的伤口，又心有余悸地缩回来。

俞邈大口吃完了最后一块面包，抬头问道："你呢，自己来悉尼玩？"

玩……倒也不算。

"来参加个会。"木子君说。

"演唱会？"俞邈反问，若有所思，"最近好像也没什么歌星来啊……"

"不是不是。"木子君摇摇头，也不确定她听没听过，干脆直说了，"是汝秋地产的庆典……你听过这个公司吗？"

她随口一问，俞邈愣了愣，显然是在回忆。

"听过啊！"片刻放空后，俞邈立刻精神起来，"你是说叶家那个地产公司吗？悉尼最有钱的华人房地产商了，还一堆八卦那个。"

八卦？

看来这悉尼华人圈的小道消息是比墨尔本灵通些。

前台迟迟没人来买早餐，俞邈好不容易能歇会儿，双臂压在桌子上和木子君侃侃而谈。

"我们市集有个新加坡人，以前就在汝秋地产工作过，"她说，"她和我们说，这家公司虽然是叶汝秋办的，但实际有话语权的是他老婆，叫祝……祝……"

"祝双双？"木子君眼前闪过那张天真倔强的脸。

"啊，对！"俞邈点头，"你居然知道。他老婆只对内不对外，我还以为只有在里面工作过的人才认识她。"

我也是，三分钟前刚认识……木子君默默想。

孩子争家产，妻子对内掌权，叶汝秋的故事还真是没有辜负她一开始"豪门秘辛"的定位。木子君低头喝了口咖啡，心中暗自为明晚的参会感到一丝忧愁。

就算她能看见叶汝秋，就算她能截住他。运气好点，叶汝秋看到她的一瞬间就会想起金红玫；运气差点，她就不信自己说出金红玫的名字，他还能面不改色。但要是祝双双就在旁边，她这当着对方妻子的面提前任的行为，总归有点像在找碴儿。

"最近还有一个大八卦。"俞邈的声音又响起来。

木子君手撑着下巴，恍惚问道："什么？"

"还是我市集那个新加坡人说的——"俞邈凑近木子君，"她说叶汝秋已经昏迷两个月了，人在ICU拿钱续命。"

木子君半响才反应过来这话里的意思，神色逐渐变得震惊。

俞邈语气抑扬顿挫，说得有鼻子有眼。

"他都九十多岁了，其实去年就不行了！一直不公开，就是因为几个孩子内部不合。只说他在医院休养，让祝双双出面稳住公司局势……"

"你确定吗？"木子君语气震惊，"我这次去参会，还有人和我说叶汝秋会出席……"

俞邈一愣，语气也略显迟疑。

"我也是听他们公司的员工私下传的，"俞邈挠了下下巴，"不保真。你去参加他们的会议吗？那你去确认一下呗。"

我去确认……

木子君揉了揉太阳穴，脑海里浮现出撒莎说"秘书说他没有时间"的推辞。又想了想这段时间频繁在网上搜他的资料，他最近也的确没有出席过什么公开活动。

传记上记载了他的出生年份，的确比金红玫要大几岁。金红玫已经溘然长逝，叶汝秋若是大限将至倒也不意外。

事发突然，木子君凭空生出一种紧迫感。陈元罡和唐鸣鹤让她对那个时代产生了一种错觉，仿佛那些故事距离她并没有想象中遥远，那些故事里的人可以轻易地被找到——其实不然。

她是在追逐一个即将消逝的时代，她是在和一段即将湮灭的历史赛跑。

好难。

真的好难。

又有人来买咖啡了，俞邈卷起袖子继续忙碌。木子君低头翻了翻叶汝秋的自传，心头浮现一股茫然。

她忽然意识到了，遇事能有个一起商量的人，是一件多重要的事。

偏偏这次宋维蒲没来……

木子君深吸一口气，又长长叹出去，像是叹出一口浊气。青旅里是人来人往的嘈杂，耳边是俞邈和客人点单的招呼声。她双手叠在书页上，额头抵住手腕，惆怅地闭上眼。

她坐的是个四人桌，头埋下去不久，右侧的椅子就被人拉出去了，继而传来了人坐下的声音。木子君估计是拼桌的，把椅子往左边拉了拉，给足对方空间。

偏偏那人坐下去就不动了，手搁在桌沿上，指尖一下一下地敲着玻璃桌面，声音传到她这边——很烦。

敲什么啊，看不出她心事重重吗？

她把腿收到椅子下面，又长长叹了口气，从桌子底下把手机打开，在聊天记录里点出宋维蒲的对话框。

现在找他商量是不是有点太晚了啊？

而且他比赛项目紧迫，他怕是又刚通宵完，恐怕不会有时间听她这些还未被验证的小道消息。

木子君的手指在键盘上犹豫许久，最终还是没有键入任何字。刚准备退出对话框，宋维蒲的头像后面，忽然跳出了一行字。

River：抬头看。

人与人的默契是如何建立的呢？木子君不知道，就像她也不知道人与人之间的好感是如何慢慢累积的。她到后来也不知道宋维蒲是如何做到的，但他偏偏就做到了，在她为祖辈那段因缺席而错过的往事来到南半球后，他在每一次她需要他的时刻，出现了。

他的黑色背包搁在长椅的另一侧，侧着脸看她，视线落在屏幕上。木子君闭了片刻眼睛再睁开，企图确认眼前的一幕不是自己的幻觉。

应该不是幻觉，幻觉不会有这么细节的动作——他看着她屏幕上没来得及退出的对话框，嘴角慢慢浮起一丝笑，语气说不清是调侃，还是了然。

"又想找我啊？"他问。

木子君一时语塞，讪讪地灭了手机屏。这是一个比先前那些相处的瞬间都要微妙的时刻，是她短暂的十八年人生里未曾经历的时刻。他从茫茫人海里走出来，走到她面前，坐在她身边，就像他也曾从夜色里走出来，从赌场里走出来。

年轻真好啊，可以为一个念头翻山越岭，来到喜欢的人面前。

"你……"她终于回过神，"你怎么知道我在这个青旅……"

"问的撒莎。"

她木木地应了一声，又把视线移回咖啡杯。从墨尔本到悉尼，加上来青旅的时间，她猜测他坐的是最早的那趟航班，赶飞机的话五点就得起，而且之前为了那个比赛都通宵好几天了……

她一时有些手足无措，手抓了一下咖啡杯又碰了刚吃完的三明治盘子。正想问他要不要吃东西，却听俞邈焦急的声音从前台传过来——

"哎，你少理那搭讪的，长得有几分姿色就到处撩人。你办不办入住啊，别骚扰我们的客人！"

旖旎气氛转瞬消失，木子君和宋维蒲迅速将目光移向了不同的方向。

误会，都是误会。

俞邈请他俩在市集上吃饭时，第三遍表达了对自己早上在青旅驱赶宋维蒲的歉意。

悉尼的市集文化比墨尔本更加繁荣，每到周末，一些平日空荡的场所便会长满各式商品。不少人都是开车前来，后备厢一开，便是卖酒、卖食物、卖手工艺品的摊位。

俞邈和朋友的摊位卖的是中东肉串，摊位前摆了几排座椅，俞邈给他们留了张桌子，对宋维蒲诚恳表示——

吃，随便吃，都算她账上，隔壁泰式奶茶的摊位也是她的人，都她请。

"你倒是去哪儿都能交到朋友。"宋维蒲接过奶茶对木子君说。

"啊，不难，"木子君的语气十分诚恳，"你多管闲事，你也行。"

宋维蒲无语。

他是来悉尼干什么的？

两个人坐定，木子君又问了几句比赛的事，确认宋维蒲此行了无牵挂后，便把俞邈早上说的事转述给了他。出乎意料，她之前提叶汝秋时宋维蒲毫无反应，但听见"祝双双"这个名字的时候，神色却显出一丝困惑。

"怎么了？"木子君敏感地捕捉到了一丝异常，且以她对宋维蒲的了解，这个人很多时候说话都需要被追问。

"我在想，"宋维蒲按了下太阳穴，"我觉得这个名字有点耳熟。有照片吗？"

她赶忙把随身携带的《叶汝秋自传》从包里拿出来，翻到叶汝秋和祝双双的那一页合照。宋维蒲盯着祝双双的脸看了一会儿，又往后翻了几页。

后几页都是撒莎写的文字，并无对祝双双的任何描述。他手上停顿片刻，再次翻动时，发现了一张叶汝秋七十岁生日时的家族合照。照片里，祝双双仍然以伴侣的身份坐在叶汝秋身侧。

和之前的那张照片比，这张照片里的两个人都老了，穿着唐装，慈眉善目。叶汝秋变化更大，祝双双眼角、脸颊多了褶皱，但眼神中的倔强和青年时期并无变化。

看宋维蒲不翻了，木子君忍不住询问："怎么了啊？"

男生沉默片刻，终于抬起了视线。

"我见过她，"他说，"我外婆葬礼的时候，她来过。"

宋维蒲曾有一名原住民出身的同学因病去世，他和同学前往对方家中吊唁，发现这名生活方式已经完全西化的同学在举办葬礼时仍然采用了澳洲土著的传统规制。亡者的骨骼以红赭石描绘，他的族人从北领地赶来，在黄昏中以舞蹈祝福他与祖先团聚。宋维蒲从那时起开始意识到，人的命运犹如海上浮萍，没有人能预料到时代的浪头会将自己带向何处。但当生命的钟摆到达尽头，人类会选择文明的来处作为归途。

金红玫和唐人街的许多华裔老人一样，自知大限将至时，便在一家专门为亚洲人举办葬礼的殡仪馆预定了一切。她是连自己的死亡都要掌握的女性，而宋维蒲所做的，不过是在她去世后，按照她的计划完成她与这个世界的告别。

他按照她留下的联系方式在华文报纸上发布讣告，葬礼上来了许多人。有的人他认识，是唐人街上看着他长大的阿公阿婆。也有的人他未曾耳闻，他们从四面八方赶来，为错过与老友的最后一面而暗自垂泪。

葬礼上有白色的花圈，有挽联，他作为她唯一的后人向每一位来客鞠躬。他们安慰他节哀顺变，他沉默地点头，内心也无太多悲伤。

他是在后来的许多个孤身一人的夜晚，才慢慢体会到那些被纸张划破指腹一般的，沉默而尖锐的刺痛。

祝双双也是那些人中的一员。宋维蒲记得她的名字，帛金信封上一个细瘦的落款。他也记得她的脸，因为那天她穿一身黑色的纱裙，打一把黑色的伞，远远地站在人群里，看着他欲言又止。但她终究没有走过来，也没有对他说一句话。她凭空出现又凭空消失，以至于他都无法将她的名字与长相匹配。

现在倒是好了，宋维蒲想。

既然命运都把他们带到了这里，那这一次，就让祝双双把那些没说出口的话，说完。

木子君一度担心祝双双对金红玫会有作为丈夫前任的敌意，但宋维蒲回忆中的那场葬礼显然否决了这种可能性。叶汝秋的出现与否忽然变得无关紧要，他们要做的事变得比想象中简单——

等待那场典礼开始。

两个人在市集闲逛了一下午，吃过晚饭便折回了青旅。旅游旺季将至，青旅的床位很紧俏，木子君昨天入住时只剩下混宿。俞邈帮宋维蒲办理入住时定了她上铺的床位，他第一次进去也没说什么，倒是晚上回来问她要不要换床。

"怎么了？"木子君反问。

"下面人来人往的，"宋维蒲偏头指了下隔壁几个正呼呼大睡准备晚上去喝酒的白人男女，"看你。"

"没事的，"木子君摇摇头，"我比较习惯睡下铺。"

这话说得奇怪，宋维蒲看了看床铺，忍不住问："为什么习惯睡下铺？"

"小时候的事。"木子君把东西锁到床下面的柜子里，起身问他，"去楼下聊会儿吗？你还是第一次问我的事。"

她语气很平常，但话里细品又带着调侃。宋维蒲被她顶得一时无语，耸了下肩膀，是在他身上难得一见的西式做派。

的确，她一直在了解他，了解金红玫，但对自己，其实并没有说过什么。

两个人把行李都锁好，又回到一楼。早上吃早餐的院子已经被重新布置，前台的啤酒龙头在傍晚启用，冲出一杯又一杯带着泡沫的精酿。

俞邈又在忙了，身上还有市集上带回来的油烟味。木子君靠到机器旁边，在鼎沸的人声里抬高声音。

"你不睡觉啊？"她冲俞邈摆手。

"赚钱嘛！"俞邈冲她咧嘴一笑，熟练地拿出两个玻璃杯，打了两杯不同口味的啤酒，"我看你朋友在市集也没怎么吃，不合口味？这个啤酒我也请了。"

白吃白喝，木子君实在不好意思了，但现金和硬币都锁在书包里。宋维蒲及时递过两张纸币，拿着酒杯和她走到早上坐的地方。

啤酒泡沫浓密，木子君把玻璃杯举到和视线齐平的位置，观察着里面沸腾的气泡。她在国内滴酒不沾，出了国倒是常被拉着喝酒，酒量是预料之外的不错。可惜这杯啤酒味道古怪酸涩，她抿了一口，就皱着眉把杯子放下。

"怎么了？"宋维蒲还没喝。

"好酸，"她转动杯壁，"你那个呢？"

他推给她让她自己尝。

宋维蒲这杯倒是正常口味，泡沫下压着正常的麦芽香。他看她能喝，点了下头，把她喝了一口的啤酒拿到自己面前。

木子君低着头吹啤酒沫，余光见宋维蒲毫不避讳地直接用她的杯子，控制不住地想起由嘉说，以前他的水被人喝了一口，就把水瓶扔掉的往事。

"不说吗？"他那边喝完了，把酒杯放回桌面，开口问，"你刚才说我不问你的事。"

"睡下铺的事吗？"木子君反应过来，身子往后仰，靠到椅背上，看着已经暗下来的天色回忆，"是因为我妈妈，我出生的时候她在一所大学当助教，我和她一起住在学校的职工宿舍，宿舍里有一张双层床。她怕我摔下床，就一直让我睡在下铺。"

"你爸爸呢？"

"他当时在国外读博，"木子君说，"我妈妈当时也很想出国读博，所以等她申请到和我爸爸同一个城市的学校以后，就把我送去爷爷家住了。"

"你也是老人带大的。"

"老人带大很常见啊，尤其是我们这代人。"木子君笑起来，继续回忆，"我爷爷对我特别好，教我背古诗，写毛笔字。我小时候性格可野蛮了，他一边想让我做淑女，又一边纵容我做我喜欢的事。"

"你喜欢什么？"

"说出来你可能不信，"木子君比画了个枪的手势，"我小时候沉迷玩射击。我教练说我很有枪感，感觉可以……"

她笑起来："感觉可以去参加奥运会。"

宋维蒲顺着她开玩笑："那我怎么没在奥运会上看见你？"

她手臂交叠放在桌面上，说话的样子也是笑笑的，语气似乎不大在意。

"我放弃了嘛。"她说。

说话间天色已晚，气温升高，青旅的院落变成了露天酒吧。角落里站上一名弹吉他的歌手，很典型的烟嗓，歌声像是宿醉的人在耳边呢喃。宋维蒲侧头看了一会儿，似乎又想出了新的话题。

"你家里人听起来都很会读书。"他说。

"对，除了我，你知道那个智商均值回归吗？就是如果父母智商都特别高，孩子一般就会回归正常水平。"

"哪有这么说自己的。"

"反正他们小时候总说我笨嘛。"木子君说。

"谁说你？"

她胳膊还是交叠在桌面上，喝酒喝得眼神有些恍惚，被问到以后愣了一会儿，继而摇了摇头。

"没谁，继续听歌吧。"

宋维蒲却没有顺着她岔开话题，反而坚持道："我真的觉得你很聪明。而且……"

木子君慢慢把视线转过来，看着他。

"而且你写字也特别好看，"宋维蒲看起来是在非常认真地回忆她的优点，"你性格也很好，很容易让人卸下戒备，愿意帮你，比如唐葵和唐鸣鹤，还有撒莎，还有……"

还有他自己。

宋维蒲没有选择把这句话说完，另起了一句。

"你也很有主见，帮你爷爷找珠子这么难的事，你答应了就开始做。虽然听不懂粤语又不会开车，但是总能想到办法……"

"我有什么办法，"木子君忍不住笑，"我的办法就是找你。"

"所以你还很有眼光，"宋维蒲点点头，"一下飞机，就找到了最好的办法。"

夸人到最后，夸到了自己身上。大概是啤酒的酒精对大脑也产生了一些麻痹，木子君手撑着侧额，不再吝啬好听的话——他好像也很喜欢听好听的话。

"对啊，"她说，"你又会开车，又什么语言都懂，还总带人去吃好吃的。就好像我一下飞机，就……"

酒精不让她另起一句，酒精让她把这句话说到了最后。

"就收到了一个特别好的礼物。"

舞台上的乐队忽然换了乐器，鼓点和吉他全停，只有键盘的音符雀跃跳动。酒气让人的眼前浮起一层薄雾，木子君看见宋维蒲低下头，在手心转动着酒杯，任凭木质桌面上留下一圈圈的水痕。

他慢慢把头抬起来，在音乐声中与她对视。

"是你。

"礼物是你。"

键盘的音符忽然消失，四下只有青旅里游客的笑声和絮语。木子君揉了揉太阳穴，下一首乐曲开始演奏时，意识便随着酒精在血液里的流窜涣散了。

　　木子君来悉尼的第一天晚上没睡好，第二天晚上倒是喝了酒睡得死沉，醒来后显然对昨天的事半记半忘，跟着宋维蒲下楼吃饭，反复确认她有没有酒后失态。

　　宋维蒲起初一脸的故弄玄虚，问到最后，木子君终于得到一句意味深长的答复。

　　"你慌什么，"宋维蒲说，"你对我动手动脚也不是第一次了。"

　　木子君气不打一处来。

　　你回来给我说清楚啊！

　　她激情澎湃的内心戏在巴士靠近汝秋地产的庆典会场时终于平息。

　　歌剧院在南岸，驱车向北过海港大桥，海面在暮色中一片苍红。远处仍有船只出海，水路繁忙，是和以火车站为中心发展的墨尔本完全不同的港口文化。木子君从包里拿出那两张邀请函，最后翻看了一遍，仍然没有发现祝双双的痕迹。

　　叶汝秋如果真的已经长期昏迷，那么这么大的地产公司，祝双双不对外露面却掌握了控制权，单想也知道不是个简单人物。她可以吗？木子君想着，心里不由自主地浮现出那张天真的脸，和那双倔强的眼睛。

　　她是叶汝秋的妻子，却来参加了金红玫的葬礼。木子君昨天也试图像搜索叶汝秋一样搜索她，为数不多的消息都集中在她作为南洋船商的女儿与叶汝秋妻子的身份上。一时间，木子君似乎也想不明白，祝双双到底是个什么样的人了。

　　他们终于抵达了北岸。

　　悉尼北岸不如南岸繁华，但酒店高层的视野更好，随着夜幕降临，对岸灯光逐一点亮，海港大桥亦是灯火通明。一艘巨型游轮从桥下缓缓驶过，船上灯火和岸边的交汇，再与会场内偌大的水晶吊灯在落地窗上的倒影混杂，一时也分不清今夕何夕。

　　媒体席在右侧中部，木子君和宋维蒲找了写着《悉华日报》的两处席位坐下。他们来得尚早，随着时间推移，大厅内人声渐沸，身后一排另外几家华媒的人也来了，不过不像《悉华日报》这种几十年历史的，大多是雨后春笋般冒出来的新媒体账号。

　　都是悉尼本地的媒体，消息显然比他们灵通。木子君打起精神听他们聊天，很快听到了她想要的内容。

"叶汝秋真的不来了？"一个女生问，"这邀请函流程上还写了他呢。"

"他在疗养院里躺好久了，我朋友的朋友在那家当护理，"旁边的摄像信誓旦旦，"保真。"

另一道神秘兮兮的声音响起来："会不会真和传的一样，是他儿子动了手脚啊……"

"你少看点豪门狗血剧，"那女生嗤笑反驳，"都什么年代了。"

静了片刻，那道神秘的声音再度开口。

"那应该又是祝双双代替发言，"他说，"他们内部，已经默认是祝双双当家了。"

这句话并没有得到任何反驳。

等待的过程过于漫长，木子君揉了揉太阳穴，示意宋维蒲起身让她出去。她穿过宴会厅外整条流光溢彩穷极奢华的玻璃道，总算抵达了走廊尽头同样穷极奢华的洗手间。

宴会厅里闷得很，后排的媒体也吵闹，木子君不是很想回去。她在豪华洗手间里拖延得很久，直到手机"叮咚"一声，宋维蒲给她发了个"？"过来。

她只是靠在洗手台上思考人生，看到宋维蒲催促，才不紧不慢地把右手吹干，在键盘上打字：怎么了？

River：你人呢？

木子君：我需要一些独处的空间。

River：快回来啊。

River：一直有人要坐你的位子。

木子君：你替我驱赶一下啊。

River：我驱赶了。

River：然后对方开始要我手机号。

River：我好无助。

木子君背靠着洗手台笑出气音，上身微微振动。靠里的隔间响了一声，木子君在对方走过来之前把身子转向另一侧，在手机屏幕上发送"好吧"二字。

她背对来人，侧脸映上洗手间的镜面。那位女人烘干手后似乎想整理一下鬓边白发，抬头看见镜面的一瞬间，身体忽然显出僵硬。

木子君还在无知无觉地对着屏幕回消息。她手机又响了一声，再发过来的是一条语音。她点开来，一道年轻男声响起。

"算了，我也出来了。"对方说。

打字太慢，木子君干脆停手，也开始发语音："我们等开始再进去吧，里面太闷了。"

"流程表我刚才拍给你你看到了吗？"

"看到了呀，"木子君说，"第三个才到祝双双发言，更不用着急了。"

"我在落地窗那儿等你。"

这句话听完，她点灭屏幕，头也不回地出了洗手间。

拖拖拉拉又等了将近半个小时，这场周年庆典终于有了开始的迹象。木子君和宋维蒲透气结束重回座位，刚落座，身后又有人开始说话了。

"内部消息，内部消息，"木子君几乎是立刻就被对方这敲锣打鼓一般的开场白吸引了注意，"刚才汝秋地产的 PR（公关经理）发消息说，会议流程又变了，这次不光叶汝秋不出场，祝双双也不出场了！"

"什么？"

"什么？？"

两道声音交叠响起，一道是后排自己人的声音，另一道来自前面。八卦的媒体编辑转过视线，发现前排那个刚回座位的女生也一脸震惊地回头。

"祝双双不出场了？"木子君毫不见外地追问，"她怎么了？也生病了吗？"

"这……"对方抓抓后脑勺，"这没说，就是给我们群发了一条消息，说取消第三场讲话……"

"那她来会场了吗？"

"来倒是来了，"另一个媒体席上的女孩开口，"我刚才还在门外看到她在和别人说话呢。"

木子君起身就走。

"木子君！"宋维蒲微微抬高声音。

"你在这儿等我，"木子君顺手把包丢给他，"帮我看会儿东西。"

见一面这帮有钱人可真是大动干戈，木子君很难想象金红玫这种性格怎么会和这些劳什子的人扯上关系。祝双双刚才在门外，现在也没有入场，木子君沿着走廊往外走，向里打量路过的每一个厅堂。

她把这一层都走了个遍，而后顺着居中最宽的楼梯跑了下去。地毯从高处铺陈而下，顺着楼梯一阶一阶地滚落，她忽然发现地毯上的图案不知是巧合还是别的，竟然是一朵又一朵的玫瑰花。

她扶着膝盖看着地毯上的那些玫瑰，愣了没几秒，手机忽然开始振动。来电显示是宋维蒲，她把电话接起，语气着急："我没找到，祝双双不会走了吧？"

手机那边很安静。

她以为信号不好，把手机抬高了些。

"怎么办啊？下次能见到她都不知道什么时候了……"

她为了找信号开了免提，手机里外放着无线电非常细小的嗡鸣。短暂的寂静之后，传出来的，竟然是一道上了年纪的女声。

"真没想到啊，"她听到对方怅惘地感慨，"有生之年，还能再见一次，二十二岁的金红玫。"

对岸便是灯火通明的悉尼南岸，从悉尼港到歌剧院一带夜景堪绝，酒店面朝海岸的电梯和旁边一整面窗户也是透明的。

木子君回去的时候，祝双双已经不在了，电梯旁只剩下宋维蒲。她加快脚步走过去，宋维蒲也从靠着的墙壁站起身，侧身望向她。

"我不上去了，她要见的是你。"他递给木子君一张房卡，"她住在顶楼，原来这家酒店也是汝秋地产名下的。"

这家酒店也是汝秋地产名下的。

木子君接过房卡，眼前再度闪过地毯上的红玫瑰，很难不把这些意象与金红玫联系到一起。

"她从哪里看到我的啊？"木子君忍不住问。

"她没有说。"宋维蒲摇摇头，"我外婆葬礼的时候见过我，刚开始也弄不清楚你的身份。"

"你和她把前因后果解释清楚了？"

"嗯。"

木子君松了口气。

见祝双双让她觉得紧张，与见陈元罡与唐鸣鹤的感觉都不同。对金红玫而言，陈元罡和唐鸣鹤都是小孩子，他们承她恩情，敬仰她，崇拜她，怀念她。

而祝双双是什么人呢？

金红玫一度开过与叶汝秋共名的商铺，后者最终却与祝双双白头偕老。若只是如此故事倒也罢了，她又为什么，来参加了金红玫的葬礼呢？

木子君把房卡攥进手心，嵌乱掌心纹路。

电梯间里"叮咚"一声，外置的灯光亮起，透明玻璃轿厢降到与她同层。木子君后退一步进去，站了没两秒，又忽然走出来，右手点着按键不让电梯门关闭，眼神落在宋维蒲身上。

他偏了下头，反问："怎么了？"

"你就在这儿等我吗？"木子君问。

"对啊。"

"不能和我一起吗？"

他反应过来她的紧张，忍不住笑了笑，伸手扶了她肩膀一下，扶得她站得更正。

"她大概是不希望我知道，才没有叫我，"宋维蒲说，"在葬礼那次没有说，这次也只想让你上去。木子君，我只是桥。"

他顿了顿，继续说："你才是钥匙。"

他只是桥。

她才是钥匙。

她缓慢地咀嚼着这句话，又一次倒退进电梯。玻璃梯门闭合，她把房卡贴到楼层刷卡处，起步时有轻微的超重感。她回头张望，高楼身后便是海港，悉尼大桥架起灯火通明的两岸。

一瞬的失重感，是提示她电梯已经停下。木子君收回目光转回身子，玻璃梯门打开的一瞬间，满头银发的祝双双穿着一身旗袍——或许是保养得当，她的脸上除了细微的纹路，几乎是和照片里那个稚气的女孩子重合的。

木子君看她看得几乎忘了走出电梯。

祝双双于她是彻底的陌生人，可是祝双双看她的眼神却很熟稔，熟稔到像是他乡逢故人。祝双双往后退了一步，给木子君留出走出电梯的空间，开口说话时，声音也细细的，是带着南洋口音的华语。

"不要拘谨，金小姐从来不会拘谨。"

"祝女士，可我不是金小姐。"木子君说。

祝双双眼神凝滞一瞬，而后松懈下来。

"当然，"她说，"世界上没有第二个金小姐。"

祝双双转身，木子君跟上，去处显然是尽头的总统套房。顶楼走廊是一整层的落地窗，窗外视野绝佳，能清晰地看到横跨海港的整座大桥，

205

拱桥之下，万吨巨轮鸣笛过港，桥的尽头是亮起灯火的悉尼歌剧院。

木子君加快脚步与她并肩，忍不住追问道："祝女士，您叫我上来，是要和我说什么吗？"

她们刚刚走到门前，祝双双闻言顿住脚步，回过头，将目光移向她。

祝双双又一次用那种看故人的目光在看她，或许这真的很难控制。

"是啊，说些以前的事。"祝双双一边说，一边细细地打量她的面容。

木子君没有躲闪她的目光，于是看到她嘴唇再次张开，轻而笃定地继续说道——

"也把苑成竹的东西，物归原主。"

1941 年，墨尔本。

铁轨震动，火车进站，汽笛长鸣。

墨尔本中央火车站顶部的时钟发出悦耳的"叮咚"声，一辆自悉尼驶来的火车刚刚停靠。与这座城市居民闲散的气质不同，悉尼客们穿着严谨，戴着帽子，步履匆匆。

忽然，一片灰色褐色的男式大衣里，窜出一抹亮眼的粉。帽子、大衣、皮箱，全是粉的，连丝绒手套也是深色调的粉。这是非常小气的搭配，但偏偏穿衣服的人年龄不大，长相也稚气未脱，看过去便只会觉得她骄矜活泼。

这位姑娘虽然个子不高，但走路的样子气势汹汹，一双杏眼又亮又圆，脸颊也鼓鼓的，整个人像团吹起气的粉毛线球。她单手拎着沉重皮箱，歪歪扭扭地走到火车站外，东张西望地寻找熟人面孔。

熟人也到了，叼一根烟斗，正单手叉腰靠在栏杆上看火车站人来人往。粉色显眼，他很快注意到了来人，拿下烟斗，挥手道："祝小姐！这里！"

招呼归招呼，这人其实心有余悸。作为叶汝秋身边的秘书，他深知这位出身富贵的祝小姐是多么天真任性，是多么胆大包天，是多么……

秘书先生不愿用这个词来形容一位大家闺秀，可这祝小姐的确，很是一厢情愿。

叶汝秋是上海人，来澳大利亚前曾在马来亚一家做轮船生意的远房亲戚家里做事，祝双双就是那位亲戚唯一的女儿。小姑娘生于花团锦簇，要风得风要雨得雨，长得又漂亮，自小被各路同龄的男孩围着。

可她偏偏就看上了大自己八岁的叶汝秋。

初见时，她十五岁，他二十三岁，他名校毕业，说流利的英法双语，跟在祝先生身旁做翻译，也学着生意上的东西。他对祝双双的态度是对妹妹，但情窦初开的少女可不这么想，终日叶哥哥长叶哥哥短，对他身边出现的每一个同龄女性横眉冷对。祝先生有上大学前不许恋爱的家规，她就缠着叶汝秋承诺他也不会在她十八岁前恋爱。

而叶汝秋这个人嘛。

秘书先生抽着烟斗，看着气势汹汹朝她走来的祝小姐继续回忆。

叶汝秋的确是个很迷人的男人，虽说家世败落，但言谈举止都是自小严格家教出的体贴恰当，容貌也是一等一的英俊文雅。学历是名校毕业，脑子也聪明，在祝先生手底下干了两年，就被委派到澳大利亚，一手操办和这边华商合作的轮船股票。

股票的事他作为秘书也有所耳闻——如今硝烟四起，海上轮船的航行也常被瞬息万变的战况阻断。澳大利亚的华人商会厌烦了受制于人，决定开设自己的轮船公司专为华人商户服务。只是财力有限，迟迟筹不够本金。

天下攘攘，皆为利往。祝先生虽说人在马来亚，但听闻此事后觉得有利可图，便以轮船为股，让叶汝秋赶赴澳洲，主导轮船公司股票一事。

澳洲虽大，华商聚集之处其实也只有悉尼与墨尔本。叶汝秋前半年在悉尼与各方斡旋，成果显著，去年年底便转战墨尔本，开始与以墨尔本为核心的维州华人商户洽谈，长住墨尔本唐人街的长安旅店。

这一住，就节外生枝了。

祝小姐提着行李，越走越近。秘书先生捻灭烟头，看着她这副兴师问罪的架势，不动声色地叹了口气。

叶汝秋这个人，年龄虽轻，但很老成，万事"利"字为先。共事这些年，他还没见过叶汝秋为谁动怒，更别提为谁动情。至于他对祝双双的容忍娇惯，更多是出于他在祝先生手下工作，以及她年龄太小，绝非爱情。

叶汝秋爱金钱，爱事业，不爱女人，包括祝双双。

但不包括他们在长安旅店遇到的那位金小姐。

其实秘书觉得自己是有点理解叶汝秋的——虽然自己容貌才华都比不上叶汝秋，但他就是感觉自己理解了。他眼中的叶汝秋是压抑惯了的性格，年纪轻轻就活成一把枯草，猛然碰上这么一团金色的、旺盛的、带着强大生命力的火，被吸引，被点燃，被爱欲吞噬，都是再正常不过的事。

爱到极致，爱到迷醉，爱到不计因果。两个人甚至都没有确认关系，只是听金红玫说自己想开一家服装店，叶汝秋便二话不说拿出一大笔钱买下墨尔本市中心的商铺，转赠给她，又心甘情愿地拿钱给她进货，甚至在报纸上为她刊登广告。做了这么多，他只有一个要求：给那家店取名"红玫叶"。

金红玫在墨尔本华人圈里本就有些名气，叶汝秋又是握着大笔金钱的财神爷。事情很快传出去，越传越精彩，传去悉尼，传去祝家公司其他人的耳朵，最后传到了在马来亚等叶汝秋回来的祝双双那里。

好嘛，这下，祝大小姐来兴师问罪了。

祝双双打给叶汝秋的电话都被他挂断了，她寄过来的信他也一封未拆。闹到最后，还是公司里才华与姿色略逊于叶汝秋但也不差的胡秘书默默承受了一切——拿到祝双双从马来亚到悉尼的轮船班次，又替她订了悉尼来墨尔本的火车票，最后开车来火车站接她。

祝小姐迈着杀气腾腾的步伐，终于坐上了胡秘书的车后座。

她终究还是年龄太小，才十七岁，勇气尚未被世事磋磨，才敢千里迢迢来争夺爱人的所有权。她来墨尔本的第一件事不是下榻，而是赶去金红玫的服装店，看看这到底是个什么谪仙人物。

车近科林街，车来车往，楼宇高耸。祝双双望着繁华街道，更是气不打一处来——她是不经手家里生意，但也分得清东西贵贱。这条街上的商铺绝对价值不菲，叶汝秋不是随手哄女人玩，他是真心在给钱给产业。

街边停着一排黑色轿车，胡秘书的轿车也倒进了一处空位。祝双双提着裙子从车上跳下，一抬头，赫然一张印着花体"ROSE&LEAVES"的招牌。

啊啊啊，真是气煞她也！

更让她生气的是，这家服装店相当热闹。20世纪40年代的澳洲，落后的种族主义仍然大行其道，但这些在绝对的美面前都失效了。红玫叶门前大排长龙，肤色不同的女人全在讨论店里裙装的搭配、配饰的精致，以及那个穿着金色旗袍的华人女老板。

祝双双现在不但气，还有些急了。她本以为叶汝秋只是被美色迷了心智，但现在看来，这女人脑子相当清楚，也是当真知道自己擅长什么，要做什么。一个一无所有的旅店女招待，一旦攀上富贵，不要珠宝和名分，先搭建的是自己的产业。祝双双越想越心惊，提起裙子想闯入店内，结果被一群正排着队的女人用各国语言呵斥。

开玩笑，这家店上个月开业后便风靡墨尔本社交圈，大家聊的不只是衣服的款式，更是别具匠心的搭配与异国风情。人人都想逛一逛红玫叶，但金红玫竟然限制店内进入的人数，要保证顾客购物时体验舒适。队伍排到百米开外，也不乏有钱人家的太太小姐，祝双双竟然想一头莽闯进去？

　　祝双双满心来痛斥她与叶汝秋感情的插足者，结果门都没进去，先被一群说着各国语言的女人教育了。她捏着皮包手足无措地站在门口，看看那些女人漂亮成熟的穿着，又看看自己粉色的套裙，心中没来由地升起一股自卑感。

　　叶哥哥是不是也是觉得她太幼稚了？她是不是不该穿粉色的衣服，而应当做个成熟优雅的女人？那他会不会就多看她一眼，而不是爱上别的女人？

　　可她已经在努力长大了，时间就是按照分秒在向前滚动，她也无法拨快时间的齿轮呀。

　　人年龄小，原地站着半分钟，脑子里能闪过一百个念头。祝双双越想越委屈，站在红玫叶门前流眼泪，把迎宾的门童都弄蒙了。

　　想来想去没有办法，门童转身回了店内，去找正帮客人挑衣服的金红玫出来。

　　客人多，金红玫不能立时脱开身。她赶出来的时候，祝双双情绪正汹涌，哭得也凶，不停地打嗝，胡秘书站在一旁手足无措。泪眼蒙眬里，祝双双面前出现一道窈窕身影，金色旗袍、高跟鞋，抱着手臂侧头打量她，饶有兴趣，像在看新鲜。

　　她在涟涟的泪水中意识到，这就是金红玫了。

　　她该问罪了，但她竟然哭得说不清话。金红玫从她身上得不到答案，目光示意胡秘书说个究竟。胡秘书做了这么多年秘书，最熟练的工作原则莫过于不担责。金红玫要他说话，他轻咳一声，什么细节都不主动提，只介绍道："这是祝小姐，是我们叶先生的……妹妹。"

　　祝双双抹着眼泪瞪他，她何止是妹妹？好不容易缓过来准备开口，金红玫却转身回了店铺，留下一句"让她先进来，不必排了"。

　　祝双双心道谁要进你破店！但门童用英文和第一个顾客解释后，整条队伍都向她投来了羡慕的目光。祝双双被那些目光看着，竟然鬼使神差地迈开腿，跟着金红玫……进去了。

　　进门前，她擦了擦眼泪，眼睛里的世界逐渐变得清晰。

红玫叶店分两层，正中是条宽阔的楼梯，楼梯两侧和地面大厅悬挂着各式服装。服装的风格并不统一，毕竟金红玫不是设计师。但她眼光极佳，从各个市场挑选来的衣服都是独一无二、光彩夺目。

店内有七八位客人，这是金红玫控制客流的结果。她们中有人瞥了一眼祝双双的粉色套裙，掩嘴而笑，搞得她浑身不自在，几乎忘了自己此行的目的。等到酝酿过来情绪，她面前竟然摆开几件衣服，是金红玫让员工拿过来给她挑选的。

金红玫指间夹着细细的女士烟，巡视自己的服装店，像雌狮巡视自己的领地。她很忙，听客人的意见，帮客人搭配，安排新店的宣传与推销。祝双双远远地站着看她，心不甘情不愿地承认，叶汝秋爱上金红玫是一件很正常的事，她这么站在远处瞥了对方几眼，都能感到对方举手投足间的气韵。

金红玫终于巡逻到了她站的位置，目光在她的衣服与店里的套装上游移片刻，细眉一挑，反问道："不喜欢？"

祝双双睁大眼睛看着金红玫。她当然喜欢，没有女人不喜欢漂亮衣服，何况金红玫挑的这一身很适合她。

可她怎么能穿金红玫店里的衣服！她可是来兴师问罪的！

"我——你——叶哥哥——"

祝双双忽然懊恼地发现，她在金红玫面前，说不出完整的句子！

金红玫忙得紧，等了片刻没有下文，这就要转身离开。祝双双一跺脚，终于叫住了她。

"你不许喜欢叶哥哥！"祝双双大声说。

金红玫背影一顿，片刻后缓缓回头，右手夹着烟拢在脸侧，神情略有惊讶。她品味了一会儿祝双双话里的意思，似是明白了什么，彻底转过了身，微微俯下身子。

也不知是她太高了，还是祝双双太矮。总之，她看祝双双的时候，总要这么俯着身子，也低着视线。两个女人四目相对了片刻，祝双双嗅见自己鼻息间充盈着一种微妙的香气，而香气的来源轻笑一声，竟然开口反问："我喜欢他做什么？他用起来很顺手罢了。"

祝双双彻底蒙了。

说起来，祝双双脑子虽恍惚，眼睛倒是紧盯着金红玫的脸。太美了，太漂亮，不只是容貌上的，是每一个表情、每一缕发丝、每一根睫毛。祝双双的心跳在加快，别无他意，是人在绝对的美面前的本能反应。那种美近看甚至是残忍的、像最锋利的刀刃，能将凝视者的心脏剜出来，想活下来须得俯首称臣。

可……可自己不行，没听说过谁在情敌面前俯首称臣。

但……但她都说了自己不喜欢叶汝秋了呀！

像是蓄足了力气，最终打到一团棉花上，祝双双眼里全是迷茫，最终的去处竟然是被员工提线木偶一般带入更衣室换掉那身粉色裙装。她总想着从少女变作成熟女人，这个愿望竟在红玫叶的更衣室里实现了——金红玫给她一件黑色的低颈露肩装，配了波蕾若外套。祝双双懵懂地站在镜子前，发觉只是换了身衣服，自己就不再是那个莽撞的小姑娘了。

有这身衣服拘着，她不好再大嚷大叫，更不好旁若无人地流眼泪。反正她才刚来墨尔本，红玫叶开在这儿又不会跑。情况和员工们的传言略有出入，她先去和叶汝秋问个清楚，再来找金红玫算账。

祝双双没想到，自己还没去找叶汝秋，他先找上门来了。

人必然是胡秘书带过来的。胡秘书将不担责贯彻到底，说："祝小姐可是打过电话也寄过信了，我也几次想提醒。可叶先生您一听是祝小姐的消息抬头就走。她昨天到的墨尔本，还是我开车把她接到酒店——您且放心，不是长安旅店，我这就带您过去。"

她做错什么了？她不过是来看看她的爱人，而他找上门的样子就像在兴师问罪。两个人一年没见，她打开门，他第一句话竟然是质问："你去找金小姐做什么？"

他在马来亚的时候从来没对她这样说过话，但这也是他和她交流时难得带上情绪的时刻。那些年他对她总是很温柔，但如今想来，那也分明是客套、冷淡和另一种方式的拒之门外。

而她那时比现在更天真，竟将那些当成了爱。她以为他会等她到十八岁，而他转头就去爱了别的人！

祝双双是爱叶汝秋，可她毕竟是有钱人家的小姐，锦衣玉食地长大，喂养出刁蛮脾性。她抱起手臂，看着门外那张因爱上一个女人而不再冷淡自持的脸，嘴角一挑，冷笑道："怎么，怕我坏了你异国他乡、用我爸爸给你的钱砸出的姻缘？"

"祝双双，"叶汝秋皱起眉，"我不是你祝家的仆从。你父亲给我分红，我也替他赚钱，你这话是什么意思？"

"没什么意思。"祝双双越发牙尖嘴利，"你问我找她做什么？好，

211

那我就告诉你，我去问她与你什么关系，人家却说，根本就不喜欢你。叶汝秋，你贴钱又贴人，倒是不问人家有没有将你放在眼里。"

叶汝秋的脸白了一瞬，灰暗的眼神里似有火星一闪而过。祝双双身体中涌起了报复的快感，抱紧手臂，继续挑衅伤人的字眼："叶汝秋，你好倒贴啊。公司员工传得风言风语，都知道那女人是看上了你的钱，把你当台阶踩。你倒好，要钱给钱，要商铺给商铺，你能落到什么好？对从小看到大的妹妹不理不睬，对个旅店的女招待一厢情愿……"

"对。"

她喋喋不休，说到"一厢情愿"四个字，叶汝秋却忽然抬起头。他嘴唇薄，说起伤人的话时脸色也阴沉，睫毛到瞳孔连成一片乌黑。

"对，是我一厢情愿，给她商铺是我一厢情愿，给她做台阶也是我一厢情愿。怎么了，祝双双，你不是最懂一厢情愿？"

祝双双，你不是最懂一厢情愿？

她本是气势汹汹，一听到这句话，头顶仿佛遭了一记重锤，再说不出一个字眼。

叶汝秋冷冰冰地看着她，声音比眼神更冷："她不喜欢我又怎么了？金小姐这样的女人，想喜欢谁不喜欢谁，全凭她自愿，你就当我见她的第一眼便失了智，愿意为她鞍前马后。再有，祝双双，你听好——"

他盯着她，一字一顿："我就算遇不上别人，也爱不上你这样骄横的大小姐！"

"叶汝秋！"祝双双终于反应过来，失控一般喊叫，"你疯了！你凭什么这样对我说话？你是不是忘了你家破产是谁收留了你？你以为你现在这样体面的职位，是谁给你的？是我爸爸！都是我爸爸！你当时穷得学费都交不起了，只有我爸爸对你好！"

她爱的人不爱她，她以为她耍赖胡闹，他会像以前一样对她听之任之。可今天这些话偏偏是彻底触了对方的逆鳞，那些他们两个一直心知肚明却绝口不提的地位差与曾被践踏的尊严终于放上了明面。

叶汝秋的脸和嘴唇越发白，他冷冷地笑了，眼睛里彻底灰了。

"你爸爸对我好？是，他对我，未免太好。"

他话里有话，但并没有说得更清楚。祝双双被那双灰暗的眼睛看着，莫名就有了种理亏，可她也不知道自己做错了什么。

两个人沉默片刻，叶汝秋转过身，从楼梯走下去了。

祝双双在门前站了一会儿，慢慢地扶着门蹲了下去。她来澳洲是背着父亲的，钱没带多少，以为她闹一闹，叶汝秋便会像小时候一样，把她带回自己住的地方，替她安顿好一切。可眼下，这显然不可能了。

她或许该回马来亚了，那里有熟悉的橡胶园，有热到让人流汗的烈日，也有永远包容她的家人。可她又这样不甘心，她从小要风得风要雨得雨，为什么偏偏要不到一个心仪的男人？

祝双双在酒店想了很久，最后给父亲发了一封电报。

祝先生近些年生意做得很大，此时正在北美倒时差。祝双双的电报不长，信息量倒是很大——

到处在打仗，她想去个没有战火的地方上大学。最近来澳大利亚找叶哥哥玩，觉得悉尼大学风景很好。反正回家也是家庭教师来补习，英文还说得不好，不如就让她留在悉尼，一边学英文一边申请大学。至于生活费用，还烦请父亲再汇些。

发完这封电报，祝双双便回悉尼了。祝家的女儿从不轻易认输，叶汝秋当下被金红玫迷了心智，等他想清楚，就会回悉尼找她了。至于她还留在澳洲的消息嘛，自然就是让滴水不漏的胡秘书转达。

后来的许多年里，祝双双想起少女时代的一腔孤勇都觉得恍惚。她怎么就会那样热烈地爱一个男人呢？她怎么就会那样笃定，他是她命中注定的爱人呢？又或者，人在十七八岁的时候是不懂爱的，但他们有未被岁月磋磨的勇气，有不惧万难的坚定，有取之不竭的热情。他们很容易把那些东西当成爱，他们不是在爱别人，他们只是感动于飞蛾扑火一般的自己。

而叶汝秋在那年的冬天入狱了，让这场飞蛾扑火的表演到达了顶峰。

筹集各方资金运营起的那家轮船公司，起初的势头是好的。轮船驶入悉尼港口的那一天，许多受困于战时物流的华商都前去观看，叶汝秋一表人才地站在台上发表讲话，被许多人夸赞"年轻有为"。

但这家因战争建立的轮船公司，最终也被战争殃及。运行不过半年，政府征用了船只用于战场援助，巨幕落下，个人的力量微乎其微。而那些打了水漂的投资，最终都算在了叶汝秋头上。

当初洽谈时的允诺多么丰满，血本无归的结局就多么惨烈。谈判的细节已经无人知晓，但这场被时代巨浪掀翻的商业惨剧最终以叶汝秋入狱作为句点，他用肉身承担了那些回不来的金钱。

祝双双那么小，没有想到金钱既能构建出庞大的帝国，这帝国又能在一夜间倒塌。利益之下，人的血肉不堪一击，只能用身陷囹圄作为代价。

她以为利益背后尚有人性，可当她恳请父亲把叶汝秋救出监狱时，商业世界的残酷第一次向她摘掉面纱。

"做生意就是下注，"祝先生这样对他的女儿说，"赔掉的筹码弃了就好，再投入只会损失更多。"

公司筹办时，叶汝秋给她父亲赚来大笔收益，担保全用的自己名义。如今他人在监狱，父亲竟是这样的态度。祝双双忽然懂得了很多事，懂了叶汝秋一直的隐忍，懂了他和她在一起时的沉默和永远压抑的神色，懂得了他无法操控自己的命运，唯一释放的出口是接近那个火焰一样的女人。

他是那么聪明的人，想必很早就懂得了自己棋子的身份，却碍着恩情无法逃离她父亲执棋的手。

祝双双觉得害怕，一向慈祥的父亲怎么会有这副嘴脸？她不愿相信父亲是这样的人，她从撒娇到哀求，闹到最终，甚至以断绝关系相威胁。

而祝先生的做法是断了她的金钱来源，让她尽快回到马来亚，留叶汝秋自己在监狱里听凭澳洲法律最后的判决。

父亲不管了，公司的员工全都遣散。她给胡秘书打了电话，一向做事妥帖的人被留在墨尔本做善后工作，语气比她还沉重："祝小姐，您对钱没有概念。那是很大的一笔钱，非常大。祝先生不愿拿钱换人，我们谁都没有办法。"

她是金尊玉贵的小姐，是温室里长大的花，却在这一天被迫仰起头，承接天边裂开的闪电。没有人在意她的爱人，她在意。没有人救她的爱人，她想救。可没了家里的钱和人脉，她也不过是这荒凉大陆上一个无所依凭的年轻女孩，她该怎么办呢？

父亲一定也是拿捏准了她这一点，等着她想明白，再接她回马来亚。他或许也感受到女儿心底的烈性，她是女孩，可她也姓祝，她像她白手起家的父亲一样，体内驯养着一匹野马。但这动物性体现在祝先生身上是商场上的心狠，到祝双双这里，却成了爱情中的无畏。

祝先生没有再给她一分钱，她便典当了所有的首饰和衣服，然后买了一张去墨尔本的火车票。冥冥之中有个声音告诉她，再走投无路的绝境，那个叫金红玫的女人也会有办法。

真奇怪啊。

她只见过金红玫一面，可她就开始相信对方了。

1942 年的冬天，祝双双又来墨尔本了，只是心境已经截然不同。她做好了低声下气的准备，只要金红玫愿意帮她救她的爱人。

她知道金红玫不爱他，金红玫看上去也的确不会爱任何人。可叶汝秋毕竟帮过金红玫那么多忙，红玫叶的招牌还架在那儿，这份交情总归是作不了假。

过去的时候天已经黑了，周遭的店铺全都关上门，只有红玫叶还亮着一盏孤灯。祝双双鼓足勇气，推开了那扇门，看到了站在椅子上挂画的金红玫。

她的脚步声惊动了金红玫，金红玫回头看了她一眼，倒是也没表现出惊讶。祝双双默默地走到她的身后，和她一起端详起那幅油画。

祝双双是大家闺秀，当然从小受过艺术上的教育。这幅画相当值得琢磨，近看是金红玫的画像，远看倒更是一团火，一团金色的、有生命力的火。

金红玫的高跟鞋摆在一旁，人站上椅子，一点点摆正画幅的角度。挪到一半，金红玫回头问祝双双，语气熟悉得就像她一直站在那儿。

"正吗？"金红玫问。

祝双双一愣，随即回答："正的。"

金红玫点了下头，拂去画框上的灰尘，将画彻底挂好。她抱着手又看了一会儿那画，继续问："漂亮吗？"

两个问题一前一后砸过来，祝双双实在迷茫。她迟疑片刻，最后也只能由衷地说："漂亮的。"

金红玫肩膀一垂，似是松了口气。

"那就行。"她自顾自道，下了椅子，"一颗珠子换来的，不亏。"

说完，金红玫从椅子上下来，穿好高跟鞋，走到桌子边沿把一串手链拿过来戴上。祝双双盯着那手链看了一会儿，发现上面只剩四颗珠子，很空荡。最后一颗上镶着竹叶，很显眼，剩下三颗上似乎刻着字。至于刻了什么，她看不清楚。

珠链戴回原位，莹莹的玉衬着白皙的皮肤和线条精致的手腕。祝双双看了那手链一会儿，知道其中一颗是拿给画家换画了。她想，金红玫出手这么大方，那玉手链不便宜，金红玫能拆出一颗换一张画像，那她央求金红玫救一救叶汝秋，金红玫应当也会答应吧。

但当她鼓足勇气把她的恳求说出来时，金红玫看她的目光却很惊讶。

"祝小姐，"金红玫坐回椅子，身子转了个角度，给自己点起一根烟，"你把我想成什么人了？叶先生的事我听说了，唐人街投资了的华商都在骂。他欠的可是一大笔钱，我若是有这笔钱，也不必为了这个小小的服装店殚精竭虑了。"

"可是……可是……"祝双双一时无措，"可是现在，没有人管他了！"

"没有人管，就该我管吗？"金红玫继续问，"我俩的缘分也不过是这家服装店，我答应盈利后把分红按月还他。可祝小姐，你把做生意的本钱想得太少了。我这店面流水多，可是和投入比起来，还是亏损呢。"

她吐了口烟，继续说："况且就算我卖掉这个店，和他欠下的债比起来，也是九牛一毛。祝小姐，你这样着急，是觉得叶先生进了监狱，受苦可怜。可唐人街那些给他钱的商户损失惨重，也很可怜。叶先生要赚风险的钱，就要担这笔风险。"

金红玫说的每一个字都很有道理，说得祝双双哑口无言。她神色黯然，低头看着自己的脚尖，眼前忽然一阵阵地发黑。她这才想起来，从叶汝秋出了事，她便没怎么吃过饭，也没怎么喝过水了。

真荒唐。

十八岁的祝双双走投无路，竟然晕倒在金红玫面前。

祝双双也不知道是不是自己苦肉计使得好，总之，金红玫最后还是帮了她。她猜想自己那天晕倒后一定说了什么话，让事不关己的金红玫想起了往事。可能性有很多，譬如金红玫想起了自己十八岁的时候，也这样为了爱情飞蛾扑火过。

没有人帮十八岁的金红玫，但金红玫帮了十八岁的祝双双。又或者金红玫对叶汝秋本就没有她口中那么无情，毕竟追求她的人那么多，但她只愿意接受叶汝秋的示好和帮助，他与别的男人本就有一些不同。

祝双双想，金红玫这个人，其实是很心软的，只是她自己都没有意识到罢了。相比之下，出身富贵的祝双双甚至更心狠些，祝家人心狠的基因在日后她陪着叶汝秋东山再起时不断被验证。

而金红玫但凡有她一半心狠，也不会真的把那间本可以改变自己命运的服装店卖掉，卖出的钱，用来给叶汝秋打点关系，最终自己在唐人街的小公寓里终老。

金红玫本来没有这个义务的，可祝双双的眼泪和哀求，到底还是让她心软了。

商铺的过户和售卖合同都是祝双双陪着金红玫去办的，她像个小秘书，给不懂英语和算数的金老板使唤。她以前都不知道自己原来可以做这么多事，她以为学这些东西是为了上大学，为了嫁个好人家，这时才知道，她学这些东西，是为了有朝一日为自己所用。

她们在唐人街的公证处处理最后一笔手续时，金红玫吸了口烟，斜她一眼，笑着说："英文也会说，数学也懂，合同也会看。什么都会，什么都做不成。"

祝双双低着头，小声辩解："那要有人带着我才能做呀。"

"你是宠物犬吗？"金红玫说话很直接，直接到有些不中听，"要跟在人后面才能出家门？这么好的本领，想做什么自己去做不就好了。"

祝双双被她揶揄得说不出话，又觉得她的话不无道理。

"不过你生来就命好，的确不必自己奔波，"金红玫说，"不像我，投生在一个自顾不暇的家庭。好不容易有了个商铺，还为了救男人卖掉了。"

祝双双审阅合同上的条款，听见金红玫转过身靠上桌沿，抱着手叹了口气。

"我这辈子啊，"金红玫悠悠感慨，"真是坏在救男人身上了。"

也就是那个时候，祝双双开始断断续续地，听金红玫提到一些苑成竹的事。譬如坐火车前往悉尼的那天，金红玫给她讲了那场拍卖。入住悉尼的旅店那天，金红玫给她讲了那场枪战。替叶汝秋找律师打官司那天，金红玫讲了那场码头前的分别。而拿钱去监狱打点关系那天，金红玫告诉了祝双双，自己被捉进监狱，而苑成竹一去不归的结局。

祝双双气得"呸"了一声。

"大户人家的小姐，"金红玫说，"言行举止不要学我。"

"我没有学你。"祝双双说，"我今天穿成这个样子，本来就该粗鲁一点。"

祝双双所说的"穿成这样"，指的是她们两个身上的男人衣服。卖店的钱已经花得七七八八，除了找律师替叶汝秋打官司减刑，剩下的都要拿去打点关系。按律师的说法，他能把叶汝秋的量刑减到两年，那剩下的，就是让他这两年在监狱里过得舒服一点。而这"舒服"，也是要拿钱来换的。

两个女人去悉尼的监狱，不方便的地方终归太多了。于是，金红玫又拿出一点钱，买了两身男人衣服，给自己和祝双双换上。胡秘书那时也来悉尼了，背着祝先生帮她们的忙，还在空闲的时候教会了金红玫开车。

于是那天，金红玫和祝双双穿上男装，开车去了悉尼远郊的监狱。

后来，祝双双总能想起那一天的景象。金红玫戴着男士的帽子，叼着烟斗，坐在驾驶座扶着方向盘。而她打扮成小跟班的模样，拿一柄黑伞，坐在她的身旁。金红玫很喜欢开车，非常傲气的人，却向胡秘书表达过几次谢意。金红玫说她从没体验过这种手握方向盘的感觉，好像她可以去往任何地方。

祝双双记得那天她们开车穿过海港大桥，金红玫把手搁在了打开的车窗上。风把她的帽子吹下来，她藏在耳后的碎发被风吹开，黑色的眼睛里倒映着蔚蓝色的海面。海上的长风吹散了烟草的味道，日光耀目，车轮飞驰。穿过大桥的最后一秒，祝双双终于意识到，她和金红玫一样，可以去任何地方。

那天，她们并没有见到叶汝秋，祝双双粗声粗气地学着男人说话的声音，和掌管监狱的人谈判，递上恰到好处的酬劳，并得到了自己想要的承诺。

这是金红玫陪祝双双做的最后一件事。

红玫叶是叶汝秋给金红玫的，现在金红玫也把红玫叶一分不差地还给了叶汝秋。离开监狱的时候，金红玫自嘲，唐人街的商户都传她傍上财神爷，她傍什么？她分明什么都没捞着。折腾了大半年，她最后落得和刚来墨尔本时一样，身无长物，恐怕又得回她的长安旅店，做她的女招待。

"你呢，祝大小姐？"金红玫转头揶揄祝双双，"回马来亚？"

"不回。"祝双双摇头摇得很坚定，"我养得活自己，我已经联系好一户人家去做家教了。"

金红玫闻言挑了下细眉，摘掉帽子，把为了藏进帽子盘成髻的头发散开，然后跳进了驾驶座。她并没有直接开回旅店，而是转去了唐人街一家当铺。祝双双的目光跟着她进去又出来，从头到脚地扫视，发现她手腕上的珠子又少了一颗。

"为什么？"祝双双盯着她的手腕问。

"没钱了，"金红玫又点起一根烟，发动了汽车，"当了一颗，买回程的火车票。"

那是她们最后一次见面。

后来的许多年，祝双双没有再见过金红玫，她甚至没有再去过墨尔本。

她们找的律师能力很强，真的把叶汝秋的刑期减到了两年。胡秘书辞职了，在悉尼另谋高就，偶尔开车带祝双双去探监。叶汝秋的状态尚好，的确没受什么罪，只是每次看到祝双双探监时的眼神都更复杂，从亏欠，到后悔，到依恋。

　　祝双双没有再用过家里一分钱，在咖啡厅当服务员，给有钱的华人家庭做家教，甚至给一家小公司兼职了会计。祝双双发现，人怎么样都能活下来，何况她会说英文、懂数学，这些都是谋生的手艺，只是她以前没有意识到。

　　钱起初只够吃饭住宿，后来可以买衣服，再后来她的生活终于显出宽裕，于是她去了金红玫临走前去的那家当铺，把那颗金红玫当掉的珠子买了回来。她终于看清了那颗珠子上面篆刻的字，金红玫原来当掉了"爱"字，"恩爱两不疑"的"爱"字。

　　揣着玉珠回家的那一天，祝双双无法解释自己是出于什么样的心理，她只是想到，金红玫竟然没有给她留下任何东西。

　　她十八岁的时候不懂爱，把一腔孤勇当成爱。而当她明白什么是爱的时候，她所能做的，却是把这份惊世骇俗的爱藏起来。

　　祝双双按照世俗的教条度过了令人艳羡的一生，旁人夸她慧眼识英才，早早看出叶汝秋后半生的飞黄腾达。但她自己心里清楚，女人的情感比大西洋的暗潮藏得更深，每一艘海面上平稳航行的船只，都该感恩它们未曾准许心底的巨浪将它们掀翻。

　　这是很难评说的一个故事，比豪门秘辛更加离经叛道。唯一可以确定的是，祝双双按照金红玫教给她的方式度过了这一生。

　　现在，老去的她要把这颗不属于自己的"爱"，物归原主了。

　　离开酒店的时候，气温突然变得很低。

　　木子君和宋维蒲从酒店大门走出去，招手拦了辆路过的出租车。她沉默地坐到后排，一边不知如何向他开口，另一边，也的确是累了。

　　不过宋维蒲似乎并没有问的打算，只是看着她左手放在膝上，拳头紧握，他很轻地拍了下她的手臂。木子君这才反应过来，拳头翻了方向，五指慢慢打开，露出里面那颗刻着"爱"的玉珠。

　　或许是冷，也或许是攥拳的时候花了太大力气，她手指微微颤抖。宋维蒲把那颗珠子从她手心拿走，又示意她摘下手链，然后拆开结扣，把珠子串了回去。

玉珠互相碰撞，发出清脆的"当啷"一声。木子君涣散的思维也被这撞击声唤醒，反应过来似的抬头看他。

"不想说的话，不用一定要和我复述。"他说，把手链递回来。

"是你外婆的事……"木子君迟疑道，"你不想知道吗？"

"如果我应该知道，那葬礼的时候祝双双就会来找我，这次也不会只叫你上去。"宋维蒲转回视线。车上了海港大桥，夜色已深，海面上一片漆黑。过了桥便是灯火辉煌的歌剧院沿岸，木子君斟酌片刻，决定只截取那个片段。

"你外婆曾经开车带祝双双，穿过这座大桥。"

宋维蒲靠在椅背上，路边的灯光流水般向车身后淌去。他的眼睛和睫毛一向是比常人更深的黑，此刻瞳孔里竟清晰地倒映出那些闪逝的光点。

木子君忽然有一种非常怪异的感觉，她觉得他们两个就坐在胡秘书借给金红玫的那辆吉普上。金红玫载着祝双双和他们两个穿过恢宏的海港大桥，也穿过两个时代相隔的滚滚红尘。

她带他们来到1942年的悉尼，桥上每一盏沸腾的灯火，都曾见证她飞驰而过的灵魂。

·第五章·
双生花

墨尔本，咖啡厅。

从悉尼回来也有一周了，木子君终于彻底消化了祝双双的事，也抽空看完了撒莎给她的小说样章。天气转暖，餐厅和咖啡厅都把桌椅摆到露天，古老而狭窄的巷子里全是享受周末春光的人。

每一张桌子都挨得很近，桌面上摆着质地浓稠到足够消磨整个下午的乳酪蛋糕。人可以清晰地听到邻桌正在分享的八卦，但木子君并没有这个担忧，因为她坐在一群澳洲人中间，说的是中文。

撒莎捏一杯咖啡坐在木子君对面，听她复述这段往事的表情像是在听天方夜谭。听完的一瞬间，她长舒了一口气，表示："够戏剧化，能用。"

"是吧。"木子君一直没办法对宋维蒲开口，终于找到一个能倾诉的人，此刻也是如释重负，"我给你说这么多，你就当采风吧。"

撒莎点点头，在笔记本上又划拉了两笔，最终把本子合上。回想片刻木子君所说的内容，她忍不住追问："所以你们接下来是要去找那个画家吗？金红玫不是用一颗珠子和她换了一幅画吗？"

"对。"木子君抬头回忆，"可祝双双也只是听金红玫说过那么一嘴。你说要是个知名的还好一些，这种无名画家，我去哪儿找啊？这不和大海捞针一样吗……"

"别急，别急。"撒莎安慰道，"峰回路转，肯定有线索，你当时不也觉得叶汝秋很难找嘛。"

和撒莎吃完了那块蛋糕，木子君便回到了唐人街。书店近来流水堪忧，虽说宋维蒲不催，但木子君作为唯一的员工还是颇为紧张，甚至学着陈笑问在社交软件上给书店建了个账号，每天勤勤恳恳地更新新进书目，没事还发点文本摘抄，搞得宋维蒲那天问她："我是不是该给你涨点工资啊？"

木子君表示："别涨了，再涨你每个月的净利润都不够雇我了。"

员工倒逼老板敬业，这几天宋维蒲空闲时间多，也对书店上起心，把新进的两箱书都拍照放上网店，更新货品信息更到半夜。甚至前所未有地开始做商品促销，把积压的货物成套低价售卖，难得使唤木子君给他修图做海报。

建筑生审美水平高，对她的创作意见颇多，一会儿水平线歪了，一会儿素材比例失调。木子君用他书店自带的那台老破机器一改七八稿，改得机箱嗡鸣，软件死机，半夜发朋友圈总结职场箴言——

"打工就打工，不要给老板压力。你给老板压力，老板就给你压力，最终承担压力的还是你自己。"

结果，宋维蒲自己从不发状态，回复她倒是很积极。

River：我劝你谨言慎行。

隋庄：哇，我们宋维蒲都会说成语了。

由嘉：明年就能写诗了。

木子君看着回复陷入沉默，退回聊天页面时，和宋维蒲的对话框又有了新的消息提醒。

River：标题用你手写体吧，用粗点的马克笔，拍照抠图替换宋体。

木子君：宋维蒲！！！

River：然后就可以定稿了。

木子君咬牙切齿了半天，终于默念着"自作自受"四个字发了个"OK"过去。没想到宋维蒲的表演还没结束，火速回复了个"6啊"。

木子君：谁来管管他，不要再去乱学奇怪的中文了！

总之，海报最后也都做出来了，打印的贴到店门外，电子版上传网店。木子君怕宋维蒲又抓她去干活，在家里和学校都躲着走，今天来书店坐班，一推门，宋老板又坐在柜台前拿笔杆敲下巴了。

人都来了，躲也躲不过。木子君硬着头皮走过去，放下书包，人往他身旁一坐，转椅"嘎吱"一声。

"您有什么想法？"木子君斗胆开口。

宋维蒲对着窗外若有所思："你看这个窗户……"

她的目光顺着他看过去。

相绝图书在走廊尽头，从建筑体外面看，两面墙的窗玻璃正好卡着这栋楼的二层拐角。木子君有时候走在外面的主干道上，都能看见玻璃里面顾客的人影。

"挂个招牌会不会好点？"宋维蒲问。

那肯定是会好一点啊，现在这个位置，不走进赌场又坐电梯上来，都不知道这里还有一家书店，无怪乎多年来只有老顾客，唯一的广告还是华人间口口相传。

但是前车之鉴在先，木子君很警惕，她觉得宋维蒲想让她设计招牌。谁知道，对方看了一会儿玻璃窗，忽然拿过一支笔，开始在草稿本上画建筑受力分析。

木子君松了口气。

的确，两面墙都是玻璃，挂招牌是需要谨慎一点。

学以致用了小宋老师。

书店里没顾客，不过这也是书店的常态。木子君看宋维蒲没有给她安排工作的意思，翻出下节课的阅读材料开始看。读了没一会儿，宋维蒲那边又传来纸张展开的动静，紧接着，一张打印的 A4 纸被压到她的材料上。

"我学心理又不学设计……"木子君语气略显不耐烦，抬头看宋维蒲，他神色却略有意外："你说什么？"

她一愣，目光随即转回那张纸，这才发现不是什么工作内容，是一封全英文的招聘公告——学校图书馆助理馆员的兼职招聘，那个时薪三十刀的肥差。

"你不是说图书馆招聘的时候让我提醒你吗？"宋维蒲说，随即把头转回去，继续在草稿本上画图，"今年名额比较少，你看下报名材料，记得按时提交。"

公告前面都是套话，最后有几行字被黑体加粗。木子君扫读了一下，发现岗位申请要求提交简历和动机信，第一轮材料筛选结束，还有一轮现场面试。

"这么烦琐吗？"木子君咋舌，"竞争会不会很激烈啊？还有这个简历和动机信，我……我好像也没什么相关经历啊……"

宋维蒲奇怪地看了她一眼。

"你在书店工作，"他说，"已经比大部分人有经历了。"

木子君恍然大悟，课程阅读材料也不看了，掏出电脑打开，从学校官网的就业模块找了份简历模板下载下来。但毕竟是第一次写简历，她把最上栏的个人信息填好后，对着中排往后的工作经验和社会活动陷入僵局。

她脑子里过了一遍当年考雅思作文的几个高级句式，显然没有一个适用于简历这种规制式的文件。木子君左手撑着头，指尖在太阳穴附近抵了一会儿，还是决定转头求助宋维蒲。

"宋维蒲，"她抬头喊道，"你写过的简历，给我参考下。"

宋维蒲已经做完受力分析了，正在电脑上查看店铺申请道路招牌的流程。他闻言"嗯"了一声，从另一个文件夹里找出份文档，直接发给了木子君。

发个简历而已，搞得这么行云流水。木子君一边腹诽，一边双击打开文档，继而被页面上长长一列获奖项目描述和接近满分的 GPA 戗得说不出话。

耳边依稀响起高中时代老师对班里"一分钟掰成两瓣用"的督促，联想到宋维蒲这才大二上学期，她觉得他这一分钟起码掰成了八瓣……

"宋维蒲，"她滑动着鼠标幽幽开口，"你除了写不好汉字，还有什么做不到的事吗？"

宋维蒲把目光从屏幕上移开看向她："什么？"

"就……"她斟酌词语，"你有什么地方不行吗？说出来让我平衡一下。"

宋维蒲盯了她半晌，眼神似乎是想起了一些最近研读互联网用语时新学到的知识，好像是什么"男人不可以说不行"之类的。

"我哪儿都行。"他自信地回答。

那天，木子君自己写完了简历又让宋维蒲帮她改，最终顺利通过了第一轮遴选。周一中午，她去图书馆匆匆面了个试，接下来就是等通知了。

慢是澳洲人的天性，不然考拉这种生物也不能在这片土地上生活得这么自洽。木子君等待面试结果的同时，宋维蒲也在等待政府部门给他审批安装招牌的申请，两个人每每书店相逢，都是心事重重。

这天，宋维蒲来的时候忽然神色很轻松，看向木子君的目光欲言又止，仿佛是忍着什么不告诉她。而她沉浸于面试结果未定的长吁短叹，和以往一样趴在桌子上思考人生，有感而发。

"其实……"她悠悠地说，"我图书馆的面试没过也没事，毕竟要是过了，来你店里工作的时间就少了。等假期搬到别的地方去，过来就更不方便了……"

宋维蒲听到来店里工作时间变少的时候尚还没有反应，"等假期搬到别的地方去"这句话一出来，他立刻不由自主地转过了视线。

"你搬哪儿去？"他问。

"我还在找呢。"木子君掏出手机，点开相册，里面存了几张公寓的截图，"这个雅拉河旁边的还可以，帕克维尔（Parkville）这个区就在我们学校旁边，地理位置也比较方便……"

话音未落，手机就被宋维蒲拿走了。他垂眼扫了一遍几张截图，重新滑回第一张。

"怎么了？"木子君凑过去，"你觉得这个好？"

"采光不行。"宋维蒲面无表情地道。

他继续往后划，第二张是个带阳台的老式公寓，就在墨尔本博物馆对面，周遭大片花园围绕。花纹铁门，法式浪漫。

"这种老房子夏天全是蟑螂。"宋维蒲说。

木子君神色显出些微诧异："这是60年代的房子，你家那栋不是更早吗？也没蟑螂啊。"

宋维蒲："那是我家房子保养得好。"

"那这个呢？网红公寓，好多留学生都住。"

"性价比太低。"

"这个雅拉河边的感觉……"

"潮，且没有直达学校的电车。"

相册翻到最后，木子君收起手机，心想宋维蒲这人果然是完美主义，找个房子也要求多。她双击鼠标唤醒电脑屏幕，也不当着他面继续找房子了，打开学生账户的后台，刷新了一下邮箱。

期末临近，学校最近给发了不少假期实习的邮件。她托着下巴看了看，发现一家墨尔本市中心的私立心理诊所正在招实习生，自己各项要求都符合。正好最近做了新简历，她改了几处细节，点击了一键投递。

后面几封就都是些课业相关的，木子君蜻蜓点水地扫过去，拖到最上面，忽然发现了一封刚刚抵达的未读邮件，邮件地址后缀是学校的图书馆。

简直和当年收到学校的录取通知书时那种复杂的心情异曲同工。木子君颤颤巍巍地点开邮件，正文第一行，一个硕大的"Congratulations（恭喜）"映入眼帘。

木子君屏息凝神，发现下面是一些入职的注意事项，而最后一段明显是非模板化的内容——今年图书馆决定取消新入职助理员的统一培训，通过为新助理员配备带教的方式帮助大家熟悉工作，以下为入选人员与带教的配备名单。

木子君在名单里找到了自己的名字。

Kiri Mu – River Song.

木子君一怔。

其实她一直想搬走，就是觉得自己来到墨尔本以后一直在麻烦宋维蒲。本来只是在找金红玫的事情上麻烦他，顶多耽误点时间。没想到现在住也是在他家，兼职的工资也是他发……

木子君不是一个喜欢占人便宜的人，她非常清楚宋维蒲收的房租远低于市场价，工资和工作时长也不成正比。她觉得他本来是可以把房子用更高的价格租出去，再用更低的价格聘用员工的。

但是吧，目前吧。

她看着自己英文名后面紧跟着的宋维蒲的名字。

木子君忽然意识到，命运可能已经计划好了，要通过金钱关系和雇佣关系，这两种古老但稳定有力的模式，把他俩，锁死。

木子君犹记得刚开学那阵，她想见宋维蒲还得通过隋庄预约。现在倒好，回家住隔壁，去书店给他干活，来图书馆报到，还能看见穿工作人员制服的他坐在图书馆老师身后，专心致志地整理从自动还书机里取出来的书籍。

气温还没有彻底升起来，他里面穿着自己的长袖白 T 恤，外面套着助理馆员统一的蓝黑色的宽松短袖，肩线抻得舒展又松弛，胸前平展地印着学校的白色标志和"助理馆员"的英文字样。

报到的新助理不止她一个，图书馆老师对他们发表欢迎感言后，两位同事就被自己的带教认领走了。宋维蒲不紧不慢地走在最后，和老师点了下头，招手示意木子君过去。

人家都是认领走的，态度热情友善，他就让她过去找自己。木子君"嘁"了一声，抱着刚发下来的制服和工作手册走到他身边。

"怎么了？"

"态度冷淡，"木子君说，"有点不爽。"

宋维蒲默然地看了她几秒，从身后的桌子上拿过自己还没开始喝的咖啡，递到她手里。

"怎么了？"木子君不解。

"他们的带教都没给，"宋维蒲说，"好了吗？"

木子君不想承认，但她好了。

两个人昨天回家路上已经讲了一部分图书馆的日常工作，今天只剩下一点工作手册上的内容要介绍。入职第一天还不用开始正式工作，宋维蒲也能借着带她熟悉工作环境的理由离岗。两个人出了图书馆，在门口不远处开阔的草坪席地而坐。

阳光很好，每一处树荫下都有人，坐下去的时候有明显的青草香气。木子君把员工手册摊开放在自己腿上，翻了几页，和宋维蒲昨天讲的基本重合。

阳光照在白纸上，辨认印刷体的英文变成了一件让人视网膜刺痛的事。她闭了闭眼，阳光再次刺透眼皮，视线里一片火红。远处有人在玩飞盘，闭眼的瞬间，那些人的笑闹变得清晰，夹杂着墨尔本春日的风声。

春天的风与冬日不同，人听到的不再是风本身的声音，而是树叶的摩擦和草木慢慢抽芽。

再睁开眼的时候，宋维蒲靠在树干上，揪了根草咬着，右手撑在膝盖上回短信。

"谁找你啊？"木子君半眯着眼问。

"做招牌的店，"宋维蒲说，"问了几家，选个价格合适的。"

还挺会过日子。

他是靠树坐着，树根部分隆起，腿正好半伸开。木子君觉得他的姿势比自己舒服，爬起来凑过去，和他肩并肩坐到一起，抱住膝盖看他和商家的聊天记录，继而忍不住笑出来。

"你要求好多。"她说，"要做中英对照的，中文还不能用默认字体。这都是澳洲的设计商，又不认识中文。"

回想了一下自己被他催着改海报的过往，木子君意识到宋维蒲还好从事了建筑行业。不然他去了甲方公司，这世上势必多出一个邪恶的灵魂。

宋维蒲的页面再次刷新，木子君探着头，看清了对方的建议——让宋维蒲自己提供"相绝华文图书"六个字的原创字体，再由设计师接手

227

后续工作。

宋维蒲不回复了，应当是在想办法。而木子君细思片刻，信口开河道："也可以吧，让你提供，那你就自己给他们写一个，正好你那汉字写得……哈哈哈哈哈……"

宋维蒲抬头看了她一眼，木子君背后忽然一凉。

他眼睛看着木子君，手上没停，盲打了一个短单词，随即点灭了屏幕。木子君仰头望着他站直身子，又抬手把她也拉起。

她手都伸出来了，他倒好，直接揪她后领口的衣服，像是在报复她嘲笑自己的狗爬字体。

"回家，"他说，"给我写字去。"

"第一天哎，"她弱小地挣扎，"不算旷工吗？"

"第一天的工作内容由带教安排，"宋维蒲拎着她往草坪外面走，"我安排你去给我写招牌。"

木子君对他的行为敢怒不敢言。

唐人街上也有做华人生意的图文店铺，但款式都很老，字体横平竖直，做出来的招牌一股上世纪的陈旧气息，反倒是一些老店门口的对联符合宋维蒲对他招牌风格的想象。他带木子君路过一家古董店时特意让她观摩了一会儿，木子君辨认片刻，说："这个字体不用毛笔写不出来呀。"

宋维蒲看了看。

"我觉得和你用钢笔写的没什么区别。"他说。

木子君：您抬举我了。

不过木子君小时候的确是和爷爷学过很久的书法。苑成竹少年时代纨绔归纨绔，也是大户人家出身，先生管教长大，毛笔字里自带世家风采。木子君练了五年，也只学了老人三分皮毛，但这也足够她从小到大在各项书法比赛里拿奖了。

又观摩了一会儿，木子君心事重重地转头看向宋维蒲——她总是拿捏不准宋维蒲对中华文化的理解程度，感觉这人的知识面是锯齿状的，就比如说——

"那你知道写毛笔字要用笔墨纸砚吗？"

宋维蒲奇怪地看了她一眼。

"你说宣纸和砚台吗？"他说，示意她回家的方向，"楼下好像有盒松烟墨，你写字用得惯吗？"

木子君："……走。"

古董店右手边就是赌场的楼，拐过去便进了回家的小路。木子君跟在宋维蒲身后，都快走到了才反应过来：他家楼下？

他家楼下不是那个锁着门的灯具店吗？

她犹记第一次来他家时对那家店里的惊鸿一瞥，全是用防尘布蒙住的架子以及宋维蒲那句"我没时间打理"。后来住进他家，车库、阁楼都去过，也没有涉足过这间商铺。

宋维蒲拉开车库大门，从墙上拿下一串钥匙，走了出来。

"你好像个气质出众的收租的。"木子君语气真诚道。

"你安静点。"他也很客气地回应。

太久没开，他自己都有点记不清灯具店是哪把钥匙。他接连试了四五把，终于听得锁眼里"咔嗒"一声，玻璃门被一把拉开。

货架上东西已经不多了，想必是在金红玫走后便清仓了，如今只剩些卖不出去的灯盏，被半透明的防尘布罩住。最里面的架子上放的不是灯，而是其他积存的货物，木子君很敏锐地看到了一卷宣纸和几盒墨。

"你店里存这个干什么？"她问。

"以前唐人街还是有老人需要的，"宋维蒲说，"她进了一批，不过那几个老人搬走后，就没有人买了。"

然后就这样被剩下了。

陈年旧货，如今倒是派上用场。或许是实在放了太久，被宋维蒲拿起的一瞬，灰尘四起，而木子君毫无义气地远远躲开。她一步一退，躲到货架后面。

"你去拿块布，"木子君对灰尘反应很大，"擦干净再带上楼。"

宋维蒲没有应声，但很快退出了一楼铺面，应当是去车库拿清理工具了。扬起的灰尘终于慢慢落回地面，木子君把手背到身后，百无聊赖地开始巡逻。

她的目光扫过货架，很快被一盏滞销的台灯吸引了眼球——别的台灯都卖出去了，它没有，显然是有原因的。灯上面一个鼎一般的玻璃灯罩，尺寸大得毫无必要，顶部两个洞，像是为了给灯泡出气，整个设计就让人摸不着头脑。

她的目光从货架上移开，又转向墙面，掠过一个被钉在墙面上的画框，又移了回来。

她第一次路过这家店的时候就从外面见过这个画框，玻璃板上积了厚厚一层灰，隔着窗户，什么都看不清。如今人进到店里，似乎能透过那灰尘隐约看到些什么了。

画幅的主色调明度很高，只是被灰尘覆盖着，画面里的东西像加了模糊滤镜。木子君忍不住走过去，上下打量了一会儿那张画，然后试探性地吹了口气。

她吹起了最表面的那层薄灰。

尘埃的颗粒陡然浮起，在空中腾出的形状肉眼可见。木子君连忙往后退了几步，眼睛半眯，担心被尘埃迷住双眼。

她现在能辨认出来，这画面的主色调是红色了。

但几乎是辨认出色调的一瞬间，她产生了一种怪异的感觉。她觉得房间里似乎发出了"咔嗒、咔嗒"的声音，而那张画也开始微微震动。

而方才那片尘埃扩散开，没有进入她的眼睛，但显然有几粒进入了她的鼻腔。木子君眼底一酸，很想打喷嚏的同时，那幅画的震动也越发明显起来。

什么啊！

她拼了命把喷嚏忍了回去，脚步急速后退。而那幅画也以顶部为轴，转瞬间被什么东西从后面推了起来。木子君眼睁睁看着一团黑色从后面"扑通"一声掉了下来，在地上滚了几圈，最后屁股在地上坐定，一脸错愕地和她对视。

人和老鼠都沉默了。

木子君大脑宕机了一会儿，老鼠宕机的时间则比她更长。身后传来脚步声，宋维蒲姗姗来迟，看见这人鼠对峙的一幕，显然有些措手不及。

"宋维蒲，"木子君咬着后槽牙说话，像是怕打草惊鼠，"处理一下啊。"

木子君曾无数次体验过宋维蒲脑子的转速，但没有一次比今天更强烈。因为他只愣了三秒，就从货架上把木子君刚才戏谑为鼎的玻璃灯罩取下来，然后罩到了已经无法动弹的老鼠身上。

还真是每一种无可名状的设计都有它的去向。

老鼠终于反应了过来，开始徒劳地撞击玻璃灯壁，但沉重的玻璃灯罩纹丝不动。木子君松了口气，指了下墙面，和宋维蒲解释："后面跑出来的。"

宋维蒲点了下头，抬起胳膊，把挂在墙上的那幅画摘了下来。

后面赫然一个老鼠洞。

画框被倒扣在桌面上，背后有一圈颜色明显和其他地方不一样，这老鼠洞显然已经存在过一段时间了。两个人又检查了一遍屋子，这才意识到房间里的一些家具的确被啃咬的痕迹。

"我明天找灭鼠公司的人来。"宋维蒲说。

木子君点点头，接过了他刚才擦干净的装着松烟墨的包装盒、砚台和两根新毛笔。宣纸有一整卷，她多抽了几张，准备落笔之前先做做练习。把东西都放回书包后，她的视线忽然不由自主地回到了那个画框上。

"你还把它挂回去吗？"木子君问。

刚才宋维蒲已经把画正过来了。他擦了很多东西，但并没有擦那张画的玻璃板，因此上面仍然是灰蒙蒙的。

"不用了，"他说，"先回楼上吧，明天写也行。"

本来只是想拿个笔墨纸砚，谁想到出了这种事情。宋维蒲和木子君出了商铺，她看着他重新锁上门，目光再次落向那幅仍然蒙尘的画。

"宋维蒲，"两次都没有看清，她忍不住开口问，"你还记得那幅画里是什么吗？"

"画？"宋维蒲顺着她的视线看过去，发现了刚才那个被自己拿掉的画框。他回忆了片刻，回答她，"那不是画，那是一张摄影照，放大过的。"

"咔嗒"一声，门闩上锁。宋维蒲把商铺的钥匙拆下来别进常用的钥匙链上，然后拎着那串钥匙带木子君上楼。

"你想看一下吗？我记得它挺好看的，"他侧身和她说话，用肩膀顶开了门，"画框太脏了，你要是想看我帮你找原片。"

"好啊。"木子君说。

两个人前后回了房间，宋维蒲便去阁楼里拿相册了。木子君则把笔墨纸砚都从书包里拿出来，在茶几上摆开造型，预备给相绝书店题字。

没想到这童子功时隔多年还能派上用场，不过开写之前得先把新毛笔开锋。木子君一时找不到合适的碗，把喂负鼠的盘子拿了过来，倒了点温水，将笔头整个浸泡到水里。

同为鼠辈，楼下那个还被鼎罩着，你每天好吃好喝，只是食盘被用来泡泡毛笔，也没什么好抱怨的。

太久没写了，别说毛笔字，连硬笔都有些生疏。木子君裁出两张宣纸，浅浅对折了几下，靠折痕框定了字体大小和间距。

虽然说以宋维蒲的书法水平完全不用分什么高低，但毕竟是难得的"她行他不行"的时刻，木子君背上了一个不太沉重的包袱。

毛笔被泡开封，笔头胶质也被漂净。停笔好些年，第一次动笔竟然

231

是在异国他乡，木子君自己都觉得手腕僵硬。她甚至不敢研墨，只是沾了些清水，在宣纸上试探着写下一个"恩"字。

她为什么会写这个字？

木子君愣了愣，随即反应过来。有的东西日思夜想，竟然已经成为人的潜意识。

她看了一眼自己的手腕，"红玫瑰"和"恩爱"二字已经回来，接下来要找的，就是"两不疑"了。

金红玫会把哪颗珠子给那个画家了呢？那幅换来的画又在哪里呢？木子君不知道，其实她从来到墨尔本的那一天开始，就一直什么都不知道。她像是在按照一条已经被命运既定的轨迹往前走，而那条轨迹，和半个世纪前金红玫所走的那一条，路线重合。

清水的痕迹消失得很快，"爱"字也转瞬消逝无形。木子君用左手把宣纸抚平，在下一个折出的格子里，一笔一画地写下了"两"字。

"木子君。"这个字写完的一瞬间，眼前传来喊她的声音。

她抬起头，宋维蒲拍了下胳膊，把阁楼上带下来的灰尘拍掉，继而把相册递给她。

"你想看的照片。"他说。

楼下那幅画长宽都近半米，这张原照片则是正常的照片尺寸大小。木子君刚才只能看出画面的绯红色调，现在看清楚了，那种红来源于一块巨大的石头。

照片拍摄的是旷野中的一块巨型岩石。沙漠无极，荒草翻滚，暮色把石头映出一片血色。茫茫天地间仿佛就这么一块石头，从亘古留存至今。

"这是……"木子君觉得眼熟，试图回忆这块石头的名字。她把照片从相册里抽出来，又看了一眼背面，很快看到了那个几乎脱口而出的名字。

"Ayers Rock（艾尔斯岩）……"她轻声念道。

"对。"宋维蒲说，"在澳洲中部的沙漠里，你应该听说过。"

听说过的，地理书上写到过。艾尔斯岩，以"全世界最大的单体岩石"闻名于世，又因为地处澳大利亚中央腹地的红土沙漠，被称为这片大陆的心脏。

金红玫把这张照片放大做什么？

木子君盯着那行手写的"Ayers Rock"，发现右下角还有行字迹被她的手指盖住了。她撒开手，这才发现，角落里是一个钢笔的签名。

Rossela（萝塞拉）。

很漂亮的花体字，精美又飘逸。木子君默念了一下这个名字，感觉这个名字不像是英文名，像来自其他语种。

"萝塞拉是谁啊？你外婆的朋友吗？"

宋维蒲侧头看了一眼，也很意外。他之前没有把这张照片从相册里抽出来过，也没有翻过背面。

木子君想起了祝双双，继续问："葬礼的时候来过吗？"

"没有，"宋维蒲很肯定，"这个名字我没印象。"

他从小在澳洲长大，肯定也意识到了这个名字不像澳洲本土的英文名，在网上搜索了一下，发现萝塞拉是个常见的意大利女姓名。

意大利人？那就更不可能了，葬礼上来的都是中国人。况且，他知道他外婆在澳洲待了一辈子，英文也只能算勉强够用，又怎么会和意大利人玩到一起。

照片正正反反，也就只有这些信息。木子君翻回正面，又盯着那块巨型岩石看了一会儿，隔着镜头也能感受到那片沙漠的壮美。

她还蛮想抽空去一下的。

她"啧"了一声，把照片插回相册，试图继续自己被打断的本职工作。

其实她在国内写字的时候都开始用墨汁了，没想到人在唐人街，还古朴地用起墨条来。宋维蒲在旁边抱着手臂看，木子君指挥他过来一圈圈地将墨研上，在刚开了锋的毛笔上沾了层浅墨，先试着写了几遍"相绝华文图书"六个字。

重拾毛笔的感觉和近些年常写的硬笔完全不同，笔杆竖直，笔画走势凭腕力。几个字写下来，木子君非常清楚自己现在技法生疏。自己写着玩还行，拿去做招牌，路过的人里但凡有个懂书法的，就要笑话这书店老板被人骗了。

宋维蒲还坐在沙发上，右手扶着茶几桌面，左手一圈一圈地研墨，眼神定在宣纸上，很是期待的样子。木子君又写了几遍，偶尔看宋维蒲一眼，最后左胳膊一圈，把自己的作品挡住了。

"怎么了？"宋维蒲停了研墨的手，"写得很好啊。"

"太难看了，"木子君说，"你要不然去问问古董店，他们那对联是谁写的，找那个人给你写招牌吧。"

宋维蒲把墨条侧放上砚台边沿，伸手去拿她练字的纸。宣纸轻薄透光，他竖举过头顶，沙发正对面便是窗户。阳光穿透宣纸，却穿不透浓黑的笔墨，"相绝华文"四个字竟然在他脸上打下阴影。

"这不是……"宋维蒲从他的中文语料库里试图检索几个词语，想了半天，终于想起来一个合适的成语。

"这不是横平竖直的吗？"宋维蒲说，随即把肯定的目光转向木子君。

曾荣获少年宫书法冠军的木子君扶额。

谢谢，有被鼓励到。

横平竖直的木子君又练了几页，终于找回点少年宫时代的手感。她把练过的稿纸折了折，抬头看向宋维蒲。

"我还想再练一下，"她说，"等明天捕鼠公司的人来清理完，我再去拿几张宣纸上来，练好了我给你正式写。"

宋维蒲："刚才那个就行……"

"不行！"木子君说，"招牌做了就不能改了，乱写一个我自己心里不舒服。"

宋维蒲双手投降。

两人对视片刻，木子君收回目光，悒悒道："我小时候学书法，我爷爷和我说，汉字有灵，每一个字都不能潦草。这几年写硬笔书法没感觉，一拿毛笔，小时候那种敬畏感全回来了。怎么才几年没练，写成这个样子。"

她的眼神落在宣纸的墨痕上，语气颇有几分伤感。宋维蒲无言地看了一会儿，忽然拿过她手中还没洗净的毛笔，蘸了一点墨，又铺平一张宣纸。

"你干什么？"木子君一脸莫名。

"先说明，我这也是认真写的，"宋维蒲说着话，把笔头立到纸面上，"我没有不敬畏，这就是我最高水平。"

他握笔的姿势都很僵硬，木子君看过去，提醒他："你笔杆立起来，你这画素描呢。"

宋维蒲手上顿了顿，又把笔杆立直一点，然后无比认真地写了一个粗细不匀的"一"上去。

木子君："……"

暂时还看不出他要干什么。

宋维蒲观察了一下自己的成果，笔头朝上移，往下果断一笔，又是一个上细下粗的竖，和刚才的"一"正好成十字。

木子君看他写毛笔字看得五味杂陈，尤其是发现他要写的是"木子君"

后，更是有种开眼了的心情。

长这么大，还没见过自己名字被写得这么难看过。

两分钟后，这个丑得旷古绝今的"木子君"终于完工了。宋维蒲把那张宣纸拿起来，又在窗户面前观摩了片刻。字体隔绝阳光，打出的阴影映在他脸上，木子君不得不说，这三个字无论放在哪里，都很扭曲。

"你到底要干什么啊？"她问。

宋维蒲观摩了一会儿自己的字，点了点头，把笔递还给木子君，催促她："写我的。"

"啊？"

"写我的名字，"他说，"不是还有两张纸吗？"

木子君更加摸不着头脑，但还是按照他的话，把毛笔蘸上饱满的墨水，端端正正地写了个"宋维蒲"上去。或许是写他名字的时候没有写"相绝华文图书"的那种心理压力，这三个字发挥得反倒更自然，笔画走势也更飘逸。

"蒲"字写完，木子君便把墨水用尽的毛笔架到砚台上。不等她再次追问，宋维蒲忽然把刚才自己写她名字的宣纸放到他名字的旁边。

非常漂亮的"宋维蒲"和非常丑的"木子君"。

虽然还是不明白他到底要干什么，但是面前这一幕的确有点让她有种投之以木桃、报之以苦瓜的无奈，木子君深吸一口气，语重心长道："宋维蒲，我的书法是有点退步，但是也不至于……"

"但还是比我强得多。"宋维蒲说。

她一愣。

她的视线落回那两张宣纸上，听见宋维蒲继续说："木子君，你不用总觉得你写得不好。你知道吗，澳洲有几座中国寺庙，我为了写论文去看过。从建筑的角度讲，它们远远比不上国内很多宏伟的寺庙，但是那边的华人逢年过节，仍然会去庙里烧香拜佛。

"一种文明想在异国他乡延续下来，重要的并非优劣，而是持续性地被使用。澳洲是个移民国家，这里有很多不同国家的人和聚集区，但能发展成气候的并不多，唐人街又是其中文化特征最明显的，你想过为什么吗？"

木子君愣怔着摇了摇头。

"因为很多东西一直在被使用，"宋维蒲说，"中餐，汉字，节庆……文明的核心不在于这些，但只要这些东西还在被使用，它背后的文明就仍然富有生机。"

"所以你根本不用有这么大的心理负担，"他又把笔递给木子君，"你不用写到最好，你只要写得比这里的大部分华人好，你就为文明在异乡的延续做出了贡献。有缺陷的存在，价值也远远大于不存在的完美。"

木子君听得一愣一愣的，恍惚着抓过最后一张纸，写了个横平竖直的"相绝华文图书"上去，然后递给了宋维蒲。

"写得不错！"他说，然后上下拍了几张照片，起身就发给了设计商。

木子君看他的眼神五味杂陈。

他刚才说了一堆什么。

不就是想催她写个招牌吗？这中文水平怎么突然一股心灵鸡汤的味道……

次日。

周五上午，两个人都没课。木子君本来做好了多睡一会儿的准备，结果九点不到就被宋维蒲敲了门。她睁着惺忪睡眼打开门，看见对方已经穿戴整齐，眉毛微微皱着。

她扶着门框怕自己睡着，语气半梦半醒。

"怎么了？"

"我出去一趟。"宋维蒲看了眼手机，抬头和她解释，"一会儿捕鼠公司的人来，你帮他开下门。"

那只撞击着玻璃鼎的老鼠从脑海中一闪而过，木子君醒了。

"你干吗去啊？"想着一会儿要独自面对老鼠，木子君神色哀切。

"史蒂夫，"宋维蒲叹气叹得非常轻，但还是被她察觉了，"他打电话举报室友在合租房里犯罪，两个人打起来了，我去医院看一下。"

木子君："……怎么犯罪？"

宋维蒲："意会。"

木子君："哦。"

宋维蒲又嘱咐了几句，把楼下的钥匙拆下来给了她。捕鼠公司的九点准时到，木子君赶忙洗漱，提前五分钟去车库外面等着。

身后"轰隆"一声，宋维蒲骑着摩托从后面滑出来。木子君知道他那辆皮卡这两天送去修了，人往后退了两步，给摩托车让路，也没忍住腹诽这马达的声音太过嘹亮，震得人心跳加快，肾上腺素飙增。

"他严重吗？"她忍不住追问了一句。

"好像还行，"宋维蒲在马达的轰鸣里抬高声音，"就是胳膊骨裂。"

木子君无话可说。

你们男生"还行"的标准这么低啊？

摩托车起步速度比车快不少，油门一拧就加速冲出去，和地面呈着夹角消失在拐弯处。木子君抱着手臂看他的背影消失，又在门前等了一会儿，捕鼠公司的人抵达了现场。

来人是个澳洲大胡子，胖墩墩的，穿了身橙色背带裤的制服，很像《超级马力欧兄弟》里的马力欧。木子君把他带进一楼，一开门，那只被困在鼎里的老鼠受了惊，尖叫着撞击起玻璃壁。

那只负鼠已经是木子君对动物长相容忍的下限，她此刻根本不愿意把目光往下落，上抬四十五度角和捕鼠员解释了情况。对方听得连连点头，从背后掏出一柄喷枪。

这家公司是捕鼠除虫二合一，喷枪里装着药剂，伸进可疑处喷洒，会逼出潜伏在洞穴中的所有生物。他建议木子君把室内的东西都盖好，然后打开门窗，这样被逼出的动物有一部分会跑走，剩下的沾了药剂也会行动迟缓，他再一网打尽。

木子君听得头皮发麻，赶忙把散落在外的东西都用防尘布盖好，又把剩下的笔墨纸砚夹到胳膊下。好在店里东西本来就不多，简单收拾后，还暴露在外的就只剩下那幅画。

喷枪已经伸进老鼠洞预备喷射了，木子君用自己空着的右胳膊一把夹住那幅画，迅速逃之夭夭，把商铺留给"马力欧"独自战斗。

整个灭鼠过程大概要持续半个小时。

木子君跑到楼上把门窗紧闭，但仍然听见了喷枪开启时刺耳的"吱吱"声。她不愿想象楼下接下来会发生什么，赶忙把笔墨纸砚放到壁炉旁，那幅画则靠上茶几。

楼上得匆忙，她夹着画框，玻璃上的灰尘被衣服蹭掉了不少，露出了艾尔斯岩模糊的轮廓。木子君盯着那幅画看了片刻，忍不住伸出手指，顺着岩石的沟壑，在玻璃上画出一道一道的痕迹。

挺漂亮的摄影，她心想。

一直蒙着尘放在楼下，还怪可惜的。

楼下已经没了最开始的嘈杂，不知道"马力欧"捕鼠进行到了哪一步。木子君"啧"了一声，抽过几张纸，想把玻璃和画框彻底擦干净。

不行。

237

放了太久，灰尘嵌进木质画框的肌理，得水洗。

她扔掉那几张沾了灰的纸巾，把画框在自己面前转个个，扳开了画框后面压着背板的金属零件。她把背板慢慢抬开，目光落在了照片背面一幅褪色的油画上。画上画的是一个女人，手腕上戴着碧绿珠子的手链，斜倚在一家服装店的门前。

木子君愣了一瞬，目光不由得继续往下，最终被画幅最下方一行金色颜料写就的签名吸引了过来——

Rossela Matrone（萝塞拉·马琴）。

照片和油画背部紧贴。

铜版纸放久了质地有变，和那幅画的背面生出粘连。木子君盯着画中的女人看了片刻，小心翼翼地将画幅揭开，仔细看了片刻，终于确认：就是金红玫。

这就是祝双双说的那幅画，金红玫用一颗珠子换来的画。

不是没看过金红玫年轻时的模样，但此前都是黑白照，第一次见到彩色的人，竟然是通过这幅油画。黑色的高跟鞋，金色的旗袍，背后靠着的应当是红玫叶的门脸。她右手夹着烟搁在嘴边，另一只戴着珠链的手搁在手臂弯曲处，目光落在画幅之外。

过了太久，颜料的颜色略显暗淡，不过模特本身的艳丽感隔着岁月也呼之欲出。木子君的目光在金红玫脸上游移许久，最终落到了画幅的右下方。

萝塞拉，萝塞拉·马琴。

艾尔斯岩，油画人像，意大利女人。她用拇指在那行字母上摩挲片刻，最终把画抽出来，和茶几上未收的照片放到了一起。

她好像已经不会对金红玫的人生感到意外了。她十八岁离开故土，自此人生便是无边旷野，做什么样的事，遇到什么样的人，都是情理之中。

宋维蒲显然不知道画框背后还有隐情，这也不是金红玫给他留下的唯一谜团。她什么都不向这个后辈提，把一切都藏在这个红砖砌就的二层小楼里，等一个贸然闯入的外人。

木子君把画和照片摆正，回房间看了会儿书，等宋维蒲回来。"马力欧"捕鼠完毕，她把人送走没一会儿，楼下便传来摩托车的声音，和两道男声的对话。

木子君辨认了一下，听出另外一道声线是史蒂夫。

他们两个单独在一起的时候一般说英文，语速非常快，又在室外，木子君听不大清楚内容。等了一会儿，两人上楼，开门时发现木子君在，便立刻换了语言。

宋维蒲先进，史蒂夫跟在后面把门关上。他上次出场的时候西装革履，这次很朴素地套了件绿色卫衣，左臂夹板挂住脖子，样子凄惨。

"史蒂夫今天睡我们沙发，你可以吗？"宋维蒲喝了口水，转头问她，"他房东找人清理屋子，清理结束再回去。"

木子君意会，赶忙摇头："我没事，我没事。不过睡沙发他胳膊可以吗？要不要去借个气垫床什么的？"

"不用，不严重，"史蒂夫息事宁人地摆手，"骨裂而已。"

木子君：你俩不愧关系好。

两个男生回来的时候还买了饭，史蒂夫伤残不好动手，宋维蒲在茶几上一盒盒地拆开。木子君方才的思路被史蒂夫的出现打岔，这时才想起来自己的重大发现。

三个人坐下吃饭的时候，她把照片和那幅油画都递了过去。

宋维蒲明显也很意外。

"画框里拆出来的？"他眼神落向壁炉——玻璃板已经被木子君擦干净，和冲洗过的画框一起晾在壁炉下面。那张艾尔斯岩的摄影被拿出来，单独放在一边。

而那张曾和它背靠背的人像油画如今落到宋维蒲手里，无比清晰地指向了一条线索——这个萝塞拉·马琴，就是当年金红玫以珠易画的那位画家。

也是他们在祝双双之后，下一个要找的人。

好在今天来的是史蒂夫，对他们所做的事略知一二，旁听了几句就理解了来龙去脉。史蒂夫把画接过去看了看，又看了一眼木子君，感慨道："你和宋维蒲的外婆年轻时真的长得很像，但看起来又完全不是一个人……"

"本来就不是一个人。"宋维蒲说。

木子君把画拿回自己手里，和艾尔斯岩的照片放到了一起。

"萝塞拉·马琴，"木子君重新念了一遍这个名字，"他们外国人的名字好难搜，我查了一下，全是同名同姓的……"

"他们全名都很长的，"史蒂夫解释，"主要靠中间名区分，日常就是姓氏和名字。而且他们名字重复率也高，基本……"

宋维蒲："基本都是从《圣经》上抄的。"

史蒂夫顿了顿，一时没忍住："你这算命算出的名字就别说人家了吧。"

宋维蒲："……不想睡我家沙发就走。"

断臂史蒂夫，理亏哑火。他低头扒了几口饭，看见木子君还在对着照片苦思冥想，惭愧道："上次那家服装店我还能帮你们问问，这次是意大利人的事，我是真的……"

他思考片刻，继续说："爱莫能助。"

一脸使用了高级词汇的自我满足。

是，华人社会还没摸明白，现在又要找意大利人了。中、意在澳洲都有非常明显的聚集区，相应地，社区之间壁垒分明。能深入唐人街是有宋维蒲带着，意大利区呢？

意大利人，意大利人……木子君默念了几遍，忽然想起什么似的看向了宋维蒲。

"不行。"宋维蒲仿佛在她开口前就判断出了她要说的是什么。

"你知道我要问什么——"

"不行。"

史蒂夫咬着筷子在一边吃饭，显然被他俩的哑谜弄蒙了。木子君放下筷子，被宋维蒲突如其来的坚决弄得摸不着头脑。

"陈笑问到底怎么你了？"她试图从宋维蒲的眼神里寻找答案，尽管他的眼神里目前只有坚定的拒绝，"之前去他家庄园你就烦他。"

史蒂夫："陈笑问是谁啊？"

没有人理他。

"你难道不觉得他这个人，"宋维蒲说，"油嘴滑舌吗？"

史蒂夫："哇，学个新成语。"

木子君："他哪里油嘴滑舌了？再说人家帮过我们啊，唐鸣鹤还是他帮忙找到的呢。"

宋维蒲把筷子放下了。

"他帮你找到的？"他冷笑一声，"那我还帮你找到了祝双双呢，唐鸣鹤也是我送你过去才见到的。"

木子君简直不理解他在气什么："你和他比这些做什么啊？这和我让他帮忙打听萝塞拉有什么关系。我找他，只不过是觉得他的意大利背景有用……"

宋维蒲："我也很有用啊。"

"你是很有用啊，"木子君说，"但我只在陈笑问有用的时候找他，你有没有用我都会找你啊。"

宋维蒲瞬间安静。

无人在意的角落，史蒂夫用尽全身力气，才把喉咙里的惊讶咽了回去。

是他的错觉吗？

屋子里的气氛，好像突然"娇羞"了起来。

男人怎么这般反复无常，木子君如是感慨。

本来那天说什么都不让他找陈笑问，结果不知道从哪句话开始，宋维蒲的态度就软化了。甚至在她打电话询问陈笑问有关萝塞拉的事时，对方顺便邀请她去参加陈元罡的九十大寿，旁听的宋维蒲都表示可以一同前去。

这也成了他俩期末周开始前的最后一项活动。

久违的山顶庄园，点起灯便又是一副海鲜珍宝坊的辉煌模样。气温已经比上次来这里高了不少，先前枯败的荷花纷纷结苞，叫人期待夏季的绽放。

来参加陈元罡九十大寿的客人不少，庄园外的停车场挤满各式豪车，出入的多是东方面孔，对话也多是粤语。想到庄园里那些千里迢迢运来的樟树和泥土，木子君恍然又有了那种如梦似幻的错觉，仿佛回到了陈元罡遥远的故乡。

客人大多年长，人来人往，衣香鬓影。木子君观察了一番，侧身低声问宋维蒲："我用不用挽着你胳膊啊？"

宋维蒲刚从驾驶座下来，被问得猝不及防，身形都略显僵硬："挽我干什么？"

"我看他们都挽着，"木子君用眼神示意周遭成双成对的客人，"这是不是上流社会出席场合的礼仪啊？"

"对。"他沉默片刻后说，"应该是要挽着。"

木子君点点头，心无杂念地把胳膊往他臂弯处一揣。宋维蒲僵了一瞬后便恢复正常，左臂九十度抬起，带着她向庄园内部走去。

天气好，室内室外已经打通了，几张长形白色桌子摆在午后阳光下，上面放着甜点和鸡尾酒，供客人们消磨时光。木子君和宋维蒲站到一处放着水果的高台之后，闲来无事，便聊起当时和陈笑问在电话里的交谈。

"他说叫萝塞拉的女人很多，马琴在意大利也不是小众姓氏，但在澳大利亚的话……"木子君往嘴里放了块切块的哈密瓜，"这个姓氏没那么多。"

"那幅画呢？"宋维蒲没吃东西，靠在桌沿上听她回忆。

"他说去问问画廊，有没有人收录过这个画家的作品，"木子君若有所思，"在澳洲开画廊的意大利人挺多的。哎，你说他们意大利人……"她思考片刻，"是不是除了做饭就是搞艺术啊？"

话音刚落，一声抑扬顿挫的"木子君"便从不远处传来。木子君和宋维蒲回过头，看见陈笑问一身西装，栗色鬈发做了定型，向他们走来的样子像一只神采奕奕的英俊泰迪。

"你们能来我太高兴了！"他说。

他的中文水平似乎比上次见面时变好了一点，但有一股明显的译制腔，木子君甚至担心他下一句是"好久不见，我的老伙计"。

好在没有。

"我邀请了几位画廊的经理，他们正在那边对话，"陈笑问伸手指了指，"要我带你去认识一下吗？"

盛情难却，木子君猜测为客人牵桥搭线也是他们上流社会的某种礼仪吧。她急忙咽下咬了一半的哈密瓜，挪动到陈笑问身边去了。

"那我去一趟啊，"木子君朝宋维蒲摆了下手，"你等我一会儿。"

宋维蒲没说话，目光落在她身侧。

木子君回过头，这才发现陈笑问已经弯起左臂，摆出一个标准的……上流社会的礼仪姿势！

你们上流社会有必要吗！

她难以察觉地叹了口气，把手臂搀到对方给她预留的位置，继而被陈笑问带着向画廊经理的方向走了过去。

而宋维蒲站在原地，看着两人的背影渐行渐远，仿佛看见了一把被自己扔出去的回旋镖，飞回来精准地打击到了自己。

他们意大利人怎么就只会做饭和搞艺术呢？

招蜂引蝶，也是炉火纯青啊。

木子君向来不擅长社交，和一群侃侃而谈的意大利人在一起，笑容很快就僵硬了。或许是看出了她的不自然，陈笑问体贴地把她带离了人群，并低声提醒："可以说声 Ciao，他们会很高兴。"

Ciao 在意大利语里兼具"你好"和"再见"的双重含义，虽然写出来从中文的角度讲不太文明，但实际的发音更偏向于"悄"。木子君提前离场有些歉意，很配合地说了一声，换来几位画廊经理与她热情告别。

直到离开人群，木子君才彻底松了口气。

宋维蒲一时不见踪影，她站得疲惫，便找了把椅子坐下，陈笑问则扶着她椅背与她闲谈起来。不同文化背景的人聊天，话题很容易转到语言教学上，尤其是刚才已经教了"Ciao"，两个人自然而然地说起了别的常用语。

"Mi Chiamo（我叫）加你的名字，"陈笑问开口陈述，"你见到意大利人可以自我介绍，比如 Mi Chiamo Federico（我叫陈笑问）。"

"这样啊，"木子君点点头，"Mi Chiamo Kiri（我叫木子君）。"

"你发音很标准，"陈笑问赞许点头，"如果要感谢别人，grazie（谢谢），道歉的话，scusi（对不起）。"

木子君重复了一遍，换来陈笑问的再度夸赞。意大利人实在太爱夸人，搞得木子君飘飘然，都忘了自己学了三天才学会两句粤语的往事。

"还有吗？"她踊跃道，"我觉得意大利语不是很难。"

陈笑问闻言挑眉，轻轻点了下头，俯身看向她，声音低沉地说："还有一句……Ti amo（我爱你）。"

好好的，这语气怎么忽然缥缈磁性了起来。木子君迟疑片刻，跟着他重复了一遍："Ti……Ti……"

"Ti amo."陈笑问说得越发深情。

木子君还没来得及再度重复，忽然听见身边传来脚步声。一抬头，宋维蒲冷着张脸出现在椅子旁边，视线完全不给陈笑问，只是一眨不眨地看着她。

她被宋维蒲看得甚至心虚了起来，为表清白，立刻解说现场的情况："陈笑问在教我意大利语……"

她这才想起来陈笑问并没提及这句话的中文含义，赶忙转头询问："这个 Tia 什么，是什么意思啊？"

陈笑问看了一眼宋维蒲的表情，这时候才好像反应过来什么，赶忙耸了下肩膀，冲他轻声道了句"scusi"便匆匆离开。

这个知识点她知道，"scusi"是对不起。

他对不起什么？

宋维蒲把木子君拉到身边。暮霭沉沉，室内的宴会即将开始。两人并肩朝着灯火辉煌的方向走，木子君看了一眼陈笑问匆匆离去的背影，转向宋维蒲问道："你也会意大利语是不是？Ti amo 是什么？"

宋维蒲顿住了脚步。

他停得突然，又拽着她手腕，木子君也被他带停了。她侧过身，他人面朝宴会厅的方向，脸部轮廓一半被暮色吞没，一半映着大厅橙色的灯光，竟说不上是温柔还是冷漠。

她无端想起了在机场和他见的第一面，他整个人被车灯的白光笼罩，浑身写着"生人勿近"四个字。

而现在他牵着她的手腕，就站在离她不过五厘米的位置，她甚至能感受到他呼吸时身体的起伏。

他沉默了一会儿，转身凝视她的眼睛，慢慢开口。

"你不是想学粤语吗？"他问。

怎么突然问她学粤语的事？这都什么时候的旧皇历。不过她第一次在图书馆和他碰面时的确说过这件事，此刻也只能愣愣点头。

"对，我是想学来着。"她说，"不过你一直在，我好像也不是特别用得到。"

他点点头，继续这个话题。

"那好，我现在教你一句，"他说，"你跟着我念。"

他说粤语的时候用的声部好像和普通话、英语不同，第一次听他在赌场里和人交流的时候木子君就发现了。他无比认真地看着她的眼睛，一字一顿地开口。

"Ngo."他说。

木子君重复。

"Ho."他继续。

"Ho."

"Chung."

"Chung."

"Yee."

"Yee."

"Lay."

"……"

她像是忽然意识到了什么，一时哑然，连最后一个音节也发不出来。宋维蒲等了片刻不见她应声，微微低头，继续说："我连着念一遍。

"Ngo Ho Chung Yee Lay（我好中意你）。"

她张了下嘴，童年时代看过不少港片的经典台词画面被唤醒，喉咙忽然变得极度干涩，竟然一个字都说不出来。

"Ti amo 学得那么快，"他离她更近，"同一个意思，粤语学不会？"

木子君如梦初醒，舔了下嘴唇，徒劳地张了下嘴，发出一声无措的"啊"。

宋维蒲喉咙里一声轻笑，慢慢往后退了两步，收敛了方才逼近的姿势。

见他的阴影从自己身上移开，木子君才松了口气似的垂落双肩，心虚道："我……我回去练。"

"嗯。"宋维蒲已经在往宴会厅的方向走了，背影就像是什么都没发生过。木子君加快步伐赶过去，听见夜风又带来他的话。

"不能找别人练，"他说，"两句话都是。"

"哦，"木子君背着手，回答得老老实实，"我自己，在家练。"

寿宴的后半程，两个人都变得有些沉默。

说是给陈元罡过九十大寿，但木子君也不知道他是否能意识到后辈为自己尽的孝。一双儿女和四个孙辈济济一堂，除了陈笑问是混血，其他人都还是黑发黑眸。陈元罡穿着一身唐装坐在人群里，神色略显茫然，或许在他的世界里，还是十六岁的自己和1940年的长安旅店。

一场喧闹后，夜色降临，宾客离席。

木子君和宋维蒲上了车，开始向家的方向开。他们先前很少开夜路，山路曲折，车灯大开，地面被光映得一片雪白。高大的树木林立两侧，已经在那儿矗立了一千一万年。

她已经记不起这是第几次坐他的车，反正她从来到墨尔本的第一天，就在坐他的车。亮的是车外，车里光线暗淡。山路开到尽头，宋维蒲打了下转向灯，汇入了平地车道的车流。

有了路灯，就不像在山路上要集中注意力。她很快注意到宋维蒲撒下一只手，单手握着方向盘。又过了一处绿灯，他把手往两个人中间挪了一下。

木子君屏息凝神，狠狠咬了下嘴唇，放在腿上的手指控制不住地蜷曲。

然而，宋维蒲只是在两个车座中间摸索了一下，然后把一瓶未开封的矿泉水从放杯子的地方抽了出来。

"帮我开一下。"他说。

木子君气不打一处来。

"我没手。"

"我没瞎。"

路况尚好，他短暂地转头看了她一眼，没懂她突如其来的硬语气。"咔嗒"一声，木子君帮他把瓶盖拧开，然后面无表情地递过去。

宋维蒲喝了一口，又把水瓶递回给她。

木子君僵硬地拧上瓶盖，把矿泉水瓶再度插回了前座中间。路牌显示前方有个加油站，木子君抱着手臂盯着那路牌从头顶飞驰而过，硬邦邦地说："我要去加油站。"

"我不加油。"

"我要买东西！"

已经远远能看见加油站的房顶了，旁边二十四小时的便利店也亮着明亮的灯。宋维蒲及时放慢了车速，但还是忍不住反问："你买什么啊？"

木子君："冰可乐。"

宋维蒲："后座不是有吗？"

木子君："我要冰的！"

宋维蒲："……行。"

来都来了，宋维蒲查了下油箱，干脆直接把车停到了自助的机器旁边。两个人下了车，宋维蒲还没来得及走到油箱盖旁边，就听木子君"咣当"一声摔上副驾驶的车门，往便利店的方向去了。

真是令人摸不着头脑。

自助加油位离便利店的店门不远，宋维蒲目送她进去，便转身处理起加油枪。他低头把枪头放进油箱管道，按下释放汽油的按钮，便抱着手臂开始等待。

汽车加油的声音很像白噪声，让他开夜路紧绷的神经舒缓。方才路上的一幕幕轮番在脑海里展映，他抱着手臂等油箱提示，忽然忍不住低笑了一声。

木子君刚才，是不是以为他想牵她啊？

有什么好气的，在悉尼的时候就牵过了，只不过是她醉了没印象而已。

喷枪报警，油箱接近加满。他把喷头放回置架，抬头往便利店的方向看了一眼。整个对外的墙体都是玻璃，全店开灯，店里的细节看得一清二楚。值班的售货员正倒在转椅上打瞌睡，宋维蒲换了个角度，很快看到了站在货架靠后位置的木子君。

他随即皱了下眉。

她手里拿着罐可乐，朝向的位置被货架挡住。她似乎在和人说话，神色镇定，但有一种掩藏不住的慌乱。

246

宋维蒲把驾驶座的门都打开了，又猛然一摔，往店门口走去。角度变换，货架里面的人背影逐渐露出。他控制不住地骂了一声，步伐骤然变快。

进门的时候有欢迎的电子音，售货员在困倦中抬头看了他一眼，随即被他的表情吓得精神起来，慌乱地打了个招呼，手下意识按住收银机器。宋维蒲来不及和他解释，大步走到货架深处，一把将背对着自己的木子君拉到自己身后。

她对面站着的是她先前那个房东。

那次报警后，史蒂夫负责了所有的后续工作，宋维蒲也没有再和木子君提起过，怕她想起这个人后怕。他大概知道警局对这个房东进行了一些处罚，他也确认了对方不知道木子君搬走后的任何信息。

没想到大晚上的，在这儿碰上了。

宋维蒲拽着木子君的手腕，她看着故作镇定，其实在抖。那房东刚才看木子君一个人在买东西想过来吓唬吓唬她，显然没想到宋维蒲就在附近。

宋维蒲的样子太凶，方才一瞬间的爆发像是猛兽扑跃过来。房东控制不住地往后退了一步，愣了几秒，才若无其事地说："我和我房客，打个招呼而已。"

说完，房东立刻侧着身子从货架旁移开，甚至不敢走木子君所在的那条货道。他们的动静吸引了值班的售货员，那是个很年轻的白人青年，一脸惊恐地拿着手机和一把扫把站在门口，随时准备着逃跑。

直到房东的身影消失在便利店门口，木子君才彻底松下那口气。

方才对方忽然出现在她身后，她转头的一瞬间几乎被他身上的味道呛晕过去。尤其是那张脸靠近自己的时候，当时看见新加坡室友短信时的那种恶心感简直是翻江倒海地重新涌来。

但那种感觉在宋维蒲握住她的手腕时忽然减轻了，他挡住她的视线，没有再让她看到那个人。直到对方彻底消失，他才慢慢转过身。

看到他的眼睛时，木子君发现那种感觉完全消失了。她一直知道他眼睫的颜色比常人深，但此刻白炽灯照着，他低着头看她，她才发现那种黑比她想象的更纯粹和汹涌，足以吞噬她遇到的一切不好的事情。

两个人都没有说话，但她觉得他的手好像松了一点，随即慢慢从她腕间垂落，垂到手侧。他起初只是攥住了她的小指和无名指，而后手掌慢慢张开，攀到更靠里的地方，然后重新握住了她的整只手。

他把她拉得靠近了一些，眼神从她的睫毛落到她颈侧。身体彼此靠近，能感觉到呼吸的起伏和对方的体温。木子君这时候才清楚地意识到他比自己高了多少，礼貌的边界被打破，他进入她更私人的领地，肩膀占据了她所有的视线。她看着他衬衣肩侧的那道折痕，很规整的折痕，但他又朝她靠近一步，那道折痕就皱了。

木子君猛然往后退了一步，低声说："回去吧。"

他没有再向前，慢慢松开她的手，然后从便利店离开了。他站在门口等她，她加快几步走到他前面，然后他跟着她回车上，和她拉远了一些距离，但又让她在他的视线里。

车里的空气比方才灼热，木子君降下车窗。夜风灌满整辆车，他点开澳洲本地不知名的电台，夜风里便夹杂了深夜电台的絮语。

他直接开回了楼下的车库。

闸门是电动的，两个人沉默地等待它开启，而后把车滑进了平日的位置。木子君摘掉安全带，宋维蒲平常会直接把车门开锁，今天却没有。

"不回去吗？"她问。

他不说话，把那瓶拧开的矿泉水拿起来，仰头喝了几口。车库里没有灯，亮的只是远处主干道的霓虹灯光。木子君借着那些光亮侧脸看他，看见微光把他侧脸的轮廓清晰地勾勒出来。

她好像很熟悉这道轮廓，她一直都更熟悉他的侧脸，他的鼻梁和下颌线的走势，以及线条锋利的喉结。

他喝完了水，把水瓶放回凹槽。木子君的手指再次屈起来，等来的是他的问句。

"别搬了，行吗？"

她有些意外地抬起头。

"我说你别再搬家了，"他看着车前镜，语气很平缓，但像是刻意控制的平缓，"我不想你再碰到那些事了，我也担心你碰到麻烦的时候我不在。"

宋维蒲："你就住在我这里，住到毕业，可以吗？"

她弯曲的手指慢慢伸平，然后放到腿上，又滑去膝盖。

"我不是想搬，"她轻声说，"我是觉得很麻烦你啊……"

宋维蒲愣了一瞬，看着前镜的视线转到她脸上。唐人街主道的霓虹灯今天格外亮，甚至穿过窄巷，照进了他家楼下，照在他的脸上。

"不麻烦啊。"他说，语气带了几丝意外。

顿了片刻，他再度开口，声音变轻了些："都是我自愿的。"

为什么人心动的时候会小鹿乱撞呢？木子君心想。

她明明心跳得很慢很慢，像泡在温热的潭水里。

她点了下头，回答他："好，我不搬了。"

"当啷"一声，一瓶可乐从图书馆的自动售货机里掉到出货口。

从那天晚上买可乐未遂后，木子君就开始了每天一瓶可乐的日子。不健康，但快乐。尤其是在漫长辛苦的期末时间，起到了很好的舒缓情绪的作用。

陈笑问那边目前没有消息，她正好一门心思地应付考试和论文。宋维蒲又不见人了，只是以三天一次的频率出现在图书馆她的座位旁边，帮她改改论文的语法错误。

期末结束的那一天，校园里的蓝花楹已经开了满树。

宋维蒲比她提前一天考完，过来帮她看了最后一篇论文，等她提交后便一起离开。离开图书馆的时候要经过一段栽种了蓝花楹的小路，微风拂过，花瓣坠落，宋维蒲见状便提醒她："接一下。"

木子君不解，但还是展开手掌，等一片花瓣落到她手心。她把花瓣捻到指尖，问他："做什么？"

"一些传统，"他说，"接到蓝花楹，期末成绩会好。"

木子君恍然，趁着下一阵风又接了几片。看宋维蒲只是跟在她旁边，她不由得问："那你怎么不接？"

宋维蒲："太迷信了。"

木子君无语。

你个算命算出的英文名你说谁迷信。

学校里空了一半，许多专业都提前考完了。他们坐电车回了唐人街，先去了一趟书店。

最近学业太忙，书店都很久没有开业了，网店积攒了不少未发货的订单。他们打扫过卫生又寄书，忙了整个下午。填到最后一份快递单时，木子君忽然不由自主地"咦"了一声。

"怎么了？"打包图书的宋维蒲抬头看她。

"又是这个人，"她说，朝他挥了一下快递单，"收货地址是中国香港的一座寺庙，之前就买过一本。"

宋维蒲起身来拿她的快递单，扫视了一下，发现收货处只标注到街道和寺庙名称，电话也留的是一台座机。

"他买什么了？"

"上次是一个戏词的戏本，"木子君说，"好像是《白蛇传》。这次还是戏本，是……"

她低头翻了翻。

"《红鬃烈马》。"她说。

"这些戏本也绝版了？"宋维蒲问。

木子君对着屏幕噼里啪啦地敲了几个字查阅，随即转头否认："没有啊，国内多的是。"

海外邮购，邮费贵了几倍，能被下订单的基本都是国内的绝版书。两个人又研究了一会儿《红鬃烈马》，也看不出什么名堂，便把书规整地包起来了。

一个有钱没处花的老和尚，木子君心想。

忙到一半，木子君的手机忽然响了。这年头没什么人打电话，她第一反应是陈笑问那边有了那幅画的消息。谁知点亮屏幕，来电显示竟然是唐葵。

她手里有东西不方便举电话，便点了免提。

唐葵是个说话非常直接的人，她和宋维蒲上次就领教过了。唐葵和人交谈会直接略过寒暄的步骤，比如这次，她在木子君接通电话的一瞬间便说："你和宋维蒲在一起吗？我有事问他。"

木子君一时结舌，说了句"哦"，便示意已经听到了唐葵说话的宋维蒲过来。男生放下手中的书走到柜台旁，简洁地回问："怎么了？"

"比较突然，我不想冒犯你，"唐葵说，声音很冷静，但木子君总觉得哪里不太对劲，"但我爷爷昨晚去世了，我们想为他举办中式葬礼。上次在本迪戈你好像提过，你当时找的是哪一家殡仪馆？"

木子君愣住了。

宋维蒲显然也有些措手不及，视线在她手机上停留片刻，最后把免提关了，拿到耳边去接。他和唐葵单独说话的时候和史蒂夫一样，都是二代之后的华裔，几句话便转回英语。木子君听见他让唐葵等他一下，当时葬礼的材料都在家里，他回家去帮她找。

挂了电话，他和木子君对视片刻。

"有点……"她恍惚道，"有点突然。"

"不突然。"宋维蒲说，"他和我外婆是同一个时代的人。"

木子君懂他的意思。

　　金红玫去世的材料都封进柜子里了，柜子又存在阁楼。两个人回了家，宋维蒲看着通往天花板以上的楼梯，有些疲惫："早知道上次就不放回去了。"

　　"上次？"木子君惊讶，"什么上次？"

　　"你让我帮你找她那天。"宋维蒲说，转而手脚并用爬上了楼梯。木子君在楼下听得一阵翻箱倒柜的响动，片刻后，宋维蒲顶着一身灰下来了。

　　他拿下来的是个大信封，里面装着从医院到殡仪馆开具的一系列证明。有关身后事，有些是金红玫生前自己安排好的，也有些是他自己摸索出来的。

　　木子君忽然想起来，唐鸣鹤一个人送走了所有同辈的亲友，因此唐家这两代后人都未曾经办过葬礼，这也是唐葵来询问宋维蒲的原因。

　　那宋维蒲当时呢。

　　他能去问谁呢。

　　木子君抱膝蹲在一侧，看他单膝支撑着身体，跪在地上把信封拆开，倒出颜色各异的证明材料。人活百年，沧海一粟，恰似幻光，到最后留下的居然只是这样几张纸。

　　难道这些东西就可以代表一个人的一生吗？

　　他朝木子君伸了下手，示意她把手机给自己，继而对着地板拍了几张照。唐葵的号码就在通话记录的第一个，他给她把照片用短信发送过去，里面也有他当时专门找的那家华人殡仪馆。

　　"用不用安慰她一下啊？"木子君看着迟迟没有回复的短信界面问。

　　"不用，"宋维蒲说，"把这些发给她就够了。"

　　他语气很淡，是经历过某些事情的了然。木子君没有再多问，等了一会儿，唐葵回复了。

　　唐葵：对了，还是想谢谢你和宋维蒲。

　　唐葵：他来看了我的演出，他去世的时候我在，我没有什么遗憾。

　　两句话依次出现在屏幕上，木子君和宋维蒲看着她的回复，直到手机黑屏，都没有再开口。

　　唐家人明显没有操办葬礼的经验，整个过程很仓促，葬礼开始前一天唐葵才问木子君和宋维蒲是否有时间去。两个人合计了一下时间，没怎么犹豫就答应了。木子君起初有些担心宋维蒲触景生情，但看到唐鸣鹤最终下葬的陵园在本迪戈而非金红玫的那处，便稍微放下些心来。

木子君从小便觉得举办葬礼的天气合该是阴沉的，甚至下着小雨的，偏偏那天晴空万里，空气里一股春末夏初的明朗气息。想来四季更迭，晴雨有时，天地万物自有节奏，并不会因为人的死亡而有所波动。

澳洲本地的殡仪馆也有很多，但华人基本还是会选择提供特殊丧葬服务的殡仪馆，这种馆内一般陈设亚洲厅，根据死者的信仰提供对应的陈设。厅内弥漫着香烛的味道，唐葵表情漠然地应付着前来悼念的亲朋好友，木子君能明显看到她脸上的不耐烦。

好在她还有个哥哥，稳重平和得多，一板一眼地向每一位客人还礼，最后抱着遗照，领着一群人扶灵而出，棺木也在合拢后搬运上车。木子君和宋维蒲缀在队尾，唐葵站的位置比他们更靠后。殡仪馆的灵车将棺木运去陵园，只有最亲近的人会跟去。木子君有些犹豫，回头看了一眼唐葵，忍不住开口："那个……"

"你俩开车了吗？"唐葵摸了下兜，烟瘾明显已经犯了。

"开了。"宋维蒲说。

"带我回趟本迪戈行吗？"她问，"我去拿点东西，晚点去陵园。"

木子君以为以宋维蒲的性格会拒绝，毕竟唐葵这要求提得毫无细节。

没想到，宋维蒲只是看了一眼浩浩荡荡的扶灵队伍，便朝她点了点头："走吧。"

快上车的时候，宋维蒲又想起什么似的，回头和唐葵说："你别在我车上抽烟。"

唐葵连打火机都掏出来了，漠然地看了他半晌，最后把东西装回自己兜里。

木子君被他俩这对话搞得脚步僵硬，又听见唐葵在她身侧说："你找了个什么啊，管得比我爷爷都宽，以后有你好受的。"

木子君哑口无言。

他们回的是唐鸣鹤在山上的那栋房子。唐家人都去参加葬礼了，房子已经彻底空了。木子君和宋维蒲把车停在门口，唐葵便从后门下车了。她没有邀请他俩进屋子的意思，迅速闪进门里，再出来的时候，手里竟然拎着那只唐鸣鹤本来捐给了博物馆的狮头。

木子君趴在车窗的窗框上，目瞪口呆地看着她大步走上主道，伸手扶住车顶，人先荡进来，那狮头则紧随其后。狮头体积太大，好在他们这是个皮卡。

"你拿完啦？"木子君问。

"完了，"唐葵说，"去陵园吧。你问他我开着窗户抽行吗？"

"不行。"宋维蒲说。

唐葵嗤了一声，转过头看着窗外的景色，不说话了。木子君从后视镜看了她一眼，发现她并没有把狮头卡在车后座上，而是抱在自己怀里，用双臂紧紧环住。

"你套自己头上更节省空间。"宋维蒲突然开口。

唐葵："Shut up（闭嘴）。"

木子君无奈。

他俩怎么还是这么不对付啊！

唐葵指路，他们半个小时便到了陵园。

唐鸣鹤的葬礼已经举行到了一半，墓碑前支起一个铁制的箱子，似乎在烧着什么，远远就能看见烟雾扩散。宋维蒲把车停在不远处的空地，三个人一起下车，唐葵手里还拎着那只狮头。

对比她和远处那群人黑色的衣服，这团赤红显得格外刺目。

终于下车了，她终于能抽烟了。葬礼的环节怎么能这样冗长呢，告别像是没有尽头。

"根本没有人伤心啊，"唐葵说，"都是装的，他们还没有你看起来伤心。"

木子君不知说什么。

唐葵的目光定定地看着远方的人群和飘散的青烟，把烟抽完。

"他们都不了解我爷爷，"她说，"他骨头很硬，以前是狮队的狮王，受了很多苦都没认命，他才看不上这种哭哭啼啼的葬礼。"

木子君不知道唐葵是怎么把狮头从博物馆弄回来的，看起来也不打算还回去了——她烟抽完了，想扔又没地方扔，然后看了一眼狮头，直接把烟头从狮头的下巴底下戳进去。

垂落的胡子遮住了嘴，这只狮子就像在抽烟一样。木子君从没看过狮头抽烟，被唐葵的行为震哑了。

做完这一步，唐葵长吸一口气，拎着狮头朝人群走去。木子君来不及阻拦，也知道自己这一刻什么都不该做。

这是属于唐葵和她爷爷的时刻。

她看见唐葵大步流星地冲进人群，每一个穿着黑衣哀悼的人都惊讶地为她让开道路。狮头通红似火，被高高举起，须发在风中狂舞。唐葵举着狮头走到刚落成的墓地前，身子停顿片刻，然后把那只狮头猛然砸进燃烧的火里！

火焰轰然炸起，火星飞溅到空中。那只狮头的肌理迅速被火舌吞噬，骨架被灼烧成焦黑色泽。编织骨架的竹篾迟迟不断、不裂，只是在火中"噼啪"作响。

很快，画着花纹的绸纸彻底燃成灰烬，被催盛的火焰开始顺着骨架燃烧。火焰跳动，那只狮头竟像是活了一样，从烈火里站了起来。

木子君听见唐葵大声说："爷爷！去做狮王吧！"

就在她喊出的一瞬，竹篾的骨架彻底变黑，弹性消失，"噼啪"一声断裂弹开。那只火狮的残影在空气中留存一瞬，而后坍塌入尘，归于1941年唐人街鞭炮齐鸣的正午时分。

唐葵没有待到葬礼结束，她的父母也被她的行为震惊。这世上的确存在一些行为，荒唐透顶，但符合逻辑。

那只狮头被砸进火里的一瞬间，木子君和宋维蒲瞬间拥有了和唐葵"共犯"的自觉，默契地回车里等她，然后驶离犯罪现场。后视镜里仍能望见浓烟滚滚，宋维蒲降下四扇车窗，任由风声狂啸，他们都假装听不见唐葵的抽泣声。

开出墓地两公里后，唐葵终于从手机上找到自己要去的地方，把地址递给了宋维蒲。

"我们乐队在那儿接我，"唐葵说，"你把我放在车站就行。"

宋维蒲点了点头，朝她给的定位开过去。

开进市区后不久，他们便看到了在车站旁等唐葵的一男一女。两个人都骑摩托，男生背上背着吉他包。唐葵下车后跳上那女生的后座，转过头，冲副驾驶座的木子君挥手。

木子君笑笑，也挥了挥手。唐葵示意那辆摩托往前一点，开到和他们驾驶室平齐，然后偏过头，冲里面喊："你还真是挺有用的！"

宋维蒲懒得看她，一脚油门开出去了。木子君都没来得及道别，转头说他："你有点礼貌行不行啊？"

"你看她对我有礼貌吗？"宋维蒲说。

木子君彻底放弃缓和他俩的关系了。

放下唐葵的地方离唐人街已经不远，他们很快回家了。

在陵园的时候一场喧闹不觉得，宋维蒲和唐葵互看不爽的时候也不觉得，回家了，安静下来了，一些更微妙的情愫就涌上心头。

接连见证了老去的陈元罡和寿终正寝的唐鸣鹤，木子君很难不想起自己的亲人。她先前一直避着不想，如今考完试了，的确也该想一下假期回国的事了。

倒是不能为了那些讨厌的亲戚就连父母和爷爷都不见了，但见了该怎么说呢？手链还没找齐，她该如何编造一个关于金红玫的谎言呢……

宋维蒲坐在一侧，按了下电视。

"要买机票吗？"他问。

"啊？"木子君抬头。

"你回来的路上不是想买机票吗？"他声音很平静，"过年想回去就回去好了。"

"我……"木子君一时结舌，想起自己路上的确开了几次买票软件，没想到宋维蒲都看在眼里，"那你……"

"我去开沪菜馆的阿姨那儿过。"他说。

木子君回忆片刻，想起上次去阿姨家她闲聊时说的话，反问："她不是要回国陪她女儿过年吗？"

"她不回了。"宋维蒲说。

他答得太干脆，像是先替她做了决定，然后预设了所有答案。参加唐鸣鹤葬礼是一件很微妙的事，宋维蒲会想起金红玫，他不用费什么力气也能猜到木子君会想起自己的爷爷。

隔辈的相处是一件见一面少一面的事。有时候只是一个平常的夏天，你去学校，走的时候说的最后一句话还不大耐烦，然后那就是最后一面。

木子君没有反驳什么，她打开买票软件想看下方才收藏的航班，这才发现屏幕上有两条未读消息。

她挑了下眉，依次点开，读完，然后表情变得有些奇怪。

宋维蒲正沉浸在自己伟大无私的爱中难以自拔，忽然发现木子君的目光转向他，神情复杂。

他用眼神询问发生了什么。

"两……两件事。"木子君说，伸出了两根手指。

宋维蒲依稀记得，她第一次来他家骗他当翻译兼司机的时候，也是这么伸出了两根手指。

"第一件，"木子君说，"陈笑问那边来消息了，有一家画廊找到了一幅画，签名也是萝塞拉·马琴，我们可以去确认一下。"

是好消息，但宋维蒲不知道木子君为什么这么忐忑。

"第二件，"木子君语调茫然，"我妈给我发消息，说她也受够了每年见那帮讨人厌的亲戚了，让我过年别回去了，她今年要逃来澳洲……和我过年。"

宋维蒲一愣。

"她还不知道我和男生合租，"木子君想了想，补充道，"单独。"

由嘉和宋维蒲同学五年了，这还是她第一次来他家。

来的时候，她就觉得很奇怪，因为宋维蒲这人属实和热情好客没有任何关系。这种奇怪在发现屋子里还有另外一个一脸茫然的陌生人时加倍。两人短暂介绍，自报家门，她才知道这就是宋维蒲每次聚会遁地而逃时常用的借口史蒂夫。

四人齐坐一堂，好菜好可乐，由嘉终于从木子君的陈述里理解了他俩的诉求。

"所以说——"由嘉指着宋维蒲的卧室，"阿姨来的那周，我来宋维蒲家住。"

"对。"木子君说。

"然后宋维蒲去和这个叫史蒂夫的住。"她的手平移向被混乱的人物关系搞混乱的史蒂夫。

"完全正确。"木子君肯定。

"行倒是没什么不行的，"由嘉挠挠头，"反正我爸妈也不来澳洲。但是……为什么不能直接咱俩换房间啊？你去我公寓住嘛。"

"正常人租不起你那个公寓，"宋维蒲说，"而且我不想隋庄和我反目成仇。"

由嘉一时语塞，无奈道："你的思想好古板啊，还国外长大的呢。"

"我在唐人街长大的。"宋维蒲说。

史蒂夫："反目成仇是什么意思？听起来很高级。"

木子君把他扒拉到一边："我给你解释，你让他俩讨论……"

场面略显混乱，好在四人最终就过年期间的住宿问题达成共识。由嘉晚点要去健身，吃完就走了，留下史蒂夫在他家玩Switch（游戏机）。

宋维蒲并不玩Switch，机器和卡都是史蒂夫自己带过来的。史蒂夫自从上次胳膊骨裂了在这里住了一天后，就对这栋房子产生了很大的归属感，把自己半个家都搬了过来，每晚离开时依依不舍。时间久了，木子君和宋维蒲已经习惯了他的存在，日常进出家里都把他当成空气。

由嘉离开不久，木子君也整装待发了。她已经和宋维蒲定好下午四点去那家画廊看下那幅画是怎么回事，不过在此之前，木子君有个面试。

之前，她看见邮箱里的招聘消息随手一投，本来不抱什么希望，没想到那家私立心理机构两周后慢吞吞给了回复，询问她暑期是否留在墨尔本。她本来还在犹豫回国的事，但得知她妈妈要来以后，就不想错过这个机会了。

她和宋维蒲说话，史蒂夫瘫在沙发上听。瘫了一会儿，他忽然直起身确认："你面试的心理诊所在科林街啊？"

木子君转头看他："对。"

"我实习的律所也在那儿。"史蒂夫再次躺倒，"加油，通过了我去找你吃饭。"

宋维蒲看了一会儿史蒂夫，什么都不想说，把头转回来问木子君："那我三点半接你去画廊？"

木子君想了想。

"你去楼下等我就行，不用开车了，"她说，"画廊在河对岸，我们走过去就好。"

宋维蒲点头。

科林街算得上这座城市最老的几条街道之一，也很繁华，天气好的时候走过去，沿街都是表演的街头艺人。木子君走到一处门脸时脚步不由自主地一顿，这才意识到，面前这栋楼，似乎是当年红玫叶的地址。

外观和颜色都变了，但二楼阳台的雕刻太有特点，她这才一眼认出。难为这栋楼这么多年都没拆毁，她驻足门前片刻，脑海里再度浮现出那幅油画。

油画里的金红玫就站在她所站的位置，拿着烟，靠着门，站在阳台下面。她眯眼看了看店里，发现里面已经变成一家糖果店了。

铺面几经变迁，犹如长安旅店一样，早已经没了当年的任何痕迹。她低头在手机上确认了一下面试的地址，走向了尽头的岔路。

她面试的心理诊所在一栋很新的写字楼里。坐电梯上到高层，有两层楼都标注着这家诊所的标志。走廊上已经站了几个等候面试的年轻人，木子君悄无声息地站到队尾，开始等待面试官叫人。

手机振了一下，她低头，看见有条新消息。她点开以后，发现是宋维蒲。

River：包的夹层看了吗？

嗯？

她方才只是从包里拿手机和简历，并没注意夹层。听他说了她才打开吸扣，发现里面放了一朵完整的蓝花楹。

木子君：什么啊？

River：迷信一下。

她一时没憋住笑，引得前排几个人回头看她。木子君赶忙收敛神色，把花也放了回去。队伍依次变短，她后面又排了几个人。大约半个小时后，终于轮到了她。

题目倒是不难，只是一些基础知识的考核，面试官对她明显比对前几个人感兴趣，原因竟然是因为她的中文背景。对方提到诊所这些年接待的留学生和移民越来越多，语言沟通不畅会导致咨询效果大打折扣，所以需要一些双语背景的员工。因此虽然木子君才大一，也没有取得认证资格，但还是会被放入实习助理的备选名单。

大概是这个诊所很小且人极少的原因，木子君能感觉到面试官状态很松弛。两个人聊到一半，外面忽然有个亚洲女人推门进来，三十出头，长发，声音温柔和善，让人忍不住亲近。

她和面试官说了几句英文，转头看见木子君，立刻开玩笑似的询问这是否是她新的实习助理，换来面试官无奈的驱赶。气氛更轻松了，她退出去之前看向木子君，换了中文和木子君讲："你的简历是我筛的，我在找会中文的助理。放心，我会说服他。"

木子君还没反应过来，那女人已经撤出去了。她愣愣地转向面试官，对方显然听不懂中文，朝她耸了下肩膀。

木子君：我被内定了吗？

面试没有持续很久，她很快被放了出来。木子君走进电梯，扯开夹层看了看那朵蓝花楹，心道：没想到都夹得这么扁了还有效果。

按照约定，宋维蒲已经在楼下等她了。

这栋写字楼并没有门闸，大堂出入自由，她一下电梯就看到了站在大堂一侧的宋维蒲。刚准备走过去，忽然听到身后传来一阵脚步声，她回过头时，方才那名和她说话的女心理咨询师也随着另一台电梯的人流下楼了。

两个人短暂对视，她朝木子君笑了一下，笑得木子君越发有一种被内定的不安感。两个人刚要擦肩而过，她忽然看见对方脚步顿住，朝不远处的宋维蒲惊讶地喊了一声"River"。

宋维蒲的目光本来全在木子君身上，被她叫得转过头去，神色里也是意外。不过，他很快反应过来，朝木子君招了下手，和对方说："我来接朋友，你……"

他似乎是斟酌了下，最终问的是："你换工作了？"

那位咨询师的目光在他们两个人之间游移一瞬，而后露出了然的神情。

"这么巧。"女咨询师说，"对，我换工作了。你朋友……刚才在我们诊所面试。"

他们两个似乎并没有很多话聊。一段尴尬的沉默后，木子君听见那女咨询师说："你状态好了很多，为你高兴。我当时也没有帮到你什么。"

"还好，你说每个人都有自己的方法，"宋维蒲说，"我后来也找到了自己的方法。我先走了，苏医生。"

原来她姓"苏"。木子君回忆了一下这家诊所的官网，猛然想起来，她是这家诊所的一名华人心理咨询师，苏素。

宋维蒲和苏素打完招呼就准备离开，木子君忙不迭跟上，临走前想起这毕竟有可能成为自己的实习上司，急忙转身鞠了个浅躬。

苏素打量了她一会儿，忽然反应过来似的问："你是他的方法吗？"

木子君一时没听懂。

大约是她迷茫的表情提醒了苏素，对方敲了一下自己的头，语气略带懊恼："抱歉，我又不专业了。你叫木子君，对不对？"

木子君点点头。

"好，下次见，木子君。"苏素说。

说完，苏素便顺着另一拨从电梯里出来的人流消失在写字楼门口。

木子君看着苏素的背影，越发肯定——她被内定了！

"你认识苏医生吗？"从科林街去画廊的路上，木子君忍不住问宋维蒲。

"见过几次，"宋维蒲说，"高中的时候。"

"见她干什么啊？"木子君追问道，"她说什么方法的，是什么意思啊？"

宋维蒲沉默片刻，手忽然指向雅拉河中央。

"有人在划船。"他说。

259

木子君："你话题转得太生硬了吧！"

宋维蒲的话题转走就没有转回来过，木子君仅有一个学期的职业素养告诉她，别人不想说的事，最好不要强迫别人说。

两人终于走到了桥对岸的那家临河画廊。

虽然身处繁华非常的雅拉河岸，但这家画廊并不显眼，隔壁咖啡厅室外的桌椅又挡住了它一半的大门，木子君很费力地看到那面隐藏在旗帜下的小小招牌，"Paolo Gallery（保罗的画廊）"。

宋维蒲拉开雕花铁门，只听一声年久失修的"嘎吱"，木子君跟着他慢慢走进了画廊里。

陈笑问前两天和她介绍过这家画廊的情况，画廊的主人保罗五年前去世，接手的是他已经六十岁的儿子。这个独子并无艺术审美，更不会打理画廊，所做的只是把父亲生前购买的艺术品纷纷卖掉。

不过画廊里有一间屋子，收藏着保罗本人最喜欢的几幅画作，留下遗嘱不许售卖，因此保存至今。其中有一幅的签名，便是一行金色的"萝塞拉·马琴"。

画廊入口狭长，甚至没有开灯，脚下的地毯踩上去潮湿僵硬。木子君硬着头皮跟在宋维蒲身后往前走，脚步一滞，看到黑暗里一双雪亮的眼睛，和一个雪亮的秃顶。

她使劲眨了下眼睛，视线适应黑暗后，终于看出来了——走廊尽头有把椅子，椅子上坐了个穿着格子条纹的白人老头，正瞪着眼睛等他们。

木子君话都说不利索了。

电光石火间，她忽然想起陈笑问带她见意大利人时说的那句"可以说声 Ciao，他们会很高兴"，于是，她没怎么过脑子就开口道："CiCiCiCiCiao."

宋维蒲一怔。

意大利老头仍然瞪着眼睛看着他们，木子君再接再厉，学以致用，继续说："MiMiMiMiMi Chiamo Kiri."

不知道为什么，宋维蒲脸色变得不太好看，回头看着她，一脸"陈笑问教的记得这么熟啊，来来来，接着说，我看你还能说几句"的表情。

木子君：您来。

她也用神色意会了。

两个人眉来眼去，画廊里的老头不耐烦地嘟囔了一句。木子君没听清，凑近宋维蒲，压低声音问道："他说的什么？"

宋维蒲："说的英语。"

"我说他说了什么内容。"她补充。

"我听不懂。"宋维蒲说。

木子君觉得自己要背过气去了，宋维蒲看她一眼，继续解释："他意大利口音太重了，我直接让他说意语吧，我给你翻译。"

太久没体验宋维蒲这有用的人格，木子君抬了下手任他发挥。一老一少站近对话几句后，宋维蒲回头朝木子君招手，示意她跟进去。

她终于进到了画廊里面。

里面的境况比最外面的走廊好些，但通风仍然很差，空气也潮湿，不是适合画作保存的环境。木子君穿过许多因原主人逝世而沉寂在这座画廊中的作品，终于走到了那间保存保罗心爱之物的屋子。

保罗的独子摇摇晃晃地走到那间屋子的角落，查看了一番横在那里的几个画框，继而抽了一面出来。宋维蒲跟过去，从他手中将那幅画接过。

这幅画远比金红玫的画像大，长宽都超了一米，宋维蒲接过后只能将它立在地上，然后把正面转向木子君。

她惊讶得睁大眼睛。

是一幅，非常非常大的……艾尔斯岩。

赤红色的巨石，横躺在澳洲的红土沙漠中，枕着同样的赤色晚霞。木子君不需要看右下角那行签名，也能迅速分辨出来，这幅画和金红玫的画像绝对出自一人之手。尽管一幅是人像，一幅是风景，但这位叫萝塞拉的女画家笔触里有着非常鲜明的个人风格。

宋维蒲才将那幅画立在地上不久，那位老人又嘟囔了两句，忽然费力地弯下腰去。木子君看出他手伸的方向，急忙先他一步弯下腰，帮他把那张夹在画框里的便笺抽出来。

于是，那位老人又费力地直起腰，和宋维蒲说了几句话。

"他说他父亲收集到喜欢的艺术品后，会记录下他和艺术品相遇的场景，"宋维蒲和木子君同步，"便笺上记载的，就是他遇到这幅画时发生的事。"

她连忙把便笺递给宋维蒲。

宋维蒲接的时候不能说完全抗拒，但的确显出一丝人性的挣扎。木子君凑近些，关心道："怎么了？"

"你这样我觉得自己工具感太重了，"他说，"没有什么人格。"

还没有人格，你现在汉语水平都高得能去说脱口秀了。

261

"只讲实用性的才叫工具，"木子君说，"像你这样又帅又有用的，我们传统文化里统称为礼器。"

她语气礼貌里带着暴躁，"礼器"识相地没再纠缠，翻开便笺，念道："1957年11月，我在小镇爱丽斯泉（Alice Springs）的金色玫瑰……"

两个人都愣了一下。

宋维蒲顿了顿，继续念。

"金色玫瑰旅社里遇到了这幅画，它的创作者竟然是那位戴着头纱的旅社老板。我用一百刀的价格购买了这张艾尔斯岩的画像，她附赠了我一杯旅社特调的北领地之心。"

木子君愣愣地听完，品味了一番这简单的句子。

她抬起眼，宋维蒲看她的眼神也很了然。

"出发吗？"他单手撑着那幅画，右手夹着便笺，像敬礼一样，从他的太阳穴处往外挥了一下，"船长。"

木子君后来也没搞明白史蒂夫为什么会突然加入他们，但他就这么加入了，她合理怀疑他是看宋维蒲中文进步神速想来学成语。

"先说这个城镇，"宋维蒲随手翻了张报纸过来，在饭桌上徒手画出澳大利亚的形状，"这个是澳洲大陆，我们在这里，整个维州大概这么大。"

他在墨尔本画了一个点，然后圈起来整个维州。

"从墨尔本一直往西北开，"他继续画线，"会到一个叫阿德莱德（Adelaide）的地方，这个是南澳的首府。"

宋维蒲："和南澳对应的是北部的……你们叫它北领地。这里有一条非常重要的公路，从阿德莱德出发，横穿整个澳洲中部的沙漠，通到北领地的首府达尔文市（Darwin）。

"这条公路的必经中点，就是画廊那张纸上提到的爱丽斯泉。"

"爱丽斯泉在沙漠里？"木子君确认。

"对，非常荒凉的一个地方，以前只有澳洲的原住民居住，"宋维蒲说，"20年代才有白人过去，因为有人发现了砂金。"

"那你们那张照片里的红石头……"史蒂夫出声。

"你高中没学地理？"宋维蒲现在对他越发不客气，从爱丽斯泉往西南方向画出一条公路，"那个叫艾尔斯岩，不过官方现在提倡称呼它乌鲁鲁（Uluru），这里以前是原住民朝拜自然的地方，乌鲁鲁是它在原住语里的发音。这两处车程五个小时，中间都是沙漠。"

"宋老师，"木子君举手，"澳洲地理我补习好了，那个旅社的事能说说了吗？"

宋维蒲点点头，把报纸翻了过来，下面扣的是一张撕下来的书页。

"我看的是意大利语，所以我直接翻译成金色玫瑰，"宋维蒲说，"换回英文，我猜测那家旅社叫 Gold Rose……"

"听着像夜总会似的。"木子君说。

"夜总会是什么？"宋维蒲一顿，史蒂夫也迅速拿起笔。

木子君："……这个不用学！"

"爱丽斯泉现存的旅社里我没有找到叫这个名字的，"木子君千谢万谢宋维蒲没有追问夜总会的含义，"但我从我家书店的库房里翻出了1995 年版的《孤独星球》。"

"不是被我买走了吗？"木子君指了下自己的卧室。

"你那个是最新版，库房里有第一版，"宋维蒲把那页纸递给她，"这是那一年爱丽斯泉对外开放的旅社清单，记录了金色玫瑰的地址。我去网上看了一下地图，这个地址现在已经不存在了。"

"那就是只能去现场再问了，是吗？"木子君说。

宋维蒲："对。"

"我知道了。"史蒂夫突然捧着手机开口。

木子君精神一振："你知道什么了？"

"夜总会是供人们在夜间吃喝娱乐的营业性场所，"史蒂夫字正腔圆地念道，"是从 Night Club 演变而来。"

木子君：他在这儿捣什么乱啊！

木子君和宋维蒲离开墨尔本的那天，史蒂夫终于派上了一些实在的用场。他开宋维蒲的车把他们俩送到了机场，又拍着胸口和宋维蒲承诺，会把他的车好好开回车库。

"史蒂夫，"木子君扶着他的肩膀，"我们把钥匙给你了，你记得喂负鼠。香蕉在盒子里，盒子在壁炉上。"

"我的车，我的摩托，"宋维蒲则说，"不能开出去。"

史蒂夫闻言大为不满。

"我刚才不就是开你的车送你们过来的吗？"史蒂夫反问，"我这一路的技术没有让你信服吗？"

"我就是刚才看见你开车才想起来的，"宋维蒲眉毛挑了一下，"你以后少碰我的车。"

说完，他就拉着木子君，头也不回地去办登机了。

两个人站在队伍末尾，木子君把自己的护照找出来攥在手里，忍不住开口："我觉得你现在说话变得特别直接……"

队伍缩短，两人往前走了几步。宋维蒲单肩背着书包，侧手从夹层里掏出了身份证件，又把木子君的也拿到手里。

"我以前不直接吗？"他问。

"你以前挺高冷的，"木子君形容道，"不太和大家一般见识，话也比较少。"

宋维蒲这个中文理解能力就离谱。

"你觉得我现在话太多了吗？"他问，"那我可以少点。"

"没有没有。"木子君赶忙摆手，"你现在这样挺好的，以前太深沉了，以前的形象比较'青春疼痛'。"

宋维蒲一愣。

"那现在是？"

木子君一时被他问住了。

两个人都没带箱子，轻装上阵，所有行李装在书包里。安检还早，木子君拿着手机查漏补缺，担心去了沙漠缺乏必备用品。

路过一家旅行装备店时，木子君忽然折进去，从货架处拿了两管润唇膏。

"听说那边特别特别干，"她说，"网上建议买一点润唇膏带过去。"

宋维蒲及时制止："你给你自己买就行了。"

"你不要吗？"

宋维蒲："大部分男的应该，不用。"

"但我们是去沙漠哎。你确定不要？你不要你到时候不要用我的。"

宋维蒲："我喝水就行了。"

他手疾眼快地从另一个架子上抄了一个两升的水壶，把润唇膏换走，然后拿去结账。木子君看着他笃定的背影，心中有了一个隐约的猜测。

是，他现在一点也不"青春疼痛"了。

他现在身上经常有一种喜剧气质，每一个行为都是在为接下来抖的包袱做准备。

该如何形容中部沙漠呢？

那是一片荒凉至极的土地，文明社会试图在这里留下印记，但最终又被无尽的红色沙土吞噬。广袤的平原上生长出一个外星遗迹一样简陋的机场，太阳落山的时候，整个世界都被沙土映得一片通红。

　　他们两人的航班也在这个时间落地。

　　宋维蒲没车没什么安全感，出发前就打电话和机场的租车公司订了一辆越野。木子君平常坐他的皮卡就觉得底盘高，没想到越野底盘更高。她把书包扔进后座，然后拽着车框把自己扔上副驾驶座。

　　朝外看去，座位高得她一览众山小。

　　沙漠行车，最忌没油。宋维蒲查了下油量，决定先把油箱加满。两个人在入住的青旅和机场中间找了一家加油站，随即驱车前往。

　　两边荒凉的土地上生长着零零星星的植被，这里还不是纯粹的沙漠，远处甚至有干枯了的河床。手机信号时不时掉到仅能通话的强度，街上也没什么人烟，只有加油站附近有一些人走动的痕迹。

　　落地连一个小时都没有，木子君已经开始觉得嘴唇干了。她抹了点润唇膏，随即开门下车，和在车尾加油的宋维蒲站到一起。

　　"干什么？"他问。

　　"我学习学习。"她观察着喷枪头。

　　机器报警，宋维蒲把枪头插回原位。加油站和便利店一墙之隔，木子君方才就听见便利店里面很吵闹，忽然有人大吼一声，惊得二人同时抬头。

　　一个满头金色脏辫的男人，连滚带爬地跑了出来，

　　不过木子君发现，虽然他连滚带爬，但他腋下夹着两个纸箱，一边一个，夹得异常牢固。紧随其后的是一群勃然大怒的原住民，他们举着空啤酒瓶，互相拥挤着朝他扔东西。

　　原住民是欧洲殖民者抵达澳洲大陆之前，这片土地上本身的居民，皮肤是偏深的棕色，很好辨认。墨尔本也有一些原住民，但数量不多，木子君还没见过他们这样成群结队地出现。

　　不过北领地的原住民本身就远远多于其他州府，爱丽斯泉当地也有不少聚集区，因此这一场景并不意外。

　　意外的倒是这个一头金色脏辫的人一边跑，一边发出凄惨至极的"救救我"的声音……以至于木子君迅速于心不忍，不等宋维蒲说话，便一个箭步把后车门打开，朝对方喊了声"这里"。

　　宋维蒲一脸蒙。

那脏辫男人抱着两箱货一头扎进车后座，木子君也迅速上了副驾驶座。原住民们挥舞着酒瓶气势汹汹地冲过来，宋维蒲只能回归驾驶位，一脚油门冲出了加油站。

街景迅速后退，荒凉的红色沙土再次占据了视野，愤怒的原住民们也消失在了后视镜里。

宋维蒲终于有工夫开口："你做决定前先和我说一声行吗？"

"来不及了……"木子君也是惊魂未定。

"那也别什么人都往车上放吧？"

"可是好多人追他啊……"

"那他要是偷了人家东西呢？"

"我没有啊。"

后座上幽幽一道男声传来，说的还是中文。前座上的两人一愣，随即抬头看向后视镜。

方才他一头金色脏辫，脖套遮住脸，开口又是英语，两个人都把他当成一个闯了祸的白人少年。这时候，他把脖套扯下来才看清，很明显的亚洲面孔。

结合刚才那句标准的普通话，是中国人无疑了。

脏辫男生瘫软在车后座，手上还紧按着自己方才抢下的两个纸箱。木子君从后视镜换了个角度，看见那是两箱罐装啤酒。

"我没偷，我是付钱买的。"脏辫男生生无可恋地说，显然也被吓得够呛，"我们店里没啤酒了，我就来了这家便利店买两箱。结果正好碰上一群原住民，喝多了来买酒，听说我把店里剩下的两箱都买完了就来追我……"

男生金辫散乱，惊魂未定，木子君摸出飞机上发的一块饼干给他压惊。

"你在哪里打工啊？"木子君问。

他这才如梦初醒，从座位上爬了起来，扒着车窗往外看。

"开过了，开过了。"他说，"我们旅行社就在那个加油站下一个路口，你掉下头。"

这也不是公路，车开得很随意，宋维蒲找了个地方掉头，然后按照金辫男生的话绕回了他所说的位置。

木子君想起在悉尼碰到的俞邈，问他："你也是打工度假的工作签证吗？"

"对。"金辫男生说，"这种鸟不拉屎的地方，但凡看见中国人，都是打工度假的工签。对了……"他坐起身，朝木子君伸出手，"刚才太谢谢你俩了，我叫史蒂夫，你们怎么称呼？"

木子君："你叫什么？"

她回头看了看宋维蒲，从他的神色里看到了一种"怪不得"的含义。

爱丽斯泉版史蒂夫工作的地方叫红石旅行中介（Red Stone Travel Agency），专门开展红土沙漠的旅行路线，他说自己住在公司的宿舍里。他方才被吓得太厉害，用力过猛，再下车的时候竟然无法同时扛起两箱啤酒。

木子君很自觉："我去帮他拿。"

宋维蒲没作声。

木子君也没动。

两人敌不动我不动，宋维蒲说："你去啊。"

木子君："我以为你会说你来就可以。"

宋维蒲深深地叹气道："我去吧。"

酒箱并未封死，木子君识相地绕到后座，拿了几罐出来抱在怀里，给宋维蒲减轻了重量。两个男生一前一后进了旅行中介的门店，店里还有个戴着金丝眼镜的红发女孩，看起来也是中国人，以及躺在沙发里的两个原住民老奶奶。

"丽丽、娟娟都等了好久了！"那红发女孩抬头冲史蒂夫喊，也看到了他身后跟着的宋维蒲和木子君。

丽丽……娟娟？木子君看着那两个窝在沙发里用吸管喝啤酒的原住民老人陷入沉默。她们的啤酒都已经喝光了，但还在努力地用吸管吸底部的液体，以至于发出响亮的"嗞嗞"声。

"你和她俩说，"史蒂夫不满道，"我为了买啤酒被他们聚集地的人追着打！还好遇到好心人救我！"

好心人木子君把手在耳边举了一下，那姑娘的目光扫过她，随即因为宋维蒲而眼前一亮。

史蒂夫敏锐地捕捉到了那姑娘的眼前一亮，立刻用身子挡住了宋维蒲。他转过身，突然又有了力气，把宋维蒲怀里的啤酒箱接过后，便礼貌地催促道："太感谢了，太感谢了，你们住哪里？我明天早上去找你们单独感谢！"

"我们就住爱丽斯泉的那家青旅。"木子君说。

那红发妹妹还在卖力地把头探出来看宋维蒲，史蒂夫脚步一晃，再度挡住她的视线。宋维蒲点了下头，便和木子君转身离开。

他俩前脚刚从门口消失，史蒂夫后脚就转身抱怨："苗珊，你就不能和她们转述一下我的贡献？你别光顾着看别的男人！"

"我赚钱这么辛苦看见个帅的容易吗！"被称为苗珊的红发姑娘翻了个白眼，"现在又不是旺季，每天除了看丽丽、娟娟就是看你。"

史蒂夫面露不满，苗珊作势投降，随即转身用一种很难懂的语言和那两位原住民老人说了几句话。再转过身的时候，她的表情也奇怪起来。

"怎么了？"史蒂夫把金色脏辫捋到脑后，问道，"她们为我的付出感动了是吗？"

"好奇怪，"苗珊看着木子君消失的方向，"她们说，她们年轻的时候，见过这个女孩子。"

史蒂夫一愣，目光也转了过去。

木子君他们刚走到车旁，宋维蒲似乎和木子君说了几句话，然后便上了驾驶位。木子君扶着车往店里看了一眼，和他们最后挥了下手，也上车了。

"开玩笑，"史蒂夫说，"她比咱们还小，丽丽、娟娟年轻的时候见过？"

苗珊点点头，显然也觉得荒唐。

"也是。"她笑道，"可能她俩对亚洲人脸盲，能分清咱俩全靠发色。"

门外，太阳彻底落山了。

虽说都是青旅，但爱丽斯泉的青旅和悉尼的截然不同。木子君他们抵达时，大门处空无一人，只有标志着"接待"的桌面上放了几个空白信封。

木子君走过去，发现其中两封右下角分别写着"Kiri"和"River"的字样。她捏了一下，隔着白纸捏到了里面钥匙的形状。

青旅门大敞着，钥匙就这样无人看管地放在接待桌上，这地方真给人一种……治安又好又不好的感觉。

悉尼游人太多，上次只能住混宿，这次两人则是分开住，不过房间挨在一起。住宿区都是单层平房，木子君和宋维蒲走到半掩的房间门口，她看了一眼他的床位。

虽说是不同的房间，但两个人都在上铺，铺位竟然只隔着一面墙。

房间里只有一个胡子拉碴的白人男性，看穿着明显是沙漠里随处可见的旅行向导。他抱着只猫躺在床上，冲站在门口的宋维蒲和木子君打了个招呼。

两人回应了一下，宋维蒲把书包从背上拿下。

"你先进来吧，"他说，"我这儿还有你的行李。"

虽说两个人行李都从简，但女生带的东西总归还是比男生多了一些。木子君有用收纳袋装的衣服在他书包里，跟着他进了门。

宋维蒲给她找衣服，她找了把椅子在一侧坐着。窗外夜色降临，气温迅速下降，他拿了件自己的黑色冲锋衣让她一并带走。

她点了下头，接过衣服的时候又忍不住开口。

"宋维蒲，"她迟疑道，"我是不是有点太……"

宋维蒲回头看她，眉毛微挑。

"太爱多管闲事了。"她补全句子。

他愣了片刻，意识到她话里的意思，慢慢转过身子。

"我在车上不是在怪你，"宋维蒲说，"只是我做事情会先考虑一下，刚才比较突然，有种计划外的感觉。"

"我不知道，我好像很少考虑，都是……"木子君语气中带了歉意，"本能。"

本能地去帮别人，本能地"多管闲事"。

而她自己目前还不具备为这种本能负责的能力。

他看了她一会儿，眼神微微变了一下。窗外红日消退，夜色逐渐蔓延开。

"这又不是什么坏的本能。"他移开视线，似乎想起了什么别的事，"我还挺羡慕，你能保留下这种本能。"

"我刚才在车上，以为你……"她说，"觉得我惹麻烦。"

"没有，是我没注意说话语气。"他说，"你继续按你的本能去做事，我很需要你的本能。"

她抱住自己的衣服，还没来得及理解他话里的意思，就被他按着点了下头。

"先休息吧，"他向她的房间偏了下头，"明天再说其他事。"

木子君"嗯"了一声，转身回到房间。她屋子里的人比宋维蒲那边多些，靠里的两个女生正在讨论明天前往艾尔斯岩的出行计划。木子君把行李扔上床铺，手撑住架子爬了上去。

晚一点再去洗漱，她有点累，想在床上躺一会儿。脑海里反反复复地回响着那句"我很需要你的本能"，木子君忽然侧过身子，手掌盖上墙壁。

她用指腹摩挲了一下墙面，然后抬起食指，像按下琴键一样，在墙壁上弹了一下。

墙面微不可闻地响起"咚"的一声。

她盯着墙壁看了片刻，然后听到宋维蒲那边也"咚"的一声。声音比她大一些，像是用指节敲出来的。

她弯起嘴角笑了笑，抓过他的冲锋衣盖到身上，慢慢睡着了。

夏季沙漠，昼长夜短。

天很早就亮了，朝阳亮到刺目的程度。木子君在室友的行走声中醒过来，洗漱后出了房间，一眼看到院子中心吃饭的地方坐了一只金毛。

史蒂夫今天把脏辫都扎了起来，没有昨天狂野。他大概是来向他俩道谢的，只是谢礼是两瓶啤酒，木子君走过去坐到宋维蒲旁边，问："你们这边一大早起来就喝酒啊？"

史蒂夫摸摸后脑勺，尴尬地一笑："是，来了半年，和土著学了一些不良习惯。"

说完，他忽然想起什么似的看了木子君一眼，像是想从她脸上看到什么痕迹，不过显然一无所获。他挠了下后脑勺，转向宋维蒲问道："你说的那个地址我再看一眼？"

宋维蒲把手底下那张从《孤独星球》上撕下来的纸推了过去。木子君这才反应过来，他已经开始打听萝塞拉的旅社了。史蒂夫低着头研究地址，木子君看向宋维蒲，发现他也在看自己，右手在餐巾纸上写了几笔又推过来，是一行潦草但笃定的"Good Job（做得好）"。

他夸她做得好？

她做什么了？

木子君愣了愣，拿过桌上免费的面包开始吃，也等史蒂夫的结论。

不过正如史蒂夫所说，他才来爱丽斯泉半年，对这个早已拆毁的旅社没有任何印象。

"什么时候拆的啊？"他问。

"不清楚，"宋维蒲点了下纸页，"不过 1995 年的时候还在。"

"1995 年，90 年代外来人很少啊……"史蒂夫大叹，仰头思考片刻，终于有了主意，"你要问这么早的事，只能去问原住民了。这边 70 年代就建社区了，土著从那个时候就在这儿了。"

"社区？"木子君忍不住追问，"哪儿来的社区？"

"土著社区。"涉及专业领域，史蒂夫立刻精神起来，有点在旅游公司当导游的劲儿了，"就是原住民聚集地，里面的规矩和外面不太一样。"

"我好像……"木子君回忆了一下来时走过的道路，的确在路边看到了一些标注着原住民社区的巨型牌子，警示来往车辆勿入，"我好像看到了。那里面不能进吗？"

作为一个昨天刚被追打过的人，史蒂夫的口吻相当客观："不是不能进，是他们有自己的法律，里面出了事，警察很难插手。有的土著酗酒比较严重，喝多了就砸车东西，但抢来抢去也就是……"

史蒂夫叹气："抢酒，或者抢钱买酒。"

"怪不得他们昨天追你。"木子君恍然大悟。

"赶上一群喝多的就是很失控，"史蒂夫说，"但也有很多很好的土著，会主动和我们打招呼，带我们去打猎。你看我们店里的丽丽、娟娟……"

木子君失笑："那两个老奶奶吗？丽丽、娟娟，好接地气的中文名，你们起的名字吗？"

"当然不是啦。"史蒂夫摆摆手，"我听不懂她们说话，都是苗珊告诉我的，她们知道我俩是中国人以后，就让我们这么叫她们了。"

知道是中国人，就让他们这么叫……

这不像是临时起意，倒像是此前有人这样称呼过她们。

土著社区自我封闭，和其他人种泾渭分明，这两个土著老人却自来熟一样地在苗珊和史蒂夫的店里喝啤酒，显然对亚洲人不陌生，甚至比旁人更亲近。木子君怎么想怎么不对，手指把那张写着"Good Job"的纸巾攥成一团，抬头看向史蒂夫。

"那她俩今天在你们店里吗？"她问，"你说这里的原住民可能知道这家老旅社的消息，能带我去问问她们吗？"

"现在吗？"史蒂夫看了下手机上的时间，"她俩一般十点过来吹空调，你要是想找她们的话，可以去我们店里看下。"

他们起得很早，现在去也见不到人，史蒂夫干脆带他们在爱丽斯泉转了一圈。这地方以前只是去看艾尔斯岩的中转站，旧时遗迹不多，最成规模的也不过是一个20世纪70年代建成的电报站，在当时把这个与世隔绝的镇子与南北两座州的首府联结起来。

最近游客不多，街上游荡着三三两两的原住民，都是皮肤黝黑，拎

271

着酒瓶。木子君和他们擦肩而过，发现不少人连鞋子都没穿，光脚踩在被太阳烤得炽热的柏油路上，神色慵懒自在。

"政府会发补贴给他们，"史蒂夫倒着走在他们前面，"所以他们也很少工作，每周去社区里的超市买食物，住在社区建的房子里，有钱就花。"

"他们不说英语吗？"木子君问。

"说的，现在年轻的土著基本都说英语了。"史蒂夫想了想，"丽丽、娟娟是年龄比较大了，只会说很基础的。正好苗珊对他们的文化感兴趣又学了那种语言，勉强能交流。"

"我还是第一次遇到和原住民打过交道的人，"木子君用手遮着阳光看向远处，"之前看过那种旅游攻略，只说他们喝酒抢东西，只领补贴不工作，要离他们远一些。"

史蒂夫点点头，神色略显认真，衬着金色脏辫有些违和。

"我来爱丽斯泉的这半年，学到最重要的事就是不要道听途说，"他说，"我刚来的时候也比较怕他们，有一次店里的玻璃还被他们砸了。后来苗珊来了，我才开始和这些原住民打交道，很多人其实很礼貌，也很热心，我运货的时候陷车，路过的原住民会帮我推，做妈妈的也会教小孩子说谢谢。"

"那些传言都是假的吗？"

"不能说假，因为暴力事件的确很多。他们文明化的时间很短，70年代才开始在政府的干预下建立社区。"史蒂夫说，"所以对外来人而言，最安全直接的方式是离远一点，也没错。"

日头已经偏了正午，史蒂夫在刺目的阳光下叹了口气，金色脏辫熠熠生辉，像个忧伤的说唱歌手。

"我有时候觉得自己很蠢，在这个非黑即白的时代还在期待人们能辩证地看问题，明明早就意识到人的认知和情绪都被碎片化了，"他说，"不过非黑即白的确更简单高效，或许我期待的那个温和又互相理解的世界本身就不存在吧。"

他捋了下脏辫，背过身去。

在爱丽斯泉走了一上午，他们也该去店里了。史蒂夫想给苗珊打电话询问人是否来了，举着手机找了找信号，果不其然，信号又消失了。

"这边信号不稳定，"他转头看向宋维蒲，"你俩的呢？"

两人低头，自己的也掉到空格。

"那要不然直接去店里吧，"史蒂夫问，"开车？"

"行。"宋维蒲很干脆，"走吧。"

他们从中心区绕了一大圈回到青旅门口，去旅行社的方向则是往镇子边缘开。三个人到了旅行社门口，刚下车，就看见了在店内转圈的苗珊。

她一看见史蒂夫就火冒三丈。

"你人呢？！信号也没有，打电话也找不着！"

史蒂夫被骂得一脸蒙："不是说今天上午你值班我去放风吗……哎，丽丽、娟娟没来？"

他环顾一圈店里，并未在沙发上发现那两个每天准时出现在这里吹空调、喝啤酒的人影。他的目光再转向苗珊，这才意识到出了问题。

"怎么了？"木子君显然也看出她情绪异常。

"就是她俩没来啊！"苗珊语气焦急，"这两个月每天来，就今天没来！"

"你也不用着急吧。"史蒂夫赶忙安抚，"可能就是睡过了，人岁数大嘛，而且今天这么热，可能就是不想来了……"

"哎呀，不是，"苗珊拿起座机话筒，又指了指店里的收音机，"我早上听当地广播，她俩那个社区昨天晚上有人喝醉了到处砸窗户闹事，有两个原住民老人进医院了。结果今天人又没来，打电话也不接……"

她担忧地抓住史蒂夫的袖子："会不会就是她俩进医院了啊？"

"不会……不会这么倒霉吧。"史蒂夫语气也忐忑起来，"就正好是她们那个社区，又是两个老人，然后她俩今天又没来？你给她们家里打过电话了吗？"

"打过啊。"苗珊握紧话筒，"今天信号时有时无的，家里的座机也没人接，我真是……"

苗珊揉了下红头发，手指伸进镜片下揉了揉，眼泪都要急出来了。史蒂夫叉着腰也有些一筹莫展的样子，木子君站在一侧，看了一眼停在店外面的车，本能地想开口，又被脑海里浮现出的警示标牌拦住了。

外来人最好不要进土著社区。

最安全直接的方式是离远一点。

可是……

中部沙漠不是墨尔本，也不是悉尼。无论是时断时续的手机信号，还是相比于沿海城市剧烈的社会冲突，都让她没办法像先前一样纯凭本能行事。木子君攥了下手指，忍不住抬头看向宋维蒲。

也几乎就在她看向他的一瞬间，她听到宋维蒲开口问："要开车带你们过去看看吗？"

苗珊闻言猛然抬头。

店里没车，老板开车去达尔文了。她刚才其实也想问一下宋维蒲，但他气质总是冷冷淡淡，完全没想到会主动开口询问。

"我那个，我怕……"她看着宋维蒲的脸，说话有点结巴，"我怕进了土著社区，他们把你车窗砸了……"

这切入角度出乎意料，宋维蒲本来就很少主动伸出援手，竟然一时无从开口。好在木子君及时安抚道："没事，我们租车有保险。"

宋维蒲看了木子君一眼，对她的脑回路颇为佩服。

还能这样说吗？

有了这句话，苗珊立刻从柜台里找出一顶遮阳的帽子，又让史蒂夫把店里的棒球棒放上车后座。烈日晒得车内空气滚烫，木子君坐上副驾驶座，从后视镜看见史蒂夫一脸紧张。

"喂，"她语气无奈，"你刚才'爱与和平'的演讲不是发表得挺好吗，进土著社区还怕成这样？"

"对啊，"史蒂夫抱紧棒球棒，"不影响我辩证地害怕啊。"

行，木子君懂了。

这哥们儿不是说唱歌手，是个哲学家。

社区距离旅行社四公里，想着丽丽、娟娟一把岁数每天徒步来回吹空调，也是种族天赋异禀。沙漠一到正午就热得惊人，宋维蒲只能把空调开到最大，才能驱逐涌向车内的热浪。

车往土著社区的方向开，爱丽斯泉城镇很快消失，徒留柏油马路和马路上方烫得扭曲的空气。这是木子君抵达沙漠后经历的第一个正午，她从没见识过这种又烫又干的气候，喝了两口水，又拿出润唇膏涂了一点。

宋维蒲专心致志地开车，木子君转过头，看见他的嘴唇已经有些开裂了。尽管在这个紧张的时刻，她觉得有点不合时宜，但还是拽了下安全带，微微侧身问道："你……你用不用润唇膏啊？"

宋维蒲被提醒了似的抿了下嘴唇，然后眼皮不易察觉地跳了下。

木子君离得太近，很快捕捉到了。

"裂了吗？"她问。

"没有。"宋维蒲迅速回答。

"那你疼什么？"

"不疼。"

"那你的眼睛……"

"太阳刺眼。"

行。

你就嘴硬吧。

沙漠城镇没有限速,四公里眨眼就到,宋维蒲按照苗珊的指挥进了那片竖立着勿入标志的社区。

爱丽斯泉镇上的街道已经很简陋了,这片社区情况更甚,木子君都不确定那些简陋且院落凌乱的房子里是否有人居住,最完整的建筑是一栋标志着子弹、啤酒有售的社区超市。街道上静悄悄的,正午出门的人很少,只有几只鹦鹉和野狗在地面上蹒跚跳跃。

他们最终停在了一户拉着窗帘的民居前。

院子很荒,两栋只有一层的铁皮屋紧挨着,院子里的灌木也无人打理。

木子君降下车窗看了看,回头问苗珊:"是这里吗?"

"对,她们带我来过一次。"苗珊探头看了看,发现房门半掩,屋子里不像有人,窗户还碎了一半,顿时慌张了,"我进去看一下吧。"

宋维蒲和木子君立刻解开安全带,史蒂夫抱着棒球棒迟疑片刻,也硬着头皮下车了。

气温本来就高,脚下又都是沙地,木子君一下车就觉得皮肤烫到刺痛。

四个人往铁皮屋的方向走了几步,忽然听到隔壁那间传来小孩很嘹亮的哭声。

伴随着哭泣声的,则是沉闷的击打声。

苗珊来过一次,显然对情况有所了解。她拉了一下停住脚步的木子君,解释道:"丽丽说那家大人总是家暴,警察来调解过几次都不管用,他们社区的事外人不好管……"

宋维蒲闻言顿住脚步。

气温一高,连噪声都变得沉闷。木子君叹了口气,把视线从隔壁转回这边半掩的房门,走了几步才发现宋维蒲没有跟上来。

苗珊已经把门打开了,屋子里一股汹涌的酒气。家具和垃圾堆了一地,她站在门外往里看,一时也无法从昏暗的光线里辨别出地上到底都有什么东西。

下一秒,她听到苗珊一声响亮的脏话。

木子君赶忙跟了过去,这才看到,昨天躺在沙发里喝啤酒的两位老人横竖躺在地上，手里攥着酒瓶，大张着嘴睡觉。苗珊用脚踢开满地的酒瓶，崩溃道："我让你拿两箱回来喝，不是让你俩一晚上就喝完啊！"

史蒂夫倒是如释重负："没事就好，没事就好。"

苗珊恨铁不成钢地把两个老人从地上拖起来，史蒂夫和木子君赶忙搭手，把她们抬上了沙发。屋子里的味道混杂着酒气越发浓郁难闻，木子君实在无法接受，只来得及往卧室的方向看了一眼，便匆匆退出。

卧室里倒是比客厅干净些，桌面上还摆放着不少照片，甚至有一个放满了书的书架。

她们会……会看书吗？

她憋气憋得要窒息，大脑缺氧，很难有更多想法。三个人抬人完毕匆匆退出，宋维蒲站在门外并没有进去。

隔壁的击打声仍然沉闷，哭声也变得微弱起来。

"走吧，走吧，"苗珊挥手，"虚惊一场。"

木子君点点头，目光忍不住看向隔壁。她大概知道宋维蒲在想什么，顿住脚步，替他问苗珊："要不要去敲一下门……"

"别别别。"苗珊大惊失色，"这可是在社区里面，你别乱来。警察都不管的事，你怎么管啊？"

"可是……"

"没有可是。"苗珊神色严肃，"他们好的时候很好，喝多了也很吓人的。隔壁这声音一听就是喝多了，谁也惹不起。"

木子君没作声，反倒是宋维蒲"嗯"了一声，带头回了车里。他们三个也跟着上了车，木子君在副驾驶坐稳，侧过头，这才发现宋维蒲按着了发动机和空调，但迟迟没系安全带。

"走吧，"后座的苗珊彻底放松了下来，"谢谢你们啊。她们姐妹俩没有孩子，要真是出了事都没人管——喂！"

木子君知道她为什么喂。

车里的温度刚刚降下去，宋维蒲猛然推开他那侧的车门，跳下去后便绕向木子君，把她的车门拉开。两个人的视线在灼热的空气中对撞，她听到他说："你开着车门等我，别进来。"

然后，他转身，单手撑着栅栏翻过去，大步进了那间传来哭声的屋子。

"他干什么去啊？"苗珊刚刚松懈的神经紧绷，语气显出崩溃。

"他去干什么啊？"史蒂夫也瞪大眼睛，攥着棒球棒扑在车窗上。

他们都看不见房间里的景象，但都能听见那哭声暂停了一瞬，紧接着是男人粗哑的喊声。一阵剧烈的响动后，那哭声再度响起来，变得更为嘹亮。

木子君手指攥了下副驾驶的座椅，控制不住地想下车，偏偏他走之前最后的一句话就是不让她进去。史蒂夫也反应过来了，在车窗上趴了一会儿，忽然一拍车后座，打开车门就跳了下去。

"喂！"苗珊彻底崩溃了，"你们……喂！"

史蒂夫拎着棒球棒消失在门内，武器的加入显然制造出了更大的响动。哭声再度消失，木子君被屋子里"砰砰"的声音震得太阳穴猛跳，身子一动，苗珊猛然起身把她按住。

"你就别动了吧！"苗珊一脸要中暑的样子。

话音才落，方才掩上的房门被人踢开，木子君转过头，看见史蒂夫先跑了出来，还抱着一个胳膊上全是皮带印的土著小女孩。宋维蒲在后面，两个人动作都极快，一个几步窜回驾驶位，一个把小孩放到开着车门的木子君腿上，然后迅速回到后座。

"砰砰"两声，前后车门接连关上，越野车绝尘而去，车轮在柏油马路上摩擦出刺耳的声音。

更刺耳的，是苗珊的尖叫。

"你们两个啊啊啊——"

旅行社。

"他一会儿找上来怎么办啊？！

"你知不知道土著生气了就会砸东西啊！

"他们两个新来的就算了，你都在这儿干了半年了，你心里没数啊！

"你们三个，你们……"

土著还没来砸东西，苗珊气得先把座机话筒砸了回去，毕竟别的贵的也舍不得砸："你们搞得我像是见死不救的坏人一样！"

"怎么会啊，"木子君赶忙给她倒了杯水，"都是你带我们过去才撞见的，这个孩子最应该感谢的……就是你！"

"不要糖衣炮弹！"苗珊尖叫，木子君识趣地闭嘴。

木子君不觉得宋维蒲这事做错了，虽说的确是有一点欠考虑后果。

但她有发言权，她知道，人靠本能行事的时候，就是没工夫考虑后果的。

史蒂夫给小女孩胳膊上的瘀青都涂了药，还有些地方他是男生不好动手，看苗珊一脸恼火，只能叫木子君过去接手。

木子君叹了口气，把一脸木然的原住民小女孩抱到腿上，掀开她后背的 T 恤，被上面的血痕惊得太阳穴直跳。

两种文明碰撞对抗，留下法律的真空，苦难落在真实的人身上。

苗珊灌了好几杯水，总算缓了过来。她站到门口四下张望，确认没有人追过来后，退回来转向宋维蒲。

宋维蒲回来以后就一直沉默，苗珊此刻深感人帅有什么用，男人最重要的还是好控制，比如史蒂夫——啊呸，史蒂夫今天她也没控制住！

"你叫宋维蒲，是不是？"她从史蒂夫那儿知道了他的名字，语气硬邦邦地问，"你把人带回来了，你说怎么处理？"

没有人知道怎么处理。

木子君把药在手心抹开，覆在小女孩最后一处伤痕上。小女孩在她膝上动了下身子，忽然转头看了她一眼，眼睛黑而明亮。

木子君心里动了一下。

木子君之前总是远远地看着他们，因为黝黑的皮肤而看不清他们的五官。这时候才发现，他们的眼睛非常漂亮，很深的双眼皮，眼珠黑白分明，是麋鹿一样的清澈。

小女孩冲木子君意义不明地点了下头，然后从木子君膝上跳下来，又拿走了木子君手里的药膏，揣进了自己的衣服里。木子君和史蒂夫无言地看着她转身离开，但她并未走向旅行社的大门，而是走向了一直沉默着坐在沙发上的宋维蒲身边。

小女孩站着和宋维蒲坐下差不多高，宋维蒲反应过来，抬起头，和她那双明亮的眼睛四目相对。两个人谁都没有开口，忽然间，那小女孩扶住他的肩膀，俯身过去，在他脸颊上吻了一下。

苗珊抱紧手臂看着他们。

人年幼时是很敏锐的，即便听不懂语言，也能从肢体动作和语气里领会到他人的意思。小女孩盯着宋维蒲看了一会儿，又看了一眼苗珊，然后再次俯下身，在宋维蒲耳边说了几句话。

宋维蒲眼睫垂着听她说话，很缓慢地眨了下眼睛。

小女孩说完了，又亲了他另一侧脸颊一下，然后慢慢转过身，揣着衣服里的药膏，一瘸一拐地离开了旅行社，赤脚踏入门外刺眼的阳光中。

路过苗珊时，小女孩脚步微顿，转身抬头看她。苗珊瞬间有些不自如，移开了目光。然而那小女孩脸上并没有什么其他的神情，只是朝苗珊的方向靠了几步,用身子在她的手臂上安抚地贴了一下。

然后,小女孩就一言不发地离开了。

她在的时候屋子里大吵大闹,她走了,屋子里反而安静了。

外面太热了,热到木子君担心那小姑娘刚挨过打,出去会中暑。苗珊缓了几秒才从那柔软的触感里反应过来,转向宋维蒲,语气一改方才的焦躁,反而有些担忧。

"她……"苗珊卡顿了一下,"她和你说什么了?"

宋维蒲低着头,拽了下袖口,把手背上啤酒瓶划出的伤挡住。他似乎打定主意不说话了,身体起伏了一下,最终抬起头,看向木子君。

木子君愣了几秒,感觉出苗珊话被搁在半空的尴尬,朝宋维蒲的方向移动了几步,伸手攥住他的手腕。

他眉毛跳了一下,这回不是阳光刺眼,应当真的是在疼。木子君意识到他袖子底下有伤,赶忙换了位置,往上握了几厘米,低声问:"她和你说什么了吗?"

他这才开口:"她说她去找她妈妈,让我们不要报警。"

"还有吗?"

"还有……"宋维蒲声音很低,只是在对着木子君说话,"她说她现在离开,我们不会有麻烦。"

分明是让人安心的话,可苗珊的样子更加坐立难安了。木子君盯着宋维蒲的表情看了一会儿,知道他不是不理苗珊,他现在可能谁都不想理。

木子君一直知道他有些事情没告诉过自己,只不过今天爆发了出来。

"那要不然……"木子君想了想,转向苗珊,试探着问,"我们先回去,明天要是丽丽、娟娟过来了,你们和我说一下……"

苗珊如释重负地点头。

木子君和她互留了电话,带着宋维蒲回了车上。太阳依然毒辣,车里闷热无比,他听凭木子君的指挥开到一处还在营业的药店,等她买了喷雾回来,两个人终于回到青旅。

正是退房的时间,上午的客人都走了,下午的客人还没到,青旅里空荡荡的,走廊上只有他们两个人。房间里也是闷热的,还不如外面台阶来得凉快。木子君和宋维蒲站在走廊里,她让他伸出手,然后把他袖子拉起来,对着那处伤口按下了喷头。

他眉毛跳了跳,没躲,看着药雾在伤口处凝结成水珠。

天气太热,包起来闷着未必效果更好。木子君在他手臂上吹了吹,把他袖子卷起来一些，把喷雾塞进他牛仔裤的口袋里。

"疼的话自己记得喷。"她说。

宋维蒲看着伤口点了点头，半晌，视线又移向她。

她正背着手看自己。

他忽然觉得喉咙很干，不是因为沙漠的气候，而是因为别的原因。他抿了下干燥的嘴唇，那道开裂的口子已经不疼了，可能伤口一直不管就会这样，变得麻木，就好像那里不是自己身体的一部分。

反倒是手腕上那道新鲜的划痕在痛，因为刚刚处理过，又喷了药，痛是愈合的征兆。

"你不问我什么吗？"他开口，嗓音也沙哑。

"不问啊，"她说，"也没什么好问的，不过有句话想和你说。"

宋维蒲看着她的眼睛，听见自己的声音响起来，像是从很远的地方传过来。

"什么？"他听见自己问。

"今天小女孩的事，"木子君说，"我觉得你没有做错。"

"是吗？"他的声音继续在空旷里回荡。

"嗯。"木子君说，"我觉得你做得很对，我觉得我们有时候，是要听从本能的。"

她背着手，注视着他漆黑的眼睛。宋维蒲的眼睛和那个女孩子很像，都是很黑很深的颜色，因为太过干净和对比分明，以至于有一种动物性。

他忽然伸出手，把她拉进怀里。

他的手臂从她肩膀下方穿过，按在她肩胛的位置，另一只手慢慢环上她的后腰。他的头一点点垂下来，埋进她脖颈一侧。

"再说一遍好吗？"他低声问。

木子君闭了闭眼，手臂从他腰间弯上去，覆在他后背。

"你没有做错。"她说。

她说完第二遍的时候，宋维蒲的手臂似乎放松了些，紧跟着，他整个身体都松懈了下来。

宋维蒲忽然意识到，木子君其实很少追问他什么，他给了她越界的权利，可她一直停留在那条线之外。至于他自己，在这个瞬间很想知道的是另外一件事——如果怀里的这个女孩子做什么都是凭本能，那当下这个拥抱，也是本能吗？

还是说。

有那么一点点爱呢?

门口忽然传来了说话声,人数不少,似乎是刚从车上下来。木子君身体动了一下,宋维蒲一愣,慢慢把放在她后背上的手松开。

他往后退了两步,门外进来了一车人。都是十几岁的白人男孩,看样子像是结伴来这里玩的,呼朋引伴,旁若无人,从他们两个中间的空隙穿过。

他们进了宋维蒲的房间,吵吵嚷嚷地分配空床。木子君把目光从宋维蒲身上移开,催促他:"你休息一下吧,下午我们不出去了。"

他们是为了萝塞拉而来,现在那两个原住民老人醉酒不醒,也做不了更多事。宋维蒲点点头,回头进了那间被新游客占满的房间。

木子君听到他们大声和宋维蒲打招呼,他也语调自然地回应。她看着关上的门发了片刻呆,便回到了左侧的房间。

在外面晒了一上午,中午又出了意外,她一回床上就觉得很困。补觉前,她看了一眼手机,信号竟然回来了。

一条未读短信躺在收件箱里,她看着屏幕上的"Steve"眨了下眼,反应过来,这是墨尔本的史蒂夫。

Steve:找到萝塞拉了吗?

木子君侧过身回复他。

木子君:还没有,不过打听到一些消息,明天会有进展。

Steve:OK!

Steve:所以宋维蒲现在到底知不知道你知道了啊……

中文的确长进不少,这么拗口的句式都会用了。木子君盯着屏幕上的一长一短两条信息,慢慢键入回复。

木子君:他不知道。

木子君:他希望我知道的时候,我再知道就好了。

史蒂夫那边停了片刻,回复她:中文看多了好奇怪,好多知道一起出现,我忽然就不认识这两个字了。

木子君忍不住笑起来。

木子君:恭喜啊。

木子君:这就是中文阅读的最高境界,不认识但懂。

很幸运,这次手机信号来了就没有再消失。处理了一会儿和其他人的未读信息,时候已晚,木子君起身和宋维蒲去附近吃晚饭。他状态好了不少，两个人慢慢往青旅的方向走，她问起来："你房间的新室友怎么样？"

"吵得要死，"宋维蒲摇摇头，"十几岁就是精力旺盛。"

"你也才十九岁好不好。"她笑。

"十九岁和十五六岁差多了。"他说。

吃完晚饭回到青旅，门口的服务员又早早下班了，留下一桌子装着钥匙的白色信封。木子君在宋维蒲前面背着手倒走几步，忽然停住脚步，伸手指了指他的嘴角。

"我再给你一次机会，"她煞有介事，"涂不涂润唇膏？"

宋维蒲无奈。

木子君第一次看到有人可以把内心的天人交战写在脸上。

从昨天落地算起，两个人抵达爱丽斯泉已经超过一天一夜。如果说昨天还在适应沙漠的干燥，今天身体的反应已经全都显现出来。她一天涂三次润唇膏都觉得嘴角干裂，宋维蒲纯靠喝水扛到现在，估计私下痛得要死。

"你到底在纠结什么啊？"木子君无奈。

"我……"宋维蒲的目光落向她放着润唇膏的衣兜，终于松口，"我幼儿园的时候……"

可以追溯到这么久远的吗？

他眼睛一闭，绝望道："我外婆给我涂润唇膏涂成口红，还把我送去上学了，我被嘲笑了好久，有阴影。"

木子君无奈。

金红玫女士。

不愧是你。

宋维蒲没有主动来拿的意思，这阴影属实是比较难克服。木子君叹了口气，把唇膏摸出来，旋出管体，在指腹上涂了一点。

"你看，"她说，"透明的，看见了吧。"

宋维蒲点点头。

"过来。"她用涂了唇膏的手指朝他勾了勾。

他靠近一步，把头低下一点。木子君一只手夹着唇膏，转了下他下巴，另一只手抬起来，指腹抵在他裂得最严重的嘴角处涂了几下。

宋维蒲想往后退，被她捏着下巴凶道："不许动！"

她又在指尖蹭了一点膏体，在其他地方点涂了几下。宋维蒲垂眼看她把润唇膏夹在指间的姿势，嘴唇不动，牙齿合着说话："你是不是背着我抽烟啊？"

　　"对啊，"木子君信口开河，"和唐葵学的，怎么了？"

　　宋维蒲皱起眉头，被她挟持着涂完润唇膏，下巴总算被松开。思考三秒后，他下了最终结论。

　　"和陈笑问沾边的就没好人。"他说。

　　木子君无奈地摇摇头。

　　他俩这互看不爽算是解不开了。

　　这混乱的一天终于在润唇膏的柑橘味中结束，木子君的房间里也来了新的住客，入住没一会儿就和她抱怨起沙漠的干燥与酷热。

　　除了世代居住在这里的原住民，这片土地本来就不适合外来人长居。她住了一天已经觉得皮肤干裂，那个叫萝塞拉的意大利女人，为什么会来这里开一家旅社呢？

　　那间电报站 20 世纪 70 年代才被建造起来，画廊老板 1957 年就在这里买到了那幅艾尔斯岩的油画。萝塞拉来到爱丽斯泉的时间比电报通信更早，那她又是哪一年和金红玫成为足以互寄照片的朋友的呢？

　　又或者……

　　金红玫，也曾来到过这个地方呢？

　　第二天，酒醒了的丽丽、娟娟如约而至旅行社。

　　木子君出发的时候还有点担心宋维蒲和苗珊因为昨天的事尴尬，好在两个人都是就事论事的人，过去的事就过去了。更何况，苗珊比他们都更早得知了一个让人震惊的消息。

　　旅行社里，苗珊和史蒂夫拿起那张丽丽、娟娟带来的四人合照，看看照片，又看看木子君，再次看向照片。

　　"还真的见过啊！"苗珊觉得不可思议。

　　"你家有长辈以前来过澳洲吗？"史蒂夫追问。

　　木子君已经对这个问题感到疲倦了。她接过那张黑白照片，先看见了中间还是小女孩的丽丽、娟娟，而后两侧便是三十多岁的金红玫和一个白人女性。

　　不过也不是彻底的白人轮廓，宋维蒲稍微辨认了一下，就下了结论："是混血。"

很典型的东西方混血，轮廓相比于纯粹的西方人更精致柔和。沙漠风大，她颈间围着条丝巾，随时可以从脑后罩起。黑白照片拍不出颜色，不过木子君能看出来，这个女人眉眼颜色偏淡，不像另一侧的金红玫，英气逼人，眉眼墨色浓重，鼻梁高挺。

照片里应当是冬天，两个人上身都穿着御寒的皮夹克，侧身坐在沙发里，一人搂着一个原住民小姑娘。

木子君放下照片，看到了那两个小姑娘已经满脸皱纹，正光脚坐在沙发上吸啤酒。

苗珊见她看完了，滑着椅子过来开口："她俩前天就说见过你，我说她们认错人了，今天来的时候就带着这张照片，要和我证明她们没撒谎。"

"的确是没撒谎……"木子君恍惚道，"那她们和你说了这两个人是谁了吗？"

既然金红玫曾经出现在这里，那照片里的这位混血女人想必就是为她画像寄照片的萝塞拉，她不觉得金红玫能在这荒芜之地认识第二个女人。她问完，苗珊也换了语言追问她们。果然——

"她们说左边这位是一个叫萝塞拉的女人，是她们在一家旅社工作时的老板。"苗珊转回头，"右边这位，和萝塞拉合开旅社，不过只干了一年就离开了。在爱丽斯泉的那一年，她让认识的原住民叫她……"

木子君看着苗珊。

"船长。"苗珊说。

木子君控制不住地和宋维蒲对视了一眼，表情就像是被宿命迎面重击。她怕自己把照片捏坏，松开手指，将照片放回了桌面。

两个老人又在打量她了，用她听不懂的语言低语着什么。苗珊听她们说了一会儿，再次回头翻译。

"她们说，就是船长给她们起名丽丽、娟娟，"苗珊说，"她说自己是中国人，让她们以后见到中国人，都这样介绍自己。"

也不好好给起个名字。隔着几十年，木子君油然而生一种无奈的好笑。

"她们怎么沟通的？"木子君追问，"我的确知道一些这位船长的事，她连英语都说得很勉强。"

苗珊点点头，再度传达往事。

"萝塞拉会说原住民的语言，也会说英文和汉语。船长有时候给她们画画，有时候用手势，有时候让萝塞拉翻译。她们说……这位船长，总是有办法。"

的确，来澳洲找了这么多人，还没听谁说过金红玫有什么束手无策的时刻。

史蒂夫听出了这番对话的信息量，也坐了过来。

"她们工作的那个旅社，就是你要找的那个地方吧？"他问道，"金色玫瑰？"

"应该就是了。"木子君点点头，再度转向苗珊，"那这位萝塞拉现在是……"

苗珊和她的疑惑都是同步的，立刻举着照片过去追问。两个老人看着照片上年轻的女人和年幼的自己，忽然双双叹了口气。大约是这个词语很简单，他们不再需要苗珊的翻译，目光转向木子君，用含糊的英文回答："Die（死了）。"

Die.

真奇妙，生死这样大的事，在中文和英文里的字形都如此简单，一个音节就足以表达含义，连执着部落语言的原住民老人都能学会。

有唐鸣鹤在前，木子君对这个答案并不意外。苗珊倒是不死心地追问了几句，再回头时，神色遗憾。

"她二十年前就去世了，没有儿女，遗产都捐给了原住民的慈善机构。"

二十年啊。

宋维蒲才十九岁，怪不得他从没听金红玫提起过这位故人。在他出生的前一年，这位叫萝塞拉的女人就已经去世了。

不知道那个时候的金红玫是否赶赴中部沙漠参加了她的葬礼。即便是二十年前，金红玫的年龄也不小了吧，她还有力气来到这片被烈日和干燥笼罩的荒蛮之地吗？她身体挨得住吗？听闻老友死讯的时候，她的心情又是什么样的呢？

有些事她能查，能追问，但有些事，或许注定随着亲历者的死亡被埋在过去，再也无人知晓。

没有人开口，都在等木子君接下来的发言。她和照片里的女人一样的相貌已经注定了这件事解释权的归属。宋维蒲看见她用手指慢慢点着桌面，缓慢地敲击出节奏，就像她昨天敲击墙面那样。

然后，她慢慢抬起头，看着沙发上的老人，问道："你们卧室里的那些书，是她的吗？"

苗珊一愣，这才想起昨天在她们房间里的惊鸿一瞥，只是她什么都没有注意到。她帮木子君转述了问题，随即得到她们慢吞吞的回答。

　　"对。"苗珊说，"卧室里的东西都是萝塞拉的。她们姐妹两个虽然不认字，但觉得书本不可以被烧毁和践踏，就在她去世以后，把那些书都从她家里拿走了。"

　　"那我可以去看看吗？"

　　啤酒已经喝到了最后一口，两个老人脸颊一缩，吸得发出了"嘶嘶"的声音。她们光脚踩上地面，冲苗珊说了最后一句话。

　　"可……可以的。"苗珊看向门外宋维蒲的车，"她们说，不想走路了，正好把她们送回家。"

　　木子君仿佛是从废墟里捡出了萝塞拉留下的东西。

　　苗珊说这些土著家里都是这样，这种聚居方式本身就是外人强加给他们的，生活自然也过得乱七八糟。萝塞拉留下的书本和笔记本都堆在书架上，木子君翻了翻，灰尘腾起，她干脆去旁边的土著超市要了纸箱，然后把所有书打包带走，准备回去一本本地翻阅，或许能拼凑出那些年萝塞拉和金红玫的缘分。

　　出门时，隔壁的原住民正一脸阴沉地瞪着他们，丽丽、娟娟则叉着腰回瞪他，不让他到自己的院子里来。她们两个担心再起冲突，并没有让宋维蒲和史蒂夫过来，好在苗珊的右舵车驾驶技术足够在这种空旷路段行驶。

　　两个女孩上了车，后座是两箱萝塞拉的遗物。写下和读过的文字比任何东西都更能拼凑一个人生前的所思所想，从这个角度看，木子君少年时代习得的"敬惜笔墨"四个字，能量远远大于字面意思。

　　宋维蒲不在，苗珊似乎终于能和她开口提昨天的事。

　　"那小姑娘后来去哪儿了你看到了吗？"她问木子君。

　　"没有。"木子君也有些疑惑，"我俩出门的时间没比她晚太久，但车开到街上就不见人了。"

　　"是吗？也挺正常的，"苗珊叹了口气，拐弯驶出了社区大门，"我以前也觉得他们一回头就消失在旷野里，可能原住民和这片土地有什么我们不懂的联结。"

　　"你觉得我昨天那样讨厌吗？"苗珊继续问，"你朋友应该很讨厌我，连话都不和我说。"

"不讨厌啊，你怎么这样说？"木子君摇摇头，"你也是想帮她的，大部分人都会顾虑的。而且宋维蒲他……他不是讨厌你，他可能是……"

木子君把视线投向车窗外，看着沙漠上干枯的灌木丛。

"他可能是不想面对某些时候的他自己吧。"

"他很依赖你是不是？"苗珊回想了片刻昨日的场景。

"我比较依赖他吧。"木子君转回视线，语气意外，"我有时候都觉得我太依赖他了，来澳洲以后，没有他，我很多事情都做不成。"

"我不这么觉得，他昨天下意识找你的那个眼神你没有看到吗？"苗珊笑起来，表情里散发着一种"虽然被无视但仍然嗑到了"的内在，"他气质真少见，又跩又忠诚。"

木子君一时无语，脑子里控制不住地浮现出一副对联：

又帅又好使。

又跩又忠诚。

过年要贴这个，他会不会沦为唐人街的笑柄？

公路前面出现一只过马路的袋鼠，苗珊刹车让袋鼠先走。木子君先前只见过路边被撞死的，这还是第一次见活的，忍不住探头细看。两个女生目送这只半人高的袋鼠缓慢蹦离，木子君惊叹了一声，又想起什么似的回头问苗珊："晚上能借你们旅行社用一下吗？我俩要看那些资料，青旅里不太方便。"

"随便用啦，"苗珊发动汽车，"反正老板不在。"

淡季的客流量的确少得夸张，怪不得旅行社的老板自己开车去达尔文玩，把店面甩给员工看顾。前两天气温尚未升到顶点，今天更是热得人皮肤又烫又辣，再加上群蝇乱舞，一刻也不想在室外多待。

苗珊和史蒂夫的员工宿舍就在旅行社后面，眼看到下班都没有顾客，他们便锁了前门，给木子君留下灯和空调，然后从后门离开了。

屋子里一下变得很安静。

白天热成那个样子，太阳一落山，气温竟然迅速下降。木子君和宋维蒲把两个箱子里的东西都倒出来，开始一本本地翻阅。

木子君本来以为萝塞拉在当旅社老板以前从事的是和艺术相关的行业，没想到她留下的书本里有不少都是法律相关的大部头，里面还做着密密麻麻的笔记。她翻了几本都没有收获，只能把书放回纸箱，又拿了一摞到手边。

肩膀被人碰了一下，她抬起头，看见宋维蒲给她递了一杯水。木子君接过来，他在她旁边的地板上坐下。

"吃东西吗？"他又从衣服里掏了两个三明治出来，也不知道什么时候买的。木子君看着他笑起来，伸手在他黑色卫衣的口袋上摸了摸。

"干吗？"他往后躲了一瞬。

"我看看你还能掏出别的吗？"她说，"是不是变出来的。"

"刚才去加油站买的。"

工作暂停，她拆开三明治吃。里面夹的不是香肠，是烤得焦黑的肉。木子君盯了片刻，忐忑问道："这该不会就是……"

"袋鼠肉三明治。"宋维蒲说。

"你吃过吗？好吃吗？"

"不好吃。"

"……那你买给我干啥啊？？"

"我觉得你可能想试试。"

木子君笑不出来。

味道一般，但也没有到难以下咽的地步。木子君咬了几口三明治，和他提起白天的见闻："我们今天在路边看到袋鼠了，你以前开车见过吗？"

"嗯。"宋维蒲也帮她翻看起那些旧书，试图从里面找出些蛛丝马迹，"晚上开车见过，它们会被车灯吸引。"

"在墨尔本吗？我还没见过。"

"墨尔本不多，"他扔开手里的，又翻开另一本，"史蒂夫去西澳的时候见过不少，跟着车跳，差点撞到。"

宋维蒲书翻得很快，基本都是法律相关的，他也略感意外。书页里偶然掉落一张照片，他捡起来，竟然又是一张金红玫和萝塞拉的合照。两个女人穿着皮夹克，坐在车头拿着猎枪，车子旁边是几个原住民，地上是死去的猎物。

他拿着那照片看了一会儿，试图从年轻的金红玫脸上看到一些他熟悉的痕迹。她为什么绝口不提自己的过去呢？就因为他和她认识的时候，只是个孩子吗？

他又为什么从来不问她呢？因为他认识她的时候，她已经是个只会打麻将和出门跳舞的老人吗？

她算不上一个好的监护人，记忆里的她一点都不慈祥。宋维蒲无从知晓他的父母到底是什么样的人，但他已经发现自己身上很多东西是从金红玫那里沿袭而来。他以前没有意识到，但事到如今，他也不得不承认，自己的性格完全复刻了照片里这个拿着猎枪一脸不屑的女人。

成就人的到底是遗传的基因还是日后的际遇呢？老去的人又为什么总对过去缄口不言。一个人的灵魂究竟要强悍到什么地步，才能在死后仍然引着后代去往她走过的山川河流。

他把那张照片夹回书页，朝木子君的方向看去。她似乎也刚刚翻到了什么，只是眉头皱起，对手里的内容很大困惑。

"怎么了？"宋维蒲问。

"这个……"她把手里的东西翻向他，"这是哪国语言？"

宋维蒲的眼神在纸页上顿了片刻，继而伸手把她找出的笔记本拿过来。这不是打印的东西，而是钢笔写下的字迹。纸页已经干燥枯黄，好在写下的字母仍然清晰。他翻看了几页，很快意识到，这是萝塞拉的日记本。

"意大利语。"他说。

萝塞拉看书是英文的，但最私密的写作，仍然是用意大利语。木子君起身坐到他身边，她大概刚涂过润唇膏，空气里多了一股清新的柑橘味，冲散了日记本里散发的陈旧气息。

他以前怎么不知道柑橘的味道这么好闻。

她抱住膝盖坐在他身旁，头往日记本的方向偏。柑橘味道浓郁但清甜，他侧身垂下眼，看向她低垂的睫毛和唇上的哑光色泽。

她总是毫无戒备地挤在他身边，她根本不知道他心里在想什么，她满脑子都是她爷爷的执念，可他的脑子已经很久不只是金红玫的过去了。

"你能边看边翻译吗？"她问，"这个难度会不会太大了？"

宋维蒲的目光在她身上又停了片刻，然后移开，闲闲地往沙发上一靠，说："还好，我给你念，不过……"

木子君看向他。

宋维蒲手肘架在膝盖上，撑住一侧额头："我嘴有点干。"

木子君："？"

"你给我涂点润唇膏。"他说。

木子君无语。

虽说都自比船长，但木子君是正经船长，金红玫八成是个海盗头目。

不然很难培养出宋维蒲这种精通多国语言的——

浑蛋。

从陈笑问到现在，这还是他们第一次与亲历者失之交臂，只能通过她留下的文字去回忆。边看边翻译实施起来比想象中复杂了太多，只读完两页，木子君就叫停了宋维蒲。

"这念到明天都念不完啊。"她说。

宋维蒲点了下头，又把日记本往后翻了几页。他思索片刻，起身翻了翻箱子，又找出了两本日记，和已有的那本牛皮日记本摞在了一起。

"你去睡吧，"他说，"我先看一遍，把和我外婆有关系的部分折起来。"

对联上联熠熠生辉，又帅又好使颠扑不破。木子君发自内心地夸了他几句，就被拎回沙发上催睡觉了。

沙漠夜色深而静，他翻开日记本，从萝塞拉落笔的第一页看起。

木子君是被苗珊和宋维蒲的说话声吵醒的。

两个人语气都很正常，没人把先前的事往心里去。木子君迷迷糊糊地睁开眼，发现店里没开门，灯一直亮着，苗珊和史蒂夫都没穿旅行社的员工制服，反倒换了外出的装扮。

听见动静，宋维蒲回头看了她一眼，便冲苗珊点了下头："醒了，你问她吧。"

什么啊？

苗珊穿得简直像他们最近常遇见的沙漠向导，苍绿的上衣和短裤，底下一双徒步靴。她走到木子君身边，拿一瓶补水喷雾往木子君脸上喷了两下。木子君瞬间被喷清醒了。

"有认识的土著带我俩去打猎，"苗珊问她，"你俩去吗？"

打什么玩意儿？

打猎？

木子君从沙发上爬了起来。

"你俩不上班啊？"

"这穷乡僻壤谁周六上班啊。"苗珊说，"史蒂夫之前就问过能不能带我俩，正好今天赶上了，你们一起吗？"

信息量不大，但她仍然得缓缓。木子君原地坐了片刻，想起宋维蒲一夜未睡，赶忙抬头问他。

"你行吗？"

宋维蒲熬了一夜，脸色倒没怎么变差。看来有的人就是有特异功能——秒睡但觉少，清醒时刻保持高功率。

"你想去我就行。"宋维蒲蹑得一脸无所谓，隔了一夜，下联也开始大放光彩。后院已经开始喧哗了，两个人洗了把脸跟着苗珊出去，看见五个原住民男人，还有他们之前救过的那个小女孩。

"娟娟和我说她叫苏珊，"苗珊指了指小姑娘，"这些都是她妈妈家的人，昨天刚把她爸揍了一顿。"

你打过我要打的人，我们就是朋友了，这个道理全球通用。这几个男人都会说英文，黑黝黝地走过来，和宋维蒲撞了下拳，又亮出白牙问他能不能开车。

"也行，"苗珊说，"那分开坐吧，木子君你——"

她话还没说完，就看见几个男人不由分说地窜进宋维蒲的越野车，把后座和副驾驶座挤满，留下他们的朋友开着那辆没空调甚至没有副驾驶车门的老皮卡愣在原地，继而破口大骂。

三个人目光交错，一时无奈。

"那你来和我们坐这辆吧……"苗珊无力地道。

分配到最后，宋维蒲车上坐了他和四个原住民，另一辆土著司机的车则载了木子君、苗珊、史蒂夫和小姑娘苏珊。木子君在副驾驶坐定，发现这副驾驶不但没有车门，连安全带都是坏的，想坐稳只能用手抓住左侧车顶的把手。她抬起头，发现苏珊也走到车边，手臂一伸，自己爬到了皮卡的后斗里。

"挤一挤可以的吧？"木子君问苗珊。

"他们喜欢坐外面。"苗珊示意她，"就这种没门的车，他们有时候甚至喜欢挂在门框上。"

木子君闻言再次抬头，看见苏珊又爬上了车顶，两条细细的小腿从前方车窗悬垂下来，心里不由得产生一种"太狂野了"的感慨。

不过坐土著的车也有好处，车里放了几把猎枪，只看枪身上的磨痕便知这枪已身经百战。土著司机把弹夹拆下来，教了木子君瞄准动作和开枪方法，一行人便上路了。

木子君坐在副驾驶，这还是她来墨尔本以后第一次坐别人的车。两辆车在空旷的马路上并行片刻，一侧的宋维蒲降下车窗，架着胳膊和她四目相对。

烈日骄阳，时间还不到九点，气温就又起来了。他车上放着他俩的墨镜，他刚把自己的戴上，和她对视的时候往头上一推，提声问："要你自己的吗？"

　　木子君把手伸出去，交接了另一副女式墨镜，两辆车随即错开，沿着沙漠公路一前一后地行驶起来。

　　这地方没信号，也没圈起来的猎场，一切的边界都很模糊。木子君作为初来乍到的新人，是最有法治意识的。

　　"能随便打吗？"她回头问后座的史蒂夫和苗珊，"犯法吗？"

　　"跟着他们就不犯法。"史蒂夫咧嘴笑道，"都是有执照的，而且我和他们说了不打袋鼠，咱们打兔子，澳洲最大的自然灾害。"

　　"他们打猎也用枪？"

　　"现代社会了我的妹妹，"苗珊探过身子，"以前用回旋镖，现在用得很少。就像我老家在牧区，现在也没人骑马放羊了，都是骑摩托。"

　　木子君点点头，低头看向司机放在自己腿上让她保管的猎枪。很长，棕色手柄，枪口有划痕，有些年头了。

　　她摸了摸枪柄和扳机，光滑冰凉，心中涌起一些异样。

　　"他们经常打猎吗？"她想起昨晚宋维蒲找到的那张金红玫去打猎的照片，实在没忍住好奇。

　　"他们都是领生活补助的，如果补助金花完了，新的还没到，"史蒂夫耸肩，"就去打猎，靠猎物挨到下次补助。"

　　车过了个凸起的柏油鼓包，前窗"当当"两声，是苏珊垂落的脚后跟在踢打。木子君看了她光着的脚丫一会儿，再度感慨：真的太狂野了。

　　后视镜里能看见宋维蒲的越野车，不远不近地跟着，开得显然比他们稳多了。车开到沙漠深处，信号已经彻底消失。皮卡偶尔猛刹，司机从木子君腿上抄起猎枪，"砰砰"几下，惊起其他小型动物的躁动，可惜一无所获。

　　木子君听见他换了语言抱怨了几句，苗珊轻笑，对她转述："骂得太脏了就不给你翻译了，他说今天手气不好。"

　　正说着，宋维蒲那辆车忽然传来尖锐的刹车声。紧接着，一声嘹亮的枪声响起，远处红土腾起巨大沙雾，有什么东西在那片沙雾里翻滚，而后归于沉寂。

　　他们的司机表情更差了。

　　想来土著男性好胜心也是很强的，更何况这位因为车太烂被其他几位"孤立"，还迟迟打不到猎物，显得越发焦躁。没一会儿，另一辆车就捡了猎物回来。宋维蒲驱车到了他们车侧，降下车窗，看向脸被晒得有些红的木子君。

"打着了吗？"他问。

"我们还没有，"木子君苦笑，"你们呢？"

宋维蒲往后看了一眼，又回过头："三只了。"

好在司机听不懂中文，不然怕是要气得吐血。车顶突然传来响声，苏珊用脚钩住车顶铁架，人从车窗上倒着垂下来，朝司机做个鬼脸，口齿清晰道："Loser（失败者）！"

宋维蒲车上男人的狂笑声被他们司机一脚油门甩到后面。

这片猎场是没有指望了，木子君看见他在灌木上左冲右突，很快回了公路，念叨着要去另一片猎场。正午日升，车里没有空调的坏处变得很明显，木子君卷起袖子，觉得身上黏腻得厉害。

她昨天压根儿没想到今天会出来打猎，穿的是件宽松的绸质白衬衣，应付日常行走还行，目前属实有点到了极限。头发也被汗粘上脖颈，她避开风口，皮筋一拢，高扎在脑后。而后，她起了下身子，把衬衣下摆扎起，立刻利索了不少。

猎枪还在她腿上，她回忆了一下方才司机的几次开枪，发现这种型号的猎枪上膛步骤极其简便。这辆车副驾驶座没车门，更没车窗，身侧只剩个内外直通的大洞，路况相对平稳，她的手松开头顶的把手，试着抬枪瞄准了几丛一闪即逝的灌木。

"你打过枪啊？"苗珊从后面抬起头，很惊讶。

"小时候学过一段时间，"木子君搪塞道，"打个气球什么的。"

苗珊刚想笑，忽然听到司机一声大吼，公路前方有道灰影一闪即逝。已经来不及刹车了，电光石火间，苗珊看见副驾驶座白影一闪，木子君抬枪瞄准，动作有一种让人意外的标准。上膛声和鸣枪声先后响起，公路远处转瞬腾起一片血雾。

车身后不远，宋维蒲的车里传出其他原住民的狂叫，从他们的角度比车里更能看清木子君探身开枪的一幕。

两辆车都开始刹车，先后穿过枪口留下的那片烟雾。

苗珊目瞪口呆地看着木子君把枪收回车里，在司机"争回一口气"的赞叹里陷入震惊："你……"

木子君一时也忘了没系安全带，神色微怔，似是不相信刚才开枪射中猎物的人是自己。

车尚未彻底刹停，车轮不知道轧过了什么，整个车身幅度剧烈地晃了一下，把没系安全带的木子君猛然甩出。两件事发生的间隔连十秒都没有，那道方才英姿飒爽的白影在车边一晃，陡然消失，随即滚向公路右侧。司机这才猛踩刹车，苗珊眼前一黑，反应过来的时候才发现自己和史蒂夫的脸双双撞上前座。

后面的车刹得比他们更猛。

宋维蒲的身体反应似乎比他脑子都快，看见前车摇晃的时候，他就已经把刹车踩到了底。后座"咚咚"几声，是方才还在兴奋惊叫的乘客从车座上滑下来，只有宋维蒲被安全带勒住，随即动作迅速地跳下车。

那道白影已经滚落到公路一侧，又被一丛灌木截停。茫茫红沙，枯黄灌木，木子君的白衬衣过分显眼。宋维蒲几步跑过去，跳下半米高的公路，狠狠地把灌木丛拨到一边，然后抓着她肩膀把她扶起来。

枯草里一股柑橘味。

宋维蒲非常清楚自己要疯了，脑海里挥之不去的竟然是她刚才坐在车窗上开枪的背影，和她飞起来的发尾。那缕发尾现在垂在他手侧，和枯草一起扫着他手背，扫着他刚才拨开灌木时被划破的皮肤。

他怎么就让她上了别人的车！！！

不然她肯定不会——

"摔死了。"

宋维蒲一怔。

怀里的女孩晃了下头，从枯草里挣了一下，发尾继续扫着他手背。然后，她慢悠悠地睁开眼，捂着腰看向他。

"摔死我了。"她说。

别人都没宋维蒲动作快，也可能是他动作太快了。他俩从公路底下爬上来的时候，苗珊他们几个刚气喘吁吁地从刹住车的地方跑过来，看见一脸黑气的宋维蒲和摔得捂着腰的木子君时，神情都很意外。

"没事吧？"苗珊赶忙过来扶住木子君。

"没事没事。"木子君摆手，"落地的地方正好是灌木丛，缓冲了一下，就是好像把宋维蒲扎得挺厉害。"

"你们捡着我打的兔子了吗？"木子君竟然还敢问。

"兔……兔……"苗珊回头，看见他们的司机毫不管木子君死活，先跑到远处去捡猎物，此刻正举着兔子朝他们挥舞。

"那看来是捡着了。"苗珊回过头，发现宋维蒲的表情更难看了。

宋维蒲那车的人倒是都下来找木子君了，方才她飞身抬枪，头顶烈日白光，猎物一枪毙命，从后面看起来有如神迹，对原住民兄弟显然造成了不小的震撼。

宋维蒲黑着一张脸，一言不发地走回自己的越野车，把副驾驶座的门一拉，黑着脸看回木子君的方向。

"上车。"

"我去看一眼兔子行吗？"

宋维蒲看了她一会儿，一字一顿地说："你去。"

他没有说完，但木子君听出来了，他想说的是"你去一个试试"。

她不试，她识趣地上车并坐回副驾驶座。宋维蒲踩着越野底盘，伸手把安全带给她系好，然后抬头盯着她。

真牛啊，人都掉下去了，墨镜还焊在头上，造型保持得相当完美，全场就他的手划破了。

"腰疼？"他问。

木子君不敢说话，点点头。

他点了下头，隔着她身子去够驾驶座，把坐垫拿过来叠了两折，垫在她腰后面。

"别的地方没事是吧？"他最后确认。

木子君觉得宋维蒲都给她垫腰了，应该是消气了，语气一时没压住第一次猎杀成功的兴奋："都没事——"

她被他掐着脖子往回一按。

"没事就老实坐着。"

她转瞬老实下来。

宋维蒲看她没有更多动作，手往下落了半寸，这才松开虎口，又用指节在她锁骨上警示性地敲了两下。

警告完她，宋维蒲去和其他人说让他们换车，叫苗珊和史蒂夫过来。木子君在副驾驶座心有余悸地摸摸脖子，刮擦过皮肤的是指腹上薄而久远的一层茧。

竟然打中了……

一行人清晨出发，一整天在各个猎场间穿梭，逐渐深入沙漠腹地，日落时竟然到了四百公里外的艾尔斯岩。史蒂夫让原住民带他们远远看一眼，他们不靠 GPS，在没有路的沙漠里东拐西拐，竟然真的绕上公路，排在几辆游览车辆之后，向着暮色里的艾尔斯岩开去了。

"看完日落六点多，"史蒂夫看了一眼手表，"应该能赶在半夜回镇子。你俩来都来了，还是看一眼再走比较好。"

木子君这一天惊心动魄，腰还疼，已经觉出疲惫。谁知侧过头，她发现昨天一晚没睡的宋维蒲仍然毫无困意。

"你行吗？"木子君问，"晚上还有四个多小时夜路要开。"

"我哪儿都行。"宋维蒲说。

苗珊随即在后座上爆发出狂笑声。史蒂夫尴尬地捂了捂脸，息事宁人道："没事，回去我开，我也能开。"

车速减缓，笔直的公路开始有了曲度。前面的车慢了下来，木子君探身向前，视线被几块不规则的巨石挡住。

暮色西沉。

落日是红的，沙漠也是红的，天地间像有一团火在蔓延。公路的曲度逐渐变大，一瞬间，人的视线脱离了巨石的遮挡，路的尽头出现火的宫殿。

巨大的单体岩石凭空出现在红土沙漠之上，随着落日下沉，颜色每一秒都在变换。在外来者抵达前，原住民将这里作为朝拜之地太过正常，这块岩石的存在本身就是一种神迹。

苗珊扶着木子君副驾驶的车座，看着窗外开口："他们说这里是澳大利亚的心脏，也有人说，这里就是世界的心脏。"

"这已经是我这半年来第七十次看它的落日了，"史蒂夫也开口，"我还是会觉得震撼。红土沙漠有致幻性，也会让人上瘾。"

苗珊推了他一把："你又开始作诗了。"

后座的人笑闹起来，前面的车停下，宋维蒲也慢慢踩下刹车。他和木子君并没有开口，两个人脑海中浮现的，都是那幅悬挂在灯具店里的摄影作品，它的实体远远比照片震撼。

红土沙漠有致幻性，也会让人上瘾。

那么，金红玫女士和萝塞拉·马琴小姐。

你们当初留在这里的原因，也是如此吗？

回程还是交给了史蒂夫开，副驾驶的人也变成了苗珊。开夜路的难度大，再加上沙漠里不见路灯，袋鼠会主动往车灯上撞，前排两个人得精神高度紧张。

宋维蒲嘴上说着不困，人一坐到后面就睡着了，还是他习惯性的颈椎病预定姿势，双臂交叉，头低下去，微微借了后座靠背的力。车窗外漆黑一片，只有前后两辆车行驶在荒野之中，车灯大开，破出两道白光。木子君借着微弱的光线在他外套上摸索片刻，找出那瓶药用喷雾，把自己裤腿往上提了提，指尖触碰膝盖，感到一阵疼。

摔的时候就挺疼的，不过也是她自作自受，她怕宋维蒲生气没敢和他说，看他睡着了才敢动手。喷雾用前要晃，她手腕刚晃了个来回，忽然被人伸手握住，再抬头的时候，漆黑里一双更漆黑的眼，眸子里有微芒。

史蒂夫和苗珊在前排有一搭没一搭地说话，后视镜又一片漆黑，没有发现后排两个人都醒了。窗户开着，风声和发动机的声音足够喧嚣，后面的悸动更是传不到前面。

木子君不知怎么开口，她白天信誓旦旦地说自己没事。反倒是宋维蒲，一言不发地把喷雾拿走，晃动了几下，然后伸手按住她卷在膝盖上面的长裤布料。

他把她的腿向自己的方向拨了一点，指尖从布料上滑下几厘米，她则转瞬感到了一丝凉意。

他按着她膝盖观察片刻，最后晃了下喷雾，对准擦伤处，按下喷头。

药雾的细密触感转瞬笼罩了膝盖上的皮肤。

他自己昨天用过这个，多喷无用，晾干后伤口自会加速结痂。给木子君喷完，他又往自己手背上补喷了两下，最后把药雾收了起来。

苗珊和史蒂夫不知聊到了什么，不约而同地发出低低的笑声。

宋维蒲在笑声里抬眼看向木子君。

"我白天太凶了是不是？"宋维蒲低声开口，嗓音比笑声略低，又盖过了灌进车里的风和发动机的轰鸣，"你才不敢和我说。"

药雾有轻微的刺激感，木子君能感觉到膝盖处的皮肤一阵阵地收缩。她等液体风干，把裤腿放下去，抱着手臂靠回座椅。

"不是，是我的原因。"她说，"我根本不考虑危险……"

是不考虑，也是本能如此。人在成长的过程中被城市和集体规训，到了没有规则的荒漠，原始的性格逐渐苏醒。

"今天是有点危险了，"宋维蒲收回目光，慢慢闭上眼靠回椅背，"不过怪我，我不应该让你去别的车上。"

他想了想，偏过头看向她，再次开口。

"那这样吧，"他说，"以后我在的时候，你就凭本能。我不在的时候，你要想一下。"

木子君一愣："可以这样吗？"

"不可以吗？"他反问。

"你是保险吗？"

宋维蒲抱起手臂，仰头靠上座椅。

"保险是出了事用来补救的，"他说，"我在就出不了事。"

好大的口气。

膝盖上的刺痛感正在减弱，木子君看向他的侧脸。他话说得很笃定，脸上的神色也平静，说完了就闭上眼睛休息。她盯着那道轮廓看了一会儿，将目光移开，轻声问："那我……不需要改掉我的本能，是不是？"

那道影子静止片刻，随即缓缓点了下头，是宋维蒲闭着眼睛做出肯定。

"你的每一种本能都很珍贵，"他说，"不要改掉，改掉我会很伤心的。"

他偶尔会一本正经地说书面语，就像现在这样，不知道是故意的还是和中文终归有隔阂。木子君忍着不笑出声，光身子抖，被察觉出来的宋维蒲伸手推了下脑袋。

前排已经安静下来好一会儿了，苗珊忍了半晌，还是把安全带扯松了一些，朝史蒂夫那边倾过身子，附在他耳边低声问道："所以咱俩也是他俩氛围感的一部分是吗？"

车身晃了一下，随后被史蒂夫正过来。

夜路难开，回去的时间比他们计划的更晚。苗珊没有让宋维蒲和木子君回青旅，直接把他们带回员工宿舍过夜。

说是宿舍，其实是旅行社后面的一栋平层，里面有三间卧室，全是给旺季时期的员工住宿用的。不过现在店里只剩苗珊和史蒂夫，他俩一人一间，房租也低，工资全存下，属实是难得的好工作。

一群人在外面待了一天，身上都燥热，轮流洗漱。木子君出来的时候看见客厅有光，宋维蒲换了件白 T 恤，正坐在沙发上翻刚从旅行社里拿回来的日记本。

他刚洗过澡，头发还湿着，一身凉意地坐在立灯的光影里。宿舍里养了一只猫，在他腿旁滚来滚去，见他注意力不在自己身上便伸出爪子挠他手背。宋维蒲及时躲开，这才腾出手来揉它脑袋。

揉归揉，他的注意力还是在日记本上，毛也捋得漫不经心。猫讨了个没趣，朝他叫了一声，滚落地板跑走了。

木子君这才走过去，坐到他身边。

她其实挺理解那只猫的。

有的人哪怕气质冷淡拒人千里，也能让周遭环境自成一道旋涡，卷得旁人不由自主地向他身边走去。

她在赌场门口和他见第二面的时候，就意识到他有这种气质了。

"还在看啊？"她问，"到哪儿了？"

他的目光被钉在那些潦草的意文间，等了一会儿才反应过来她在和自己说话。他把日记本倒扣在膝盖上，头往后仰，闭着眼靠上沙发。

他沉默了几秒，开口问她："上次祝双双的事我没有问，她和我外婆的渊源也很精彩吧？"

那是太精彩了，我都不敢和你说的程度。

木子君点点头，"嗯"了一声。

"我觉得我根本不认识她，"宋维蒲慢慢地睁开眼，把日记本举到自己面前，"唐鸣鹤和陈元罡回忆里的那个人，日记本里的这个人，我都不认识。"

他侧过头，看着木子君笑了一下，有些疲惫。她想说累的话就先睡吧，这些日记本天亮了再看就好。可是没想到他忽然伸出手，在她脸上捏了一下。

木子君吃痛，"嗷"了一声。

"你好好玩啊。"他说。

木子君无语。

"你不会又困了吧？"他继续问，"回来睡了一路，都睡我身上了。"

她就算困也说不出口了。

猫又回来了，这次它选择了木子君，在她脚下盘了个圈，头埋进了肚皮。她伸手抓了抓猫的脖颈，换来几声舒服的哼哼。

脚下的小动物躺好了，身边的人忽然站了起来。木子君抬头，看见宋维蒲起身把半干的头发甩了甩，身上陡然腾起一股淋浴过后的水汽。他拿一条晾在椅背上的毛巾擦了擦头发，披了件外套回到她身边，再坐下的时候，就靠她近了不少。

她都能感觉到他外套下手臂的温热。

他简直像是故意靠过来的，像看到猫靠过来，他就也靠过来了。沙漠的空气如此干燥，他凭一己之力，让她周遭的空气湿润起来。

他把摞在沙发上的三本日记都拿了过来，放在她腿上，然后拿起了第一本。

"今晚要听吗？"他说，"要听的话，我可以给你讲了。"

他只是要讲日记本里的内容吗？还是想找一件事把她留在身边，不让她离开客厅呢？

猫换了卧着的方向，压住了木子君的脚背。水汽蔓延间，她似乎被那道旋涡彻底卷进去，卷得脱不开身。

"你讲吧，"她说，"不过我要是睡着了怎么办啊？"

"无所谓啊，"他靠上沙发，懒散道，"那就当我给人讲睡前故事了。"

1941 年，墨尔本。

萝塞拉是在唐人街的华文学堂上到第三节课时注意到那个女人的。

7 月，南半球是隆冬，是和她两个故乡都不同的季节。和父亲来澳大利亚的前夜，她在南意的朋友很兴奋地与她说，那是一个四季都是夏日的国家。

一个彻头彻尾的误解。

冬季的墨尔本阴冷得让人发疯、抑郁、情绪低落。她用钢笔给朋友写信，说自己已经一个月没有看到阳光，她想念南欧的日照，想念故居院子里盛开的雏菊，想念那座山中小镇永不结束的盛夏。

她在中国度过的那些年也比当下好，那些年她居住在上海最繁华的路段，和她那个寡言的画家母亲住在一起，出门便是教堂开办的女子学校。她在那座城市长到八岁，然后母亲病逝，于是她那位只存在在叙述中的意大利父亲把她带到了另一片土地。

客观上讲，萝塞拉的身体里流淌着中意两国的血液，但她觉得自己与吉卜赛人也有亲缘，不然她的少年时代为何总在漂泊？继在中国度过了童年，在意大利度过了少女时代后，她的父亲再次因为生意的变动把她带到了澳大利亚的墨尔本。

而后四年，她便在这座城市念下了自己的第一个文凭，一个不被她父亲期待的法学文凭。

她的父亲原本是对她有期待的——一个富商的混血女儿，学一门听上去漂亮的学科，有高雅的审美和举止，然后就可以嫁给与他交好的富商之子，最好也是相同信仰的意大利人，生儿育女，完成她一生的使命。

他把一切都计划得很完美，唯独没想到的是，萝塞拉拥有了自己的意志。

十八岁那年，她告诉她的父亲，她要读法学。

那的确是一个荒唐的念头。

20 世纪 40 年代的澳大利亚，白澳政策实行得如火如荼。她是女人，又有亚洲血统，想在这样的环境里当律师，实在是天方夜谭。父女二人争吵许久，她终于喊出了心中所想。

她不想成为像母亲一样，一个花朵似的被藏在阁楼里的女人。她要学一门实实在在的学科，如果不是律师，就是医生，或者是工程师——她想像男人一样工作！

吵到最后，父亲的话也说得很明确：你如果一定要学这些，那我不会支付你一分钱的学费。

于是那一年，十八岁的萝塞拉朝对面点着雪茄的中年男人点点头，然后离开了那栋位于市中心的豪华公寓。

她并非身无分文，母亲病逝时为她留下了一个账户，她也在少年时代不停地将父亲给的零用钱拆分存入。她用这笔钱读书、生活，辅以无休止的课余兼职和助学贷款，终于念下了那个被父亲视为"不可能"的法学学位，考下了从业执照。

然后，她就被现实狠狠地抽了一巴掌。

父亲说的话一点错都没有：20 世纪 40 年代的澳大利亚，没有白人会把官司交给一个混血女律师，哪怕她的成绩是整个学校最出众的，哪怕她的英文没有一点口音，哪怕她的专业能力不比任何白人男性逊色。

她的父亲没有再给过她一分钱，他甚至又娶了一个新妻子，在她读大学的四年间生下了一个同父异母的妹妹。

1941 年的冬天，压在萝塞拉头顶的除了房租，还有高昂的助学贷款。

她知道她父亲在等着看她的笑话，等着她灰溜溜地回到家里。一旦她如此做了，贷款的压力会消失，但她也再没有底气和资本拒绝成为别人的妻子。

在那个走投无路的关卡，朋友的信从意大利寄来了。

"你为什么不换个思路，替华人打官司呢？"她的朋友这样问她，"我听说仗打起来以后，南洋有许多华商从事中澳周转的贸易，他们需要精通两国语言的律师，你为什么不为他们服务呢？"

看着信纸上简短的两行字，萝塞拉如梦初醒。

但随即，她又犯起愁。

她在中国长到八岁，中文能说，但识字却不灵光。汉字一笔一画，方方正正，是和单词字母全然不同的读写感。因此，尽管她法律相关的资格万事俱备，但要给华商办事，还剩下一道中文读写的难关要过。

白澳政策严苛，以往人潮熙攘的唐人街华人走的走，散的散。她多方打听，终于打听到一家华人报社在唐人街开设了为华人幼童补习中文的学堂，不识字的成人也可旁听。

于是，在阔别中国十四年后，萝塞拉拿着大学的文凭，开始像小孩子一样学中文。

说是成年人也可以来，但真能拉下脸和幼童一起学写字的终归是少数，萝塞拉也不是全然不要面子。她总是在上课后才过去，坐在房间的倒数第二排。孩子们念"白日依山尽"，她也用手指指着学堂私印课本上的汉字，低着声音，一字一字地跟读，辨认。

那间房子的位置很古怪，是在一家赌场的楼上，楼道的尽头。那栋楼非常破旧，又因为紧挨着赌场，从楼梯走上去时，她会听到黑暗里的亲吻声，和许多避开人群的交易。

唐人街的幼童们真是见多识广，萝塞拉每一次都心有余悸地想。他们想读书就要穿越这样的黑暗走廊，小小年纪便窥得俗世风光。

课程一周两节，都在晚上。上到第三节时，她终于意识到，学堂有一位学生，来得比她更晚，坐得比她更靠后。

7月，墨尔本的隆冬，气温并不低，但风却寒冷而刺骨，入夜尤其如此。那个女人总是穿一件黑色的大衣，戴黑色的围巾，穿黑色的靴子，在学生们齐声朗诵时从后门进入，静悄悄地坐在最后一排靠近门的位子。

她不会弄出太大的动静，也不会脱掉外套。于是，萝塞拉总是侧手扶着脸，用余光打量她，看到她黑色的大衣里是长裙，在领口露出金色的一角。

那是冬日的黑夜里，光彩夺目的一角。

萝塞拉直觉这是个很美的女人。

她的直觉在第五堂课得到了验证，这验证归功于她的计策。她把写字的钢笔故意碰到地上，笔身一直往后滚，滚到那女人脚下，然后被那女人俯身拾起。

女人抬起头，黑色帽檐下一张精致动人的脸，红唇乌发，睫毛纤长分明，眼睛亮得惊人，眼尾狐似的上挑。

真不错，萝塞拉心想。

这么个惊天动地的大美人，在这里学写字。

当时在墨尔本的华人女性不多，独身的更少，她一个人出入唐人街面无惧色。萝塞拉私下和上课的老师打听，才知道她是长安旅店祝老板的干女儿。

人的注意力就是这样。你不关注一个人时，从来听不到她的消息。你开始关注她时，四面八方都是她的消息。

萝塞拉听到唐人街的女人让孩子离她远些，说她与许多男人有染，可萝塞拉来来回回也看不到她当真对哪个男人青眼。萝塞拉听到有认识的西班牙女人提起街角新开的服装店"红玫叶"，路过时看了几眼，老板竟然就是她。

萝塞拉这才知道，原来她叫金红玫。

有一次，萝塞拉在附近喝咖啡，见到一名西装革履的华人男性来到红玫叶前等金红玫。还有一次，她去买面包，发现一个个子不高眼睛很大的小姑娘正在红玫叶门口哭闹，金红玫出门将她带了进去。

萝塞拉就这样旁观了金红玫几乎半年，拼凑着金红玫的世界，并在每周两次的中文学堂上坐在金红玫座位前面。

她是混血，金红玫是中国人，可金红玫写的汉字还不如她。学堂的老师叫大家默写诗句，萝塞拉写得一板一眼，听见金红玫在后面叫她。

金红玫竟然也知道她叫萝塞拉，就像她已经知道对方叫金红玫。

"侬晓不晓得……"

金红玫一开口，她意识到金红玫和母亲一样是上海腔，更亲近了。

"关山难越的'越'如何写？"金红玫问。

大美人，碰见难题的样子都美丽动人，眼睛慢慢地眨，不是平日的艳，反倒有种天真。萝塞拉在本子上写给她看，余光看她的课本，一行行字写得歪七扭八，身体力行地证明"字如其人"这个词是造词者一厢情愿。

金红玫抬头又低下，将"越"字照着画下来，又将后面的句子写完——"关山难越，谁悲失路之人。萍水相逢，尽是他乡之客。"

萍水相逢，她们两个，都是他乡之客。

永远不要从别人的口中去认识别人，这是萝塞拉从金红玫身上体会到的。他们口中的她热衷于和男人调情，他们说她觊觎那位轮船公司的叶经理，他们说她有手段，有心计，叫男人为她花钱盘下店面。

可在萝塞拉眼中，金红玫只是一个和自己年龄相仿的漂亮女人，经营一家服装店谋生。长得嘛,是蛮精明,可学起写字笨得要命,默写时还要抄她的稿纸。

做学生的时候,总是最容易交到朋友的,大抵是知识面前人人平等。

萝塞拉和金红玫成了朋友。

金红玫请她去红玫叶喝茶,时候晚了,店里已经没有客人,两个女人坐在试衣间的沙发上聊得尽兴。晚些时候,那个叫叶汝秋的男人来找她,西装革履地站在门外,语气和神色都很尊敬。

"金小姐,"他问她,"今晚要谈账目的事吗?"

金红玫正在讲唐人街的八卦,被男人打扰,白眼一翻,将账本扔出去,叫叶汝秋自己看。萝塞拉在一旁听着,这才知道,叶汝秋不是她钓的金龟婿,只是店面的合伙人。她也看出来,移不开目光的是叶经理,金红玫对他的态度,倒似只是选了件称手工具。

金红玫傲气得很,不是随便谁都能当她的工具。萝塞拉揣测,叶汝秋入选的原因,是他漂亮而年轻,机敏还听话,有钱,且愿意给她花……

帅且好使,是男人最好的竞争力。

至于那些不中听的传闻……

"为什么不说清楚呢?"萝塞拉问她,"你应该也是知道的,他们都那样说你……"

"他们花样繁多,我解释得过来吗?"金红玫低头喝茶,"今日解释了一件,明日又编出十件。我管他们?"

茶喝过,点心也吃过,叶汝秋已经识趣地离开。金红玫送萝塞拉出了红玫叶的店门,倚在门边与她道别。

那是两人第一次约着喝茶,金红玫送了她一条店里的丝巾,深红色。萝塞拉将丝巾系在颈间离开,走到街角时转头看,发现金红玫仍然倚在门前,点了一根烟。

金红玫没有穿大衣,裹了一条黑色披肩在身上,绣着金色的花纹。红玫叶的门口亮着盏灯,她就站在灯下面,身影窈窕又寂寞。

萝塞拉忽然意识到,她很寂寞。

金红玫很寂寞。

她与男人做不成朋友,只有交易。她很难爱上一个人,去过世俗的幸福生活。她被良家妇女鄙夷,又并非当真如她们口中一般沦落。

怪不得金红玫会请她来喝茶,她和叶汝秋一样,是被金红玫选中的人。

她们是一类人,不甘命运摆布,在世俗的桎梏中不被理解地挣扎。

她们生来带着永不熄灭的斗志，执着于旁人看来并无意义的自由。

两株异国的野草跨越大洋，在遥远的南半球相遇。金红玫对别人的示好与厌弃全都嗤之以鼻，但会主动送她丝巾，请她来喝茶，她希望与金红玫成为朋友。

> 1941 年的这个冬天，我与金红玫女士成了朋友。我失败的二十二岁，事业毫无起色，也没有遇到灵魂共振的爱情。幸好，孤独与寂寞催生了友谊。
>
> ——萝塞拉的日记

意识到叶汝秋的公司存在问题，是在海边和他们骑马时。

叶汝秋爱好骑马，在郊区的一处农场驯养了一批澳洲本土培养的纯血马。他邀请金红玫一起去农场共度周末，两人分别带了自己的朋友。

金红玫带的是萝塞拉，叶汝秋带的是安德鲁（Andrew）。

安德鲁是叶汝秋留学时期的同学，丹麦人，非常漂亮的金发碧眼，是他们四人中唯一不会说中文的。叶汝秋忙着对金红玫献殷勤，安德鲁转过身朝萝塞拉耸肩，用错误百出的意大利语和她说："这不公平，我们也要说他们听不懂的语言。"

他们用语言隔开了谈情说爱的屏障，因此金红玫当时虽然看了他们几眼，但并没有意识到，尽管自己的堡垒固若金汤，这张漂亮面孔却偷偷攻破了密友的心房。

当然，安德鲁的魅力并不是完全来自容貌。他告诉萝塞拉，自己少年时代曾经跟着冒险家母亲来到澳洲旅行，被中部沙漠的原住民文化吸引，又同情他们在殖民者抵达这片大陆后的遭遇，因此一直致力于为原住民争取权益的法律工作。

他竟然也是律师，而他从事的，是一种与萝塞拉以往的认知完全不同的工作。她自己知道不同族裔的出身会带给人的命运多么复杂的影响，安德鲁本可以像许多律师一样成为有钱人的称手工具，却选择了为少数族裔而战的一条道路……

萝塞拉心潮澎湃，但还是理智地询问："那么，您为他们争取权益的资金是从……"

"叶先生会介绍我帮其他公司做法律顾问，"他说，"帮他们规避风险，获得的酬薪，去援助原住民。"

萝塞拉很难不想起中文课堂上学到的那句"劫富济贫"。

"那您也为叶先生的公司服务吗?"她问。

安德鲁陷入沉默,片刻后,他将那双漂亮的蓝眼睛移开,低声说:"没有,他的叔父从不考虑合法性,这家轮船公司风险极高,我有些替他担心。"

她善解人意地感受到了他的低落,她清楚自己并非一个温柔的女孩,可见女人遇到心仪的男人时,自然就会变得善解人衣……意。

中文真是博大精深。

女人至死是少女,心动只是一瞬间。那天,四个人骑过马后回到住处,她在金红玫的房间里没完没了地说着安德鲁的至理名言。

"我问他原住民是否有文明,"萝塞拉看着木板钉就的天花板回味,"他问我,你如何定义文明?文明的解释权不在权威者手中,原住民与土地和自然有着神奇的联结,这何尝不是文明的一种……"

卧室里有一支削好的铅笔,萝塞拉又拿起笔,把金红玫的烟盒拆开,在上面描画起安德鲁的模样。男人有深邃的轮廓,鼻梁生得高挺笔直,睫毛是金色的,比她认识的所有女孩的都长。她一点点描画出少女的心动,笔触里带着爱意,直到被金红玫抽走烟盒。

"你学法律做什么,"金红玫举着平展的烟盒观赏,"分明是个天生的画家。"

"画家没成名时要人供养,我才不要人供养。"萝塞拉把烟盒夺回手里,"我妈妈和我说了,艺术只是宣泄内心情感的手段,以它为生的人都会陷入痛苦。"

好在她并未走上这条道路,她短暂的生命所经历的,到目前也只是为了梦想而奋斗的痛苦。她的内心也并无那么多要宣泄的情感,能促使她提笔的最大欲望,不过是把爱意画作爱人的模样。

哦,还有友谊。

决定给金红玫画像那天,她刚刚用最后一笔钱交过房租。她这样有志气的女人,决计不会向安德鲁开口求助,但从金红玫那儿拿走两袋面包和一袋苹果则是十二分正常。她发誓自己兼职的家教下周就会发薪水,拜托火冒三丈的金女士不要去那户人家替她讨账——她又说不好英文,讲来讲去都是那么几个单词:Money Money Give Her(把钱给她)!

真好笑,被拖欠薪水的人是她,饿肚子的人是她,街头撞上父亲新妻子被冷嘲热讽的人是她,气得坐立难安的却是另一个人。女人之间也是会哄人的，她看金红玫迟迟不消气，把金红玫拉到面前打量了一下，问："我回家把颜料拿来，晚上给你画幅像，好不好？"

她没有钱，没有工作，拿了金红玫的东西又无所报，能用的竟然只剩母亲留给她的才华。她画安德鲁用的是铅笔与拆开的烟盒，画金红玫却大费周章，在夜色阑珊中铺开了颜料与画布。

她要金红玫站在红玫叶的门头下，摆一个有故事感的姿势。

"说些人话吧，艺术家，"金红玫直白地说，"什么叫有故事感的姿势？我识字都是冬天刚学会，我听不懂的。"

她在意大利的时候也画过人，那时候花钱，来的都是专业模特，金红玫可真是难配合。她用画笔比画了好久，最终告诉金红玫："你想你喜欢的人就好。"

金红玫没好气："我哪有喜欢的人。叶汝秋？我不喜欢他。"

"我知道你不喜欢叶经理，"萝塞拉失笑，"来澳洲前呢？你在上海的时候呢？"

她是无心提问，金红玫的神色却忽然凝结，像是想起一个久远的人。金红玫整了整领口，金色旗袍在灯下散着柔光，右手捏起烟吸了一口，然后双臂抱住，戴着珠链的那只手搁向臂弯，眼神飘向别处。

金红玫向后靠，身子倚住服装店的门，眼神慢慢垂落，落到一个遥远的地方。

那幅画就这样拓印到画布上。

金红玫的旗袍是金色的，她的调色板上也都是调出的金黄。画到最后用不完，她在笔尖上蘸了颜料，龙飞凤舞地签下名字——

萝塞拉·马琴。

日后想起，萝塞拉庆幸自己用画笔记录了金红玫的样貌。那时的胶片都是黑白，黑白怎么能记录下金红玫的青春？金红玫是艳丽的女人，艳丽的人，就要用斑斓色彩留住风华。

肖像画完，金红玫便将店里一幅叶汝秋买的画拆了，把她的作品挂了上去。金红玫说这幅画绝不止两袋面包的价钱，但萝塞拉怎么可能要她的钱？

两个人都不是拉扯的性格，说到最后，金红玫将腕间的珠子拆下来递给了她。

"你这画，钱难衡量，"金红玫一下又变得很识货，"我的珠子，钱也难衡量。我用珠子和你换，不许再推。"

于是，那颗玉珠就这样落到萝塞拉手里，冰凉莹润。她把这份无法衡量的报酬和面包、苹果一起带回公寓，躺下去的一瞬间，想起了金红玫靠向门时的忧伤。

　　金红玫这样的女人，会为了谁忧伤呢？她不曾向我提起，我也不会追问。那是我在墨尔本与她共度的第一个夏天，也是最后一个。叶先生进了监狱，她为他变卖了红玫叶的房产，我想她对这个男人并没有自己想象的那样漠然。她决定和那个女孩一道前往悉尼，安德鲁则邀请我以助理的身份和他去红土沙漠考察原住民的聚居情况。我们都离开了墨尔本。

——萝塞拉的日记

　　人的重逢有许多种可能，最糟糕的一种是在葬礼上，离开的人是安德鲁。

　　20世纪40年代的红土沙漠，酷热、高温、交通不便，唯一的通信方式是信件。一个孩子在族群冲突中受了重伤，野外考察的安德鲁为他输血，而后在驱车赶回爱丽斯泉的路上遇到了车辆故障。

　　没有信号的沙漠，他无法联络救援。第二天清晨，路过的卡车司机发现他陷入昏迷。

　　或许是短时间内大量献血，或许是沙漠午夜的低温，或许是过度疲劳和营养不良，他再也没有醒来。医生将他的死因归结为心源性休克，但萝塞拉意识到，他死于人在自然面前的渺小。

　　在红土沙漠面前，人的生命是如此脆弱而微不足道。故事的荒谬感被加倍累积，并在她翻出他衣服里的求婚戒指时达到高潮。

　　她本该与他举行婚礼的，但她着手准备的却是葬礼。北半球在打仗，他的母亲无法赶来，到场的只有一封英文写就的信件：我的儿子是比我更伟大的冒险家，他死在让这个世界变得更好的路上。

　　仪式是原住民帮她举办的，他们用红土沙漠的方式送安德鲁离开，他们在他的葬礼上舞蹈，火光映亮了萝塞拉的脸，比火更耀眼的，是暮色、红沙，和听到消息后赶赴而来的金红玫。

　　金红玫很狼狈，从火车转搭运送矿石的卡车，又骑了一段马。她已经不穿旗袍了，穿长裤和靴子，衬衣扎在腰间，皮肤晒得通红，像一名女牛仔。她大步走到萝塞拉面前，朝她展开手掌。

金红玫的手掌里是萝塞拉在烟盒上画就的爱人模样。烟盒皱成一团又被金红玫展开，不知是从哪里找出来的。萝塞拉这才意识到，她从未给安德鲁拍过照片，这就是他留给她的所有回忆了。

　　直到这一刻，萝塞拉终于反应过来了，安德鲁离开了，那个总是和她描绘理想世界的爱人离开了，他无法再拥抱她、亲吻她，他金色的睫毛会和他的躯体一同在火焰中燃成灰烬，消失在红土沙漠的风里。

　　她抬起头，金红玫看着她，目光比任何时候都坚定明亮。

　　"你有什么打算？"金红玫说。

　　她愣愣地看着金红玫，想了许久，最终回答："我不知道，但我不想离开这里。"

　　她只说了这样一句话，而金红玫没有任何多余的追问，只是回答她："好，我陪你。"

　　金红玫卖掉了红玫叶，她失去了爱人，他们一无所有，她们什么都可以做了。

　　安德鲁留下了一些遗产，不多，好在爱丽斯泉的一切都很便宜。金红玫用这笔钱买下了镇子上的一栋院子，改造成旅社。萝塞拉起初不知道自己该做什么，于是她开始学习部落的语言，然后找到一对原住民姐妹做旅社的招待。她俩很勤快，唯一的缺点是名字冗长。不过这难不倒金红玫，她给她们起了两个简明易懂的中国称呼。

　　"丽丽和娟娟。"金红玫这样叫她们。

　　旅社里养了几匹马，金红玫成了驯马高手。她还和一个远在悉尼的朋友借钱买了一辆车，她是红土沙漠唯一会开车的女人。萝塞拉不得不承认，金红玫对任何形式的坐骑都有着超乎旁人的狂热，如果有机会，她恐怕也会去学习驾驶飞机。

　　萝塞拉第一次去看艾尔斯岩也是金红玫开车带她去的。

　　其实她很早就应当去了，但安德鲁是在那条路上死去的，他的墓碑也被安置在公路的一侧。他没有其他照片，因此墓碑上只有他护照上的复印件，表情严肃，嘴角不带一丝微笑。可他明明是个很爱笑的人，笑的时候睫毛会颤抖，蓝色的眼睛像晴空下的海洋。

　　她久久地避开那条公路，直到有一天金红玫回来和她说，还是去看看吧，墓碑上都蒙了红色的沙，除了你，没有人会去打扫了。

　　果然。

　　他们都把他忘了。

去清理墓碑的那天天气不好，沙漠远处隐隐卷起风暴，金红玫也不催促她。她仔细地擦拭他墓碑上沾染的红沙，最后用拇指抚摸着他照片上的脸。风越来越大，卷着沙砾击打在人的脸上，让本就干裂的皮肤越发刺痛。他去世这样久，她终于落下眼泪，她隔着眼泪用嘴唇亲吻他的照片，似乎感到了他的睫毛在翕动。

然后，她们回到了车上，金红玫向着艾尔斯岩的方向开，那也是风暴的方向。沙砾击打着玻璃窗，发出骇人的"叮当"声，红土的颜色逐渐变深，天边的云彩甚至是一团漆黑。金红玫把油门踩到最底，她们在狂风中逆风行进。车头劈开疾风，沙漠上的动物惊慌逃窜，她看到远处飞奔的袋鼠和野兔。

金红玫不减速，只是头也不回地沿着笔直的公路行驶，而萝塞拉并没有阻止她。

然后在某个瞬间，风暴忽然消失了。

一切都消失了。

萝塞拉看到巨大的岩石从公路的尽头升起，云层散开，火一样的晚霞散落戈壁。狂风吹过的世界变得如此干净，空气不再燥热。

太阳彻底落山前，她们终于抵达艾尔斯岩之下。两个女人爬上车顶，并肩看着那团火一样的岩石随着太阳落山慢慢熄灭。

萝塞拉忽然觉得嘴角很痛，原来那块皮肤已经皲裂，而她此前一直没有感觉。空气如此干燥，又如此洁净，她将腿从车顶垂落，四肢彻底放松，继而感受到了前所未有的解脱。

"红玫，"她说，"你可以回家了。"

她仰起头，朝着艾尔斯岩闭上眼。

"我已经不想死了。"

暮色四合，远方传来未知语言的长歌。

多么可悲的人生啊，与唯一的亲人决裂，被时代放逐的理想，爱人的离去成为压垮我的最后一根稻草。她是在什么时候发现我失去了生的意志呢？她带我穿越了生命中最漫长的风暴，抵达沙漠的心脏。落日点燃了艾尔斯岩，也点燃了即将熄灭的我。金小姐，我该如何报答你呢？

——萝塞拉的日记

萝塞拉是在冬天与金红玫相识的,金红玫也在冬天离开了爱丽斯泉。萝塞拉送金红玫到火车站,有一班运送煤炭的火车,附带一节承载旅客的车厢。金红玫担心路上危险,装扮成男人的样子,她说这已经不是她第一次扮成男人了。

　　"给我寄信,"金红玫说,"我也会给你写,字比较丑。"

　　萝塞拉笑起来,答应她:"好。"

　　她们的情绪都很平静,就像只是在墨尔本一起喝了下午茶,分头回家的样子。在一声汽笛的长鸣后,火车终于带走了她的朋友,带走了她和这个世界最后的联结。

　　金红玫离开后,日子变得非常漫长。

　　她不会死了,但这并不意味着她不再痛苦,沙漠枯燥的生活,漫长的黑夜,都加剧了这种痛苦。那些浓稠的感情在她的内心累积,她必须释放,她必须找一个出口。

　　然后死去的天赋在她身上复活,她重新提起了画笔。

　　她看着母亲的画长大,她从不觉得自己有天赋,但这一天,她忽然发现自己的作品开始拥有灵魂。她在每一个凋敝的日子作画,画买酒的原住民,画红土沙漠的落日,画记忆中的两个故乡。有一天,她突发奇想,开车前往艾尔斯岩,画下了那座点燃了她灵魂的红色巨石。

　　那幅画后来被一名旅居各地的画廊老板买走。他也是意大利人,他的口音让她想起故乡,因此萝塞拉还送了他一杯她自己调制的沙漠之心。

　　她好像渐渐平静下来了,创作让她从生命的痛苦里走了出来。结束了对自己的治疗后,她开始着手另一件事。

　　她开始整理安德鲁生前留下的原住民资料,学习原住民的语言,更深入地了解他们的生活和诉求。她把这些资料寄给金红玫,金红玫看不懂那些复杂的论文,但帮她把这些资料转交给了报社和学术机构。

　　1976年,澳大利亚联邦政府颁布了第一部土著土地权法,将北领地的部分土地还给了土著。萝塞拉并不知道自己的研究成果是否为这部法律的颁布提供了任何帮助,那年她已经五十多岁了,她已经三十年没有离开过红土沙漠了。

　　起初是因为交通不方便,后来习惯了沙漠干燥的气候,反倒认为墨尔本太潮湿了。谁能想到,她曾在南欧的海边小镇度过了少女时代呢?她变成了金色玫瑰旅社里最神秘的老板,头上裹着金色的丝巾,就像戴着头纱，无名指上是永不摘下的婚戒。

红土沙漠的人换了一拨又一拨，没有人像她一样能耐住这里的寂寞，于是新来的人也不知道，金色玫瑰不是戴着金色头纱的她。真正的那朵玫瑰，再也没有来过沙漠了。

她的日记结束在二十年前的冬天，停笔的最后一天，她似乎预感到生命即将走向终点。

> 亲爱的安德鲁，我活了比想象中更长久的岁数，真令人悲伤。如果一会儿还有精神，我会给红玫写一封信，可我很疲惫了，或许明天再写吧。这糟透了，当我在生命终点的站台和你重逢，你还是年轻而富有精力，我却成了打盹的老妇人。请准备好话题，安德鲁，像我们初见时那样侃侃而谈，年迈的萝塞拉仍会为你动心。那么，现在，这个满脑子初恋的老妇人要去睡觉了，我们梦里见，或者，站台见。
>
> ——萝塞拉的日记

人的感情真是莫名，听一个不相关的人的故事也会哭。

时间太晚，苗珊和史蒂夫应当都睡熟了。木子君不敢出声，忍着喉咙里的哽咽，一点点擦眼泪。

宋维蒲放下日记本，伸手用指节刮掉她的眼泪。

他指节的骨骼感强，刮起皮肤一下一下，蹭得她人往后躲。躲了两下，两个人都不出声地笑起来。

"你也不用这么强的共情能力。"他说。

"这也是本能啊，"她说，"你不是鼓励我释放本能。"

还会举一反三了。

他摇摇头，把日记本翻到背面，拆出牛皮封面里夹着的许多纸。木子君挪到他身侧，先看到一张墨绿印刷的烟盒。他把烟盒翻过来，正面果然是被磨得只剩很淡颜色的男人画像。

铅笔没有颜色，看不出萝塞拉喜欢的碧蓝眼眸，但轮廓的确精致英俊，像是莎翁笔下玫瑰园里的少年。

烟盒后面是几封信，有中文，有意大利语，还有一些她在红土沙漠拍的照片。一沓纸翻到最后，是一枚坠着中国结的书签。室内光线昏暗，木子君不由自主地贴近视线，发现在中国结下方的吊饰处，坠着一白一绿两颗珠子。

木子君伸出手指将那颗绿珠子转了一下，篆刻在玉面的"两"字，便翻到他们两人面前。

她刚哭过，脑子有点蒙，还是宋维蒲先反应过来，把中国结从书签上拆解下来。茶几上有笔筒，他从里面翻出剪刀，细长的刀刃交错，那枚中国结便坠下去，徒留那颗珠子落入他掌心。

好一个"两"，一中一西，双生的玫瑰，双生的热烈。

"手链给我。"他朝木子君伸出手，她也反应过来似的拽了下手链——"当啷"一声后，"两"字归位，尚余"不疑"。

"可是……"她把手肘搁在膝盖上，任凭宋维蒲帮她把手链戴回去，玉的冰凉渐渐浸过皮肤，"萝塞拉后半生都在爱丽斯泉度过，她的日记里，没有提到你外婆后来的事，我们接下来……"

手链戴好了，宋维蒲把手收了回去。木子君侧过脸，看见他用食指和拇指捏了下眉心，神色有些微的疲惫。

木子君这才想起他这两天就在车上睡了一会儿，赶忙改口道："先睡吧，我刚才看明天下午还有机票，我们回墨尔本再……

"……宋维蒲？"

大约十秒钟的沉默后，木子君终于意识到。

他又秒睡了。

这次秒睡姿势更甚，他甚至没有靠住任何东西，单纯地坐在沙发上就睡着了，手肘架在膝上，头一点一点地往下垂。

木子君一言不发地观察着他头的走势，在稳定坐姿崩塌前及时用双手按住了他肩膀。

"你倒是……"她语气无奈，"你回房间睡啊……"

他在这个被木子君托住的姿势里找到了新的平衡，睡容十分安详，睫毛都毫无翕动，迅速进入深度睡眠。木子君闭着眼内心呐喊三声"苍天"，长叹一口气，扶着他的肩膀，慢慢把他放平在沙发上。

好在这本就是沙发床，虽然没有拉开，但垫子和床的感觉很像，睡一晚也不会太难受。木子君不好进史蒂夫的房间，只能把宋维蒲挂在客厅的外套拿下来，盖到他身上。

她想了想，把他黑色的冲锋衣往下拉，盖住腿，又回身去衣架上把她自己的衣服拿下来，盖住他上半身。

这样应该就可以了。

她又蹲在沙发旁观察了宋维蒲一会儿，从兜里掏出润唇膏，用指尖蹭了些许，在他的嘴角点了点，又在自己唇边抹了一些。

　　红土沙漠是如此苍凉、贫瘠、悲怆。

　　但对他们来说，这只是一个柑橘味的梦境。

　　亲爱的安德鲁，爱到底是什么呢？你的确富有魅力，英俊，才华横溢。但这就能解答我对你的迷恋与忠诚吗？你离开的这些年，我一直在思考这个问题。然后在某一个清晨，我打开了红玫寄给我的包裹。她真可爱，知道任何水果都会在寄往沙漠的路上干瘪，于是送给我晾烤后的柑橘皮。我用热水冲泡，然后整间屋子都是新鲜柑橘的香气。安德鲁，你能理解吗？我在那个瞬间顿悟了。

　　爱是两个灵魂在并肩前行的路上给予彼此勇气。这是我迷恋你的原因，和你在一起的每一天，我都比昨日更勇敢。可惜我们没有孩子，否则我能够更早地教会他这个道理。或许红玫会有后代呢？我要把这句话写在寄给她的信上。希望这个孩子，也能遇到如你对我一般意义的爱人。

——萝塞拉的日记

黑妹 风停了吗

北风三百里 著

- 下册 -

有爱的青春陪伴者

·第六章·
珍珠海

　　从爱丽斯泉回墨尔本，航班中转阿德莱德，他们到家时已经是傍晚。两个人最近实在太累，随便吃了点东西就回卧室补觉，家里直到第二天十点多还没有起床的声息。

　　好在木子君卧室朝阳，她睡得再熟，也被接近中午的刺目光线照醒。她困倦着查看了一遍手机里的未读邮件和消息，而后便从床上爬了起来，去到客厅找吃的。

　　比较奇怪的是，宋维蒲的房间也大门紧闭。

　　他说过自己卧室通风不好，只有睡觉的时候关门，而他事情多，睡觉的时间格外短，睡醒就走，所以木子君大部分时间看见的都是一个开着门的空卧室。

　　他怎么还没起啊？

　　她看了一眼手机，没有发现来自他的未读消息。她踱到冰箱前倒了一杯鲜牛奶，喝了几口，越想越不对。

　　昨天他回家的时候话就非常少了。

　　牛奶喝得还剩个底，她把杯子放到桌上，走到宋维蒲门前敲了敲。几下过后，房间里终于有了动静，对方似乎起身走了过来，但并没有开门。

　　"怎么了？"他声音很低。

　　木子君听着声音就皱起眉："你怎么了？"

　　"我没事，"他声音越发疲惫，"我……"

　　她直接按下门把手。

他们两个都没有锁门的习惯，搬进来这么久，也没有进过彼此的卧室。她门开得突然，宋维蒲显然有些意外，条件反射地往后退了一步。

而木子君向前逼了一步。

他窗帘没拉开，屋子里的确通风不好，又暗又闷。不过这毕竟是他从小长大的屋子，东西比她房间多太多，墙边的架子上摆满了建筑模型，书从书桌摞到地板上，没放书的地方塞着电脑和扩展显示器。东西摆放得都很整齐，有一种……井井有条的拥挤。

木子君一路把他逼退到床上。

他站着她仰头还费点劲，他坐下，两个人的视角就彻底逆转了。视角的变化也带来了心理的变化，她伸手摸他额头，他身子后躲，被她另一只手一把按住肩膀。

他头发有些汗湿，贴在额头上，被她拂开，然后用带着凉意的手掌覆上去。宋维蒲不想承认，但他混沌的脑子的确因此清醒了一些。

"你发烧了你知道吗？"木子君问他。

"感冒。"他疲惫纠正。

"感冒会……"木子君一时无语，"会烧这么高吗？"

宋维蒲叹了口气，呼出的气息也灼热。木子君把手从他额头上拿下来，又用手背贴了下他的脸，除了皮肤下清晰的轮廓感，就是烧起来的温度。

其实他昨天在飞机上就有些不舒服，只是什么都没说。沙漠又干又热，青旅里那帮少年吵吵嚷嚷，连熬两宿，想来他从落地以后就没好好休息过。

"你说句不舒服会死吗？"木子君蹲到他面前。

视角的高度再次变换，可这次心理的高度却没有变回去。她仰头看着他弯起胳膊撑在膝盖上，头和眼睫都垂着，撑了一会儿，很难受地把额头抵到她肩膀上。

他连眼皮都是热的，闭眼的时候睫毛从她肩颈处扫过。木子君揉了他耳侧一下，像是被摸到什么开关，他身体松懈了下来。

"家里有药没有？"她侧过头在他耳边问。

"壁炉上有个盒子，"他闭着眼说，"你看里面有没有。"

她点点头，示意他从自己身上起来，然后起身去找。盒子里倒是有，但木子君拿出来看了看，就被澳洲胶囊的尺寸震惊了。

　　这也太大一颗了，他们吃药不会把自己卡死吗？

　　宋维蒲房间里传出两声咳嗽，她思考片刻，把胶囊放回盒子，去自己屋子里翻找起来。她来澳洲的时候，家里人给她带了一包应急药物，她很快从袋子里找出一袋冲泡颗粒。

　　木子君烧了壶热水把药泡好，端着水杯回了宋维蒲卧室。他烧得厉害，但嗅觉还没失灵，闻到中药气味后迷茫地抬起头。

　　"这个退烧的。"木子君递给他。

　　他垂眼看了一会儿冲开的颗粒，用手背挡了一下鼻子，再次抬头的时候，语气很小心："我吃那个胶囊就行……"

　　"你那个是治感冒的，"木子君说，"我这个是退烧的。"

　　宋维蒲："其实我就是感冒……"

　　木子君："你再说你是感冒？"

　　宋维蒲："……导致的发热。"

　　木子君就站在他面前，他骑虎难下，金红玫都没有这么盯着他吃过药。宋维蒲又看了一会儿杯子里褐色的液体，想起路过赌场二楼的那家针灸馆时，里面偶尔也是这股浓郁的中药味。

　　原来他不止吃不了甜。

　　他竟然也吃不了苦……

　　宋维蒲正在专心致志地精神内耗，唇间一凉，意识到木子君塞了个东西进他嘴里。糖果的甜味从嘴里弥漫开，他抬起头，看见木子君给自己也拆了一颗水果糖，刚刚放进嘴里。

　　她接过他手里的杯子抿了一口，咽下去，又把杯子还回来。

　　"这回不苦了。"她含糊着和他说话，偶尔能看见唇齿间含着的水果糖一闪即逝。她那颗是粉色的，似乎是水蜜桃味。

　　宋维蒲方才瞥见一抹白，此刻喉结动了下，感受到自己嘴里的味道像荔枝味。他想和木子君验证这个猜想，抬起眼准备开口，结果木子君后槽牙一合，"咔嚓"一声咬碎嘴里的水果糖，说："你再不喝我灌了。"

　　宋维蒲老实了。

他低头喝药，中药的苦逐渐盖过水果糖的甜腻，喝到最后一口的时候，味蕾报警，眼泪都要出来了。他靠男人的尊严硬扛住，扛了三秒，嘴里又被塞了一颗糖。

这回，他鼻腔里也是水蜜桃的味道了，和木子君唇齿间散发的香气一样。

宋维蒲按着额头，胳膊肘拄在腿上，心想不是都说西药见效更快吗？怎么他这刚喝完中药冲剂就感觉好得差不多了呢……

两个人呼吸间都是水蜜桃的味道，房间被这种气息灌满了，且越发浓郁。宋维蒲觉出不对，抬了下眼，这才发现木子君又蹲在了自己膝盖前。

他把杯子放到床头柜上，继而和她四目相对。她的目光大多时候都是温和的，但在某些时刻，譬如现在，会变得非常坚定，带着不容置喙的力量。

"宋维蒲，"她说，"你和我学着说这句话。"

宋维蒲身子微微坐直了一些，而她网住他的视线，一字一顿地开口："我累了，我需要休息。"

他一时说不出口。

他从来没有从自己的角度说过这句话中的任何一个词，从来没有表现出疲惫，要求过休息。

"很难吗？"她追问。

很难吗？

方才清明的思维又开始混沌，好转只是一瞬间，热度二次涌来，人的大脑再度调配失衡。

"我好像不行，"他昏沉着说，"我说不出口。"

清醒着不行，混沌着也不行，他基因里就没有写下示弱的编码，又被一个从不示弱的女人教养着长大。

面前的女孩子长叹了口气，似乎也陷入了僵局。宋维蒲捏了下太阳穴，有点担心她对自己感到不耐烦。他催促自己尝试着重复那句话，明明心里都做好了复述的准备，脑子里却又绷起那根久远到已经生锈的弦。

"那这样呢？"她再度开口，弹了他额头一下，让他把目光转向自己。

"你加个词呢，"她说，"你说——"

宋维蒲烧得太阳穴直跳，但还是打起精神看着她，想听清她到底要说什么。两个人的视线在空中交会，她的嘴唇开合，口齿清晰道：

"木子君，我累了，我需要休息。"

她最后一个字说出口的瞬间，他也撑到了体能极限的最后一秒，用仅剩的力气把蹲着的她往自己腿间拉了一把，额头落在她肩膀上。

她的发丝在他脸侧划过的一瞬间，那道生锈的弦忽然就崩裂了，毫无预兆，毫无防备。它崩断得如此彻底，就像是从来没有存在过一样。宋维蒲将额头抵在她肩膀上，闭上眼，出奇疲惫地重复道："木子君，我累了，我需要休息。"

她伸出手，在他耳朵的位置揉了揉。他转了下头，额头发烫，伸手握住她正在揉自己的手，手掌也是生病中的燥热。

"我头好疼，很不舒服，"他说，"可以照顾我一会儿吗？"

她用没被他捉住的手拍了拍他后背，语气也放松下来。

"可以呀，"她说，"那你先躺下？"

宋维蒲似乎不想让她走，抓着她的手不放。她能感觉出他在思考自己的话，他反应迟钝地回应："可是一会儿装招牌的人要来……"

"什么招牌？"

"你给书店写得特别好看的那个……"

都烧成这样了还记得她字好看。

"我去联系他，"她把他扶起来，"等你退了烧再想别的。"

木子君见他不再反驳，扶着他后背，慢慢把他放躺倒，又把被子拉上去。他摸索着手机找出工人的电话，最后和她嘱咐了几句，总算在药物作用下睡着了。

她实在忍不住，又弹了他额头一下，换来对方皱起眉毛。她戳了戳他眉心，见他不再有其他反应，这才从他手机上记下工人的电话，离开了他的卧室。

开了这么久的门，通风似乎终于，好了一点了。

装招牌的工人十一点到。

家和书店都在唐人街，木子君出门没走几步就到了约定的地点。脚手架已经搬好了，她站在街道上看着工人把招牌升上去，又从工作服中掏出锤子，开始"叮叮当当"地敲打铁制的支架。

天气热，日光炫目。她眯着眼睛抬头看，正午的阳光直射招牌，把每一个字都照得清晰无比——

"相绝华文图书"。

木子君脑内控制不住地过了一遍地图，这才反应过来，萝塞拉日记里那个她与金红玫相识的华文教室，就是这间书店的位置。

金红玫在别人的回忆中仍然是离开上海时的名字，可到建造这座书店时，她的名字已经变成金相绝了。

工人们在高空发出询问她的声音，她比画着手势向他们示意，过路的人也都好奇地仰望这间书店的招牌。

可她的思绪却落到了另外一个地方——金红玫为什么要改名字呢？金相绝，好决绝的一个名字，她是抱着什么样的心情与过去彻底告别的呢？

萝塞拉是她最好的朋友，可萝塞拉的后半生都在红土沙漠，萝塞拉的日记里对金红玫离开沙漠后的人生只字未提。这对一直在按图索骥的她和宋维蒲而言，是否就失去了全部线索呢？

半空中传来电钻响亮的嗡鸣，招牌的最后一颗螺丝也拧好了。木子君和工人招了招手，往后退了两步，歪着头观察招牌是否水平。

"好漂亮的毛笔字。"身后忽然有人说。

她还在倒退，被这声音吓了一跳，赶忙回过头，映入眼帘的竟是一张眼熟的脸。

"苏……"她想了半天称呼，"苏老师……"

她上次面试后一直没收到消息，早就觉得这实习黄了——毕竟谁会招一个刚刚大一的学生。没想到昨天回家的时候，她看到了一封发自几天前的邮件，通知她下周三开始正式实习，职位是咨询师助理——就是那天冲她使眼色的苏素的助理。

她几乎是卡着点发了确认邮件，甚至忐忑起自己回得太慢，这机会已经被取消了。

"叫老师做什么呀，我可不是老师，"女人把架在头发上的墨镜摘下来，冲她露出笑容，"给你发的邮件你怎么一直没确认？过期了我就得重新招了。"

"确认了，确认了。"她连忙说，"这几天一直有事，昨天晚上才来得及确认。"

"这样啊，"苏素点头，"那周一应该就更新了。我最近忙死了，真的很需要帮手。你来多久了？英文工作环境可以吗？"

"还、还可以吧……"木子君不由自主地进入被面试的状态，几乎顾不上正在收尾擦招牌的工人了，"我在学校图书馆干的时候还行……"

"自信点，要说自己非常行，"苏素爽朗大笑，"咱俩私下可以说中文，有其他同事在场你和我说英语就好。"

木子君点点头。

工人在身后喊她，她回头看了看，也看不出什么好挑剔的。一行人急着吃饭，迅速撤退，临走前和她确认了尾款。木子君在确认单上签了字，回过头，发现苏素还背着手在等自己。

"业余生活很丰富啊，"苏素眨眨眼，一副对什么都很好奇的样子，"图书馆、心理诊所，在这个书店也有工作？"

木子君心里警铃大作，第一反应是担心苏素觉得她牵扯精力，分心太多，影响实习效果。

"不忙的，不忙的，这个是兼职，是那个……"她想起苏素和宋维蒲认识，赶忙解释，"是宋维蒲的店，我空的时候帮他看一下，主要还是他在管。"

苏素反应了一会儿，抬起头，冲她意味深长地"啊"了一声。

"你俩关系很近啊！"苏素很高兴。

木子君：这没来由地兴奋是怎么回事？

苏素把墨镜甩了一下，镜架闭合，然后竖着插到自己胸口的衣领处。木子君背着手等苏素告别，没想到苏素用手遮着眼睛四下张望，忽然把目光转向了她。

"我都好久没来唐人街吃饭了，"苏素说，"你在这边工作，很熟吧，一起吗？"

木子君人都僵了。

苏老师你，过分亲和了……

宋维蒲上次说她"你倒是去哪儿都能交到朋友"，不过和苏素比起来，她真的是小巫见大巫了。木子君带着苏素进了宋维蒲常去的那家沪菜馆，苏素和老板娘没说几句话，就逗得对方娇羞大笑，拉着她的手连声说"妹妹"，还亲自端了一道凉菜上来。

木子君这才见缝插针地和老板娘说："阿姨，我要个蟹黄饭带走。"

老板娘喜气洋洋地拿出机器给她下单，一边下单一边寒暄："给小蒲带是不啦？他每次都点这个。"

木子君点点头："对，他生病了……"

老板娘大惊失色："生病啦？那你不要带这个，我去让厨房做点清淡的。螃蟹发物晓得不啦？啊呀，现在小孩子一点都不会照顾自己……"

老板娘嘀嘀咕咕地走了。木子君点菜失误，歉意地收回目光，发现苏素神色更探究了。

"你们两个……"苏素抱着手臂拄在桌子上，身子探向她，"住一起啊？"

木子君："……嗯。"

苏素："哇……"

木子君看着苏素一脸幸福的样子，实在是想不明白苏素每次听到她和宋维蒲的事时的兴奋感从何而来。好在苏素也很快意识到自己嗑得有点太过直白，迅速收敛神色，把话题拉回她下周就要开始的实习上。

"助理的工作会有点枯燥哦，"苏素给她打预防针，"我会给你一些机会接触心理相关的工作内容，不过你毕竟才大一……"

"我知道的，没关系，"木子君说，"能接触一点实战的东西就很好了。"

苏素托着下巴看她，说："很好哎，你大一就知道接触实战了，我都是出国读研的时候才想明白到底该怎么做。你有职业规划吗？去公司还是……"

"做咨询师啊。"木子君说。

"这么明确啊？"苏素露出笑容，"看来想得很明白了，是小时候的梦想吗？"

木子君吃了两口饭，抬头看向苏素。

　　她其实很理解老板娘怎么见了苏素就"妹妹、妹妹"地叫上了，苏素的确很容易让别人卸下戒心，有一种亲近感，这是很难得的天赋。

　　她之前遇到的那个咨询师，也有这种天赋。

　　"不算很小了，十四岁吧，"木子君说，"碰到一个很好的咨询师姐姐，帮了我很多，我希望自己也可以帮别人。"

　　"啊……"苏素了然，"我们这个行业很小众，入行基本就这几条理由——天生感兴趣的，想自救的，被救过的……"

　　木子君笑着看向她："苏老师当初学心理学是因为什么？"

　　两个女人年龄几乎差了一轮，话语间带上温和的交锋感。苏素惊讶于木子君这种不带锋芒的反将一军，扶着侧脸想了想，回答她："是自救啦。"

　　服务员上了一道菜，中餐特有的锅气在桌面上腾起。苏素用筷子在菜上挥了挥，继续说："心理疾病非常常见，几乎每个人都有生病的可能，任何一件事都会成为诱因，甚至大部分人生过病，只是很多人不重视，甚至讳疾忌医。我们两个都是很幸运的人，自救成功，或者被及时拉起。你想帮别人这个出发点很好，不过哦……"

　　她抬头冲木子君笑了笑。

　　"千万不要把自己当成救世主，"她说，"一个人能痊愈，最终的力量来源还是他自己的内心。是他想回到正常的世界，他为自己寻找一条可行的方法。心理医生能提供的只是辅助，我们更像是——"

　　她用筷子架在碗上。

　　"我们是桥，"她说，"我们保证自己足够强大，为别人架起桥梁。至于能不能过桥，要看那个人内心的力量。"

　　木子君盯着那根筷子愣了片刻。

　　好熟悉的比喻。她记得宋维蒲和她坦白的那一晚，她也觉得他是自己和金红玫之间的桥……

　　她从未意识到，原来他们互为对方的桥梁。

　　菜上齐了，苏素结束了实习前的第一场对话，拿回筷子开始吃饭。木子君还想再追问一下，手机忽然响了，她低下头，看见一条来自宋维蒲的消息。

　　River：好可怜啊。

　　木子君：……你在说什么？

　　River：又病又饿。

　　River：被忘在家里。

　　River：振作起来，做独立男人。

　　木子君无语。

　　她连着塞了两口饭，抬头和苏素说："苏老师，我抓紧吃，我可能得早点走。"

　　苏素刚细嚼慢咽第一口："怎么了？"

　　木子君长叹一声，低头飞速进食。

　　"宋维蒲好像烧疯了。"她边吃边说，嘴里含着饭，发音也含糊。听到苏素耳朵里，"Shāo"字的发音被吞掉了"h"。

　　从不生病的人病来如山倒，宋维蒲睡了三天终于有了痊愈感。再缓了一天，第四天一觉睡醒，宋维蒲和木子君在客厅相逢，随即被她一身通勤的小黑裙彻底惊醒。

　　她大部分衣服都偏日常，站在人群里漂亮得很含蓄。今天大约是要去 CBD 最繁华的街区上班，那条街上不是律所就是投行，宋维蒲大概记得那片人的日常造型——木子君现在除了脸看上去有些稚嫩，其他部分毫不违和。

　　素颜的时候隐约有丝小孩穿大人衣服的既视感，但等她对着镜子把口红涂完，气质就出来了。

　　"去……"宋维蒲对着木子君一时语塞，"去实习啊？"

　　"对啊，第一天。"她说。

　　两个人一起下楼，木子君第一次穿带跟的鞋，手在头顶比画了一下，惊讶道："我现在到你这里了哎。"

　　宋维蒲还是得低着头看她，不过没有以前那么夸张。他想伸手揉一下她头发，又担心弄坏了船长大人今天精心卷出来的发型。顺着唐人街往外走了几步后，宋维蒲停住脚步，说："我去书店了，把订单处理一下。"

　　木子君转过身，倒着走路和他挥手："那我去坐电车啦。"

　　时间很早，街上大部分饭店还没开门。她挥手过后转身离开，每一步踩下去都有清脆的响声。宋维蒲看着她的背影消失在唐人街的牌楼下，想起两个人还在爱丽斯泉的事，一时有些恍惚。

　　他觉得他几乎把自己在她面前彻底摊开了，他打开了城池所有的门，任她随意进出，可她对他呢？

　　他先入为主地觉得她是需要照顾的、需要帮助的，她在最初也的确是这么表现的。可事到如今，他这种对生活中的一切十拿九稳的人也意识到了，真正需要另一个人的，是他，不是她。

　　她笑吟吟的，结果和主动权都在她手里。

　　船的方向在她手里，人也在她手里。想来她与金红玫成长的年代不同，命运不同，但性格竟然如此相同——她们都对要做的事有极强的意志力，她们都要把生命中所有的变数握在手里。

　　宋维蒲又站了片刻，转身进了赌场大门。

　　去书店的路还是老样子，不过店本身和去年比起来属实改良不少。网店也运营起来了，招牌也挂起来了。"哗啦"一声，宋维蒲把卡在玻璃门上的 U 形锁打开，然后进到书店里面。

　　这几天都是木子君在打理店里，工作时间已经远超他们最初的约定。宋维蒲先把窗户都打开，继而从收银台下面的柜子里拿出信封和现金，塞了双倍金额进去，然后照常放了块巧克力。

　　那扇招牌就挂在墙面转折处，从店里也能看到那列笔走龙蛇的"相绝华文图书"。店里的客流量明显比以前大，开门才一会儿，就进来几个学生，好奇地翻东翻西。

　　大病初愈，宋维蒲揉了下太阳穴，开始处理网店的订单。

　　他做事情很少分心，过了饭点才看见木子君给他发的微信。连着几条表情包，最后是一张偷拍的写字楼下吃饭的照片。

　　目力所及，全是西装革履。

　　木子君：哇！

　　木子君：我中午去找史蒂夫吃饭了。

木子君：他那栋楼里全是律所。

River：所以？

木子君可能是第一天实习，工作量不大，很快就看到了他的消息，迅速回复道：都好帅啊！

River：你是说人帅还是衣服帅？

木子君好像被问住了，迟疑片刻才继续回复。

木子君：好像是衣服导致的，就那种一眼望过去，一大片穿西服的，身材还都特别好……

宋维蒲发了六个省略号过去。

联想到她上次看见史蒂夫穿着西服去帮她找警察的时候也两眼放光，宋维蒲不由得为她对男人简单粗暴的直女审美感到无语。

木子君：你无语什么啊，西装是男人的战袍。

木子君：就好像男生喜欢JK（女子高中生制服）！！！

River：我不喜欢JK。

木子君：那你喜欢啥啊？

River：不是……

River：你控制一下话题的走向。

木子君：行吧！

直到把手头最后的工作做完，木子君都没有再联系宋维蒲。他看了看时间，下楼吃饭，一边应付沪菜馆老板娘对他生病的关心，一边给木子君发消息。

River：那你几点下班？

木子君：五点半。

River：去接你？

木子君：为什么？

River：第一天实习成功，带你庆祝一下。

木子君：拭目以待！

宋维蒲熄了手机，抬起头，老板娘刚好把饭端上来，站在他对面，正仔细地观察着。

宋维蒲："……谢谢阿姨，还有事吗？"

老板娘："没事。"

老板娘："我就是看你这个表情，想起我老公追我的时候，那种孔雀开屏的感觉。"

宋维蒲神色微妙。

博大精深的中文，这个词还能这么用吗？

心理诊所，下午五点二十五分。

第一天上班，木子君实在没什么好做的，只是接听了几次电话，又把诊所里的员工都认了一遍。有几个金发姑娘长相实在相似，她每每看到她们路过都要不动声色地翻阅员工手册，然后记住她们的面部特征。

好不容易挨到还剩五分钟下班，能看见楼下风景的落地窗边忽然传来一声惊叹。紧接着，半个诊所的女员工都围了过去——包括早就想下班的苏素。

木子君跟着抬头看，不过她初来乍到，动作也不敢太明显。犹豫了没一会儿，剩下的几个男性咨询师也过去了。

一片混乱，说什么的都有，木子君辨认出一个男人和另一个人说："这就是我想买的那辆摩托。"

什么摩托？

另一边则传来一声清晰的"Mafia（黑手党）"，木子君换了偷听方向，听到一位意大利裔女性咨询师信誓旦旦地对苏素说："我说过我们这栋楼有一层隶属黑手党，他一定是来办事的。"

木子君一怔。

到底是来了个什么人？

办公室的时钟终于指向了下班时间，木子君火速把东西收拾好，跑去坐电梯了。宋维蒲几乎是卡着点给她发了个"在楼下"的消息，她也急忙回复对方：我下楼啦，在电梯里。

电梯挤得很满，她站在最里面，降到大厅后只听"叮咚"一声，挡在她前面的下班族们便鱼贯而出。木子君火速对着背后的镜面补了个口红，拎着挎包小跑出写字楼。

写字楼前人来人往，全都绕开一个人走。木子君只往那边瞥了一眼，

327

目光就被吸引住了。

诚如她所说，西装是男人最好的战袍。肩宽，腿长，腰还窄，戗驳领外套自带攻击性，深灰色的马甲里面别着领带，腕间露出一段雪白袖口，单手戴了只骑车用的皮手套。

来往的西装男没有一百也有五十，都没他惹人注目，最根本的原因是别人的座驾再豪也是轿车，唯独他长腿撑在地上，马达不熄，轰隆作响。

等一下。

这位哥戴着个头盔，目镜里面一片漆黑，木子君看不出长相，但这辆摩托车，这辆通体漆黑中前部一簇水晶绿的……

这不是宋维蒲车库里的那辆吗？！

这难道是宋维蒲吗？

木子君目瞪口呆地站在原地，对方头转了一下，显然也看见了她。和那双藏在黑暗中的眼睛对视片刻后，木子君看到男人摘下头盔，冲她招了下手。

"上车啊。"那张熟悉的脸对她说。

木子君惊呆了。

不不不。

手机在手里狂振，她看了一眼，发现苏素发来一串"什么鬼是宋维蒲吗啊啊啊啊啊"的消息，彻底失去了直属领导的矜持。她大脑一片空白，被一股不知名的力量推着往宋维蒲的方向走了几步，怀里一沉，是他把后座的头盔扔了过来。

"穿裙子不方便就侧着坐。"他说。

手机再次振动，苏素：你要上去了吗啊啊啊啊啊！

宋维蒲就站在她眼前，头盔遮着脸，肩宽身高，彻底沦为西装暴徒。木子君黑裙红唇，手里拎着头盔，分明两个人年龄都不大，远看过去硬是营造出一副全员恶人的氛围，引得下班的白领纷纷侧目。

算了，不管了！

木子君一闭眼，头盔囫囵倒扣，"咔嗒"一声没过头顶，卡在脖颈处。她隔着目镜睁开眼，光线已经被镜片过滤成茶褐色调，宋维蒲则在茶褐色的世界里发动了摩托。

有头盔挡着，发动机的噪声没那么吵了。木子君把斜挎包卡牢，找了个角度侧坐到他身后，鞋尖踩在踏板处，双手有些无处安放，初步决定交叠放在腿上。

"你会把我甩出去吗？"她已经无暇顾及路人的目光，询问的语气略带紧张。

发动机本就在响，油门加大，摩托起步，产生了轻微的后坐力。宋维蒲半侧过头和她说话，木子君紧张得心脏怦怦跳，俯身过去，只听对方口吐六字箴言：

"抱紧点就没事。"

木子君无语。

他穿成这样，很难讲这是提醒还是威胁啊！！！

她的意志力在摩托车提速后迅速瓦解，毫无负担地搂住他的腰。她不知道宋维蒲要把她带去哪里，两个人沿着一条电车的轨道一直往前开，从人流密布的CBD开向一条在暮色中已经显出寂寥的街道。

电车的通电设施与电线在高空交织出密布的网，楼宇消失，天空逐渐有了白色海鸟的踪迹。道路在某处分岔开，宋维蒲车头偏转，绕过一栋建筑的瞬间，一片蔚蓝的海撞入眼帘。

木子君抬起头，看到落日在海面上投下一条长长的金箔，无数海鸟在金箔附近盘旋。而另一侧的海岸，他们驶来的地方，城市的楼宇被暮色勾勒出没有细节的轮廓，带着巨大的虚幻感，像是模拟类游戏中城市的剪影。

"开得有点快，"宋维蒲没有回头，冲着车头的方向开口，声音又被风带到她耳畔，"还好没错过。"

他的身形足够遮挡前方涌来的风，木子君收紧手臂，脸躲在他肩胛处，埋着头点了几下表示认可。

一路都是公路和电车轨道，终于到了一处进入海岸的入口。宋维蒲刹停摩托，找了片空地放车，继而和木子君走到沙滩上。

他们的时间赶得很紧，海面已经没有刚才漂亮了，沙滩和近处的礁石都被铅灰色笼罩，只有海平线还残存着落日漫散的猩红。白色的海鸟开始往低处盘旋，落在礁石上，和他们一同眺望最后的天光。

沙滩上有被海浪冲上来的贝壳，木子君捡起几枚完整的，在浸了冷意的海水中洗净泥沙，然后递给宋维蒲。

"什么？"他接过。

"表达一下……"她说，"带我来看海的谢意。"

他接过贝壳，在手上掂了一下，随即放回衣兜："我就这么好打发。"

木子君把目光从落日转到他脸上："那你要什么？"

宋维蒲和她都坐着，他手向后撑在沙地上，散漫道："我什么都不要，我是谢你生病的时候照顾我。"

"那我也要谢你带我去图书馆工作。"

"那我可以谢你帮我看店。"

"那是因为你愿帮我找你外婆。"

"是你帮我重新认识她。"

"那你——"

"停——"宋维蒲伸出手阻止了她，"我们两个要算得这么清楚吗？是不是要算到接机那天？"

"不过接机那天的确，"宋维蒲忽然想起来，"隋庄路程算错了，你少给我十刀你知道吗？"

木子君无语。

是吗？

他把贝壳从兜里拿出来打量了一下，扔起，又横着接回手心，再度放回口袋。木子君转过头，看见他肘部的西装已经沾了沙。不过海岸上的干沙很好处理，不会弄脏衣服，只要及时拍打就能抖落。

"我记得以前的人就是用贝壳当钱的，"他望向海平面的尽头，"不要再算了，我们两清了。"

清了吗？

清了吗……

远处传来海鸟的叫声，这片海岸这么美，人烟竟如此稀疏。宋维蒲从沙里摸出一块石头，远远掷出，"咕咚"一声落入海中，把停泊在附近礁石上的海鸟吓得展翅飞起。

"你很讨厌啊，"木子君说，"在市中心就要罚款了。"

　　他起初并没有说话，眼神望着海鸟消失的方向。天逐渐暗下来，他的身影也被黑暗笼罩。木子君侧过头，忽然发现他方才还松弛的神色慢慢变得冷漠，眼神也随着光线的消失变得黯然。

　　"对啊，"他说，"我就是一个很讨厌的人，我一直都非常讨厌自己。"

　　他说得很认真，木子君不由得转过身。

　　"但别人都觉得我还挺不错的，"他转过头，看着她的眼睛，语气带上一丝困惑，"他们难道看不出来吗？我都是装的。"

　　她长久地凝视着那双眼睛，那是一双从在机场见第一面的时候就吸引了她注意的眼睛。她伸手在那双眼睛上晃了一下，晃得他闭上眼，再次睁开时，仍然漆黑而清澈。

　　太过清澈，以至于她清晰地看到了他眼底那个在旋涡里挣扎到精疲力竭的灵魂。

　　他在朝她伸手，他还没有放弃。

　　他说不出"帮帮我"这种话，就像他无法向别人自述疲惫。但如果是她的话，或许就像那天一样，以她的名字开头，他就可以。

　　"宋维蒲，"她轻声开口，"你在向我求救吗？"

　　他没有回答是或不是，反而反问道："可以吗？"

　　"把贝壳给我。"她说。

　　他愣了一瞬，而后将手伸进西装的口袋里，把她方才给他的贝壳掏了出来。都是随手捡的，花纹普通，颜色也是单调的棕与白。

　　她伸出手掌，他把贝壳放在她手心，一枚枚摊开。有一枚白色的算是突出的漂亮，触感光滑，像是洁白的大理石。

　　"大事不好，"木子君说，"你把贝壳还回来了，我又欠你车费了，怎么补偿你呢？"

　　反应过来的一瞬间，宋维蒲开始控制不住地无声地笑。木子君也笑着收回手指，握住他的治疗费用，追问道："你需要我做什么？"

　　他笑够了，抬头往地平线的方向看。太阳已经完全被海水吞没了，被他吓跑的海鸟则不屈不挠地回到了礁石上。

　　"没有什么额外的要求。"他说，"继续找我外婆的那串手链，不要放弃，让我和你一起。"

"你的存在本身就对我有很大意义，和你一起做这件事是我这些年状态最好的时候，"他又抓了块石子，只是这次没有去吓海鸟，而是丢向了另一个方向的海面，"剩下的东西，我自己去解决。"

海面太黑，看不清石子的坠落。木子君用拇指摩挲着贝壳上的花纹，看着宋维蒲在黑夜里的侧脸轮廓，思考很久，终于想出回答。

"你穿这身衣服说这些话好奇怪，"她说，"前面像在威胁人，后面又像在立生死状。"

"你不是说西装好看吗？"

"是好看啊，"她点头，"但我没想到你穿上这么不像好人，别人穿西装都像精英，你穿上怎么像暴徒啊？"

谁像暴徒了？

不是。

不是？

话题怎么到这儿了？

刚才的气氛在哪里？

"你到底听懂我刚才说什么了吗？"

"其实没有特别关注，"木子君说，"主要在看你的脸，人靠衣装，的确比平常耐看。"

宋维蒲："你把贝壳还我。"

木子君："不还。"

宋维蒲："我把你扔海里。"

木子君："犯法的。"

宋维蒲："我疯了才找你帮我！"

木子君："我懂，我的存在本身就意义重大，我太有魅力了。这句我听见了。"

宋维蒲满脸欲言又止，最终把头转了回去。

他选错人托付终身了！

和来时的浪漫相比，回程的路就有些艰难了。天色已黑，他们沿着电车轨道开回城市的方向，风比傍晚时更冷，街上空无一车，唯有路灯一盏一盏地从身边掠过。

木子君侧坐在机车上，任由盏盏路灯烙上视网膜，思维很难不涣散。

——"没有什么额外的要求。继续找我外婆的那串手链，不要放弃，让我和你一起。"

这是宋维蒲方才和她说的话。

——"一个人能痊愈，最终的力量来源还是他自己的内心……我们保证自己足够强大，为别人架起桥梁。"

这是苏素给她的忠告。

还有……

还有史蒂夫那天和她提起的那些旧事，和她出国前对爷爷的承诺。

执念最初只是为了弥补一段遗憾，而后是为了还原金红玫的传奇。再到如今，所有人的命运似乎都在被这串手链改写。

恩爱两不疑……

不疑。

还有那片竹叶。

可惜的是，萝塞拉不像唐鸣鹤和祝双双，她的日记事无巨细，却没有留下金红玫后来人生的半分线索。如果她活着就好了，可她就像唐鸣鹤一样，他们都属于一个过去的时代，他们或早或晚，都走到了生命的尽头。

风吹得她头疼，也不知道宋维蒲发烧初愈，这么开车有没有事。木子君惆怅地把身子转到朝前的方向，双手放到他腰间，继而把额头抵到他脊背处。

宋维蒲速度慢了些。

"怎么了？"

她胳膊收紧了些，侧过脸靠着："太颠了。"

"我还以为你怕我冷呢。"他说，再次加大油门。领带被风吹得从一侧飞起，随风"啪啪"击打空气，有几下正好拍在她头顶。

木子君无语。

这桥她不想搭了，让他自己游过去算了。

从海边回来后，实习，看书店，拿着放大镜看宋维蒲没有翻译过的日记，就成了木子君生活的重心。

宋维蒲假期倒是没有找实习，但选了门暑假的课程用来抵学分，的确是验证了由嘉说他想提前毕业的说法。失去礼器的木子君拿着萝塞拉的日记本艰难阅读，一旦出现了"Hongmei（红玫）"就用辞典全页翻译，竟然真的挖出些蛛丝马迹。

而撒莎是除宋维蒲外，线索的第一知情人。

"那就是说……"周末午后，撒莎坐在小巷子的露天咖啡厅里，和对面两个人若有所思，"你带那个中国结了吗？"

木子君赶忙把中国结从包里翻出来，压到了放在桌面的撒莎作品的打印稿上。

和宋维蒲得知这个消息时一样，撒莎拎着中国结上部，打量了下面串着的珍珠好半晌。最底部的那颗篆刻着"两"字的玉珠已经被穿回木子君手腕，这枚乳白莹润的珍珠则留在原处。木子君庆幸当时把中国结和日记本一起带回了墨尔本，而没有把它和那些书一同放回纸箱。

"她日记里说这是金红玫寄给她的生日礼物？"撒莎问道。

"对。"木子君点点头，"是在金红玫离开沙漠以后的那部分日记，而且金红玫也没有回过爱丽斯泉，所以第一次看时我们都没注意。"

"撒老师见多识广，"木子君手肘撑住桌面，诚恳请教，"有什么想法？"

"不敢当不敢当，"撒莎汗颜摆手，"不过想法嘛……"

宋维蒲也往前倾了些身子。

"我之前给一位珠宝商写过传记，对澳洲的珍珠养殖史有一点了解。这篇日记是 1944 年的事，这一年澳洲还没有开始珍珠养殖业，所有的珍珠都是野生捕捞的，"撒莎举起日记本，"所以那时候珍珠的价格非常高，宋维蒲，你外婆……"

她把目光转向宋维蒲。

"1944 年的时候有这个经济能力吗？"

宋维蒲："……我不太清楚，那时候我父母都还没出生。"

两个女生都被噎住。

撒莎："你以前那么高冷是因为中文水平还没上来吗？"

作家真是犀利啊，木子君及时打断她的看破也说破，把中国结拿回手里。

"有没有经济能力很关键吗？"木子君问。

"当然了，"撒莎侃侃而谈，"如果是她自己买的，那她当时一定有了一大笔钱。这笔钱哪儿来的？按你们和我说的，叶汝秋给她的那家店已经被她卖掉去救人了，在沙漠里那一年也不像能攒下钱的样子。还有，如果真的有了钱，那她拿这笔钱做什么了？钱花在哪儿，人生的重心就在哪儿。"

她说完就把目光转向中文水平提升显著的宋维蒲。

"比如说，这个人，除了上学，赚的钱都花在经营书店上了，那他的重心就在书店嘛。还可以再细化，你主要花在书店哪里？"

宋维蒲的神情明显是在示意撒莎"够了"。

"总不至于都给我们木子君发工资吧？"撒莎追问。

木子君也控制不住地把视线移开了。

"那你人生的重心就显而易见了嘛！"撒莎一锤定音。

木子君把最后一口咖啡喝完，尴尬地逃离，去和前台要水。宋维蒲一言不发地与面带微笑的撒莎对视，半晌才接上话。

"你这种助攻不要也罢。"他说。

虽说是假期，但两个人一个要上课一个要实习，这还是第一次有时间安排和朋友见面。和撒莎的下午茶愉快收场，他们又开车到CBD另一头的商业街艰难停车，拿由嘉带过来的行李。

毕竟木子君的妈妈下个月就要来陪她过年了，宋维蒲和由嘉换房间这事也要提上日程。而据由嘉和木子君哭诉，她因为花钱太不节制被父母停了信用卡，勒令自己打工赚取假期生活费用。

她四处投递简历，最后被CBD这家珍珠饰品店收留，担任销售，结果意外发现自己很适合这个岗位。

"比当建筑师适合我多了，"她这样和木子君说，"我要是找不到工作，就去做销售，不用动脑子光动嘴，好快乐。"

的确，两个人进门时，由嘉正对着三个不同肤色的顾客同时洗脑，中英双语切换自如，把三个阿姨哄得高高兴兴下了单。她挽着其中一位的胳膊把她们送出店铺大门，继而转身看向宋维蒲和木子君，意气风发道："来拿行李啊？"

木子君连忙点头。

车就停在店门外的停车位，由嘉从更衣室把自己打包好的两箱行李拿给宋维蒲，他便转身去放，留下两个女生研究玻璃柜台里的珍珠饰品。

钻石与珍珠，都让人心情愉悦。

"这种是 Akoya（日本海水珍珠），性价比高，卖得比较好，"她指给木子君看，"这个是大溪地，就是黑珍珠，波利尼亚境内盐湖特产。这排巴洛克珍珠都是异形，这家店的设计师特别喜欢用这个做耳环……"

由嘉如数家珍，的确是找到了本命职业。木子君的胳膊撑在玻璃柜上听她讲，陡然意识到什么，从包里掏出了方才拿给撒莎看的中国结。

由嘉的目光追过来，由衷地感慨："还真没见过这种珍珠设计……"

"不是，不是，"木子君赶忙递给她，"你现在这么懂珍珠，你能看出来这颗珍珠是哪种吗？"

由嘉接过去，放在手心上下打量一番，语气略有迟疑。

"这个的话……"她说，"看尺寸吧，蛮像 Akoya 的，但这个珠光没有 Akoya 亮，会不会是……"

她陷入沉思："会不会是澳白啊？"

"澳白？"

"嗯，也叫南洋白珠，只有西澳那边能产——但我也说不准，"由嘉又上下看了看，"你可以放我这里，要是设计师来店里，我问问他。"

反正放在她这里也迟迟没有线索，木子君很痛快地答应了由嘉。由嘉把中国结塞进衣兜，又搂着木子君研究起其他的珍珠饰品。

"你是不是需要我买一套帮你冲冲业绩啊？"木子君关切地道，"可是这个品牌太贵了，要不然我买那套耳钉？"

"没有啦！"由嘉眉头一皱，"你怎么这样想我！我就是想通过你了解一下消费群体的审美……罢了！"

木子君恍然大悟，又配合由嘉了解了一会儿群体审美，终于被放到一排挂满澳白珍珠项链的架子前自行研究。宋维蒲放了行李从车里回来，进店就看见由嘉朝自己疯狂眨眼。

两个人从高中就是同学，竟然是上了大学才熟悉起来。宋维蒲忽然意识到，木子君来了以后，他和很多人都……莫名其妙地越来越熟。

由嘉眨眼显然是有话要说。

"我帮你打听过了，"由嘉勾着手指把宋维蒲叫到柜台边，"木子君喜欢这个、这个，还有这个。"

宋维蒲不解。

"你别和我说你不知道她下周过生日。"由嘉脸色一变。

宋维蒲这才反应过来："我知道，但是……"

"你但是个什么啦，"由嘉及时打断，"你活了十九年送过女生礼物吗？我下班帮你包好，你记得给我转账。

"这种一举三得的事真是少见。送的礼物木子君一定喜欢，享受员工折扣，而且……"

由嘉转身靠上柜台，语气愉悦："我这个月的销售额能提前达标。"

宋维蒲没再说话，只是心道：你确实更适合做销售。

木子君的生日在1月份的假期，以前读书的时候都没有和同学一起过过生日。没想到出国第一年，不但过了，还被由嘉安排得声势浩大。

虽然一行人出发的时候，隋庄直指由嘉是借给木子君过生日之名，实现自己想到海岸别墅民宿过周末的梦想，但木子君本人表示：不在意！就需要这种有梦想的朋友！

倒是宋维蒲听完了一脸若有所思，看由嘉的眼神更加意味深长，仿佛同学多年第一次认清她的真实面目。

一车五个人，前排是宋维蒲和木子君，后面坐着由嘉、隋庄和强行加入的史蒂夫。皮卡驶出唐人街和市区拥挤的街道，沿途逐渐荒凉。隋庄和由嘉在后排时不时地斗嘴，史蒂夫疯狂摄入"知识"，听得木子君忍不住笑出声。

从到墨尔本那天开始，木子君的神经就没有松懈下来过。这半年她为了金红玫不停地出发，这还是第一次为了自己。

"房东回你消息了吗？"由嘉脖颈仰在后座靠背上询问。

"回了啊，都搞定了。"隋庄的语气也是一贯的懒散但可靠。木子君忽然想起来，隋庄这个假期靠……倒卖球鞋好像又赚了好多……

"隋总，"木子君转过身，"房费是不是又是你垫的啊？还有车后面那两箱吃的。"

史蒂夫："什么叫'垫的'？"

由嘉："一个有钱人的宿命动词。"

"多少钱啊？"木子君执着地转身询问，"不能总让你垫吧，这次我过生日，我来吧。"

"你过生日还让你来啊！"由嘉果断否认，"你就让他花好了，他有钱没处花。"

"上次也没让我算，"木子君很坚持，"那 AA 呢？"

前面有车急刹，宋维蒲踩下刹车，木子君身子一晃。他瞥了她一眼，语气不大好："你坐稳点，一会儿再晕车。"

后排的隋庄挠了下头，看木子君这次是真要算清楚，灵光一现。

"我知道了！"隋庄说，"这样，我们算三拨人，我和由嘉，你和宋维蒲，史蒂夫自己，我们三拨 AA，晚点我和他们两个男生算就行了。"

隋庄说完心觉完美，木子君和他见外，和宋维蒲总归是不分你我了。两个女生都没有反驳。车里静了片刻，史蒂夫缓缓道："你们考虑过我的心情吗……"

由嘉立刻隔着隋庄拍他的肩膀："你平常上哪儿找这么纯正的中文语言环境啊。"

史蒂夫："所以我多付一份是交学费吗？"

南半球 1 月份是盛夏，正是去海边的好时候。

城市里的海岸大多是港口，好些的则是沙滩，住大洋路海岸这种建在断崖绝壁海岸上的房屋倒是第一次体验。隔着一条公路便是陡峭的岩石，壁下生长着尖锐的礁石，海潮撞击，翻出雪浪。

几个人都很懂事，没有让开了一路车的宋维蒲动手，都跑到后院里点火支烤架。然而，由嘉翻遍购物袋都没找出打火机，最后拿出打火机的竟然是木子君。

三人齐齐沉默。

木子君："我前两天出去和唐葵吃饭，她说这是生日礼物，祝我学会抽——"

屋子里传来宋维蒲清晰的猛咳。

"没收了，没收了。"由嘉息事宁人地喊。

烧烤准备起来忙碌，到后面也用不到那么多人。由嘉和隋庄一边烤，一边打情骂俏，史蒂夫识趣地离开现场，看到了仰在客厅沙发上用杂志盖着脸的宋维蒲。

冰箱里有刚才一进门就放进去的啤酒，大约是冷气充足，杯壁上已然开始渗出水珠。他拿了两罐出来，扔了一罐进宋维蒲怀里。

宋维蒲摸索到啤酒，动作缓慢地拿下了盖在脸上的杂志，看表情差点睡着。

皮质沙发长而柔软，屋子里冷气开得又足，完全不像后院的闷热。宋维蒲仰在沙发上摸索着打开啤酒的拉环，"咔嗒"一声，在安静的客厅里格外清晰。

史蒂夫和他碰了下杯壁。

宋维蒲这才算是清醒过来，身子坐直，手肘撑在膝盖上，揉了一把已经乱掉的头发，喝下一口。

在人群里的时候已经很难看出来，他自己待着的时候还是这个样子，刚睡醒尤其明显。史蒂夫看了他一眼，叹了这个月来的第一口气。

"我还以为你彻底好了。"史蒂夫换了英文，声音压低。院子里的嬉闹声隔着推拉门变得模糊起来，他们这样的音量，应当不会被听见。

"我挺好的，"宋维蒲又喝了一口，"比以前好。"

"是最近找医生了吗？"

"我不会找医生，"他瞥了一眼史蒂夫，眼神变得有些冷，"我不想再被退一次学。"

史蒂夫捏了下啤酒罐，有些后悔自己旧事重提。他隔着推拉门的玻璃看向院子，木子君正和由嘉蹲在一起抬东西，宋维蒲的视线显然也落在木子君身上。

"那是因为木子君吗？"史蒂夫语气一顿，想起两个人那天的对话。

这回宋维蒲没有立刻回答。

宋维蒲很缓慢地喝着啤酒，一边喝一边揉捏罐身，发出金属变形的声音。他看了木子君很长时间，终于把目光收回来，落在自己搁在膝盖上的手上。

"她是非常好的人，"他语气有些疲惫，"你问我是不是因为她，或许是有关系的，但如果我这样说了，就像是我希望她来替我对抗那些应该由我自己对抗的东西。"

史蒂夫皱着眉看他。

"之前只有苏小姐帮过我，她有一个很好的比喻，"宋维蒲指了一下心口的位置，"她说人心里都有一条恶龙，我们终其一生与恶龙对抗，不被它吞噬，胜利者得以善终。"

"我也有吗？"

"每个人都有。你运气好，它没有被唤醒，"宋维蒲说，"她说自己的恶龙只能由自己杀死，寄希望于他人，两个人都会被拖进深渊。"

"你的确好了很多，"史蒂夫说，"你以前没有和我提过这些东西。"

宋维蒲笑笑，忽然换了中文："是啊，我最近和它打得难解难分。"

后院里传来笑声，两个人的目光再度转过去，只有隋庄一个人在干事。由嘉站在泳池边撩水，木子君猝不及防，匆忙躲避。

宋维蒲看了一会儿，这才继续了刚才的话题。

"我要靠自己打赢，所以我不想说是因为她，"他抬起头，语气平静，"但她的确带给我很多力量。"

史蒂夫撑着下巴笑笑："这是喜欢的另一种表达方式吗？你在这件事上很含蓄，不像在这边长大的。"

"是吗？有这么含蓄吗？"宋维蒲也笑起来，"我也可以说不含蓄的。"

"说。"

"我应该是看见她的第一眼就喜欢她了。"

"你别和我说啊，"史蒂夫实在忍不住了，拿喝空的啤酒罐砸向他，"你和她说啊。"

宋维蒲单手接住啤酒罐，一攥，又是"咔嚓"一声。

"那我得先打赢。"宋维蒲说。

话音刚落，推拉门"咔嚓"一声。两个人转过头，看见由嘉探头进来，招呼道："你俩来帮会儿忙，木子君上楼换衣服了。"

宋维蒲点了点头，扔掉两个空酒罐，起身往后院走。

史蒂夫长舒了一口气，跟在了他后面。

暮色四合，落日光线被晚霞和海岸几度折射，落到院子里的时候，呈现出一种奇异的淡粉色。他们在这淡粉色里完成了所有准备工作，最后端上桌子的是一个百里迢迢从墨尔本市内带来的蛋糕。

"还有这个，还有这个。"由嘉手伸进袋子一通摸索，最后抓了一把手持的冷焰火出来。

"你们买了多少东西啊？"木子君惊叹。

天色已经从明暗交界向暗处过渡，打火机点亮的一瞬间，像是人的指尖冒出一簇火苗。由嘉把细细的焰火棒分给他们，先点亮了自己的，又用她的去点别人的。

火花四溅，两根焰火棒相接，木子君手里那根却迟迟无法点燃。宋维蒲在她身边站了一会儿，把自己已经点燃的焰火给她，又把她那根拿走，接过由嘉手中的打火机，很快也点了起来。

"宋维蒲，你把蜡烛也点了。"由嘉提醒。

蛋糕上插了十九根蜡烛，宋维蒲俯下身，焰火棒背到身后，又将蜡烛一一点亮。木子君也学着他的样子把焰火棒背到身后，弯腰站在他身边。

"我十九岁了哎，"木子君说，"那我们就都十九岁了。"

"那也比我小。"他看她一眼，继续点后排的蜡烛。

"你几月？"

"7月。"

"比我大半年就比我大一级啊？"

史蒂夫在旁边幽幽地道："因为他跳了一级……"

木子君恍然大悟。

所有蜡烛点亮的时候，天色也彻底地暗了下去。别墅临海，浪声到了夜晚比白天更清晰。四个人或坐或站地等木子君许愿，她双手合十，掌心夹着焰火棒，耳边只有浪声与烟花的飞溅声。

她许愿的时间过分漫长，焰火从顶端一直向下燃烧，睁眼时已经接近底部。由嘉和隋庄手里的显然也到了生命尽头，木子君一时对看着它们熄灭这件事感到不忍。正愣愣盯着焰火，宋维蒲忽然把她的焰火棒接过去，继而从地上捡起一个空了的宽口矮身玻璃瓶。

他吹了下顶端，把焰火棒倒着放进玻璃瓶。

最后一簇焰火精疲力竭地燃烧，一阵风吹来，促使它暴涨一瞬，而后就被倒放入瓶。焰火迅速熄灭，火星在玻璃瓶内飞溅开，碰撞瓶壁，有如浩瀚烟火，将最后一瞬烧到极致。

总是要熄灭的。

那就在熄灭前，尽情燃烧一瞬。

一群人在后院吃完东西又收拾好，结束时已是深夜。由嘉再一次不胜酒力，木子君让隋庄送她回房间，史蒂夫在洗干净餐具后也识趣撤离，后院里便只剩下木子君和宋维蒲两个人。

无论做什么事，到最后，好像总是只剩下他们两个人。

地上有散落的包装纸，还有熄灭了的焰火棒。木子君一样样捡回垃圾袋，后院便恢复成了他们刚来的样子。

没有收的只剩餐桌上摞着的生日礼物。

她入乡随俗，方才收到礼物的时候就都打开看过，对每一样都表达了喜欢。她也没想到那天由嘉是替宋维蒲在打听，盒子拆开，是一整套珍珠饰品，耳坠、项链和一枚珍珠发卡，是她在店里看中的那一套。

过生日的时候太热闹，人走了以后，院子就显得格外安静，唯一的响动是隐约的海浪声息。房檐上的感应灯因为长久无人站立而熄灭，她起身朝着感应方向挥手，光便再一次照亮院落。

她再度打开首饰盒，三样饰品静静躺在深蓝色的绒布里，在月色和灯光的照耀下泛着银白色的光。

由嘉拿走了萝塞拉的中国结，到现在还没等到那个常居西澳的设计师去店里，木子君自己倒是研究了很久珍珠学。但屏幕和书本上的珍珠再漂亮，也比不上此刻的近距离观察。

她忽然觉得珍珠就应该这样静静躺在月光下，伴着海浪声声——

它们属于夜色和海洋。

宋维蒲也收拾好桌椅，走到了她身边。木子君摆弄了一下绒布里的饰品，抬起头，小声说："我觉得有点贵重了……"

宋维蒲身子顿了顿，诚实道："没关系，由嘉走的员工价。"

很好，心理负担减轻了不少。

项链和发卡的设计都很常规，她明显对耳坠兴趣更大。巴洛克珍珠是典型的异形，设计师为了搭配这颗珍珠的形状动了不少心思，最终用一根细细的金线穿过它凸出的不规则部分，又在穿透耳垂的地方用金色金属浇筑了一只蝴蝶。

她打开手机摄像头，想戴上看看。感应灯亮着，后院也算不得昏暗，只是固定的照明有许多阴影死角，木子君努力了半晌，最后换来一声被刺痛耳垂的"啊"。

宋维蒲站在一侧看她，笑了笑，问："要我来吗？"

她看向宋维蒲。

入夜温度降低，他在白色长袖外面加了件浅色衬衣，神态比之前和她出来时都松弛。她也是。这次他们不用去找什么东西，不用去认识新的人，不用到处打听未知的秘密，他们都在自己安全的舒适区。

人在这种环境下，仿佛就会觉得，怎么都行，什么都行。

她眯了下眼，把珍珠耳坠放回首饰盒，说："好啊。"

他放下交叠的手臂走过来，在她身侧站定，碰她头发时动作有些不大确定。木子君闭上眼抬头，人往后靠上椅背，浓密的长发从他指缝间滑落，最后垂在椅背后侧。

"这样还会挂到吗？"她问宋维蒲。

他看着她下巴和脖颈的线条沉默了一会儿，回答："可以了。"

她身上的很多特质总让他想起森林里蓬勃生长的植物，春日里柔韧的枝条，夏季饱满的花和秋季的果实。人的欲望没那么高尚，人的欲望甚至带有破坏性，总是想折断花，想摘掉果实。

他在她身侧蹲下，用手背隔开长发，碰了一下她的耳垂。

"就这样穿过去吗？"

"嗯。"

他拿起耳坠，借着光找到了耳洞的位置。他身子慢慢俯向她，靠到了更近的位置。她仍然闭着眼，睫毛微微动了一下，身体的起伏随着呼吸变深。

"你可不可以快一点？"她问。

宋维蒲侧了下头，语气无奈："我不是怕弄疼你吗。"

"戴耳坠有什么好疼的啊——啊疼！"

她说话的时候习惯性侧头，没想到宋维蒲在她的催促下把耳坠穿了进去。好在她动的时候那根弯曲的金属耳针已经扎穿，纯粹是被扯出了生理性疼痛。

她疼得肩膀一缩，然后迅速被人抓住肩膀，他的气息靠近她耳侧，语气慌乱："扎到了吗？"

她完全不管是自己乱动导致的，捶了对方肩膀一下。宋维蒲被捶得退了半步，下意识握住她手腕，随即认责："我错了。"

木子君不说话了。

这耳坠怎么这样沉，坠得她已经生疼的耳垂充血，血管一下下地跳。宋维蒲的眼睛离她太近，她从那双眼睛里看到了自己的影子。影子里的女孩戴着单颗的珍珠耳坠，光晕莹润温和，像冬季阳光下结冰的湖面，补全了春夏秋冬。

她一只手被对方握着扶住肩膀，一只手攥住他胸口的衣服。她指节卡在他锁骨处，感受到他脖颈一侧的血管也在不受控制地跳动。

木子君短暂地闭了下眼睛，再睁开的时候，忽然把他从身前推开，抱起自己的所有礼物，跑了。

"所以……

"你那天。

"就跑了？"

"嗯。"

行李摆了一地，由嘉和木子君席地而坐，前者看了后者一脸诚恳的脸半晌，最终的选择是起身继续收拾东西。

除夕在即，木子君的妈妈明天就到，由嘉一周的生活用品也被搬进宋维蒲家里，而宋维蒲则去史蒂夫家收拾东西。好在他的房间还算干净整齐，床单被罩换掉后，唯一会露馅的只剩衣柜里的男生衣服。

谁也不会闲得没事干来开孩子室友的衣柜。

"以前还没听你提过家里的事，光听你说你爷爷了，"由嘉随口问道，"你妈管你很严吗？和男生合租算是出格？"

"还好吧，不过如果知道了可能要解释很多，包括之前那个房东的事，"木子君说，"我不想和她解释太多。"

由嘉奇怪地看了她一眼："为什么会不想和她解释啊？"

木子君想了想，回答她："习惯了，我不好的事都不太和她说。"

"啊？"由嘉一愣，"那她来陪你过年是……"

"是因为家里人，"木子君站起身，"她应该和我一样，受够了逢年过节去受我爸那边亲戚的气了。对，要是这么说……"

木子君露出一种想通了的表情："金红玫没嫁给我爷爷也挺好的，他们苑家人现在分了家都这么多事，当年阻止我爷爷回上海接她的时候，得多难缠。"

就宋维蒲嘴里那个人的脾气，怎么可能受得了这些委屈，一辈子自由自在，天高地阔，可比嫁给高门大户受尽冷眼好太多。本来只是个俗套的救风尘，命运齿轮错转一位，反倒转出一片崭新天地。

不过由嘉显然对这个词理解无能。

"分家？"

"很早就分了，打仗的时候就分了。"木子君说，"我爷爷的父母去世以后，四个孩子就分开做生意，一代不如一代。不过他们家族观念很强，只有我们家……是外人。"

"就算是收养的，你爷爷不也就你爸一个儿子，怎么就算外人？"

"他们觉得不姓苑就是外人。"

由嘉摸了摸她的头："那你家是不是和他们矛盾挺大的？"

她眼神恍惚一瞬，随即摇摇头："记不太清了。"

由嘉的行李终于收拾完，还想追问，可是她下午还要去珍珠店工作，把制服揣进提包里便离开了。木子君实习的诊所倒是一周去四天，她今天不用上课也不用上班，在家里乐得清闲。

闲了没一会儿，宋维蒲的电话过来了。

木子君盯着屏幕看了一会儿，那上面跳动着五个大字——

"别主动找他"。

她那天跑了以后辗转反侧一晚上，第二天忐忑下楼，宋维蒲竟然没事人似的坐在那儿吃早饭，就像昨晚什么都没有发生过。联想此人先前的一系列行为，木子君顿悟——

宋维蒲此人第一擅长趁火打劫，第二擅长反客为主，一个国外长大的华裔，三十六计给他玩明白了。

按兵不动是她最后的倔强。

她任那备注跳动了一会儿，磨磨蹭蹭接了电话。不等她说话，宋维蒲开门见山地问："还在家吗？"

木子君："在。"

宋维蒲："哦。"

两人沉默。

宋维蒲那边传来短暂的说话声，他像是买了杯咖啡，继续把注意力转回对话。

"帮我送点东西来学校行吗？"

木子君没来由地气结："你自己不会回来啊？"

"我图书馆有点事，"他说，"一会儿又要上课，来不及回去了。"

理由还挺充分。

木子君一边气结，一边帮他翻书桌，找出了一沓他要的建筑草稿，继而匆匆挂了电话，揣着稿纸往学校的方向赶去。

到的时候隋庄也在，木子君大概听由嘉说过，隋庄担心宋维蒲提前毕业他无腿可抱，课表全程复制宋维蒲，为了和他一起上暑期课程甚至放弃了回家过年，一片忠心日月可鉴。三个人在图书馆前的露天咖啡厅碰头，木子君看见宋维蒲那个没事人的样子就来气。

稿纸交接，宋维蒲拿过去核对，翻了几页后又想起来似的抬头："由嘉那边有消息了吗？"

"没。"木子君目光不看他，"那个设计师一个季度来一次，下个月才能问。"

他点点头，翻稿纸的时候一脸公事公办。

隋庄抱着胳膊坐在一边看他俩，越看气氛越不对劲。

没有人开口，隋庄轻咳两声，打破了沉默："木子君，你妈明天几点到啊？"

宋维蒲搬去史蒂夫家，由嘉搬进唐人街，木子君她妈妈这一趟来得也算动了些干戈。木子君把目光转向隋庄，硬邦邦地说："凌晨，我来的那趟航班。"

隋庄："那么早啊？你订接机了吗？"

木子君："打网约车也可以吧。"

隋庄："那么早，有网约车吗？"

她摸了下鼻子，这才意识到问题所在。好在最近加了不少华人群，里面搬家接机的广告每天刷屏，临时找个人也不算难。刚摸出手机准备询问，宋维蒲的稿纸翻到最后一页，抬头问她："你不能找我吗？"

木子君气不打一处来。

生日以后回家你就神龙见首不见尾的，我找你？

"你也没找我啊。"她终于把视线正回来。

"停停停。"隋庄在虚空中一抓，"接个机，怎么还较上劲了呢？木子君，你把航班信息发他一下，明天让他去呗，反正他这两天老失眠。"

木子君一愣："他为什么失眠？"

隋庄："他青春期，激素不稳定。"

宋维蒲看向隋庄的眼神带了点杀意。

木子君满脑袋问号地把航班信息发到了宋维蒲手机上，继而抱起书包离开了，留下两个男生坐在咖啡厅面面相觑。

咖啡还剩最后一口，隋庄尴尬地喝完，这才反应过来刚才自己说了什么："……不好意思，我刚才胡说八道什么呢。"

宋维蒲："你这次作业找别人吧。"

隋庄："哥！！！"

宋维蒲起身就走，隋庄从图书馆追到教学楼，终于找到了留住他脚步的重点。

"宋维蒲……不是，不是！你听我说一下！你现在很需要我！你是不是还没意识到你要面对什么！"

离上课还剩十分钟，隋庄死死拖住他的胳膊，指天誓日道："三句话！给我三句话的机会！"

不等宋维蒲反应，隋庄单方面就决定给自己这个机会。

"首先！你要意识到！你明天去接木子君她妈妈的性质，在我们中国，等同于见丈母娘！！！"

宋维蒲的神色迟疑了一瞬，但不是因为隋庄的话，而是因为这句话里有一个对他而言很陌生的汉语名词。

"你不懂了是吧？那这句话不算在三句话之内啊。中文里'丈母娘'的意思，就是女朋友她妈妈！"

隋庄倒卖球鞋的时候已经领悟到，交易的核心就在于用一句话抓住对方的需求。果然，当他点透接机的本质后，宋维蒲没有继续转身离开的动作。

他适时伸出手指，装腔作势地冲天点了点。

"在我们的文化里，丈母娘的意见，会对一段感情关系起到决定性的作用！你要是给丈母娘留下了坏的第一印象，以后要走的弯路大概有这——么多！

"见丈母娘这门学问博大精深，有许多注意事项。而我愿意——"

隋庄一脸慷慨就义的表情："把我姐夫当年上门的细节共享给你！让你像我姐夫一样，顺利嫁进我家——你懂我的意思吧！"

次日凌晨。

同样的时间，同样的地点，只是上次是被接机的人，这次却成了……

木子君看了一眼驾驶座上闭目养神的宋维蒲，转回视线，在副驾驶的座位上再次核对了一遍她妈妈的航班信息。

落地时间是六点，和她上次一样。只不过她抵达的冬天昼短夜长，夏天的墨尔本则早早亮出天光。

驾驶座中间放了提神的咖啡，她刚才喝了一半。宋维蒲闭目养神结束，起身瞥了一眼，问她："我能喝吗？"

莫名其妙的问题。

她点点头，看他把咖啡拿过去，趁着没凉透几口喝完，转了转杯壁，又把空了的杯子放回杯架。

"阿姨来多久？"他问。

"过完初五吧，也不能把我爸扔家里太久。"木子君回答。

他点点头，手指在方向盘上无意识地敲着。木子君听了一会儿，发现这节奏和负鼠每次来叩他家窗户时候的节奏还很一致。

"我走的时候留了香蕉，"他说，"你记得喂它。"

"嗯。"

车里又安静下来。

木子君忽然意识到，生日结束以后，她实习他上课，两个人已经很久没有这样单独相处过。她再次意识到，或许接下来这段时间，他们两个分开住，其实是没有什么相处的机会的。

他是她来到墨尔本以后第一个见到的人，也是来墨尔本以后和她相处时间最久的人。

她在墨尔本，而他不在她身边的生活是什么样子的？她竟然没有想过这个问题。

到底是从什么时候开始，他成了她生活里最重要的那个人？

咖啡刚喝下去没什么效果，他半醒不醒地补觉。木子君看了他一眼，忍不住问："你最近睡不好吗？"

宋维蒲捏了下眉心，"嗯"了一声。

"隋庄说你青春期激素不稳定，"木子君看着他的侧脸，"什么啊？"

宋维蒲："他说梦话。"

木子君的手机响了几声，她点开，意识到她妈妈已经拿了行李在往外走了。她示意宋维蒲开车，皮卡慢慢驶出停车场，朝着机场出口的方向驶去。

路边已经站了不少落地旅客，都在翘首以盼自己的接机车。木子君降下车窗，很快看到了自己当初被宋维蒲接走时站的那块牌子。

"我怎么叫你妈妈？"

"就'阿姨'吧，"木子君回头，"你还想叫什么？"

宋维蒲："……因为我们一般直接叫名字。"

问得像是他有什么别样居心一样。

"宁婉。"她说，"那你要在我叫她'妈妈'的时候叫她'宁婉'吗？还是'宁阿姨'？"

宋维蒲表情一滞，隋庄的话猛然袭上心头——

"首先是这个称呼，咱们就不能带姓！叫'阿姨'，声音一定要甜！千万别叫'×阿姨'，一下就把距离拉远了！

"其次就是动作，一定要快！眼里有活，对方带着行李啥的，你上去赶紧接，一边接一边叫'阿姨'，显得自己又懂礼貌又勤劳肯干！

"最后，还要有眼色，善于分析阿姨的言外之意并给予回应！这个……我没法给你举例子，主要靠悟性，你到时候把注意力调动起来！"

……

"……宋维蒲？？"

他在女生提高的声调里一脚踩下刹车。

木子君坐在副驾驶座上，和他面面相觑。

"怎么了？"他刚从隋庄的长篇大论里回过神来，看着对方凝重的表情，心生不好的预感。

"我让你停车你为什么不理我？"木子君边说边打开了车门，下车前留下最后一句话，"我妈都追了两百米车了。"

宋维蒲看着木子君下车，眼神逐渐陷入无望。

他是不是已经……

结束了。

天光已亮，宋维蒲看身后没车，硬着头皮在单行线上倒了一百米，冒着违章被抓的风险，缩短了木子君母女追车的距离，也缩小了他尴尬的程度。

宁婉的行李有点多，两个箱子、一个包，使得追车的狼狈程度加倍。他下车从木子君手里接过行李试图补救，把两个箱子放进车后，一转身，看到个知性温柔的短发中年女性打量着自己。

人的基因很神奇，他能从宁婉的眉眼里看到一些木子君的痕迹。他猜想木子君也遗传了她父亲的一部分容貌，两方的基因产生了奇妙的化学反应，让她与一个相隔千里的女人产生奇妙的渊源。

木子君咳了一声，替宋维蒲缓解尴尬道："妈，这就是我那个在话剧社认识也做接机的同学。"

宋维蒲回过神，想起隋庄的话，立刻硬着头皮喊："阿姨。"

"哦……"宁婉气还没喘匀，再次上下打量了他一圈，抬步往车后座走。

"行。"她说，"小伙子挺有想法，知道阿姨坐了一晚上飞机，一落地就让我活动腿脚。"

木子君一时无言，站到他身侧，看着宁婉开门上车，沉重地开口："我妈这人挺体面的，再不满也就是阴阳一下。"

宋维蒲看向她。

"她那个眼神应该是，觉得你帅是挺帅，但不好使。"木子君说。

宋维蒲：奇耻大辱！！！

木子君来墨尔本后坐宋维蒲车的次数多得数不清，这还是第一次没坐在副驾驶座，而是陪着宁婉坐到了后排。宋维蒲面色凝重地坐在驾驶座上，一边开车，一边听她们母女两个聊这次来墨尔本的计划。

"……主要是我这三天连着实习，"木子君说，"你要是想去大洋路玩，你等我周六不上班再带你去。"

"没事啊。"宁婉说，"我英语是好多年没说了，那也没退化到生活不能自理的地步。而且我看网上挺多华人旅游团的……"

"我怕他们把你拉去购物，"木子君立刻否认，"别人说什么你信什么，到时候又买一堆没用的东西。"

"那去那个……那个叫什么……菲利普岛看企鹅呢？那个地方没有购物吧？"

"哪儿都有购物。"

"咳！"

木子君愣了一会儿，才反应过来是宋维蒲在咳嗽。

宁婉已经对宋维蒲有了先入为主的印象，此刻目光跟着女儿转过去，发出了长辈关切的声音："身体不好啊？"

木子君都替宋维蒲感到悲伤。

宋维蒲明显也被这句话问出了一丝创伤感，安静了片刻才回答："不是的，阿姨，你要出去玩的话……"

宋维蒲顿了一下："可以找我。"

木子君一脸疑惑。

一句话，情况略有扭转，宁婉的注意力也被转移。她朝前倾了一点身子，从后座往宋维蒲的方向看。

"小伙子业务还挺多呢，"宁婉右手扶住副驾驶的车座，"除了接机，也做导游？你们澳洲留学生，勤工俭学的现象这么普遍啊？"

"妈……"木子君有点承受不来，"他不是留学生，他是这边的……华裔……"

"是吗？"宁婉更惊讶了，"所以这边小孩成年了家里就不给钱了是真的是吗？我还以为营销号瞎写的呢。"

木子君心里一沉，知道宁婉这话是无心，但放在宋维蒲的情况上难免戳人痛处。刚想转移话题，谁知宋维蒲在红灯前刹了车，语调平缓道："是这样的，阿姨，我从小就没有父母。"

宁婉有些惊讶地捂住嘴。

"所以每到一些传统节日，"宋维蒲轻叹一声，"就多找一些工作，避免看到别人家团圆的样子。"

宁婉表情略有动容。木子君的目光从这一侧平移到那一侧，心中不禁发出一声微弱的：……哥？

红灯转了绿，车辆慢慢起步。道路开始进入城区，道路对面开始有了来车。宋维蒲沐浴在清晨的阳光中，手摸到放在车中的咖啡，若无其事地喝了一口。

木子君：那不是已经喝空了吗？

这是你表演的一部分吗？

"您想去大洋路和淘金镇，是吗？"他继续独白不知道什么时候写好的台词，"没问题的，这几天木子君实习，我带您去就行。您也不用给我钱，我就是这阖家欢乐的日子，找点事做……"

木子君对她妈妈的评价一点没错。

别人说什么，她信什么。

她侧目，看见宁婉手扶着胸口，脸上的表情忧伤又心疼，全是中年女性母爱的光辉。宁婉扶着副驾驶座椅又看了一会儿宋维蒲的侧脸，眼神肉眼可见地，变得顺眼起来。

"子君啊，"宁婉眼睛看着宋维蒲，手扶上木子君的胳膊，"你这个同学，我看也挺好的。咱们过几天除夕，我给你在家里做年夜饭，你把他叫到你租的房子里，让他和咱们一起过，你说合不合适？"

合不合适。

把他叫到他自己的房子里做客。

那可真是，太合适了。

木子君一时说不出话，手被她妈妈按着，眼神落在驾驶座的椅背上，也看不清坐在座位上的那个人现在是什么表情。

学什么建筑……

白瞎您影帝的天赋。

澳洲不过中国年，也没有额外的假期，运气好的是除夕那天正好周六。木子君周六之前的三天过得心不在焉，下班回家的时候，宁婉还在外面旅游没回来。

但凡回来，宁婉就是和她夸赞宋维蒲有多么好使……

"木子君，"那天回家听了一耳朵的由嘉和她感慨，"我觉得你妈已经彻底被宋维蒲征服了。"

"我也没想到他对中年妇女有这种杀伤力。"木子君回答。

"这就是你对人家能力的低估，"由嘉说，"你看看唐人街上的阿姨对他的态度，他在这方面是有天赋的。"

除夕当天下午，各方面都天赋异禀的宋老师在宁婉的催促下，早早抵达了他自己名下的这栋房子。

做客。

除了史蒂夫回了悉尼家里，由嘉和隋庄都在，一行人吵吵嚷嚷聚在客厅里做年夜饭。有大人指挥，做饭的效率比木子君过生日那次高多了，桌子上前所未有地摆出八道菜，以往只用来给史蒂夫打游戏的电视机甚至开始投屏国内的春晚。

由嘉毕竟是高中才过来的，史蒂夫不在，真正在这边出生长大的其实只有宋维蒲。木子君拿不准宋维蒲之前过年的时候会不会和金红玫看春晚，趁着他调频道的时候过去询问。

"小时候只能看澳洲这边的频道，也没有网，"宋维蒲盯着屏幕，心不在焉地回答，"她走之前帮她调过两年吧，不过我也没看过。"

"她"指的是金红玫。

想来也是荒唐，他在唐人街长大，其实是知道春节对中国人的意义的，但他此前竟然都没有坐下来陪她看过一次春晚。

"不过以前唐人街也会有活动吧？你也陪她看过别的。"木子君意识到他的遗憾，找了些其他话题。

"有舞狮，明天应该就有。"宋维蒲调好屏幕，起身看向她，"国内也有吗？"

"我听说广东还有，"木子君想了想，"不过我家那边没见过了。"

"那你明天可以下楼看。"他偏头指了下门外的主干道，"规模很大，有专门的舞狮队。"

"你也去吗？"

"我不会啊，"宋维蒲神色意外，"我又不是什么都会，那个要训练的。"

"不是……"木子君无奈，"我说你会去看吗？"

他这才反应过来，两个人为这莫名的对话笑了一会儿。宋维蒲说："我可以去，我到了给你打电话。"

房间里开始有了春晚准备的节目音，气氛陡然变得和国内无异。隋庄从厨房里往客厅的方向看了看，随即回来继续和由嘉包饺子。

"挺好的。"他自言自语。

由嘉侧头看他："什么？"

"你忘了吗？"他压低声音，"去年这时候，宋维蒲外婆刚去世两个月，他都不接我电话。"

"我不知道，"由嘉抬了下眉毛，"我当时还和他不熟，他上课的时候看起来很平静。要不是你告诉我，我都不知道他家里出了事。"

"就是这样的。"隋庄摇摇头，"我以前以为，亲人去世是件很大的事，结果身边真的有人碰到这种事，反倒都是静悄悄的，葬礼结束以后，就像没事发生过。"

死去的人离开了，活着的人还要继续生活。

像是平静的日子里陡然下起一场倾盆大雨，而后地面一片泥泞。你别无他法，只能等待日光将雨水蒸发干涸。

四个年轻人有一搭没一搭地聊天加帮厨，宁婉那边也把所有菜都做好了。别说金红玫不在了，金红玫在的时候，这间屋子里都没来过这么多人。餐桌旁边只有四把椅子，隋庄让由嘉坐了最后一把，也没过脑子，习惯性问宋维蒲："有多余的椅子吗？"

宋维蒲："你去阳台看看。"

木子君和由嘉吓得一惊。

宁婉愣了愣，筷子放回桌子，脸上挂上莫名的笑容："小宋对我们子君租的这房子，挺熟悉的啊？"

宋维蒲这才反应过来，转瞬有些结巴："啊，我，那个，我之前……"

"——之前也从事过搬家一类的工作！"木子君大声说。

宋维蒲看向她，反应了半秒钟，立刻坐直身子。

"对，阿姨，"他果断改口，"我为了钱，什么都做。"

其他三人无语至极。

感觉他的中文水平经过这半年的高强度锻炼，现在又好又不好……

年夜饭在混乱中结束，两个男生说话太容易露馅，隋庄开口由嘉就在桌子底下踹他，踹得他只能专心吃饭。吃过饭后，一行人把碗筷收拾干净，夜色也正式降临。

宋维蒲在客厅做最后的整理，木子君从厨房走出来，鬼鬼祟祟地走到他身旁，把一枚清洗干净带着凉意的硬币塞进他口袋。他瞥了一眼，语气意外："我还以为今天没人吃出来。"

"我吃出来啦，"她脑袋凑在他身旁，"想留着给你。你也懂这个的意思吗？"

"有印象。"

木子君一番好意，他并没有推辞，结束整理后便去关客厅的窗户。

355

从窗户往外看，能看见唐人街的主街道。要过年了，沿街的门脸都挂上了红灯笼和对联，宋维蒲看了一眼，这才想起书店门口的旧"福"还没撕下来。

去年他就没有换，当时金红玫刚去世，家里和书店的东西他都原封不动地保留，包括她给书店和家门贴上去的"福"字。他小时候还问过金红玫为什么唐人街上的"福"字都要倒着贴，她说那是"福到了"的意思。

他关于传统的记忆似乎都是这样，从金红玫那里断断续续地取得的。

"我去趟书店。"他和木子君说，低着身子从茶几下翻出一副多余的"福"字，放进书包后便去和宁婉道别。隋庄刚才就走了，还把由嘉也带出去买东西。现下宋维蒲也离开，房间里便只剩下木子君和宁婉。

木子君送他下楼，再回来的时候，宁婉向自家女儿投来了意味深长的目光。

木子君被看得浑身不自在。

"看我干什么啊？"她低头继续收拾桌面，尽管上面已经空无一物。

"我看你心里有鬼。"宁婉说。

"没有。"木子君果断否认。屏幕上的小品越播越无聊，只听台词都让人打起瞌睡。木子君和由嘉打电话确认她带了钥匙，便把电视和窗户都关好，催着宁婉回了房间。

宁婉来墨尔本这几天都是和木子君睡在同一个卧室里，前两天她白天玩得累，木子君实习也辛苦，两个人总是早早就睡了。倒是今晚，母女两个心里都藏着小九九，在床上辗转了好半天，终于不约而同地开了口。

"妈……"

"你俩……"

木子君抬手把夜灯打开。

灯光映亮两张脸，眉眼七分像。宁婉侧过身，看着自家刚满十九岁的小白菜一脸忐忑，心里差不多明了了。

哪有当妈的不了解女儿。

都不用说别的，就木子君和宋维蒲说话时候的语气，总是下意识看向他的动作，包括吃饭的时候……

他对她本能的照顾。

宁婉毕竟年长，她更看重的不是木子君千回百转的心理，那是她和闺密的话题。她倒是更在意那个男孩子——小姑娘第一次动心，能不能修成正果都是一段人生经历，重要的是这个男生，是不是个懂分寸又善良的人。

她姑且看这孩子还不错。

"说说？"

夜灯照着，墙壁上照出人影。木子君又是一番辗转，人趴到床上，闷声闷气："说什么，你不都看出来了吗？"

"是，是看出来了，"宁婉伸手揉了揉女儿的头，"但看出来的不是他，是你。"

"什么我？"

宁婉轻笑一声。

"你俩那天来接我的时候，"宁婉说，"我看到你的时候，就觉得很惊讶。子君，你知道吗？我看到小时候的你又回来了。"

这话出口，木子君缓慢地眨了眨眼，继而把头抬起来，看向宁婉。宁婉伸出胳膊在她肩膀上慢慢地拍，说着说着，就陷入了回忆。

"你治疗结束的时候，那个咨询师是和我说过的，"宁婉看着天花板上人的影子，声音很轻，"她说让我不要着急，你很坚强，你在努力走出那段日子的阴影。她说只要我保护好你，不再接触那些创伤的记忆，你总会变回以前那个开朗勇敢的小姑娘。"

太久没有提起那段记忆，木子君陷入短暂的沉默。

"可是我一直都知道，"宁婉叹了口气，"很难回去了。我很爱你，无论你什么样子，我都很爱你，只是我一想起你小时候又开朗又勇敢，天不怕地不怕的样子，就觉得很亏欠你……如果我当时没有离开你那么久，没有把你丢给别人抚养，听出来你给我打电话时候的意思，你心理也不会出问题，性格也不会变……"

"妈，"木子君打断她，"其实我已经不记得小时候的事了，所以我也不在乎那些人当初怎么对我了。我已经成年了，总是提以前的事没

357

有意义。”

“真的不记得了吗？”

“不记得了。我最近学到，人对记忆的储存来源于语言，当时没有人听我说话，我也不怎么说，所以那段时间的记忆的确消失了。”

房间里陷入短暂的沉默。

“我的宝贝很厉害，自己长大，也自己走了出来，”宁婉摸了摸她的头发，“我是觉得很惊讶。这次来墨尔本看到你，发现才半年没见，你的许多神情举止，竟然让我想起你以前的性格。是发生了什么吗？尤其是和那个男孩子在一起的时候……你变回以前的样子，是因为他吗？”

是吗？

是因为宋维蒲吗？

木子君看着天花板发呆。

他接她来到墨尔本，然后出现在她的生命里。他让她在自己的书店工作，把她带回家，陪她去本迪戈、去悉尼、去爱丽斯泉……他们一起走了这么多路。

真是奇怪，她从见到他的第一面开始，就本能地开始向他求助。

而他对她，几乎称得上有求必应。

其实向人求助不是她的性格。帮别人……更不是他的性格。

“妈妈，我不知道怎么说，”木子君用手盖住眼睛，“我就是觉得，和他在一起的时候，我心里会出现很多勇气，也能更安全地做以前的我自己。”

“那他好厉害哦，”宁婉笑了笑，“我花了那么多时间弥补，都没有让你有勇气做回以前的自己。”

木子君的眼眶忽然有一些发酸，而宁婉自言自语。

“因为他没有让你失望过，是不是？”宁婉轻声问女儿，“你小时候我总让你失望，后来你就不敢相信我了……其实妈妈能感觉出来的。”

“我没有……”

“没关系的，是妈妈做错了，”宁婉擦了擦眼泪，“我记得咨询师最后那天提醒我，结束治疗不代表彻底痊愈。那妈妈现在很高兴，你碰到了另外一个人。能帮你完成痊愈的这部分，让你有勇气做回最开始的自己。"

"我觉得你也没有做错,"木子君闭了闭眼睛,"你当时只是想读博,你也有自己的梦想要实现。错的人不是你,是对我不好的那些人。我到现在还是很讨厌他们,我不想原谅他们。"

"我也没有原谅他们,"宁婉说,"你看我今年,过年都懒得见他们,让你爸爸自己去应付他们。"

母女二人低声笑起来。

"睡吧,"宁婉说,"明天早上我做好早餐,来叫你起床。"

"好。"

木子君也没想到自己这一睡,就一觉睡到了正午。

半梦半醒间,她听见楼下一片喧嚣,敲锣打鼓,甚至还点响了鞭炮。她头埋进枕头默默烦躁,反应过来的瞬间,腾地跳起来。

开始舞狮了。

手机上只有一条宋维蒲"到了"的消息,但他也并没有催她。木子君急急忙忙起床,听见客厅里传来对话,听声音竟然是宁婉和宋维蒲。

说话声伴随着冲洗东西的水声,她趴在门板上偷听半晌,什么也没听清。客厅里忽然安静下来,她刚准备细听,便是宁婉一声大喊传入耳朵:"你还起不起了?"

她吓得赶忙推门出去。

宋维蒲正坐在沙发上,宁婉在厨房,他不便像平常似的懒散后靠,而是脊背挺直,略有拘谨。和木子君四目相对的一瞬,他神色微微怔住,看她的眼神和平常似乎略有不同。

她信口胡扯:"我闹钟没响。"

其实根本没定闹钟。

不知道宋维蒲等了多久,但他只是看了她一会儿,然后点点头,示意她不着急。

饭桌上放些吃的,宁婉催着木子君吃完,算是早午饭一起。

"舞到哪儿了?"木子君边吃边问宋维蒲,噎得四处找水。宋维蒲起身给她倒了一杯,人坐到饭桌对面,语气还是不紧不慢。

"刚过一半，"他说，"还有半条街，你不用急。"

他平常说话语速也不快，但今天显得特别宽容。木子君捧着碗把粥喝完，抬头的时候，看见宁婉走过来收拾碗筷，余光和宋维蒲碰了一下。

"阿姨，"他站起身，很礼貌，"那我们先去看了。"

他今天什么都没带，手机直接拿在手里，站在门口等木子君过去。她换了身衣服出卧室，两个人一前一后下了楼，她看见楼下停着宋维蒲的摩托。

"你俩早上在外面说什么了？"她跟在他身后问。

他并没有第一时间回答，反倒过去检查了一下摩托的油量。木子君茫然地看着他动作，见他又回了车库，拿了个新头盔出来，和自己的一起挂到把手上。

"没说什么，"他这才转身看向木子君，"先去看舞狮吧。"

他们下来的时间很巧，舞狮队从唐人街街头开始移动，敲锣打鼓，在每处店铺前短暂停留，终于到了赌场附近。沪菜馆的老板娘也倚门站在一侧，商铺门前叠起高椅，房檐上悬挂着一棵青菜。

"这是什么啊？"木子君站在人群后踮着脚看。

"采青。"宋维蒲从小看到大，显然对这一幕很熟悉。

一头狮子辗转腾挪，已经跳到椅子上，狮头一脚踩着椅背，一条腿被狮尾抱住。明黄色的狮子渐渐直立，木子君不用踮脚也能看见人群中蹿出的这道火焰。狮头接近房檐，锣鼓声逐渐急促，只见火焰猛蹿了一下，一口将那棵悬挂的青菜咬了下来。

一声嘹亮的锣鼓声宣布了胜利，青菜里飞出一枚红包。采青是好兆头，挂红包的老板和拿到红包的狮子都开心。人群里除了华人，也挤了不少当地的白人面孔，尽管不知道发生了什么，还是为这一幕精彩的表演鼓起掌来。

"这些舞狮的都是哪里来的啊？"木子君问宋维蒲。

"唐人街有舞狮队，"他说，"基本都是老华裔的后代。博士山（Box Hill）那边也有舞狮队，华人区基本都有自己的舞狮队。"

木子君点点头，跟着人群继续往后走。

舞狮队一路舞到华侨博物馆附近，在空地上做了最后的表演，太过规整，反倒没有方才采青的时候生动。木子君看着敲锣打鼓的狮队，忽然想起来，唐鸣鹤少年时在唐人街的风采，一定不逊于这些后辈。

两挂鞭炮放完，狮客们将狮头摘下来，一张张脸都是黑发黑眸，个个英气逼人。里面有几个显然和宋维蒲认识，路过他时撞了下肩膀，简短说了几句，继而和其他同伴离开。这让木子君再一次意识到，唐人街是他长大的地方。

和在赌场的时候一样，只要他们两个身处唐人街，他对她的态度，简直就像是在尽无微不至的地主之谊。

"看完了？"他转头问她。

"嗯。"木子君点了下头。

两个人回身往家的方向走，可宋维蒲的样子又并不是要送她回家。木子君想起那顶他拿出来的头盔，忽然意识到，宋维蒲可能是要带她出去。

她快走几步跟上他的步伐，问："要出去吗？"

"你方便吗？"

小道拐弯，他们又穿过那道窄巷，回到了砖红色的小楼下面。宋维蒲点开手机回了几条消息，跨上摩托，"轰隆"一声拧响。

"我回去和我妈说一声……"

"不用，"宋维蒲把头盔戴好，"我和她说过了。"

所以这才是刚才那个问题的真正答案吗？

宋维蒲每次用摩托带她都和开车的时候不一样。开车的时候，目的地总是既定的，他们在心里达成了一致的目标。可开摩托的时候，他很少告诉她他们的终点在哪里。

而她也逐渐变得不喜欢问。

他总是会带她前往一个超出她想象的所在地，像是一艘船在无边无际的海洋上漂流，海水自会引他们前往埋藏了宝藏的岛屿。

她今天没穿裙子，打扮得比那天更适合这辆交通工具。宋维蒲把头盔扔给她，她规矩地戴好，又规矩地坐上了他的车后座。

天气很热。

这是她第一次体验南半球的春节，也是第一次体验在夏天过年。她猜想金红玫也会为季节的错乱感到困扰，在每一个鞭炮齐鸣的夏天，想象故乡的雪和结冰的河面。

她忽然意识到，其实金红玫是从东北逃往南方的难民，金红玫一次又一次地离开故乡，从塞北冰霜逃到长江以南，又因为炮火再次南渡，甚至跨越分割了季节的赤道。人的命运被时代扭转成全然未知的模样，性格与眼界被一次又一次地打碎，又在打碎后不停地重建，直到与过去的自我彻底剥离。

真奇妙，她在这里拼凑出的金红玫，与爷爷回忆里的那个女人根本不是同一个人。她曾如此遗憾他们这段没有结果的姻缘，可在这一刻又觉得，对金红玫来说，她未尝没有走向一种更精彩的人生。

摩托开出市区，走上一条西北方向的公路。木子君已经习惯了这边城市之间的荒芜，一片荒地后跟着的是一片树林，宋维蒲减慢车速，最后停在一片长满灌木的山坡前，公路一侧的空地用水泥墙面围起，乍看过去像是个废弃工厂。

不过这显然不是工厂，木子君在看到大门标识的一瞬间神色就凝固了。

门口的空地连线都没画，宋维蒲把摩托停进去，示意木子君把头盔还给他。她一言不发地照他的示意动作，表情说不上是赞同抵触。

"砰！"

围墙里忽然传来爆裂的枪声，带着回音，也是因为这地方地处荒郊。宋维蒲打了个电话，然后便站到木子君身边，看样子像是在等里面的人出来接他们。

围墙里接连又是几声枪响，她头微微侧过去。今天下楼太急，木子君简单扎了个高马尾，发梢跟着身子晃动，和她在爱丽斯泉那天的模样很像。

她穿衬衣扎马尾的时候很漂亮，头发蓬松，像是希腊神话里的女猎人，也像坐在桅杆上的船长，生机勃勃，身上带着优雅的天真。

这才是她本来的样子。

"你们早上，"她终于开口，"就是在说这件事吗？"

"不是阿姨主动提的，"他侧过脸看向她，"会让你觉得不舒服吗？"

"还好。"

"你可以不舒服的，"他说，"你可以对我发脾气，任性，提过分的要求，做一切你想做的事。你在我这里什么样子都可以，就像你……小的时候。"

她忽然觉得眼眶控制不住地酸涩，有一些被埋了很多年的东西在心里狂跳，像是要破土而出。

"我想打枪。"她抹了下脸，并没有眼泪，语气没控制好，有一些僵硬。

"好，"他说，"我们等教练出来。"

他们说完话没多久，靶场里便走出来一个年轻的亚裔，个子很高，穿橙黄色的工作马甲，和宋维蒲热情地打招呼。木子君听他们对话，对方似乎是宋维蒲的高中同学，现在在这家靶场做教练，两个人早上联系过。

宋维蒲让他对木子君说中文，他便体贴地换了语言，只是水平远逊史蒂夫。好在那些射击规则她本来就懂，半听半猜，跟着他一路走到了围墙里的靶场。

射击的站立处支起简陋的棚，桌面上有已经准备好的枪和子弹。两侧枪声不绝于耳，声声爆裂，离得太近，几乎让人心悸。

可她的心脏却不受控制地兴奋跳动起来。

"需要示范吗？"教练问。

木子君摇头，身旁随即响起宋维蒲的声音："她很专业。"声音里甚至带点骄傲。

他似乎很喜欢替她骄傲。她写字好看，他发烧都记得提；她枪法准，他也要和老同学炫耀。木子君无奈地笑了一声，抬眼看向他，对方也正抱着胳膊注视着她。

"我没说错吧，"宋维蒲问，"沙漠里一枪打中猎物的木选手？"

"我很多年没打了，"她低头去熟悉靶场的枪支，"那次是运气。"

桌上大小口径的枪都准备好了，她太久没碰枪，选的时候下意识去拿小口径，和身侧几个姑娘选了同款。教练见多了不意外，反倒是宋维蒲靠在一侧，指点江山："大口径多爽啊。"

大口径子弹也大，后坐力强了不止一倍。木子君瞥了他一眼，没好气："你想爽自己打大口径啊。"

"我没做过的事一般不公开尝试，"宋维蒲说，"有损我全知全能的形象。"

木子君翻了个白眼。

她迟疑片刻，竟然鬼使神差地换了大口径的那一把。

教练把耳罩递给木子君，她戴上，随即和嘈杂隔绝。太多年没摸这些冰冷的零件，没想到童年的训练成为肌肉记忆，她再一次调动本能，子弹上膛。

枪很沉，她把枪托抵在肩膀的位置，视线对准瞄准镜，调整枪托，很快找到了十字中心的靶心。

扳机扣下。

子弹出膛。

枪声带了回音，尖啸着划破空气，锐利、刺耳——

洞穿靶心。

这只是第一枪。

第二枪、第三枪、第四枪……

每一枪都是一声呼啸，带着极大的后坐力，一下一下地撞上她抵住枪托的肩膀。教练站在一侧，很快意识到这个尺寸的枪对木子君来说有些沉重，试图走过去叫停，却被宋维蒲拦住。

宋维蒲摇摇头，转过头，目光落在咬着嘴唇忍受后坐力的木子君身上。好在她方才和教练要了肩垫，这一梭子弹下来，应当只会有些青肿。

前几枪是很准的，但到了后面，或许是肩膀疼得实在难以忍受，狙击的准头逐渐偏离。但子弹还没打完，宋维蒲站在一侧看着木子君，看她马尾的发梢和衬衣下身体绷紧的曲线，耳边再次响起了宁婉早上的话。

"……如果重来一次，我不会和她爸爸去读博，也不会把她交给爷爷带了。

"我以为爷爷对她好就够了，我没想到老人会生病，我们只能把她寄养在其他亲戚家。那些人面子功夫做得足，私下却对着小孩阴阳怪气。明明小时候那么开朗勇敢的孩子，在别人家住了三年，变得唯唯诺诺，再也不自信，连人际交往都成了问题……

"她小时候最喜欢射击了，她爷爷也会带她去练。可等我回来的时候，她连枪也不敢拿，说大人说这不是女孩子该玩的东西……

"她其实给我打电话的时候提到了，但我当时一心忙毕业论文，竟然没听懂她在和我求救。后来我带她去看心理医生，咨询师和我说，她一定受了很多很多打击和否定，才会变得这么自闭又自卑……

"都不知道花了多少时间、多少精力，终于好了一些，可小时候的那个女儿再也回不来了。她现在年龄也不大，可是碰到什么事都不喜欢和我说，不会和我撒娇，也不发脾气……我倒是宁愿要一个爱哭爱笑，情绪控制得没有那么好的女儿。"

……

最后一颗子弹出膛了。

木子君紧绷的身体瞬间松懈下来，肩膀上的疼痛也在最后一声枪响后变得明显。她松开扳机，手指到手腕被震麻，跪在地上的膝盖也酸软，起身时几乎撑不住身体。

身后忽然有人伸出手，扶住了她。

他胳膊穿过她的身体，抓住的臂弯，另一只手扶住她肩膀，给了她超出预期的支撑力。木子君在他的支撑下艰难地站稳，用力攥了一把被震麻的右手，终于找回些微知觉。

她揉了一下肩膀，控制不住地"嘶"了一声。

他方才一直忍着不去管，这时眉头终于忍不住皱了一下，眼神落在她肩膀上，怎么也移不开。

木子君看着他压抑不住心疼的眼神，喉咙里忽然涌起一股难以言喻的酸涩来。

带她来射击的是他。

让她打大口径的也是他。

他未经允许打听她的过去，让她把委屈和遗憾一枪一枪地发泄出来。他先向她求救，又在发现她其实也没那么完整后，告诉她可以依赖他。

肩膀疼得越发厉害，她眼睛里蓄了一层泪。他试探着碰了一下，换来她一声哽咽："谁让你带我来的，疼死了。"

他把目光移回她的脸上，看见她眼泪的一瞬间就有些慌张了。

教练也有些意外，赶忙走过来，关切地问是否需要帮助。宋维蒲匆匆摇头，和朋友道谢后便拉着木子君的手将她带走，一直带回停车场。

他在前面走，她被他拉着手，边走边哭，哭到他也意识到，这汹涌的眼泪罪不在他。

靶场门口有卖冷饮的小车，他送她坐回摩托后座后，折去买了瓶冰水。她侧坐在后座上用冰水敷脸，抬起头发现他正抱着手臂看着她笑。

木子君没来由地恼："你笑什么啊？"

"这就是你本来的脾气吗？"宋维蒲问。

她气结，立刻否认："不是的！我现在在生气！我本身脾气又好又温柔！"

"好好好。"宋维蒲继续笑，语气里都是哄，"那能不能请脾气又好又温柔的木小姐不要哭了，我现在好担心阿姨觉得我欺负你了。"

她抽了下鼻子，抬腿坐正，宋维蒲这才上了摩托。

"所以你以前总说，我不能不管你……"他侧过头看着她，把头盔替她戴正，"是因为小的时候，总是没有人管你吗？"

"不是，"她继续嘴硬，"我就是在给你解释撂挑子的意思。"

行吧，你说什么是什么。

宋维蒲发动摩托，发动机开始震动。他给自己把头盔扣好，隔着目镜询问："下次想什么时候来打枪？"

木子君扣着头盔，声音闷在罩子里。

"我妈妈初五回国，"她说，"送走她，你陪我来打。"

"好。"

"你也要打。"

宋维蒲发动摩托，有些奇怪，头微微侧回去："为什么？"

"想看你出丑，"木子君说，"好不容易碰到你不会的事。"

宋维蒲无奈。

行吧！

宁婉离开家这些天，木子君的爸爸通过手机每天呼唤自己的老婆。初五晚上，宁婉给木子君留了一冰箱的菜，然后就收拾行李回国了。

同样是半夜的航班，大约第二天中午到。宋维蒲开车送母女两个去机场，进安检前，宁婉照常是些生活上的嘱托，和以前金红玫总对他说的差不多。

"那我就 7 月再回国吗？"木子君问宁婉。

"7 月回吧，反正你爷爷都放话了。"宁婉叹气道，"这个冬天他要自己去上海，谁也别跟着，谁也不想见。"

"他身体都恢复了吗？"

"反正打电话骂人中气十足的。人老了，年轻时候的少爷脾气都回来了。"

木子君点点头，最后和宁婉惜别几句，终于目送她进了安检口。转过头，宋维蒲靠在一侧的柱子上，样子简直是松了一口气。

"你什么表情？"木子君语气奇怪。

宋维蒲并未正面回答，晃了下手里的车钥匙，转身带她回停车场。

你不用见丈母娘，你不懂。

她明天还要去诊所实习，他的暑期课也是明天一早。两个人匆匆驱车回到唐人街，家里亮着灯，由嘉明显在追剧，笑声传到楼下。

木子君坐在副驾驶座，想起由嘉和自己说，她明天白天就搬走了。

不过宋维蒲还没提过他回来的事。

"周末去射击吗？"他熄火问道。

"你很忙吗？"

"还好。"他想了想，"就是课程要结业了，有一些作品要提交。"

"那你先把学校的事忙完吧，"木子君解开安全带，把包背上，"由嘉和我说你下个月要去悉尼？"

"对，之前那个比赛有交流，"他点点头，"要去一周。"

"大忙人，"她下了车，手肘撑在车窗上，头微微侧开，"那先别搬回来了，省得耽误你时间。"

宋维蒲听出她的意思，笑了笑，反问："那你要不要我搬回来？"

"我无所谓啊。"她说。

"是吗？"他发动车，把车窗降到最低，单手伸到副驾驶处，出乎意料地递过来个信封，"那先把你工资给你。"

木子君这几周在诊所实习，都没去过书店，何来工资一谈。偏偏宋维蒲信封都递到车窗外，她茫然接过，继而看着皮卡绝尘而去。

以往信封里是钱加一块巧克力，从外面也能捏到，这次手感却和之前不同。二楼客厅的窗户里飘出综艺的背景音乐，她在夏夜的噪声中把信封打开，封口朝下磕了磕。

一枚弹壳掉到手心，还有一张靶场的年卡和一张折起的纸片。她展开白纸，上面是宋维蒲不甚好看的汉字——

给神射手的年终奖金。

宋维蒲搬回来时悄无声息，之后早出晚归，人回来了和没回来也没什么差别。木子君在诊所的实习逐渐步入正轨，被苏素带去参加内部交流课程，内容显然比学校里学的实用得多。

他们这间心理诊所规模虽然小，但三个合伙人都是专业出身，给员工的培训内容专业且多种多样，有的甚至不局限于心理专业——譬如手语课，用来专门帮助听障的咨询者。

课程一周三次，每组都被分配了固定的名额，但成年人学手语的热情都不高，最后被派过去的就成了实习生木子君。教她的是个护理机构的志愿者，提到手语不只可以用来和聋哑人沟通，自闭症患者和有学习障碍的人都有需求，这几年手语教学的社会需求也在增大。

只不过……

增大归增大，木子君和其他几个学员仍然学得艰难坎坷，到最后老师试图调动大家的激情，号召大家开始畅想遇见一个美丽的姑娘，用手语和她搭讪——"You are beautiful（你很漂亮）。"

这是什么奇怪的搭讪方式？木子君一边学一边想，继而学着老师的样子用右手的食指和中指在嘴唇上画了一个"U"形，然后将手向外推出。

日子平静，伴随着每个周末靶场酣畅淋漓的枪声，木子君在墨尔本的第一个暑假就这样到了尾声。

她自己对开学和放假其实没什么实感，崩溃的人是由嘉。短短一个假期，由嘉已经把下个学期的生活费都赚到了，木子君强烈怀疑再干几个月，由嘉就足以升任店里销售主管的位置了。

"我要申请退学我爸妈肯定会杀了我。"由嘉倒是没有被钱冲昏了头脑。

说这话的时候，两个人正在距离珍珠首饰店不远的咖啡厅吃午饭。难得周末，木子君得以解放，由嘉晚点还要去店里继续下午的工作。

"那你开学要辞职吗？"木子君问。

"看这个学期的课量吧。"由嘉大口咽下汉堡，"你呢？诊所实习还继续吗？"

"有一点想……"木子君托着下巴陷入沉思，"大老板和苏素姐都挺好的，我这个才大一的履历去别处也找不到更好的实习机会了……"

"真羡慕你和宋维蒲对专业这么热爱。"由嘉被噎得翻白眼，赶忙喝了口可乐，"我真的不喜欢学建筑，一点兴趣都没有，竞赛得奖都没有我卖珍珠的成就感高。"

她说的竞赛得奖就是她和宋维蒲去年参加的那场，按理说应该两个人一起去悉尼的，结果由嘉听说每队去一个也行后立刻推掉名额让宋维蒲独自面对行业大拿，主打一个别耽误她在珍珠店卖货。

"你吃完了吗？"由嘉满脑袋专业怨气地吃完最后一口午饭，"走吧，我们设计师应该到了。"

那颗珍珠放在由嘉那儿这么久，终于等来了一个权威认定。木子君其实也不知道追问那颗珍珠的细节有什么用，但这似乎也是她目前唯一能做的事。从墨尔本到悉尼，又到爱丽斯泉……金红玫接下来的人生，会和那颗珍珠有关吗？

还有宋维蒲……

她想起宋维蒲就生气。

那天在海边信誓旦旦地说着"和你一起做这件事是我这些年状态最好的时候"，找红玫叶的时候也知道帮她问别人，现在是怎么回事？

大海航行靠舵手，你倒是上来鼓鼓帆，不能全靠船长掌舵啊！

木子君就这么气鼓鼓地跟着由嘉进了珠宝店。

由嘉之前和她提过这位珠宝品牌设计师，据说很年轻，这家品牌的第一个拿奖设计就出自他手。对方长居西澳，之前只来过墨尔本这边的门店一次，看模样也是混血，人很和善，唯一的问题是……先天的听障。

不是听不清楚，是彻底听不见，所以也不说话。他来店里的话，身边会带一名手语翻译，负责帮他和店长沟通，了解每款设计的市场表现和评价。他也会带手语翻译找店员了解情况，上次直接找上业绩最好的由嘉，告诉她顾客有什么想法下次可以直接转达给他。

由嘉在卖珍珠这件事上也的确倾注心血，认认真真把客人的想法记成备忘录，提前和店长说要给瑞恩（Ryan）——就是这次的设计师看一看，顺便帮木子君问问那颗珍珠的来源。

两个人回店的时候，瑞恩已经在了。店里有个玻璃门窗的小房间，木子君远远看见一道穿着白衬衫的背影，一只手撑住太阳穴，面前摆了几款珠宝，头微微侧向一个朝他比画手语的人。

他点头的样子也是慢慢的，很肯定的，店长和翻译脸上都是轻松的笑。木子君看背影也能看出来，这人气质很柔和，没有攻击性。

由嘉之前和店长提过自己的请求，现下便先安排木子君在一张没有靠背的沙发凳上坐下，拿着汇报材料去玻璃屋外面等。午饭的时间还没过，店里客人很少，木子君把目光收回来又朝别处探看，很快找到了宋维蒲之前送她的那套首饰。

她不由自主地起身走了过去。

很奇妙，首饰放在店里，放在昂贵的首饰架上，灯光角度考究地打着，反倒没有那晚在海边月色下漂亮。或许钻石是需要被供起来的，钻石本就是被切割出的宝石。但珍珠不行，珍珠是海水和潮汐孕育出的灵秀，人类的供养反倒会让它失去光彩。

木子君站到那对珍珠耳饰旁边仔细地打量，试图研究出它和宋维蒲送自己的那套到底有什么不同。注意力一集中，对周遭的事物反应也迟钝，只听见几声惊讶的抽气声，再抬起头时，她被一团铺天盖地的灰黑撞倒。

这团灰黑色是迎面扑来的，还带着热气，撞倒她不说，还有喘息。木子君不擅长在公开场合尖叫，嗓子憋炸了也没喊出声，一阵天旋地转后终于回过神，发现趴在自己身上的是只脸很长的……狼犬。

她在国内家里也养狗，对狗的品种略有了解，面前这只明显是一只纯种捷克狼犬。虽说是狼的近亲，但已经被驯化得与狗无异，只是爱扑人，面前这只似乎对她有一种异常的偏爱。

木子君摔得腰疼，艰难地想坐直身子，又被狼犬用爪子按着肩膀压倒。她躺在地上一阵绝望，好在下一秒，店里就传来英文的呵斥声。

"Steve! Come Back!（史蒂夫！回来！）"

木子君一愣。

这个名字使用率这么高吗？

喊狗的是手语翻译，狼犬从木子君身上爬起来，恋恋不舍地看了一眼，最后跑回的是瑞恩身边。穿着衬衣的年轻男人快步走到木子君身边，低下身子，想说话又说不出，只能速度飞快地向身旁的翻译打手语。

快归快，这几句话不复杂，木子君很快调动手语老师教给自己的内容，在翻译开口前就和他比画了"没关系"。

木子君会手语显然在瑞恩的意料之外，她比画完了，对方明显陷入了手足无措，单手拽着狗脖子后面的项圈和她对视。木子君被扑倒后还没来得及爬起来，坐在地上思考片刻，忽然反应过来了——她比画的是前两天手语老师一直给他们洗脑的"You are beautiful"……

这误会大了！

她急忙摆了下手，重新比出了正确的"没关系"的手语，然后扶住一旁的沙发扶手慢慢撑起身体。瑞恩也回过神了，立刻扶住她另一只胳膊，人微微靠过来，气息清爽。

由嘉先前说他是混血，但他和陈笑问混得偏西方的长相还不大一样，他是典型偏亚裔的混血，眼睛、头发都是黑的，皮相乍看和亚洲人无异，只有脸部骨骼的走势能看出些微端倪。把木子君扶起来后，他回身拽住狼犬脖颈上的项圈——没想到这只狗还在目不转睛地盯着木子君，一脸忠诚的样子简直像是受到了祖上血统的召唤。

"我的天！木子君你没事吧！"

由嘉这才跟着店长跑了过来——方才汇报到一半，他们四个听见店里一片惊呼，回头就见木子君被瑞恩拴在门店库房里面的狼犬扑倒，也不知道它是怎么挣开的绳索。

"还好还好，"木子君艰难起身，"你们店里怎么还养狗……"

“瑞恩的狗。”由嘉惊魂未定，“怎么把你扑倒了……这只狗情绪很稳定的。”

木子君又和狗版史蒂夫对视一眼，这只狼犬看她的眼神全是忠诚的狂热——她再给由嘉一次说话的机会，这狗情绪哪儿稳定了？

这狗主人的情绪比较稳定还差不多。

瑞恩又和木子君确认了一遍她身体无碍，随即单膝蹲下，视线和狼犬齐平，而后扶住它脖子两侧，似乎是在进行一种人与动物之间无声的交流。被他凝视片刻后，史蒂夫终于意识到了自己方才的行为有问题，喉咙里发出“呜呜”的声音，摇晃着身体低下了头。

他这才转过身来，再次对木子君比了手语：“对不起，是我没有看管好。”

她在诊所的手语课刚学到第二阶段，勉强辨认出意思后，也草草比回去：“没关系，我没有受伤。”

他方才并没有开口，但狼犬却一副被狠狠训斥过的样子，身子紧贴住瑞恩的腿，仍然想靠近木子君，但只敢用余光瞄她。

他显然能感觉出史蒂夫的躁动，再度向木子君道歉，随即便拉着狗和翻译与店长去了门外。由嘉看着他们三人出门，走到木子君身边，把那颗刚刚经过权威鉴定的珍珠还回她手心。

“他上次也带狗来了。”由嘉说，“我听同事说这只狗是他养大的，去哪儿都得带着。不过上次很安静，这次不知道怎么就……”

她的目光落回木子君身上：“你看看你，招猫惹狗的。”

木子君有口难辩。

她极冤。

“那他帮你看了？”木子君的手变了姿势，让珍珠滚到指间，“有说什么吗？”

“就是澳白，”由嘉的目光也转向她手里的珍珠，“他拿仪器照了一下，是无核的，是天然澳白，所以尺寸没有现在养殖的那些大，产地在西澳那边。”

“西澳哪边啊？西澳不是超大吗？”

小半个澳大利亚的程度。

"那哪看得出来啊。"由嘉无奈，"天然澳白又不像现在有固定的养殖场，印度洋沿岸那一圈，哪里捞到算哪里呗。"

几句话的工夫，店里就来了新的客人。由嘉被叫去招待，木子君的目光落回手中的珍珠上——漫长的时光已经让它散去了最初的珠光，原来即便是天然澳白这种级别的珠宝，也经不起岁月蹉跎。

这一次，好像没有人来告诉她，接下来的路应该往哪里走了。

金女士啊……

你还留下来什么别的东西吗？

再盯着这颗珍珠也没什么新的消息了，木子君叹了口气，把它揣回了包的夹层。由嘉正忙着和客人介绍，也没时间和她道别，木子君转身走出珍珠店的玻璃门，看到路边停着一辆淡蓝色的车，车后窗摇下来，窗框上搭着一张垂头丧气的狗脸。

是刚扑倒她又被主人用意念教育了一番的狼犬。

木子君忍俊不禁，被一只狗的沮丧逗笑，视线继而转向车外正与人交谈的那个人——不过他也算不上在与人交谈，只是不急不躁地对翻译比着手语，再由对方把意思向店长转达。

他的衬衫非常洁净，有一种珍珠的柔润质感。很难想象混血会有这样中式的古典气质，更何况他年龄并不大。

还真是千人千面，和宋维蒲匕首一样锋利的气质截然相反，他是刀柄上镶嵌的那颗珍珠。

她最后看了瑞恩一眼，转身往唐人街的家里走去。

宋维蒲今天没出门，木子君中午出门的时候就看见他在整理东西，回家的时候，行李箱和书包已经堆到了客厅墙角。他人坐在沙发上，茶几上摆着电脑，慢慢往下翻着看资料。

木子君坐到他旁边，和他一起看屏幕。

"哇，"她故作惊讶，"得奖啦？这么厉害呀。"

宋维蒲没作声。

猜也知道是由嘉和她说的。

"你好好说话。"他瞥了一眼木子君。

自从那天从靶场回来，她整个人就开始放飞自我，不见面就算了，一见面怎么惹他生气怎么来。

好好说话有什么意思，木子君干脆不说了，起身去找家里粘灰尘的工具，站在壁炉前把身上狼犬的毛往下粘。宋维蒲听到声音不对抬头看，表情逐渐不解。

"我被狗扑倒了。"木子君及时解释。

"咬你了？"他起身过来看。

"没有，就是扑倒。"工具表面已经粘下一层灰尘和黑色狗毛，她撕掉表面的纸，继续寻找残留的狗毛，"狼犬掉毛这么严重……"

宋维蒲拽着她前后打量了一下，确认身上没事后，这才放松下来，随口接话道："嗯，不能上车，车里全是。"

木子君惊讶地抬了下头。

不怪她意外，以宋维蒲这人的行为作风，看起来实在不像会养狗，喂个负鼠是他养育小动物的极限。

他一愣，显然也意外自己怎么自然而然说出了这样的话，回想片刻才反应过来。

"我外婆告诉我的。"他说。

"她养过狗啊？"木子君越发好奇。

上一次提起这件事已然是很久以前了，宋维蒲尽力回忆，也只能想起是他们在唐人街偶遇一只巨型狼犬后金红玫的感慨。

很难形容这种感觉，宋维蒲觉得金红玫养自己的时候都很不耐烦，不晓得怎么会有耐心去养狗——毕竟他从小到大都比狗好养多了，给口饭就长得出类拔萃，一表人才。

"你今天晚上就飞悉尼吗？"木子君的询问打断了他与狗攀比的心理活动。

"对。"

她点点头，把那颗珍珠从口袋里掏出来，转述了瑞恩对它的鉴定，算是在宋维蒲离开前给了他那番"继续找"一个交代。他握着珍珠回了沙发，把它拿到眼前，对着窗外透进的日光观察了一番。

天然光当然不比珠宝店的鉴定专用光看得透彻，他更看不出瑞恩口中不同珍珠内部构造的差别。宋维蒲指间一松,珍珠落回手心,被他和车钥匙一起放进衣兜里。

"你要拿走吗?"木子君的目光投过来。

"对,"他说,"我正好去悉尼,去问问祝双双好了。"

祝……

祝双双啊……

木子君的表情一下变得很精彩。

鉴于她可能是世界上除了祝双双,唯一知悉那段往事的人,木子君现下的心理活动十分悱恻——

虽然宋维蒲去找祝双双这件事,客观上来讲也没什么。但他去找祝双双这件事,总感觉就还是有点什么!

"怎么了?"宋维蒲注意到她的表情,把脸转过来。

"没事,没事。"木子君赶忙摆了摆双手,"我就是觉得她岁数那么大了,我们尽量还是少打扰她……"

"我看你也没少打扰岁数大的人。"宋维蒲说。

木子君回忆一番过往行径,发现自己无法反驳。

也是。

陈元罡糊涂了,唐鸣鹤和萝塞拉都去世了,他们现在除了祝双双,还真是无路可走。

"那你……试试也行……"木子君最终垂下肩膀,有气无力道,"就是见到她以后还是……谨言慎行……"

宋维蒲:"……为什么要谨言慎行?"

木子君:"我以后回国和我爷爷讲你外婆在澳洲这些年的事,肯定也是挑着说啊,不能什么都说。"

宋维蒲:"那是你爷爷和我外婆有感情纠葛,和祝双双又没有。"

木子君再一次陷入自闭。

到底该怎么和宋维蒲解释,和祝双双那一段比起来,她爷爷什么都不是。

悉尼的活动持续了一周,宋维蒲不在的日子是如此平平无奇。

这个人做事风格不像木子君，后者有了什么新进展都第一时间过来汇报，他一定要自己理出个一二三四五才会更新进度。

所以直到回家前一晚，他才给她发了个"我见到祝双双了"的消息过来。

木子君很紧张：她说什么了？

River：有点复杂。

River：明天回去说吧。

木子君：哦，那你几点回来？

River：明晚九点到，你吃什么吗，我给你带？

木子君：不用啦，我明天下午要替苏素姐去拿文件。

木子君：那边有个很火的汉堡店，我打算吃完再回来。

River：哦。

River：那你给我带吧。

实习近三个月，木子君终于被委以实习生们最厌烦的跑腿类工作——跑到郊区一家疗养院取数据资料。不过她最近在公司也坐得很厌烦，那地方连转两次电车再转火车，路程两个多小时，一来一回就能耗费整个下午，看看沿途风景，可比坐在办公室舒服多了。

木子君如意算盘打得响，取了文件跑去买了两个汉堡，一个是给宋维蒲带的，另一个找了片树荫晃着腿吃完，美滋滋地坐上了回程的火车。

然后，她就坐反了。

意识到沿途的风景越来越荒凉的时候，她急忙下车，等了一个小时才等来回程的车次。偏偏手机电量告急，车厢里人烟稀少，有几名流浪汉明显神志不大清醒，在车里来回游荡的样子让人倍感压力。

换乘电车的站台也是这班火车的终点，木子君硬着头皮下车，余光清晰地看到有个将金发结成绺的男人，也醉醺醺地跟了下来。火车站到电车站还有段距离，她越走越快，对方也越走越快。天色已晚，又不是周末，城市边缘地带已然没了人烟。木子君手伸进书包摸了半天，发现唯一可以防身的东西竟然是……刚买的汉堡。

把汉堡扔到人脸上能争取到多久的逃跑时间？

她脑子一片混乱，手指碰了下手机侧面，发现屏幕已经不亮了——

怎么能倒霉成这个样子！

几乎就在她心里如是抱怨的一瞬间，尾随者的脚步声陡然变得响亮，直冲着她的方向走过来，呼吸声在寂静的夜色中相当粗重。她毫不犹豫地开始往电车站的方向猛冲，期望那边候车的人让这个金发流浪汉产生忌惮。

可电车站也没人！

木子君绝望了，绝望地大步走，顺便火速分析电车站简陋的布局。跑是没用了，电车站好歹还有灯，往前走更是一片漆黑，那她若是采取秦王绕柱的策略，是不是能给自己争取一些时间，等到其他候车人或者电车到站？

她只是实习跑了个腿啊！

几乎就在木子君崩溃的前一秒，电车站后面的草丛里钻出一道黑影，黑影后面又跟着个细长身影。光线不好，木子君看那黑影低着身子，脑子里冒出的第一个反应是：澳大利亚袋鼠已经开始进市区了？

那袋鼠有见义勇为的可能吗？

她是真的慌到脑子有点短路了。

黑影沉默地站在黑暗里，喉咙里发出一串咕噜声，有种本能觉醒的警觉。木子君脚步一滞，一时不知道更危险的是前面的未知还是后面的人。

下一秒，那道黑影如离弦之箭一般朝她的方向弹射而来。

木子君"啊"地叫了一声，拿出包里的汉堡就往它的方向砸去，果不其然地砸歪了，"啪叽"一声摔在地上爆得四分五裂。黑影瞬间到了她身前，她下意识往后倒，余光只见黑影从她身边……掠过了。

短暂的爆发后，黑影调整好呼吸，开始中气十足地"汪汪"大叫，岔开四腿站在那儿冲那个金发流浪汉疯狂咆哮。

巨型犬个子太大，简直像是一匹皮毛油亮的狼被激怒，吓得对方很快便脚步凌乱地退离现场。木子君惊魂未定，双手撑着水泥路面，愣了一会儿才觉出身上在痛。

刚才倒得太猛，她手肘和手掌都有擦伤。那只狗喝退了威胁，身子一扭绕到她身边，巨大的身躯往她腿上靠，用头顶去蹭她受伤的位置，把她胳膊从垂落的状态顶了起来。

木子君有些无措。

这只狗太眼熟了，她很难没有对应的联想。

果不其然，黑影里的那道人影也在这时候走到了她眼前，俯身来扶她。

木子君抬头，看见瑞恩站在路灯和树丛阴影的交界处，白衬衣一半明亮一半黑暗。

她手上和肘部都有伤，自己撑着地面爬了起来。整个起身的过程里，狼犬都一脸眷恋地在她脚边滚来滚去，让瑞恩留给它的余光都隐含了一丝嫌弃。

木子君人站直了，这才有精力调动自己贫瘠的手语。

木子君："谢谢你们，那个人一直跟着我。"

瑞恩："北区晚上不安全，你怎么自己来？"

木子君："我坐车，方向错了。"

他看懂她的手语，点点头，俯身鼓励性地拍了下史蒂夫的头。扑倒了同样的人，上次挨批，这次收到嘉奖，狼犬兴奋起身，晃着尾巴去吃木子君砸在地上的汉堡。

木子君："啊，那个是我给……"

算了。

她还能捡起来给宋维蒲带回去吗？

放弃了对汉堡的抢救，木子君转回头，继续和瑞恩对话。

木子君："下一班电车什么时候到？"

瑞恩："已经过了末班车的时间，你最好打车。"

木子君翻了翻包，确认自己手机已经耗尽电量，无奈地抬头，把最后的希望寄托在瑞恩身上。

木子君："我的手机没电了，可以借我你的手机吗？"

瑞恩："我只是带它出门散步，没有带手机。"

这是什么死局啊！

史蒂夫已经三下五除二吃完了汉堡，嘴上还沾着酱料。木子君无奈之下只能蹲下身摸摸它的头，它立刻把硕大的狗头钻进她怀里，简直就像和她已经认识了很久。

头顶传来一声笑，这是木子君第一次听到瑞恩的声音。正如由嘉所说，他只是听障，声带没有问题。听不到的人很难学会说话，但笑声不受影响，是很悦耳的声线。

木子君抬起头，看见他捡起史蒂夫的牵引绳，和她比画道："我家在附近，不介意的话，家里可以充电。"

没有别的办法了，再加上狗头一直在她怀里蹭，蹭得人抵抗力全线崩塌，木子君点了点头，起身便跟着瑞恩回家。

走了两步，她问："为什么从草丛里出来？"

瑞恩拽了下绳子，史蒂夫快步跟上，昂首挺胸，一人一狗再次进入灌木，木子君也只能硬着头皮跟上。光线消失前，她看到他用手语回答："它自己制定的路线。"

木子君先前几次来北区都是坐电车路过，从没有深入过这里的居民区，听宋维蒲说这里的治安也就是这两年才恶化的，他小时候并没有这种说法。瑞恩的住处沿街，和周围其他几幢房子联排，大门前有个非常迷你的花园，几乎是进去走两步就能到大门。

房子不算新，门锁也很古老。他用钥匙打开门，先让史蒂夫小跑着开路，然后把木子君也带了进去。

房间里灯光不亮，但光线很柔和。木子君走到客厅才发现，光线柔和的原因竟然是屋子里摆放了很多珍珠首饰。

珠光莹润。

她在这一室珠光里忐忑坐下，腿边趴着黑色的狼犬。瑞恩和她要了手机，从沙发旁找出一根充电线帮她插上。

木子君第一次觉得手机从充上电到可以自动开机这段时间可以这么漫长。

瑞恩倒是很自如，茶几上有本设计杂志，他随手拿过来翻看。木子君没有手机可转移注意力，拘谨地坐在沙发上，唯一消磨时间的方式是给躺在她脚边上的狼犬抓肚皮。

对面忽然传来轻笑声，木子君抬起头，看见瑞恩的目光落在她手里温顺无比的史蒂夫身上。

他似乎很在乎这只狗。

瑞恩对她比手势："它为什么这么喜欢你？"

木子君："它比较外向吧。"

瑞恩摇头："不，它平常非常严肃。"

严肃？

木子君看着歪头向她吐舌头的史蒂夫不置可否。

手机仍然没有开机的迹象，木子君叹了口气，想到或许是断电前那1%用得过分彻底。好在气氛已经没有方才尴尬，她指了指柜子上摆放的许多珍珠，询问道："你在哪里学的珠宝设计？"

瑞恩："没有学过，从小就开始设计。"

木子君颇为惊讶："那你有很厉害的天赋。"

瑞恩："是我父亲做珍珠养殖，我和珍珠一起长大。"

这句话用手语表达出来很抽象，木子君思考了一会儿才明白他的意思。由嘉说他长居西澳，看来就是西澳那边某处珍珠农场的人，怪不得一眼看出她拿去的那颗珍珠是澳白。

他显然也想起了这个和木子君结识的渊源。

瑞恩："那颗珍珠年岁很久，有什么故事吗？"

木子君："这会是个很长的故事，恐怕今天没办法讲给你。"

瑞恩："我更好奇了，我很喜欢听珠宝背后的故事。"

这句手语刚比完，木子君余光便看到自己的手机屏幕亮了。她朝瑞恩摆了摆手，急忙拿起手机。短暂的开机画面后，屏幕亮起，信号恢复，继而出现了……

"叮！"

"叮——叮叮！"

"叮叮叮——"

木子君甚至来不及点开任何一条，屏幕就又被一条来电显示占据，"River"五个字母狂跳。她赶忙滑动接起，电话接通的瞬间，那边的第一反应竟然是陷入沉默。

下一秒，她实打实地感受到了一种可以被称为"松了一口气的崩溃"的语气——

"你手机关机干什么？"

"我……手机没电了。"木子君不明所以。

"那你怎么不回家啊？"

"电车没了。"

"那你叫车啊。"

又绕回来了。

"没电了啊。"

宋维蒲生生被绕进去了。

"现在呢？"

"我在朋友家充上了。"

宋维蒲那边已经传来开关门后下楼梯的声音。

"你下次没电了让由嘉和我说一声，她也不接电话。这都几点了？"

"我不在由嘉那儿啊。"

脚步声停住了。

木子君看了一眼瑞恩，发现他又开始重新看那本杂志，便一边说话一边打开地图看定位，把他家的地址编辑进短信发给了宋维蒲。

"我刚充上电，本来准备打车走的。你要过来接我吗？我把地址发给你了。"

她都能听出宋维蒲那边已经走到什么位置了，譬如现在是开车库门的声音和上车声。木子君动了下身子，脚下的狼犬以为她要和自己玩，兴奋地叫了两声。

汽车发动声传来。

"你那儿还有狗？"

"嗯，朋友家的狗。"

"我们有朋友养狗吗？"

起步，倒车出库的提醒，继而是换挡，拐个弯就能出唐人街。

"哎，很复杂的，"木子君简直不知从何说起，"我今天坐反火车了，然后回来的时候——"

"咔！"

通话断掉的声音有如琴弦崩断，木子君对着再次黑掉的屏幕眨了眨眼，目光转向瑞恩。

瑞恩春风和煦地朝她比画："刚刚充电开机的手机，是不够支撑打电话的。你要用我的手机再打过去吗？"

木子君："可是我没有背下他的手机号。"

瑞恩："很正常，我也不会特意背普通朋友的手机号。"

木子君感觉"普通朋友"这个形容，要是被宋维蒲听见，八成要炸毛。

好像安慰了，又好像哪里不太对。

算了。

木子君："没关系，我给他发地址了，他很快就会来接我。"

瑞恩点点头，笑容温和。

"不用急。一会儿他到了，我和史蒂夫送你出去。"

瑞恩家的位置不是很显眼，木子君发定位的时候定的也是街道。

直接开车过来会比坐电车快得多，她又坐了一会儿，把手机电量充到10%，就和瑞恩一起去路边等宋维蒲了。

一只威风凛凛的狼犬站在她身侧，哪怕是北区的夜晚也很有安全感。瑞恩牵着狗在一旁和她一起等，礼仪十二分的周到。

很快，宋维蒲的车便从街道尽头拐了进来。

他车速很快，这或许也是他没有再给木子君打电话的原因，只想着尽快赶到。木子君往街道外站了几步朝他招手，车辆渐近，只看见驾驶座上的人眉头微皱。

一声刺耳的刹车声响起，宋维蒲将车停到她面前，开门下车，绕到她身前。狼犬警觉起身，喉咙里发出"咕噜"声，在意识到木子君对他没有抵触后又慢慢卧回去。

木子君抬起手试图向宋维蒲介绍："这是瑞恩，那个珍珠——"

宋维蒲却并没有看瑞恩，揽着她肩膀往副驾驶带。木子君上次看见宋维蒲这种表情还是在加油站偶遇她房东时，但她脾气也和当时不一样了，步子一顿，皱眉道："你不打个招呼吗？"

"我不认识他。"副驾驶车门打开，他一只胳膊扶着车门，一只手按住前玻璃的侧框，把木子君彻底挡在车门与副驾驶座形成的夹角里。

"不是，那……"她气结，"那你让我去道个别。"

"刚才那么久不够道别？"

他身子往前逼近半步，木子君本能地倒退，一退就坐上座椅。宋维蒲把车门关上，大步走回驾驶位。狼犬显然嗅到气氛不对，再次起身，喉咙里发出威胁的声音，身子紧绷作势要扑，被瑞恩死死拉住。

木子君无奈，只能透过车窗和瑞恩挥了挥手，换来对方微笑着点了下头。身侧"咣当"一声，是宋维蒲上车关门。

路的尽头可以掉头，皮卡猛窜出去，又甩了个角度刁钻的尾，油门加大从瑞恩和狼犬面前飞驰而过，路边一阵愤怒狗吠。

木子君无奈。

狗叫的声音让她不由自主地想起那个被砸在地上的汉堡，她小心翼翼地问："那个你，你吃饭了吗……"

"回家打了一百多个电话，"宋维蒲朝家的方向转弯，"没时间吃饭。"

"哦……那……不知道唐人街还有店开门吗……"

他看了她一眼。

"你的汉堡被狗吃了……"

宋维蒲斜了她一眼。

木子君身子一挺，想从头开始解释："这个事情是这样的，我坐反火车了……"

晚上路面没车，北区车辆更是稀少，宋维蒲一脚油门，木子君倒回靠背，话也被咽回去。

脾气是一点点上来的。

早上起来天气是很好的，上午在公司苏素姐还请她吃午饭，让她下午去拿文件的时候早去早回。她早就听说澳洲火车站很难分清方向，很多人都坐反过，去的时候一直在注意提示。

宋维蒲晚上要回来她是很开心的，他不在家这周一点意思都没有，给他买汉堡的时候还特意多放了一层牛肉饼。

大概是一天过得太顺利，任务又都顺利完成，她回家的时候就放松了警惕，结果澳洲这破火车就是一秒都不能放松警惕。回程碰见那几个醉汉她很紧张，史蒂夫帮她吼退了那个人之后这紧张就变成了后怕，在瑞恩家的时候也没有放松下来，直到看见宋维蒲给她打电话才松了一口气。

结果他也不知道在生哪门子气，一见面就摆个臭脸。

那汉堡又不是她主动喂狗的。

上次带她去靶场的时候装得那么好，大骗子，骗取她的信任……

宋维蒲是把车停到车库里面的时候才发现木子君在副驾驶流眼泪的。

哎，不是……

她哭什么？

他也是憋了一股无名火。他从机场回了家就见不到她人影，消息不回、电话不通，天都黑了连个信也没有。好不容易打通了说了两句又挂断了，他开车过去接人，结果她身边是个他见都没见过的陌生男人。

车开过去的时候，宋维蒲被她气得眼前发黑，这才想起来自己晚饭还没吃。她说什么，汉堡喂狗了？

给他带的汉堡为什么要喂狗？

所以她哭什么啊……

越是不爱哭的人，哭起来越让人心疼。木子君哭起来没声音，头低着靠在副驾驶的椅背上，肩膀一耸一耸，头发遮着脸，眼泪掉在衣服上，"啪嗒"一声。

宋维蒲揉了下眉心，下车去开副驾驶的门。她也不抬头看他，默默解安全带，身子刚直起来，就被他按着肩膀靠回去。

"你放开我。"木子君喉咙哽着。

"放开你去哪儿？"

"回家。"

"还知道回家啊？"他话语虽强硬，语气已经软了。结果木子君已然是一点委屈都受不住，被他撑了一句，眼泪大颗往下掉。

他又说错什么了？

她上次哭，他怎么弄的来着？

木子君用手背抹了把眼泪，借着车库灯光，宋维蒲这才发现她手肘和手掌后侧都有擦伤。

他眼神一变，攥住她手腕看，语气变得着急："怎么弄的？"

木子君："不关你的事，反正你也不关心！"

"我怎么不关心？你也没和我说啊。"

"你让我开口了吗？"

"我——"

他转瞬没了底气，木子君推开他下车，快走了两步，又被他攥着肩膀拉回去。她使劲拧了下身子，气道："你能不能别老抓我的肩膀！"

肩膀不能抓，手肘磕伤了，手也破了，他能碰哪儿？

木子君挣扎得厉害，宋维蒲的手顺着她肩膀往下滑了几厘米，干脆从她腰间穿过去，把人往自己怀里一按，另一只手覆住她肩胛。肩膀上一阵潮气，他意识到，是木子君脸上的眼泪蹭到了衣服上。

"我错了，我错了，行吗？"他按着她，"你别动了，我怕碰着你的伤。"

说了那么多，没想到这句话奏效了，木子君在他怀里渐渐安静下来。宋维蒲哄人似的在她后背拍了两下，她头低着埋在他肩膀上，继续无声地哭了一会儿。

宋维蒲此刻觉得自己简直罪大恶极，怎么道歉都不为过。

"我们回去把伤口处理一下行吗？"他收了所有脾气，"然后你告诉我到底怎么回事，刚才不听你说话是我不对。"

木子君点点头，然后慢慢把头从他怀里抬起来。

"你这个人就是没礼貌，"她低着头小声抱怨，"之前和唐葵就不打招呼，今天和瑞恩也不打招呼……"

什么瑞恩不瑞恩的。

她再说这男的，宋维蒲又要开始生气了。

"也不光是我的问题吧，"他控制不住嘴硬，"那他也没主动和我打招呼啊……"

木子君抬起头，一双刚哭过的眼睛里有些震惊。

"他不会说话的。"木子君认真地说，"他先天听力有障碍，只能手语沟通，你都不看他，他当然没法打招呼了。"

他不会说话。

他先天听障啊……

宋维蒲表情慢慢变得凝重。

我真该死啊！

丧失所有道德制高点的宋维蒲老老实实和木子君回家，给人家开门又倒水，拿了酒精和创可贴过来，人蹲在沙发旁边，姿态极低。

木子君一边伸着胳膊让他给自己消毒，一边说瑞恩和珍珠的关系，又复述了下午的事，听得宋维蒲也皱眉，没想到北区已经乱到这种程度。

"你以后去郊区和我说一声，"他说，"我能开车带你去都带。"

"你又不是总在。"

"我尽量在。"

创可贴贴上手肘，宋维蒲的赎罪行为终于告一段落，又想起了自己刚才对瑞恩的态度。他捏了下眉心，问木子君："你和那个男的……"

"人家不叫那个男的。"

宋维蒲不纠缠。

"瑞恩，是吗？"他继续问，"这次多亏他来得及时，我们用不用找机会谢谢他？"

哟。

突然变得这么有礼貌。

"怎么谢啊？"木子君想了想，"我也没他的联系方式……"

宋维蒲敲敲太阳穴，想出办法。

"我记得他家地址，"他说，"你写个什么东西，我帮你送到他家门口，留我的手机号。"

"为什么留你的手机号，不应该留我的吗？"

宋维蒲无奈。

"因为我刚才没有礼貌，"他说，"我想表现得热情一点。"

好吧。

木子君又想了想，有了主意。

"我和他在门口等你的时候聊了几句。"她说，"他说他是来墨尔本读一个设计大师的课程，所以会在这边住半年。他没有在墨尔本长期生活过，也不认识什么朋友，有时候觉得很孤独。"

"This is life（这就是生活）。"宋维蒲在猝不及防间又开始了他的心灵鸡汤式发言，甚至这回是英文版的，"忍一忍就过去了。"

"隋庄不是下周要办一个新房子的暖房派对吗？"她直接忽略他的话，"就郊区那栋别墅。"

隋庄这个暑假的卖鞋事业再创新高，甚至发展到雇了两个助手处理订单，钱一多，人就烧，在郊区租了一套带泳池的别墅，又死皮赖脸地邀请由嘉和他合租。

放在以前由嘉肯定不答应，不过自从她爸妈开始控制她的生活费，当家就知柴米贵，还真被说动了。两个人这周刚刚完成了搬家事宜，给熟悉的朋友发了邀请，准备在开学前的最后一个周末来场暖房派对。

宋维蒲经她提醒想起来，点了点头。

"要不然叫瑞恩和我们一起去？"木子君问，"反正由嘉也和他认识，不会太尴尬的。"

"那你先和隋庄沟通好。"

"好啊，我去问。"

赎罪的隐藏任务也安排好了，话题终于到了宋维蒲的悉尼之行上。木子君很怕他在和祝双双的对话间说出什么危险发言，好在他话里话外公事公办，拿到的消息只和那颗珍珠有关。

"你知不知道这个人，"宋维蒲从书包里拿出一张很古老的名片，"胡丰年，好像是……叶汝秋早年的秘书。"

胡秘书？

木子君很快从记忆里提取出这个人物，这个在祝双双的回忆中教会了金红玫开车的人。虽说那段回忆里他的戏份不多，不过木子君对他有种莫名的好感，总觉得这人深藏不露，保全自己的同时还能捞别人一把，是个拎得清的人。

"有一些印象，"她接过泛黄的名片，借着灯光细看，"你外婆开车就是他教的。怎么忽然问起他？"

"祝双双说她后来和我外婆没有再联系，但和胡秘书见过几次。"宋维蒲点了点名片，"叶汝秋入狱以后，他做过一段时间珍珠出口的生意，说金小姐帮了他大忙。"

"什么忙？"木子君挪开名片，看着宋维蒲的眼睛。本以为会获得更有效的信息，然而只见宋维蒲摇摇头，语气也有不解。

"她没有问，"他耸了下肩，"她只知道这么多。"

木子君不语，心中默默理解她的做法。

没可能的人最好彻底在生命中消失，否则只言片语也会掀起波澜。他们这几位在悉尼的上等人和金红玫在墨尔本这边的社交圈子还真是不同，做事情权衡利弊，孰重孰轻，要算的。

"那这位胡秘书……"名片旧成这个样子，她心里已然有了猜测。

"去世了。"宋维蒲说，"二十年前就去世了，后代去了欧洲，和祝双双没有联系。"

不意外，去世的人太多就习惯了。木子君点点头，把目光移回名片上，看到英文花体字印的是胡丰年名下那家珍珠出口公司的信息，电话、传真显然都已失效，唯一有用的可能就是位于悉尼唐人街的那间办公室。

"已经拆除了，"宋维蒲说，"我去看过了。"

又进死胡同了。

一颗比一颗难找，这种每进一步都被卡住的感觉太难受了。

木子君找了本书将名片夹好，想了想自己每次走投无路时的突破口，和宋维蒲说："我把撒莎也叫去派对好了，顺便问问她意见。"

"你叫的人也太多了，"他说，"你不会还要叫唐葵吧？"

"我没叫。"木子君诚实回答，"但上次我和她吃饭的时候由嘉也在，她俩很对脾气，由嘉已经叫她了。"

宋维蒲无语。

"我和她不对脾气。"

"This is life，"木子君拍了拍他的肩膀，"忍一忍就过去了。"

这场暖房派对举办的时间正好在开学前的最后一周，夏天已经到了末尾，按理说温度该降了，谁知这两天又有了回暖的征兆，大约是要完成这年最后的酷热指标。开学前，史蒂夫也从悉尼父母家回来了，木子君反复和史蒂夫确认他不会和唐葵打起来，他则大度告知，自己已经和唐葵队友说开了当年的遗憾往事，让她大可放心。

宋维蒲开车带木子君拐去史蒂夫家，三个人一起去了隋庄的新屋。

房子在郊区，开车大约二十分钟，环境和城区相比清静许多。

　　他们两个性格都外向，这次派对来的人极多，除了木子君他们几个，还有唐葵和她那帮一起玩音乐的几个同学，以及虽然和谁都不认识但是拿着杯鸡尾酒在泳池边晃悠得怡然自得的撒莎。

　　男男女女，哪国人都有，想下泳池的穿着泳衣打水球，不想下的在后院里烧烤。由嘉把音乐拧到最大声，木子君很快在群魔乱舞里看到一只人来疯的狼犬，不时跑到烧烤的位置要肉吃。

　　瑞恩显然也到了。

　　这边参加派对的客人都要带酒做礼物，木子君把自己和宋维蒲带的那瓶递给由嘉，她举起对着阳光看了看，放到泳池边，拉着木子君到一边说悄悄话。

　　"干吗干吗？"木子君语气疑惑。

　　"我的天啊，"由嘉一脸震撼，"你知道瑞恩带的是什么吗？"

　　"什么酒？"

　　什么酒能这么震惊。

　　"不是酒！"由嘉从衣兜里掏了个首饰盒出来，打开盖子，里面一串莹润的单粒珍珠项链，"他送了我店里这款项链！也是他设计的，巨贵！"

　　"我的天啊……"木子君共情了，"你说谢谢了吗？"

　　"这就是我崩溃的地方啊！"由嘉按住头，"我不会手语！你快去帮我招待一下行吗，反正以后这房子你肯定老来住！"

　　木子君觉得由嘉这话倒是没什么问题。

　　也是，朋友的豪宅，势必会成为我的星级旅馆。

　　她被由嘉推着背往泳池的方向走，很快看到了坐在躺椅上的瑞恩。很奇妙，人声鼎沸，似乎都和他没关系，他就是安安静静地坐在那里。狼犬有时候跑回来找他，蹲在他腿边把头放上他膝盖，他就揉揉它的耳朵，似乎在用眼神和它沟通什么，最后拍一下它的后背把它放走。

　　木子君忽然有些替他难过——他说他在陌生的城市没有朋友，她叫他来热闹的地方，可他到了这里，还是很孤独。

　　院子里这么吵，他的世界仍然一片寂静。

隋庄叫由嘉过去帮忙招呼客人，由嘉转身离开，示意木子君单独去找瑞恩，而他也在木子君走到身边之前就看到了她。木子君走到他身边的时候，他脸上露出笑容，指了指她的耳侧，抬手夸奖："很漂亮。"

　　木子君摸了一下，这才想起来今天戴的是宋维蒲送她的那一副珍珠耳坠。

　　这还是从他们店里买的。

　　木子君："这也是你设计的吗？"

　　瑞恩："不是，这个品牌有很多设计师，这是另一位。我来墨尔本，是上他的课程。"

　　木子君点点头。

　　木子君按照由嘉的嘱托，先替她好好表达了一番谢意，换来瑞恩的摇头。他说自己来墨尔本以后，一直没有合适的机会认识新朋友，刚才有人来要他的联系方式，倒应该让他感谢由嘉这场派对。

　　"你在西澳有很多朋友吗？"她问。

　　瑞恩："很少。不过我有哥哥和妹妹，他们都会手语，所以和墨尔本比起来，西澳还是热闹很多。"

　　这是木子君这个月第三次听人提到西澳。相比于繁华的东南海岸，那地方和中部沙漠给她的感觉一样，都很荒凉，只不过沙漠是漫无边际的红土，西澳则是看不到尽头的蓝色的海洋。

　　关于这片土地的手语变得复杂起来，木子君时常反应不过来。瑞恩也很有耐心，手语加上用手机打字，甚至翻找相册里的图片，向她讲述起西澳的画面——有白沙沙漠，粉色的湖泊，以及荒凉戈壁上的星空。

　　不过他描述最多的还是海，木子君没想到手语也可以这样精准地描述海洋。他说自己的父亲管理一片珍珠农场，他和哥哥小时候常坐船随父亲前往养殖珍珠的海域。他很会潜水，很小的时候就可以徒手潜到海底，去摸生长在海床上的珊瑚，偶尔也会捡到被潮汐带来的珍珠贝。印度洋的潮汐孕育出全世界最好的珍珠，可惜他无法像哥哥一样继承父亲的事业，好在他在寂静中孕育出设计灵感，十六岁就开始为珠宝品牌提供设计图纸。

　　学校的课程对他没什么意思，他也没有上大学，高中毕业后便从事珠宝设计。他很喜欢西澳的家，如果不是这次墨尔本这位设计大师的课程实在难得，他也不会离开那儿这么久。

木子君："冒昧问下，你的父亲是……"

瑞恩："我爸爸是中国和马来西亚的混血，我母亲是澳洲当地人。"

"比翻花绳还复杂，"并不遥远的泳池另一头，隋庄咬着啤酒吸管，斜了宋维蒲一眼，"你语言天赋那么强，一句都看不懂？"

宋维蒲已然不再看了。

"语言天赋是靠语感，"他的语气带点不耐烦，"手语又不靠语感。"

还振振有词呢。

史蒂夫正在远处喂狼犬，一人一狗灵魂共振。隋庄收回目光，在宋维蒲身边语气沉重地开口："真不是我说你，刚开始你让木子君去你家住，我还觉得你真厉害，动作太快了。结果呢？我都把由嘉哄到我家住了，你是一点进展都没有啊……"

"别拿我和你比，"宋维蒲低头看手机新闻，"我是她碰到麻烦帮她，你是蓄谋已久，乘虚而入。"

"感情升温没有中文提高一半快。"

身后一道悠悠女声响起，宋维蒲回头，看见撒莎端着杯鸡尾酒，不知何时平移而来。遇见唐葵的时候，宋维蒲还能和她互相看不上，然而撒莎对他一直有压制加成，宋维蒲语气一滞，反应也慢下来。

"什么？"

"说你速度太慢啊，大哥！"

宋维蒲和隋庄一人一个躺椅，撒莎一过来，隋庄就给她把位置让出来，两个人挨着横坐下，看着宋维蒲的样子就像在压力面试。

"你鸡尾酒喝完了。"隋庄有着主人的客套。

"是，给我加点啤的。"撒莎挪了下杯子。隋庄从地上捡起一瓶啤酒开盖，往她杯子里一倒，冰块碰得"叮当"响。

"我说一点我的看法啊，"撒莎朝宋维蒲举了下杯子，"你们男生对爱情，有一个误区。你们觉得，让她感觉到她需要你，这段关系就稳了。"

"不是吗？"隋庄震惊。

"不！不！不！"撒莎晃了晃手指，"这只是感情的第一步，第一步走稳了，能让她对你产生好感。但是要让她觉得她离不开你，单纯的'需要感'就不够了。"

"那是什么呢？"隋庄给她杯子上插了一片柠檬。

"被需要感。"撒莎一语道破爱情真谛。

此言一出，宋维蒲深感每次自觉彻底掌握中文后，都会被教做人——这门语言远比他想象中博大精深。

"这个瑞恩啊，我知道他也不是故意的，但是你们看——"

宋维蒲和隋庄顺着她手指的方向看过去。

"由于他给我们子君的被需要感过于强烈，甚至直接跳过了需要感的步骤，让她完全无法从他身边走开啊。"

隔着一个泳池，木子君不知道和瑞恩说到了什么，两个人齐齐扶住额头笑起来。他们身旁的人并不少，史蒂夫在陪狼犬玩，唐葵和她的一群朋友在泳池里打水球，可他俩周遭就仿佛有一个结界，里面只有他们两个人。

宋维蒲又冷眼看了片刻，而后把目光移开。

寒心。

"所以说，"撒莎起身拍了拍宋维蒲的肩膀，又坐回去，"咱们也不能太独立自强，偶尔有一些'绿茶'行为，是可以被原谅的。"

隋庄："他可能听不懂什么叫'绿茶'。"

撒莎："哦，就是你最近瘸个腿啊，生个病什么的，让木子君意识到不是只有瑞恩需要她，你也很需要她。"

撒莎一片好心，没想到宋维蒲沉默半晌，忽然说："我不想。"

撒莎："什么？"

"我不想她……觉得我总是需要她。我更希望她需要我。"

好纯情的发言，撒莎被震得说不出话，冰块在杯子里晃了几晃，忽然听到身侧传来木子君疑惑的声音："你们在说什么？好严肃啊。"

三人顿时噤声。

宋维蒲立刻低头喝了几口冰柠檬水，然后佯作无事地左顾右盼。撒莎看着这两个人眨了眨眼，再开口，语气忽然变得十分宽容宠爱。

"没有没有，就说了下你们那颗珍珠的事……你是要问我什么？"

木子君要问的就是胡丰年那张名片。

一张泛黄旧名片，有效信息太少，更何况地址和传真、电话都已失效。撒莎拿着正反看了半天，问木子君："网上有他的消息吗？"

"没有，他二十年前就去世了，这家店关门只会更早，那时候还没有网络吧。"

见多识广的撒作家脸上露出难办的表情。

"我觉得……"撒莎举起名片对天思考，"不过话说回来，他一个大男人，开的珍珠出口公司为什么要叫 Magret.Hu（玛格丽特·胡）啊？"

"Hu 就是胡吧，"木子君猜测，"玛格丽特……可能是他太太、女儿之类的人？这边人不是经常用孩子或妻子的名字命名什么东西吗？"

撒莎又思考了一会儿，忽然有了想法。

"我之前说我采访过一个珠宝商吧？那个人家里祖辈做珠宝生意，直接问他们珠宝圈子里的人，说不定有消息。"

"那我汇总一下你现在给我的信息。"撒莎比出手指，"胡丰年，在悉尼发展的中国人，最早在叶汝秋的轮船公司里做秘书，叶汝秋入狱以后自立门户，做珍珠贸易，公司叫作玛格丽特·胡，时间大约在1945年。金红玫那边，帮过他一个大忙，手里还有一颗西澳产的天然珍珠，对吗？"

木子君听得一愣一愣的，反应了半晌，回答道："……对。"

撒莎点点头，又给名片拍了张照，任务就彻底交到她手里了。木子君回头看了一眼瑞恩，她不在，他又开始和狼犬用脑电波交流了。

木子君："我先回去继续陪瑞恩了。"

宋维蒲刚好转的表情转瞬又差了回去，而木子君尚无察觉，转头就走。

撒莎围观了这一切，宽容宠爱的眼神里带了几分同情。

"还是得听姐姐一些话。"她拍了拍宋维蒲的肩膀，"光有共同目标不够的，我上班的时候和我同事也有共同目标。还是得让她感受到你对她的需求……"

撒莎话没说完，瑞恩那边忽然传来一阵狗叫声。三个人循声望去，只见狼犬像是忽然间受到什么刺激，对着泳池里打水球的一群人狂吠。宋维蒲眼神转向泳池的一瞬间，脸色忽然变得极差。

唐葵那群人都换了泳衣在水里玩，大约是玩球的时候出了什么笑料，大家疯狂大笑，其中一人忽然扎进泳池，从唐葵身后站起来，然后卡住她后脖颈就往水里按。

唐葵一开始也没当回事，边骂边笑，结果对方下手没轻重，直接把她头按进水里。一群人在旁边嘻嘻哈哈，大约都年龄小，竟然没有一个人意识到这动作很危险。

狗吠声显然引起了一些人的注意，史蒂夫站起身，表情大变，下意识地看向宋维蒲。

果然，宋维蒲眉头紧皱，脸色阴沉，一把推开身前挡着的塑料椅，继而直接跳进泳池。

木子君显然也被这场突发事件吸引了注意，她转过脸的一瞬间，瑞恩也顺着她的目光望向泳池。他从小潜水，很容易就看出来宋维蒲水性好——别墅泳池不是很长，他人一跳下去，再浮起来的时候，已经到了泳池的另一头。

那群笑闹的青少年这才注意到他，脸上笑容未来得及收敛，只见宋维蒲抬手推开那个按着唐葵的男生，一拳打上对方的侧脸，然后直接把唐葵从水里捞了出来。

被他打的那个男生转眼就火了，一串英文脏话脱口而出，冲过来就要和他干架。泳池一侧又是"扑通"一声，史蒂夫也跳了进去，快速游过去拉架，把情绪已然有些失控的宋维蒲拉到身后。

水声喧哗，木子君甚至都有些听不清他们在说什么。隐约间似乎听见宋维蒲质问对方难道看不出她在挣扎吗，那个男生则大喊我们开玩笑关你什么事。

而已从呛水里缓过来的唐葵一球砸到队友脸上。唐葵一发火，场面十分可怕。木子君听见她尖着嗓子大骂，说她都快呛死了，喝了好几口水，骂得那人偃旗息鼓。

泳池里有了短暂的安静，方才喧哗的水声都平息了。唐葵又咳了几声，转回宋维蒲的方向——大约是不想让队友听懂，她特意换了中文。

"你别生气了，"她说，"都是我朋友，他们没恶意，就是年龄小。"

宋维蒲背对着木子君，她看不清他脸上的表情，只是在忽然间意识到他没换衣服跳进水里，浑身都湿透了。她看见他在原地站了片刻，继而向唐葵点了下头，转身就要离开。

史蒂夫站在他和唐葵之间，表情显然十分担忧。他望了片刻宋维蒲的背影，目光不由自主地看向了木子君。

两个人四目相对，都意识到对方在想什么。

另一侧有上岸的梯子，但宋维蒲没过去，他走到泳池边用手一撑，然后整个人湿淋淋地爬了上来。木子君一动不动地看着他离开后院，胳膊被人拉了一下，她回过头，发现瑞恩一脸关心地看着宋维蒲，然后和她比画了一下。

瑞恩："你朋友看起来很糟糕。"

木子君咬了下嘴唇。

瑞恩："去看看他吗？"

宋维蒲离开的路上有水渍，脚印加上衣服上落下来的水。木子君冲瑞恩点了下头，又和史蒂夫比了个手势，继而甩下众人，跟着那串水渍离开了。

简直像在追踪什么水里出来的动物。

从后院到前门要穿过别墅狭长的一楼走廊，木子君靠墙快走，避开宋维蒲在地板上留下的水痕，直到一把推开大门。院子门口停着几辆车，她认出瑞恩那辆淡蓝色的，后面就是宋维蒲开过来的皮卡。

宋维蒲人刚到车门前，正在找车钥匙。木子君急忙下了楼梯，喊他名字："宋维蒲！"

他动作停了一瞬，随即就像什么都没听到似的，直接把车门开锁。木子君叫了两声不见他答应，脾气也上来了，一个箭步窜到车跟前，"咣当"一声把车门推撞上。

天气热，蒸得人衣服上的水汽迅速挥发。宋维蒲侧对着木子君站着，水从头发上流下来，又在下颌处汇聚。T恤全湿了，紧贴着身体。

他用肩膀蹭了下脖颈上的水痕，又有新的从头发上流下来，顺着后背往下流。木子君低下头，看见车轮旁已经汇聚出一摊水涡。

她踩住那摊水，溅起细小的水花，而宋维蒲退了一步。

"去哪里？"她气还没喘匀，不晓得他怎么走路都能这么快。

宋维蒲不看她眼神，只回答："不知道。"

"回家吗？"

"可能吧。"

"那我怎么办？"

他被问住了，转回视线看了她一会儿，手扶上车门把手，又有上车的意思。

"让隋庄送你吧。"

"隋庄喝酒了！"

"那让你一直陪着的那个人送你！"

"宋维蒲！"

她忽然伸手揪住他的衣服，拽着他领口把他拉到身前，然后把他整个人推到车门上。宋维蒲的后腰猛然撞上车把，"咣当"一声，痛得眉毛一跳。她伸手按住车窗，把他卡在自己两只胳膊之间，呼吸间全是他身上的潮气。

她仰起头，看见他视线垂着，水还在不停地从他发间和睫毛间流下来，脸侧的水痕在太阳底下隐隐发亮。

大约是刚才撞的那一下太猛，声音又明显是骨头响，宋维蒲微微弓着腰，额头几乎垂到和她相抵的高度。

她真的很生气，可看见他闭着眼又开始心软。他们彼此的死穴都是另一方从不示人的软弱，她自己不是完人，爱的也是和自己一样作困兽斗的凡人。

"离我远一点，"他闭着眼说，"你衣服弄湿了。"

水还在顺着他的头发往下流，她肩膀上已经湿了一片。木子君瞥了一眼，没有后退，只是把困住他的胳膊松开。

宋维蒲深吸了一口气，左手背到身后，摸索到了门把手。车锁传来了一声轻微的"咔嗒"，他重新直起身子，睁开眼睛的一瞬间，眼角忽然传来凉意。

　　大约是刚才一直拿着冰饮的原因，木子君的手温度很低，覆在脸上很凉。她帮他抹干净脸上的水，又把他一直在滴水的头发往后抓了抓，露出鬓角和额头。

　　他混乱燥热的神志在那股凉意里逐渐清醒过来。

　　脸侧最后一滴水顺着喉结滚下去，宋维蒲定定地看着踮脚帮自己弄头发的木子君。阳光太烈了，T恤已经被蒸发到只剩隐约潮湿，他掌心攥着的不再是从泳池里带出来的水，反倒是克制的汗。

　　她把一切都弄好，却没有离开，仍然站在他怀抱能圈起的那个位置。他看到她仰起头，视线从他眼睛里望进去，看穿他积攒的所有压抑与挣扎。

　　每个人心里都有一条恶龙，人们终其一生与恶龙对抗，不被它吞噬，胜利者得以善终。

　　他一直在输，他杀不死那条恶龙。他已经做好了与恶龙纠缠一生的打算，角斗场的门忽然被打开，她入场了。

　　她用手把他脸上的血都擦干净了。

　　宋维蒲清了下嗓子，感觉喉咙没那么沙哑后，终于重新开口。

　　"我回家换身衣服，"他说，"晚上来接你，可以吗？"

　　"我怕你这样开车出事。"她语气很平静。

　　"我没事了。"他喉结动了下，又不知道哪根筋搭错，补了一句，"你抱我一下就更没事了。"

　　湿发已经都拢到脑后，宋维蒲背头的样子有种莫名的蛊惑感。木子君神情复杂地看了他的脸一会儿，心道抱一下自己倒是也不吃亏。

　　她心里刚接受了他的请求，对方已经把胳膊伸到她腰后，人低下身，另一只手揽住她后背，将她抱离地面半寸，将她整个人完全裹入怀中。木子君踮着脚没什么安全感，手臂在他肩上收紧，一只手落上他后脑，掌心所触皆是柔软又带着水汽的发丝。

　　她以为男生的头发都是硬挺的，他的头发居然这样软。

　　片刻后，木子君感觉他用下巴蹭了下自己脖颈后侧，继而用微不可闻的气声在她耳畔说了句"谢谢"。

　　然后，他把她放回地面，手摸索到车门，闪身进了驾驶座。几声短暂的倒车提醒后，他开出车位，徒留改装过的油门轰鸣声。

木子君在门口站了一会儿才回到后院。

那帮青春期小孩没心没肺，看宋维蒲走了，就又在水里继续玩起来。木子君找了把泳池边的躺椅坐下，史蒂夫见她过来便让狼犬回去找自己主人，身子直起来，显然是等她说话。

不过她没有直接开口说，唐葵正湿着头发坐在她身旁的另一把躺椅上。木子君抬头，看见唐葵用毛巾慢慢擦干净头发上的水，从腿边抽了一根烟出来点上，又把烟盒扔过来。

"终于要试了？"唐葵笑着问她。

"你怎么知道我想试？"

"人第一次想抽烟之前会有一种眼神。"唐葵指了下自己的双眼，把打火机也扔过去。木子君点烟的动作很生疏，点着了吸了两口就灭掉了。

不过她并没有咳嗽，这很难得。

史蒂夫抱着手臂在一边看她俩互动，也没说什么。他一直知道木子君不是看上去那么乖巧温柔，她来墨尔本的时间越久，性格里本身的东西就暴露出来越多。

非常有主见的一个女孩，带有进攻性。

本质上，和宋维蒲他外婆是一种女人，只是以前出于某些原因被压抑了。

而现在，随着那串手链的完整……

她也逐渐完整了。

"唐葵，"木子君揉了下头发，人往后仰靠在躺椅上，"我和史蒂夫说点事可以吗？"

唐葵点点头，拿起烟和打火机离开。阳光仍然刺眼，木子君用手指挡住眼睛，然后微微岔开一道缝，让光线落进去。

她睫毛上便落了一道光。

史蒂夫给她递水，她接过。他敏锐地发现她衣服上的水渍，想到宋维蒲离开时的样子，笑道："怎么还弄到你身上了？"

她用指尖揉了揉眼角，没有接他的话，语气疲惫地问："你能再和

398

我说一次你俩小时候的事吗？"

史蒂夫已经坐到了她身边。

"不是和你说过了吗？"他问。

"我现在脑子好乱，"她半闭着眼睛，"你再给我讲一遍，我看有没有什么漏掉的东西。他说我不用管他，做我自己的事就可以，可哪有人生了病不看医生自己就好的。"

"我前两天学了个词，久病成医。"史蒂夫将胳膊架在膝盖上，显然已经对她所说的问题习以为常，"他已经和这个东西斗了七年了，我可以看到他越来越好了。"

"你说的越来越好是像今天一样吗？"

"今天是个意外。"史蒂夫看了一眼还在泳池里胡闹的几个人，"这种场景太接近了，我都吓了一跳。"

"不过你要听的话……"他微微起身，把躺椅往木子君的方向拉了一些，"那我再回忆一遍吧，其实我也不想回忆那年的事。"

宋维蒲和史蒂夫都是唐人街长大的小孩，最早上的也是墨尔本的同一所公校。

金红玫不是没有送宋维蒲上私校的想法，毕竟街上稍微注重孩子教育的父母都说，这边公校鱼龙混杂，上课水平约等于扫盲。但她毕竟年龄大了，上私校要办理的手续烦琐复杂，金红玫的英语水平只是勉强够生活，实在无能为力。

不过宋维蒲从小就没有让她失望和费心过。

他成绩好，体育也好，在学校里从没出过什么岔子。她自己性格爽朗，宋维蒲小时候性格也很好，一年又一年，按部就班地长大。

不过史蒂夫运气就没那么好了。

史蒂夫小时候得过一种非常罕见的病，叫妥瑞氏症，人可以正常地生活学习，但会控制不住面部抽搐，耸肩，眨眼，发出各种噪声。他的父母当时刚来澳洲，终日早出晚归地工作，根本没有时间管这样一个孩子，也没有精力和能力把他送到特殊学校。

公立学校生源非常杂，各国移民的孩子，原住民的孩子，靠救济金生活的白人家里的孩子。小混混们拉帮结派，逃课，砸车，无恶不作。史蒂夫每天去学校的心情，就和下地狱一样。

学校的老师和大家反复重申，他并不是故意发出噪声，也不是故意不停地抽搐和耸肩，但没有人在意他的疾病。有几个浑球每天把他带到男厕所欺负，数着他保持正常的秒数，然后在他控制不住地抽搐时发出大笑。

虽说都在唐人街长大，但宋维蒲和史蒂夫并不熟悉。史蒂夫的父母性格孤僻，又因为史蒂夫生病，不允许他出去和街上的小孩交朋友。两个人在学校的班级也隔了很远，七年级之前，宋维蒲对他的遭遇一无所知。

十三岁的某一天，史蒂夫带了一把刀去学校。

他已经决定毁掉自己，也决定毁掉那群人。父母反复告诉他，他们来到这里很辛苦，让他听话、安静，不要给家里惹事……

而他现在要给家里带来一个大麻烦了。

那天，他被带去男厕所的时候没有挣扎，他已经受够了在地狱里的日子，他要把他们也拖进地狱。

但巧合的是，那个月学校出于一些原因，把宋维蒲所在的班级调到了他们班隔壁。

他被拖出去的时候，宋维蒲恰好路过，宋维蒲一眼认出这是唐人街邻居家的小孩，也一眼看出那些人要做什么。宋维蒲在学校里人缘很好，身边还跟着几个一起打橄榄球的男生。宋维蒲和那些人说了几句话，过来把史蒂夫带走了。

不出意外，双方打了一架。

公立学校习惯息事宁人，并没有叫父母过来，或许也是清楚，这些人的父母，许多即便叫过来也不会有什么作用。所以他们最终的处理结果，只是把史蒂夫转到了宋维蒲的班级。

史蒂夫知道自己得救了，但落入地狱的会另有人选，施暴者总会选中一个无力反抗的弱者。这些人动手很隐蔽，他猜测替代他的可能是那个戴着眼镜的书呆子，可能是那个说话结巴的小个子，也可能是那个身上总散发异味的胖子。

他被宋维蒲带出了旋涡中心，可他没想到两个月后，另一件事发生了。

墨尔本有许多狭窄逼仄的小巷，宋维蒲在一个巷子里再一次遇到了这些人。巷子尽头是人身体被击打的闷响声，宋维蒲试图阻止，可惜这次只有他一个人。对方因为史蒂夫的事已经和宋维蒲结怨，宋维蒲甚至没有看清那个男生的样子，也没弄清楚那个接替了史蒂夫位置的人是谁，那人就被这些人带走了。

史蒂夫并没有目睹这次到底发生了什么，宋维蒲也对当天的事绝口不提。宋维蒲知道公校烂，但没想到烂成这个样子，他意识到自己解决不了这件事，他那年只有十三岁。

所以，宋维蒲把事情直接捅到了警察局。

学校高层很生气，不是气那帮闹事的学生，而是气让学校高层受到审查的宋维蒲。更糟糕的是，他们要找出那名被欺负的学生才能开始调查，但或许是出于惧怕，那个替代了史蒂夫的学生并没有站出来做证。

宋维蒲以为事情会不了了之，史蒂夫也是这样认为的，但他们都没想到，事情比不了了之更糟糕。

那几个男生开始频繁出入唐人街。金红玫当时还开着灯具店，宋维蒲有一次回家的时候，发现他们正在金红玫店门口坐着。

他们的意思很明显了。

宋维蒲没有做错任何事，可是所有人的反应都在告诉他，他做错了。他不应该多管闲事，不应该仗义执言，不应该给学校和自己找麻烦。

警察宣布调查结束后不久，宋维蒲忽然接到一个电话，是那个被欺负的学生打给他的。他约宋维蒲在郊区一个地方见面，他想告诉宋维蒲自己没有出现的原因。

宋维蒲去了，他这一次终于看清了那个挨打的人是谁，可等着他的不仅有那个学生，还有那几个男生。

那几个男生在学校里不好对宋维蒲下手，就让那个受害者把他骗了过来。

那天，史蒂夫接到宋维蒲在电话亭里打来的电话，他借了辆自行车去找宋维蒲，把浑身是伤的宋维蒲送去了家附近的医院。宋维蒲没有和他解释什么，只是和他借了些钱，说自己会尽快还。

史蒂夫当时患的妥瑞氏症还没有痊愈，一着急，抽搐的频率变得更高。他反复对宋维蒲说对不起，没想到对方沉默了很久，忽然说，可能自己真的做错了。

原来在那种情境下，承认自己真的做错了，会好受一点。

事情终于有了平息的征兆。那年夏天，史蒂夫的父母赚到了一些钱，和他说家里可能要搬去悉尼，有一个亲戚在那边做生意，他们会有更好的发展。他告知了宋维蒲这个消息，宋维蒲并没有多说什么，让他在那边一个人注意安全。

而在史蒂夫离开墨尔本前的那个夏天，发生了一件震惊整个街区的大事。

那时公校后面有一片露天游泳池，人很少，水换得不勤，所以去游泳的人也不多。这天，史蒂夫刚睡醒，忽然听到父母说，有个孩子在游泳池里淹死了。

动作一向缓慢的澳洲警察终于因为出了人命快了一次，那片区域被警车围住，史蒂夫并不敢去看。没想到当天下午，一辆警车开来了唐人街，把宋维蒲带走了。

小道消息不胫而走，史蒂夫和班里的同学出去吃饭时听到，那个人是被那帮恶霸溺死的，他们动手闹着玩，没想到会出人命。而事发的时候，宋维蒲来学校拿东西，路过了那片游泳池。

有监控显示他在路口站了很久，他应当是听到了那边传来的喊叫声。

但他最后还是掉头离开了。

宋维蒲整个夏天闭门不出。史蒂夫去悉尼前，都没有再见过他。

刚到悉尼的时候，史蒂夫会给宋维蒲打电话聊天，宋维蒲话很少，只是听他边抽搐边讲那边的事。他说父母到了悉尼以后赚到了钱，良心发现，开始给他治疗妥瑞氏症。他说他这一次去了私校，运气不错，班里的人只是孤立他。他说了很多，直到有一天宋维蒲问他，悉尼天气好吗，自己想去待几天。

悉尼天气很好，不是所有城市都像墨尔本一样，无尽的风从春到冬，没有半刻停歇。

史蒂夫很奇怪，宋维蒲不用上学了吗？

宋维蒲不用上学了，他被退学了。

从报警导致校长被警局调查，到无视被霸凌的学生溺亡，宋维蒲怎么做好像都是错的，学校似乎也有一些想法。终于，在一次学校举办的心理咨询后，那位心理医生给宋维蒲出具了一张非常负面的报告。学校声称他的心理状态不适合继续读书，然后帮他办理了退学手续。

十三岁的冬天，宋维蒲短暂地离开了墨尔本，离开了金红玫对他的困惑与质问。他似乎无法向她解释自己遇到的一切，他也担心即便金红玫能理解，她也是个年迈的老人了，她没办法帮她的孩子捍卫任何东西。

他心里的恶龙比同龄人更早地醒来，或许那具尸体从游泳池里浮起来的时候，宋维蒲人生的一部分也死去了。史蒂夫能看出他沉默中的挣扎——他的自我厌恶、自我否认，对世界的恨和不解，他与恶龙纠缠不休。

史蒂夫很想像当年宋维蒲救了他一样去把宋维蒲带离那片角斗场，但学校出具的那张退学通知，让宋维蒲抗拒任何种类的心理治疗。

当时史蒂夫的妥瑞氏症已经有了好转，医生说有很小一部分得这种疾病的孩子会在青春期结束后自愈，他似乎成了这个幸运儿。他开始畅想未来，他想读法律，尤其是父母赚到了钱，他们会热衷于有一个律师儿子的。

可宋维蒲该怎么办呢？史蒂夫甚至偶尔会自责，是否是自己造成了他如今的样子。

也是那个冬天，宋维蒲开始迷上了拼模型。金红玫不大给他买这种东西，他是在史蒂夫家里开始玩的。他把史蒂夫已经拼好的模型拆除，又重建，近乎偏执地让每一块碎片去往它该在的地方。他建造摩天大楼和教堂，以及体育馆和植物园，把所有建筑拼凑在一起，规划一座巨大的城市。

史蒂夫意识到这是他找回内心平静的一种方法，模型里有一个他理想中的世界。

所以宋维蒲后来说自己会读建筑学并且申请到了学校时，史蒂夫并不意外。宋维蒲永远是一群人里最聪明的那个，他想做任何事都能做成。

宋维蒲跳了一级，但这跳级是因为他在退学的一年里自己学完了八年级和九年级的课程。这么多年来他第一次向金红玫提了要求，他有一所选定的高中，需要金红玫支付额外的费用，其他的东西他会自己去和学校老师沟通。

史蒂夫替他高兴，也替他担忧。史蒂夫比任何人都清晰地知道，宋维蒲从来没有走出那个夏天。

十七岁那年，史蒂夫的妥瑞氏症彻底痊愈了。他告诉父母自己想回到墨尔本上大学，想读法律，他们满足了他的要求。

长大成人的他们看起来都很好，就像是少年时代不曾经历过任何挫折。他不知道宋维蒲在高中那几年是如何伪装自己的，大部分时间，宋维蒲只是看起来比常人略冷淡些而已。

他曾经问宋维蒲这些年是否尝试过接受外界的帮助。宋维蒲说高中的时候，学校有一个心理医生助理，是刚毕业的中国留学生，正在跟着正式员工实习。她在一次学校统一的心理测评后发现宋维蒲的答案自相矛盾，几乎可以断定他每道题都在撒谎。她私下找宋维蒲谈过几次，他能感觉到对方的友善，但无法消除心底的抵触与抗拒。

史蒂夫也一直在想宋维蒲该怎么办，他时常觉得宋维蒲看起来像正常人一样，其实快要把自己耗干了。

去年开学的前一天，史蒂夫换房子需要搬行李，想问宋维蒲借车，宋维蒲说第二天一早有一单接机的工作，没办法借车给他。

南半球的7月，不下雪，气温很低，阴冷渗入骨髓。

但史蒂夫第二天一早出门，忽然发现，刮了大半个冬天的风短暂地停下了。

墨尔本风停了。

派对持续了整个下午，天将黑时才散场。

木子君没有和其他人一起离开，留下来和隋庄、由嘉一起收拾后院的一片狼藉。隋庄和由嘉都想问宋维蒲的事，又都不好开口，交换了好半天眼色，隋庄终于凑过去开口。

"宋维蒲还回来吗？"

木子君捡纸杯的手一顿，看着地面点点头。

"回来的，晚一点过来，"木子君说，"我在你们这儿等他。"

"晚一点过来就不要回去了嘛，"由嘉赶忙说，"我们还有好多东西没吃完呢，你俩今天留下来和我们吃饭。"

"我无所谓啊，"木子君还是低着头捡东西，"你们去和他说吧。"

"我去问。"隋庄拿起电话回房间，"对了，唐葵今天也留宿是吧？"

由嘉："对，她在二楼那间侧卧，木子君和我睡主卧就好。"

由嘉总是把什么都安排得很妥当，木子君陪她把后院彻底打扫干净，她便把木子君带回房间了。在室外待了一整天，衣服又湿过，由嘉帮木子君找了自己的短裤和 T 恤换上。布料含着暖意，像是在太阳下晾晒过，干燥舒服。

木子君换衣服换得都有点困了。

马尾拆开，黑发垂到肩胛骨靠下，木子君记得自己刚来墨尔本的时候头发还没这么长。由嘉回头看她把宽松 T 恤在腰间打了个结，细腰长腿盘坐床上，头发沉甸甸一把，忍不住过去掐她的脸。

"你怎么比刚来的时候好看了？"

"有吗？"木子君困而含糊。

"嗯，"由嘉点点头，"生动了很多。"

生动了很多的木子君被由嘉揉捏一番后，自己跑去后院散心了。木子君也不知道自己在烦什么，可能是下午被宋维蒲吼了一句，仍然耿耿于怀。

虽然是她先吼的他。

但是她吼，他不能吼。

还有，他说那叫什么话？"让你一直陪着的那个人送你"——他是怪她一直和瑞恩在一起吗？可是瑞恩听不见呀，她作为唯一会手语的人，只是去帮由嘉照顾一下啊。

泳池里静悄悄的，一侧有光，隐约能看见池底，另一侧则沉在夜色里。她忽然想起瑞恩今天和她说，珍珠最漂亮的时候，就是在夜晚的月色里。

她仰头看了看天上的半轮月亮，不由自主地把耳朵上宋维蒲送她的那枚耳坠摘了下来——耳钉夹在指间，金线坠下来，手心一缕银白色。

身后传来脚步声。

原来人相处久了，连对方的脚步声都会觉得熟悉。木子君不想回头，手指合起来，把珍珠攥在掌心，眼睛看向半明半暗的泳池。

宋维蒲不声不响地坐到了她身边。

他换了身衣服，不像走的时候湿淋淋的，身上是干燥的暖意。木子君抱着膝盖不想看他，对方竟然伸手摸了下她的耳垂，问："气得礼物都不戴了？"

他干吗要碰她啊！

木子君就不往他的方向转头。宋维蒲长叹一声，手在身后撑住身子，看着夜空感慨："我每天要和你认错多少次啊。"

"光认错就有用吗？"她没好气，"我就是不高兴。"

不高兴他到现在都没有亲口和自己说十三岁的那个夏天，不高兴他扔下自己离开，不高兴他这么晚才回来接她。

宋维蒲无声地对着夜空思考，半晌，忽然在她旁边坐直身子，人侧过一些，语气振奋。

"你回头，你回头。"他摇木子君的肩膀。

木子君无奈，回过头去。

"你不高兴，那我给你讲个笑话，"他攥住她胳膊，眼神认真得像要发表竞选演讲，"是我在史蒂夫学中文的那本书上看到的。"

"就是说，"他极其认真地开口，"人，什么时候睁一只眼闭一只眼？"

木子君：什么……东西？

"很好猜的，"他说，"你应该比别人更容易猜到。"

她猜不到，她脑子里面全是无语的线条。

"是射击的时候！"

木子君彻底不想理他了。

她起身就要走。

哄女孩子开心太难了，宋维蒲手忙脚乱地爬起来去拽她的手腕，被她拧着胳膊抽脱。两个人拉扯几番，只见一个闪着银光的东西骤然从她手中滑脱，在半空画了道弧，而后"咕咚"一声沉入泳池底部。

原来不是不戴了，是摘下来拿在手里了啊。

她回头，捕捉到他神情里那丝含意，顿时无名火起。他顺势拽着她手腕把她往回拉了两步，放低声音问："怎么给我扔进水里去了？不要了？"

这人还倒打一耙了？

"你拽我你——"她张口结舌。

"好，我的错。"

他现在认错速度极快，随即放开她的手腕，一抬胳膊，把……

木子君无语凝噎。

他把新换的白T恤脱了。

合租这么久，她还是第一次见。

身材还可以。

算了，很不错。

他伸手摸了下水试探温度，接下来的动作显然是要下水。木子君一把拽住他胳膊，语无伦次道："明天天亮……"

"天亮衣服就干不了了，"他说，"我以为就睡一晚，没带换的。"

这什么人啊，一天跳两次游泳池！

他也不从扶梯下水，身子一低就跳进水里，借着光在泳池底部摸索。木子君跪在池边往里看，只见波光里一道身影从左巡逻到右，又从右巡逻到左。

你不换气吗？

"宋……宋维蒲！"她压低声音喊，也不知道水里面的他能不能听到，"你快出来！太黑了，你找不到的，你……"

后院的灯是感应人影的，或许是因为他们两个现下都不在感应区域，"嗒"的一声便灭掉了。黑暗降临的一瞬间，木子君视线里陡然一黑，寂静中只剩水声。

起初还有水波的涌动声，从某个瞬间开始，泳池里忽然陷入了绝对的寂静。黑暗和黑暗里的深水，让她内心被一阵巨大的惶恐笼罩住，白日里那张在她面前弓下腰的面孔骤然浮现。

滴着水的，紧闭着眼睛的，沉默不语的。

现在他又沉进水里了。

"宋维蒲！"她使劲拍了下水面，"你回来！我不要耳坠了，你出来换气！我不生气了，你不要找了，你讲的笑话足够好笑了——"

　　她几乎带了哭腔的催促被"哗啦"的出水声打断了。

　　或许是水波造成了光影变化，那盏感应灯又发出一声轻巧的"嗒"，再度照亮了他们所在的位置。

　　他怎么又这样湿漉漉地出现在她面前。

　　木子君跪在泳池边，手扶着池沿，膝盖被带了防滑纹路的瓷砖磨红。宋维蒲闭气太久，身子因为大幅度的呼吸而前后起伏。

　　他站在泳池里，比她跪在那儿低了些。木子君少见地俯视他，俯视着水流顺着他的鼻梁和侧脸滚落，连睫毛上都挂着大颗的水珠。

　　他闭了下眼睛，往岸边走了一步，然后甩头发上的水。木子君猝不及防被他甩了一身，刚想后退，又被他用手掌握住后颈往前按。

　　然后，他在她面前伸出另一只手，掌心是那颗闪闪发亮的珍珠。

　　"怎么还哭起来了，"他歪了下头，语气有点疑惑，"还是我帮你戴上吗？"

　　她脖颈后侧全是他手上的水，她感到那片水汽短暂地离开了自己，然后又落到耳垂后面。木子君低着头任他摆弄那枚耳坠，视线低下去……

　　啊这，她沉默着瞪大眼睛。

　　此时无声胜有声。

　　他动作很慢，或许是这次不想把她弄疼。木子君迟迟无法抬头，反倒听见对方毫无廉耻地开口问："你在看什么？"

　　她心一横，不甘示弱。

　　"看你身材还行。"

　　他肌肉很薄，优越的是线条，穿衣服的时候并不明显，但她恰好也不喜欢太明显的。这个人对她来说就是什么都刚刚好，声音、脾气、一切。

　　他忽然很混账地把手伸到她后颈处，再次往前按了一下。木子君的身子往前倾了几分，手按住他胸口，又在电光石火间挪开。

　　"你干什么？"她恼火着压低声音质问。

　　"刚才方向不合适，穿不过去。"他的回答冠冕堂皇。

　　木子君："……"

　　"好吧，"他及时改口，"我看你好像很想摸一下又不好意思。"

"是，"她压着火气开口，"怎么是软的？没练好？"

宋维蒲："一听就是第一次摸别人肌肉。"

木子君一愣。

"肌肉用力的时候才会硬，"他说，"不信你再试一下。"

她就恨她这破好奇心。

木子君迟疑了三秒，慢慢伸出手，在水面的位置触碰宋维蒲的腹部。果然，这一次他明显绷住身体，触感和刚才完全不同。她仿若发现新大陆，收回指尖，换成手掌，慢慢盖上他被泳池的水浸得冰凉的腹部。

出乎意料的是，她手掌贴上去的一瞬间，他的身子控制不住地颤了一下。

木子君抬头，意识到耳坠已经扎进去了，但他的视线并没有从自己脸上移开。他的呼吸明显急促起来，眼睛往水里看了一眼，再抬起来，语调比身体绷得还紧。

"谁教你这么碰别人身体的？"

奇怪了，不是你让我碰的吗？

木子君在他的眼神里瑟缩着收回手，却在离开水面的一瞬间被对方攥住。

直到这一刻，木子君才后知后觉意识到，可能有什么事要发生了——

"哗啦！"

宋维蒲和她的身体都僵住。

木子君猛然抬头，绕过宋维蒲往泳池的暗处看。黑暗里有个身影冒出水面，一边咳嗽，一边剧烈换气。

"对不起，对不起，对不起！"唐葵稀里哗啦地从暗处走到有光的位置，"我想练憋气，憋着憋着，你俩就来了，我想等你俩结束再出来，结果——咳咳咳咳咳咳咳咳……

"我实在憋不住了！

"对不起！"

她终于走到了扶梯边，扶着梯子又是一阵猛咳。木子君感觉水的温度极速变低，愣了一会儿才意识到，冰冷的不是水，是宋维蒲的体温……

"我、我、我……"木子君慌张地站起身，"我先回去了，由嘉在

409

做饭，还让我帮忙呢，我先过去……"

她一边说，一边消失在推拉门里，徒留泳池里一个寂静的人和一个咳嗽不息的人。宋维蒲原地站了许久，终于回头看向咳清了肺里呛水的唐葵。

黑暗之中，两道寒芒。

唐葵后背一凉。

她小心翼翼地顺着扶梯爬上去，看见躺椅上挂着宋维蒲的 T 恤，殷勤地给他送到岸边。

"你以后，"她觉得宋维蒲说话的时候，周围的水面都要结冰了，"离我远一点。"

唐葵："明白！"

有一些微妙的东西，错过了某个节点，想要再次说破，就变得异常困难起来。针对这一现象，木子君也心灵鸡汤文作者上身，将此称为"这就是人生"。

下半学期的课业比上半学期重些，再加上图书馆重开，木子君陡然觉得时间不够用起来。苏素也感到了她的力不从心，一次快下班时把她叫去封闭的会议室，询问她是否还有精力继续在诊所实习。

她这学期只有周二和周五下午没课，一些工作甚至只能线上完成。面对苏素的关心，木子君也陷入了极大的纠结——

辞掉吧，她在墨尔本很难找到这么专业的实习机会了，毕竟她知道几个大二大三的学姐也只能在精神病院一类的地方刷履历。不辞掉吧，她可能要彻底推掉宋维蒲书店的工作，才能有足够的时间兼顾诊所和图书馆。

那他需要再招人吗？

他自己顾得过来吗？

"不用着急给我答复，"苏素手撑着侧脸，在会议桌对面安慰她，"不过确定的话，要提前和我说哦，这样我才有时间在你走之前面试其他人。最近又来了几个华语咨询者，我压力很大。"

"嗯，我再想一想，我可能要和宋维蒲商量一下。"

苏素笑得很八卦："怎么，都已经到这种程度了吗……他表白了？"

木子君脑海中闪过游泳池的那一幕，顿时坐立难安："没没没……没有。"

关于工作的对话结束，她们两个习惯在最后闲话几句。心理学这种太吃语言的专业在这边还是谋生困难，苏素提到她几个同学陆续回国，现在在墨尔本也没什么处得久的朋友。

木子君忽然想起了什么。

"苏素姐，"她把椅子往前搬了搬，"我想问你一下，宋维蒲高中的时候……是和你讲过他心理上的事吗？"

苏素愣了一瞬，表情随即变得略凝重。她整理了一下手上的东西，简短道："提过一些的。"

"就是我想问你……"

"木子君，"苏素语气有点严肃，"这个事情你要自己去问他哦，这涉及他的隐私，我没有他的允许是不可以和你讲的。而且其实当时……"

她叹了口气："他没有和我说太多，他很难信任别人。"

她拒绝得很直白，木子君有些丧气，但转念想了想，又打起了精神。

"我不问你当时的事，"木子君说，"是假期的时候我和他参加朋友聚会，然后——"

她三言两语复述了当天的场景，苏素听得皱起眉头。木子君知道苏素的职业道德会阻止她开口讲一些内容，干脆给了她只说"是"和"不是"的选择。

"我也学心理，所以我想问你，"木子君往前探了探身子，"这会不会是创伤后应激的一种表现？"

对面的女人蹙着眉，迟疑片刻，勉强点了下头。

"如果你说的这些情况都准确的话，"苏素说，"是有很大可能的。"

"他和我说过他一直都很讨厌自己。"

"这是这种疾病中常见的心理暗示。"

"但我看资料里说这种反应一般是在创伤事件发生六个月以内出现，那件事都过去六年了……"

"延迟性，"苏素回答她，"人在青少年时期遇到的事比成人时期有更久远的影响，而且他抗拒外部治疗，这很棘手。"

苏素："就我所知道的信息，他当时的行为倾向于个体屈服于群体，以获得群体的接纳和免遭拒绝，学术上将这种选择称为规范影响，本质上是一种自保的反应。但是他这样做以后……反而酿成了更严重的后果，无论是对自己还是对别人。考虑到他当时的年龄，心理影响会非常深远。"

木子君皱着眉听苏素说。

"和我经手过的其他病例相比，他情绪很稳定，看起来没有任何问题，"苏素说，"这对他身边的人来说是很好的，没有人需要消化他的负面情绪，但是这些负面的能量总要有一个出口。

"他完全靠意志力把心理问题的外化表现压抑下来，这很了不起，但对他自己没有什么好处。时间越久，情况越严重。"

木子君忽然想起他秒睡的习惯和对所有事自虐一样的完美主义。

她莫名开始觉得沮丧。

六年。

他显然没有和金红玫说过这些事，从头到尾，唯一的知情人是史蒂夫，或许连史蒂夫也对他内心真正的想法一知半解。

他好像已经彻底习惯了自己消化一切，而她还在怪他那天为什么那么晚才来接她。他那天回家在想什么？看到唐葵在水里挣扎的样子，他想到了什么？

他花了多久时间才开始学会自己从情绪旋涡里挣扎出来，然后佯装轻松地出现在她面前，给她讲一个烂到没边的笑话？

他是溺死事件的目击者，但他一点都不怕泳池和水。他怎么克服的恐惧？瑞恩是在海边长大才习惯潜水，宋维蒲的水性为什么那么好？

桩桩件件，每一件都让她头痛欲裂。

"苏素姐……"木子君低下头，控制不住地自言自语，"那我能做什么吗……"

苏素知道自己已经说了很多不该说的话了，只是面前这个小姑娘有一种神奇的气场，总是让人狠不下心拒绝她的请求。

"你知道的这些东西，是他亲口和你说的吗？"苏素问。

木子君支起身体，疲惫地摇摇头："不是的，是他朋友告诉我的。"

"这种心理问题自愈的表现之一是有能力表露创伤，"苏素拍拍她的头，"先让他试着和你开口吧。"

　　"开口吗？"木子君抬起头，眼神带了点希望，"还有别的吗？"

　　"这办法听起来可能有点像劝人多喝热水，"苏素苦笑，"但是他又抵触正式治疗，那么……参加团体性活动，对一部分人来说，是有正面效果的。"

　　团体性的……活动……

　　木子君捧住脸。

　　宋维蒲，团体性活动。

　　杀了他可能还更容易点。

　　能让宋维蒲参加的团体性活动，木子君从诊所一路想到教室，又从教室想到图书馆。

　　刚刚开学，就像她上个学期刚开始时各个社团组织招新的盛况一样，路边不时能见到架设的摊位。她边走边把各个能称得上"团体性活动"的宣传单接到手里，走到图书馆的时候，怀里已经叠了厚厚一摞。

　　图书馆的工作有专门的制服，她放下宣传单去换衣服，回来的时候，比她早到的宋维蒲竟然侧坐在桌边翻看那摞广告。木子君心中猛然点燃希望，她快步走过去，站到他身边，试探性地问："你……你是对这些有兴趣吗？"

　　宋维蒲一愣，眼神抬起向她望去。手里的几张宣传单在指尖划过，又陆续落回桌面。木子君垂下视线，看到最上面的一张是从皮划艇俱乐部那儿拿来的，朝上那面印着一排在水面快乐徜徉的男校友。

　　各种颜色的皮肤，各种颜色的头发，唯一的相同点是，裸着上半身，肌肉都很发达。

　　"你拿来的？"他问木子君。

　　"对啊。"

　　"我在整理废纸，"他起身去收推车上的归还书籍，"可回收的都堆在门口，你去放到一起吧。"

　　木子君无语。

　　她趁着他转回身子时，把那摞宣传单全放回自己书包里。

她上个学期已经在图书馆做过一段日子，基础性的工作机械而简单，熟练了几乎不用动脑子。她也理解了宋维蒲会在这里工作的原因——不用和人交流，日常工作能放空大脑，薪水又高，选择实在比努力重要。

相比之下，书店那个活真的……

她倒是还好，宋维蒲给她开的时薪真是不少。

她觉得宋维蒲作为老板，可以说是操心费力又不讨好，赚点钱还全给员工发了。

她工作上手以后宋维蒲就不再带她了，木子君把推车一层层推到四楼，还书也陆续归位。刚开学，来图书馆的学生并不多，她远远看见宋维蒲推着车在一处无人的角落，便心怀鬼胎地凑了过去。

这地方很眼熟，她辨认了一番，发现是他那次差点踩到她又砸了她一身书的地方。

时间过得好快，她当时没有找到图书馆的工作，也没有在他的书店工作。

这里是顶层，宋维蒲的推车也快空了。她跑到他车旁边把最后几本书归位，行为过于谄媚，很快被他看穿。

"怎么了？"

"哦，就是……"木子君组织片刻语言，"就是我最近事情有点多，感觉实习那边忙不过来了，我在想……"

"书店没办法来了吗？"宋维蒲平静地反问。

这书店的活又没编制，但他这么一问，木子君就觉得自己不干了像犯罪一样。她又纠结了一会儿，问道："你一个人可以吗？你忙不过来的话，我就不去实习了。"

"去实习吧。"他说，"苏素人不错，很难再碰到这么好的上级。"

"那你书店……"

"没事，我也想了很久了。"

"啊？"木子君略带惊讶地抬头。

宋维蒲把最后一本书放回原位，转过头，看见附近没有自习的学生，声音略微提高了些。

"我想把书都处理掉，"他说，"然后把店面租出去。打理它太费时间了，这样会轻松一点。"

　　木子君心里内疚，要这样吗……

　　"你这个表情是干什么？"宋维蒲捏了捏她的脸，"不是因为你要离职才租出去的，高估自己了吧。"

　　木子君一愣。

　　哦，这样吗？

　　他半倚在推车上，想了想，重新开口。

　　"这是我外婆留下的书店，"他说，"她离世到现在也一年多了，我现在想起她刚走的时候，心里其实是不接受这件事的。"

　　木子君安静下来，不由自主地向他的方向迈了一步。

　　"她以前和我说过，她已经把去世以后所有事都安排好了，不用我操心，除了那个书店。她让我把书店租出去，店面是我们的，租金足够我生活。

　　"我以前就总帮她看店，我在的时候她可以回家休息一会儿。所以她刚去世的时候，我会从学校直接去书店，这样就感觉她还在。只是在家里，我回家的时候她不在，那她一定去书店了。"

　　她眼睛有些酸，使劲眨了一下，总算没有流出泪来。

　　"我是不是还没有和你说过谢谢，"他低下头冲她笑了笑，"我是从你来了以后，才开始不用骗自己她在书店，或者她在家里的。我和你去了那么多地方，然后发现她不只是我外婆，她是一个很厉害的女人，有过非常精彩的人生。

　　"她这样的人，不会愿意看见自己的后代困在一个书店里走不出来的。她让我租出去，那我就租出去。人去世了就是去世了，每个人都要经历生老病死，活着的人要继续往前走。"

　　她实在忍不住了，一直在抹眼泪。

　　"所以我才和你说，"他低下身子看向她，"你不用特意为我做什么，你的出现和存在对我来说已经足够了。你继续实习，继续帮你爷爷找手链，不要操心我，知道了吗？"

　　她无话可说，只能拼命点头。

　　他帮她擦了擦眼泪，确认所有书都还回原位后，示意她可以翘班了。

木子君破涕为笑，蹑手蹑脚地跟在他后面从员工电梯下了楼，绕开一楼打瞌睡的图书馆老师，到了图书馆门前那片巨大的草坪上。

图书馆里空空荡荡，草坪上却人满为患。他们找了处树荫坐下，木子君想起他刚才说"继续帮你爷爷找手链"，从书包里翻了翻，掏出张名片递过去。

正常名片都是白色的，顶多是个鹅黄、纯黑，这张名片是粉的，上面还带着一股香水味。宋维蒲眉毛跳了跳，谨慎接过，看到上面用烫金字体印着：

Laura Li（劳拉·李）

Laura's Fantasy（劳拉的幻想）

......

最下面是一行位于墨尔本市中心的地址。

"这是……"他的语气仍然保持了谨慎与警惕。

"是撒莎给我的。"木子君解释道，"她说她联系到那家珠宝店的老板了，她对玛格丽特·胡这个珍珠品牌的确有印象，说我们有问题可以去问她。不过她以前经营的珠宝店……倒闭了。"

"倒闭了？"

"对，她现在在经营这个。"

宋维蒲又低头研究了一番这张名片，小心地问："那她有和你说这个'劳拉的幻想'，是经营哪种业务的吗？"

"她说就是合法的表演。"木子君回答。

宋维蒲看看木子君义正词严的表情，中肯地点了下头，把名片还给她了。

他也不知道怎么和她解释——

真正合法的表演，一般不用特意强调是合法的。

忙过了开学初的第一拨论文期，木子君和宋维蒲把去"劳拉的幻想"的日期定在了一个周五，慕名而来的还有隋庄和由嘉。

其实最开始慕名的只有由嘉，她早就听说这家的演出相当之优秀，她悉尼的朋友甚至特意前来观看，看完了赞不绝口，可惜那一次她抱病缺席，而后就一直没有机会去见识。

这次听说木子君和宋维蒲要去，立刻把衣柜翻了个底朝天，反复强调她当天要陪同前往。隋庄本来没有兴趣，看到由嘉的反应以后心中警铃大作，强行加入了他们观看演出的队伍。

木子君来墨尔本以后被由嘉带着去过几家俱乐部，这些地方几乎都把自己"地下场所"的名头贯彻到底，的的确确处于地下，进去之前还要下段楼梯。"劳拉的幻想"则是其中的异类，光明正大地建在雅拉河岸，白天不营业，招牌暗淡，她几次路过都没注意到。一到晚上，楼体外面灯火通明，招牌上的粉色花体字横贯整栋贝壳白的大楼，四个人站在门口看着进出的顾客和演职人员，最兴奋的是由嘉，最震惊的是木子君，最沉默的是两个男生。

"这真的是……合法表演吗？"木子君小声问由嘉。

"合法的呀，"由嘉红光满面地点头，"这么招摇，不合法早就被封了。"

由嘉已经按捺不住进门的冲动，大踏步往金碧辉煌的大门里走，右手还攮着木子君的手腕。木子君被她拽进了转门，门口保安身高一米九以上，西装革履地冲她俩微笑，笑得极富服务意识。

木子君被他笑得跟跄几步，一回头，发现宋维蒲和隋庄被拦住了。

"由嘉，由嘉，"她狠命拖住大步往里闯的由嘉，"你等一下，他俩被拦了。"

"啊？"由嘉转过头，语气也很意外，"没说不允许男生进啊。"

但他俩确确实实被拦了，还和保安说了几句话。木子君和由嘉不得不退回去，询问发生了什么。

"怎么了？"

隋庄抓了下后脑勺，语气充满无奈："他说不穿正装不能进。"

木子君："我俩也没穿正装啊。"

"他说女生穿什么都行，"隋庄的表情越发无语，"在劳拉的幻想里，男的就必须穿西装。"

木子君没说话，但心中对劳拉很是认可。

这劳拉听起来还和她审美挺一致的。

宋维蒲明显已经不耐烦了："要不然你俩去问她吧，我回家了。"

不等木子君拒绝，隋庄就盯着满面红光的由嘉大声抗议道："不行！"

隋庄摆摆手，示意木子君和由嘉先进去，然后抱着宋维蒲的肩膀和他商量起什么。木子君看见宋维蒲一副不想配合的样子。两个男生越走越远，由嘉那边又急着拖她进门。

她们越往里走越感到震惊。

木子君眼睛都不敢睁得太开，被由嘉拽着穿过金碧辉煌的走廊，又进了最里面的表演大厅。入门的时候，她们手里都被发了号码牌，木子君和由嘉按照号码牌坐在一侧的圆桌旁，木子君压低声音说："你帮我看一下包，我去找劳拉了。"

"啊？"由嘉扯着嗓子反问。

木子君把包扔进由嘉怀里就走了。

"木子君！"由嘉撕心裂肺地在她身后喊，"你别错过表演啊！咱们这号码牌还能抽奖呢！"

我为了抽奖要献上我的耳膜吗！！！

平心而论，这劳拉的"幻想"也太大了，从门口走到表演大厅就很远，去管理中心更远。木子君来之前撒莎帮她和劳拉做过预约，她和站在管理中心门口的工作人员说了句什么，对方便拿起电话帮她询问。

没什么意外，工作人员很快给了她一张预约卡片，表示劳拉现在有访客，三十分钟后可以会面。

木子君接过卡片，发现这工作人员也是金发碧眼，西装革履。

三十分钟有些久，木子君看了一眼时间，发现刚好够看完第一场表演。她拿着预约卡沿原路返回，一回到表演大厅，就听到了观众席里山呼海啸一般的尖叫声，而她和由嘉坐的那张桌子，在黑暗里闪出斑斓的光彩。

木子君一怔。

她本能地感觉不妙。

果然，由嘉转头发现她以后，再一次扯起嗓门，大声呼唤她："木子君！你中奖了！快上台，快上台，就差你了！"

场内各国女性都有，显然也不乏有懂中文的，一道道炽热的目光转瞬移向了木子君。木子君一时骑虎难下，被这些目光目送着往台上走去，看清五光十色的舞台上那些站立的人影后，眼前止不住地发起黑来。

合法的表演。

真的好合法。

西装革履，肩宽腰窄。

个顶个的胸大腿长，五官英挺。

每个人面前都有一张椅子，坐着被抽到的女观众。她硬着头皮坐到最后那张空着的椅子上，抬起头，眼前是一张笑容得体的面孔。

对方微微弯腰，和其他表演者一样，双手按在了她的椅背上，将她困在双臂之间。她后背紧贴着椅背，双手按住膝盖，人绷得像条直尺。

然而世事不由人。

音乐声响起的一瞬间，对方的脸上便展开一个极富营业性质的笑容，猛然将她右手攥进手心，和其他表演者一样，将椅子上的女孩的手，慢慢伸向自己衬衣下的胸肌，又用力按了一下。

木子君浑身紧绷。

离开"劳拉的幻想"后的很长一段时间，她都强调自己已经忘了那个瞬间的心情，更不确定脸上的表情。但隋庄反复提及，当时他刚刚和宋维蒲换了西装入场，并找到了由嘉。

音乐响起的那个瞬间，宋维蒲用不可置信的目光望着台上，发出了自我怀疑的喃喃自语。

"笑成那样吗？

"喜欢更大的吗？"

一场表演二十分钟，木子君下了台才反应过来刚才发生了什么。她硬着头皮回了座位，看到了一脸兴奋的由嘉、一脸尴尬的隋庄，和冷着脸上下打量她的宋维蒲。

空座位还剩一张，就在宋维蒲身边。木子君低头落座，听到身边传来一声清晰的冷笑。

由嘉还毫无眼色地来和她打听："手感好吗？"

木子君：“就……就那样吧。”

宋维蒲：“我看你相当投入。”

木子君：“逢场作戏。”

第二轮表演拉开了帷幕，由嘉转回视线，对着舞台大发感慨："菩萨啊。"

木子君低头点亮手机，发现和劳拉约定的会面时间就快到了，急忙起身前往，顺便也把宋维蒲拖了起来。他不情不愿地被她拽着走，直到走到表演场地外的走廊，才把胳膊从她手里抽出来。

“你至于吗！”木子君叉起腰，“我也不知道抽中奖是这么个待遇啊！”

“我至于吗？”宋维蒲猛然顿住脚步，“你讲理吗？”

“我……”

她试图回忆刚才在舞台上到底发生了什么，但脑子里的确确一片空白，只记得灯光炫目音乐狂躁，是一段快乐的时光。宋维蒲盯着她的脸看了片刻，又一声冷笑把她从回忆中唤醒。

“别回味了，”他转身大步向劳拉的办公区走去，“我知道你摸得爽了。”

木子君哑然。

门口的工作人员这次没有拦木子君，她在门禁处刷卡，和宋维蒲一同进入。相比于外面，办公区的装潢还是收敛了不少，走廊里还有些衣服和道具堆积着，显然是业务繁忙顾不得清理。

木子君站到贴着“Laura Li”铭牌的办公室前，拘谨地敲了下门。

撒莎和她说过这是个华人珠宝商，虽然现在已经是华人合法表演场所的老板。女性，年龄四十上下，但保养得当，看起来也就三十岁。木子君很难想象她卖掉珠宝店转营“劳拉的幻想”的心路历程，不过就第一眼照面的印象而言，她这份事业经营得相当开心——

年轻，面色红润，很有亲和力。除了发型是同代移民阿姨里常见的小卷卷，身上其他特质都让人看不出真实年龄。

木子君站在门口和她打了个招呼，对方便向她投以长辈的慈祥微笑。她微微弯了下腰，快步走进办公室，宋维蒲跟在她身后进来。

她刚才光顾着和他吵架，没注意到宋维蒲穿的就是上次接她下班的那身西装。他穿什么衣服都有自己的气质，跩中带纯，黑里切白，和"劳拉的幻想"里的营业性友好比起来有着鲜明的辨识度。

　　木子君一落座，就发现劳拉的目光从慈祥变得惊艳。她视线一晃，看见劳拉目光炯炯地看向坐在她身边的宋维蒲，生生把他从懒散坐姿看得坐直了身子。

　　"木子君是吗？"劳拉嘴上和木子君说话，视线一点没从宋维蒲身上离开。

　　"对的，那个，李小姐……"木子君试图引起她的注意力。

　　"叫我劳拉就好了啦，"劳拉身子前倾一些，"你叫什么呀？"

　　宋维蒲一愣。

　　木子君："他叫宋维蒲。劳拉，我这次来是想问下那个胡丰年先生的珍珠贸易公司……"

　　"宋维蒲，"劳拉若有所思，"好名字。"

　　"撒莎说你开珠宝店的时候和他打过交道？"木子君坚持把话说完。

　　"哦——打过几次交道，刚从我爸爸手里传给我。"劳拉心不在焉地回答，眼神继续在宋维蒲身上游动，"宋维蒲，缺不缺钱呀？"

　　意志力坚强如木子君，此刻也不知道该如何是好了。

　　宋维蒲的身子往后撤了半寸，十指交叉放到腿上，冷静地回答："不缺。"

　　"不缺……"劳拉语气中带了一丝失望，不过很快又找到了新的话术，"不过打打周末工，也蛮不错的哦。猜猜我们这里时薪多少？"

　　宋维蒲没接茬。

　　"这季缺东方面孔的嘞，"劳拉摇着头感慨，"不好找哦，都放不开。"

　　木子君："他也放不开的。"

　　劳拉："小姑娘不懂了，教上一个月，什么都会。"

　　木子君：是吗？

　　不是，这话题怎么回事！

　　木子君清了下嗓子，伸手按住劳拉放在桌面上蠢蠢欲动且戴着玉戒的手，发现劳拉手上的皮肤也保养得非常光滑。她低头看着那双手深吸一口气，再次抬头，连珠炮似的说："我们想找胡先生问点事，但他去世了，您有没有他其他的消息？他有和您提过一个叫金红玫的人吗？"

她猛然凑近，劳拉身子不由自主地往后退了几寸，长睫毛忽闪了几下，发出一声迟疑的"啊"。

"金红玫？"劳拉重复了一下这个名字，然后摇了摇头，"不认识。"

木子君刚提起的希望又落下去。

"不过我晓得他别的事。"劳拉抽出右手拍拍她的手背，又把宋维蒲放在桌子下面的手拿到桌面上，用左手抚摸了一下他的手背，"他那个公司，叫玛格丽特·胡嘛，玛格丽特是他的前妻。"

"前妻？"

"对的，两个人离婚了。"劳拉越摸越靠上，宋维蒲硬着头皮不敢抽开，担心抽开她就不说了，"离婚了，孩子他带，然后他死了，孩子也出国了。玛格丽特自己去了凯恩斯，也经营了一家珍珠农场。凯恩斯，你们晓得吧？大堡礁。玛格丽特那边的珍珠也不错的，我珠宝店没倒闭的时候从那里进过货。不过前年我开始做'劳拉的幻想'了，就没有联系了。"

"了"字结束，劳拉的手也到了宋维蒲的臂弯处。木子君大脑里实在空白，看了一眼宋维蒲，发现他喉结动了下，隐忍抬头，继续追问道："玛格丽特的珍珠农场在哪里？"

劳拉的手停在他臂弯处顿了片刻，然后屈起食指和拇指，在他的肌肉上捏了一下。

"在这里。"劳拉捏完了，心满意足地收回手，从桌上的一摞名片夹里掏出一张，然后卡在了……

木子君不忍地转回视线。

劳拉将名片卡在了宋维蒲衬衣领口解开的夹缝里。

付出了极大的代价，他们终于要到了自己想要的东西。木子君把自己的手从劳拉手里抽出来，抬手伸向宋维蒲的领口，把那张名片拿到了自己手中。名片从衬衣里被抽出来的瞬间，宋维蒲立刻抬手，迅速把领口处的扣子系到了最上面。

两个人对视一瞬，木子君确定自己从他的眼神里读懂了"快跑"两个字。

"那劳拉，谢谢您抽出时间见我们啊，"木子君起身推回椅子，"我俩就先……"

"不一起喝杯茶吗？"

"不了，不了。"木子君婉拒道。

劳拉露出失望的神色，眼神仍然落在宋维蒲身上没移开。这一身西装在她眼里就像是没穿一样，宋维蒲本能地往后退了几步。木子君看见劳拉站起身，身上香气蔓延，和她的名片有着相似的香甜。

然后，她从粉色的套装里拿出一张和衣服颜色完全相同的名片，再次角度刁钻地，别在了宋维蒲分明已经系好的衬衣领口上。

"缺钱的话，"她朝他吹了口气，"就来我这里。"

话音方毕，她踩着十五厘米的高跟鞋往前迈了半步，在宋维蒲左边的脸颊上留下了一个蜻蜓点水的吻。

木子君看呆了。

回程比来时要寂静。

音乐声震耳欲聋，他俩之间则是震耳欲聋的沉默。宋维蒲终于把脸上的口红印擦干净，纸巾随手扔进墙边的垃圾桶，几步追到了木子君身边。

"你也没什么好生气的吧，"他硬撑着说，"你刚才不是也摸别的男的了……"

"这有可比性？"

"澳洲人的礼仪，走之前亲一下很正常……"

好一个"很正常"。

木子君回过头，宋维蒲手里竟然还好死不死地拿着那张劳拉新递过来的名片，一身西装走在她身后，不知情的恐怕还以为是"劳拉的幻想"的员工在跟着她。

你和这里气场很合啊。

不开书店了准备来这里是吧，反正教一个月，什么都会了。

他边走边擦，用的不是湿巾，口红印擦得很潦草，脸上还留着残余痕迹。木子君目不转睛地看着他，看着那片淡红色的痕迹，忽然转过身子，往他的方向逼近一步。

宋维蒲一怔。

他对这种感觉并不陌生，在爱丽斯泉被她涂唇膏的时候，从游泳池里出来被她推在车门上的时候，他都感受过这种微妙的气氛。

另一位西装革履的服务生端着冰水出现在了走廊尽头。大概是已经习惯了"劳拉的幻想"里的各种场景，他目不斜视，见怪不怪地从他俩身边走过。就在他路过木子君时，手里的托盘忽然一轻——

她把其中一杯冰水拿走了。

都是受过训练的，这位西装服务生只是垂眼看了一下少了杯子的托盘，便继续目不斜视，见怪不怪地离开走廊，徒留下木子君端着一杯冰水，把宋维蒲步步逼退到墙边。

"你干什么？"宋维蒲被她推得手足无措。

"不干什么。"

说完，她把手指探进冰水里，捞出一颗冰块，然后抵在宋维蒲没擦干净的口红处涂抹了几下。凉意冰得他太阳穴一跳，宋维蒲惊愕地看着她的动作，继而感受到木子君用手背狠狠蹭了一下他的脸。

这下就干净了。

半边脸颊都被冰麻了，宋维蒲咬牙切齿地道："你让我去洗脸不就——"

她掐着他下巴把他的脸扭过去，在他刚擦干净的脸上亲了一下。

寂静。

宋维蒲一脸震惊地看着她的脸从离自己极近的位置后撤，踮起的脚落回原位，她脸上的表情甚至透出一丝挑衅，一举一动不带旖旎，倒像是单纯地在宣示所有权。

他到底从机场接回来个什么……

"你什么意思？"他听到自己恍惚着问。

"没什么意思，"她回答，"你不是说这是澳洲的礼仪？"

她倒退一步，更完整地进入他的视线。

"我就和你讲讲礼仪。"

和他讲讲礼仪！

她讲完礼仪了，扭头就走。宋维蒲的半边脸又冰又烫，只觉得这"劳拉的幻想"的空气都有问题，好好的人进来就疯了。

他快步跟到木子君后面，压着嗓子警告："木子君，你别装没事，你刚才——"

"我刚才怎么了！"她不耐烦地回头，"我刚才还摸了别人的胸肌呢，也没见人家追在我后面要说法啊。"

"我和他们能一样吗！"宋维蒲额头上青筋暴起。

"你不一样！"木子君头也不回，边走边说，"你东方面孔！稀缺资源！守身如玉十九年！"

宋维蒲：别在这种时候说我听不懂的成语！！！

两个人一前一后速度极快地回了表演大厅，里面光线越发昏暗，台上的表演远比第一场劲爆。由嘉看得目不转睛，直到木子君坐回身边才发现他俩已经回来了。

"去了这么久？"由嘉语气惊讶，目光从木子君的脸上移到宋维蒲的脸上，发现两个人都缄默不言，"怎么了？"

"没事。"木子君说。

没事，哈哈哈，没事。

宋维蒲已经顾不得台上在演什么了，他从桌上抓过几张餐巾纸把脸又擦了一遍，方才被她嘴唇触碰的位置明显比别处滚烫。

由嘉的目光担忧地在他俩之间移动一番，实在忍不住，二次确认道："宋维蒲，真的没事吧？"

宋维蒲喉结动了动，视线落到侧前方的木子君身上，发现她眼睛正一眨不眨地看着台上的西装猛男们大跳特跳。

"对，"他咬着后槽牙点了点头，"都是我的幻想！"

由嘉一愣。

好担心啊。

怎么感觉宋维蒲和木子君出去一趟，回来就疯了。

从"劳拉的幻想"回来后的一段时间，宋维蒲都没怎么出现在家里。有时候半夜听见客厅传来疲惫的脚步声，木子君才知道他已经回来。她也不知道他在忙什么，只是有一天收拾书包时，偶然发现自己开学的时候收集来的那一摞宣传册里，少了那张皮划艇的广告单。

是落到哪里了吗？

木子君偶尔去书店看看，发现已经关门歇业，里面的东西越来越少。她大概猜到宋维蒲在着手处理书店的事，干脆也不管他了，反正她自己也没办法解释那天在"劳拉的幻想"的行为。

大概真的是那里的空气有问题吧，而他们正在代谢那天吸入的气体。

夏令时结束前的最后一周，由嘉叫木子君陪她去阿尔伯特公园（Albert Park）野餐。这座公园以巨大的湖泊和当中的F1赛场闻名，木子君买了些食物带过去，和她坐在岸边边吃边聊。

"我看网上那种野餐视频日志，"木子君想给由嘉形容，"就是那种唰地甩一下野餐布，然后一桌丰盛的野餐就出现了，我们能拍吗？"

"就你买的这汉堡、薯条和胡萝卜汁吗？"由嘉嘲讽地瞥了她一眼，"丰盛的野餐得丰盛，你别拍了丢人现眼了。"

哦。

两个女生坐在湖边，天色渐晚。湖面宽阔，高低错落的城市楼宇倒映在湖面上，再次让木子君产生了虚拟城市的错觉。

几只黑色天鹅慢悠悠地划过来，木子君跪在草坪上和它们对视，发现每只天鹅脖子上都缠着自己的代码。由嘉推了推她的肩膀，忽然开口提醒："哎，你看。"

木子君："看到了，黑天鹅。"

"谁让你看天鹅！"由嘉笑出声，"往远看。"

木子君抬起头。

几艘皮划艇的队伍浩浩荡荡从远处划过来，惊动了岸边的黑天鹅。一阵鸟叫声后，无数黑天鹅掠水而起，木子君定睛细看，这才发现来的皮划艇上全是学校的标志。

"学校的那个皮划艇队吗？"她问由嘉。

"对，"由嘉点点头，意味深长，"你继续看。"

还怎么看？

皮划艇的大队伍长途跋涉而来，有的队员已经停止划桨了，岸边的游客举起相机给他们拍照，有人敦促他们继续前进。木子君又往岸边走了两步，发现其中一艘上面的两个队员分明是……

哎，不是？

啊？

她满脸错愕地看着宋维蒲和隋庄顺着惯性慢悠悠漂到岸边，隋庄连滚带爬地跳上岸，往她俩的野餐布旁边一躺，抓起由嘉的汉堡就往嘴里塞。

"别吃我的！"由嘉尖叫。

"太饿了！"隋庄含混不清地抗争。

木子君又一次膝盖着地跪在岸边，看着水里的那个人。只不过对方这一次不是站在游泳池里，而是坐在皮划艇上，朝她伸出了手。

"上来吗？"宋维蒲问，"带你去湖心。"

她不知所措地爬起来，伸出手。抓住宋维蒲手的一瞬间，她就感到了对面传来的力气，继而被一把拽到双人皮划艇上。

他把自己的救生衣脱下来扔给她。

"你不穿吗？"木子君犹豫着接过。

"热。"他用一个字回绝了。

木子君只能老老实实地系好救生衣的扣子，像个米其林轮胎似的坐在他身后，和他一点一点地靠近湖心的位置。

皮划艇的大队伍散开，黑天鹅便不再避着他们了，而是小心翼翼地靠近，就仿佛他们也是天鹅群的成员。木子君坐在宋维蒲身后，感受着湖面轻风拂过，双手慢慢攥住他的 T 恤后摆。

落日西沉，湖面现出金黄的波光。

"我皮划艇的宣传册，"木子君后知后觉地意识到，"是你拿走的？"

宋维蒲倒是回答得坦荡："嗯，看你喜欢那种身材。"

"适度，不要过量。"她提醒。

"了解。"

他继续向着湖心的位置划，速度很慢，前面是替他们乘风破浪的黑天鹅。木子君朝湖面伸出手，轻轻一碰，就绽开一道波纹。

秋天到了……

夏天彻底结束了。

她抬头看向前面划船的宋维蒲，忽然觉得很放松。她知道玛格丽特的事还等着她去解决，金红玫的那串手链也尚未拼凑完整。她知道自己还有论文没有写完，宋维蒲的书店她总得帮他一起收拾。

可在这一刻，她的脑子里只剩下湖泊和落日，以及这个和她一同驶往湖心的人。

有些路一个人走总是寂寞，两个人并肩就热闹许多。

宋维蒲，那个夏天已经过去了。

而这个夏天，我希望它永远不要结束。

书店的转租手续办得很快，几乎是在宋维蒲消息放出去的同时，楼下运营赌场的老板就联系他了。木子君日日上班穿过那里，还是第一次见到这位闽南老哥。

当时，她正在书店里把最后几本书装进纸箱，听到门口闽南语的对话，忽然意识到这也是小宋老师语言体系里的一种。他说闽南话和说粤语的时候不一样，木子君躲在书架后面听了半天——语速不快，慢悠悠地讲，声音比平常甜。

不是语言的问题，就是宋维蒲的问题。两个人说了什么木子君一句都没听懂，赌场老板一边嚼槟榔，一边挥斥方遒，语气财大气粗。好不容易等他挥斥完了离开，木子君才从书架后面站起来，手撑着身子看宋维蒲。

宋维蒲手里拿着还没签的合同往书桌旁走，对她的视线很警惕。

"看什么？"

"闽南话好听哎，"她示意他过来，"给我说几句听听。"

宋维蒲无语。

不是不能说，但她这个招之即来的态度就让人生气。还有，叫他说他就说？他宋维蒲是什么，点读机？

"听哪句？"他问。

"你们刚才说的都是什么啊，"木子君见他过来便又蹲下，继续往纸箱里装还没处理完的书籍，"刚才那几句就很好听。"

他也蹲下和她一起往里放书——最后这架书放完，再把家具都处理掉，这店面就算彻底空了。

对了，还有门外那个刚挂上去的"相绝华文图书"的招牌。没想到会这样早停止营业，早知如此，设计公司应当找个便宜些的。

"讲价格啊，问时间，"他莫名其妙，"这有什么好听的？"

"就是好听嘛，和你说粤语的时候不一样。"木子君封装好纸箱，起身评价，"等你跩哥路线走得厌倦了，可以走走这个甜妹路线，有潜力的。"

宋维蒲根本不想理她。

店面算是彻底空了，除了家具，没打包的只剩电脑和桌面上的几本待邮寄书籍。宋维蒲走过去翻看片刻快递单，发现其中一张的收件地址又是那个眼熟的香港寺庙。

"他又买了一本？"宋维蒲语气意外。

"对。"木子君正在给网店改设置——书店关了，这网店显然也做不下去了，"《白蛇传》《红鬃烈马》，这一次是什么……"

她探头看了一眼。

"《牡丹亭》，还是戏本。"

也是书店最后没被处理的戏本了。

最后这一批快递不多，木子君把书妥帖包好，又拿出一沓信纸，颇有仪式感地写起告别寄语。写了两张"相绝华文图书停止营业，感谢一路陪伴"后，她忽然觉得这话太干瘪，干脆揉皱，在一张新纸上默了四行诗。

"佛许众生愿，心坚石也穿。今朝虽送别，会却有明年。"

诗是小时候她爷爷教她背的。中国人道别不说道别，总说还会再见，这大概就是海洋文明和陆地文明的不同。码头送别，一去千里，隔着大洋再不回头；驿站送别，总觉得那个马上渐行渐远的人影，即便一朝须发皆白，还是会回来。

快递有七件，她担心封口的时候有损耗便写了八张，每个包裹里都放了一张。最后多的一张给了宋维蒲，他看了半天也没看懂，抬头问："这是什么意思？"

"书读百遍，其义自见，"木子君信口说道，"让你贴在床头熏陶的。"

宋维蒲："你前面那八个字我也没听懂。"

文化水平不一样，很难共事。

家具晚些时候会有人来收，宋维蒲先联系的是能帮忙拆招牌的装修公司。木子君亲眼看着这副招牌装上去，如今又亲眼看着它被拆下，心里还涌起几分哀伤。

机械吊臂吊着招牌往下落，最后落到一辆推货的平板车上。木子君走过去摸了下招牌边沿，蹭了一手灰。

"放哪里？"她问宋维蒲。

"先放车库吧。"宋维蒲和工人结了现金，随即推着车和她往家的方向走去，"扔掉不太合适，放在家里做个纪念也行。"

也是，毕竟是她的墨宝。

木子君庆幸书店和车库都在唐人街上，铁质招牌虽说沉重，但也没耗费太多工夫。

两个人在车库折腾了一番，宋维蒲忽然想起什么似的问她："玛格丽特回你邮件了吗？"

一个令人悲伤的问题。

名片上有玛格丽特运营的珍珠农场的邮箱，也有地址。凯恩斯离墨尔本的距离比爱丽斯泉更远，木子君不想贸然行动，先写了封情真意切的邮件过去。考虑到玛格丽特和胡秘书是离婚关系，她很是认真措辞了一番。

她也不确定这封邮件是否会勾起玛格丽特女士的伤心事，总之已经过去两周了，她还没收到来自对方的任何回复。

"还没，"她低下头回答，"我连垃圾邮箱都每天查看，什么都没有。她是不是根本不看邮箱啊？她应该很大岁数了吧，会用电脑吗？"

往车库里放东西，腾起不少灰尘。宋维蒲被呛得咳了几声，在腾起的灰尘里看向她。

"总是要做生意的，她不看也会有别人看，别着急。大不了——"他偏过头停顿片刻，"名片上有地址，我们去凯恩斯就好了。"

"又要出去啊……"木子君眼前一黑，"我都跑累了。"

"咣当"一声，宋维蒲把招牌彻底推进车库角落的夹缝。他转头看向木子君，不在意地笑了笑。

　　"我都习惯了。"他说。

　　真有趣，刚来墨尔本的时候，她要靠给书店工作才能换得他抽出时间开车送她，如今习惯的人倒成了他。分明上一次出门只在三个月前，可一个夏天过去，有太多东西已经改变。她忽然觉得这座车库就像一个天平，她与宋维蒲任何轻微的移动都会导致天平失去平衡。

　　不要，不是，不对，不该在这里，他还没对她彻底坦白。木子君忽然不受控制地想，如果是金红玫，她在喜欢的人面前会如何做？她已经彻底走出了上海那段旧事，那在澳洲的漫长岁月里，她是否爱上过别的人，又是否有过这样模糊不清的时刻？

　　金小姐，你掌握了命运的所有主动权，那对爱情呢？

　　你对爱情也这样主动吗？

　　她该主动吗？

　　金红玫当然不会回答她，金红玫只留下这样一栋不会说话的房子，把一生的碎片藏进诸多角落。车库里没有空调，木子君越发地觉得热，或许是因为刚才搬了东西。她低下头往裤子上蹭了下灰尘，手摸到裤兜，发现静了音的电话在振动。

　　她得救了。

　　出乎意料，来电的是瑞恩。

　　木子君盯着来电显示想了一会儿自己为什么会产生"出乎意料"的心情，这才意识到，瑞恩不会说话，他应当给别人发信息，而不是打电话。如果打电话的话，话筒那边的人一定不是他。

　　有了这个心理准备，她听到电话那头的英文女声时，就不是很意外了。

　　对方语速很快，伴随着背景里的猫狗叫声。对方是宠物医院的员工，她说手机主人的狗狗生病了，但因为店里没人会手语无法沟通，关于病情的交流又很复杂，只能拜托员工打电话向她求助。

　　"需要我到现场吗？"木子君询问。

　　那边给了肯定的答复。

　　好在书店的整理已经告一段落，她下午也没什么更紧急的事。木子君让员工告诉瑞恩不要着急，自己马上就到，又确认了宠物医院的地址，便匆忙要出门。

瑞恩对那只狗的关心有目共睹，看见宠物生病又没办法用语言沟通，木子君能理解他现在的心情。宋维蒲跟了她两步，问："怎么了？"

她一边收拾东西，一边和他解释。宋维蒲听到这个名字的时候眉毛挑了下，说到狗的事以后倒是理解了。刚才搬东西都弄脏了衣服，两个人回二楼迅速换掉，木子君听见他说："我送你过去吧。"

宠物医院开车过去二十分钟，两个人下车进门，便看见瑞恩和无精打采的狼犬史蒂夫。宠物医院门口有两排座椅，史蒂夫像人一样窝在椅子里，头搁在瑞恩腿上，前爪插着输液的针头。

木子君过去在他面前晃了下手，瑞恩抬起头，明显松了口气。

他费力地把手从史蒂夫身子下面抽出来，和木子君说医生说还有其他情况要沟通。大概是预感到他要离开，史蒂夫哼唧着抬起头，可怜巴巴地注视着瑞恩。

"它要有人陪着。"木子君迅速领会了狗的意思，继而把目光转向宋维蒲，"你行吗？"

瑞恩是主人，木子君去翻译，宋维蒲目前的确是陪狗的最佳人选。他也不知道自己是犯了什么罪，木子君一看见瑞恩就得乐于助人，他以前自己在旁边生闷气就算了，现在还得给瑞恩哄狗。偏偏瑞恩本人总是一脸善解人意，自带人畜无害的属性，对木子君的需求全在情理之中，以至于从第一次会面就让他产生了"我真该死啊"的自责感。

他！宋维蒲！

维州首席活菩萨！

短短三秒钟，宋维蒲已经完成了心理活动，闷不作声地走过去接替了瑞恩的位置。好在史蒂夫这次没有冲他乱叫，病重之下把头顺从地放到他腿上，继续闭着眼睛输液了。

瑞恩又担忧地看了自家狗一会儿，这才和木子君离开。

诊疗室里还没有其他主人，木子君和瑞恩进门，那个金发的女医生便和木子君说起史蒂夫的病情。很多专业术语她并不懂，只能连比手语带往纸上写，总算和瑞恩沟通清楚了。

主要还是肠胃的毛病，可能是背着瑞恩乱吃东西导致的。医生开了些药，又询问瑞恩最近能否保证每天来一次输液。

瑞恩看着木子君向他翻译，有些担忧地皱眉。

瑞恩："我很着急，就是因为我明天要去悉尼，品牌有一场会议。"

木子君："可以住院吗？"

瑞恩："它上次住院后接回来的时候状态非常糟糕。"

木子君："那位和你去店里的手语翻译呢？"

瑞恩："他这周出差了。"

木子君叹了口气，感受到了听障者在陌生世界的寸步难行。

他现在应该非常想回西澳。

"没关系，"她安慰他，"我们先把药开好，下午慢慢想办法。"

宠物出事主人很难不焦虑，木子君陪瑞恩等药品送过来的时候一直在转移他的注意力。沟通间，她也理解了这只狗为什么对瑞恩意义重大。

他说自己小的时候和哥哥一起在珍珠农场长大，但哥哥去上高中后他就没有了玩伴。寂寞的童年，世界也寂静，码头上其他同龄的孩子不会为了他专门去学手语。

他在药方背面为木子君写下他长大的那个码头的名字：Lost at Sea（迷失海洋）。

他父亲说这个名字是用来纪念那些为了捕捞珍珠丧命海中的采珠人。

木子君："所以你哥哥去读高中后，这只狗成了你的朋友？"

瑞恩："是的，是一个码头上的老婆婆送给我的。"

史蒂夫送过来的时候只有一个月大，外形酷似它的祖辈。据老奶奶告诉他父亲，它的祖辈是最早来到这个码头的捷克狼犬，彪悍，体型巨大。它本来另有其主，但对方离开的时候它已经习惯于码头的生活，甚至可以在船上跟着采珠人吃鱼为生，原主人也就把它留在了"迷失海洋"，留给了老奶奶。

它陪伴了瑞恩的整个少年时代，它不会嫌弃他不会说话，甚至在有几次坏孩子想找他麻烦时保护了他。两个人建立了奇妙的联结，他们之间甚至可以用眼神沟通。

瑞恩："它很难信任别人，我也不懂为什么它看到你会那么活泼。"

木子君："它今天看起来也很信任我朋友。"

瑞恩："这也让我很惊讶，它不喜欢男性。或许你们两个身上有什么东西，让它觉得安全。"

药品终于配齐，交到瑞恩手里。木子君和瑞恩拿着药回到外面的等候处，发现输液刚刚结束，护士来给史蒂夫换针头。

确定了近期都要输液，一次性针头就要换成留置针，这样可以避免下次再扎，毕竟狗不是那么配合。留置针颇为显眼，木子君看见都忍不住皱眉，瑞恩也加快脚步，担心史蒂夫会有什么异常反应。

没想到护士动手的瞬间，一直没说话的宋维蒲忽然一只手扶住它脖子，然后用另一只手盖住史蒂夫的眼睛，身子微微低下，把它的头抱进怀里，安抚性地拍了几下。

木子君短暂地顿住了脚步。

瑞恩显然也没想到史蒂夫会在别人那里这么听话，一时松了口气，脚步也慢下来。史蒂夫窝在宋维蒲怀里艰难而缓慢地摆动着尾巴，木子君笑了一声，快走两步到瑞恩前面，和他说："我有办法了。你去悉尼的时候，我们带它来输液吧。"

瑞恩愣了一瞬，随即朝她露出一个如释重负的笑容。

宋维蒲都不知道自己做错了什么，这维州首席活菩萨的位置他算是坐稳了。活了十九年，没有听说过社交圈里哪位男生给潜在情敌养狗的。

史蒂夫个子太大了，他家又不像瑞恩家里空间大有后院，只能把楼下那间空了的灯具店收拾好给它日常活动。因为只过来住一周，窝也搭得很简陋，但这简陋是和它在瑞恩家的豪宅相比而言。

"才一百刀吗？"木子君等着宋维蒲在宠物店付账的时候问他。

"我的床，"他按捺着不知道哪里来的火气，"都没有一百刀。"

是吗？这样啊，抱歉了。

然而这只是他接到史蒂夫当天下午的反应。木子君觉得宋维蒲很像那种家里不让养宠物的长辈，真正把狗接回来以后，就开始风雨无阻地带它出去遛，喂食，铲屎，输液，甚至带它上二楼客厅。

负鼠失宠，每天晚上按时到来，都被窗户里拆家的史蒂夫吓呆。连

434

续三天吃不到香蕉后，它站在窗口很是大喊大叫了一番——虽然木子君听不懂，但她能听出来，这鼠骂得很脏。

瑞恩从悉尼回来的前一天，宋维蒲开车带着狗和她去了海边。

结束了一周的输液，史蒂夫已经彻底痊愈了。海边没有人，宋维蒲拆了牵绳，它撒着欢跑到海水里打滚。

这只狗不怕水，想来它和瑞恩在海边一起长大，瑞恩又是潜水好手，它游泳的经历或许比许多人还要丰富。

车就停在沙滩上，宋维蒲爬上引擎盖坐着，把木子君也拉了上来。他看了史蒂夫半晌，深吸一口海风，回忆道："我最近想起一些我外婆和我说她养狗的事了。"

"是吗？"

"嗯，她说她很想那只狗，不过狗的寿命比人短很多，那时候一定已经死了，不然她很想去看看。"

"你上次说，她养的也是狼犬。"

"对，她说她喜欢大型犬，凶悍，有驾驭感。"

"开车，打猎，"木子君笑起来，"养大狗，你外婆真的好彪悍。"

"她是很彪悍。"宋维蒲感叹，"可惜她活着的时候，我以为她只会打牌。"

沉默了一会儿。

"木子君，"他说，"一会儿回家会路过她的陵园，你陪我去看看可以吗？"

海风腥咸，她看了一眼身上，庆幸今天穿的是件黑色衬衣。

气温降低了，宋维蒲穿的是件黑色的卫衣，很宽松，罩在身上只露出手腕和颈部。她知道他不是故意这样穿的，去金红玫的陵园也是临时起意。

她明白这种"忽然想去看看"的心情。

"好啊，"她说，"走吧。"

和唐鸣鹤下葬的那处陵园不同，金红玫为自己挑选的陵园更偏远、更安静。天光尚亮，陵园从外面看倒像座庭院，木子君担心史蒂夫进去后扰人清静，在门外很是安抚了一番，没想到它进去后便一直贴在她腿边，样子沉默而严肃。

很神奇，这座陵园不让人害怕，大约是花草树木生机勃勃，整片陵园笼罩在愉悦的宁静里。在道路尽头右拐后，面前出现了一排纪念碑式的坟墓，大理石高出地面些许，墓碑上篆刻着死者的生卒年月。

宋维蒲应当很久没来了，她也不知道他上次来是什么时候，总之，墓碑前的百合花已经彻底干枯。他那时候对金红玫此前的人生所知甚少，送给她的花就像送给任何一位年长的女性，百合，或者康乃馨，又或者雏菊。

这一次，他带的是红色和白色的玫瑰，配的是向日葵与蔷薇，这些热烈的花种会与她更为匹配。

他好像直到她去世后一年，才真正认识了养大他的这个女人。

那个把福利院的人骂走后把他带回家的女人，那个对他总是没什么耐心又迫于责任感只能给他做难吃的饭的女人，那个热衷于和各国老先生跳舞的女人，那个打牌手气好到被唐人街其他阿姨婆婆拒之门外的女人，那个和别的老人一样到处炫耀孙辈成就的女人。

那个漂洋过海来到新大陆的女人，那个热爱给小朋友当英雄的女人，那个穿着男装去监狱打点关系的女人，那个开着车、拿着猎枪、牵着一只巨型犬的女人。

他所认识的只是一团要熄灭的烟，而她曾经是一团绽放过的火。

陵园寂静，宋维蒲很沉默，木子君也很沉默，反倒是史蒂夫小声呜咽着走到墓碑前，眷恋地用头拱了几下墓碑。木子君扯了一下牵绳，它脚步踉跄，这才依依不舍地退了回来。

宋维蒲蹲下身揉了下它的头，史蒂夫又向他怀里拱去。他低头看了一眼，再开口时，语气显出一丝意外。

"你哭什么？"

木子君循声望去。

原来狗也是会哭的，眼角下耷，泪光闪烁。她过去揉着它的耳朵哄了哄，它愣愣地看着木子君，有些错乱地转了个圈，卧下了。

"算了，回去吧。"宋维蒲说，"它病刚好，可能累了。"

她说了声"好"，起身跟着宋维蒲离开。走到道路的转弯处时，她忽然情不自禁地回头望了一眼金红玫的墓碑——

玫瑰与蔷薇被金色的向日葵包裹着，日光刺目，它们的色泽如此浓郁，就像要被日光点燃了。

车上全是狗毛，他俩最近都习惯了。反正打扫了明天还要掉，干脆就等到瑞恩回来把它接走再处理。木子君坐在副驾驶座上等宋维蒲把车开回家，放狗回楼下的空店面，然后便和宋维蒲回了二楼的客厅。

家里有茶，她烧开水泡上，回到茶几前解锁笔记本电脑。大约是刚从陵园回来的缘故，宋维蒲和她话都不多，只在客厅各做各的。

她习惯性地打开邮箱，读了几封学校的通知，又回复了小组作业的任务，便继续往下拉。

空气很安静，安静得有些过分，连她敲击键盘的声音都消失了。宋维蒲觉出异常，抬头向木子君看去。

她的脸色被屏幕映亮，神色是一种后知后觉的震惊。嘴唇无声地翕动片刻后，她抬起头，视线与宋维蒲对上。

"我们绕了好多弯路啊。"她说，然后慢慢把目光移回屏幕——

"是的，我已经和胡先生离婚四十年了，我与他度过了一段不幸的婚姻。他是一名好的商人，但不是一位好的丈夫。"

没有任何铺垫，邮件的开头就是这样两句话。宋维蒲很快坐在木子君旁边的沙发上，皱着眉看完玛格丽特回信的第一段，有种打扰到他人宁静晚年的愧疚。

好在玛格丽特话锋一转，后面的内容就是他们要的东西了。

胡丰年的珍珠贸易公司是1944年注册的，他当时和悉尼的港口打通了关系，也联系到货运公司，有一条能将货物运往亚欧的航道。除此之外，他的一位旧生意伙伴也在此时前往西澳掘金——当然不是真的金子，是珍珠。西澳的天然珍珠，对商人们而言，就是金子一样的东西。

1944年，澳大利亚通信仍不方便，西澳地区和中部沙漠一样，只有零星几座城市，通信设备不完善，连接城市的只有荒凉的公路。胡丰年决定与这位伙伴合伙做珍珠生意，把西澳的珍珠运往悉尼，再经由他打通的航道转运。

玛格丽特当时刚刚与他结婚。哪怕是生意人，年少时的感情也是热烈的。他用玛格丽特的名字命名了自己的珍珠贸易公司，作为与她爱情的见证。

1944年的夏天，玛格丽特第一次见到金红玫，金红玫是胡丰年聘请来的珍珠运送司机。起初她也感到意外——她以为丈夫会找个男人。但胡丰年告诉她，他在整个澳大利亚，都找不出比金红玫做事更稳妥的男人。

从悉尼开车到西澳那个叫作"迷失海洋"的码头，胡丰年为金红玫提供了一辆澳洲当时最常见的奥斯汀汽车，并送了她一只琥珀色眼睛的捷克狼犬。他相信金红玫的车技与人品，他也深知她的美貌，因此作为同伴，狗会比人更可靠。

玛格丽特说她听不懂中文，因此在那场家宴上她也没听懂胡丰年与金红玫的交谈。她看到胡丰年给了金红玫一个装着支票的信封，她知道那是作为货运司机的定金。

然后，金红玫牵着胡丰年送她的狗，开着胡丰年送她的车离开了他们在悉尼的宅邸。玛格丽特再未见过金红玫，但她听胡丰年提及，金红玫替他送运完最后一批珍珠后，留在"迷失海洋"了——和她的捷克狼犬一起。

这就是她知道的关于金红玫的一切。她是个很老的人了，记忆也不再清楚，没想到会有人来问这些事。

"尽管不知道你要做什么，但还是希望我能帮到你们，年轻人，"玛格丽特在邮件末尾写，"非常荣幸，我的记忆还有这么一丁点的用处。"

邮件，史蒂夫在墓园里异常的反应，瑞恩说过的话，还有那个名为"迷失海洋"的码头——事情在一瞬间变得清晰起来。

其实一切都有迹可循，只是他们没有把细节联系到一起。

玛格丽特·胡成立于1944年，金红玫凭借和胡丰年的私交承担了珍珠从"迷失海洋"码头到悉尼的运送。胡丰年给了她一辆车，也给了她一只狗。

最后一批珍珠货物运送完毕后，金红玫出于某些原因留在了"迷失海洋"，她的那只狗也成为"迷失海洋"码头上的第一只捷克狼犬。

她在那里待了一段日子，其间通过某种方式赚到了钱，拥有了一颗或几颗昂贵的珍珠，并将其中一颗寄往爱丽斯泉的旅社，送给萝塞拉作为礼物。

　　最后，就像悉尼和爱丽斯泉一样，金红玫再一次离开了这些短暂的落脚点，重新回到了墨尔本，开始经营自己的人生，买下了他们所住的这栋红色小楼和书店的铺面。她把那只捷克狼犬留给了当地一位女性，这只狼犬繁衍出自己的家族，其中一只后代被她老去的朋友送给了瑞恩的父亲。

　　出于犬科动物隔代的忠诚，史蒂夫对宋维蒲和木子君都有超乎常人的亲近。只可惜狗不会说话，否则它一定会大声在他们耳边吠出家族长辈告诉它的故事。

　　凯恩斯终归是不用去了，而关于金红玫在西澳的人生终于有了大致的轮廓。木子君无法确定"不"这颗珠子是否真的被留在那里，但既然墨尔本没有手链的其他下落，"迷失海洋"作为金红玫人生中的一站，显然至关重要。

　　至于那个把史蒂夫送给瑞恩父亲的老妇人……一定知道许多。

　　瑞恩那天并未提及她是否健在，这一刻，木子君发自内心地祈祷她健康长寿。

　　那个时代留下来的人不多了，而妈妈昨天刚和她打过电话，爷爷最近的精神又有一些消沉，医生让家属随时做好送他来住院的准备。

　　所以留给他们的时间，也不多了。

　　瑞恩曾经询问过木子君手链的故事，她当时用"太长"推托了，毕竟要把这件事用手语说清楚实在是工程浩大。而这一刻，木子君无比遗憾她偷过的懒。

　　瑞恩从悉尼回来当天，木子君就和宋维蒲带着史蒂夫开车到他家里，也带上了萝塞拉的信和玛格丽特的邮件，包括叶汝秋的自传和唐鸣鹤与金红玫的那张合照。

　　这的确是一个很长的故事，瑞恩抱着史蒂夫听得如痴如醉，从故事中惊醒的下一刻，便动笔给在"迷失海洋"接手父亲生意的哥哥写了几条很长的信息。

写完，他抬头问木子君："但无论如何，你们要去码头见她，对吗？"

木子君："是的，这个世界上见过金红玫的人不多了。"

瑞恩："好的，我也很想家了，我会和你们一起回去。"

作为对他们养了史蒂夫一周的报答，瑞恩邀请他们在家里吃了晚饭。大约晚上八点时，他哥哥的消息发了过来，这一般是他们从海上收船回家的日子。

瑞恩看向手机屏幕，神色随即露出惊讶。木子君接过他的手机，目光落到屏幕上的那张照片上，神色也是微微一怔。

这是她第一次看到金红玫单人的黑白照。

她没有穿旗袍，也没有穿男人的衣服。她穿了一条过膝的双排扣翻领裙装，踩着方便行走的平底鞋，斜戴一顶帽子，闲适地靠在她的奥斯汀驾驶座上。她脚边窝着一只身长一米的捷克狼犬，温驯地靠着她的脚踝。木子君把照片拉到最大，定位在她手腕处，敏锐地发现金红玫把绳子用一种编法编起来，固定着最后剩下的两颗珠子不在腕间乱晃。

也就是说，"不"字当时已经不在她身上了。

"迷失海洋"码头周围的居民并不多，瑞恩的哥哥只是回家时路过询问，那位老妇人便找出了这张照片。木子君把手机递给了宋维蒲，知道这次西澳之行，要尽快动身了。

整个夏天都没有离开墨尔本，木子君这一次居然有了种惜别之情。好在先前每次出发都是前途未卜，这次倒是知道要去哪里，也有本地人带路。

出发前的最后一个傍晚，他们彻底结束了对"相绝华文图书"的清理。这里曾经摆满了金红玫留下的旧书，每一张桌子、每一个书架也是她亲手选购的。

她那年一寸寸为自己搭建出这个安身立命之所在，如今书店也随着她的离开烟消云散。原来即便是金红玫这样强悍的人，留在这个世界上的痕迹也会在她死后逐渐消失。到最后能保留下来的，或许也只有那些与她共事过的人的记忆。

至于这个地方，会有新的主人和客人，新的生意和喧嚣。

生死是人间大事，但也是最寻常不过的事。她活得如此尽兴，走的时候才会如此干脆。木子君如此相信金红玫这一生没有任何遗憾，反倒是她的爷爷，事到如今，仍在念着少年时代的那段未解的执念。

抬起头，宋维蒲刚刚把书店的钥匙放在窗台的平台上，不锁门，赌场的老板晚些会来取。

"就这样了？"她退了几步到门外，等着宋维蒲出来，"可以去西澳了？"

"嗯，去西澳吧。"他说，回头把玻璃门虚掩上。

她倒退着走，他纵容地跟上她脚步的节奏。她的脑回路不知道怎么绕的，又说："宋维蒲，我们去了西澳，要是那只狗还有后代，我给你买一只吧？"

他莫名其妙："我不想养狗。"

"你一百刀的狗窝都买了，"木子君想了想，强调，"比你自己的床都贵呢。"

实在是一个又破又有力量的理由。

居然有点被这个破理由说服了。

从墨尔本出发，到西澳任何一个地方都要先飞珀斯，再转机前往。瑞恩带着狗先走一步，他不想在机场托运宠物，只能自己开两天车回去。木子君和宋维蒲则是买了下午起飞的机票，刚好能赶在机场租车中心下班前抵达。

瑞恩和她说过不少次墨尔本糟糕的天气和西澳的万里晴空，可惜他俩今天抵达时大约把墨尔本的雨水也带了过来。航班在暴雨中颤抖，坐摆渡车时她甚至能听到远处传来的滚滚雷声。就在他俩抵达后不久，广播就宣布所有航班暂停起飞。

机场非常小，穿过抵达处的马路，对面是一栋在暴雨中摇摇欲坠的小铁皮屋，里面坐了一个明显在着急下班的金发员工。宋维蒲进去和她短暂交涉，又签署了几页纸，她便把车钥匙"啪"的一声扣在桌面上，然后迅速立起窗口前暂停服务的标牌，打着伞撤退了。

他俩都没带伞。不过这种天气，带了似乎也效果甚微。从马路到铁皮屋已经淋湿不少，在停车场找他们的车又花了些时间。宋维蒲在雨幕中看到那辆越野的影子，几乎是推着木子君让她上了宽敞些的后座，然后自己再跳上去。

关门的一瞬间，外面的风雨声全都降了音量。

她知道他为什么要上后座——他俩都淋湿了，头发和衣服都能拧出水。天色在几分钟内迅速暗淡下来，挡风玻璃上水流如瀑，一道电光后，雷声从远处滚滚而来。

好在上车了，木子君攥了一把头发，长舒一口气。

这次来的时间不久，两个人都是轻装上阵，一人带一个背包。木子君从书包里拿出毛巾把头发擦了擦，又递给宋维蒲，示意他也处理一下。

他低着头微微抖了下头发，细密的水花便溅上她的手背。木子君收回胳膊，看见他也打开背包翻了翻，掏出两件干燥的T恤。

"换吗？"他方才起身按亮了驾驶位头顶的灯，此刻借着昏暗的灯光看向她。木子君接过他的衣服，想起自己的都压在背包最底下，便点了点头。

"那我去机场便利店买点东西。"他说，转身就推车门。

车刚开一道缝，窗外又是一道雷声，轰隆作响，狂风挟雨进了后座。木子君急忙拽住他的胳膊，说："不用了，没事的。"

他一时没有回头。

"我是说……"木子君声音渐小，"外面雨太大了。"

车窗外彻底暗下来了。

宋维蒲身子完全朝向车门，眼神也定在车窗上。木子君揉捏了一会儿他的棉质T恤，然后将T恤挂到驾驶座椅背上，双手抓住自己的上衣下摆。窸窸窣窣，是湿透的布料与皮肤剥离的声音。她把紧贴着身体的衣服脱下来，上身一时只剩下胸衣。

宋维蒲坐在一侧，没什么声息。

腰和锁骨上都有没擦干净的水，她用毛巾把那些水痕都擦拭干净，这才伸手去拿挂着的T恤。刚抬手，她余光忽然看见宋维蒲身子动了下，头比刚才更低，不再看着车窗，而是看着门把手的位置。

她边穿衣服边侧过视线，发现他后颈处红了一整片。

他的 T 恤肩很宽，穿在她身上肩线落得很低，干燥温暖，的确是比湿衣服贴在身上舒服多了。木子君松了口气，把下摆处整理好，抬手拍了拍他的肩膀。

宋维蒲动作缓慢地把头转了回来，仍然不看她，耳侧也是红的。

不能吧。

西澳这边没什么污染，雨水不应该有酸性吧……

该他换衣服了，现在轮到她把头转过去了。木子君没有宋维蒲那么正襟危坐，人靠在座椅上，头闲闲转向漆黑的车窗。只看了一会儿，她的后颈和耳侧，也慢慢地烧了起来。

漆黑的车窗像是镜子，毫发毕现地照出了后座上的一切。

她缓慢地眨了下眼睛，也默默地，把头低了下去。

有一说一。

皮划艇，还是挺有用的……

这场两个人都心知肚明的尴尬终于在宋维蒲把衣服换完，并且从前座中间跳过去坐上驾驶位时结束。木子君对着镜子里的自己默念几句"无事发生"，也手脚并用地爬到前排，在副驾驶座绑好安全带。

雨势有了一些变小的苗头，宋维蒲用手机导航了瑞恩发来的他家的位置，启动车辆，朝着"迷失海洋"码头的方向开过去。

每个城镇的发展都与最初的交通枢纽有关。墨尔本最初只有火车站，城市的发展就以火车站为圆心，悉尼则是从港口辐射开，至于这座小镇，码头附近的建筑和街道明显比周边繁华。

可惜现下暴雨，时间又晚，所有的店面都已经关门。海面上的雾气随着雨气飘荡而来，挡风玻璃都已雾成一片。宋维蒲放缓车速，沿着导航指示慢慢拐弯，终于看到了站在路边举着伞的瑞恩。

他迅速把车靠了过去。

木子君打开车门，瑞恩递给他们两件雨衣。大雨倾盆而下，他们裹着雨衣和瑞恩匆匆回了他亮着灯的家。

他哥哥和父亲都去珀斯送货了，因此今晚只有他一个人。房子比他在墨尔本的大，屋子里陈列着各种珍珠设计，都是他的手笔。木子君和宋维蒲像是两个逃难来的客人，分别去用热水冲洗了一遍身体，然后才换了干净衣服坐到饭桌前。

几天没见木子君，史蒂夫显然很激动。她吃饭的时候，它就卧在她的脚边，用头枕着她的脚背。瑞恩给他俩整理好两间客房，木子君一身疲惫地回了房间，发现史蒂夫还不依不饶地跟着她。

"乖，我要睡觉了，"她揉揉它的脸，"去找你主人玩。"

史蒂夫睁大眼睛看着她，在她腿旁绕了两圈，又用鼻子在她手心里嗅了嗅。椅背上扔着她那件湿透了的T恤，木子君看到史蒂夫轻手轻脚地走过去，把那件衣服咬了下来。

"我明天洗啦。"她以为它在催她。

没想到，史蒂夫咬着那件T恤看了她一会儿，扭头就走，嘴上并未松开。木子君这才反应过来，腾地从床上跳下来，忙不迭地去追它。

然而它已经跑下楼了。她听到楼下的奔跑声，它还撞了下柜子，然后门被撞开，门外浩瀚的雨声一瞬即逝。

"咔嗒"一声，门自动关上了。

木子君不知道史蒂夫是不是经常这样不知会瑞恩就跑出去玩，不过这里毕竟是它长大的地方。她给瑞恩发了条短信，他没有回复，想必是睡着了。

木子君叹了口气，有些不知所措地回到了自己的客房卧室。

大雨，行为异常的史蒂夫。

她躺回床上睡觉，翻来覆去半响终于有了倦意。脑海里电影似的翻过来到澳大利亚后的种种——灯火通明的中式山庄，烈火中燃烧的狮头，红土沙漠不熄灭的巨大岩石……

还有那个七十年前穿行在这些画面中的女人。

她穿金色的旗袍、男款的灰色西装、双排扣的翻领裙。她行走在河对岸的模糊身影逐渐变得清晰，她一步步地穿过了那座桥，然后……

木子君的耳朵里忽然传来了非常模糊的狗叫声。

宋维蒲和瑞恩的房间都在靠着后院的方向，只有她的房间朝街。木子君在雨声和狗吠声中睁开眼睛，意识到可能是回家的史蒂夫后，急忙披了件外套下楼。

她摸索着墙壁打开了客厅的灯，然后走到大门前，把冲着街道的门打开。然后，三只狼犬的身影，从雨夜的雾气里缓缓地浮现出来。

木子君愣住了。

站在最前面的是史蒂夫，它仍然叼着她的衣服。看到她开门，它便亲热地跑过来卧到她腿边，进门前还记得抖了一番身上的雨水。而后，另外两只和它长相一模一样的捷克狼犬也慢慢走到大门前，抬起头，湿淋淋地看着她。

木子君鬼使神差地弯下了身子。

她觉得其中一只狼犬嘴里好像咬着什么东西，迟疑着朝它伸出了手。果然，那只狼犬朝她走了两步，低头在她手心里舔了下。再离开的时候，她的手心里，便多了一颗珍珠。

她和那两只陌生的捷克狼犬对视，但它们似乎也没有其他打算，只是冲着她摇了摇尾巴，然后掉转身子，消失在没有尽头的雨幕和雾气中。

手心的珍珠提醒她这一切不是幻觉。木子君伸手揽过史蒂夫，一下一下摸它湿透的皮毛，这才意识到它叼着自己的衣服离开，是要去告诉这些血脉同族，来的人是她。

木子君抬起头，仿佛看到雨幕之中，有金红玫一闪即逝的身影。她曾经觉得看清她的样子都是奢望，可如今，她甚至能在这片她曾涉足过的土地上嗅到她的气息。

金小姐，你在这里，也留下了自己的传奇，是吗？

下了一夜雨，第二天醒来的时候，世界像是用水洗过一遍，连沿海小镇空气里特有的腥咸都被洗掉了。

瑞恩带他们去码头附近吃早饭。这边的人们醒得非常早，才七点多，码头附近的小店就都开门了，咖啡店里坐满了人。木子君和宋维蒲要了咖啡提神，点的贝果里面夹的都是煎海鱼。

从所坐的地方望出去，远处是海岸和高耸的峭壁。木子君没想到这地方还能有山，眯着眼看了看，发现裸露的悬崖顶部有一座类似庙宇的建筑。

"那是什么？"她问瑞恩。

这问题似乎难住了他，瑞恩也无法用手语回答，最终在手机上搜索出一些图片。木子君接过看了看，惊讶地发现他找到的是一尊供奉着女性神灵的庙宇。她把手机拿给宋维蒲看，他放大看了一眼神灵头顶的匾额，看到了"表海昭神"四个字。

"妈祖庙？"他反问。

"是妈祖吗？"木子君奇怪，"你认识？"

"唐人街以前有，赌场老板常去拜。"

"那就是说这里也有人信吗？"

木子君对妈祖了解不多，之前耳闻过一些。对妈祖的信奉常见于南方沿海，传说中她是海上的保护神，守护过往的渔民商船。没想到隔了一个印度洋，还能见到她的庙宇。

她转向瑞恩，把相同的问题投了过去。瑞恩点点头，回答她："你要去见的人，是她找人修建的。"

怪不得。

木子君点点头，低头用叉子把最后几块鱼吃完，继而转向宋维蒲。

"做好说闽南话的准备，"她说，"你又要有用了。"

宋维蒲已然习惯，低头把自己的咖啡喝得见底，抬头客气道："My pleasure（我的荣幸）！"

瑞恩吃东西比他们两个慢，还不时有路过的小镇居民和他打招呼。

码头的生活节奏和城市截然不同，朝阳从海面上升起，雨后的商铺在阳光里晶莹剔透。早饭接近尾声时，远处忽然传来几声狗吠，木子君抬头望去，只见几只大小不一的捷克狼犬从远处跑过来，有一只最小，跟在后面跌跌撞撞地跑。几只大的路过木子君时紧急刹车，神情严肃，仿若已经与昨晚那两只先行官互通有无。只有那只小的站不稳，在地上滚了几圈，最后滚到木子君脚边。

她捧着它的肚子把它抱起来。

捷克狼犬小的时候远没有长大后威风，毫无狼的样子，和乡下的土狗没有太大差别，在人膝盖上撒娇打滚，嗷嗷乱叫。

"小心它咬你。"宋维蒲皱了下眉。

"不会的，这边的狗都不会咬我。"木子君已然有了自信。

话音刚落，间或发出吠声的狗群忽然陷入了寂静。木子君抬起头，看见一位头发雪白的亚洲老人在孩子的搀扶下慢慢走到了他们身边。

瑞恩回过头，看清来人后，便急忙站起身，和对方拥抱，并迅速地贴了两下侧脸。那位老人也慈祥地与他拥抱，伸着树皮一般的手拍了拍他的后背。

木子君和宋维蒲也都意识到，老人从出现在码头上的那个瞬间开始，目光就定在木子君身上，再也没有移开过。

果然，在和瑞恩打过招呼后，老人示意一直扶着她的孙辈松手，然后自己拄着拐杖，一步一步地走到了木子君面前。

她伸出手抚摸木子君的脸，木子君感受到了她干涩的指腹。苍老的皮肤触上年轻的皮肤，几乎有着砂纸一般的触感。

她伸手拥抱木子君，因为个子太矮，木子君不得不深深地弯下腰。木子君听到她在耳边说了句什么，然后才松开手，拄着拐杖后退了两步。

"她……"木子君看向宋维蒲，"她和我说什么？"

宋维蒲看着她缓慢离开的背影，示意木子君跟上。

走了这么多弯路，这段关于金红玫的西澳往事，终于要拉开帷幕。

"她说，"他微微弯下腰，靠近木子君身边，尽力还原着对方的口吻，"好孩子，来到这样远的地方，一定是海神娘娘指引了你的方向。"

1944 年，"迷失海洋"码头。

如果给十八岁的阮银姑再来一次的机会，她会跟着丈夫来到这片大洋彼岸的码头吗？她也说不好。

也不是多么特立独行的决定。他们那边，出海不是罕见的事情，下南洋的人家家户户都有。银姑从小就听过那些国家的名字——越南、泰国、马来亚……澳大利亚是其中最遥远的。

穿过印度洋的海浪，人们会抵达一个叫作西澳的地方。那里盛产珍珠，水性好的人顺着潮汐漂流，再回船上的时候，就能倒出一筐一筐的珍珠贝。南洋的珍珠明亮如月光，卖到市场上有难得的好价格。即便蚌肉里是空的，将贝壳打磨出售，也能销往大洋内外做纽扣。

先人远渡重洋挖了金山银山，一张张的侨批（一种汇款的家书）寄送回国兴建宗族庙宇。轮到他们这一辈，珍珠就是海里的矿。

丈夫同她说，他们抵达和谋生的码头叫作 Lost at Sea，译过来是"迷失在海中"的意思。阮银姑撇撇嘴，心中觉得外国人起名字触霉头，与家乡万事要讨彩头的风俗不一样。

那年"迷失海洋"多了不少船队，也多了不少善潜水的欧亚面孔，一些沿海而生的澳洲原住民被一道买来在深海里寻觅珍珠贝。阮银姑的丈夫在家乡就是水中好手，来到西澳也很快打出名头。她站在码头上看过他们出海的样子，一艘采珠船四个人，两个潜水员、两个后勤官。她的丈夫穿一身黑色潜水服，手里拎着入海时要戴的头盔，胯边悬挂两个空筐，用来放从海底抓起的珍珠贝。

其实她也是会潜的，海边长大的孩子哪有不懂潜水的，无论男女。只是丈夫宽慰她，出海赚钱他一个人就够了，家中总要有个人，像是船有缆绳马有缰，上天的飞机也得有导航塔。

女人是缆绳是缰是导航塔，可阮银姑觉得自己也能做船做马做飞机。

不过那年丈夫身体健壮，说话声如洪钟，对她也是一等一的好。别的家乡女子见了都艳羡，阮银姑没什么好不满的。

那一年，阮银姑十八岁，早起的第一件事是去码头上卖蚵仔煎。来讨生活的家乡人爱吃，其他国家的人也会壮着胆子来凑热闹。她不怯场，勺子在油锅旁边磕一磕，"哐当哐当"，上下船的都掉过脸来看，看这个小个子的亚洲女人在摊位间脚底生风地行走，她比她的丈夫更早声名远扬。

她卖过早点后，就回家打点他出海的行头。做他们这一行，是和大海抢东西，人在浪里，一个不谨慎就要殒命。丈夫做事太粗糙，她心细，一样样打点过去，才敢让他穿戴。再然后，擦擦洗洗，洗洗刷刷，把明日摆摊的材料拾掇干净，就到了该做晚饭的时候了。

有时候会下雨，也会起风。印度洋的风浪喜怒无常，每到此时，码头上的人便会停下手中的工作，为远去的船只祈祷。

不同的民族有不同的信仰，阮银姑看他们五花八门的手势，想起自己坐上那艘远洋船前，一行人在妈祖庙里虔诚跪拜的样子。她也想去为丈夫祈祷，可这座南半球的码头小镇没有妈祖庙，甚至连一尊可供跪拜的妈祖画像都没有。

好在丈夫的采珠船一直平安靠岸，从未出过差错。或许是海神娘娘怜他们远渡重洋，给了他们出发前的那次跪拜更久的庇佑。

阮银姑逐渐习惯了这座码头上的生活。来到这里的乡亲渐渐多，码头不远处有了华人的聚集地，勉强算是一条唐人街，他们也搬了过去。唐人街上有代书先生，替离家的游子们书写寄往故乡的信件，也在里面夹上汇款的单据。

印度洋的潮汐迎来送往，孕育出一座以珍珠为生的小镇，潜水捕捞的采珠人，运营采珠船队的老板，制作船和网的手工者，运送珍珠的司机，采购珍珠的商人……若是采金矿的人叫金山客，那他们该叫什么？珍珠客？

好，就叫珍珠客吧，这不是一个官方的称谓，仅在此处有效。

阮银姑二十岁那年，码头上来了几个新人，口音各异。

她不懂，但她的丈夫好像被予以重任。那天，他被人叫出去说了些话，再回来的时候，就用很严肃的口吻告诉阮银姑，昨天来的这些人是做大事的人，尤其那位姓空的先生，更是个要紧人物。现下空先生受了重伤，其他人把他送来这座遥远的南半球小镇养身体，明日就继续去做大事了。

空先生？哪有人姓空。阮银姑不懂，丈夫就露出一副他都懂的表情。

"上一个身份死了，下一个身份还没被赋予，"他说，"过去和未来都是空的，自然就姓空了。"

阮银姑不懂丈夫怎么忽然说话变成了这副故弄玄虚的口吻，还文绉绉的——这还是她那个只懂捞珍珠贝的粗人丈夫吗？他可是连家书都要花钱找唐人街上的代书先生写的。

总之，这个没有过去，也没有未来的空先生就在他家里住下了。阮银姑有一个优点，就是不懂的事她从不多嘴问。反正多伟大的人，走进家门都是一床三餐，她在桌上添一副碗筷，空先生就拖着身体来吃些。一个大男人，吃饭那么少，也不说合不合胃口。银姑欣赏男人话少，不像她丈夫，每每不合胃口便牢骚满腹。

夏天的时候，空先生的身体养好了，但仍没有消息来叫他离开。他不焦躁，似乎已经习惯了等待。银姑看到他开始和丈夫出海，回家的时候听到丈夫夸赞，空先生水性好、车技好，遇到码头上欺辱老人的地痞，身手也是一等一的好。

空先生捞珍珠贝只为打发时间，一筐一筐，数量全算在阮银姑的丈夫身上。珍珠贝按件付费，船长结算了更多薪水。阮银姑本来对空先生吃住在家有些算计，见到这样，也就不再说什么了。

空先生如此低调，但无奈人样貌的俊俏就如同棉絮，风一吹，就飘到哪里都知晓了。码头上有人来问阮银姑，那个住在她家里的男人什么来头，姓甚名谁，有……有妻眷否？

阮银姑当即虚与委蛇，说是丈夫的远房表亲，收到侨批后也为珍珠动心，漂洋过海来捞金，家中已有贤妻，三个孩子堂中跑。

空先生莫名其妙就有了家眷，听闻之后，阮银姑第一次见到他在餐桌上笑。笑够了，他说："若是真能像阮姑娘说的这样，倒是好了。可惜我这样的人，是永远不能有家眷的。"

为什么呢？为什么不能有家眷呢？娶妻生子，传宗接代，她丈夫走的便是这条路，为什么空先生不行呢？

阮银姑不明白，但她仍然秉承着她的优点，不懂，也不多嘴问。

暮年的阮银姑回忆起来，空先生所在的那个夏日似乎格外漫长。大约是闲了太久，他开始自己出去找事情做。阮银姑知道他买了一辆坏了的汽车，又自己将车修好，闲来无事，便顺着公路一直开，开到海岸线的尽头，开到悬崖之下，几乎要开进印度洋翻涌的巨浪之中。

他终于开始留下一些珍珠，卖掉后不养自己，养车。那辆车太过破旧，每每从家门口开走，阮银姑都会担忧它在半路报废。空先生给它换了排气管，换了轮胎，换了车门，几乎换掉了整辆车，仍然无法阻止它发出散架的轰鸣声。

果然，这一天终究还是来了。

那天很热，阮银姑去唐人街上买冰，行走间听得身后一辆车长按喇叭，按得十分不耐烦。她回过头，发现驾驶座上坐了一个女人，明眸，黑发，五官艳丽。副驾驶上是一只狗，身形巨大，趴在车窗上喘气。车太宽，在狭窄的街道上艰难前行，摆摊的小贩纷纷让开，阮银姑也让开。

然后，她从车侧面看到了坐在后座一脸乖巧的空先生，和车后面用链条拴着的，空先生的那辆破旧老爷车。

穿过这方窄处就是出口，唐人街的尽头是修车铺。那带狗的女人已然不耐烦到极点，油门跟着刹车，后面的车被猛拽又来不及停下，"哐当"一声吻过去，将前车的保险杠也撞掉了。

可怜！空先生就卖了那么几颗珍珠，要修自己的车都不够，现在还要给那女人修车了。

空先生在女人间是个话题。当天下午，阮银姑就从别的女人那里听说了这位司机的名字，金红玫。她们说她也是运送珍珠的司机，悉尼来的，出钱的老板姓胡。

她往常都是即来即走，珍珠若是没取到还能过一夜，珍珠若是拿到手，便直接掉头回悉尼。这次倒好，车被撞掉了保险杠，又撞歪了排气管，修车铺前面还排着其他司机的车，让金红玫等三天。

三天！

银姑那几日去唐人街，日日看到金红玫抱着手臂牵着狗，使唤空先生给她打点早饭，打点午饭，打点晚饭，打点夜宵。远洋轮渡都是定时定点，她三天后取车，路上时间紧，开船前夜才能赶回悉尼，怪不得对空先生一肚子火。

至于空先生？任劳任怨，予取予求，不是阮银姑亲眼所见他当时人不在自己的车上，都要觉得他是故意把人家的车撞坏了的。

那条街虽说也是唐人街，可比不上墨尔本，也比不上悉尼，只是码头里临时凑起来的草台班子，一道顺心意的菜都没得点，全是路边摊。取车的时间定在第三日晚上，金红玫要连夜开回悉尼。出发前的最后一顿饭，阮银姑实在看不下去，叫空先生把那金小姐请回家里，她点火烧菜，好好地招待致歉。

丈夫出海尚未回来，家里只有她、空先生、做客的金小姐，和金小姐牵着的那只威风凛凛的狗。金红玫将它的牵绳拴在门上，它就脊背挺直原地坐下，两条前腿伸直，眼睛一眨不眨地望着门内的三个人，做好主人的哨兵和卫士。

阮银姑只会说闽南话，空先生则是什么语言都略通。金红玫能听懂闽南话在她的意料之外，这是金红玫在唐人街迎来送往打下的功底。三个人好好坐下来吃了顿饭，阮银姑问金红玫那狗什么品种，真是威风。

金红玫抬头一笑，一字一顿地教她念："捷克狼犬。"

金红玫说这四个字的时候声音真好听，口音分明是软的，但吐字明亮又热烈，像是花骨朵在太阳底下一团一团地爆开。阮银姑细细地看她，她穿了件双排扣的翻领长裙，平底鞋，浓密的黑发披在肩头，眉眼黑得像墨，嘴唇又是嫣红。肤如凝脂都不够夸，像是南洋珍珠，表层下面还有莹润的光。

金红玫也看向她，夸她漂亮，像一个自己认识的律师朋友。阮银姑红了脸，说自己只是渔家女，怎么能和做律师的女人相比。

"我不喜欢论出身，我觉得什么人都是一样的。"金红玫说，"我因为日本人逃到这里前，也只是个上海的舞女。"

听到"日本人"三个字时，空先生一贯温和平静的表情忽然变得有些严肃。那顿饭吃完，阮银姑送金小姐离开，见她牵着自己的狗，拿着那箱珍珠上车。奥斯汀汽车绝尘而去，身后是船只繁忙的码头与印度洋的浪。阮银姑回过头，空先生望着她离开的方向，头低下去，似是在想事情。

"先生，魂丢了？"阮银姑打趣。

空先生这才慢慢抬起头，看着阮银姑，脸上露出一丝忧郁。

他来到码头后，神情总是淡淡的，仿佛是个心定如山的人。可这一刻，他的神情如此忧郁。

"银姑，"他说，"让你们和金小姐这样的人只能逃到海外讨生活，是我们的动作，太慢了。"

空先生永远戴着面具，这句话是他少见的心里话。但他住在阮银姑家里的那些日子，总归也就说了这么一句心里话。

这码头太小了，没有华人报纸，也没有外来消息。它在南半球的无数码头中如此不起眼，不见大船靠港，只有小小的采珠船来去。偶尔过往的司机和商人会从外面带来报纸和消息，那么整个唐人街都要传递着阅读，识字的读完了品评一番，不识字的挤在旁边听。

阮银姑听到他们念那张悉尼华人私下出版的报纸——

"长夜难渡，黎明何时才会到来？南满铁路的炮声轰然炸响，已经过去十三年了……"

十三年，家国狼藉，流民四散。独在异乡为异客，谁不想回家呢？这是 1944 年的夏天，码头上的欧洲人四处奔走，都说德国人打了败仗，欧洲的战争要结束了。那故乡的炮火，还要多久才能止息呢？

仍然没有人来找空先生，或许最锋利的刀刃，就要用在最终决胜的时刻。

不过，这些叙事对阮银姑来说都过于庞大了。她当下面临的，是一件对自己来说更重要的事。

她怀孕了。

是喜事，尤其对他们这样的宗族而言。往家汇新一封侨批时，她和丈夫将这个喜讯告诉了大洋彼岸的父母。代书先生在唐人街上替他们写字，闻言也搁下笔，抬手道一声"恭喜"。

丈夫不让她早晨去卖蚵仔煎了，但这样家里就会少一笔收入。于是，她把开摊的时间改到下午，这样即便错过了早晨船只的生意，也有不出海的顾客掏钱来买。

午后的海面没有清晨美丽，海的光不是柔和闪亮的，而是非常浓郁的蓝。也漂亮，但不灵动，再加上无风无浪，更显死板。她扶着微微隆起的腹部在岸边坐着，往左，忽然就见到了金小姐从远处驶来的车，往右，又看到了丈夫提前回来的采珠船。

她想和金小姐打招呼，但这不该是采珠船回来的时间，因此她心中升起不祥的预感。

船上四个人，两个站着，一个跪着，还有一个躺在甲板上痛苦地蜷缩成一团。阮银姑站在码头张望，心止不住地往下沉。

那个躺下的人，是她的丈夫。

空先生早晨是和她丈夫一道出海的，空先生已经把潜水服换下来了，可她丈夫还没有。他疼得厉害，别人碰一下他身体他就要大声地呻吟。阮银姑扶着肚子去帮他们将船的缆绳绕上桩子，将船拉到岸边。金小姐的车也开过来了。

潜水取珍珠贝是收益不菲，可正如淘金者要担忧金矿的坍塌，海也有它的喜怒。对抗风浪只是其中最微不足道的，对这些要潜入深海的珍珠客而言，鱼群、暗流、减压病，都会导致不可预料的后果。

而银姑的丈夫今天碰上的，是一种毒水母。

他不是第一个被水母蜇了的珍珠客，银姑见过那些被带回岸边时僵硬的尸体。好在他们这次出海的距离并不遥远，空先生将他带了回来，带回"迷失海洋"的码头，没有让他成为迷失在海洋中的一员。

她丈夫的嘴唇已经乌青，身体在码头的木板上抽搐。水母的毒在他体内流窜，空先生用手摸他的脖颈，又摸他的脉搏，抬起头大声说："谁有车！去医院！"

这是与世隔绝的小镇，最近的医院也在十英里外，围上来的人们面面相觑，推开人群的是风尘仆仆赶来拿珍珠的金红玫。

她的话如此少，又如此有力，从天而降的样子让阮银姑感到自己是遇到风灾的渔民，见到了现世的海神。

阮银姑的丈夫被抬上了后座，她也跟了上去。金红玫从后备厢里拿出一个医药箱，甩了甩针头，被空先生接了过去。

"吗啡吗？"空先生问，爬上后座，将阮银姑丈夫的身体在座椅上放平，"我来，你去开车。"

1944年的那个夏天，阮银姑第一次坐金红玫的车。她当时并没有预料到她后来会成为这辆车的常客，她只是坐在副驾驶上，抱着金红玫的狗，祈祷离开故乡时对海神的祭拜仍然有效，保佑她丈夫躲过劫难，她的孩子不能一出生就失去父亲。

好在金红玫的车技好，速度也快。他们在毒素扩散前赶到了西人开的诊所，空先生扶着她丈夫去和护士交流，阮银姑第一次听到他说英语。阮银姑其实不懂英文，但空先生的英语口音与澳洲当地的不同，金发的护士们也在将她丈夫送进手术室后交头接耳。

而金红玫将人送过来后，便点起一根烟，若有所思地望着空先生。

"英国口音？"她问。

"金小姐能分清口音？"空先生也惊讶。

"有个旧相识，在英国读过书，"她不冷不热地笑，"教过我英文，同你一样的口音。"

空先生不再说话了，似乎觉得自己暴露了太多。好在阮银姑不会多嘴问，而金红玫也不是一个好奇心重的人。他们在诊所外面坐了很久，古董一样的海滨诊所，明明只有十年历史，却被潮气浸得墙面生出水纹。墙壁是黄色的，顶棚是简陋的铁板。金红玫动了动脖子，颈椎传来清脆的"咔嚓"声。

她抽了两根烟也没有缓解倦意，空先生转过头，体贴地问："金小姐从悉尼开过来，要多久？是不是没有休息好？"

"两夜没睡。"金红玫淡淡地说。

她那天穿了条苏格兰格子呢的衬衣裙，扣子从锁骨延伸到裙尾。裙子腰线掐得很高，帽子与鞋都是白色的，身材纤细但富有生机，人站在那儿，就像是要从绿意盎然的裙子里开出一朵红花来。

不过她太累了，花朵难得不盛开，而是微微垂下花苞。花苞靠在空先生的肩上，让他看上去像是在怀里捧了一枝花，一枝不会被人采撷的花。

海神娘娘慈悲，也感恩空先生的当机立断，和金小姐来得及时。阮银姑的丈夫从昏迷中苏醒，已经忘了下午的一切，只说自己像是一直在海里和鱼群漂流。四人一狗在夜色降临前回到"迷失海洋"，阮银姑留金红玫吃晚饭，再住一夜，她没有推辞。

金红玫太累了，吃过饭后就去了空先生的客房睡觉，空先生则在堂厅打了地铺。阮银姑知道她不用特意替金小姐打点，空先生的房子里永远那么干净整齐。他来的时候东西就很少，住了这半年，也只是桌面上多了几本书籍。

或许即便在某一天，空先生要离开，那间房子里也不会有什么变化。他生命中的一切都是空白，留待为战争填补不为人知的伏笔。当胜利到来的那一天，他和他的同行者既不会留下名字，也不会留下功绩。

可阮银姑又记得，那晚她听到了门外细碎的脚步声。她没有叫醒丈夫，自己扶着窗户向院子里看，看到空先生和金小姐并肩坐在一起。

从那天起，金小姐每次来"迷失海洋"运货，阮银姑都会邀请她来家里住。那个海边的夏天如此美妙，她看着肚子一点点隆起，享受着孕育生命的幸福，也乐于见到空先生和金小姐坐在一起谈话。阮银姑认为，只要尽可能多地注视着这两个人，她的孩子也会生得俊美非凡。

金小姐来的时候，空先生会把自己读完的书拿给她。她不爱读书，但空先生坚持向她推荐，甚至在她午睡时坐在一旁阅读。阮银姑拿着针线为孩子缝出生的衣服时，便听到空先生坐在靠着躺椅睡觉的金小姐身边，低声念："……鸟要挣脱出壳，蛋就是世界。人要诞于世上，就得摧毁这个世界……"

金红玫气急败坏地跳起来，美丽的五官拧成一团，大喊道："你再来吵醒我，我也可摧毁这个世界！"

阮银姑放声大笑。

空先生喜欢金小姐吗？是有那么一点吧。但他的爱和他的人一样，是空的，就像不落地的飞鸟。他没有对金小姐许诺过任何事，未曾真的给过她任何东西，甚至不曾透露半分真实的过往。

他走的那天就像他来的那天一样。码头上来了几个陌生的人，他出去和他们谈话，再回来的时候，就从床底下拿出一个已经装好了行李的手提箱。阮银姑的肚子已经大了，她扶着门框向内看，看到了合上的提箱里一闪即逝的枪。

这是他来时的提箱，装不下在码头添置的东西。阮银姑和丈夫慢慢地挪到门外送他们离开，空先生和同事低语了几句，回头同夫妻做最终的告别。

藏起来的刀要出鞘了，可阮银姑却觉得很茫然。做大事的人就是这样吗？明明也一起看过月亮，可要走的时候，怎么连句话都不给金小姐留下呢？

他把自己剩余的钱都留给了阮银姑夫妻俩，说是送给他们孩子的生辰礼，感谢他们这大半年的照顾。

一行人在夜色中静悄悄地离开，阮银姑回过头，看见客房里只剩下桌上的几本书。除此之外，空空荡荡，就像从没有人住进来过。

屋子的样貌一直维持到金小姐来的那一天，阮银姑不敢去动那些书，那是唯一能证明空先生在这里出现过的东西。她怕自己把书碰乱了，空先生那最后一点痕迹也就不在了。金红玫每次来，空先生都会把房间让给她睡，而这一次不用他让，房间也是空的了。

阮银姑觉得这解释的责任不该落到她身上，她已经管吃管住，还将屋子给他养伤，怎么还要她帮他应付女人呢？最终还是她丈夫站出来和金红玫说："金小姐，空先生走了。"

金小姐，空先生走了。

这就是男人的办法，他们不解释，只叙述。阮银姑以为金红玫会追问，可她竟然没有追问。她只是走到房间里，翻了翻那些空先生让她看的书，然后捻出一张纸来。

阮银姑松了口气——怪不得没和他们夫妻说，人家读书人自有读书人的办法。可她刚刚松下一口气，就听到金红玫笑了一声，然后将信纸叠起来，递给阮银姑。

"和柴火一道烧了吧。"金红玫说，"什么等不等的，我也不是没有事情做的人。"

她说完就离开了，徒留两个不识字的夫妻面面相觑。

阮银姑当然没有烧，她去写家书的时候特意揣上了那张信纸去问代书先生，那人给她念："待归。若未归，勿等。"

——金小姐，空先生走了。

——待归。若未归，勿等。

——我也不是没有事情做的人。

阮银姑当真是不懂这些体面人了。

1945 年，阮银姑的世界里，发生了三件大事。

4 月份，她的孩子出生了，名字是空先生还在时帮他们起的，叫将明。9 月份，码头的唐人街人声鼎沸，都在庆祝日本投降，抗战胜利。有人拿起地上的板凳当作狮头舞，运货的司机车笛长鸣。代书先生拿着一张从别的城市送来的报纸，站在桌子上高声读："世界反法西斯战争取得了完全胜利！"背井离乡的人们则互相询问："我们是不是能回家了？"

长夜将明，长夜终明。

两个好消息接踵而至，第三个，则让人悲伤。

他们离家太久，与上一次的祈祷也相隔太久，海神娘娘终归忘记了对他们的庇佑。那天她丈夫和往日一样出海，遭遇了巨大的风浪，他和船上的其他三个人都没有回来。

阮银姑来的那一天就说，西人不讲究，"迷失海洋"这个码头的名字不吉利。

人消失在大洋深处，寻不回尸体，只能设衣冠冢。孩子还不懂事，躺在她怀里哇哇大哭，最后是金红玫接了过去。

这本该是金红玫最后一次来"迷失海洋"了。战争结束，海运的格局也将改写，胡老板对他的珍珠生意有新的打算。金红玫拿了一笔不菲的尾款，还讹来了胡老板的这辆奥斯汀小汽车，和那只捷克狼犬。阮银姑以为她要离开，她却说，要留下了。

留下做什么呢？阮银姑认为以金红玫的能力，她可以去许多地方——墨尔本、悉尼，哪怕是同在西澳的珀斯，都比这座偏远的码头繁华体面。

不过阮银姑很快明白了，金小姐不用运货了，金小姐现在没事情做了。

她或许是要等一等空先生吧。

待归。若未归，勿等。

可是，战争已经结束了，空先生怎么还不归来呢？

总而言之，金红玫在阮银姑家里住下了。她刚住进来的样子很像空先生，没事做，便出去开车。她顺着公路一直开，开过他们去过的那家诊所，开到悬崖的尽头，几乎开进印度洋翻涌的海浪。不开车的时候，她读书，读空先生留下的那些书。阮银姑给孩子做衣服的时候，便听到她在卧室里轻念出声："鸟要挣脱出壳，蛋就是世界。人要诞于世上，就得摧毁这个世界……"

是什么意思呢？阮银姑不懂，或许金小姐读懂了吧。

再往后，金红玫也闲不住了。她跟着阮银姑去卖蚵仔煎，围裙系上，长发盘成髻用发网罩住，人往那儿一站，就是码头上一道靓丽的风景。金红玫也跟着她在海边学游泳——阮银姑是渔家女，本就水性好，教人也是一把好手。金红玫很快学会了浮潜，只是毕竟比不上阮银姑的童子功，潜不到海底与鱼共舞，只敢在海面沐浴海风。

阮银姑以前看见码头上有希腊逃来的难民，也是潜水员，生下孩子就带到浪里，路还没走稳就学会了游泳。她当时觉得他们荒唐，轮到自己，竟然一样荒唐——将明一岁多就学会了浮潜，人站起来的时候比不上浪高。

两个女人带孩子，带得比码头上任何一个男孩都野。

金红玫好像已经忘了空先生的事，从来不提。阮银姑也不会问，就像不提起她已经死去的丈夫。她们卖蚵仔煎，开车，去唐人街买东西，下海。日子一天天地过去，直到码头上有一艘采珠船出租。

当时业内采珠的规矩是这样的——船是老板的，老板出钱提供设备、雇人，各国的潜水员下水、取蚌。带回的珍珠贝计件收费，珍珠和母贝都算在老板名下。潜水员固然吃亏，但他们也不用承担珍珠市场的起伏与船只遇难的风险，且珍珠对外批发的渠道也靠关系，不是谁都能拿到。

出租船只的很少见，或许是老板没有心力处理人和货物，出租之后，除了船只的所有权还归老板，一切风险和收益都算给租客头上。

金红玫那天回家，动了租船的心思。

胡老板给她的尾款置业嫌少，应付生活又嫌多，租一艘采珠船倒是刚刚好。别的采珠船航得远，采得多，老板赚了钱还要付给工人。那她们租一艘，不请人，自己做，能不能走通一条路呢？

金红玫把想法和阮银姑说了，阮银姑想都没想就答应了。

丈夫不在了，可家里的老人还盼着他们寄钱回去。孩子还那么小，单卖蚵仔煎也养不活两张嘴。阮银姑不犹豫，因为她小时候也是水里的一把好手。

金红玫给胡老板写信，没找代书先生，自己写，字写得不大好看，但语气很狂傲。她写你有难时我帮了你，现下我要做事了，你也得帮我。码头上别的船老板都有出货的渠道，不好抢，我明日采了珍珠上来，你先给我收一批。半个月后，胡老板哭笑不得地寄了回信，说要看看成色，捞上来再开车来一趟悉尼吧。

崭新的生活开始了。

她们租了船，修整一番，把原先的船名涂掉。新名字叫什么呢？阮银姑自认只是个潜水打工的，要金红玫定。金红玫咬着油漆刷的把手思考，"呸"的一声吐掉木屑，举起刷子，在上面歪歪扭扭地写字，仍是她那不大好看的字体，写的竟然还是英文。

阮银姑不识字，问她："是什么？"

"'玫瑰号'。"金红玫说，"Rose."

她在悉尼学会了开车，在爱丽斯泉学会了打枪，而"迷失海洋"教给她的是潜水与开船。她在唐人街买了出海的行头，上衣是扣合式翻领，下身是工装背带裤。但她的衣服与出海的男人们有分别，她买了玫红色的丝巾系在颈间，从此码头上传言，若是看到远处的船只上飘着一抹玫红，那迎面而来的就是两个女人驾驶的"玫瑰号"。

阮银姑是负责潜水的那一个，她学着丈夫生前的样子，在胯间悬挂两个铁筐，牵一根管子深入海底，寻找孕育珍珠的蚌壳。印度洋的贝类之巨大颠覆她的想象，或许正因为是这样巨大的贝类才能孕育享誉世界的南洋白珠。

不是没有遭遇过危险。广袤的海域也会孕育巨型鱼类，哪怕它们不主动攻击，只是鱼身擦过连接人与船的绳索都会造成巨大的震动。阮银姑曾被一条鱼带着线拽出百米，她将那根线割断，自己拼命挣扎着游回了"玫瑰号"。

奇怪的是，她没有想过放弃捕捞珍珠贝。

这个念头从未出现在她的脑海中过，哪怕一次都没有。

阮银姑是个没受过教育的女人，但她后来总结出了一条这样的道理。她觉得每个人都会听到某种声音的召唤，就像有些西方人中的疯子去爬山、去跳伞。他们是不要命吗？不是的，只是山在召唤他们，天空也在召唤他们，而他们选择听从内心的召唤声。至于她，她生来就能听到海的召唤，她的一生都在走向海洋。她不怕死在海里，正如登山者不怕死在登山的路上。死亡并不可怕，可怕的是到死的那一天，还在与内心的召唤声背道而驰。

更让阮银姑快乐的是，金红玫在一次去悉尼时，从那边的闽南商团里请来了一尊妈祖像。海神娘娘端端正正地坐在副驾驶上，被金红玫请到了"迷失海洋"，请到阮银姑家里。阮银姑给海神娘娘做了最好的供奉，每次出海前都跪在地上祈祷。

她说，丈夫出事只是因为上一次的祈祷太过久远，海神娘娘将他们忘记了。如今海神再临，她和金红玫的船没有出过一次岔子，每一次出海都是风和日丽，每一筐珍珠贝的出珠率都高得惊人。船是她们的，珍珠也都是她们的。胡老板是第一个收购商，后来她们有了更多的收购商。她们的船和那只捷克狼犬一样，都是这码头上有名而罕见的东西。"'玫瑰号'的珍珠"！那些人给了她们的商品独特的称呼。

偶尔的时候，阮银姑会想想丈夫，想想送他们来到"迷失海洋"的那艘船。她和丈夫挤在船舱底部，她依偎在他怀里。他对她很好，她很想念他，不过她觉得，现在的生活也不糟糕。

至于金小姐，她会想起空先生吗？

空先生都已经说了，若未归，勿等。那她在这座码头待了这些年，又是在做什么呢？

1950年，阮银姑的儿子将明五岁了。

婴孩的成长如此神秘，阮银姑并没有觉得自己特意教了他什么，但他学会了说话，学会了走路，也学会了潜水，在水里和在陆地上一样灵活，甚至在水里更灵活些。她老了一些，那只狼犬也老了一些，只有金红玫和刚来的那年没什么差别。她们那些年卖了许许多多的珍珠，积攒下足够终老的财富，不过阮银姑也和很多潜水员一样，染上了长期深海作业导致的减压病。

有一天，金红玫从悉尼回来，找到阮银姑，告诉她一个消息，说有个希腊的采珠人开始着手珍珠养殖的技术，天然珍珠捕捞效率低，成珠率也低，如果珍珠农场建立起来，她们的生意会受到很大打击。

"银姑，其实我已经对这样的生活厌倦了。"金红玫说，"我从未在一个地方待过这样久，我想把船还回去了。"

阮银姑不打算阻止金小姐，她是潜水的好手，但对世事并无判断。金小姐说采珠的生意做到头了，那就是要做到头了。她也已经赚到了足以把孩子养大和供养故乡家族的金钱，她心中很清楚，这是乘了金小姐的顺风车。

就如同金小姐每次开着那辆奥斯汀带她去码头一样。

"那金小姐接下来有什么打算呢？"阮银姑小心翼翼地问。

"墨尔本唐人街一家旅店的老板，手里有一栋红色的二层小楼，"她告诉阮银姑，"我早就喜欢了，想买下来，楼下开一家店，楼上自己

461

住，会很舒服。"

四处漂泊的野草也想有一个安身的地方了，阮银姑替金小姐高兴。

金红玫走的那天天气很好，就像她决定留在这里的那天一样。她开车和阮银姑来到码头，将狼犬的牵绳递到阮银姑手里。

"它已经习惯了西澳的气候和海，"金红玫说，"况且把它带走，将明知道了也要闹的。"

是的，孩子和狗总是有更深厚的感情。

那人与人之间呢？

阮银姑那天看着金红玫，看着她在海风里飘扬的秀发和珍珠一样的脸庞。她来的时候就足够美，而今皮肤被海风吹得黑了些许，反倒更富风情。阮银姑终于按捺不住，说："金小姐，我想空先生不是寻常人，他走的那天我看到了他皮箱里的枪。你不要伤心，他不回来，一定是有他的理由的……"

这是阮银姑第一次多嘴。

金红玫难得地愣了一瞬，下一秒，她将头发拢到脑后，后背靠住车门，抬起头，冲着海浪大笑起来。

她笑得眼泪都出来了。

"银姑，你误解了。"金红玫摇着头说，"我没爱他，我不爱他的，这不是我留在码头的理由。傻瓜才会站在原地等一个人。况且我连他的名字都不知道……我怎么会等一个连名字都不知道的人呢？"

阮银姑恍然。

是啊，空先生空先生，这三个字叫惯了，她都没有意识到，他们从头到尾，连空先生的名字都不知道啊。

他就是一场空啊。

码头果然是码头，来这里的人都是过客。空先生来了走了，金小姐来了走了，连她的丈夫也离开了。

人来人往，到最后，只把阮银姑留在码头上终老。

起初还有那只狗，金红玫留给她的那只狗。金红玫要走的时候，它很不舍，咬着她的衣角不撒手。将明也不舍，他喜欢这个将他带大的姨姨，纵然她脾气不好，常不耐烦，做的饭也难以下咽，还几次将他在海边弄丢。一孩一狗拖着她的衣角和腿，最终扯断了她手腕上的链子，余下的三颗珠子散落一地。

将明似乎是知道金红玫很宝贝这串珠子，她无事的时候会拿在手心把玩。于是，他便将其中那颗篆刻着"不"字的珠子攥入手心，认为只要他不松手，金红玫便不会走。

"将明，把东西还给金小姐！"阮银姑斥责他。

"留给他吧。"金红玫却说，俯身捡起另外两颗，然后直起腰，摸了摸孩子和狗的头，"留个念想，等长大了，来墨尔本找我。"

一来一去，空先生留下了几本书，金小姐留下了一颗玉珠和一只狗。阮银姑将那颗珠子和珍珠一起串成项链戴在将明的脖颈上。

将明十六岁那年去珀斯念高中，回家的时候又牵了一只漂亮的捷克狼犬。

再往后，再往后……

将明长大了，赚了钱，要把阮银姑接去城市住，却被拒绝了。

异国的城市里有故乡的神吗？阮银姑不知道。但码头上是有的，是金小姐为她请来的海神娘娘。她在附近找了一座高山，请了工人，在山顶一砖一瓦垒起了庙宇，又将神像送了进去。她没有再去打扰过金红玫，人每一程有每一程的旅伴，她与金红玫的缘分已经用尽了，就像是她与丈夫的缘分也用尽了，而金小姐与空先生的缘分，也用尽了。

又或者他们两个根本就没有缘分。连名字都不留下的人，能有多少缘分呢？

阮银姑活得很久，比家族里任何一个老人都要长久，久到她无须再往家中寄汇侨批。在这足够长久的某一个雨夜，她梦到她在山顶供奉的海神娘娘对她开口。娘娘说明天码头上会来一个年轻的女人，她与你故人有着相似的面容，把那颗玉珠还给她吧，她要去完结一段未了的缘分。

阮银姑醒过来，她想，她这一生只有一个故人，只有金小姐算得上她的故人。

年迈的阮银姑决定去码头看一看。

珍珠项链年代久远，已经失去了大半光泽。阮银姑为了把其中那颗玉珠拿下来，用剪刀剪断了整串项链。

珠子丁零当啷地落在桌面上又弹起，滚动到边沿的凹槽中，再次列成整齐的一排。阮银姑已经看不大清了，木子君试探着伸出手，把那颗篆刻着"不"字的玉珠从里面拣了出来。

做完这一切，阮银姑就像松下口气似的，蹒跚着转过身，摇摇晃晃地离开了他们。她的家人朝木子君他们微微颔首，随即便追过去搀扶住她。

木子君低下头，将手腕上的链子摘下来，拆开结扣，慢慢地把这颗玉珠重新穿回手腕。那只早上被她捡起的小狼犬此刻正在地板上滚动，朝她不依不饶地哼唧着。木子君蹲下身摸了摸它的头，然后起身与宋维蒲离开了。

他们又一次拼凑起了金红玫的一段人生。

金红玫曾让红土沙漠的人称呼她为船长，而在这片滨海之地，她竟然真正地成了一名船长。木子君很想去看一看"玫瑰号"，但时过境迁，那艘租来的船一定已经被易手多次，最终被印度洋的风浪腐蚀，成为一堆辨别不出模样的锈铁。

金红玫回到墨尔本了，她用在这里赚到的钱买下了他们在唐人街的那栋红色小楼。她曾对陈元罡说，她要做一株能自己扎根在这天地间的野草，不用再依凭别人。这誓言如今也兑现了。

昨天风大雨大，今天海边又恢复了西澳阳光灿烂的常态。只是码头实在太小了，木子君被瑞恩带着在街上走了一圈，感到这里的人除了喝咖啡就是喝咖啡，业余生活匮乏得厉害。

不过也可能是她还没掌握当地的消遣方式。

最近几次相处下来，宋维蒲和瑞恩也熟悉了不少，很多对话不用通过她，两个人用手机打着短句就能聊。木子君正站在一家音响店前看里面的海报，被他拽了下袖子，茫然地转身。

"去潜水吗？"宋维蒲单刀直入地问。

好突然。

木子君"呃"了一声，对自己的泳技不大自信。不过她之前也看到过，潜水和泳技没有太大关系，于是这"呃"声就犹豫里带了跃跃欲试。

瑞恩也过来了，和她比手语："我们两个都在，不会有事的。"

木子君："需要买潜水设备吗？"

瑞恩："码头有。"

的确，码头什么都有。木子君看见宋维蒲和瑞恩租了一艘船，船上放着救生衣和所有需要的潜水设备。老板眼睛碧蓝如海，带他们上了船，解开系在岸边的绳索后，便又跳回岸边，目送船只慢慢走远。

"怎么突然想起潜水了？"

瑞恩在开船，木子君转过头，看向弯腰在一旁清点潜水设备的宋维蒲。宋维蒲抬头看向她，回答："看不到'玫瑰号'，但它航行过的海还在。"

但它航行过的海还在。

或许风中还有那抹玫红的残影。

船中部有一个简陋的船舱，木子君进去把潜水服换上，抬起头，宋维蒲和瑞恩也换好了。宋维蒲问了问木子君游泳的水平，又和她简单说了几句注意事项。

"我带着这个救生圈下去，前面有一根缆绳，"宋维蒲指了一下，"你不用钻进去，钻进去就看不到海里面了。你抓好救生圈，我带着你往前游。"

他又指了指正在开船的瑞恩。

"瑞恩在后面，没问题的。"

"我不用戴氧气瓶什么的吗？"木子君问。

"你第一次下海，不深潜。"宋维蒲过来检查了一遍她的衣服，确认没问题后，带着她坐到船边。

船体不大，速度很快，他们没一会儿就看不到海岸了。暴雨之后的海面非常平静，木子君趴在船舷边，脸上溅上几滴被发动机卷起的水花。

"潜水点有什么区别吗？"她问宋维蒲。

"有一片珊瑚，不深，浮潜也可以看到，"宋维蒲想了想，"瑞恩说海底会有一些很漂亮的鱼，那个要游深一点了。"

"可惜我只能浮潜，"她摇摇头，"那你看完了回来给我讲吧。"

宋维蒲没说好，也没说不好，只是把视线转回海平面，似乎在想着什么。木子君和船上那只救生圈建立了一会儿感情，毕竟下了海那就是她唯一的救命稻草了。

终于抵达潜海点，瑞恩停船，发动机的轰鸣也逐渐止息。宋维蒲和瑞恩先跳下海，木子君坐在船舷上，看见宋维蒲先被海水没顶，又从水里浮起来，甩了下头发，朝她有节奏地击打两下掌心。

"直接跳！"他喊。

木子君抱着游泳圈一闭眼，"咕咚"一声沉了下去，又被浮力带着回到了海面上。海水的腥咸一瞬间漫进嘴里，她吐了两口水，胳膊紧紧圈着泳圈。

她能感到泳圈的浮力、浪的推力。海水本能地矫正了她的姿势，木子君手臂松开些，脸半沉入海里，用右手抓住泳圈的后侧。

然后一股拉力从前面传来，她往上抬了几寸视线，发现宋维蒲已经拽住了泳圈拴着的那根绳索，面朝着她向后游，带着她一起往前走。

后面也有水声，是瑞恩的脚蹼在击打水面。木子君自己从来游不了这么快，她咬紧潜水镜的呼吸口，头埋进海里，看到海底的植被正在急速后退。

这大哥是鱼吗！

她从没有来过这么野的海域。西澳的海人迹罕至，头埋进水里一会儿就能见到路过的鱼群。木子君现在手攥着游泳圈不好和瑞恩比手势，只能从浪里抬起头问宋维蒲："会碰到比较大的鱼吗？"

宋维蒲把绳在手腕上打结，正一心一意地往前游，闻言有片刻减速，人在海里回过身，真诚地回答："有啊，鲨鱼。"

木子君无语。

"你好好说话！"

"真的有。"他把泳圈往前拽了拽，木子君身子往他的方向一顿，"还有毒水母。"

她干吗要和他下海！

从这一刻起，海里的每一个黑影，都成了木子君心头挥之不去的威胁。

他们停船的位置就在珊瑚礁不远处。掠过了某个节点后，海底在一瞬间从荒芜变得茂盛。身后"扑通"一声，瑞恩从海面向下潜，身子穿行在礁石与珊瑚之间。

木子君透过面镜仔细看，嘴里咬着呼吸管发不出声音，但脑海里实打实地发出了惊叹。

瑞恩的游动惊扰了海底本来的平静，不少小型鱼群都从珊瑚下面被他吓了出来。木子君看到他翻过身子，人就像躺在水里一样，慢悠悠地从鱼群里穿行而过。

这片海已经算得上能见度极高了，不过她毕竟人在海面，光线越往下越暗，看不到更多细节。木子君感觉游泳圈又被人拽了一下，她猛然抬头，把呼吸管从嘴里吐出来。

"怎么了？"

"看得清吗？"宋维蒲问。

"还好。"

他看了她一会儿，回身游到她身边，把她两只胳膊都压到游泳圈上。

"扶稳了。"

木子君莫名其妙，但她对宋维蒲的话习惯性照做。她双手刚扶住游泳圈，眼前忽然一片水花，是宋维蒲翻身进了海里。

他头朝底下潜，木子君眼前闪过他消失前一瞬间的姿势，内心忍不住地吐槽：小美人鱼吗他！

海面上一时没有宋维蒲，也没有瑞恩了。

大海太安静了，是你能听到风声与浪声，知道脚下孕育着无数生灵，却仍然感到寂寞的安静，木子君很难不去猜测金红玫在那些等着银姑下海捕捞珍珠贝的时间里在想什么。

她胳膊扶着游泳圈，把头慢慢枕上去。她自己没有动，但海和泳池不同，浪会自然地推着人前进。她忽然有些担心，担心宋维蒲出来的时候，她已经被海浪带到了一个他找不到的地方。也担心在他不在的时间里，身边出现超出她预期的海洋生物。

于是，木子君紧张兮兮地抱住了游泳圈，逆着海浪的方向，往后蹬了几下腿。

戴着潜水镜把头埋进海里时还隐约能看到海底，但直接从海面上看，能见度就没那么高了。她正紧张着，身子底下忽然冒出一串气泡。

宋维蒲从水里钻出来时一点预兆都没有。

面前"哗啦"一声起了片水花，宋维蒲就从海里浮了出来。他伸出一只手攥住游泳圈，按得木子君往下淹了几厘米，急忙闭紧了嘴巴。

她仰起头防止海浪灌进嘴，问："你干吗去了？"

宋维蒲刚游了个来回，扶着泳圈缓了几口气，然后将没有扶着游泳圈的左手抬了起来。木子君低下视线，发现他左手虚握成拳，拳心留出一片狭窄但封闭的空间。

他将拳心翻转朝上，另一只手把木子君的手拿到海面，同样掌心朝上，一半握着一半浸入海中，她掌心便留出一片独立于海的水涡。

然后，他把自己的手覆在她的手上，松开。

木子君控制不住地发出一声极其微小的惊叹。

一尾色泽艳丽的热带鱼落入她掌心，在被她隔绝出的那片狭窄的掌心之海游弋。黄色的带有条纹的鱼身，她以往只在自然纪录片里见过。

那尾鱼在她掌心冲撞着，柔软的身体与尾巴扫过她的掌心。木子君新奇地看了一会儿，便抬头望向宋维蒲。

"放了就好。"他说。

木子君点点头，把手向下沉了几寸，那掌心的海水迅速与外界的海水融为一体。热带鱼再次冲撞时发现没了阻力，身子一翻，迅速游向了海底。

"还想看别的吗？"他问。

"不用了，不用了，"木子君赶忙摇头，"这样你也太累了。"

两个人安静了一会儿，海面的风都显得寂静。

"瑞恩呢？"

"他潜得更深，"宋维蒲无奈地笑，"他在海里更自在。"

两个人又等了一会儿，瑞恩终于回来了一次。不过他不是结束了这次潜水，他把一些从海底捡来的垃圾给带走。他下海的时候腰侧挂了个袋子，木子君这才知道这袋子的用处。

宋维蒲指了下船的方向，跟瑞恩示意他们想先回去了。的确，在海里泡了太久，又不是最热的季节，木子君的手脚都变得冰冷僵麻。瑞恩点点头，在海里浮沉几下，摆手让他们先走，而后又翻身回到了海底。

他或许还有自己的事情要做，他是在这里长大的人，有一个和他们不同的世界。

　宋维蒲松开游泳圈，又将那绳索系上手腕。谁知木子君忽然扑腾到前面拦住他，说："回去我想自己游。"

　宋维蒲有些惊讶："你可以吗？"

　海里游泳不比游泳池，浪的力量很大。

　"我想试试，"木子君说，"我不想总让你这样带着我。"

　他很快理解了她的意思，单手拽了一下绳索，把游泳圈拉到自己身旁，然后朝她点了点头。

　"那我游慢一点，在你后面。"他说，"你觉得不行了就叫我，我把游泳圈给你。"

　木子君说了声"好"，而后咬紧呼吸管，头一低便埋入海中。

　宋维蒲这次的确游得很慢，在后面攥着游泳圈，不紧不慢地跟着木子君前进。

　跟着跟着，他就笑了出来。

　他觉得自己有时候很像一个操心的老父亲，木子君做什么他都不放心，偶尔放一次手，还要在一旁观察她何时需要帮助，以便随时伸手。

　其实没必要的，她是一个非常勇敢的人。

　比他更勇敢。

　她不愿成为他的负累，他也不该总是将她视为被引领的对象。

　她有自己的方向。

　回程比去程花了更久的时间，木子君游到船边时已经筋疲力尽，宋维蒲扶着她把她送上船，自己半撑着船舷看她躺在甲板上，双方视线的高度倒是也齐平。

　木子君粗重地喘了很久，终于慢慢侧过身，侧躺在甲板上。她已经把头上的设备都摘掉了，长发湿着散在肩头，脸上还有未擦净的水珠。

　"缓过来了？"宋维蒲松了口气。

　他大半个身子还在海里，手撑住船的边沿，肩膀只比船舷高一点。海浪推得他身子轻微晃动，木子君闭了会儿眼睛，再睁开的时候，忽然伸出手点了点他的面镜。

她点得很轻，不过设备紧贴着脸，耳边"咚咚"两声。宋维蒲一愣，随即伸手把面镜和潜水帽扯了下来。

人进深海，穿得再严实也不会不进水。他把设备扔上甲板，手抓了两下头发，本能地甩了几下。水珠四溅，他扶牢船舷，靠近木子君的方向，很温柔地问："怎么了？"

她用胳膊支起身子，看了他的脸一会儿，忽然把额头凑过去，和他轻轻碰了一下。

太过轻柔，像还未成年的动物惯有的依赖性。她的脸上也都是海水的气息，睫毛上还挂着水珠，碰撞时顺着脸颊滚落。他愣了一瞬，身体再度被浪向前推了些许，右臂紧扣住船舷。她的触碰如此短暂，转瞬就要离开。

在那个离开的瞬间，宋维蒲抬手扣住了她脖颈后面。

木子君睁大眼睛看着他，像是被吓到了，又像是没有。她太累了，还在因为那段和海浪逆行的游泳微微喘息着，带着凉意的气息一次次地揉在他的唇边，让宋维蒲已经被海水浸得冰凉的皮肤都烫了起来。

他捏住她后颈裸露的皮肤，把她往自己的方向送，指间缠绕着她湿透的发丝。木子君听话而乖顺地闭上眼，睫毛上悬挂的所有水珠一并滚落。

他尝到了海水的腥咸，不知是她唇边的，还是自己从海里带出来的。他一点点从水面浮出来，而她被带着向海洋俯身，让这一幕像是海里的妖神在诱惑船上的人。

他吻人很轻柔，从嘴角开始，吻得她身上一点点地软下来。残存的意识告知她即将再度落入海中，木子君只能短暂地从亲吻中抽离，小声阻止："我不想下海了……"

他反应过来，手仍然扶着她脖颈后侧，低头埋在她颈窝处低笑了几声，然后单手撑住甲板。

他朝她的方向侧身坐着，木子君也从侧躺着的状态坐起来了。她似乎终于反应过来发生了什么，想起身离开，结果被宋维蒲一把拽回来。

四下无人，周遭是看不到岸的海，和海底寂寞游动的鱼群，她跑不掉了。

"又要不认账？"宋维蒲掐着她下巴不让她走。

"我就碰你一下，"木子君狡辩，"谁知道你就……"

"碰我一下？"宋维蒲失笑，俯身过来，离她的脸极近。木子君挣不开，腰间一紧，被他空着的胳膊搂住，身体彻底贴过去。

"为什么不说呢？"他在她耳侧质问，"你太喜欢我了。"

什么人啊！

木子君气急，推他的肩膀，反驳道："明明是你喜欢我喜欢得不得了——"

"对啊，"他从善如流，"我喜欢你喜欢得不得了。"

海上太安静。

是你能听到风声与浪声，知道脚下孕育着无数生灵，却仍然感到寂寞的安静。

他低下头，吻她的眉毛、眼角、鼻尖、唇侧，几近虔诚。她闭上眼，任凭他将自己侧抱上腿，然后双手扶住他的肩膀。

他们亲吻的时候都会抚摸彼此的头发，木子君不知道别人亲吻时会不会这样，于他们两个而言这似乎是本能的动作。她把他湿透的短发捋到脑后，他也用指腹一点点拨开粘在她颈侧的发丝。木子君觉得此刻的自己也很像那只在掌中之海游弋的热带鱼，在方寸之地茫然地冲撞，水分被迅速蒸发，要等他松开手，她才能重回海洋。

他大发慈悲地松手了。

木子君方才潜水都没觉得这样喘不过气，伏在他肩上大口呼吸。宋维蒲的手放在她肩胛骨上，而后顺着她的脊骨滑下去，最后落在她侧腰，轻轻拍了两下。

木子君直起身子，看他的目光有些恼怒。

无名火。

人第一次被亲完的无名火。

他倒是毫无负担地朝她露出一个微笑，目光瞥到远处海面上翻涌的水浪，视线转回来，好心提醒道："瑞恩要回来了。"

木子君连滚带爬地从他身上滚了下去。

她要去房间里换掉潜水服，宋维蒲也慢悠悠地站起来。他和瑞恩刚才都是在甲板上直接换的，衣服丢在一个带盖的铁桶里。宋维蒲朝着铁桶走了两步，忽然听见身后脚步声噼啪。他回过头，发现木子君气势汹汹地折身回来，朝他狠推了一把。

潜水的蛙鞋让人很难维持平衡，宋维蒲身子晃了几下，"扑通"一声就栽回水里了。

木子君先前不知道瑞恩留在海里做什么，等他回来才知道，他采了一筐能吃的贝类回船上。

他们码头居民的生活实在自成一体，和红土沙漠的原住民没钱了就去打袋鼠的方式异曲同工。三个人换回常服开船回岸，瑞恩朝远处击掌，在沙滩上老实等待他们的史蒂夫就撒着欢地跑了过来。

码头的市集上有帮着处理海鲜的摊位，木子君把蚌送过去回头，发现瑞恩又在和宋维蒲打字沟通。前者朝后者指了下沙滩上的一处方向，宋维蒲顺着他手指的方向看过去，神色似乎有些动心。

这个人。

算了，他演技高超，擅长装作无事发生也不是第一次了。

身后连着"咔嚓"几声，是摊主帮她把蚌壳撬开了。木子君转回视线，余光看见宋维蒲和瑞恩也走了过来，在隔壁摊位上挑了一兜处理好的虾，随后朝她的方向走过来。

他俩已经沟通好，开口的是宋维蒲。宋维蒲俯身接过摊主递回来的蚌，问木子君："瑞恩说晚上想带我们在海滩上烤海鲜，那儿有一片越野车改的宾馆，我们订三辆车，晚上可以睡在岸边，行吗？"

瑞恩在一侧笑得一脸乖巧，木子君看他一眼，心道这人真是有朋自远方来不亦乐乎，这狂野西澳的旅途安排得也太到位了。

到位到她和宋维蒲刚才真是箭在弦上，不得不发，西澳的空气问题比"劳拉的幻想"还大。

木子君又转回头，宋维蒲还是那副无事发生的样子。她也沉下气，一脸什么都没发生过般看着他，回答道："我都行啊。"

瑞恩所说的那片海滩离码头还有一段距离，旁边挨着越野车旅馆。外宿最快乐的是史蒂夫，它绕着海岸线狂奔，直到烧烤的香气弥漫开才动了回来的心思。可惜大部分海鲜它都不能吃，又不会吐壳，瑞恩只能盘坐在烧烤架旁，把几只虾剥掉皮喂它。

他们不是这片海岸唯一的游客，远处不时传来其他人的笑声与杯子的碰撞声。木子君喝了几口啤酒，仰头朝远处望去，正好能见到那座建造在临海悬崖上的妈祖庙。

白日里俭朴的庙宇，到了夜晚，只有阴影勾勒的轮廓竟然变得宏伟。她在这宏伟之中忽然心生敬畏，身子往后错了几寸，后背抵上宋维蒲撑在沙滩上的手臂。

她侧过头，发现他也在看她。

游客们的喧哗声在一瞬间远去。

"谁说？"他毫无预兆地开口。

"啊？"木子君茫然。

"你想自己说还是我去说？"

说什么说……木子君一脸莫名，直到宋维蒲叹了口气，给出更详细的解释。

"告诉由嘉和隋庄还有别人，咱们两个，"宋维蒲顿了顿，"开始谈恋爱。"

木子君这下理解了，也沉默了。

不是。

不对。

这话从他嘴里说出来怎么这么奇怪？

木子君收拢双腿把膝盖抱住，有些坐立难安。思考片刻后，她出了一个比较合理的决定："你去和男生说，我去和女生说。"

"好。"

又安静了。

木子君愿将这称为确认关系后的一段生疏期，大概这也是先前两个人迟迟不点破的原因。已有的相处模式忽然被打破，新的相处模式又未摸索出来。海岸上的空气分明如此流通，可她却觉得连呼吸的节奏都乱掉了。头发在夜风的吹拂下终于不再潮湿，木子君用缠在手腕上的发带把头发扎高，吃完手里已经凉掉的海鲜，继而站了起来。

"我先回房间了。"她冲宋维蒲说完，长吸一口气，转身朝她租赁的那辆越野车走了过去。

说是越野车，其实已经彻底布置成了独立卧室的样子，有连通水管的浴室和洗手台，还有一张干净的床铺，窗户也用帘子拉起，唯一的缺点大概就是人站不直身子。不过这家旅店卖的就是这种体验，木子君弓着腰在里面洗漱完毕，换上件盖到大腿的 T 恤，然后直挺挺地躺上那张狭窄的单人床。

车的密封性没有那么好，她能听到一重又一重的海浪声和远处人群的欢呼。两道声音相叠，是绝佳的白噪声，让本就疲惫的身体迅速进入了半睡眠的状态。

人半梦半醒的时候会想起很多事，没有因果，也没有逻辑，偏偏每一幕都有他的样子。她不知道一个彻头彻尾的陌生人是如何如此深入地参与了她的生命，但反过来想，她也是这样深入地参与了他的。

木子君在这混乱的思绪里听到了门被推开的声音。

海浪和人群的喧哗一瞬变大，又在对方将门合上的一瞬间消逝。宋维蒲身上好像自带结界，他靠近她的时候，就能让整个世界只剩他们两个。她迷迷糊糊地睁开眼，看到他弯着腰走到她床边，伸手掐了下她的脸。

"门都不知道关。"他说。

她默默侧过身，往靠墙的位置挪动身体，给他留下坐的位置。

这辆改装的越野车里有床，有桌椅，有立灯和浴室。一个人的时候尚能转身，两个成年人坐进来，就显得格外拥挤。

宋维蒲也是在自己车里洗了澡过来的，身上不再是海水的腥味，而回到了他平日清凉洁净的植物气息。他的味道迅速填满了车内狭窄的空间，木子君这才意识到，原来平日坐他的车，和在唐人街房间里时闻到的，都是他自带的味道。

他在哪里，哪里就有她熟悉的味道。

"我可以躺下吗？"他征询她的批准，"衣服是干净的。"

木子君思考片刻，郑重地点了点头。

床垫发出了脆弱的"嘎吱"声，对这种配置的家具而言，支撑两个人不是一件容易的事。木子君后背抵在冰凉的车壁上，身子微微弯着，宋维蒲也侧躺在她身边。车里没开灯，光亮来源是海滩上的篝火。他们的脸在映入车内的光亮中影影绰绰，木子君犹豫了很久，再次轻轻地用额头碰了他一下。

宋维蒲轻笑："这到底是什么意思？"

"我不知道，"她说，"我就想这样碰你。"

她说话的时候气息是温热的，床如此狭窄，正好滚落在他耳边。宋维蒲伸手从她脖子下面穿过去，把她搂进自己怀里，下巴抵在她头顶。

"你可以重新熟悉一下我。"他说。

木子君眨了眨眼，睫毛扫在他脖颈上。宋维蒲往后缩了下身子，制止她："痒。"

"我熟悉一下你。"

"哪有用睫毛熟悉的……"

是哦，是有点奇怪。

木子君无声地笑了起来，身子往后退了半寸，手掌盖上他的喉结。宋维蒲是她深入接触的第一个异性，她对男性身体的所有认知似乎也来源于他，比如上次那个……肌肉不用力的时候是软的……

她点了下他的喉结处，看见那个骨节一样的东西上下滚动。

神奇。

她又戳了几下，被宋维蒲弹了额头。木子君自娱自乐了一会儿，看他也没什么反应，很好奇地问："我以前听人说，男生的喉结是很敏感的。"

"分人。"

"你不吗？"

"我不在喉结。"

"那你在哪里啊？"

宋维蒲不说话了，低头看着她。他捉住她一只手，把她的手放到自己身上，用一种极其纯粹的语调回答道："你可以自己试。"

木子君无语。

他可真是热衷于让她摸他，在每一次有类似机会的时候积极地物化自己。

那她就不客气了!

木子君抱着求知和探索的心态在他身上上下游走,可惜这一次明显没有上一次的运气,半晌仍然不得要领。又或者是空间的狭窄限制了她的发挥,她推了一把宋维蒲,说:"你往后点。"

"我再往后就掉下去了。"

左右空间实在受限,木子君转换思路,半撑起身子,和他拉开了上下的高度差。谁知,她手刚伸出去,就被他抓着按到后腰,腰被他握着抬起来。床垫响亮地"嘎吱"一声,木子君被他抱到身子上面,头正好埋在他胸口上。

说好了让她自己探索呢!

她一只手被他反扣在后腰,另一只手只能撑在他耳侧。宋维蒲往床头挪了几寸,没攥住她的那只手扶住她后脑,把她按向自己亲吻。木子君在百忙之中抽空指责:"我还没熟悉完!"

"你动作太慢,"他抬起右腿,抵着她身体往上几寸,然后把手指插进她的头发,"换我了。"

她不依不饶:"宋维蒲——"

他"嘶"了一声,偏头躲过她一瞬间的折腾,翻身和她换了位置,再开口的时候带了警告:"别咬人。"

过分漫长的亲吻,她学了不少。

不愧是宋老师。

车窗外的篝火一盏一盏地熄灭,在某个时刻,海岸终于陷入了黑暗和寂静。

车里也是。

她又被他抱着放回身上了,头枕在他胸口,听着他一下一下的心跳,有种打开新世界的惊奇和疲惫。宋维蒲用手指缠着她的头发,拽了一下,没什么素质地问:"这回熟悉我了?"

木子君没作声。

熟悉了,之前说你黑里切白是彻底的误解,你是难得一见的黑里切白夹蛋黄流心。

她扶着他胸口,支起身子和他对视。夜色里两双澄净的眼,她看着他冲自己笑了笑，他再开口的时候，语气又恢复了白日的正经。

"我以前的事，"他语速很慢，"你都知道的，是不是？"

木子君一愣，有些手足无措。

"史蒂夫答应我……"

"不是史蒂夫，"宋维蒲揉着她的头发，"不是他说的，他是你这边的人。"

真有趣，和他一起长大的史蒂夫成了她这边的人，反倒是本和木子君交好的唐葵与瑞恩，渐渐更习惯和他交流。

"我自己猜到的。"宋维蒲也学着她的样子，用额头轻轻碰了一下她，"我上次跳进泳池，你什么都不问的时候，我就猜到了。"

她变了变眼神，软下身子，彻底靠进他怀里，因出汗而略有潮湿的长发散落在他颈间。宋维蒲则慢慢攥住她的右手，和自己的一起放到心口的位置。

"谢谢你，"他轻声说，"我觉得我赢了，我把那条龙杀死了。"

"我没做什么，"木子君闷声回答，"是你自己很厉害。"

"对，我的确很厉害。"宋维蒲中肯地点头。

木子君被他惹笑。

下一秒，他温热的嘴唇贴上她的额头，又一路流连，印着她的唇形吻下："所以我来接我的船长。"

真奇妙，分明是同一座码头，有的人打了胜仗，却再没机会回头找他的姑娘。而有的人与恶龙缠斗多年，获胜的那一天，他想见的人就站在他收回宝剑的地方。

月亮还是同一轮月亮。

· 第七章 ·
荷花错

　　木子君和宋维蒲离开码头的时候是坐的瑞恩的车。

　　倒也不是不想坐飞机了，只不过临行前一天，木子君做了好久的心理斗争，还是跑去阮银姑家里问她要了那只路都走不稳的小狼犬。它见木子君来接自己也很激动，摇着尾巴转圈。阮银姑送她出门的时候让孩子告诉她，人和动物是有缘分的。缘分不到的强求不来，缘分到了的，自然就和你相遇了。

　　木子君就这么抱着狗和宋维蒲上了瑞恩的车。

　　从西澳回墨尔本的路程很远，非常远，算得上跨越了三分之二个澳洲大陆。宋维蒲和瑞恩轮着开车，两只狗和木子君在后座睡得东倒西歪。三个人回墨尔本后先去了唐人街，时间太早，商铺尚未开门营业，他们在寂静里把红色小楼一楼的门打开。

　　史蒂夫看着自己一百刀的窝被新来的小狗占领，大度但不甚愉快地将目光移开。

　　"叫什么啊？"木子君问宋维蒲。

　　宋维蒲也蹲下身摸了摸狗头，掌心被它舔湿。他想了想阮银姑的回忆，说："我外婆那只狗是叫……"

　　木子君："理查德（Richard）！"

　　宋维蒲："那就叫理查德吧。"

　　理查德在地上打了个滚，无知无觉地继承了祖辈的名号，和两个新主人一起，开始了新的生活。

木子君不知道别人谈恋爱告知朋友的时候是什么样，反正她这个搞得像新闻发布会似的，和宋维蒲在家里商量了一下时间，然后分头把几个知情人士带到不同的地方吃饭。

　　天气不错，是个适宜公开的好日子。木子君选的是一家学校附近吃早午餐的店，叫的是撒莎、唐葵和由嘉。四个女生选了靠窗的位置坐下，余下三人问起她西澳的行程。

　　"还、还算顺利吧。"木子君想办法寻找开口的时机。

　　"隋庄说你们带回家一只狗啊？"由嘉追问。

　　"对，是他外婆之前留在那儿的一只狗的……后代。"

　　"这个金小姐还真不是一般人。"撒莎咬着叉子，"你抽空给我讲讲，又是爱丽斯泉又是西澳的，不知道她还去过哪儿。你们珠子找齐了吗？"

　　木子君不想，但她的注意力无法控制地被转移了："还没有，还有一颗带字的，和一颗刻着竹叶的。"

　　"现在有线索了吗？"

　　"还没有……"

　　唐葵出言安慰："没事，没有线索，就是还没到有线索的时候。就好像你和宋维蒲还没成，就是还没到成的时候。"

　　木子君：啊？

　　唐葵是如何把话题鬼斧神工地扳回来的？

　　三个女生心知肚明地笑了，由嘉感慨："我从来没见过动作这么慢的两个人……"

　　撒莎："但你好像也不快啊。"

　　由嘉："那是我看不上他。"

　　唐葵："哟哟哟。"

　　木子君小声道："其实我俩在码头接吻了……"

　　由嘉："我觉得宋维蒲还是比隋庄帅不少的，只是我不吃他那个长相。"

　　唐葵："刚才木子君好像说话了。"

　　撒莎："不过我的审美更偏瑞恩。"

　　场面一片混乱，木子君自己都怀疑刚才她到底有没有开过口。好在饭桌忽然在一瞬间陷入诡异的沉默，由嘉眨了下眼睛，缓慢地把视线转向了她："你们等一下。"

唐葵也反应过来了。

"刚才木子君说什么？"

由嘉陡然发出一声尖叫，撒莎惊恐抬头："发生什么了？"

唐葵："木子君说她和宋维蒲接吻了！"

撒莎："啊啊啊啊啊！！！"

饭桌上陡然爆发接连不断的尖叫，让木子君根本插不进嘴。

她已经开始替宋维蒲那边担心了。

不过显而易见的是，被宋维蒲通知的隋庄和史蒂夫还是比较镇定的，毕竟他俩看宋维蒲自我拉扯也不是一天两天了。

隋庄见惯了炒鞋市场的大风大浪，对这些个情情爱爱尤其云淡风轻："我不意外啊，早晚的事，这都多久了。"

史蒂夫："从你把她带回家住的那天，我已经预料到这个结局了。"

宋维蒲点点头，低头继续吃饭。没一会儿，隋庄用盛冰水的杯子磕了下桌面，发出一声清脆的"咣当"。

"那个……"隋庄把头歪着低下，"所以你俩谁先表的白啊？"

"她啊。"宋维蒲面不改色。

"真的？"隋庄略有怀疑。

宋维蒲想了想当时木子君俯身过来和他触碰额头的样子，笃定地回答："真的。"

与此同时，另外一边的木子君也被由嘉按着肩膀问了同一个问题。

"一个很关键的问题，"由嘉俯身越过整张桌子的饮品与菜式，"你俩谁先表的白？"

木子君一愣，回忆片刻他们两个混乱的表白现场，以及宋维蒲那句从善如流的"我喜欢你喜欢得不得了"，用比宋维蒲更笃定的语气回答道："肯定是他啊！"

向撒莎三人提供了接吻当天的详细细节后，木子君终于能回家了。

其实她们三个虽说刚开始很激动，但到后面，木子君发现她们其实更在乎的是确定关系时的细节，而不是为了事情本身惊讶。似乎于所有人而言，她和宋维蒲在一起是一件顺理成章的事情……又或者其实在她们心里，他们两个早就已经在一起了。

人生好像是一件很难想象可能性的事。譬如如果当年空先生回到了码头，金红玫接下来的人生会如何。又譬如如果她来到墨尔本那天不是宋维蒲来接机，她在这里的人生又会如何。

人在路上的时候会遇到很多人，大多都是萍水相逢，一面之交，但这一面的缘分也是难得。时至今日，木子君已经相信她与金红玫之间有一种奇妙的缘分，金红玫把宋维蒲抚养长大，送到木子君身边，让她替自己再去见那些故人一面。

她有时候也分不清这到底是自己与宋维蒲的故事，还是金红玫与她的故事。墨尔本于她像一个彩云琉璃的梦，她在梦中行走，偶尔闯入金红玫留下的世界。这个梦里的一切都转瞬即逝，只有宋维蒲一直留在她身边。

起码目前的话，宋维蒲是在……

木子君推开红色小楼一楼给狗住的空店。

宋维蒲……在忧心忡忡地喂狗。

您在这梦里也太接地气了。

反正楼下也没人来，宋维蒲买的东西都直接摆在地上。木子君看见几包幼犬罐头，还有宠物钙片和一些煮熟的肉。地上还摊开着一本英文的大型犬饲养手册，木子君的余光瞥过去，看见宋维蒲在里面折了几页，复习似的画了重点。

他做什么都这样。

大概是听见了木子君的脚步声，宋维蒲抬起头，看见她拎着一把椅子过来，坐到了自己和理查德跟前。理查德吃罐头吃得嘎嘣作响，木子君看了看不亦乐乎的狗，又看了看宋维蒲，问："你怎么了？"

"这个店我想重新开起来。"宋维蒲说。

"啊？"木子君莫名，"怎么了？"

不是刚关了一家书店吗？

宋维蒲看着理查德吃饱了在地上打滚的样子，把那本养狗的书捡起来递给木子君。木子君浅翻了几页他折起来的内容，大概懂了。

想把捷克狼犬养好可真不便宜，再加上她看了一眼理查德，区区一只两个月的小狗，怎么食量就大成这个样子，这要是成年了还了得。

木子君都要同情宋维蒲了，挺精打细算的一个人，书店的盈利用来给她发了工资，好不容易关了门可以坐着收租了，又压上了一只巨型犬的重担。

她反省了一下，意识到狗是自己带回来的，从落地那天开始，她的存在仿佛就是在给人家加重经济负担。好在宋维蒲这个人又帅又好使的定位无论对人还是对狗都贯彻始终，人来养人，狗来喂狗，刚喂了两天饭就开始思考出路。

意识到这一点后，木子君立刻挺身而出。

"那个，宋维蒲，"她凑到他身边，"这只狗是我带回来的，你这个店的事也让我来想吧。我第一眼看见它就觉得空着特别浪费资源，你家这位置在唐人街也挺好的，肯定能想出合适的生意做……"

宋维蒲微微错愕地抬起头："你来想？"

"对，我来！"木子君拉着他的袖子把他往楼上带，"以前书店都是你来操心，现在这个店就让我来操心……"

两个人一前一后回了二楼，木子君才看见客厅地板上也放了不少新搬上来的东西。她走过去翻了翻，发现了两箱还没开封的苏打水。

"你买这个干什么啊？"

"不是我买的。"宋维蒲走过来把纸箱往墙角推，"我收拾楼下库房的时候翻出来的，都是我外婆买的。"

"苏打水？"

不怪木子君反问，金红玫这个年龄的老人，喝茶喝粥都正常，喝苏打水就显得有那么一点……过于新潮了。

不过金红玫也不是新潮一两天了。

"对，她说自己年轻的时候就喜欢喝。"宋维蒲边说边从里面拿了一瓶出来，"我倒是不太习惯……她会往里面加柠檬片。"

"好喝吗？"木子君属实没有尝试过。

"你要试试吗？"宋维蒲转头问她。

木子君想象不出那种口感，于是点了点头。

家里有柠檬，也有冻好的冰格。宋维蒲让她自己倒了一杯去厨房找他，柠檬片放进气泡水，里面转瞬升腾起细小的气泡。木子君把玻璃杯举到眼前，窗外的阳光被水杯折射，冰块和柠檬被气泡裹挟着盘旋，偶然碰撞杯壁，发出一声清脆的"当"。

她好像每天都在多了解金红玫一些。

"她还喜欢别的吗？"她忍不住问。

"还喜欢……"宋维蒲转过身靠住橱柜，试图回忆，"很喜欢荷花，夏天的时候会自己开车去郊区买荷花回来。不过荷花很难自然开，她和我说，荷花如果在摘回来的第二天早上没有开，就再也不会开了。"

他说完这段话，也有些疑惑。

"好奇怪，我以前从来想不起这些事，"他说，"好像总是要你来问我，我才能一点点地想起来。"

他现在提起金红玫的口吻已经很平常了。木子君笑笑，低头喝了一口柠檬苏打水。她以前恰巧看过一些文章，里面提到苏打水在民国时期就已经风靡上海，金红玫或许那个时候就品尝过这种碳酸饮品，然后把对味道的依恋延续到了异国他乡。

她晃了下杯子，在冰块的制冷作用下，只见里面的气泡飞速升腾。水和气泡折射阳光下的一切，犹如人梦幻泡影般的一生。

木子君说帮宋维蒲操心新店的事，她说到做到，接下来的几天都在思考有什么一本万利的生意，思考地点除了图书馆，就是实习的心理诊所。

苏素尚且不知道木子君和宋维蒲的事，恐怕知道了反应要比由嘉她们大得多。木子君没打算告诉她，只是按部就班完成实习的工作，帮正式员工整理问卷材料，偶尔陪同苏素接待来访的患者。

她现在的履历当然不能独立咨询，不过苏素和她提过，如果想直接和病人接触，可以从病例里挑选她感兴趣的病人，在病人有空的时候找对方聊天。

苏素这个人也好玩，职业素养很高，但又实在八卦，木子君每天都看她在职业素养和八卦欲望之间自我搏斗。从前者的角度讲，她是不能透露任何患者信息的；但从后者的角度讲，她每天倾听太多神奇案例，如果桩桩件件都深埋心底，恐怕自己也要患上什么"有话不能说憋死症"之类的心理疾病。

最终，苏素折中选择了"我不告诉你这是谁但我给你讲讲他的故事"的处理方式来缓解自己的压力。

这是木子君没有替宋维蒲想出新店开业卖什么的第六天。

诊所九点开始营业，来问诊的病人基本会在十点以后陆续到来。木子君把今天所有归给苏素的预约单整理好放去前台，又在离开前像往常一样翻阅了一遍。

上午只有两个病人，第一个是个亚洲女孩，和父母一起来，是很典型的要求提供普通话服务的移民。第二个则是个澳洲本地的年轻男生，姓氏也是澳洲这边最为常见的琼斯（Jones）。这个男生的预约单显然是父母填写的，声称他少年时代因为一场意外被拘禁两年，出狱后无法正常融入社会，社区建议他们送孩子进行心理疏导云云。

木子君瞥了一眼年龄，发现对方也是十九岁。苏素曾经和木子君反复抱怨过澳洲当地的青少年保护法几乎是那些天性邪恶的小孩的保护伞，在这样的法律体系下都能让他拘禁两年，木子君简直难以想象他当年都做过什么。

木子君把预约单夹进文件，而后便回到了自己的座位上。

苏素每天上班都会迟到一会儿，手里捏着杯咖啡步履匆匆地进到门内，为了职场人设极尽造作地从外面一路招呼打进来，到木子君这儿的时候才能松口气和她简单说个"嗨"。

"上午人多吗？"

"不多，就两个。"木子君指了指前台，"不过今天好像有一个比较……"

"那个琼斯是吗？"苏素皱了下眉，"他非常棘手，是其他咨询师处理不了转手给我的。我看过他的履历，他的问题绝对不止……"

苏素的职业素养让她及时闭嘴，木子君也识趣地把头低下，翻看起昨天刚刚收回的一摞测评问卷。

前台处"叮咚"一声，是第一个来咨询的小姑娘到了。苏素回到了自己的办公室，木子君起身去和对方沟通，把咨询前的准备工作一一推进结束，送她和妈妈一起进了问诊室。

这家诊所因为是私立的一对一服务，收费很高，最基础的咨询每次四十分钟。木子君在外面等苏素和那对母女咨询结束，在工位上坐了一会儿，又去前台帮着处理东西。忙得晕头转向时，门口忽然传来了一声造作的咳嗽。

木子君抬起头，发现来人是史蒂夫的瞬间，控制不住地翻了个白眼。

墨尔本的核心区就这么大，稍微上得了台面的白领工作全在这几条街上。史蒂夫实习的律所就在附近，他声称木子君这栋楼下面的午饭好吃，没事就来蹭她的会员卡，日日中午和她一起吃，搞得苏素一度怀疑她在"养鱼"。

没听说过"养鱼"还要搭上鱼食钱的。

不过她今天这个白眼翻错了，因为她的"鱼"来知恩图报了。史蒂夫手里提着两杯奶茶，给了木子君一杯，自己那杯已经喝了一半。

木子君一手攥着工作资料，一手拿过奶茶，抬头感慨："你什么时候长出来的良心？"

"也不是，"史蒂夫卖力咽下珍珠，冲她笑了一下，"是我欠宋维蒲钱，他懒得让我还了，就让我给你买奶茶了。"

木子君翻了个白眼。

她的错，她不该对"鱼"有过多期待。

反正手头的活一时半会儿也做不完，木子君边整理边和他聊天。

"你今天不去律所吗？"

"去，不过出来给当事人送东西，路过奶茶店，又路过你这边。"

两个人有一搭没一搭地聊着，木子君知道他是好不容易跑出律所不想回去。又说了一会儿，两个人忽然听得楼道里传来剧烈的争吵声，明显是一个年轻男人和他的父母。

史蒂夫被吓了一跳，几乎被珍珠呛住。门外的争吵声越来越近，还伴随着一声垃圾桶被踢翻的"咣当"声。史蒂夫惊恐之中侧移两步，退到了坐在前台桌面后的木子君身边。

"你能不能有点出息？"木子君压低声音质问。

"你们心理诊所还要安抚有暴力倾向的人吗？"

三个人的声音越来越近，木子君被那年轻男生喊得太阳穴直跳。下一秒，门和垃圾桶一样被"咣当"一声踢开，一个皮肤发红的金发中年澳洲男人拽着比他小了一号的儿子进门，后面跟着一个一脸严肃的女性。

很典型的一家三口……

但是气氛这么剑拔弩张的不多见。

木子君扫了一眼手里的预约单，没怎么犹豫就确认了年轻的男生就是苏素刚才和她提到的琼斯。他进门后上下打量了一眼木子君，继而就被父亲扭着肩膀往诊所更里面的方向推。

木子君急忙跑出去拦住，和他们解释起咨询的流程，并把他们往等待室的方向带。好在前台的女生也在这个时候回来了，从木子君手里把他们接过去，引导着三人离开。

木子君这才松了口气。

如果人的长相也可以用"不适"来形容，这个琼斯显然就让木子君觉得很不适，包括他进门后打量她的那一眼，让人皮肤控制不住地起了一层鸡皮疙瘩。

"这个时候，"松了口气的木子君回过神，和史蒂夫感慨道，"就意识到干心理是服务行业了……"

出乎木子君意料的是，从刚才进门后就和她有说有笑的史蒂夫却没有说话。

史蒂夫低着头，坐在前台后面空着的椅子上，手在膝盖上紧紧攥着。木子君犹豫片刻，伸手轻轻碰了他肩膀一下，叫道："史蒂夫？"

他几乎是应激反应般从她手边弹射开。

木子君这才意识到他状态不对，急忙倒了一杯水递过去。史蒂夫面色如土地喝完杯中的温水，肩膀被木子君轻轻压住。

"还好吗？"她小心地问，脑海中反复回忆方才的事，不知道是哪里出了问题。明明从头到尾，只有那个问诊者和他的父母……

木子君像是反应过来什么，抬头看向史蒂夫。

他在此刻也终于缓了过来，慢慢把目光从膝盖上抬起来，嘴唇还有些苍白。

"就是他，"他哑着嗓子说，"那个在游泳池里把人淹死的人……就是他。"

回家的时候，木子君已经忘了她那个上午后来的时间是怎么度过的了。

那个男生在等候室里也一直在大声嚷嚷，像是根本无法控制自己的行为。木子君听到他的母亲在责备他，说这是他们能找到的最后一家愿意为他提供服务的心理诊所，上次他在外面打砸商店已经被警察警告过了，他必须学会控制自己的暴力倾向。

大概是吵闹声实在太大，苏素和上一对母女的咨询被提前中断了，她走出来示意木子君带那三个人进来。木子君深吸一口气，走到等待室去引导他们，控制着自己的目光不去打量那个男生。

直到把他们三人送入咨询室，那扇门"咣当"一声关上，木子君才靠着墙把那口气吐出来，拿出手机给刚刚离开的史蒂夫发消息。

木子君：他杀了人，只判刑两年？

史蒂夫：那年他十三岁，这就是为什么澳大利亚青少年无法无天。

木子君：我不觉得他成年了有什么好转。

学心理学以后，她相信一些人的心里有天然的恶。

就像宋维蒲心里有天然的善。

她对前者毫无怜悯之情和帮助之意，这或许是她还算不上一个合格的心理医生的原因。咨询室里时不时传来那男生的咆哮，木子君几乎担心起苏素的安全。那声音一直在她脑海里盘旋，直到她下班回家的时候还没有止歇。

宋维蒲最近回家都很早，木子君觉得养理查德这件事好像让他的生活更规律，也更松弛了一些，比如晚上要回来喂狗，还要带它出去散步。目前狗还小，运动量没上去。等到再大一点的时候，可能就要开车带去远一点的街区，找人少的地方遛了。

大概是因为白天亲眼看见了那个造成宋维蒲心理阴影的罪魁祸首，木子君回家以后就控制不住地往他身边贴，他去哪儿她就跟到哪儿。

第三次一回头差点撞上木子君后，宋维蒲彻底无奈。

"到底怎么了？"

"没事啊，"她佯作无事，"我就是想……想和你在一块儿。"

他刚喂完负鼠，手里拿着香蕉皮，随手扔进垃圾桶，拉着木子君把她带回沙发。她人往他身边靠，像他那天忧心忡忡地看狗似的忧心忡忡地看着他。

宋维蒲："你实习的地方有事吗？"

有，的确有。

但她并没打算让他知道。

她右手扳住宋维蒲的肩膀，额头探过去，轻轻碰了他额头一下。他被她发丝挠得闭了下眼睛，而后伸出手刮她鼻梁，刮得她直往后退。

他在她抽身离开前把她下巴掐住。

"说，"他歪过头，"怎么回事？"

他太了解她，她不说也能看出她心里有事。

木子君仰起头看着那双漆黑漂亮的眼睛，忍不住伸手去摸。

她很喜欢他的眼睛，从第一面就喜欢，他的眼睛比她见过的所有人的都黑得纯粹。她一直不知道宋维蒲算什么眼型，应当也算不得桃花眼，比桃花眼窄一些，眼尾轻微上挑，漆黑而长，每次顺着眼尾摸过去，他都会很容忍地把眼睛闭起来任她感知走向。

她觉得老这么摸下去，就算有一天让她闭着眼睛把宋维蒲画出来，说不定也是可行的。

这回，她又从眼角摸到了眼尾，只不过最终被他攥住手指拿了下来。她看着宋维蒲那双探究的眼，知道今天势必要给他个答复了。

"就是……"她停顿片刻，没怎么费事就想出了措辞，"就是楼下那个店，我有主意了。"

"是吗？"宋维蒲一怔，显然没想到她这么快就想出主意了，"你想做什么？"

她前几天和他说了，这次不做生意，做生意的店总要人看着，他们两个都没有时间。大半周过去，她心里对楼下那家铺面有了更具体的想法，可她现下首先打算做的，其实和那家店并没有关系。

她难得能把宋维蒲骗过去。

"就是一件不用你那么辛苦的事。"她又把指尖按上他眼角，他睫毛长，按下去指间会微微发痒，"宋维蒲，你知道吗？我来墨尔本以后，一直是你在帮我……

"这一回，我也想帮你做点事。"

要办大事，木子君先去见的是瑞恩。

从西澳回来后，宋维蒲彻底把瑞恩从他的警备清单里移了出去，两个人都把他当成一个交流养狗知识的朋友。扪心自问，瑞恩也的确从来没对狗以外的东西展现过太大的兴趣——除了射击。

第一次是木子君和宋维蒲一起带他去的，他天赋绝佳，木子君发现他对这种需要隔绝外界打扰的事都很有天赋，或许这是上天在夺走他一些事时额外赐予他的东西。去了没两次，他就去申请了持枪证买枪，不再使用射击场的公用枪支。

澳大利亚只有本地公民可以合法买枪，木子君虽然也动了这个心思，不过目前能做的也只是和瑞恩一起去射击场的时候摸一摸他的枪管和弹夹。他发挥尚且不稳定，专门买了空弹包用来训练，只有弹壳和底火，没事的时候就让木子君给他指导一下。

见完了瑞恩，木子君还在计划怎么让那个浑蛋琼斯上钩的时候，对方竟然一头撞过来了。

前两次咨询下来，苏素和木子君隐约提过，除了琼斯本人，他父母的问题也很大，总是在过度纵容和过度干预之间两极横跳，第三次咨询的前半段苏素要单独和他父母对话。这种家庭性质的咨询近年来也很常见，他们第三次来诊所的时候，木子君便把这对父母先送进了咨询室。

心理咨询行业的确带有一定的服务性质，尤其是对木子君这种还在实习阶段的助理而言。纵然心里十二分不情愿，她还是按照惯例给琼斯倒了一杯水送过去，并且把苏素嘱咐她的问卷带过去给他填写。

琼斯和她都是十九岁，但木子君几乎没有从他身上感到一丝成年感。他和任何一个她在街头碰见的无所事事的澳洲青少年别无二致。她俯身放水杯的一瞬间，对方忽然从沙发上弹起来，伸手就拽住了她胸前垂落的项链坠子。

细线从颈后勒入皮肤，她不动声色地把目光移向他，用英文询问道："需要什么帮助吗？"

她自认算不上对外国人脸盲，但琼斯实在长了一张不折不扣的白人青少年"平均脸"，找不出任何足以描述的特点。两个人对视片刻后，他脸上泛起一抹笑，手上力度加大，把木子君拽得离自己更近些了。

"想和你睡要多少钱？"他问。

木子君并没有动。

细绳深嵌入脖颈，她手捏住纸杯一侧，微仰起头，眼睛一眨不眨地看着对方。纵然并无特色，但她仍然想记住这张脸，也想让他记住自己的样子，并在日后每次想起她的时候意识到，不是任何人都对他束手无策。

琼斯显然没想到木子君会是这种反应，他微微松手，项链的珍珠坠子便落回她胸前，又荡回去，在半空中来回摆荡。木子君松开捏住纸杯的手，从鼻腔里发出一声笑，身子俯低，在他耳边耳语了几句话。

看到对方脸上露出不可置信的表情后，她又露出一副和善的笑容，随即从他身边离开了。

国外的街区似乎是被阶级分化过的。

其实住在第一个房东家里时木子君就有这样的感觉了，不过后来被宋维蒲接去唐人街，地处市中心附近，治安很好，她就忽略了这个问题。后来因为实习解锁了不少新街区才发现，贫富分化可以直观到从街道建筑上就有不同。

或许贫富差距还不是最严重的，最严重的是治安差距。一些街区是出了名的乱，聚集的都是非法移民和流浪汉，街上不少人走路的模样昏昏沉沉，身上味道刺鼻，一看就知道是怎么回事。

瑞恩的住处已经算得上北区里治安尚可的了，再往北走，有些地方的街上哪怕白天都没什么人影，只有晚上才有些昼伏夜出的无业游民流窜。木子君听说警察几乎不大管这里，本身出警速度就很慢，如果报警地区是这里，可能还要责怪报警的人为什么要出现在这种地方。

这就是她约琼斯见面的地方。

　　其实她对这里还真不算陌生，因为这座街区有一个封闭式疗养院，木子君来拿过三次资料。宋维蒲自从上次她被人尾随之后就不大放心她一个人乱跑，三次都是开车送她过来的。他对这边也不熟，第三次来的时候直接卡进一条死胡同，倒了很久的车才退出去。

　　她那天靠在车窗上往外看，有个路牌一闪即逝，写着：337-339 Hell St（地狱街）。

　　"真会起，"她转头冲宋维蒲感慨，"地狱街，你们外国人就是不图吉利，就像那个码头叫'迷失海洋'。"

　　宋维蒲抬头看了一眼。

　　他踩油门飞出了巷子："看清楚点，Hill（高地），是被人恶作剧涂的。"

　　木子君恍然大悟。

　　不过这个名字还真是很符合她现在要做的事。

　　琼斯一定会来，因为她那天给他许诺了超出他预期的丰厚回报。天色将明将暗，北区脏乱的建筑群在这天色下显得更加破败。在这个明暗不再分明的时刻，善与恶的界限或许也不再分明。

　　高地街两边是两面红色石砖砌起来的墙壁，宽度大约够一个人伸开双臂。巷子上面是交叉密布的电线，悬挂着不少用绳子绑起来的球鞋。宋维蒲以前和她科普过，少去这些地方底下站着，一般挂鞋意味着这片地区存在非法交易。

　　而现在，木子君就站在这片被宋维蒲几次告诫远离的区域，好整以暇地看着远处一个身影摇晃着朝她走了过来。

　　木子君手上还有方才捏着粉笔留下的灰白，她瞥了一眼指腹，将那层灰白蹭到墙面上，继而抬头迎了过去。不出她所料，没等她接近，对方嘴里就开始不干不净地调戏起她，用词极大地扩充了她此前空白的低俗语料库。

　　木子君还是很和善地冲他笑，她实在没有精力再为他设计第二种假装友好的表情。两个人的距离越来越近，木子君忽然顿住了脚步，然后微微后退。

　　她不开口，只是向后退，手指抬起来冲他轻轻勾了一下。琼斯看了一眼那个漆黑的巷子，脸上的神情更加兴奋，伸手就要来抓木子君的胳膊。

她迅速避开，又往后退了两步，然后隐身入巷。

琼斯紧随其后。

下一瞬，巷子里突然亮起一道刺目的白光，伴随着一阵凶恶残暴的狗吠。巷子里转瞬被英文的求饶声充斥，木子君在白光亮起之前关掉手机录音，然后抬头望去——

这是一条死胡同，琼斯已经被站起来半人高的巨型狼犬史蒂夫逼到了靠墙的位置。灯是她从楼下卖灯具的库房里找的，年代虽久，不过放进电池，亮度还是颇为骇人。琼斯被狼狗吓得屁滚尿流的样子在灯光下无所遁形，而在他身后的墙面上，是她刚刚用粉笔画出的人张开四肢站立的形状。

木子君还没有发令，史蒂夫四肢岔开站在琼斯面前，灰色皮毛在白光下泛着银光，似以假乱真的一匹狼。她笑了笑，不慌不忙地走到史蒂夫身后，摸了摸它颈后的皮肤，而后抬头望向琼斯。

他看她的眼神称得上惊恐。

木子君看到他迅速地摸索自己身体上下的口袋，然后把手机和钱包都掏了出来。这大概就是他以前堵别人的目的吧，可惜木子君已经不是十岁出头的小孩了，这些东西于她而言，也太过幼稚了。

她笑眯眯地和琼斯对视着，然后从身边一个看起来已经报废的铁皮桶里，慢慢掏出一把口径七毫米的霰弹枪。

这是瑞恩的枪，不过是她陪着他挑的。

琼斯本就被狗吓得紧贴墙面，双手抱头，看到她拿出枪的那个瞬间，情绪似乎彻底崩溃。他或许也想不明白，明明在心理诊所见到她的时候觉得这个女孩毫无杀伤力，但从他走进这个巷子的那个瞬间开始，她手里的巨型犬和枪，都对他产生了巨大的威慑力。

"对不起！"他抱着头瑟瑟发抖，用英文慌张地和她道歉，"我不该骚扰你，这是我身上所有的钱了，我……"

"站起来。"木子君简洁地发出了指示。

琼斯茫然地抬起头，白光照亮一双没有焦距的眼睛，瞳孔在光线的刺激下迅速收缩。木子君似乎没有耐心重复第二遍，直接抬枪朝他脚边的地面开了一枪。

他又鬼哭狼嚎了一阵，但听话地站起来了。

她并没有大胆到真的在枪里装子弹，里面只是带有一定杀伤力的空弹包。不过琼斯这种只会在未成年时期耀武扬威的小浑蛋显然分不清空弹包和实弹的声音区别，只是脚边溅起的一片尘土，就足够他哭着求饶了。

方才准备得匆忙，准头还有些偏差。木子君简单调试了片刻枪械，金属枪身发出骇人的声音，琼斯抱着头站直，后背贴近墙壁，对她接下来的行为又恐惧又没有头绪。

她有枪，有狗，而他只有……

琼斯的余光看到了自己放在地上的手机，忽然起了报警的心思，再次慢慢地蹲下去，想伸手把手机拿过来。没想到膝盖刚刚屈下去，脚边就又被子弹击出一片灰尘，他吓得差点跪到地上。

"第一，警察几乎对北区的报警选择性受理。"一道女声从白光打来的方向慢悠悠地传过来，"第二，你刚才对我的骚扰我全程录音。你认为警察会相信一个留学生女孩用枪打你，还是有杀人前科的你……"

她调试好枪，笔直抬起，三点一线对准他的脑袋。

"强奸未遂？"

琼斯几乎能感到自己的大脑濒临崩溃。

"那年你十三岁，澳洲法律保护了你，"木子君一边说话一边示意史蒂夫回到自己身边，"今年你十九岁了，成年的第一步就是学会遵守法律。琼斯先生，你的父母和法律没教会你的，我来教你。"

木子君："现在，转过身去，看到墙面上的粉笔画了吗？"

被尊称为琼斯先生的年轻人嘴唇颤抖着，似乎终于从"杀人前科"和"十三岁"里意识到了木子君的身份。但他也只知道她是那件事的知情者，或许与受害者有关系，但他无论如何也猜不到她……

"砰！"

她用枪声催促。

琼斯闪电般转回身，继而从被白光打亮的红砖墙面上看到了一个人形的粉笔画。

"照着粉笔画的样子，"木子君的声音从他背后响起，"贴上去，站好。"

眼前是自己黑色的影子与勾画尸体一般的粉笔痕迹，琼斯颤抖着按照她描画的方式把手臂和双腿张开，站好，而后耳边是鞭炮一般的炸响声。

"头歪了。"木子君淡声提醒。

爆裂声太近，琼斯控制不住地流下了眼泪，脑袋里是尖锐的蜂鸣。他耳鸣了几乎半分钟才意识到，那是子弹击在墙面上的声音。

即便是空弹包也有少量装药，再加上这么近的距离，真的打在人身体上也会受伤。琼斯很想擦擦眼泪，但他现在只要有一点没有站进粉笔画的区域木子君就会开枪提醒，他根本不敢把胳膊收回来。

这个女人怎么这么疯狂……他即便再无法无天，也不敢用枪指着别人。可是她为什么有这种自信把子弹打在离他这么近的位置……

身体不敢移动，他只能微微仰起头，带着愤懑喊道："你到底要做什么？！"

他一喊，已经坐回木子君腿边的狼犬就又站起来，冲着他大声咆哮。一段漫长的狗吠之后，他听到身后的女人再度拉动枪栓，语气和善而饶有兴趣，就像要开始一场游戏。

"绕着你，打一圈。"

"我要向诊所举报你，我只是骚扰了你几句……"

"你可以试试。"

她这样回答，反倒让琼斯不敢说话了。都是不知底细的陌生人，对峙全凭一股原始的戾气，更凶猛的能占上风。木子君越不怕，他心里越虚，琼斯吓得腿脚发软，两腿岔开的地方骤然爆裂出一串子弹的射击声，红砖墙上留下一圈白色痕迹。

"琼斯先生，"她轻声开口，"这条巷子与你很配，你该下地狱。"

不能真的伤害琼斯是让木子君非常遗憾的一件事，她只能尽可能地把这场精神折磨的时间拉长。最后一颗子弹在他胯下爆裂开后，木子君心满意足地看见他腿脚一软，继而跪到地上。

天已经彻底黑了，也到了她该回家的时候。木子君没再和他有更多啰唆，他从巷子里爬起来或许还要些时间。她带着枪和狗走到高地街外不远处，很快看到了瑞恩那辆蓝色的跑车停在街边等待。

枪是他的，狗也是他的。如果早知道瑞恩后来能有这么大的用处，木子君一定在最初认识他的时候再热情一些。

她替史蒂夫打开后座的车门，这只刚刚立功的狼犬又恢复了自己毫不稳重的样子，连滚带爬地上了车座。她关上门，检查了一下枪械，绕到后备厢把枪放回一个黑色的丝绒箱子里。

把狗和枪都安置好后，她才好整以暇地回了副驾驶座。

瑞恩意味深长地看着她。

木子君比画："怎么了？"

瑞恩："忽然觉得你有一些可怕。"

木子君忍不住笑了笑，对方发动汽车，在启动之前腾出手和她说了最后一句话："但我觉得你没有做错。"

做错了吗？木子君也不知道。

好像也无所谓对错，她只是由心而做。不知道为什么，木子君忽然想到，如果当时金红玫知道了这一切，以她的性格，可能也会提着一把从别处找来的枪去教训他。

她在寻找金红玫的过程中成了金红玫，她以此为傲。人活于世，有时候还真是靠着心底一股戾气。

北区离市区尚有段距离，回唐人街的时候已经不早了。瑞恩送她下车，牵着狗与她道别。

木子君蹲下身亲了亲史蒂夫的脸，用额头碰了它一下，继而听到瑞恩打了个响指吸引她的注意。

"你要告诉他吗？"他问。

"不说了，"木子君回答，"对他来说这已经是过去的事了。"

她做这一切并无邀功之意，只是心中一口恶气难平。而对宋维蒲的性格而言，彻底忘记那个夏天的一切，就是最好的结局。

做了短暂的告别，瑞恩把史蒂夫带回车上离开。木子君目送他开出唐人街，浑身有种刚做完大事的舒爽。谁知一回头，后面站了个抱着手一脸不满地看着她的宋维蒲。

不知道为什么，木子君感觉宋维蒲那张警备清单上，瑞恩的名字可能又被悄悄写上去了。

宋维蒲刚遛狗回来，脚边的幼年狼犬嗷嗷乱叫，和方才在白光下雄姿勃发的史蒂夫形成鲜明对比。木子君清了清嗓子，刚想出个借口准备搪塞，宋维蒲就把狗一把抄起，转身回家了。

"喂。"木子君赶忙跟上去。

"喂！

"宋维蒲。

"River！

"我那勤劳贤惠会持家的男朋友！"

宋维蒲脚步放慢。

他夹狗像夹了本书，卡在右胳膊和身体中间。木子君看见他用空着的左手在衣服里找钥匙，摸了两下没摸着，她立刻很有眼色地帮他把钥匙找了出来。

"我来，我来。"木子君谄媚道，把钥匙往锁眼里一插，"咔嗒"一声旋开了门锁。

推门而入后，她转身看向宋维蒲，把狗从他胳膊里抱出来往地板上一放，轰它自己随便玩去。

瑞恩刚在他眼前离开，宋维蒲根本不吃她这套，换鞋后走进家门，蹲在地上对狗语重心长地说："你看到了吗，她根本就不在乎你，她不遛你，在外面和别的狗碰额头……"

木子君扶额。

哥？

真是我在外面为你手起刀落，你回家还给我摆脸色。宋维蒲蹲在那儿借狗抒情结束，倒了碗狗粮让它吃，喂完狗又喂人，一边生气一边把厨房已经凉了的饭拿出来热。

木子君跟在他后面激情四射地解释："……真的是偶然碰见的，我俩正好今天都去靶场，他回家就顺路把我捎上了……"

很头疼,你说他爱生气吧,其实几次对她冷脸都是因为别的男人。你说他不爱生气吧,因为别的男人对她冷脸好几次!

说了好半天,宋维蒲那把意面终于煮熟了,他把热好的酱料往面上一扣,回身递给木子君,这就要走。

"哎哎哎,"木子君扯着他袖子,"你别走嘛,你和我一起吃。"

"我吃完了。"

"你怎么不等我啊?"

"你……"宋维蒲忍了半晌,终究在她直白到有点缺心眼的目光里败下阵来,自暴自弃道,"你以后要是总回家这么晚,我就不回来这么早了,我们分开吃就行了。"

木子君恍然大悟。

不是。

等一下。

所以最近都回家这么早,也不光是为了遛狗。

是想和她一起吃饭吗?

宋维蒲这人多少是有点不长嘴的毛病,成天内心戏挺多,该说的一句不说,要么就顾左右而言他。木子君把意面放回厨房桌面,身子一闪,直接挡到他面前。

宋维蒲:"你不吃又凉了。"

木子君:"不吃了,晚点等你饿了再一起当夜宵吃。"

宋维蒲被她拉着胳膊,动也不能动。

她本事就是这么大,总是轻而易举地把他惹恼,又几句话把他哄好。宋维蒲想从她身侧走开,没想到被她推着退回冰箱前面,又踮起脚在他唇侧啄了一下。

"我不知道你是想和我一起吃饭嘛。"她赖在他身上说。

她认错态度向来积极,粘上就甩不掉,两人拉拉扯扯回了沙发上。茶几上放了把巧克力,看包装是他之前总往她薪水信封里塞的那款。她剥开一颗塞进嘴里,外面的一半掰断,哄着宋维蒲张嘴咽下去。

纯巧其实不甜,但她离他那么近,嘴唇上有唇膏的味道,他一时也分不清鼻腔里的香甜是巧克力还是她的气息。宋维蒲喉结动了动,把脸从她眼前侧开，她又把手伸到他脖颈后面抚摸那段短短的后剃发。

头发太短就硬，一点点刮擦过她的指腹。宋维蒲被她弄得生气也生出无奈，只能反问："你就会这几下是不是？"

她的手从脖子后面移回来，又顺着他眼尾往下抚摸。

"嗯，够用就行。"

的确够用。

他真是没有出息。

简直像狗，每次被顺着毛摸摸就消气。

她指腹微微下压，他睫毛都偏去了她手指划过的方向。宋维蒲闭了一瞬眼，再睁开的时候，把人抱过来，她下巴压在他锁骨附近，她眼睛埋进了他脖颈。

他抬手给了她后背一道力，她顺势坐上他的腿。汗都要出来了，他手指去找她垂落的发丝，一圈圈地绕住，发丝在指腹上摩擦，比亲吻更缠绻。

她微微侧过头，嘴唇在他耳侧。

"其实你很粘人的是不是？"她问。

宋维蒲不说话。

"喜欢你啦，"她在他耳侧哄，"不喜欢他们。"

他身子动了下，片刻后侧躺，把她卡入身体与沙发的缝隙。他个子高，下巴抵在她头顶，喉结隔着她头发滚动。木子君摸住他的手，又被他反手握住，一整个攥进手心。

"饭又凉了。"他仍在顾左右而言他。

"宋维蒲，我喜欢你，不喜欢他们。

"听见了吗？"

过了好一会儿，她终于感觉到那个拥抱变得更紧，抱着她的人身体微屈。他左手扣住她后背，右手攥紧她的手，然后从头顶发出一声闷闷的"嗯"。

琼斯比木子君想象的还要厌一点。

木子君把准备去警察局和他对线的证据都整理好了，结果这人不但没有报警，甚至把在心理诊所的预约都取消了，仿若她为了下个回合攒了五个大招，结果对方既不防御也不进攻，掉头就跑。

真是雪一般寂寞的人生。

确认琼斯绝对不会再搞事情是收到了来自苏素及时的八卦播报——苏素那天听到心理诊所老板在打电话，那边竟然是琼斯的妈妈。这位被孩子的教育问题困扰多年的中年白人女性诚挚地表达对诊所的谢意，表示自己孩子上次咨询后忽然就文静了不少，再也不出去惹是生非，更夸张的是，他作为一个基督家庭出身的孩子一直信仰缺乏，前段时间突然开始信教了。

餐前祷告，周末礼拜，一样不少，问就是上帝是存在的，总会有人来审判罪恶，人作恶不是不报，是时候未到，时候一到，天降正义。

苏素给木子君转达的时候一脸好奇，问木子君："你说他发生什么了？我上次给他疏导的时候没觉得有什么效果啊。"

木子君放下手里的工作，托腮笑得和善："天降正义了呗。"

"超度"琼斯的任务暂时告一段落，木子君又开始履行对宋维蒲的承诺和对理查德的抚养义务。

来墨尔本后的每一天，都让木子君觉得人生如戏。如果说金红玫那段人生是一出长歌大戏，她和宋维蒲那就是……经营类小游戏。

这是一种很新颖的人生态度，让她对一切都变得饶有兴趣。反正一辈子就这么长，寥寥几十年，看别人唱和自己玩，都是很好的消磨方式。

例如楼下这间铺面，她思考了很久，最终给自己的游戏任务是：

教书育人。

她和宋维蒲都有自己的事情要做，像书店那样的经营模式显然是不行的，开个班上个课反倒是个不错的路线。反正店铺是自己的，成本也不过是买些新的桌椅，赔也赔不出什么大价格。

至于教什么——

"木老师，您看我这个'福'字写得还算标准吗？"

铺面是上周日清空的，学员是这周日来的。前两堂课都是试听，唐人街的老头老太太蜂拥而至，把宋维蒲家楼下当成老年人大讲堂。

试听课，提起兴趣为主，木子君也没打算往横平竖直了教，简单教

499

了下毛笔怎么拿就开始写了，写成什么样都能带回家，最好引起儿子女儿的注意，下次再把孙子送过来。

"不标准，书法就不讲究标准，重要的是写出自我，"木子君提起那张宣纸和上面横不平竖不直的"福"字，张口就来，"您的自我真是潇洒飘逸，一看就是性情中人。"

站在门外观摩的撒莎喝了口刚买的柠檬茶，对同样站在旁边观摩的宋维蒲感慨："你真是捡到宝了。"

撒莎前段时间闭关了一阵，现下那本小说的创作已经接近尾声。结尾总是艰难的，总之没什么思路，木子君这边书法课程要开班，她来和宋维蒲当了一上午促销员，靠着正式开业前预定打八折的优惠一举拿下五个想学书法的华人老头。

他们开业，唐人街上一家卖广式柠檬茶的新店也开业，宋维蒲买了一杯等木子君出来喝，顺手也给她带了一杯。

撒莎接过柠檬茶，心想倒也不光是宋维蒲捡到宝，他本身也是个很好的小孩，值得遇到木子君这样的女孩子。他们两个都很好。

"子君上次说那串手链还差两颗，"撒莎吸了口茶，转头问宋维蒲，"有什么新消息吗？"

宋维蒲把目光从木子君身上移开，转身靠住一楼的窗户摇摇头："还没有。"

"之前没消息的时候是怎么找到的？"

"好像也没有刻意找，"宋维蒲回忆片刻，"那些东西会自然地出现，那些人也会自然地去找她……"

"很神奇。"

宋维蒲点点头，认可了撒莎"神奇"的评价。

"我有天想起我把她接来墨尔本的那天，觉得很神奇，"他说，"我有时候会觉得我本来生活在一个游戏里，一切都规律又一成不变，但是她突然出现了，就好像一个玩家突然出现在一个游戏世界里，所有的NPC和道具都被激活，一点点拼出一个隐藏的真实世界。"

"好有趣的比喻，"撒莎忍不住笑起来，"说起来，你听说过有限游戏和无限游戏吗？"

宋维蒲摇摇头。

"是我一个采访对象和我提到的，"撒莎仰起头，"他说这是一个哲学理论，世界上的所有事都可以被视为有限游戏和无限游戏，有限游戏的目的在于胜利，有明确的开始与结束，拥有特定的赢家，赌局、考试、职场晋升都可以归为有限游戏。而无限游戏的目的则是让游戏进行下去，也不存在胜负。人生其实就是无限游戏，死亡是唯一的边界。"

宋维蒲看向她。

"无限游戏没有赢或输，也没有明确的规则，以出生作为开始，以死亡作为结束。当你意识到这件事的时候，你就不再是 NPC，而是游戏里觉醒的玩家。有的人觉醒得晚，例如我。有的人天生就是玩家，就像木子君。"

柠檬茶喝得见底，撒莎把透明的杯子放到窗台上，里面柠黄色的柠檬切片都落回杯底。她又看了一会儿在教室里指点学员握笔的木子君，觉得小说的结局似乎有一些思路了。

"你们不用着急，"她轻声对宋维蒲说，"我觉得那个东西快出现了，就像之前所有的人和线索一样，时候到了，它会自己来找你的。"

两次试听课结束，真正愿意掏钱来上课的人还是少了许多，不过每周一次的课程收入养狗也绰绰有余。养捷克狼犬的花销是可以预计地会逐渐升高，木子君专门给理查德开了一个账户，并将其称为理查德成长基金。

她像是又找到了一个新游戏，比之前在书店的更好玩。宋维蒲帮她处理了除上课以外的所有事，偶尔还坐在教室后排和其他人一起学，汉字写作能力显著提升。

正式课程上到第二周的时候，他们定做的新招牌也到了。

用的还是之前那家设计公司，不过两个人吸取上次定做招牌又报废的教训，这回只定做了一个立式的塑料牌。周六的课程结束后，两个人从车库里把新招牌拿出来，架子支起放在教室门口，后面用两块沉重的石头压住。

招牌放好后，木子君蹲在地上摸了摸那行油印的名字——还是她的手笔，和之前的"相绝华文图书"其实只有一字之差，这一回是"相绝华文书法"。

店铺旁边是车库，上面是他们住的地方，拐角出去是唐人街的主干道，木子君对这个地方太过熟悉。主道的霓虹光影照进他们所站立的巷子，木子君忽然想起，她第一次在这条街上见到宋维蒲时，他的脸也是被这样的灯光照亮。

还是那簇灯光，但这一次照亮的是他们新做的店铺招牌。木子君的手指从"相绝"往下划，慢慢划到"书法"的位置。

金红玫年轻的时候一定想不到，她本来是个目不识丁的舞女，怎么有一天名字会出现在"图书"前面，又有一天出现在"书法"前面。

宋维蒲正在调整招牌的位置，木子君给他让开了一些位置。他的身影在光里很朦胧，又忙了片刻，她伸手拽住了他的衣角。

"怎么了？"

"我在想呢，"木子君说，"我们之前都没有聊过，你外婆到底为什么会改名字。"

金红玫离开中国的时候还叫金红玫，在所有人的回忆里也叫金红玫，可为什么出现在宋维蒲的世界里时，她的名字变成了金相绝呢？她是什么时候改的名字，原因又是什么呢？

木子君当然知道宋维蒲也不知道，她也没有让他现在回答的打算。招牌的朝向又旋转了几度，终于固定在一个可以被主干道看见的位置。宋维蒲朝她伸出手，木子君打了个很长的哈欠，继而被他拉了起来。

好不容易挨到周末，又上了一下午的课，她真的好困。

好在楼上就是家，她打起精神跟着宋维蒲爬楼梯，手指紧攥着他衣服后摆。人彻底不想动脑子，连抬腿都得对方提醒，宋维蒲转身让她看路，结果被她一把搂住腰。

他在台阶上，站得比她高些。她平日抱他是到肩膀，此刻就只能到胸口。最近他业余时间都在勤劳地练习皮划艇，此刻靠一靠，成效显著。

"别摸了，"宋维蒲抓开她的手，"为人师表，被看见还怎么在唐人街做人。"

"你学书法还把词汇量学上去了，"木子君惊讶，又就着他的话语气一转，"做不了就算了，咱们教室关门，你去'劳拉的幻想'给理查德赚狗粮钱，这身材很快就能打出名气……"

宋维蒲无奈。

她是累了还是困了还是醉了，简直胡言乱语。

他连拖带抱地把木子君带回家，又催着她去洗漱。木子君撑着倦意洗了个澡，热气更蒸得人困倦，出了浴室就栽上了沙发。

宋维蒲："回你房间睡。"

他俩恋爱归恋爱，现在还是分开睡。小情侣第一次谈恋爱，什么东西都慢慢摸索慢慢来，而且宋维蒲觉得——她还没满二十岁呢！

这点上，在唐人街长大的他的确是有那么一些上世纪的古板。

木子君则是压根儿没有这方面的弦，虽说摸人家"劳拉的幻想"男模的时候一点不手软，但再往深入就……那仿佛是离自己还很遥远的事。

宋维蒲催她回屋睡觉，她窝在沙发上点点头就算答应。结果，他都洗漱完换了睡衣出来，她还是一动不动地趴在沙发上，用靠枕遮住眼睛挡光线。

姑且算她今天真的很累吧。

宋维蒲走过去捏了捏她的后颈，换来木子君声音细小的抱怨。他俯身过去想听清她在说什么，却被她攥住手腕，用他的手代替抱枕遮住了眼睛。

宋维蒲看了一眼客厅亮着的吊灯，意识到她是觉得灯光刺眼。

刺眼你倒是回房间睡啊。

宋维蒲叹了口气，不好硬把手抽走，半跪到地上叫她起来。木子君把他的手掌按在眼睛上，睫毛每次轻微的抖动都会划过他的掌心。他想把另一只胳膊伸到她腰下抱她起来，结果她一翻身，把他肩膀都压到了自己身侧。

宋维蒲人叹气："你想要干什么？"

她困的时候说话声音很小，要靠得很近才能听到。宋维蒲略微移开盖着她眼睛的手掌，看到木子君眼睛睁开一条很细的缝，半梦半醒地回答："我有一个梦想。"

宋维蒲等着她的下文。

"就是，"她挣扎着躺平，宋维蒲的胳膊总算解放，"就是我……

"我从小就想……

"和喜欢的人……关了灯……"

宋维蒲莫名有些紧张。

木子君身子又一翻，脸埋进靠背一侧，声音闷闷地穿透海绵垫。

"在沙发上一起躺着。"

宋维蒲心里好笑。

你的梦想，可真朴素。

她有了海绵垫就不需要宋维蒲的手了，他在沙发旁站着想了想，还是起身去卧室拿来被子，然后走到客厅的吊灯开关处，"咔嗒"一声，房间里便陷入漆黑。

眼睛起初不适应，宋维蒲只能看到沙发上那个隐约的轮廓。他把被子抖开，薄薄一层落上身体，腰的位置凹进一道很微妙的曲线。

她伸手牵他衣袖，宋维蒲躺到沙发外侧。没展开的沙发床并不宽敞，木子君转身找他的怀抱，头枕在上他胳膊，眼睫毛扫过他下巴，呼吸的频率绵长而慢，是安全又舒服的状态。

他们都刚刚洗过澡，用的是同样的沐浴液，淡淡的柑橘味混在一起，早就分不清你我。他之前这样抱过她，但最后把她送回了卧室，这还是两个人第一次拥抱着睡觉。

他肩膀和脖颈处有一个弧度，正好容她躺进去，比枕头还要合适。宋维蒲觉得有趣，明明她在外面是什么都能应付的样子，每次和他单独在一起的时候就像个小孩，他也喜欢把她当成小孩哄。

他摸了摸她的脸侧，手掌顺着肩膀下滑，终于落到了那段他方才就注意到的地方。那些伟大的建筑总被赋予精巧的弧度与造型，他从没见过比她的腰侧更漂亮的曲线。

他实在忍不住，手掌盖在她腰侧，轻轻地握了一下。她在睡梦里"唔"的一声，身体微微地挣动。宋维蒲反应过来自己的动作，把手落回她后背，又往怀里按了按。

她醒了下，不过也没彻底醒，梦呓似的怪他："不许欺负我。"

"没欺负你。"宋维蒲并不承认。

柑橘味沁入心脾,她的发梢在他颈间和胳膊上蹭。宋维蒲深吸一口气,非常清楚这就是他一直不和她一起睡的原因。

真羡慕有的人没心没肺睡得香。

睡衣薄薄一层,她身体的温热透过布料和他手掌相覆。宋维蒲觉出危险,他在几分钟之内就适应了这种与她相拥入眠的姿势,而且发现远比他自己躺在床上舒服。木子君向来是撩完就跑,他过了今晚可能又要花几天重新适应怎么自己入睡了。

想到这里,他忽然又生出一些不满。她总是当那个点烟花的人,点的时候漫天飞花,花谢了,留下一地狼藉让他收拾。手随心动,他方才移开的手掌又落回她腰间,握的力道也重了些。木子君又挣,样子就像是要缩进沙发的夹缝。他收紧手臂不让她离开,在她腰间深深浅浅地握,终于把她弄得半醒。

"宋维蒲,"她含混不清地责怪,"我要睡觉。"

"谁让你不回卧室睡。"

"你这人……"刚才怎么哄都不回去,这回她倒是要起身了,"那我回去睡……"

他一把将她按回怀里,手臂在她肩膀处收紧,一只胳膊就能环抱。

"老是你想做什么就做什么,"他按着不让她走,"就在这儿睡。"

他平常太让着她,这回稍微用点劲儿她就挣不开。木子君很快意识到力量悬殊,本来就困,挣了几下更困,含混不清地抱怨:"我在这儿睡你别掐我,我好困的,我上课好累,我为了这个家付出太多……"

宋维蒲失笑,低头看着她在自己怀里嘀咕,声音越说越含糊,到最后又成了梦呓。词语断断续续不成句子,宋维蒲仔细地听,听见她说:"……再掐我就不喜欢你了……"

他静了片刻,看着月光下那张微微皱眉的脸,松开握着她腰侧的手,用指节轻轻刮她的鼻尖。

"不可以,"他轻声说,"不可以不喜欢我。"

她点点头,把脸重新埋回他怀里,挑了个舒服的姿势,安稳妥帖地睡着了。

木子君睡觉不大老实，时不时地来碰宋维蒲，弄得他后半夜才有了困意。她平日起床时间是比他晚的，在他怀里睡了一宿，第二天倒是比他醒得还早。睁开眼是一张足以免面试入职"劳拉的幻想"的脸，她伸出手指在他脸上碰了碰，被他半梦半醒地攥住手。

"困。"

一夜深眠，窗外竟然下雨了。天气很阴，房间里也不亮。雨声隔着窗户扫进来，她半起身看了眼天色，又落回去问宋维蒲："你没睡好吗？"

"嗯。"

人还没彻底醒过来，吐字也很含糊。她自己醒着无聊，想起身离开，又被他按回去。他手掌触到她腰侧的时候，她像是想起了什么，语带愤懑地问："你昨天半夜是不是掐我来着？"

"没有。"

木子君不信。

上课加实习，昨天还为了书法教室忙到深夜，木子君其实也不是那么想起来。爱情真是能充实荒废人生，两个人在一起什么都不做也很有意思。她没完没了地折腾宋维蒲，终于把他吵醒了，也惹火了，他一把捏住她后颈压到自己胸口，另一只手钳住她两只手腕扣在后腰。

木子君："唔唔唔唔唔唔唔！"

"别叫！"他下巴抵在她头顶，烦得要死，"你能不能老实一会儿？昨天晚上就一直动，睡醒了还要动，你——"

他忽然倒抽一口冷气，把她从胸前拎开，腾出那只攥着她手腕的手摸自己脖颈，侧边已然留下一道牙印。木子君从他手里挣开想跑，人还没坐起来，就被宋维蒲一把拽回，她两只手腕重新被锢到身后。

"我说没说过让你别咬人？"

木子君："……那是在西澳说的。"

她下嘴重，他脖子上那圈牙印越发红，他眼神冷冰冰地看着她，腿屈起来顶到她膝盖中间，把她整个钉上沙发靠背。木子君痛定思痛，试探着问："那要不我给你做早饭……"

宋维蒲："咬了我，还要毒死我。"

木子君理亏闭嘴。

两相僵持时，突然响起门铃声。他家门铃在楼下，熟悉的人来找他们都是按完了门铃再从室外楼梯上楼敲门。宋维蒲看了一眼门的方向，把她拽起来，推去卧室方向。

"换衣服去，"他说，"不是史蒂夫就是隋庄。"

木子君如蒙大赦，急忙去卧室把睡衣换成 T 恤和长裤，又在客人上楼之前跑去卫生间洗漱。宋维蒲的衣服就放在沙发旁边，他也是匆匆换好，走到门口去开门。

木门"嘎吱"一声拉开，雨气漫入室内。史蒂夫拎着一袋找他俩一起吃的早点看着宋维蒲，表情里显然有一些困惑。

人刚醒来不久，嗓子还没打开。宋维蒲和史蒂夫对视片刻，退后给史蒂夫让开道路，低着嗓子问："怎么了？"

史蒂夫一脸欲言又止，片刻后，从背后拉出一个人，推到他面前。

宋维蒲转瞬明白史蒂夫出现这副表情的原因。

躲在他身后的是个和他们差不多大的男生，个子不高，光头上戴一顶鸭舌帽，背着一个苦行僧一般的驴友包。但这两样东西并不算混搭，真正让一切变得违和的，是他身上那件黄色的……

僧衣……

起猛了。

宋维蒲闭眼捏了捏眉心，心道他昨天也没干什么，就算干了什么，也不该在这大清早的墨尔本，门口出现一个清规戒律的……和尚啊。

更让他陷入尴尬的是，还不等他开口说什么，史蒂夫突然一个箭步窜到他身边，拿手紧紧捂住他的脖子。

宋维蒲一愣。

"快处理一下，"史蒂夫火速换回英语，匆匆忙忙地和他说，"别脏了大师的眼。"

三分钟后。

"你脖子上为什么贴创可贴啊？"木子君脸上还带着没擦干净的水，坐在餐桌旁边问宋维蒲，"我咬得也没那么狠吧？"

"别问了，叫人。"宋维蒲目不斜视，手摸索到刚冲的挂耳咖啡提神。

她"哦"了一声，把头转回餐桌对面。左边是史蒂夫，右边是……

"大……大师。"木子君讷讷出声。

"不用，不用，"年轻的大师连忙摆手，"我只是个小僧人，你们叫我法号——"

宋维蒲抬眼。

"——戒欲，就行了。"

屋子里静了片刻，而后是一阵剧烈的咳嗽声。木子君看了一眼四处找纸的宋维蒲，和餐桌上剩下的半杯咖啡，疑惑道："怎么喝咖啡还能被呛着……"

是这样，没有僧人会叫戒欲。

经过一番确认，人家叫戒裕。

宋维蒲不咳了，木子君询问对方来意，这才知道，戒裕受戒的地方是香港凤凰山上的一处寺庙。这地址略显耳熟，木子君回忆片刻，恍然大悟："就是从书店网购戏本的那个——"

"对，是我买的。"戒裕点点头，"不过也不能说是我，我是帮……帮我们寺里一个老义工买的。"

戒裕把随身的驴友包打开，从里面拿出了之前网购的三个戏本。书包很深，他伸手够了很久，最后拿出了一个装首饰的盒子。

蓝色的丝绒外壳，年代略显久远。木子君睁大眼睛看着他慢慢打开盖子，心里忽然涌出种奇怪的预感。

她的预感成真了。

盖子翻开，黑色的衬垫上，是金红玫那颗篆刻着竹叶的珠子。

虽然以前也有过线索找上门的经历，但这次直接把玉珠送回手上还是超出了木子君的预料。她把珠子拿起来，在手腕上比了一下，发现这颗珠子保护得非常好，毫无其他珠子受过岁月侵蚀的模样，雨后清晨天光昏暗，它却仍泛着盈盈的玉光。

"咦？"戒裕看着她的手腕，"怎么在你手上啊？"

木子君抬起头。

戒裕看看木子君手腕上的手链，又掏出手机打开相册，简单一对比，就发出了"哦哦哦"的声音。

"你是金相绝女士的后人吧？"他问，"金女士今天不在吗？"

木子君和宋维蒲都是一愣。

秋雨，清晨，异国，一个中国香港来的小和尚，手上拿着金红玫的照片，似乎很了解手链的事。

他好像什么都知道，甚至买过店里的书，却不知道金红玫已经去世了。更让人意外的是，他是木子君来到墨尔本这么久，除宋维蒲外第一个用"金相绝"称呼金红玫的人。

疑点太多，时间太早，木子君简直不知从何问起。最后还是宋维蒲把话接过去，回答他："我是金女士的后人，她不是今天不在，她……去年就已经去世了。"

戒裕眼睛瞪得大极了。

"去世了？"他语气诧异，"我看你们楼下就是她新开的书法——"

"那是我们开的，"宋维蒲说，"只不过沿用了她书店的名字。你找她有事吗？"

戒裕看了他半晌，终于消化了这个现实。他已经将鸭舌帽摘了，伸手摸了摸光秃秃的后脑勺，自言自语起来："去世了，怎么办，这怎么办，我该怎么和司先生说……"

这是一个全然陌生的名字。

木子君想问，但戒裕已经从椅子上站起来，摸着后脑勺在屋里走了两圈，然后从僧衣里掏出手机。他在联系人的列表里划拉几下，抬头问木子君："拨国内电话要加拨什么吗？"

她之前往国内寄快递研究过这些事，立刻点点头，起身帮他输了一串数字进去。戒裕伸着手指一戳一戳，在加拨的号码后面又输入一串数字，然后拨通了手机。

木子君帮他输完数字没离开，站在原地和他对视，试探着问："司先生是那位义工？"

话筒漏音，她能听见"嘟嘟"的声音。戒裕朝她点头，木子君又提醒："这儿和国内有两个小时时差，他可能已经出门了……"

电话接通了。

话筒里传来一声苍老的"喂",戒裕松了口气,木子君倒是打起精神。先前都是把事情问清楚才能找回珠子,如今珠子先到手里,她反倒对事情的来龙去脉开始好奇。戒裕看她站得近,毫不避讳地把免提打开,仿佛这事本来就该她参与。

出家人说生死,措辞很委婉,木子君听戒裕打了半天草稿才把真相告知。话筒对面的人明显陷入沉默,像是一时接受不了。

对方好半天才艰难地开口。

"去世了……"对方慢慢说,或许本来是悲痛的,但太老了,悲痛也带了过尽千帆的平缓,"去世,为什么没有人告诉我呢……"

告诉他,谁来告诉他呢?

他在国内,金红玫在国内没有亲人朋友,去世的时候来的都是唐人街的旧相识。金红玫那张葬礼邀约名单上没有他的名字,他为什么会觉得金红玫该告知他呢?

屋子里很沉默,蔓延着一场延迟的悲伤。澳大利亚与国内的时差是两个小时,而金红玫的离世与这位司先生的时差竟有一年之久。

第一个打破沉默的人竟然是宋维蒲。

他走到戒裕身边,把电话接过去。对面传来了轻微的"嗒"声,木子君直觉是一滴眼泪落上手机。宋维蒲就像在葬礼上安慰所有人一样,对这个迟到的老人尽了同样的责任。

"司先生,"宋维蒲的声线如今有种静水流深的平和感,"我是金女士的后代,她收养了我。很遗憾当时没有告知您,您现在需要我做什么吗?"

木子君想伸手碰碰他,他抬眼朝她摇了摇头。手机那边又是一声很轻的"嗒",而后是衣料的窸窣声。司先生像是用手背擦了下眼睛,继而开口缓缓问:"她收养了你,她是你的……"

"是我外婆。"宋维蒲说。

"是你外婆,"老人的声音带了苦笑,"她这样的人还会养育孩子……那……那她……"

宋维蒲和木子君等着他的问题。

"她有没有,和你提起过我?我姓'司',单名一个'七'字,我是她少年时的……"

他语气里带了酸涩："好友。"

宋维蒲看样子是在努力回忆，不过很可惜。

"我外婆不大提起以前的事，"他说，"她……没有提起过您。"

司先生陷入沉默，再开口时，语气明显带了失落："那，她去世后，遗物里有没有什么与我有关的东西？"

宋维蒲试探着反问："您指的是……"

"我送她的，我送过她一支荷花的簪子……"

木子君眼前蓦然闪过她第一次来家里时翻金红玫的首饰盒，的确是见过一支荷花的簪子，便抢着说："有的，她留着的。"

她忽然加入，司七的声音顿住。不过这个肯定的回答仿佛给了他很大振奋，他也顾不得询问木子君是谁了。

"她喜欢荷花的，她最喜欢荷花。"司七笑着回忆，"她让我去荷塘里替她偷荷花，要盛开的，那样大一朵。她不要未开的，因为——"

"因为荷花采来的第一个清晨不开，就再也不会开了。"宋维蒲说，"是她说的。"

"对，对的，"司七欣喜若狂，"是我告诉她的！"

他明明那么开心，可木子君却觉得空气里弥漫着一股悲伤与可怜。

"她最喜欢的饮料是苏打水，对吗？"司七问，"要加柠檬和冰块进去，解暑，上海的夏天太热了……"

司七又唠唠叨叨地说了许多金红玫的偏好，有的宋维蒲知道，是准确的，也有的连宋维蒲都不知道。他们纵容着这个被忘记的老人对往事的回忆，直到手机里又传来一声清晰的"嗒"。

他说笑着哭了。

宋维蒲宽慰道："司先生，节哀。"

那"嗒"声变得密集，老人在无声地流泪。木子君本想追问他那颗珠子的来龙去脉，却因为他的眼泪迟迟无法开口。漫长的沉默后，他那边忽然将电话挂了。

人喜欢回忆往事，但对有些老人而言，回忆是残忍的。

年轻人的遗憾是可以挽回的，老人的遗憾则被岁月判了定局。一遍遍地重复会改写结局吗？尤其是当其中一位已经与世长辞。

木子君或许可以打过去追问，但不应该是现在。木子君把注意力转移到戒裕身上，发现他正呆呆地看着自己腕上的手链，神情同样充满了遗憾。

"你刚才说……"木子君意识到戒裕也是知情人，"他是你们寺里的义工？"

戒裕目光没移开，看着她的手链点头。木子君低头看了看手心里刚刚被送回来的那颗镶着竹叶的珠子，心里也有太多疑惑。

她的珠子都留给了重要的人，司七想必也是一个重要的人吧，而且听电话里的意思，他们少年时代一定交情甚深。可金红玫为什么就像是……彻底忘了他呢？

"我刚认识他的时候，他还没这么老，"戒裕忽然叹了口气，对她解释道，"我很小就在寺里了。他那时候经营一家钟表店，周末来寺里做义工。后来有一天，他把钟表店卖掉了，彻底搬进了寺里。"

戒裕："他没有孩子，性格也很孤僻，不过对我还算好。有天他问我网上是不是能搜到国外的商铺，叫我帮他查一个叫相绝华文图书的地方。我查了，网上有些点评那里的记录和照片，他总是问我有没有新的评价。去年我看到你们新开了网店，告诉了他，他就学着在你们店里买东西。"

木子君点点头。

"看到你们宣布要关门以后，他和我说，一定是店主年龄大了，就像他一样，经营不动了，就只能把铺子关掉。他从那天开始就很慌张，总是说，再不说就来不及了，现在还能弥补……"

"说什么？"

戒裕叹了口气，有些犹豫。

"他想对金女士说的话，"他抓了抓后脑勺，"我不知道他愿不愿意让我告诉你们……要不然，等他明天缓过来，我打电话去征求他的同意？你们也听出来了，他年龄不小了。"

的确，他年龄不会小。在金红玫那一代人里，他已经算活得很长的了。

木子君冲他点了点头，也在这时候意识到对方这么早过来，行李都没放，恐怕是坐了那趟过夜的航班。客人远道而来，他们就这么盘问一上午，实在是不大礼貌。

　　"算了，都这个点了。"木子君把史蒂夫带来的早饭收起来，"直接吃午饭吧，我们去唐人街找地方吃。"

　　史蒂夫抗议道："这些馅料贝果是我很辛苦地排队买的，明天就不好吃了。"

　　木子君："那要不然你自己在家里吃，我们出去吃？"

　　史蒂夫一时语塞，他每每语塞，就会乱用成语。

　　"岂有此理。"他说。

　　周末的唐人街很热闹，各种肤色的人都来这儿吃饭。身边带着和尚这件事让木子君受了一路的注目礼，她顶着压力进了宋维蒲和她常去的沪菜馆，店里的员工也忍不住投来惊讶的目光。

　　戒裕显然也感受到了压力，低声询问木子君："我用不用戴上鸭舌帽？"

　　木子君："他们看你也不是因为你没头发啊……"

　　木子君第一次请和尚吃饭，点菜点得很谨慎，一点荤腥都不敢沾，戒裕也谨慎地要了碗素面做主食。服务员把菜单收走后，四人又陷入沉默，木子君试探着问："所以你这次来墨尔本，就是为了帮司先生见金相绝吗？"

　　戒裕摇摇头。

　　"当然不是，"他说，"出来一趟很贵的，是有华人请庙里来做法事。"

　　宋维蒲在旁边吃了口素得要死的面，心想今天真是起猛了，一开门看见个和尚不说，还是来做法事的。

　　"请僧人出国做法事？"木子君诧异，"这在现在很常见吗？"

　　宋维蒲抬起头，说道："上次唐鸣鹤的葬礼也有，不过是殡仪馆的人做的。"

　　"对，也有国外的寺庙和殡仪馆会做法事。"戒裕回答，"不过有些人更希望是本土的僧人来做，墨尔本一家殡仪馆和我们寺庙的主持有联络，这次正好轮到我来。"

落叶归根,魂归故里,文明里对归乡的执念根深蒂固,造就了这一幕,也把金红玫的一位旧友送来他们面前。

航班的饭没给够,戒裕吃了三碗素面才饱,双手合十谢过木子君,这就准备离开。木子君急忙喊住他,关切道:"那你住哪儿啊?"

戒裕"嗯"了一下,明显也陷入沉思。他刚才也提到这是他第一次出国做法事,不似其他前辈有经验,大概或许……

"他们和我说可以住青旅。"他说。

木子君:"我觉得你住青旅可能会让房间里其他人很慌。"

史蒂夫代入自己想象了一下那个场景,认为木子君所言甚是。

戒裕虽说看着稳重,但毕竟也才不到二十岁,又是在庙里长大的,根本没什么社会经验。联想到他刚才一路走来旁人的目光,他也认可自己站在这异国他乡的街头会显得很突兀。再加上被木子君这么一说,一时有些手足无措。

宋维蒲先觉出危险,拽了一把木子君,想到她多管闲事的过往,立刻低声警告:"你不会要留他在家里住吧?"

"怎么可能?"木子君震惊地转过头,"家里就两间卧室,他睡哪儿?沙发?你疯了?"

宋维蒲一愣。

有些设想,单是提出就觉得大不敬。

木子君最后给他安排的归宿是陈元罡的那家山顶庄园。

陈元罡一家人本就有烧香礼佛的习惯,他们上次去的时候还看到了庄园里的佛堂,里面有标志说可供僧侣借宿。木子君给陈笑问打了个电话后,他迅速替戒裕安排好了晚上睡觉的地方。目前除了宋维蒲一听到陈笑问的声音就拉下个脸,大家都很满意。

总之都是金红玫的故友,木子君和宋维蒲这地主之谊尽就尽到底,直接开车把戒裕送了过去,留史蒂夫在家里喂狗。

上次来都是去年的事了,门口的建筑明显重新修缮过,显得更加古香古色。陈笑问和他的另一位家人特意出门迎接,受陈元罡影响,他们对僧侣向来敬重。

把戒裕送进去后,陈笑问回过头,和很久没见的木子君寒暄起来。

宋维蒲态度不冷不热，木子君估计他正在自己的小本上疯狂画叉。庄园里像是刚结束什么活动，路旁红绸做的装饰还未收起，她询问了几句，这才知道前段时间是妈祖诞辰，有福建乡会租赁了庄园的场地庆祝。

　　这样想想，戒裕出国做法事这件事也变得再正常不过。文明要扎根于异域而不被同化，除了语言与文字，节日和信仰也是很要紧的事。

　　木子君又把目光转向陈笑问。

　　真神奇，都是混血，瑞恩的性格和长相就明显更偏向亚洲人一些，陈笑问则是棕发棕眸，举止也更西化。

　　陈笑问询问她和宋维蒲要不要留下吃晚饭。

　　"和陈老先生一起吗？"木子君问。

　　陈笑问点点头："是。他最近身体好了不少，我们家里人都说，他应当能活到一百岁。"

　　一百岁，那真是过分久远了，有一个世纪那么漫长。金红玫没有活到这个年龄，唐鸣鹤也没有，祝双双倒是精神不错，或许是富贵的生活延缓了人的衰老。而对那位司七先生而言，长寿又是什么呢？他独居在香港山中的寺庙，长寿于他，是否是一种长久的面壁？

　　"一起吃的话，他会认出我吗？"木子君问。

　　"应当不会。他身体很好，但已经衰退的记忆并没有恢复，"陈笑问摇摇头，"他已经把所有人都忘了，现在活得就像个孩子一样。"

　　听起来倒是也不错。

　　"可以吗？"她转头问宋维蒲。

　　"你想见他我们就留下。"

　　"想见。"

　　宋维蒲点了点头，木子君便把目光收回来。两个人对话的方式不大寻常，陈笑问有些探究地看了一眼，木子君尚未说话，宋维蒲却开口道："你要是今晚不想回去了，我们还可以订一间木屋，毕竟我们正在谈恋爱。"

　　木子君无奈。

　　陈笑问恍然大悟，随即点点头，从他们身旁离开。

　　木子君向宋维蒲投去一道一言难尽的目光，忍不住做出点评："……你也太刻意了！"

两个人终究还是没留下来住，家里有狗，运动需求渐大，还在等着回去遛。不过庄园里环境好得让人流连，和陈元罡一家吃过饭后，木子君和宋维蒲并没有直接回家，而是走到了上次半夜去的荷花池旁边散心。

　　陈家晚饭时间早，吃过饭后还余几分天光。木子君向荷花池里张望，遗憾地发现荷花全都凋落，只剩下大片荷叶错落着交叠在池中，暮色中是遮天蔽日的绿。

　　不过还是比上次好了许多。当时毕竟是冬天，水池里荷叶残败。如今虽然也过了花期，好在荷叶仍然绿得浓郁。

　　"还不错，不过有点可惜，"木子君双臂交叠着搭在桥栏上，朝荷花池里张望，"今年夏天忘记来了。"

　　"那明年夏天来吧。"宋维蒲说。

　　她点点头，又想起了司七口中金红玫对荷花的偏爱。她觉得新奇，金红玫……更像会喜欢玫瑰的人，荷花太温柔，不像她的风格。

　　"她有说过为什么喜欢荷花吗？"她问宋维蒲。

　　"谁？"

　　"你外婆。"

　　他反应过来，背靠着桥栏回忆许久，最终还是摇头，伴着一声轻微的叹气。

　　"没有。"

　　上次也是在这里，那是第一次，他和木子君说，他觉得自己一点也不了解金红玫，他后悔自己没有在她活着的时候多问问她过去的事。

　　时至如今，他好像比以往任何时候都更了解她，可这样"没有"的时刻仍然存在。人的一生是一本事无巨细的长书，随着死亡付之一炬，灰烬里能拣出只言片语，但终究拼不全原本模样。

　　其实从早上接到司七的电话以后，他心里就一直有种很怪异的酸涩感。他很少见到男人落泪，司七那一滴滴砸到手机上的眼泪声太悲伤，像是压抑了大半个世纪的痛苦全都凝在那滴泪里。司七和他说荷花，说沪上的苏打水，司七连这样的细节都烂熟于心，而她甚至没有和他提起

516

过司七的存在。

司七，好奇怪的名字。

他到底是怎样的人呢……

天色又暗了些，宋维蒲抬起头，忽然发现木子君顺着木桥走到了另一个方向。那是一处直接挨着荷花池的裸土，松软潮湿，踩上去便出现几个脚印。他急急跟了过去，刚想把木子君拉回来，却见到她蹲下身子，试探着踩了一下荷花池边一艘轻便的小船。

非常小巧，比他以前在书上看到的更加窄而短，或许和他们训练的那艘皮划艇差不多大。宋维蒲怕她落进水里，又往前走了几步，谁知木子君左脚忽然踩实，右脚跟着上了船。

小船猛晃一阵，宋维蒲的心都提起来了。

"可以坐哎！"木子君竟然还坐下了，朝他招了招手，"你也上来！"

他不想上。

"你不来吗？那我自己划进去看看，等我一会儿哦。"

他最终还是上去了。

白天的时候，他看过这荷花塘，水不深，掉下去最坏不过滚一身泥，也就纵容了木子君对这个世界的探索欲。她摸索着桨板一点点往荷塘深处划去，船最开始有些打圈，不过尺寸小就好操控，没一会儿就歪歪扭扭地撞进了大片的荷叶中。

算不上荷塘月色，天还没黑彻底，残余的光线丝丝缕缕穿透荷叶的缝隙。木子君从水面上捡起一片漂浮着的完整荷叶，甩了甩，又用袖子擦净上面的水，很无厘头地倒扣到头上。

"你怎么什么都能玩。"宋维蒲帮她拂走荷叶背面最后几滴水。

她不应声，低头去看水里被船惊扰的鱼。水波一荡，锦鲤甩着尾巴游走。船只漂漂荡荡藏进荷叶间，再加上光线昏暗下来，即便桥上有人经过，恐怕也看不清他们的身影。

木子君看鱼看得专注，忽然觉得衣服被扯了一下。她抬起头，看见宋维蒲朝她的方向微微俯身，暮色里一双清亮的眼。

"怎么了？"她问。

"还好，"宋维蒲的视线扫过她的眼睛和鼻梁，最后落在她嘴唇上，

"其实我刚才有一点……算了。"

没什么了。

他抬起手，拇指指腹刮过她嘴唇的轮廓，而后将自己的轻轻贴了过去。船太小，一晃就要翻倒，他动作不大，她也不敢轻举妄动。他们的身影藏匿在荷叶间，木子君余光里看见一抹红，那只锦鲤竟然又甩尾游了回来，在舟旁游弋。

他吻得极缓慢，从嘴唇向上，经过鼻尖和眼角，最后落在额头上，把她慢慢搂进怀里。船微微地晃了一瞬，木子君下意识攥住他胸前的衣服，眼睛又被他用手盖住。

忽然，桥上传来了声音。

眼前是黑暗，身下是微微晃动的一叶舟。听到声音的一瞬间，木子君控制不住地挣了一下，而后被宋维蒲按住。

"再动船就要翻了。"他轻声提醒。

"有人过来了……"

"看不到我们的。"

她忍不住眨眼，睫毛扫过他手心。木子君忽然意识到，她每次要做什么事的时候，宋维蒲的第一反应总是拦住她。可一旦他和她一同踏入疯狂的河流，他就变成了那个更进一步的人。

她伏在他怀里等人离开，眼前漆黑，听力和触觉便变得敏锐。她发现宋维蒲一点都不紧张，因为她手放的位置恰好能摸到他的心跳。他的心跳深沉而缓慢，不像她，因为担心被发现而跳得慌张。

他发现她在慌，她的心脏跳得像被攥在手里的小鸟。木子君感受到他在闷闷地笑，震得船也微微地晃。

"不要动啦。"她低声警告。

"是你要进来的。"他撇清关系。

桥上传来隐约的对话声，说的是粤语。木子君提心吊胆地听着，还是一句都听不懂，只能问宋维蒲："他们说什么？"

宋维蒲没有松开捂住她眼睛的手，侧耳听了一会儿，开口转述："他们说，池塘里的荷叶怎么在晃……"

木子君的眼睫毛在他手心拼命扫动，心提到嗓子眼。

"另一个人说，有风而已。"

心又"扑通"落回去了。

"啊，那个阿姨说，想下桥摘一片荷叶……"

木子君：不要啊。

"她丈夫说，都是淤泥，鞋会脏。"

"……"

她知道他在干什么了。

忍到桥上声音远去，木子君终于敢弄出更大的动静，从宋维蒲怀里挣脱出来，一把将他推去船尾，继而拿起船桨狠命往岸边划去。宋维蒲也不帮她，等她划到船边扶她下船，自己跟着迈回岸边。

那叔叔没得说错，都是淤泥，两个人的鞋子都脏了。木子君看都不看一眼，快步回了桥面，宋维蒲垂下眼，看到她留下一串脚印，像是藏不住踪迹的山中灵兽。

"走那么快干吗？"他只能步子迈大些跟上，"明天还要过来接人呢，还和我一起吗？还有……"

他回忆片刻海面上的那个定情之吻，真诚提问："你怎么一亲就生气啊？以后还给亲吗？"

"不给了！"木子君回答得斩钉截铁。

"哦，"他慢悠悠地跟过去，"也行，那我戒欲了。"

木子君真是烦死他了。

这一晚，木子君让宋维蒲自己睡在沙发上反省，虽然他也不知道自己应该反省什么。

第二天还要上课，木子君常去的几间上课的教室离宋维蒲都很远，两个人白天也没有联系。不过他以前来接过她下课，知道她最后一节课在对面马路的一栋楼里，临下课的时候干脆把车开过来接她。

戒裕已经在车上了。

戒裕上午去郊区做法事，墨尔本的火车和电车都容易混淆方向，去的时候是殡仪馆派车来接他，离开时就是宋维蒲去接的。一天奔波，大师身上已然有了浓重的香烛味道，木子君一坐进车里，就像坐进了佛堂。

"问过司先生了吗？"她随手把书包放下询问。

戒裕朝她点头："嗯，问过了，他说……"

宋维蒲还没重新挂挡，也回过头来看他。

"他说他要亲口和你们说。"戒裕说。

有萝塞拉的日记本作对比，只要人还在世，见到对方的时候，一切谜题都会迎刃而解。司七年龄大了，木子君担心他熬不了太晚，饭也没吃就匆匆催着宋维蒲回家。

戒裕是上午联系的司七，司七说自己晚些会离开寺庙，回自己的公寓接电话。木子君回家的时候时间刚好差不多，便用家里的电话给他的座机拨了过去。

这还是她第一次在这边打国际长途，按下免提后，外放话筒里传来"嘟嘟"的声音，信号穿越茫茫大洋，继而被对面接起。

昨天是宋维蒲和他说的话，今天木子君也没有开口。她听到那边咳了几声，声音里带着通宵未睡的嘶哑。

"孩子，我比任何人，都更早认识她。"

1931 年，北平。

"小七，这边！"

民国二十年的北平天桥，热闹得像戏台上的一幕大戏。

司七也不知道自己多少岁，要是按他被师父从码头上捡回来的那一年算起，他今年十三岁，和前面光膀子穿着马褂狂奔的小承同岁。两个人都算武行，他比小承眉眼浓些，轮廓也深些。不过要猴戏的小孩也无所谓眉眼轮廓如何，又不是角儿，身手利索最打紧。

两个人跑过抖空竹的小丫头，跑过练硬气功的汉子，路过说书先生的摊，又跃过茶馆摆放到路中间的座椅。摊位上正有人气得拍桌子，对着众人破口大骂：

"谁不知道那南满铁路是日本人自己炸的？最后还要怪到我们头上！北大营也叫他们轰了，沈阳也被他们占了，你们看看北平这几日的街头，全是东北跑来的难民！

"凭什么不抵抗？为什么不抵抗！东北三省拱手让人。兵呢？枪和炮呢？！

"别说北平了，现下沿着长江往南走，哪里不是东北来的难民？沿途饿死的都有许多！只盼能有不世出的英雄问世，稳稳这山河。我可不想有一日，也背井离乡……"

"到了！"小承顿住脚步。

司七脚步一顿，和小承一头撞进人群。挤挤挨挨里，全是来取布粥的贫苦人家。施粥的是个下人，拿勺子敲打铁皮桶，声音如此高亢，仿佛就是因为这项本事才被选来做这门差。

"不要挤！不要挤！人人都有！苑家人心善手慈，今日布施只多不少，挤坏了我们小少爷可就没下次了！"

司七猛跳了一下，终于瞧见布施粥后面的那个比下人矮了半身的小少爷。苑家是商人大户，乐善好施，施粥日日有，今天轮着大房的小儿子。人群太过拥挤，司七被小承拽着往前走，边走还边听小承感慨："投胎真是不公平，有的人生来锦衣玉食，家里粮堆得吃不完，便出来做大善人。而我们生来下贱，在集市上抓耳挠腮，装猴讨生活……"

司七没有说话。

有命讨生活很下贱吗？不见得，他本来连这样的日子都不该有。师父是从桥下面捡的他，带回家让师娘随便养养，竟也养大了。戏班子里像他一样的孩子有很多，都随了师父姓司，他是第七个。

终于挤到了人群之前，司七伸出手。粥碗放到手心时，他抬起眼，和那苑家的少爷打了个照面。他看向司七的目光很是平静，毕竟来讨粥的人这样多，于他而言，都是一群饿死鬼一般的蝼蚁人物，没什么区别。

司七看着他，动作慢了一瞬，便被人挤走了。更多的人蜂拥而至，他忍不住回头，看到一个头发蓬乱的小姑娘也挤进了人群。

别人家的姑娘都干干净净的，她倒好，衣服脏兮兮，头发也乱得遮住了半张脸，就像是逃难——啊，或许她就是难民。

身旁来讨粥的人都人高马大，她身形小小一个，骨头几乎要被挤碎了。她在缝隙里一点一点挤过去，终于挤到苑家少爷面前，却被那下人拦住了。

那下人大喊："你方才已经取过一碗了，怎么又来！苑家施粥，一

521

人一碗，不能不讲规矩！"

"我替我弟弟拿的！"她踮着脚说，声音很大，一点不怕。

只是人也不是声音大就占理，旁人迅速躁动起来，训斥道："你多拿一碗，别人就少喝一碗，这街上又不是只有你一家难民！走开！快走！"

她急得挣扎起来，但太瘦太小，几乎是被人拎着衣服推出了人群。那苑家的少爷在人群中抬头望了她一眼，眼神仍然很平静。

司七擦了下嘴角，看了一眼自己只喝了两口的粥。

他其实也没那么饿，戏班子里挨打挨罚是常态，但挨饿并不多见。只是这个年龄的孩子还在长身体，总是吃不饱，这才跟着小承来抢粥。那姑娘被推出人群，肩膀耷拉着，纠缠的发缕全都垂落下来。司七以为她在哭，忍不住跟了两步。

从大道折进去便是一条狭窄胡同，一进去，人群喧嚣全都远去。司七试探着离她近了些，看见她狠狠踢了一脚地上的石子，气恼道："有什么了不起！一碗粥而已。等我发了，一天三顿，全吃满汉全席！"

司七差点笑出声来。

粥没抢到，不自怜自艾，倒是开始立誓发愤图强。他想叫住她把自己的粥给她，没想到那飞起的石子翻滚几圈，最终撞到了一个人的膝上。

石子个头不小，那人"啊"了一声。

司七抬头，那女孩也抬头。狭窄的胡同里，不知从哪儿冒出个身穿白色立领长袍的少年人，外面罩件雪青色的丝绸马褂，干净贵气，和这胡同格格不入。

司七反应过来了。

这不是苑家那位少爷吗？

那小姑娘也反应过来了，原地站着不动，手背到身后，上下打量着小少爷。司七站在转角处微微探头，想去送粥的脚步一时犹豫。而那小少爷则不紧不慢地俯身将膝上的灰尘掸净，并顺手将手里的一碗粥放到墙边的一块砖上。

"方才多给了你，别人也会要两碗，规矩就乱了。"小少爷开口说话，声音也是和年龄不符的沉稳，"给你弟弟的放在这里了，你来拿吧。"

这对他而言实在是一件随手的事情，说完话便转身离开了。那小姑娘站在原地愣了一会儿，抬手擦了擦脸，将头发别到耳后，随后慢慢走到那方石砖前，把那碗粥端了起来。

　　司七看她端着粥走的背影在巷子里越来越远，收回身子靠上墙，低头喝了一口。

　　轮不着他了，他心想。

　　难民进城的事很是闹了一阵，到后来，北平的百姓也有了非议。都是底层，谁家也没有余粮。司七倒是没什么感觉，他的生活很简单——耍猴戏，吃饭，练功，挨揍，去抢粥。

　　他没有再见过那个姑娘，也没再见过苑家那位少爷。城里人传说，他父亲看世道不太平，把他送去英国留学了。英国是什么样的呢？司七不知道，他连北京城都没有走出去过。

　　他从小就是一个脑子很清楚的人，这种清楚的体现之一，是他知道自己的斤两。他不奢望与自己无关的事，只把自己眼前的东西抓牢。

　　可惜有时候，眼前的东西，也不是他想抓牢就能抓牢的。

　　天桥耍把式的人太多了，有人吞枪，有人碎石，也有人能爬上高高竹竿，他们耍猴戏的也得推陈出新。师父看他动作机敏，在高台上摞了七层椅子，让他和师弟爬上去登高。这节目还当真一炮而红，路过的人都被吸引得停下脚步。

　　司七比师弟爬得快，一边爬一边还要做出猴子抓耳挠腮的姿势。爬到最高处时，他会忍不住用余光朝下看，看到台下密密麻麻的人都仰着头，张着大嘴看着他笑。像什么呢？像蝼蚁。

　　苑家少爷站在地上就能看到的东西，他要爬上七层高椅才能瞧见。台下的人越发喧哗，也越发难以满足。那椅子从七层摞成八层，而后变作九层，最终竟摞出十层之高。师弟上不去了，只剩下他在高处摇摇欲坠，赢得满堂喝彩。

　　人心到底是什么呢？为什么他们会喜欢看人站在高台上呢？真正吸引他们聚集过来的，难道只是单纯的"爬高"吗？不是的。真正让他们聚集而来的，是他们对司七摔下来的期待。

　　他们甚至在台下设赌，椅子到底要摞多高，这小猴子才会摔下来？

七层？八层？九层？十层？椅子摇摇欲坠，司七都稳住了，师父当庄家，赢得盆满钵满。

民国二十年的冬天如此冷，师娘和师父说，戏班子旧的棉衣缝缝补补，今年得添置过冬的衣服了。至于钱从哪里来呢，就让那椅子，摞到第十一层吧。

后来，司七回想在北平的那些年，他也并不觉得师父把自己捡回去就是多大的恩情。师父喂他一口饭，就像养大一只小猴子，然后将猴子带到集市上挣钱。小猴子算得上人吗？小猴子死了，养猴子的人会伤心吗？小猴子从十一把椅子摞出的高台上摔下来，他愿意将小猴子替他赚来的钱，拿来养小猴子吗？

当然不会了，十三岁那年，司七从十一把椅子摞出的高台上摔落，断了一条腿。起初是要死的，他命硬，没死。后来又要治腿，师父问他，给你治了腿，他们过冬的棉衣就没有了。司七，你还要治吗？很好，很好，不是师父不给你治，是这个冬天，太难熬了。

于是那个冬天，司七断了一条腿，但有了一件新棉衣。师兄弟们都为有了过冬的衣服而高兴，也都知道，这是司七的一条腿换来的。他们不敢看他，也不敢面对他露出笑。瘸腿的司七一瘸一拐地在戏班子里走来走去，他瘸了，唱不了戏，也登不了高台。再冷一点的时候，师父说，司七啊，戏班子里，不养闲人啊。

司七后来又想，师父把自己赶走这件事，当真有错吗？他本来就不该落这条命的，师父捡自己回去的那个冬天，他本来就该冻死在桥底下的。师父给他一条命，他还师父一条腿，走了也好，他司七，谁也不欠了。

瘸腿的司七从戏班子的大门里走出来，什么都没有，只有一件新棉衣。他也是这个时候才发现，自己原来除了耍猴戏，什么都不会。如今腿瘸了，就连猴戏也要不成了，连去拉车、送货、搬东西这样有脚就能做的事，他也做不成了。

万幸的是，苑家人还在施粥。

司七已经忘了那个冬天他是怎么熬过来的。他有棉衣，因此睡觉只要一处挡风的地方，可年岁不好，街上全是乞丐和难民，早就把挡风的地方全占了。因此，他只能瘸着腿一直走，走到城外一处寺庙。睡一觉，第二天，他再一早醒来，瘸着腿走回城里，去抢苑家的粥。

他走的时候戏班子里没人送他，只有小承偷偷地把自己藏的一块冰糖给了他。他抢粥的时候也能碰见小承，十天里有那么一两次，小承能省下冰窝头来给他。

那个冬天好长啊，很多人都被冻死了。难民越来越多，北平城也挤不下了。有一天，他瘸着腿走在街上，忽然发现有人贴出了对联和窗花，才知道，要过年了。

要过年了。

戏班子里也过年，一年到头，就那几天有荤腥。师娘剁白菜，放一点点肉末，他们在院子里给她打下手。那些温情也是假的吗？司七不明白，越不明白就越饿，饿得狠了就有了恨。他那天喝过粥后忍不住哭了起来，眼泪也是恨恨的。他恨着饿着回了城外的寺庙，躺在搬来的杂草堆里睡了。

春节，是春天要来的意思吧？可是怎么这么冷呢？往日杂草堆一堆，把棉衣裹好还能挨，这一夜却挨不住了。他睡得迷迷糊糊，浑身先发热，又发冷，蜷缩成他被捡来那天的样子。司七意识到自己可能病了，或许是在发烧，可是他连一条能盖的被子都没有。

就这样吧，死了也好。

庙是城外的野庙，头顶有一尊无人供奉的神像。司七睁着蒙眬的眼睛看，看那神像垂眼看他，神情里竟有怜悯。他与神像对视，神像问他，司七，你还想不想活？

司七问，活有什么好？

神说，活总是好的，你对活着没有眷恋，是这世上没有你牵挂的人。若是有了，你就想活了。

司七说，那我姑且再活活吧。

说完，他就闭上眼睛，侧过身，更深地埋进杂草堆，蜷缩到了神像的脚下。他用额头抵上神像冰冷的底座降温，头便没那么痛了。他睡着了。

醒来的时候，天已经亮了，庙外落了一层雪。

烧退了，司七睁眼看着寺庙的房梁，觉得身上温热，低下头，身上竟然有一床被子。他去找神像，视线投过去才发现，这神像并没有脸，他的脸是磨平的五官。而后，一张女孩的脸出现在他头顶，刚刚好遮住了那神像的脸。

司七与她对视，觉得她眼熟。他看了很久才想起来，这是那个替弟弟抢粥的女孩子。

她比第一次见面的时候体面了些，头发起码规整地梳起来了，在脑后绾了个髻。她的脸不是师母那样的鹅蛋脸，下巴尖尖的，眼角有一些往上挑。睫毛很长，很黑。纵然脸上有未擦净的灰，但仍能看出皮肤皓白。

她看见他睁眼，头一回，大喊起来："妈！妈！他醒了！"

很快，一个和她容貌很相像的女人便牵着一个男孩子走了过来。司七想说话，一开口，嗓子痛得要裂开。那姑娘手疾眼快地给他往嘴里灌水，一点都不温柔，灌得他大口咳嗽起来。

还没咳完，她又用手掌来摸他的额头。冰凉的掌心贴过来，她按得他朝后倒去。司七的后脑勺"咣当"一声撞到石板上，他觉得自己要被这姑娘折腾死了。

他好了一些，又没有全好，身上没力气，终日咳得起不来身。单纯的发烧不会这么严重，可他们也不知道他到底患了什么病，更没有钱去给他看。司七听他们说话，原来他们也是过年那晚栖身的巷口被流浪汉占了，赶他们去找新地方。他们沿着城外一直走，走到了这处荒村野庙，一进来，就看到了奄奄一息的司七。

他们借住了他住着的寺庙，作为回报，给他盖了一床被子。白天的时候，那个女孩会去外面找吃的，有时候是乞讨来的，有时候是偷来的，也有时候是给人跑腿帮忙赚来的。晚上的时候，她能拿两三个窝头回家，妈和弟弟一个，她自己留一个。她弄不来更多吃的，弟弟还小，她坐在司七旁边吃，吃到最后一口的时候，往下掰一块，塞进他的嘴里。

怎么活下来的呢？反正就那么活下来了。

司七躺着的时候，也听她和她妈说话。她在筹钱，筹盘缠，等攒够了，三个人就要去上海。东北沦陷，她爸爸被抓走了，他们娘仨跑了出来。她妈有个弟弟在上海谋了差事，他们要去投奔他，或许还能有条活路。

她还说，她叫金相绝。

司七的高烧反反复复，越到后面症状越轻，终于有一天能挣扎着站起来。他腿脚都躺得麻木了，走路歪歪扭扭。金相绝站在后面看他，惊讶道："你把腿烧瘸了呀？"

司七转过头，说："我本来就是瘸的。"

"这样啊，"金相绝说，"可惜了，还说叫你去外面找份工，帮我攒攒盘缠，报答我的救命恩情。"

她说话如此直白，倒是让司七松了口气。他低着头想了想，又望了一眼神像的脸，心里有了打算。

"去上海的火车票，要多少钱？"

金相绝报了个数。

"那我帮你买，"他说，"带我一起走吧，我帮你弄票。"

这场高烧似乎把司七烧明白了，他又养了几天身体，等得天气暖和了一些，便带着金相绝出发了。

戏班子要唱起来，得有不少行头。所谓的"封箱"，封的就是行头箱子。班主过年前把那些刀枪棍棒和乐器都封进一个大木箱里，往年都是司七帮他抬去一处朝阳的院子，省得受潮。箱子上有把锁，司七会撬锁。

他瘸归瘸，病好了走得飞快，金相绝都得小跑着才能跟上他。两个人深夜翻墙进了后院，她踩在他肩膀上，身子挂上墙头，又不敢跳了。司七往后退了两步，手一伸就把自己撑上去了。

"哪有你这种瘸子！"金相绝大惊失色，夸人夸得别具一格。

"十把椅子我都能上，这算什么。"司七说。

他又敏捷地跳下去，手一伸，金相绝也落进他怀里。两个人都十二三岁，什么都不懂，更不懂什么叫肌肤之亲。她落进他怀里一团柔软，司七搂紧她的腰，怕她摔着。

年还没过完，箱子还封着，行头都存在里面。司七蹑手蹑脚地撬开后院的房门，又去找箱子的锁。他捏着一根铁丝，拧出弯插进锁眼，听着声音一点点地转，直到"咔嗒"一声，锁头打开了。

金相绝从衣服里掏出块包袱皮，看司七把值钱的一件件放进去。有衣服、有头饰、有乐器，还有小点儿的兵器。直到包袱皮装不下了，他才把那箱子盖轻轻合上，重新上锁，"咔嗒"一声，报恩也报仇。

他把装了赃物的包袱背到背上，带着金相绝又翻墙离开了。

两个人从南城一路走，走到了北边一处鬼市。天没亮，鬼市上影影绰绰，全是人影，过手的东西都不干净。司七瘸着腿一处处地走，把乐器和衣服递给收货的商人，钱让金相绝收着。

不是自己的东西，卖起来根本不心疼，价格报低了也照卖不误。金相绝生下来手里就没攥过这么多钱，欢喜得眼睛都亮了。天快亮的时候，鬼市也开始散了。司七怕被熟人看见脸告诉师父，剩下一支花旦的荷花簪子也不卖了，塞进金相绝手里，说："你自己留着吧，看你头上什么都不戴。"

她拿过去借着天光看，心里高兴，嘴上却说："不漂亮，铜的。"

"铜的还不好，你要什么？"

"我要戴金戴银，戴玉戴珍珠。"

她可真能，喝着施粥也嚷嚷满汉全席，拿支铜簪就敢想金银。司七不理她，一瘸一拐地往火车站的方向走。去上海的票不好买，他们今天一早去排队，或许也只能买到年后的。金相绝攥着钱袋跟上他，嘴上没完："司七，你不信我？听说上海遍地是钱，我要是有戴金戴银的一天，一定想着你，带你吃香喝辣。"

我一定想着你。

司七脚步一慢，心想，活到现在，从没有人会想着他。

他回头看她，天光下一张灰扑扑的脸，只有眼睛很亮。他伸手给了她脑袋一下，说："攥好钱吧，弄丢了，就只能吃糠咽菜了。"

他们到的时候天刚亮，但火车站的队已经排出长龙。司七和金相绝轮着排队。他们手里难得有钱，有人来卖糖葫芦，司七拿出一点点铜板，买了一串给她。

"不要花了，不要花了，"金相绝很慌张，"要是不够去上海的车票，就不好了。"

"够的，"司七说，"我算过了。"

"你会算数吗？哪里学的？"

"天桥后有个私塾，我爬墙头听的。"

"怪不得。"金相绝像是被他提醒了，"你说的那个私塾我知道，苑家那位小少爷也在里面读书，我见他进去过。"

司七点点头，不说话了。

队伍排到了，他们掏空钱包，买了四张火车票。还剩一点钱，金相绝去街头的摊位买了一份水饺，带回寺里给妈妈和弟弟。四个人过了个迟到的除夕，过了正月初八，他们就能去上海了。

离开北平的前一晚，司七最后见的人是小承。他不想欠任何人的，还给小承一兜冰糖。小承问他钱哪儿来的，他没说。他们说话的时候金相绝在后面等司七，小承望了她一眼，司七也转过身，看见她发髻上插着戏班子的簪子。

师父赶到火车站的时候，金相绝正将妈妈和弟弟都安顿好，和司七下车买路上的吃的。正月初八过后就是开箱，师父发现东西被偷，硬说是有内鬼，拉出徒弟站成一排打。小承被打得扛不住，想起金相绝发髻上的簪子，把司七今早坐火车的事招了。

他们隔着老远就喊司七的名字，要打要杀。金相绝先听见，拉起他的手就往火车上跑。他分明瘸着，被她握住手，跑得竟然那么快。火车在鸣笛了，车要开了，她大步跃上车厢，回身将他也拉了上去。

车门不关，她手撑在车门上探头往外看。车速加快，"咣当咣当"碾压铁轨，师父的叫骂声逼近又被甩远。司七拽着金相绝怕她摔下去，她却朝他们招招手，大声说："你们追不到了！"

"咣当咣当""咣当咣当"。

车轮碾在铁轨上，此后经年，夜夜入梦。

1932 年，上海。

1932 年的春天，金相绝和司七来到了上海，金相绝的舅舅收留了他们，"他们"不包括司七。

时局艰难，战从北起，都是苟全一条性命，顾不上没有血缘的陌生人。金相绝求了舅舅好久，他终于答应帮司七找份差事。司七腿脚不好，找了很久，最后被送进一家钟表店里做学徒，是门饿不死人的手艺。

旧时学徒，三年期满才正式发工钱，白日除了学工，还要给师父预备吃的和洗脸水，打扫店里，又要帮师娘打点家务。学徒每个月能拿两元月规钱用来洗澡剪头，师父嫌他腿脚不便，连这两元也要克扣。后来，司七干脆便不剪头了，头发留长一些，碎发散落鬓边，长些的在脑后松垮扎起，像狼凌乱的尾巴。

扎狼尾，平日被头发遮住的脸便露了出来，店里的客人才瞧见他五官深邃，眉眼漂亮，眼珠微微泛棕。有人问他是不是混血种。他摇摇头，并不知道。或许吧，或许他被丢弃的那个冬天，也是因为哪家发现女儿怀了大逆不道的婴孩，便把他送到了桥底下。他不知道自己的年龄，不知道自己的本姓，也不知道自己从哪儿来，又要到哪儿去。

第二年的时候，境况稍好了些。有个学徒受不住店里的苦，赔钱离开，空出阁楼上一间屋子，司七的铺盖从货柜旁搬了过去。师父良心发现似的不再克扣月规钱，但他不剪头，便能省下一元，轮着月休的时候，带金相绝去买零食。

上海真是花花世界，有咖啡，有冰激凌，有橱窗里摆放的精致点心，可惜他们一样都买不起。他们仍然吃不起满汉全席，唯一能用来解馋的，是路边低价兜售的苏打水。炎炎夏日，苏打水装在带盖子的瓦盆里，和昂贵的洋汽水比起来价格低廉，一元一打，喝到水饱。

金相绝不知道那是他的月规钱，也不知道他一个月不出门吃喝不剪头，也只能攒下这么多。至于她，比他还不如。家里没钱供她上学，她便只能在家里和母亲一起给人洗衣服。一件件，一件件，夏日还好，冬日就要生冻疮。司七月休和她出门看见了，不说话，没带她买零食，去药店买了冻疮膏。

"涂了也是要长的，"她说，"还不如去买些吃的，起码能吃到肚子里。"

"再等一年吧。"他说，"干满三年，我就有工钱了，就既能买药，又能买吃的了。"

"司七，我这辈子就要这么过去吗？"她的语气有些迷茫，"给人洗衣服，一年也没休息。有时候给那些女学生洗阴丹士林的旗袍，真好看，我也想穿，穿着去教室里读书，学写字，学英文。"

"我也有许多想做的事，"司七说，"来钟表店里的那些男人都穿着西装，我听他们聊天，他们会开车，会去靶场练枪当消遣，我也很羡慕。"

他们都不再说话了。

司七也不知道为什么，上海滩与北平这样不同，会让人的欲望膨胀。他想，或许还是北平少了些传说吧。世家子弟生来便是权贵，皇城的门隔绝了上升的路。而上海呢？开埠之地，规则尚在被书写，人人都想投身赌局。

　　只是投身赌局也是要有筹码的，而他只有一条瘸腿，和一个月两元的月规钱。到了来年春天，他的月规钱变成了正式的工钱，可仍然换不来筹码，不过终于能带金相绝出去吃饭，甚至看戏了。

　　上海的戏班子比北平只多不少，不光唱京剧，还有人演昆曲。他们两个人上海话学得意外地快，昆曲能听个半懂。在那平安无事的一年里，他们去看过《牡丹亭》，还看了《白蛇传》。钱不够了，司七说等年后发了分红，或许再去把那出《红鬃烈马》听了。

　　那年他十六岁了，似乎也终于懂得些男女之事了。司七不大清楚金相绝对他的感情，但他想起那天神像与他说的话，似乎觉得，金相绝于他，算得上这世上的一份牵挂。她出落得越发漂亮，不过不是规矩人家喜欢的那种漂亮——眼角微微上挑，红唇黑眸，盯着人时有股逼人的艳丽。司七在弄堂口等她时听到隔壁的女人说闲话，说她生就一副狐媚相，将来是要兴风作浪的。他不说话，只是转身冷冷盯着那人看。轮廓深的人冷下脸就吓人，带着一股煞气，硬是把那女人盯走了。

　　店里来了新的学徒，接替了他打下手的位置，司七的日子便过得松快了些。月休熬成了做六休一，师父紧着新学徒压榨，省出来的那一天司七也不休息，和金相绝谋了个新差——在西山卖苏打水。

　　苏打水是自己调的，找关系买来重碳酸钠和稀盐酸，再灌进凉白开，水中便冒起细小的气泡。金相绝好用柠檬糖浆，兑进去有股酸甜口味，调制好了搬到西山卖，生意最好的时候，一天能有十元进账。

　　西山上卖苏打水的不止他们一家，他们是守规矩的，但有的人并不。当时时兴的苏打水口味除了柠檬还有薄荷，有商户用薄荷叶压汁代替薄荷油，喝了就会闹肚子。投诉多了，政府便派人来查抄，将整座西山上卖苏打水的摊位都打翻了。

　　司七那天恰好被师父留在店里做事，听到消息的时候，金相绝已经被捉入巡捕房。她脾气好大，别人来掀她的摊子，她就去挠人家的脸，被警察掴了两掌，脸上肿起手印。司七去巡捕房接她，赔罪又签保证书。金相绝被铐着锁在一旁，还有力气冲他喊："你别给他们钱，把我押在这里好了！有吃有住，比小时候好多了！"

"你给我闭嘴！"他第一次冲金相绝发火。

因着她发疯，他又多给警察买了一包烟。她被锁起来的时候如此嚣张，被他带出巡捕房倒是不说话了，安安静静地跟在身后，头发蓬乱，粘在脸上。司七回头把她下巴抬起来，看着那片红肿也心疼，放软了声音，和她说："今晚先去我那儿吧。"

他们第一次躺在一起，是在庙里，在神像下面的稻草里。上一次躺在一起，是在火车上，他们给弟弟和妈妈买了有座位的票，他们两个没有，晚上挤在列车的衔接处。他让她在角落里躺下，他侧过身，用身体帮她隔绝了车厢里的嘈杂。如今他们又躺在一起了，好像和以前一样，可他们长大了，所以和以前不一样了。

她的脸被打肿了，没有破皮的伤口，倒也没有涂药的必要，只是肿胀得难受。司七用凉水浸了毛巾帮她敷在脸上，问她："你明天怎么和家里说？"

"说是被你打的。"金相绝说。

司七失笑："又胡闹。"

夜色微茫，钟表店里无人在意的阁楼上多了个年轻姑娘。司七侧着躺在床上，她也侧着，一言不发地看着他，眼角终于渗出了一点点委屈的泪。他用指腹替她抹净了，将毛巾拿开，用手覆上脸去。她以前总嫌他手冷，总也焐不热，如今倒是正好给她冷敷了。

"做事情总这么冲动，"他告诫她，"你知道巡捕房里是什么地方？真把你关进去过夜，身边都是作奸犯科的恶人。你一个女儿家，让你舅舅怎么放心？"

"他才不会担心我，他早就嫌我累赘。"

"你妈呢？"

"她更在乎弟弟，没有人在乎我。"

司七喉咙动了动，声音微哑："我呢？你叫我怎么睡得着？"

她又落下一滴泪，洇开在枕头上，睫毛上挂出雾气。司七用自己微棕的眼盯着那双墨色浓重的眼,手指从她脸侧划过,在她眉心点了点,最终盖到她眼睛上。

"你做什么?"

"我不好关灯,师父晚上有时会叫我,"他低声说,"给你挡着光,睡吧。"

她点点头,就像在那座庙里一样,朝他的方向挪了挪身子,而后靠着他睡着了。

第二天一早,司七送金相绝回家。

他这一夜都没睡个完整觉,全在听她说梦话。说奉天城漫天火光,老百姓等着当兵的来救,结果传来消息,空军陆军全都被命令放弃抵抗。说她爸爸要出门打听消息,让娘仨等他回来,结果就回不来了。她醒着的时候从不说这些,她哭着揪紧他的衣襟,小声哀求,她不想等了,让她等的人,最后都没有回头。

只是梦中说了那么多,她醒来的时候还是那副刀枪不入的样子,脸倒是比昨晚好些。

沪上盛夏,一早就热了起来。他沉默地把金相绝送出阁楼,两个人一前一后走在热气蒸腾的路上。走到一处树荫时,他忽然顿住了脚步,问她:"想要荷花吗?"

她顺着他的声音转头,看见树荫下坐着个阿婆,面前的竹篓里插满了新鲜荷花。有些开了,有些没开,花头硕大。她拽着衣服蹲下,问阿婆,多少钱呀?

不贵,比苏打水便宜多了。司七把那一篓全都买了下来,买前阿婆还提醒他,这都是凌晨摘的,这几朵没开的,要是今天下午再打不开,就不会开了。荷花是这样,第一次绽放的时候错过了,就永远错过了。

"不碍事。"他说,"不开就是缺了开花的缘分,没缘分的事,也强求不来。"

阿婆笑起来,说他年纪轻轻,说话像个老和尚一样的。

那个早上,金相绝抱着满怀荷花回了家。分别的时候,她在弄堂口回头与他挥手,插在发髻上的荷花簪子微微晃动,怀中盛开的花瓣拥着下巴,衬得面若朝霞。

苏打水卖不成了，还剩些原料放在家里，金相绝自己兑着喝。好在这个夏天他们已经攒下些钱，钱都藏在司七的阁楼里。他对未来有了一些模糊的想法，或许等到薪水再多一些，他就能撑起一个家来了。或许他可以在外面找房子，把金相绝接过来住，她也不用在舅舅家寄人篱下。可接她过来总是要个由头吧？没名没分的，难道说他要和她……

司七不敢想了。

他好像在一些事上开窍了，可她还没有。她到底把他当什么呢？父亲、兄长、朋友，还是……别的什么呢？她这两年变漂亮的速度快得惊人，像一朵花到了绽放的季节，上门说亲的人络绎不绝。她舅舅冲着彩礼有些动心，她妈妈还是拦着的。不过要按金相绝自己，她谁都看不上。都是什么拿不上台面的玩意儿，吃了熊心豹子胆，想娶她？她没有爹，妈妈虽说偏心她弟，但从在庙里的时候就不敢忤逆她，对女儿的畏惧和依赖多于爱。

这天，金相绝又赶走了两个提亲的人，舅舅就在饭桌上发火了。他们又不是大户人家，平民百姓的姑娘，向来是岁数不到就送去婆家养，赖在家里做什么？彩礼钱拿不着，还给别人养儿媳吗？

更让舅舅生气的，是这或许是最后两个来提亲的了。金相绝这臭脾气以前还能藏着，结果最近提亲的被她挨个骂走，就传遍了街坊邻里，没人愿意往家里请尊佛。舅甥在饭桌上吵得天翻地覆，金相绝砸了碗筷，舅舅踢翻桌子，弟弟在旁边哭着看，忽然眼前一黑，鼻血流了一脸，然后昏过去了。

弟弟最近常流鼻血，家里只当上火了。谁知这次流起来不光血止不住，还发起高烧，送去医院检查了一番，竟是个花销极大的病。舅舅脸色骤变，妈妈以泪洗面，两个成年人回家商量对策，留金相绝在医院陪着。

她弟真是个小孩，烧得昏昏沉沉，攥过姐姐的手想吃糖果。他们姐弟两个都好吃甜的，金相绝抱着他的脑袋哄了一会儿，想起家里还有些兑苏打水的糖浆，便把他被子盖好，打算回家泡一杯糖水端过来。

医院离家不远，她借着月色赶回去，人还没到门口，便听到妈妈的哭声和舅舅磕烟斗的声音。

男人的声音："这钱我没有。姐，我也是要娶妻生子的，这几年养你们三个，半分没节余。"

养什么了？金相绝心想，他们只是借住他家里，生活费都是自己洗衣服赚的。

"相绝也是个不懂事的，若是早应下哪门亲事，现在还能提前预支彩礼，今后也不必多一张嘴了。"

关她什么事？

"姐，我最后的办法就是这个。明天我下了班再去百乐门问问，十六岁的姑娘也大了，人家未必收。要是收了，价格又合适，你就去签字画押吧。"

金相绝站在门口不动了。

"可那是我女儿……"妈妈哭哭啼啼地说。

"卖了她，你两个孩子都能活。不卖她，你儿子手术做不成，就活不成。你自己掂量吧。"

妈妈的哭声更大了，但也没否认。金相绝心里就知道，妈妈是默许了。在她和弟弟之间，妈妈从来不会选她。

她没有进家门，失魂落魄地离开，在街上一直走，反应过来的时候，已经到了钟表店门口。钟表店要打烊了，新招的小学徒正在扫地关门，看见金相绝站在门口，想叫司七，又怕吵醒师父和师娘，压着嗓门往里探头："七哥，七哥，相绝姐来找你了。"

她没有这么晚来找过他，司七匆匆忙忙地出来迎她。忙了一天，他身上灰扑扑的，头发虚扎在脑后，鬓间垂落几缕。金相绝站在门槛外抬头看他，他穿一身青灰色的学徒袍子，袖口挽起来，露出白的里衬。他什么时候这么高了？在庙里掰着窝头喂他的时候，他还是个猴子呢。

"怎么了？"他微微弯腰问。

她的眼泪"唰"一下流了出来。

怎么说呢？难以开口，但似乎也只能一件件地开口。说弟弟病了，舅舅要卖她，妈妈答应了。司七让那小学徒装没看见，小学徒在嘴边严谨地比画了个拉链。司七把金相绝带回自己的阁楼，给她倒了温水，又用毛巾擦净脸。

"司七，你有办法吗？"毛巾拿开，她的眼睛睁得大而茫然。

"我想想。"

他没以前冷了，以前像一尊石像，如今碰着她的脸，手上竟有了温度。他问金相绝事情什么时候定下，她妈未必真的能狠下心。金相绝说舅舅明天下班去百乐门问，定下来最早也是后天的事了。司七想了想，让她先回去等消息，卖或不卖，他今晚都做好应对的计划。

他说得如此笃定，金相绝踏实下来了。她擦干净眼泪，装作没事人似的回家，妈妈红着一双眼睛看她。她假装什么都不知道，从柜子里把糖浆找出来，回头说，弟弟想喝甜的了。

那晚，弟弟躺在病床上，金相绝坐在病床旁的椅子上。她对弟弟算不上多爱，但他是很依赖她的，总是追在她身后。她妈偏心，好吃的私下塞给弟弟，她都睁一只眼闭一只眼。可弟弟私心也向她，总是把妈妈给的吃的省下来，再偷偷塞给她。

不卖她，弟弟真就要死了吗？

她不想被卖去百乐门，可她就想看弟弟死吗？

她一夜未睡，第二天一早妈妈来了，给他们带了自己做的早饭。三个人吃完，妈妈说先把弟弟带回家，医院的病床费太贵了，家里的钱得省着。金相绝心里冷冷地想，的确得省着，都省到她身上了。

下午，妈妈在家里陪着弟弟，金相绝一声不响地去百乐门门口等着。她躲在一辆黄包车后面，看见舅舅进去又出来，身前是个四十多岁的男人，抹了发蜡，长得让人讨厌。他在舅舅面前趾高气扬的，舅舅还给他点烟，她听到对方说："……那照片拍得不错，你外甥女可真是标致。那就明天上午十点，我们派车去家里接她吧。"

一锤定音了。

一锤定音了，金相绝反倒不慌张，也不伤心了。她是个你无情我就无义的主，消息一确定她就去找司七，这次不哭不闹，冷静地听他昨晚想出来的办法。

司七那边，则是昨晚把攒下的钱算清楚了，也趁着白天把车打听清楚了。他说明早六点，城外有一趟去广州的长途客运，先前那个被欺负跑的学徒就是广州人，和他说过广州的许多事。那是个好地方，或许比上海更好，他们明早可以出发。他们十三岁来了上海，什么都不会也能活下来。如今十六岁再去广州，他身上有盘缠，有学徒的手艺，他照样能活下来。

金相绝点头，一点迟疑都没有。可回家收拾行李前，她还是忍不住问："那我弟弟怎么办呢？"

司七疑惑："你弟弟病死了，和我有什么干系？我只顾你就够了。"

他是个冷心冷肺的人，哪怕同一个屋檐生活过，说起生死也漠然，他只是对金相绝不同罢了。他也没有对金相绝说，他是她舅舅担保进来做学徒的。如今要跑了，她舅舅还得受到牵连呢。

两个人约定了见面的时间地点，金相绝回家里收拾行李。

那晚夜色极深，雾气浓重，月色洒在地上像下了霜。她在这一片寂静中收好了行囊，打开房门，舅舅在隔壁鼾声如雷。她蹑手蹑脚地走到堂厅里，刚准备迈出门槛，身后传来了一声"姐"。

她的心直落下去。

她回过头，门槛前站着一个小小的人影，只比她腰高些。她长个子的时候东北还有家，塞北松柏，大雪丰年，家里没少过她吃的。倒是弟弟，刚懂事就赶上战乱，一口口地窝头稀粥喂大，连个子都不长了。

那个小小的人影紧攥着拳头，应当还在发烧，走路也摇摇晃晃。他摇晃着走到她跟前，用自己的手攥住她的手，把她的手掌掰开，把自己的拳头放上去。

再张开的时候，她手心里是三颗奶糖。

"姐，你出门吗？"弟弟奶声奶气地问，"这是我喝药的时候妈给我的糖，我留给你了。"

金相绝不开口。

小孩子做事情要夸，仰着头追问："姐，你怎么不夸我？我以前给你糖，你都夸我的。药好苦，我想着你喜欢，一颗都没吃。"

她想尖叫，想骂人，想把门窗砸碎，桌椅踢倒，再放把火烧了这个世界，但月色照进来，只照亮她脸上的冷漠。弟弟有些害怕，往后退了两步，嗫嚅道："姐，我回去睡了，我头好疼，身上也好疼。"

那个小身影转过身，消失在黑暗里了。金相绝也转过身，一只脚迈出门槛，另一只脚跟着，然后坐在了门槛上。

她把行李放下，拆开三颗奶糖，一口气全放进了嘴里。奶糖粘牙，她咬了几口就被粘得张不开嘴，舌尖被苦得发麻，眼泪一滴滴落在衣服上，"啪嗒""啪嗒"。

1936 年，上海。

司七那天没有等来金相绝。

她说过，她不要等了，让她等的人，最后都没有回头。他没有让她等，但这一次，不回头的人成了她。

等到天光大亮，寂寥的街上人来人往，司七开始猜测她是被什么绊住了。他匆忙赶去她住的弄堂，弄堂前停着一辆黑色轿车，他看到她安安静静地跟着一个男人坐上了后座。

他去追车，但他是个瘸子，他追不上。弄堂里的人看他像看疯子，他摔倒在地上又爬起来，看着车轮卷起滚滚烟尘，他转过头，看人的目光像是一头发了疯的野狼，他冲那个躲在她舅舅后面的女人喊："她是你女儿！"

没有人回应他的质问。

司七回到了钟表店，师父甚至不知道他打算跑路，只当他早晨有事旷工，罚了他些工钱。他没有再见过金相绝了，刚进百乐门的舞女，都是不能外出的，里面有人教她们新世界的活法。

她不在的时候，司七好像也感觉不到时间的流逝。他好像又回到了那座荒山寺庙，孤零零地躺在杂草堆里，没有人牵挂他，他也不牵挂别人。最好的时候，他曾想过搬出阁楼，租一套自己的房子，再将金相绝接过来，而如今，他连这一点念想也没有了。

他在店里干得年岁愈久，师父管他也没有以前那么严。有时候晚上下了工，他就一路走去静安寺，走到百乐门，在门口抽烟，待着。他也不知道自己想做什么，他是没有钱进去的，就只能在外面站着，一站就是大半夜。

终于有一天，他看到她了。

她穿了条叉开到大腿的紫红色舞裙，裙面上用金线钉进鳞似的亮片，踩高跟鞋，头上歪戴一顶黑蕾丝纱的帽子。她化了很浓的妆，睫毛漆黑而长，他隔着很远见她对客人眨眼睛，像两只黑色的蝴蝶。

她是送客人出来，客人们都穿着西装，或大腹便便，或风流倜傥。司七站在黑暗里看着她笑容艳丽，心一点点沉下去。

但他还是每天都来。

偶尔能见到她出来送客，大部分时间见不到。见不到她的时候，司七就站在路边看那些去舞厅的人的派头，走路的样子，说话的样子，男人们站在门外抽烟与寒暄的样子。他们抽烟的模样与工人不同，将衬衣袖口微微拉起，露出手腕上的表，手臂后侧抬起一些，夹着烟的两指在肩膀的高度举着。师父曾说人要有派头，他以前不懂，如今明白了，原来这就是派头。有时候会听到他们聊起百乐门里的人，闲话门里的规矩和八卦。间或又是哪个富豪开出高价想赎人，但百乐门并未松口——这任东家像个貔貅，手里培养的舞女只进不出，怕是得最头等的钱权背景，才有商量的余地。

沪上夏季多暴雨。

这天，司七在百乐门待到半夜，仍是没见到金相绝的影子。夜雨已经下了一会儿了，他打着伞站在街角的暗处，想走，肩膀忽然从后面被人撞了一下。他转过头，看见个穿黑风衣的男人从他身边走过。

大夏天的，穿风衣做什么？

他被一种莫名的力量驱使着跟过去，继而看见穿风衣的男人走向百乐门的门口。旋转门里有微光闪烁，一行人款款走出，簇拥着个穿西装的中年男人。金相绝走在一侧，挽着另一个人的手臂，从司七的角度看过去，她的身形恰好与那穿风衣的男人交错。

大雨滂沱，门外停着接人的轿车。还不等那中年男人走到车前，司七眼神一紧，望见那穿黑风衣的男人从怀里掏出一把枪。

金相绝隔在当中，枪管抬起来的瞬间，等不到那行人作反应，司七已经抬手夺枪。枪管歪斜，子弹"铛"的一声打到车窗上，玻璃爆裂一地。人群里几个作陪的女人都吓得尖叫起来。司七出现得突然，穿黑风衣的男人抬起一张错愕的脸，继而掉转枪口对准他开了第二枪。

血化在雨里，又因为天太暗，看不清了。

子弹擦着肋骨过去，射进腹部，司七又没死成。

如此想来，司七真是个命硬的人。冬天扔到桥底下，死不成。从十一把椅子摞起的高台上摔下来，死不成。荒郊野庙里生重病，仍旧死不成。如今一颗子弹射进腹部，还是死不成。

死不成的司七躺在医院病房里，好药好仪器地招待。他一天里能醒一小会儿，问过护士，都和他说好好养着，有人拿钱给他续命。

等他稳定清醒之后，这个人终于来了。

和这个人比起来，那些在百乐门前抽烟的男人都失了派头。分明是同样的衣服，至多是做工与面料高档些，是差在哪儿呢？司七躺在病床上静静地看了他一会儿，看出来了，这人虽然人过中年，但眼睛极亮，像是鹰隼，锐利又不失厚重。

旁边跟着的人叫他"程先生"，又转头拍了拍司七的肩膀，意味深长地说，你挡枪，救到贵人了。

救什么贵人，他管别人做什么，他是怕那子弹不长眼，把金相绝伤了。但不论动机如何，他也的的确确是替程先生挨了一枪。

人和人是不一样的。他司七挨一枪，至多也就是自己在病床上躺一躺。要是这位程先生挨了枪，那可是要掀起一场上海滩里钱权的动荡。

"要什么？"程先生的秘书问司七，手里已经拿出一张空头支票，数字让他自己填。其实司七要多少都不过分，程先生不在乎钱，万万没想到，他抬起手，指了指那位秘书。

"我要像他一样，"司七说，"做一份在你身边的工作。"

程先生和程先生的秘书都愣了一愣。

"你是哪所大学毕业？"秘书先反应过来。

司七说："没读过大学。"

"懂英文吗？"秘书又问，"数学怎么样？"

"不懂英文，"司七继续说，"算数会一些，用算盘。"

"那你到底什么学历？"

"我没有读过书。"

他回答得太若无其事，秘书被噎得说不出话，反倒是程先生哈哈大笑起来。程先生挥挥手，让秘书把支票收起来，弯腰拍了拍司七的肩膀。

枪伤还没好全，程先生拍他身子，震得绷带里面抽痛。司七面不改色地任他拍，终于等来了应允的话。

"送去学车吧，回来给我做司机，"程先生说，"你觉得呢？"

做司机……

司七低着头想了想，抬起头说："我左脚是瘸的，我不知道瘸子能不能开车。"

那秘书的表情一下变得很紧张，忐忑地看了程先生一眼。程先生鹰隼似的眼睛眯起来，看着司七的脸露出笑容。

"能开，我就能开。我的左脚，也是瘸的。"程先生说。

他甚至站起来给司七走了两步，没司七瘸得厉害，但的确也是"地不平"。怪了，人家程先生，瘸着走路，也瘸得很有派头。

至于那张支票，程先生也没收回去。程先生说他的命很值钱，只给一个司机的职位，是看不起他的命。司七不想填就先空着，等他想要的时候，钱，别的，都行。

司七夏天吃枪子，秋天出院，冬天学会了开车。去程先生家里报到的那天，管家给了他置装费，让他去做一身西装。司七去裁缝店量体裁衣，裁缝咬着软尺给他量，说他右腿比左腿长了三厘米。

"嗯，"司七说，"我左腿是瘸的。"

他十三岁瘸的，左腿骨头早早断过又接上，再长的时候，明显没跟上右腿。

"这样，"裁缝老爷子给他建议，"你再在我这里置办一双皮鞋。我给你把左脚的鞋跟里面垫高三厘米，走路就稳当了。"

哦，原来是这么一回事。原来钱能解决这么多事，怪不得程先生瘸得不明显，他大概也是用钱把腿给补全了。

十八岁那年，司七做了程先生的司机，穿着西装皮鞋，衬衣袖口和手套雪白，狼尾还是照常扎着。管家教会他做司机的礼仪，每每下车，他要先一步绕到车身后，替程先生将车门打开。程先生若是要点烟，他便要提前一步掏出打火机。打火机也算在置装费里，法国进口的自动抬臂打火机，表层镀银，火轮锋利，把玩时有清脆的撞击声。

谁能想到半年前，他还笨拙地在冬夜里擦亮火柴头呢？

1936 年的百乐门，聚集的全是上流社会的人物。门内衣香鬓影，门外香车美人。司七只送程先生进门，他是没资格进的。但站得更近了，就能听见来往人的谈话，看见门口张贴的海报。

海报上的面孔他认得，名字却换了。百乐门里的金相绝不再叫金相绝，而被称作金红玫。他们说这是现在最当红的舞女，舞姿倒也说不上多么顶尖，但人真是生得漂亮，肤如凝脂，眼波流转，被看上一眼，人就失了魂。

又有人说，如今想看金红玫跳舞也不容易了，她东家可真会做生意，每周二晚上拍卖一件她的首饰，拍到的人才能去二楼看她跳舞。那首饰都是寻常货色，拍卖的价格却水涨船高。

说的人津津有味，听的人笑容也暧昧起来，问："这么高的价格，就是一支舞？只有一支舞？"

"就是一支舞，只有一支舞，"说话那人灭了烟，意味深长，"她那东家可不是好东西。金红玫在百乐门正当红，你肖想的那个东西，他们要攥在手里，待价而沽，好在哪次拍卖里要个高价。"

说话的人离开了，司七穿着一身黑色西装冷脸站在门口，滑动着打火机的火轮，指间亮出一簇簇的火苗。

除了在百乐门前面等程先生，司七大部分时间都在车上。程先生生意繁忙，每天有许多人要拜访。他开着车载着程先生穿过上海的大小街道，就像他少年时代奔跑在北平街头一样。时间久了，程先生开始信任他，在车上和人谈话时也不避讳他。他听他们说大宗交易和汇率，后面跟着的都是天文数字。生意间偶尔也夹杂着对时局的闲谈，他听到程先生说，不知道战火什么时候烧过来，丢了东北是驻军不守，上海绝不能不守而破。

大时代的烟尘落在身上，是山。但没落下来的时候，就是耳旁风。巨浪将至，小人物自求多福。

这天，司七又把程先生送到了百乐门，正准备退回车里，程先生却回头向他招手。程先生说："司七，今天是吕先生做东，要把场面弄热闹些，你也进来吧。"司七一怔，随即点点头，回身将车停到平日的位置，便摘下手套进场了。

都说人靠衣装，其实衣裳贵贱也看人。司七衣服的面料做工都次一档，但走进百乐门，灯光照得人影缭乱，只能看见一道瘦削挺拔的身形，竟然也有了别样的派头。程老板一行人坐在一起，他找了边角的位子坐下。台上的歌女妖妖娆娆地唱，音歌靡靡，觥筹交错，都要叫人忘了百乐门外还有人在寒风里等一碗政府的施粥。

司七坐在沙发一侧，听见另两个也是边缘人物的人说话。

"今天照旧见不到金红玫？"

"见不到。人家在三层的私厅，哪里是寻常客人能见到的。"

"程先生也算寻常客人？"

"你怎么知道人家没进过私厅？今天吕先生做东，起的并不是私局，不然哪有你我进来的份儿？"

司七默默听着。

"话说回来，下周二，金红玫的首饰可又要拍卖了。听说这一次起价拍要这个数，东家不明说，可谁不知道，下周拍卖的，不只是那首饰。"

"手镯、项链都拍过了，她这一次拍卖什么？"

"和往常一样，便宜货色，听说是一支荷花簪子。"

……

那晚，程先生他们玩到很晚，司七也一直在旁边等着。他是司机，向来是雇主忙到多晚，他就等到多晚。等到百乐门人烟散尽，他终于扶着程先生回车里，将他送回铜仁路的宅邸。夜色寂静，程先生在后座问起他腿是怎么瘸的，他说自己小时候在戏班子谋生，爬高摔瘸的。

程先生说："我是被人打瘸的。"

司七从小脑子清醒，如今也清醒，清醒的随从只承接雇主情绪的感慨，不会往更深处询问。轿车慢慢开回铜仁路程家的院子，顶层的主卧亮着灯，程先生家里人还在等他。

停车后，司七却没有按照管家教的第一时间去帮程先生开车门，而是灭了车灯，微微转回身子，问道："程先生，那张支票，还作数吗？"

程先生酒醒来些，微微睁大眼睛看向他："你要用钱？多少？"

"还不知道，"司七说，"下周才会知道，我要拍金相……金红玫

543

的首饰。"

程先生愣了一愣，随即大笑。司七知道自己出尔反尔，静静等着雇主的应允或拒绝。程先生把指间的烟抽完，看向车顶，吐出一个铅灰色的烟圈。

"你这不是要钱，是要女人。"程先生说，"可惜百乐门这任东家是个犟头，不是光用钱就能带出来的。不过见一面倒是不难，这样，你明日再送我去百乐门，我让他们把拍卖取消，你下周二去找她吧。"

这回程先生要下车了，司七去替他开车门，又将他送到门前。程先生回过头看着他，说："司七，我从不欠人东西。下周二过去，你救我的这条命，就算清了。"

"明白的，"司七说，"我也从不欠人东西。"

拍卖是以程先生的名义取消的。尽管这让在金红玫身上花过钱的客人郁气，但相比之下，程先生更是得罪不起，坊间只是好奇，程先生行事稳重，不像能为女人一掷千金。

坊间没说错，一掷千金的是司七。他买车票剩下三个铜板的时候，就给她花三个铜板。做学徒省下一元的时候，就给她花一元。如今他承了别人的一条性命，就给她花了那一条性命的恩情。

不过金红玫并不知道他要来，她还当来的是程先生。除了安排司七进门的人，百乐门的其他人也是这么以为的。他们甚至给她准备了红盖头，预备让程先生掀起来图个新鲜吉利。总之百乐门的舞女也很难谈婚论嫁，这是东家多年经营学来的一些把戏。

不过她没穿嫁衣，还是那条金线钉鳞的紫红色舞裙，她安安静静坐在榻上，手心朝上交叠在一起。司七推开门看见这样的景象，沉默着走到她身边，坐下，然后将那荷花簪子放回她手心。

金红玫从盖头下面看到手，声音带笑："程先生，您拍下了，就是您的了。

"程先生，您怎么不说话？

"程先生，这盖头是预备给您掀开的……"

红盖头被一点点拽下来，司七垂眼看着她，看着她的笑脸一点点变得僵硬，蝴蝶似的睫毛也不再闪动。她方才虚握的手一点点攥紧，荷花叶子嵌进掌心的肉里。她嘴唇慢慢地张开，像在庙里，在火车上，在阁楼里，一字一顿地喊："司七……"

他脸上很干净，她进百乐门前，很少见他脸上这么干净。他把外套脱了挂在椅背上，里面是贴身的黑色高领羊毛衫，肩形宽阔，袖口挽起来两折，手腕上有一块磕碎了表盘的手表，金红玫在程先生手上也见过这块手表。

她到了这个时候，才知道那天在百乐门前挨了一枪的人是司七。

他一笔带过了自己在她进百乐门后的经历，连挨枪的事也说得很含糊，只说是血流得吓人，躺了两天就出院了，她也知道了今天他能来，是程老板在还他那颗子弹的人情。她问他是不是想怪自己那天没去，司七摇摇头，说："你弟弟做完手术后来问我你去了哪里，把那晚的事情和我说了。金相绝，你就是这样的人。"

他叫她金相绝，把她叫醒了。真奇怪，来的人要是程先生，她是有心理准备的。可来的人成了司七，她反倒不知该怎么办了。司七和她说完话，把手表和外套里的一些钱拿出来，放在桌子上，和她说："你睡吧，我走了。"

"司七！"她把他喊住了。

他顿住脚步。

"今夜过了，不给你也该给别人了，"她茫茫然，也不知道自己在说什么，"我倒是不在意那些东西，不过我……我怕疼。"

她有些怕疼，他应当会怕她疼。

他被她喊住，慢慢把身子转回来。她手里还攥着簪子，荷花下面坠着一片片叶子。她将手放在胸前，身子一动，叶子就跟着晃。司七低头看着那些荷花叶子，手慢慢抚上她领口的纽扣。

薄衫落到地上的时候，他忽然想起在庙里的那几天，他睡在神像下面，她睡在他身侧。夜里起了寒风，她侧身来找他。又想起在火车上的那两晚，她嫌车厢地板硬，也来找他。她怕冷怕硬就来找他，如今怕疼，也是来找他。

衣服褪下去，她腰上有道疤。司七用手掌覆在上面，她被冰得往后躲，又被他攥住。握方向盘的手掌握着腰，温热得像一块玉一样。

"怎么弄的？"他问。

"刚来的时候不会笑，"她说，"东家叫人打的。"

"谁打的？"

"门口那个穿青灰色布褂的。"

"好，我明天去找他。"

"司七啊……"

她的手也盖上他的身体，精瘦冰凉，腹部一道弹孔。她用指腹在上面慢慢摩挲，摩得他微微弓起腰，才轻声戳穿："谎话都不会说，这是两天好得了的？"

他被她碰得不敢开口，牙关咬紧，男人叫出声未免太不体面。然后，他把她的手拿开，她脑后虚插了根簪子，一摘下来，青丝如瀑，盖上他的肩头。

他克制着，她的眼泪最后还是落在他眼角。她把嘴唇贴到他耳侧，带着泪说："司七，别来找我了。过了这一夜，金相绝就死了，我要踏踏实实地，做金红玫了。"

1937 年，上海。

世道越发地乱了。

谁也不知道风雨何时来，但都知道风雨要来。上海不太平，租界内外都暗潮汹涌，为钱，为权。程先生家里人不放心，让他多雇个保镖跟着，程先生说人多眼更杂，又让司七去学了使枪。西装下摆钉了枪套，枪头朝下藏在衣服里，从外面看只是腰间微微鼓起。当中还真出过一次事，司七手起枪落，酒店门童的脑门上多了个血洞。坊间夸赞，程老板慧眼识人，茫茫人海选中个瘸子，救了自己两次命。百乐门那边，金红玫的名声渐大，成了最当红的舞女，说是台柱也不为过，人人都想瞧上她一眼。

但司七再也没进过百乐门。

他送程先生只到门口，从不进去，连停留都不多停留。非常偶尔的时候，他能碰见金红玫被别人的轿车带去过夜。两辆车交错而过，谁都不回头。

这天又是周二。

把程先生送到百乐门后，司七又要走，程先生却回过头。

"今天有拍卖，首饰是串玉手链，"程先生说，"听说金小姐难得出面。司七，你不进来？"

司七脸上没有表情，心中想，程先生这样的大人物，原来也喜欢看他的热闹。他摇摇头，说了声"不必"，便退回车里，将车开走了。

路过转角时，街道略有拥堵，几辆黄包车在鸣笛声中陆续让开，司七也将车挪到道路一侧。另一辆轿车与他错身而过，两人的车窗都是降下来的，司七的余光见着个年轻男人靠着后座的车窗。年轻的男人漠然看着窗外，视线并没落到司七身上，但司七觉得那视线莫名眼熟，看众生像是看蝼蚁。天色太暗，他看不清对方衣裳的细节，唯独袖口精细切割的方钻反射着车灯白光。

那晚听说有个年轻客人拍金红玫的玉手链拍出天价，是为了她，但也不光是为了她。传言是苑家小少爷苑成竹来上海做生意和人杠上，生意场上赢了对家，欢乐场上再碰头，也不让。

太激进了，程先生第二天坐他车的时候评价起来。上海和北平不同，不是你世家好就高人一等，你吃肉，也得让别人喝汤。到了人家的地盘如此造次，是要吃大亏的。

司七照常听着，不说话。

"但孩子是个有出息的孩子。碰过头的都说有手腕，谈判的时候很老到。"程先生又说，他自己的孩子不争气，看别人家的总有些羡慕，"年少的时候性子狠些，再栽过跟头吃些教训，到了我这个年龄，就刚刚好了。不知道他们苑家的大公子又是个什么样的人，司七，你在北平的时候，听说过吗？"

"未曾听过。"司七说。

那天，司七送程先生去百乐门，晚些时候，又碰到了苑家小少爷来。还是那辆车，车窗降下去，人闭着眼在后座半寐。他忍不住望过去，看见苑家小少爷指节屈起，在眉毛一侧缓缓地揉。两辆车会车，都让开些角度，但又都因着过路的黄包车刹住。司七听到那辆车里传来道声音："这是给金小姐的银簪和金手镯，您看……"

"买了就好，一会儿跳完了，替我送去后台。"

黄包车让开了，苑家小少爷的车也开走了。司七的车堵在拐角路口半晌不动，被身后的黄包车嚷嚷着催促几句，才缓缓移开。

一个月的工夫，这位苑家小少爷在上海滩声名鹊起，弄得不少老板焦头烂额。有纠纷闹到程先生跟前，程先生也冷笑："连个毛头小子都弄不过，来找我说公道？我是给你们善后的管家？"

说话难听，但该出面还得出面。终于，司七的车开到苑成竹下榻的饭店，秘书陪同程先生上楼见苑成竹。他在楼下停了车抱手等着，身旁也有一辆，司七余光看过去，好巧，是苑成竹那辆斯蒂庞克。

车里坐了两个男人，黑衫短打，脚抬在方向盘上抽烟。司七想将车窗摇上，却听见驾驶座上那位说："咱们少爷不会对那舞女动了真情吧？"

车窗摇到一半，司七将手移开。

"怎么可能？两个人都是逢场作戏，一个寻开心，一个哄人开心。苑少爷是什么身份？家里那位姨太的下场小辈都看在眼里，他还敢重蹈覆辙？"

"那就当他不敢吧，只是做做散财童子。"

"哈哈哈，散财也招财，这一趟来上海套了多少利？当家还怕他留学回来书生气太重，谁想进了生意场，是个吃人不吐骨头的主儿！"

"也是，那程先生恐怕是要脱一层皮了。"

"这里有些晒，挪开吧，一会儿少爷上车又嫌闷热。"

"得嘞。"

旁车挪开了，留下司七坐在程先生的车里。又等了半个小时，程先生和秘书终于下了楼，苑成竹竟然还在后面跟着送，脸上挂着得体的微笑。程先生不说话，秘书也不说话，两人上了后座，司七发动车，忽听得秘书冷声责怪："司七，怎么就这样停在太阳下面？车里也太闷热了！"

司七愣了愣，低声回答："是，怪我做事不周全。"

和程先生不欢而散后，苑成竹那边便传出了要离开上海的消息，几个在谈的合同也陆续落定，余下的时间，他便一心一意地泡百乐门了。

司七在驾驶座上听见秘书说苑成竹会坐年前最后一班火车离开，上海的同行们总算能过个安生年。

苑成竹离开的前一晚，司七又在百乐门和苑成竹碰了面，不过这次苑成竹不是进去，而是离开。司七送程先生下车，百乐门门里走出来了苑成竹，手臂上挽着金红玫。他冲程先生点点头，程先生却假装没看见。司七心中知道，假装没看见别人的人，不止程先生一个。

谁也没料到，那晚出了大事。

第二天一早，巡捕房披露消息，从东新桥上栽下一辆整个上海都罕见的斯蒂庞克，里面捞出两具泡胀的尸体，是苑成竹的司机和秘书，头上都有血窟窿。同时，苑成竹一行人下榻的饭店也报了警，搭手算算，苑家来上海的八个人死了七个，还剩一个苑成竹人间蒸发，那晚陪他离开的金红玫也不见踪影。

消息传开了。

那晚过后，司七接连出事开车撞人，算账出错，衣服里忘放枪，被程先生停职一个月，干不成就滚。金红玫的弟弟来找司七，问他知不知道发生了什么。司七冷眼瞧了她弟弟半晌，说话刻薄得不像他。

"怎么了？"司七问，"怕她死了，没人再给家里补贴钱？"

"我是真的在意我姐姐！"她弟弟急得要哭。

司七抬手拿东西砸他："滚！"

他多么想怪罪一个人，可他又能怪谁呢？命运一步步逼着他们走到了这里，每一个分岔路口都不给另一种选择。

他在家里躺了几天，这天一开门，门外地上放着块从衣服上撕下来的布料，里面包着一支荷花簪子，簪柄上卷了一张纸，上面留一串字迹歪斜的地址，最底下一行小小的"来见我"。

有簪子，她还活着。

司七是跟了程先生才学了识字，金红玫又是从哪里学的呢？他有了不情不愿的一个猜测，但还是带上吃的和衣服去了字条上的地方。那地方出了上海市界，是苏州方向的一处乡下村落。过桥又坐船，冬季水面一片一片都是枯萎的残荷。从水路进去，又是狭窄的河道和枕水的民居，拱桥下面船只往来，他抬起头，看见一户门前有人在水边洗头发，一瓢水扬起来，浸湿乌黑长发。再撩开，露出一张秀丽面孔。

他站在船上与那人对望，心中溢满了悲伤和欢乐，又觉得很空洞。恍惚间想起那年北平的冬天，他想把自己的粥给她，却被另一个人抢了先。他站在她身后想轮不到他了，这一次，或许又轮不到他了。

至于那个轮到的人，他从金红玫身后走出来，脸色还有些苍白，但神色是平静而欢愉的。他接过了她手中的水瓢，又在她头发上浇了一遍，用手指替她梳理青黑的发丝，用毛巾替她一点点吸净了水。两个人做完了，才抬头看向司七，他听到苑家小少爷柔声问：“是你口中的司先生？怎么有些面熟？”

当然面熟，那年北平街头苑成竹给他一碗粥，而后上海街头又无数次坐着车与他擦肩而过。可苑成竹怎么会记得他呢？苑成竹生就一双俯瞰众生的眼睛，看他也不过一只蝼蚁。如今那眼睛里终于有一个人了，是金红玫。

司七没有那么在意他们在百乐门里逢场作戏，百乐门是个舞厅，舞台上的东西，再真也是假的。而如今呢？小桥流水，烟火人家，河道里的乌篷船，这些都是真的，全是真的。

就像司七紧握在手里的荷花簪子，针尖刺痛手心，痛感也是真的。

苑成竹扶他上岸。苑成竹这样的人，竟然会扶别人上岸。金红玫起身把苑成竹推开，握住司七的手拉他上来，回头小声责怪：“让你回去坐着，枪伤是两周能好的？”

是啊，司七想，枪伤两周当然不能好，他那次在医院躺了三个月。那苑成竹要在这里养多久呢？又要和金红玫这样烟火人家地过上多久呢？

司七跟着金红玫回了他们在河道旁的家，心不在焉地听她给他说那晚的事。苑成竹的车被人跟踪了，开上桥的时候碰到拦路的人。司机当是碰瓷的下车驱赶，结果被人一枪洞穿头颅。枪声乱起，副驾驶的秘书也中了枪。他们打穿了轮胎，前后都有车逼过来，苑成竹带她跳河，用身体挡着她，落进水的时候也中了枪。

“苑家派人来上海了，”司七说，“听说你大哥很担心，你不回去吗？”

“如果就是我大哥想杀我呢？”苑成竹微微笑着反问。

"只是猜测，"金红玫补充，看起来他们两个已经聊过许多次，"也或许就是他……行事太张扬，惹了上海的地头蛇。总之，我们先在这里躲一躲，等风头过去，他身体也养好了，再回去也不迟。"

　　"那你呢？我听说你东家也很恼火，毕竟你现在……"

　　金红玫摇摇头："我回去，巡捕房把我抓走询问他的下落，我该怎么说？"

　　司七："我明白了。"

　　他是明白了，他也是不想听了。从上海过来要花大半天时间，金红玫那天留他在家里过夜。三个人吃过晚饭后，苑成竹去收拾碗筷，司七看着好笑，去河道旁点着烟看来往的乌篷船。

　　等了一会儿，她出来和他坐到了一起。

　　她也学会抽烟了，早就学会了。他用打火机替她点烟，白昼与黑夜的交界，指尖又燃起一簇火。那缕青烟缥缈着在河道上散开，他听见金红玫的声音也变得缥缈。

　　"司七，百乐门看我看得太紧。我喜欢这儿的日子，想逃出来过日子，不做金红玫，你能懂吗？"

　　"嗯。"

　　"司七啊……"

　　他转过头看向她，他受不住她这么叫他。昏黄里一张神像似的脸孔，笼在一团烟里，目光垂着，望向来往的乌篷船。

　　她什么都不用说了。

　　苑成竹在乡下和金红玫住了三个月，也人间蒸发了三个月。巡捕房被苑家人盯着找出了那晚开枪的地痞，至于背后受谁指使，消息就传不到外面了。苑成竹的尸体找不到，案子也迟迟结不了。只有司七知道，他在苏州乡下河道边过上了烟火人家的日子，陪金红玫学写字，学英文，替她梳头描眉，给她许了个明媒正娶的承诺。

　　也好，司七忽然想明白了。

　　他要的不是她这个人，他要的是她一生安乐。苑成竹能带她离开百乐门，他不行。就像北平那一年，苑成竹能给她两碗粥，而他想给她一碗，自己就要饿肚子了。

她就该和苑成竹在一起的,至于他司七,一开始出场就晚了。

可是,可是真不公平啊。

他想给的那一碗粥,也是他的全部了。

1938 年,上海。

苑成竹再度出现在上海滩,效果犹如死而复生。死过一次不影响他做事高调,他把金红玫送回百乐门,当着别的舞女、客人和东家说清楚,金红玫留在百乐门的日子不多了,这个把月好生照料着,等他夏天从北平回来,就要把她带走。

百乐门最艳丽的玫瑰被人采了,又是坊间一段茶余饭后的谈资。有人把苑成竹消失那三个月编成传奇走街串巷地讲,好一段美人救英雄,患难见真情。

至于司七嘛,回到程先生身边,老老实实地开车,本本分分地做下人。他出生时只是桥下的一个弃婴,长大了只是个瘸子,走了大运在贵人身边做事,这辈子还有什么过多的肖想呢?

一个月过去了,苑成竹没有回来。

两个月过去了,苑成竹没有回来。

三个月……

传奇成了笑话,谈资成了八卦。哈,原来讲到最后,还是这么老套啊。又是一段老掉牙的救风尘,最后把女人留风尘。都以为苑家这位少爷是什么不世出的情种,结果——结果——

“轰隆!”

金红玫在百乐门等到 7 月 7 日,这场酝酿了许多年的战火,终究烧起来了。

北平 7 月打,上海 8 月战。一边是各地增援的部队开进上海,一边是手无寸铁的老百姓逃离战区。租界里面好一些,但清醒的人也知道日本人的承诺不可信,早早开始收拾家当。程老板把妻子和孩子都送去香港,自己多待了一个月也要走了,留了些心腹在上海帮他打理生意,司七是其中一员。

战事一起,该跑的跑,该走的走。奇怪的是,百乐门没有关门。

战士军前半生死，美人帐下犹歌舞。炮火当头，有的人反而需要这样一个销金窟，躲进去就能忘却门外的烦忧。司七在程老板那边临危受命，焦头烂额，几天几夜没睡觉。等终于缓过神来，便听到有人说，有日本人叫金红玫去陪喝酒，她不去，前几日被带走了。

她那个脾气……

司七要疯了。

好在程先生把生意交给他一些，也相应地介绍了几分关系。上下奔走了好几天，司七终于找到人，趁深夜把她带了出来。司七提心吊胆地站在街角等，一辆车开过来，终于下来两个男人和她。好的是最近太乱，她还没来得及挨折磨；坏的是被扔在屋子里几天不管吃喝，又受了凉，虚弱得站不起身子。他带她回家，她烧得半梦半醒，伏在他背上喊："司七，我好冷，你从妈妈那儿再要一条毯子。"

司七闭了闭眼，说："好，我去拿。"

等了一会儿，她又说："司七，火车上太吵，你捂着我耳朵，吵得我睡不着。"

他还是应下："好。"

她到底在梦什么呢？司七不知道。她说了好些听不清的话，最后带着哭腔和他说："司七，他们都叫我等，他们都不回头。我不要再等了，我谁也不要等了，我以后要自己走。"

司七说："我没叫你等过。"

可她又不应声了。

战事起来，几天光景，租界外面已经天翻地覆。帮他救人的朋友那天趁乱来找司七，让他尽快把金红玫送走。抓她的那个日本军官发现她不见了，气得砸东西，说掘地三尺也要把金红玫找出来。金红玫的臭脾气，再被抓进去一次，自己出不来不说，他们这些帮过忙的都要倒大霉。

他们两个是在客厅里低声说的，司七还在想怎么和金红玫开口，她倒是从卧室里自己出来了。两个男人坐在她面前相顾无言，金红玫扶着桌子坐下，脸色还有些苍白。短暂的沉默后，她低声说："我不连累你们，我离开上海就是了。"

说得轻巧。司七要看着程先生的产业离不开上海，她自己出去，能去哪儿？现下战火四起，即便给她身上带了盘缠，出城即便碰不上部队，也要被饿昏了头的难民抢光。

司七觉得自己卑劣，事情发展到如今，他心里还留出一处地方在冷笑：苑成竹，你在哪儿？你说要带她走，她遇到了这些事，你倒是全无音信。

"哎，我有一条路，不知道能否走得通，"朋友忽然开口，"大都会有个欧洲舞团，我和他们团长有私交。那天听说舞团要回欧洲，要是能把金小姐弄进去，或许能趁乱离开。"

"欧洲舞团？"司七觉得不妥，"你说去欧洲？可她……"

"怎么走？要我做什么？"金红玫立刻开口。

"欧洲太远了……"

"比害得你们死掉近一些。"金红玫说。

司七不说话了。

事情定了就着手行动，一切都乱哄哄的，连各种手续和盖章都比平日松。人人都想逃离战区，从飞机、火车到轮船，各显各的神通。金红玫用丝巾蒙着脸，把头发和露出的脸都弄得灰扑扑的，跟着司七去拍通行用的照片，办出国的文件。

他们又回到小时候了，两个灰扑扑的小人儿，总在天蒙蒙亮的时候行动，躲着藏着怕人发现。忙碌一整天回到家里，运气好能买到一点吃的，馒头或米，煮一碗粥，两个人分着吃。司七总让她先吃，她叫他，他也不应，她就挤到他身边，自己吃一口，再揪一块馒头下来，塞进他嘴里。

"我们两个怎么总这样穷酸呢？"金红玫这天忍不住问他，"小的时候穷酸，大了还是这样穷酸。十二岁的时候说要吃满汉全席，都快二十了，还在吃馒头稀粥。"

"有馒头稀粥就不错了，"司七躺在客厅的地板上，遥遥回她话，"今天看到街上那些饿昏过去的人了吗？都是租界外面跑进来的难民。"

"程老板到底给你留下什么了？"金红玫忍不住问。

"留下一些关门大吉的商铺，和一堆烂摊子。"他说，"我说我这里有许多不能吃也不能卖的钥匙，你信吗？"

卧室里传来金红玫的笑声，司七嘴角也浮上一些笑容。

人容易饿，就得睡得早些。司七半夜迷迷糊糊地听见马路上传来汽车的嘈杂声，他翻了个身，发现身边多了一道影子。那影子靠到他身边，不敢离他太近，裹着自己的被子蜷缩成一团。他半撑起身子问怎么了，半响才听到金红玫的声音。

"我后天早上就要走了。"她说。

"是，"他不知道说什么，只能重复，"你后天早上就要走了。"

"司七，"她的声音在深夜里显得茫然，"欧洲很远吗？"

"应当是比北平远许多，"司七说，"害怕吗？"

"还好，不大怕，"她侧躺着看向他，"前几日有些怕，不过今天忽然不怕了，像是我们离开北平前的感觉，也像是走在我们两个去西山卖苏打水的路上。不知道会遇到什么，但会比过往好些吧。"

他摸了摸她的头发。

"只是可惜，"她说，"这一次，你不和我一起去了。"

"程先生信任我，我不能扔下他的嘱托离开。"司七说。

"没关系，等仗打完了我会回来的。"金红玫在他身侧躺平，"我会给你讲我在欧洲的事，我想那时，我们两个一定吃得起满汉全席了。"

她到底是几岁呢？说话总像上了年纪。司七忽然意识到，无论她几岁，每次回到他身边的时候，金红玫就会变回那个庙里躺在他身边的小姑娘。

他的小姑娘要远行了。

他再送她最后一程。

两个人在上海的最后一天没有出门，免得节外生枝。金红玫想和他说话，司七背过身不看她，抱着手臂说："你离我远一些，少和我说话，这样明天送你离开，我回来也不会太寂寞。"

她只好轻轻"嗯"了一声。

他仍分不清自己算她的什么人，她依赖他、信任他，或许也爱，但又不似对爱人。他如兄如父似亲人，但怎么会有亲人像他们一样相处？他们躺在地板的两侧，睁着眼睛等到半夜，听着街上最后的车声消失，司七站起来说："该送你去码头了。"

深夜雾气浓重，这时候走能少些麻烦。她去拿行李，小小一个箱子，里面装了几件衣服和他给她的钱，还有那支荷花簪子。两个人趁着夜色出发，她走在前面，他走在后面。快到码头时路过一处还未开放的铁门，她回头看他，他走上去，从地上捡起一根铁丝，拧弯了伸进锁眼，"咔嗒"一声。

"咔嗒"一声，时光倒流，他们一个十二岁，一个十三岁，一前一后走在北平城的夜色里，她抱着的包袱里全是从戏班子偷来的赃物。他是脏兮兮的小戏子，她是脏兮兮的小乞丐，他们同吃过一串糖葫芦，同睡过一床被子，同乘过一辆火车。

原来如此。从北平到上海，他送她一程，陪她一程，护她一程。现在他们同行的路终于走到尽头，他将她送上那艘远洋轮渡，她去继续她惊涛骇浪的人生。

他知道他是谁了。

他是她在这凡间的摆渡人。

1953 年，中国香港。

司七在上海待到孤岛时期结束，在租界也沦陷前被程先生叫去了香港。但香港也很快不再安全，程先生着手出国，问他要不要一起。

"我不去了，您一个人保重。"司七摇摇头，"我是北平人，现在已经离故乡太远，我不想再走了。"

他是不想走了，也是怕这一走就再也回不来，更加等不到金红玫了。

回首往事，他这辈子好像没有真的自己决定过留下或离开，命运不给他选择的权利，命运只是推着他走。

如今他终于能自己选一次，他不走了。

他在炮火里静悄悄地活着，少年时代的学徒技艺派上了用场，他以为人修表为生。一日日挨过去后，他拿出了那些年替程先生工作留下的积蓄，在闹市区买下一套商铺，开了一家平价的表行。

距离金红玫离开上海过去了五年、十年、十五年，他没有再听到过她的消息。冥冥中有个声音告诉他她还活着，但也只是冥冥中。那场旷日持久的战争让无数人流离失所，远离故土，她只是其中再渺小不过的一个。

和苑成竹重逢是意料之外。

他的表行起初只卖平价货，后来积攒了些信任他的老顾客，会预付款项托他购置名表。这天，他正打开店门等约好的客人来找，两道男声渐近，他忽地听到乡音。

好难得，不是粤语，是带着北平东城腔调的男音，声线冷淡，陌生又熟悉。他站在门前抬起头，看见苑成竹站在他的顾客身旁，看向他的眼神里也带了惊讶。

程先生曾说苑成竹"栽过跟头吃些教训，到了我这个年龄，就刚刚好了"，程先生果然会看人。十五年过去了，一场战争结束，苑成竹的眼睛里也有了众生，不再那么招司七讨厌。两个男人坐在表行靠里的茶桌旁，他竟能沉下心听苑成竹与他叙说平生。

苑成竹说自己没回上海是被家里人关起来，关到7月7日战事起来，一家几十口人张罗出城，大哥累得病倒，他成了一家之主，就更加走不开。再往后战火烧到全国，苑家家业凋零，撑了四五年，最终还是以分家了事。

"明白。"司七冷漠地说，"你们这些大家族的孩子要顾的人太多，不像我们这些孤儿，只顾自己身边人就好。"

司七在替金红玫原谅苑成竹吗？她需要他替她原谅吗？为什么事情到了最后，又成了没有一个人做错呢？他怎么又没有人可以责怪了呢？

又或者到了这个年龄，千帆过尽，责怪与原谅都已经没有了意义。金红玫走了，离开了上海。苑家凋零了，苑成竹如今也只是个普通的商人。至于他司七，在这闹市一隅开一家钟表店，那个瘸腿的小乞丐，也找到了自己安身立命的法子。

那天，苑成竹临走前给了他一张名片，上面有苑成竹在新加坡的电话与地址。苑成竹说他还在找金红玫，十五年过去，她成了他心头的执念，越想忘就越忘不掉。如果司七能有她的消息，劳烦将这名片转交给她，见与不见，都在她一念。

这算不上故人的故人与他告别，司七将钟表店提前打烊。

司七觉得太累了。

这个故事讲了二十余年，像是把自己的生命当成蜡烛在烧。

太累了。

1957 年，中国香港。

金红玫再也没回来过吗？

回来过的。

这一年，一个叫胡丰年的珍珠商牵桥搭线，让程先生与金红玫联系上了。程先生给了她司七钟表店的地址，金红玫便坐轮船回来了。

她出现在他店门前时穿着长及脚踝的风衣，戴一条金色的厚重围巾，头发盘成发髻，插着一支镶着珍珠的银簪，衬得面色莹润，她并没有老许多。司七以为他们见面时会有许多难以言说的心绪，可当两个人真正面对面地坐下来时，他心中竟然只有一股无可诉说的怅然。

距离他送她离开上海的那一晚，已经过去二十年了。他们不再是穷困潦倒的小戏子和小乞丐了，他们穿着体面的衣裳，一道去了附近的酒楼，点下许多昂贵的菜。司七低着头一口一口地往嘴里放，金红玫坐在一侧，帮他夹了一些进碗里。

他眼角忽然渗出了一滴泪。他从来没有在金红玫面前哭过，不对，他从十三岁那年在庙里捡回一条命，就再也没有哭过。他的眼泪越流越多，她沉默地坐在他身边，用指尖替他拂去了眼泪，就像他曾替她擦一样。

这一年他已经三十九岁了。

他已经三十九岁了啊！

到底是谁夺走了他们的少年时代，到底是谁啊！

她倒没有哭，她的容貌并没有变很多，可是浑身上下，已经没有一处能让他想起以前。他们在酒楼里吃过饭，又回店里说了这些年的经历。她没有和他说欧洲，说的是悉尼的海港大桥，是红土沙漠，是印度洋的潮汐与珍珠。她说自己没有嫁人，她说自己或许不会嫁人了。

"司七，或许一个人向前走也很好，不等别人回头找自己，也很好。"她用手撑住柜台，脸上又出现了十八岁时一样的神情，"你呢？你也向前走了吗？"

他？他向哪里走？他是她的摆渡人，将她送到河对岸，余生也只能坐在船上，反反复复地行驶在他们同行的那条河流上。那条河流里有十三岁的寺庙和火车，十六岁的阁楼与苏打水，河面上有常开不败的荷花，花茎扎进河底的淤泥，没有一朵花错过花期。

在香港的日子，她住在酒店里，并没有住在他家。他们都长大了，已经不是可以共同宿在地板上的年龄。你听，他一晚上睡不好，颈椎还要咯吱作响呢。

　　那几天，司七关了店门，陪她到处转转。她对什么都好奇，什么都要摸一摸，看一看，相处了一阵，就又像小时候了。他们买了两杯苏打水坐在港口的长椅上，从背影望过去，和一对夫妻也没什么差别。金红玫低着头把苏打水喝完，喝得有些冷了，用围巾裹住身体。

　　司七看了她一眼，心想，倒是不来找他了。

　　她已经是遇到什么，都不会来找他了。

　　他一直在等金红玫向他问起苑成竹，等到她要离开的前一晚，才终于在钟表店里听她提到这个名字。她那时选了块心仪的手表在手中把玩，司七抬头看了一眼，说："喜欢就拿走吧。"

　　"你后来有没有见过苑成竹？"她的声音叠着他的声音响起来。

　　她的眼神落在手表上，询问的姿态也不甚在意，可指间微抖，钟表的金属表链被她碰出声音。那一边，司七戴着眼镜在转齿轮，精细螺丝拧了一下，又拧了一下，终于开口说话，说的是："见过，他和妻子来这边旅游，正巧来我店里买过表。"

　　"好像也没觉得难过，"她笑了一声，说，"那你问他那年为什么不回上海了吗？"

　　"问了，"司七低下头，螺丝再也拧不进槽缝，他看见自己的手指在微微地抖，"他说家里给他许了门当户对的人家……他就听了。"

　　"啊……"金红玫恍然大悟，"原来是这样啊，怪不得。"

　　两个人不再说话了。

　　他深吸了两口气，手终于稳了，也对上了手表背后细小的螺纹。他将后盖盖回去转紧，从柜台后面站起身。来香港后一直没找到合适的鞋匠，他的皮鞋也就不再垫那三厘米的鞋跟了。他一跛一跛地走到金红玫面前，将她手里的表拿开，把刚修好的这块戴到她手腕上。

　　"这块更衬你。"他说，眼神又落去她手腕上的一根红绳，上面串着两颗玉珠子。一颗刻了竹叶，用金线鎏了轮廓，另一颗刻了个"疑"字，红绳末尾是个活扣。

金属手表戴在手腕上冰凉，金红玫抬起手，将那手链摘下来，自己调试了手表的表带长度。司七一言不发地看着她，又见她把手链的活扣解开，拆下那颗竹叶玉珠，放到了桌面上。

真奇怪，玻璃柜面那么光滑，那珠子也圆润，竟然不乱滚，只是安稳待在原地。

给他这个做什么呢？

"离开上海那年，他把'玫瑰''竹叶'和'恩爱两不疑'都留给我了，"金红玫说，"他自己只拿走了'结发为夫妻'。

"我当时说他分得蹊跷，既然一人一句诗，这'玫瑰'和'竹叶'也应当一人一颗。他说，'玫瑰'是我，'竹叶'是他，让我留着自己，也留着他。等到他从北平回来，再把'竹叶'还给他。

"司七，这些陈年遗憾留着没意思。我要走了，这一次不会回来了。你要是再见着他，就按他说的，把'竹叶'还给他吧。"

司七用手心扣住那颗"竹叶"，抬头看向金红玫。

"他和别人结婚了真好，没有什么迫不得已也真好。我不用做红玫瑰，也不用做金红玫了。"她神清气爽地说，"我这次回去，就要踏踏实实，做金相绝了。"

"司先生，所以您骗了她？"

"对，我骗了她。"

司七骗了金红玫，出于对她的私心，对苑成竹的报复，和自己多年来所经历的一切。他没想到他的谎话让她得到了解脱，却让他自己陷入长久的煎熬。

送做回金相绝的金红玫离开时，他问她接下来的打算。她提到自己在唐人街看中一个铺面，或许会用相绝这个名字，开一家华文书店。说完，她轻飘飘地转身离开，留他站在码头上，就像许多年前他第一次送她离开一样。

他知道，世界之大，金相绝和苑成竹不会再相遇了。而此刻这一面，也是他和金相绝的最后一面了。

司七藏起了她的珠子和他的名片，在每个深夜质问自己，这场隐瞒到底意义何在。又在每个醒来的时刻宽慰自己，金相绝还活着，苑成竹也活着，日后自有坦白的机会。他在没有她的河流里困守多年，凭什么一个故事讲到最后，只留他一人求而不得？

他活在这场对"来得及"的想象中，直到他垂垂老矣。钟表店关门，而他搬去凤凰山上一处寺庙做义工。

他没有家，没有儿女，听说庙里有个小和尚也是在山下的一座桥边被人捡来的，他便对小和尚就像对自己的儿女，也愿意对小和尚说起过往。有天，那孩子来找他，从手机上找出一张照片给他看，一条古朴街道，上面挂着"相绝华文图书"的招牌，写得笔走龙蛇。

"司先生，我在地图和网络上都帮您查了，"那个小和尚说，"这家书店如今能买越洋的进口书，她身体或许还康健。"

他看着照片发愣，忽然想起他们那年看了《牡丹亭》，看了《白蛇传》，相约再去看一场《红鬃烈马》。

可他们再也没有去看过戏了。

于是，他问那小和尚，她店里卖不卖《红鬃烈马》？

他又过上了在百乐门暗处看她的日子，他让小和尚给他转达书店的更新，拍新上架的图书，买《白蛇传》，又买《牡丹亭》。越洋包裹寄过来，他拆开却不翻看，只是为了确认她活得好好的，她当真活回了金相绝。

直到有一天，他买回来的书里，夹了一张停止营业的告示，和一张字条——

"佛许众生愿，心坚石也穿。今朝虽送别，会却有明年。"

或许是病了，或许是没有精力了，但总之，这书店她不再做了。他让小和尚去看，店里的商品也的确统统清空，头像永远灰了。

司七在这一刻终于意识到，他这场长达半个世纪的欺瞒，要尽快挽回了。

可司先生啊，还哪里谈得上"尽快"呢？那朵荷花早就潇潇洒洒地开了又谢，而你，又一次来迟了。

· 第八章 ·

风止

　　故事讲完，天黑得彻底。

　　墨尔本这几天一直在下雨，此刻风雨又起，扫进窗棂。木子君觉得冷，起身将窗户关上。再回来的时候，那边已经把电话挂断了。

　　宋维蒲也把话筒放了回去，一声轻巧的"咔嗒"。戒裕揉了揉眼睛，起身拿起背包，朝他们双手合十鞠了一躬，说："今天我学会打车了，我自己回住处吧。"

　　"下雨了，"宋维蒲声音不高，碎在窗外细密的雨声里，"我开车送你吧。"

　　他不是假客气的人，说完就起身拿出车钥匙，准备带戒裕去车库。

　　木子君抱着手臂送了几步，宋维蒲先给了戒裕一把伞，把他送出门。门半掩，她听见他在外面说了句"稍等，我拿钥匙"便折身回来。

　　雨势渐大，门稍开着也能看见水雾。她看见他的身影从门外闪进来，额上的头发已经湿了。木子君想伸手帮他掸一下，抬手的时候问"要钥匙吗"。话音还没落，他忽然把她往自己的方向拉过几步，然后拽到怀里抱紧。

　　她手搭在他肩上，眼睛闭上，嗅见他身上的雨水气息。他又低下头，在她额头潦草地碰了碰，然后便后退一步，右手朝后摸到门把。

　　"我尽快回来。"他说。

　　她点点头，这回他的身影消失在门口，两道脚步声沿着门外的铁质楼梯下了楼，最终消失在楼下左侧车库的方向。木子君又看了会儿门板，视线转回茶几，对着上面那三本戏本子发起呆来。

是竖着装订的版本，金相绝很久以前进的，但一直没有卖出去，留到了宋维蒲接手。普通的华文书店不会进这种书籍，不知道她当时在想什么。

他们很难知道金相绝的所思所想了，他们对她的一切了解只能从别人的口述中获得。撒莎曾对她说，金相绝的一生足够传奇，传奇注定饱受非议——"但对她本身而言，是与非的评价都是无意义的"。

木子君当时还没有彻底理解这句话，可听司七讲完了金相绝的少年时代，她好像又懂了。想来这些爱恨纠缠到老，最终只有她一个人跨过了那条河。人少年时认得可爱，万事万物总要分出对错，一切不幸都要归结因果。可金相绝或许已经想明白了，人生如旷野，千条道路全都能走，能往前走的路，都算不上错。

戏本翻到最后一页，她把三本摞起来在茶几上磕平，又回了卧室，把金相绝的首饰盒打开。那支荷花的簪子还静静地躺在盒子里，她来到这间屋子的第一天就见过，可当时并没有过多关注。

她从床底下找出一个先前买东西送的包装盒，把戏本子和簪子都放了进去。想了想，又把衣柜里的那条金色舞裙拿了出来，叠得规规整整，也放了进去。最后摞在上面的是萝塞拉画的那幅画像。

她虽然替自己计划好了去世后的一切，但毕竟是在睡梦中离开，并没有留下任何关于遗物的嘱托。一年前宋维蒲按照自己的想法整理她的遗物，那时候的他当然不知道这些东西于她而言有着特殊的含义，他只能，也只可能把它们留在原位。

木子君又清点了一遍东西，把盒子放到茶几上，然后把盖子盖好。

庄园有点远，还下着雨，宋维蒲去的时间比想象中长。她一直坐在客厅里等，直到楼下传来停车和熄火的声音。

木子君急忙跑去开门。

雨势大了，他脚步很急。木子君打开房门迎他回来，像是放进来一只淋湿了的狗，抖了她一身水。木子君用手背抹了抹脸，刚把手拿开，就见宋维蒲在她面前把长袖 T 恤脱了，拿到水龙头下面冲洗拧干。

"哎，你……"木子君一时语塞，"你找件衣服穿上。"

他"嗯"了一声，晾了衣服，去烘干机里找出件白色的长袖T恤。他在家里常这么穿。木子君坐在纸盒旁和他有话要说，还没来得及开口，一股烘干机才有的干燥或温热的气息就迎面扑过来，

她被他推回沙发靠背的缝隙，囫囵抱住，按着她后颈卡进他怀里。热意这么一蒸腾，木子君转瞬都生出了困意，手下意识撑住他胸口。客厅灯没关，偏偏他身体挡了大半光线，给她营造出一片半封闭的空间。

"干什么啊……"她小声问。

"抱一会儿。"他闭着眼，手指顺着脑后梳理了几下她的头发。

木子君叹了口气，把手也落到他腰侧，而后顺着腰线向后背的方向滑下去，指腹在柔软的布料上留下印记。

"很难过吗？"她问。

"也不能说难过吧，"宋维蒲闭着眼，下巴抵在她头顶，"毕竟是我……是我外婆的事，我没想到她以前这么坎坷。"

木子君点点头。

"我听完了有一点讨厌我爷爷，"她说，"我最讨厌说话不算数的人。"

"他也没办法，他做承诺的时候一定是想兑现的。"

静了静。

"那我是说话算数的人吗？我答应你的事都兑现了吧。"

木子君仰起脸，顺着他下巴的轮廓描摹。

"对，你从来不骗人。"

宋维蒲像是松了口气，身子往后移了半寸，也低下眼与她对视。他方才回来淋了不少雨，进门第一件事就是洗脸，现在脸上还有未干的水痕。木子君抬手把那些水痕抹净，他把她手攥住，身子微微屈起，闭着眼靠到她眼前。

"你明天上午有课吗？"木子君问。

"没有，"他摇了摇头，"有事？"

"戒裕有事吗？"

这个名字一出来，宋维蒲微睁开眼睛，抱她的力气也松下些，就好像有所忌惮一般。他身子挪远了几寸，谨慎回答："也没事，我晚上接他去机场，他该回国了。怎么了吗？"

木子君点点头，从沙发上撑着身子坐起来，伸出手够过茶几上的礼品盒，放在宋维蒲刚刚让出来的空隙中间，把盖子打开。

　　"我在想……"她和宋维蒲的目光都落到盒子里面，"他能不能，帮我们一个忙。"

　　次日。

　　这是木子君第二次来到金相绝的陵园。连日小雨，陵园里面本就人迹罕至，此刻更是浮着层薄薄雾气。香烛点了几次终于飘出青烟，木子君把那盒遗物放到墓前，又把戒裕要的七金纸从包里拿出来。

　　"时间太紧，该准备的东西买不到，我只能做到这里了，"戒裕的语气有些内疚，"如果不是今晚就要坐飞机离开，其实……"

　　"没关系的，"木子君说，"我只是觉得应该走这样一个流程，至于那些烦琐的细节，她也不会在乎的。"

　　戒裕点了点头。

　　墓碑前摆放的并不是供品，而是昨天收敛的那个纸盒与一捧荷花。戒裕把木子君递给他的七金纸过火，而后双手合十，对着墓碑低声诵经。

　　他念得很快，担心一会儿雨又下起来，火焰无法点燃。木子君立在一侧等他诵经完毕，从衣裳里拿出打火机，微微弯腰，拾起一张纸先点燃。火焰迅速燃起，暖意在她指间绽开。木子君把那团火放落，火势迅速蔓延到纸盒上，荷花的花瓣与茎秆也被烧得卷曲。

　　她没有起身，腰微微俯着，火光映亮侧脸，在雾气中有暖意。她在盒子里垫了些易燃的材料，那团火越烧越旺，火光里能见着凋灭的裙角、戏本子、画像，以及……

　　簪子的长针是铜的，火烧不熔，但花瓣并非金属材质，在高温下迅速变形变色，继而一瓣瓣地凋落，在落地前化为尘烟。

　　故乡的悼诵传音千里，思归者可还乡，留恋者可往生。

　　一百年华人游子，魂归故里。

　　戒裕走的时间很赶巧，再晚一点，航班就要迎头撞上飓风了。

　　墨尔本成日刮风，这次终于来了个大的。前几日的阴雨都是这场飓风的前奏，面对马上就要抵达的高潮，学校特批了几日假期，让教职工和学生在家里躲避。

无怪气象系连日报警，飓风抵达的第一天，电车和火车便陆续停运，北部郊区受灾尤其严重，迅速开启了停水停电的天灾模式。木子君接到由嘉和隋庄的求助电话，和宋维蒲硬着头皮开车去他们那栋郊区别墅，把两个没水没电的可怜人接回了水电供应较为稳定的唐人街。

人多不好做饭，宋维蒲从冰箱里翻出几块牛肉饼，烤熟了夹进汉堡便草草打发。隋庄巡视了一圈客厅，问宋维蒲：“那让木子君和由嘉睡，我睡沙发行吗？”

宋维蒲沉默了一会儿，起身把沙发上的毯子换了一条新的，回答他：“可以。”

“木子君和我睡吗？”由嘉从浴室出来，闻言颇为惊讶，“你俩是情侣啊，避的哪门子嫌？”

这就比较……

他俩目前还没去过对方的房间过夜，仅有的几次也都是在客厅沙发上。可能是单人床比沙发更窄小，也可能是一些更微妙的东西。宋维蒲不再答话，低头整理片刻茶几，目光移向木子君征询：“可以吗？”

木子君仿佛都不知他和由嘉在说什么：“可以啊，不过我今天要先和由嘉聊天。”

两个女生拉拉扯扯回了主卧。宋维蒲给自己倒水，再抬头的时候，隋庄看他的眼神便颇为探究。

“看什么看。”宋维蒲不耐烦。

“看出来了，”隋庄有感而发，“还在呢。”

宋维蒲莫名其妙：“什么还在？”

隋庄：“哥们儿，汉语的博大精深，弦外之音，你还差得很远啊。”

这边宋维蒲莫名其妙，那边由嘉已经和木子君拉拉扯扯上了床。两个女生都刚刚洗过澡，吸水毛巾包着头发，阿拉伯人似的裹紧薄被。窗外风雨不歇，“噼里啪啦”打在窗户上，震得窗棂发颤。

屋子里亮一盏夜灯，倒是很祥和。

“所以我是不是可以理解为……”由嘉意味深长地凑近木子君，距离近到能看见脸上的绒毛，"你俩还没到那一步？"

"哪一步？"木子君一脸茫然。

"就那一步！"

"那一步是哪一步？"

"唉，你这孩子……"由嘉长叹，手拢在嘴边凑过去耳语了几句，换来木子君恍然大悟。

"啊——"木子君一脸学习了的表情，"原来那一步就是这一步啊。"

真够费劲的。

两个女生又凑在一起交流片刻，木子君也睁大眼睛，问她："那你到那一步了吗？"

由嘉："我还没开始谈呢，我能到哪一步。"

木子君："那你还不如我呢，我已经到那一步了。"

由嘉饶有兴趣："哦？"

由嘉的耳朵又凑过去，听到一半便控制不住地在窄小的床上滚来滚去，压得床腿吱呀乱响。客厅里两个男生忍不住往卧室看了一眼，宋维蒲收回目光，听见隋庄问他："所以你那个还在，但那个已经不在了，是吗？"

宋维蒲："管好你自己。"

他转身就走，隋庄用气音嘱咐："今天我俩留宿，不大方便，你先继续留着那个啊！"

"咣当"一声，宋维蒲把门撞上了。

木子君那屋的床又"嘎吱嘎吱"地响了一会儿，不时传来女孩子的笑声。宋维蒲拿了笔记本到床上改论文，改到一半，只听房门被轻轻打开，木子君轻手轻脚地跑了进来。

他床的位置刁钻，得进来才能看见人有没有躺下。木子君掩上房门打量片刻，松了口气，抱着被子来找他。

"你还没睡呀，"她自然而然地躺到床的外侧，"我还以为你睡了。"

她过来的时候顺手把顶灯关掉，房间里便只剩床边的台灯亮着。宋维蒲合上笔记本点了点头，转头看她侧身躺着，忽然起身从床尾下来，把她赶去了靠墙的里侧。

"干什么？"

"你睡外面半夜肯定会掉下去。"

他把她卡进身体和别的东西的缝隙中，木子君换了侧躺的朝向，看见宋维蒲伸手一够，便把台灯拧灭。黑暗骤然降临，她再看不清他的轮廓，但能感觉到人离得很近，呼吸就在脸侧。

"说什么呢？那么热闹。"

"就……"她想起了由嘉的科普小课堂，语气带了笑，"就是由嘉问我，咱们两个到哪一步了。"

这两人真是天造地设，说话都是一个腔调。宋维蒲在黑暗里叹了口气，继续问："你怎么说的？"

"我就如实说的呀。"木子君说。

如实说的。

短短四个字，汉语的博大精深，弦外之音，他真是还要好好学学。

"那有什么好笑的。"

"这个不好笑，"看不清她的脸，但宋维蒲能感觉到木子君一脸坦诚，"那个好笑，就是由嘉给我说到了那一步，还蛮好笑的。"

那一步是哪一步？如果那一步是那一步，那有什么好笑的？

宋维蒲更加莫名其妙。

"就是她说，"木子君的语气就仿佛在和他分享刚学到的科学知识，"好多男生，第一次都会不行！"

宋维蒲反应片刻，立刻领会了"第一次"的真正含义。

"不过我也不知道什么叫不行。"木子君真诚披露个人的知识短板。

"宋维蒲，"她凑他更近，"你会不行吗？"

她刚洗过澡，身上是沐浴液的柑橘味道，些许发丝随着身体移动落到他手背，发梢扫过，叫人心里一阵阵地泛麻。

他们的瞳孔慢慢适应了黑暗，开始看到彼此的眼睛和脸部的轮廓。宋维蒲这才意识到，木子君已经离他这么近。她眼睛干净，夜色里墨黑发亮。他和那双眼睛对视了好一会儿，忽然伸出手，攥住她放在他腰间的手，慢慢带着往下移了几厘米。

这么黑，他都能感觉到木子君的脸腾地红了。

"现在懂了吗？"宋维蒲带着她的手动了几下，语气显出别样的耐心，"这个，就叫行。"

木子君"嗖"一下把手抽回了自己怀里，用另一只手抚住方才被他握住的手背，老老实实地回答："懂了。"

说完了，她又使劲把身体往后挤了挤，后背靠到墙上，僵直着蜷起身体，仿佛在和另一边的宋维蒲划清界限。宋维蒲躺平身子，没理她如惊弓之鸟般，只是嘱咐道："下次直接来问我，没必要和由嘉纸上谈兵。"

好一个……纸上谈兵。

你中文真好，我真佩服。

飓风由强变弱，又在东郊盘旋了两日，终于朝着远离墨尔本的方向去了。把由嘉和隋庄送回家以后，木子君又自己坐电车去了一趟撒莎家。

他们这几个人都有车，撒莎住在郊区的公寓，离购物中心尚有段距离，也不知道飓风来前有没有囤够物资。木子君昨天给她发微信询问也没收到回复，一时有些担心，这才和宋维蒲说自己要去看她。

"送你过去吗？"宋维蒲问。

"我自己就行啦，你不是图书馆有事吗？"她说，"东郊又不是北区那边。"

"也是。"宋维蒲点头，"我前段时间听人说北郊那边半夜枪响，还有流浪汉在墙上发现一个画人尸体一样的白线轮廓，你以后千万别自己去北区。"

木子君反应了一下，随即装腔作势道："是是是。"

在墨尔本有没有车出行是两种世界。宋维蒲送她过去半小时的路程，她自己转了两趟车才到。她本来还想给撒莎打个电话，没想到刚走到公寓楼下面就碰上个出来的住户，便趁着门没回弹闪身进去，按着记忆走到了撒莎家门口。

屋子里算不上安静，猫叫狗叫成一片。吵闹成这个样子，她反倒有些放心了。按下门铃后，房间里传来急促的脚步声，撒莎的脸随即出现在门缝里。

撒莎的头发在脑后虚盘起来，用根笔插着，鼻梁上架了副巨大的眼镜。看见来人是木子君，她赶忙把门打开，示意木子君进来。

猫狗尚在打架，她把三个动物挨个揪着后脖颈分开，然后把两只别人家的猫轰走。木子君这才看清屋子里的景象——

各种资料和书扔了一地，沙发旁散落着稿纸，拿起来是错综复杂的人物关系图和生平推演。她顺着一地稿纸捡到卧室，顺手收了几个速食麦片的包装盒，然后看见撒莎一脸苦大仇深地对着电脑发呆。

"撒莎，"她拎着稿纸走过去，"你什么情况？发消息也不回。"

"啊？"撒莎如梦初醒，盘着腿往后一仰，随即从背后摸过手机，这才发现已经没电了。她把手机插上充电器，屏幕反应片刻，亮起白色的品牌标志，而后便是一连串的消息提醒音。

"啊……"她看着屏幕震惊地张大了嘴。

木子君意欲开口："你——"

"等一下！"她把手掌推到木子君眼前，止住了木子君接下来的发言，"我房租、水电已经延期一周了，再不交要罚款了！"

行吧。

木子君长叹一声，盘腿在地板上坐下，左手撑住脸侧，看着撒莎把拖延的所有费用一并交齐，又在某个时刻面露难色。她身子微微俯过，从她遮住了半张脸的镜片里看到了一串倒映出来的触目惊心的数字：

Balance（余额）：$77。

"你不要和我说……"木子君语气沉重。

"这就是我剩下的存款了……"撒莎气若游丝。

两个女生对视片刻，木子君毅然从书包里掏出一包狗粮。

"我本来是想着理查德吃得不错来让你家狗尝尝，"她说，"正好，你别饿着它。你要是饿了你……"

她把狗粮递过去。

"这个牌子量大，蛋白高，你也可以吃。"

撒莎接过狗粮，诚挚地感谢："谢谢啊，真是解了我们一家两口的燃眉之急。"

她边说边起身去往狗碗里倒了一把，剩下的都放上橱柜。木子君跟着她回了客厅，两个女生倒在沙发里，木子君忍不住问："你最近怎么都不给我发后续了？"

撒莎仰天长叹："后面太难写了,写了后面改前面,飓风来那几天大病一场,感觉人要被烧没了。"

狗吃完粮了,摇头摆尾地来找撒莎。她把狗搂进怀里,倒在沙发上,一脸大病初愈的虚弱。木子君叹了口气,凑过去拍了拍她的头。

"我理解你很看重这个故事,但是我觉得你这样,状态不是很健康,"她说,"撒莎,你是要写一辈子小说的人,我觉得你可以写很多很多好看的小说,而不是把生命烧成一部作品,然后……"

撒莎抬起头。

"死了。"木子君说。

撒莎恍然:"中肯。"

"你觉得写东西让你痛苦吗?"木子君继续问。

"很难形容,"撒莎抱着狗继续躺回去,"但我知道不写的时候一定是痛苦的,灵感一旦出现,那些人物就会一直在我脑子里盘旋。所以尽管写不出来的时候会有一些痛苦,但是和不写的痛苦比起来,这种痛苦应该不算什么。"

"你觉得那些人物有生命吗?"

"有,当世界出现的瞬间,所有人的命运就已经被决定了,所以我有时候觉得自己无法控制剧情的走向,他们的命运都是他们自己选择的。甚至我有时候知道一些内容或许会受到批评……但故事就是那样,我无法更改。"

木子君伸手摸了摸狗头,鼓励道:"把它写完吧,我会给你送狗粮。"

"真是莫大的支持。"

两个人笑了一会儿,木子君正色道:"不过无论如何,你还是得适当出去一下,不要在家里这么闷着。哎,对了……"

她又从包里往外翻找。

"我们学校话剧社那个戏要上了,由嘉给了我三张票,你来和我们一起看吗?"

"好大一个电灯泡啊我。"

"史蒂夫要有你这个觉悟就好了。"

"史蒂夫是哪个来着?我病好了就记不太清这些人了。"

"一只狗。"

话剧社之前翻演的节目都是半年一出，这次很难得，因为是彻底的原创话剧，花了接近一年的时间准备，从剧情到舞美都没有原版参考。木子君把翻译好的剧本上交导演组以后就没有关注过了，如今表演临近，负责票务和宣传的由嘉忙得晕头转向。

开演当天。

木子君和宋维蒲提前一小时出门，开车去郊区把撒莎接上，然后便去了学校的停车场。剧场门外人员爆满，几位员工站在门口分发宣传册，封面印着一朵红色玫瑰。因为是华人剧社，观众和主体文字也是中文。木子君翻开扉页，看见他们终于在她翻译过的十几个话剧名里定下了最终版本——

《沪上玫瑰》。

宋维蒲去给她们买水了，撒莎翻看着宣传册，和木子君耳语道："这名字真够土的，大概讲什么的啊？你不是负责翻译台词的字幕吗？"

"你不怕剧透啊？"

"我无所谓。"

"就是大概……"

她草草地把剧情复述一遍，撒莎露出恍然大悟的表情。

"剧情也土，这就是个救风尘的故事嘛，"撒莎概括道，"公子哥救出了个风尘女子，风尘女子一见倾心，然后公子哥因为封建的桎梏被棒打鸳鸯，我从小就……"

"嘘嘘嘘，"木子君眼看着编剧和导演从旁边路过，赶忙把撒莎按住，"你小点声，这不是很经典的套路吗？"

"是经典，我就是觉得……"撒莎不依不饶，"救风尘讲了几百年了，这些公子哥自己几斤几两心里没数吗？救出来了娶回家当小妾被大房和妈欺负，救不出来就是你家族压力有苦难言。情圣和英雄都给你当了，骂名和苦都让风尘里那个受了。要给我写，大美女就该万草丛中过片叶不沾身，那公子哥你干脆唔唔唔唔唔唔——"

买水回来的宋维蒲看着撒莎被木子君铁腕制裁，愣了愣："怎么了？"

木子君一手捂着撒莎的嘴，一手夹着她脖子往剧院里带："没事，他们这帮写小说的文人相轻，我怕编剧听见了。"

三个人在剧院里找位子坐下了。

撒莎说归说，话剧伴奏一响，光线一打，乱世悲情在舞台上开演的一瞬，她眼泪就开始控制不住地往下流。撒莎刚才还在骂人，这时候又压低嗓门凑到木子君耳边，表示："这演少爷的男演员的长相太有说服力了，演技也好，我骂不出口了……"

木子君："由嘉剧社里的，我让人给你要个微信号？"

"不必。"撒莎清醒道，"大帅哥还是远观的好，不是谁都像你们家宋维蒲，近看远看都挑不出毛病。"

木子君："的确，宋老师这种可远观也可亵玩的不多见，我回头再给你介绍别人。"

宋维蒲忽然凑过来也压低声音问："'谢玩'是什么意思？"

撒莎："你别偷听女生说话。"

话剧前半段，饰演少爷的男主角抓尽观众眼球，但到了中后期，那个一直不声不响的男二号却慢慢成了推动故事的核心，两段目睹男女主角并肩而立后聚光灯下的独白更是催人泪下。

故事以女主角离开上海、踏上远洋轮渡的背影作为结束前的最后一幕，之后，错过爱人的男人便开始不停地在变幻的光影中行走，脊背越发佝偻。灯光熄灭又点燃，他每一次出现在观众面前，头发都比上一次更白，脊背更弯，脸上皱纹横生。

宏大而悲怆的背景音乐响起，观众席上不时响起抽泣声。后面再无台词，木子君翻译的文本到此为止。翻译的时候并不觉得，但在这一刻，她心里却涌起了一种说不出的难过，像是一张纸被慢慢地揉皱，又无人将它展开——就这样吗？就要这样结束了吗？

舞台上的灯光忽然全部熄灭了。

黑暗之中，只有拐杖"嘟嘟"的声音传来，伴随着男人跟跄的脚步声。木子君睁大眼睛，想看清舞台上到底发生了什么。漫长的寂静后，一道白光忽然从舞台顶端洒下来，照亮了站在舞台中央、手里已经没有拐杖的老人。

他痴痴地看着舞台的右侧，观众也顺着他的目光望去。而后，舞台右侧也慢慢地亮起了洁净的光束——他已经衰老至此，而白光之下，却是正值韶华的女主角。

她穿着旗袍，披了一条金色的织锦披肩，手里拿着一柄绣着红玫瑰的团扇，一步一步朝他的方向走过去。

她走过去，顾盼生姿。他一言不发地望着她，佝偻的脊背也慢慢挺直。她用团扇在他胸口轻轻点了一下，怪道："怎么又来迟了？"

她说"又"，木子君忽然反应过来什么，眼眶猛然酸涩起来。

"是啊，"男人慢慢走过去，双臂环过她的腰，声音也不再似老年人的嘶哑，"我怎么总是迟一步？"

她侧过头，倚上他的肩，也缓缓开口：

"没关系，这次来得及。

"这一次，我等你。"

撒莎从谢幕哭到了宋维蒲带她俩去吃饭。

墨尔本的餐馆都关门早，只有唐人街一家烧烤店开到半夜两点，兼营小酒馆业务。远处挤了几桌来聚餐的学生，木子君和宋维蒲找了一桌靠窗的位置坐下，路过前台时给撒莎额外拿了一包纸巾。

"你不是说这个桥段很老套吗？"木子君忍不住问。

"老套就是经典，经典就是百看不厌！"撒莎振振有词地落泪。

"但其实我有一点点没有特别理解的地方，"木子君举手发言，引来宋维蒲和撒莎的注视，"就是我不太确定女主角到底爱男主还是男二，包括我刚才想了一下……"

她若有所思："你们没发现那一场戏的老年人化了很重的老年妆吗？根本看不清是男主还是男二啊。他说自己总迟一步……可是其实，男主和男二都迟了一步啊。"

撒莎也被她提醒了："那你觉得呢？"

"其实我觉得是男二。"木子君显然攒了一肚子话，"我觉得最后那一幕的男人是谁，是由女主的意志决定的，她想等的是谁，那个男人就是谁。"

"她在爱情中拥有自由意志。"撒莎说。

"不光是爱情，她对所有事都拥有自由意志，"木子君狂点头，"不过这个话剧主要还是讲爱情的嘛，只说爱情的话，我觉得她真正喜欢的人其实是男二，女人有时候会爱而不自知，人年轻的时候会把猛烈的悸动当成爱，但细水长流的未必不是爱。"

"也可能悸动和细水长流都是过去式了，她根本谁都没有等。"撒莎笑了一声，"她的故事压根儿就不是爱情故事，最后那幕是男人的执念，不是她的。"

"我不这么觉得。"宋维蒲忽然开口，不过反驳的不是撒莎，是木子君。

"为什么会爱而不自知呢？"他一脸来自男性友人的困惑，"爱一定会知道，喜欢一个人的感觉是很明显的。"

"比如？"

"比如……"他想了想，"你喜欢一个人，看见她受伤就会着急，看见天冷就想给她送衣服，看见她需要帮助就不可能袖手旁观……"

"看见受伤就着急？"木子君一歪头，"你在爱丽斯泉的时候就开始喜欢我了？"

宋维蒲一愣。

"看见天冷就送衣服……"她一惊，"这也太早了，你借我围巾的时候咱俩刚见了几面啊？"

宋维蒲："那次……"

"看见她需要帮助就不可能袖手旁观，"木子君恍然大悟，"不会吧，你带我去赌场买被子的时候就对我有非分之想了吗？"

撒莎："话题产生了惊人的转移，但我爱听。"

"但赌场那是第二次见面，你要帮我，肯定是之前就对我有印象了，"木子君一下攥住身旁宋维蒲的袖子，"你好庸俗啊！你接机那天对我一见钟情！你这个见色起意的货色！"

"你当时飞了一晚上脸都没洗，"宋维蒲脸色青黑，"我见谁的色？"

"那就是在赌场那次！"

575

"那次也没洗脸！"

"你真关注我，刚见面两次就观察我洗没洗脸。"

"……吃你的饭！"

剩下半顿饭，就在木子君对来墨尔本这大半年事无巨细的回忆中结束了，听得宋维蒲坐立难安，吃完的第一瞬间就逃去前台付账。

"行了，行了，"撒莎息事宁人道，"花钱请你吃饭都堵不住你的嘴，他脸皮还挺薄。"

木子君冷笑："他装的，他和我在一起的时候挺不要脸的。"

他们就住在唐人街，也就没太在意时间，这时候抬起头才看见隔壁几桌都已经吃完了。烧烤店里空荡荡地只剩下他们一桌，宋维蒲付过账招手让她俩过去，木子君看在他掏钱的分上决定不再让他难堪，在嘴上做了个拉链的手势，拉着撒莎便站起身。

走了没两步，手机忽然开始振动。

这么晚了，木子君刚开始还以为是由嘉那边庆功宴结束需要她帮忙。谁知低眼一看，屏幕上跳动的竟然是妈妈的语音来电。他们这边已是深夜，国内时间也不会太早，她这时候打电话做什么？

她愣了愣，顿住脚步，把电话接了起来。撒莎和宋维蒲也顿住脚步，回头看向她。

语音接通的一瞬间，对面的环境有种异常的安静。

不，或许用"寂静"更为贴切，而木子君在这寂静里感到了一丝微妙的不安。

短暂的沉默后，妈妈的声音传过来，带着操劳之后的疲惫。

"子君，回国吧。"

她抬起眼看向宋维蒲，目光里有茫然。男生似乎也意识到了不对，朝她的方向走了两步，伸手握住她肩膀。好奇怪，隔着这遥远的距离，身边还有唐人街深夜街道的噪声，她竟然嗅到了莫名的消毒水的气息。

她的眼泪在命运的宣判响起前落下来，滑过脸颊，滴在宋维蒲握住她肩膀的手背上，留下一道蜿蜒的水痕。或许人也不过是动物的一种，有着对噩耗本能的预判性。爱情故事以幸福生活作为结局，反派作乱的影片则以邪不压正告终。那如果一个故事讲述的，是人的一生呢？

人的一生，该用什么，作为句号呢？

飞机落地。

旅客的交谈声传入耳膜，木子君在滑行造成的颠簸中醒了过来。她茫然地看了一会儿窗外的天色，半晌才意识到——到北京了。

到北京了。

距离接到电话也不过二十个小时，她买了最近的航班，几乎是回家后不久便出发去了机场。宋维蒲送她到机场的时候让她在车上睡一会儿，梦里翻来覆去的，都是那通电话里的言语。

"昨天还好好的，忽然就病倒了，在 ICU 抢救了一整天……

"……中间醒来了一会儿，让我们不用再治了，说自己梦里见到故人，他已经活得够久了。

"子君，他说想再见你一面……"

离开的时候是南半球深秋的午夜，抵达的时候却是故乡春末的傍晚。木子君揉了揉太阳穴，尽力让自己从恍惚的状态回过神，而后把手机掏出来，又用右手摸了下耳垂。她把耳钉拆下来，用尾部的顶针将手机侧边的卡槽顶开，随即便把电话卡换回国内的号码。

或许是这场跨越了半个地球的飞行太过漫长，那些汹涌的情绪似乎也被留在了万米高空。她比自己想象中更快地接受了即将发生的一切，静静看着手机屏幕右上角的信号标志加载，而后恢复与外界的连接。

网络连通后，屏幕上很快跳出几条消息。

River：到了吗？

木子君：嗯。

没等几秒，那边就回复过来：好，我一直在。

她又往下划，是爸爸在家庭群的消息：我到机场了。

妈妈：爷爷刚才又醒了一会儿，你接到女儿直接来医院。

身旁的乘客已经在站起身，木子君随着他们站起来。把书包拿下来背好，她回复了家里几句，随即便跟着人流往外走。

国内的机场太大了，她下飞机后加快脚步，超了不少人。手忙脚乱地把各种出关的手续办完，找到出口，大踏步地跑了出去。

父女二人一年未见，此刻迎面撞上，倒也没有什么话好说。木子君急匆匆地跟着父亲跑去停车场，书包甩到身前抱着坐上副驾驶座。

虽说飞机飞了十一个小时之久，但国内时间比墨尔本慢，木子君恍然间竟产生一种从上天手里偷来两个小时的错觉。

轿车一路飞驰，终于下了高速。等红灯时，她爸爸眼神一转，看到她手上的手链，语气里忽然带了些惊讶："你这……"

"还差一颗。"她低着头说。

"什么？"

"我是一颗一颗找回来的，"她看向窗外，声音发闷，"还差最后一颗，来不及了。"

来不及了，好在她刚刚在睡梦中想出了办法。红灯变绿放行，他们的车最先冲出了斑马线。木子君望着窗外，右手盖上左手手腕，指腹抵着篆刻出的字迹，一个一个地摸过去。

晚高峰的路堵得一塌糊涂，红色车尾灯一辆辆地向前蔓延，直到道路的尽头。她从南半球过来，季节相反，很快觉得气温太高，将外套脱掉，里衬的袖口挽起。白色袖口下面一串玉色莹润的手链，贴在皮肤上泛着凉意。轿车缓慢前行，她转过头，忽然发现道路一侧的一棵槐树上落了一排白鸽。她的视线在那些白鸽身上停留片刻，其中一只身形微动，而后展翅起飞，带着其他白鸽一同离开，像是吹起了一树白花。

轿车终于赶到了医院门前。

路上，爸爸说爷爷已经出了 ICU，不是因为脱离了危险期，而是他自己提出了不想继续受苦的意愿，医生也给出了类似的建议。转移病房后，来和他告别的人也陆续抵达，但都被他拒之门外，目前还愿意见一面的，或许只剩这个他一手带大的孙女。

住院楼下面人来人往，病人和家属的面容都没什么生气，望过去只觉得建筑灰白，一片凋敝。白茫茫的一片里，木子君大步流星地跑过来，在楼下扶着膝盖歇了一会儿，没顾得上回头看追过来的父亲，也等不及排着长队的电梯，一步三阶地从楼梯飞上去了。

苑成竹在六楼。

爬到最后几步的时候，她有些气喘，扶着楼梯扶手缓了片刻，长出一口气，平缓身体剧烈的起伏，终于朝着病房的方向走过去。

门口站了几张熟面孔，都是被爷爷拒之门外的同姓亲属。她目不斜视地穿过那些人的注视，看到病房门在自己抵达前被妈妈打开。

妈妈也是一张因为昼夜操劳而黯然的脸。

相比之下，病床上躺着的那位老人看上去甚至更安详——或许面色仍然因为身体上的病痛而显出憔悴，但放松的神情骗不了人，他看上去就像刚刚结束了一场漫长的旅行，如今终于要乘上归乡的列车。

"爸，"妈妈回头，轻轻拍了拍老人的肩膀，"子君回来了，你不是想看看子君？"

子君回来了？

苑成竹微微睁开眼，分明说不出话，但木子君却无比清晰地听到了他的声音。

子君回来了？

对，子君回来了。

她曾经对人的死亡并无概念，哪怕现在也是如此，哪怕医生已经下了病危通知，可她丝毫不觉得那个躺在病床上的老人就要离开她。他只是在那儿躺一会儿，就和许多个入睡的午后一样，他总会起身的，总会在下一个年关给她塞压岁钱，带她去庙会，在她来家里看望他前备好足够的水果和零食。

是理智在告诉她，以后没有那些了，不会有了。

她伸手盖住他筋骨突出的手背，他的皮肤已经失去了弹性。原来人的死亡是从外到内的，先是皮肤与头发的衰老，而后是血液与脏器，最后是心。

他的身体不能动，也说不出话，但手指还能微微地弹，他的手还有知觉。她感受到了他的悸动，急忙用另一只手将他的手向下移动，直到他的指腹触摸到她腕上冰凉的玉珠。

她看见他的眼睛微微睁大了一些。

他像她一样，能摸出那些篆刻的字迹。

她带着他一颗一颗地摸过去，从红玫瑰，到"结发为夫妻"，再到"恩爱两不"与那片镶着金边的"竹叶"。指腹划过，玉珠带了他身体里最后残存的温热。

爷爷动了动嘴唇。

父母都在身后看着，木子君闭了闭眼，将嘴唇凑近爷爷耳侧。他的目光顺着她移动的方向转动，头竟然能微微地侧过。

"我找到金小姐了，那半串珠子她都留着。"她在他耳侧，给他说自己在梦中编造的谎言，"可惜她先走一步，就带了一颗离开，只留下这五颗给自己收养的孩子。

"爷爷……她在那边，等你呢。"

话音才落，一滴眼泪忽然从老人混浊的眼睛里渗出来，顺着眼角滑落。泪水湮灭在丝织品里的一瞬间，检测心跳的仪器也发出了蜂鸣的报警声。

木子君见过家里别的老人去世时的场景，家属们总在灵魂消逝的瞬间大喊逝者的名字，像一场在弥留之际进行的表演。爷爷想必也是厌烦极了这样的方式，早就说过他去世时只准木子君一家三口进病房。

他这一生已经对世俗的规矩足够容忍，后半生的漂泊与老来的任性都是对前半生的报复。他找回金红玫的执念多深，就有多不想做苑家的后人。可他如果不是苑家人，或许也根本不会在那个夜晚与她一同坠入河流。

没有人错，没有人错。人的命运如蜿蜒溪水，与谁交汇，流向何处，在冰雪从高山上融化时已经注定，流淌到最后，也只是百川终入海，海中逢故人。

木子君悲伤又庆幸。

她的爷爷苑成竹，终于可以去见他错过的爱人。

操办丧事像是一场和逝者的漫长告别。

遗体火化的时候，入殓师特意询问家人是否要将首饰取回，得到否定的答复后，便将那串玉手链和苑成竹的遗体一同推入了焚化炉。骨灰和衣服、首饰的余烬一同被装入骨灰盒，一个人跌宕起伏的一生，到最后能留在这个世界上的，也就只有这么多。

他没有亲生儿女，木子君的父亲便是他唯一的后代。苑家其他的亲属并没有插手帮忙太多，葬礼的桩桩件件都是木子君父母亲手安排。告别仪式举行过后，骨灰盒并没有按照常规流程送往陵园下葬，木子君这才知道，爷爷生前立过遗嘱，他要进行海葬。

父母都是晕船非常严重的人，这项任务并不意外地落到了木子君身上。苑成竹在这点上和金相绝倒是有几分相似，生前就将自己的身后事安排得一清二楚，葬礼何种规格、仪式如何举办，连负责海葬的船长都是他相熟的一位海员。各项安排在遗嘱上写得一清二楚，即便是家里别的亲属对这样的丧葬方式提出异议，木子君一家也只能按照白纸黑字的嘱托操办。

那艘海葬船停泊在上海与嘉兴交界的一处港口，告别仪式结束后，爸爸说明天会开车带他们去港口。这几天忙葬礼已经很辛苦，到那处港口又要一千多公里的车程，妈妈便催着父女二人尽快休息。

这几天没日没夜地忙碌，木子君连对爷爷离世的悲伤都被冲得很淡，可一旦闲下来，反倒陷入了对告别那一天的反复回忆。她先觉得自己如果回来得更早一些，或许还来得及和他说更多话。过了一会儿，她又觉得自己当时编造的谎话留有漏洞，担心爷爷的那滴泪或许是识破了自己的谎言。她被这种痛苦折磨得在床上辗转反侧，明明几天没睡好，这一刻却更加睡不着，头疼得像要裂开一样。

手机忽然振了一下。

黑暗里屏幕泛出亮光，底部出现一条消息提醒。木子君在头疼中摸索着将手机解锁，点开对话框，意料之外地看到了宋维蒲的消息。

他前几天给自己发过些询问，她太忙，回得也很敷衍，有几条甚至没有回复。昨天他没有再找自己，她还想着闲下来和他说几句话，可真躺下了，就又忘记了。

River：还好吗？

木子君侧过身子回复他：头好疼。

那边没有回音，又等了片刻，他直接打了视频电话过来。天还没黑，但她房间里拉着窗帘，光线昏暗。木子君接通视频电话，发现宋维蒲那边光线明亮，而他正坐在一辆车的后座上。背景里的街景浮光掠影似的闪过，木子君定睛细看，忽然反应了过来。

"你……"她坐直身子，被他身后熟悉的招牌和建筑惊得说不出话。他也不说话，只是安安静静地看着她。

他竟然来北京了……

木子君张口结舌了半分钟，终于反应过来，是她上个月陪宋维蒲去给他办了来中国的旅游签证。她本来是准备今年放寒假的时候带他去上海玩用的，没想到他会自己坐飞机过来。

甚至他正在过的这条街，拐过去就是她家了。

"我给过你地址吗？"木子君震惊之下仍然压低了声音。

"给过。"他说，"你第一次来我书店给你爸爸……买金庸的书，留的就是你家的地址。"

又是如此……她与宋维蒲的桩桩件件总如子弹上膛，等着在日后某个时刻后知后觉地射出。那辆出租车右转，宋维蒲身子也略微晃动。木子君从床上爬起来，眼眶忽然有些热，随手从衣柜里抓出两件衣服，和他说："我下楼见你。"

他陪她去了太多地方，如今这最后一程也没有让她孤身一人。主卧里很安静，父母这两天累坏了，睡得也很深沉。衣服皱得难看，木子君急着下楼也顾不上什么，只把头发扎起高马尾，用手肘擦了下眼睛，匆忙跑下楼去。

她到小区门口的时候，一辆出租车刚好从街角拐过来，慢慢停在她面前。初来乍到的宋维蒲有种离开自己主场的笨拙，一脸认真地听司机报出车价后，从包里找出几张崭新的人民币。

这年头用现金的人不多了。

木子君弯着身子在一旁看他，司机接过钱，又回头问："我这儿零钱不够，你再给我十八，我给你找个整儿。"

宋维蒲："呃……"

也不知道是没有零钱还是听不懂找整。

爷爷去世这几天，木子君的心情都沉甸甸的像压了颗石头，此刻却因为宋维蒲的反应轻松了不少。她叹了口气，敲了敲玻璃，示意司机降下车窗。

"叔叔，你把钱给他，我来付吧。"

墨尔本是他的主场，这里就是她的。出租车绝尘而去，木子君转身和刚结束十几个小时飞行的宋维蒲对视片刻，看见他四下张望的眼神，茫然得和她刚去墨尔本的时候一模一样。

"你怎么自己过来了？"

"你不回复我，"他转回视线看向她，"我有点担心。"

他伸手来碰她头发，揉了揉，指腹又探向她太阳穴。这几天温度升高，气候燥热，他手上温度低，在她太阳穴揉了几下，就把她带回了那些和他在一起的清凉的傍晚。

"你身上是不是有结界啊？"木子君忍不住问。

"什么？"又是一个宋维蒲认知系统外的词汇。

"就是你一来我身边……"她看着他，这几天紧绷的神经松懈下来，长舒一口气，"我就觉得，事情都会好起来了。"

宋维蒲点点头："那就好，我还担心我来了会给你添麻烦。"

她拼命摇头："不麻烦啊，你都没有嫌过我麻烦，我那么大一个麻烦。"

他的行李还没处放下，和她说自己可以找家酒店入住。木子君当然想带他回家，可事先连沟通都没沟通过，父母势必觉得突然。

万幸的是，妈妈上次去墨尔本就见过宋维蒲，这应当能让她解释起来容易许多。木子君给家里的群发了个试探的表情包，没人回复。她猜想父母这次劳累过度，估计要睡到晚上，便跟在宋维蒲身后，把他送去了离家不远的酒店。

她已经习惯了和宋维蒲在各种地方并肩而行，可这次的体验却十分奇妙。他开始跟在她身后，等她辨认道路的方向，甚至由她负责和前台交流。拿到房卡后，木子君和他一同进了房间。

开门的瞬间，空调开始制造微弱的噪声，房间里则弥漫着一股意外熟悉的柑橘味。宋维蒲把书包放上椅子后回头看她，飞了十几个小时，他显然也没休息好，一进酒店就显得有些疲惫。

她伸手揉了揉他眉心，他闭上眼任她摆弄。两人习惯性地靠到一起，他躺下前换了件干净T恤，细嗅之下甚至还有家里洗衣液的味道。她在他怀里辗转，最后找个舒服姿势靠住，额头抵着他肩窝。

"还头疼吗？"

木子君疲惫地闭眼："好多了。"

他也办过葬礼，知道这件事干下来有多么心力交瘁，对身体和精神都是折磨。木子君在他身上回了会儿血，终于想起正事。

"我回去和我爸妈说下你来了，"她还是闭着眼，语气带着倦意，"明天我们得去上海，我爷爷要海葬。"

"是葬在海里吗？"

"嗯，他遗嘱是这样说的。"

传统讲究入土为安，苑成竹海葬的要求的确很少见。遗嘱里并没说明他这样做的理由，反倒是宋维蒲想了一会儿，问她："他是不是怕你想他？"

怕木子君想他，又不舍得她异地奔波。葬在海里，无论她在哪里，只要想见他的时候，就能去海边和他说话。

刚因为宋维蒲赶过来按捺下去的悲伤又被这句话勾出来，她低下头，眼泪洇了他一肩膀。木子君用他衣服把眼泪擦干净，闷声回答："或许也是因为你外婆吧，不然没必要非去上海。他生前一直没找到她，死后跟着潮汐来来回回的，无论她在哪儿，都能见到了。"

说了还不如不说，为了别人比为了自己更让木子君难过。不过，无论苑成竹心里是怎样想的，对他的人生而言，海葬似乎的确比土葬更适合作为一生的终点。

"那你和我们去上海吗？"

"你爸妈不介意的话，我就去吧。"

"应该不会……他俩都晕船，担心我一个人出海处理不好。你要能陪着我，他们会放心很多。"

"好，我陪你。"

在这种情况下带宋维蒲见父母，的确是在木子君的计划之外。她回家的时候父母还以为她在卧室休息，看见她从外面回来难免有些惊讶。

而当她说出宋维蒲来了的时候，和他在墨尔本见过面的妈妈更是发出了一声比她得知这件事时更意外的"啊"。

好在，宋维蒲这个人哄阿姨的天赋的确给她妈留下了历久弥新的印象，很快和丈夫说起他的好话。她爸虽说刚开始没什么好气，不过听说他能陪木子君上船后，很快便接受了这件事。

晚饭吃到最后，一家人把出发去上海的时间定为第二天早上七点，预计七点半之前到酒店把宋维蒲接上车。

真的很……突然而荒唐，又尽在情理之中。

不过最好的地方还是，她又在一个有宋维蒲的城市里，睡着了。

次日。

昨天走去酒店花了十多分钟，开车过去也就一眨眼的事。木子君提前给宋维蒲发过消息，车还没靠近，她就看到对方背着包站在路边，看向四周街道的目光里又一次带上茫然，气质和车水马龙的街道格格不入。

果然，还是尽快带到身边吧。

感觉他离开墨尔本以后，就一副很好骗的样子。

木子君降下车窗喊了宋维蒲一声，他循声望过来，看见木子君的一瞬，肉眼可见地松了口气。

他急匆匆走到轿车门外，副驾驶的车窗降下，小半年没见的宁婉和他打了个招呼。木子君给他让开后排靠人行道的座位，他老老实实地抱着书包坐进来，对前排的长辈说："叔叔阿姨好。"

乖得很，完全不像在墨尔本和她独处时的"稳中带骚"。木子君用看熟人装稳重的眼神打量了他一会儿，只见他目不斜视看着前排，然后将一只手从座椅下方探过来，塞了一块从酒店前台摸来的水果糖给她。

木子君立刻摸出手机给他发消息：干什么？

宋维蒲也低头打字：贿赂。

这么高级的词都会用了。

木子君：贿赂什么？

宋维蒲：别在你爸妈面前戳穿我的真面目。

车辆起步，宁婉开口和宋维蒲聊了几句，气氛很快变得融洽。车又往前开了半个小时，车况略有拥堵。木子君看着窗外拥挤的车流，和马路旁新修的看不出原迹的建筑，小声叫了宋维蒲。

他将视线转到她所坐的一侧："怎么了？"

“好巧，你知道再往前开是什么地方吗？”

宋维蒲显然不知道。

“是天桥南大街，”她说，“你外婆和我爷爷碰见的那个地方，天桥。”

他反应过来，表情也是一震，随即转身伏在车窗上，仔仔细细地观察起路边的建筑和街道。

“那天桥是一座桥吗？”他看着窗外没有半分旧日痕迹的宽敞马路问道，“那座桥还在吗？”

“早就不在了，”木爸爸也开口了，语气很宽容，“现在只剩下名字了。”

都不在啦，只剩下名字了。

就像那个年代的那些人，也都一个一个地，老了，离开了。建筑和人都随着时间消失，到最后，后人能提起的……也只剩下那些名字了。

骨灰盒抱在木子君怀里，从北京到上海一千多公里，抵达的时候已是深夜。他们在港口附近住下，木子君没想到上海还有这种地方，风里带着海水腥咸，嗅上去就像住在一座热带地区的岛屿。

亏了两地时差短，宋维蒲连着奔波也没有很需要休息。陪着他们一起吃过晚饭，宋维蒲和木子君去码头附近闲逛。可惜这一带沿海都是长江出海口，海的颜色不大鲜亮，借着码头上的探照灯望过去，只能看见夜色下的浊浪。

“听说福建的海很好看，”木子君说，“青岛那边也不错。”

“好啊，”宋维蒲靠在护栏上，拉紧防风服的领口，“那我下次来你再带我看好了。”

“要再来上海看百乐门吗？”

“还在吗？”宋维蒲仰头看天，“还是和天桥一样，只剩一个名字了？”

木子君忍不住笑起来：“在的，百乐门还在，听说和以前一模一样。”

“好，”宋维蒲应下，“那我们下次去看。”

两个人静了静，空气里一时只剩下风声。木子君转头看着宋维蒲，橘黄色的灯下，他用黑色防风服竖起的领口盖住下巴，正低着头踢码头上的一块石子。身后江水挟沙百里入海，码头被夜色笼罩，天海之间仿佛就只剩他们两个人，只有他们两个人。

"宋维蒲。"她轻声喊。

"怎么？"他微微抬头。

也没怎么，叫他一下罢了。不过他石子都不踢了，专心等她回话，木子君也只能收回思绪想了想，最终开口道："谢谢你来陪我。"

一只海鸟忽然落到了他们身旁的铁栏杆上，木子君和宋维蒲同时回头看了一眼，而后将目光收回。远处接连传来不止一只海鸟的鸣叫，他在这声音中再度仰起头，双手插兜，看着漆黑的天色。

"我说过，不用谢我，"他叹了口气，把眼睛闭上，靠着栏杆轻声说，"都是我自愿的。"

话音刚落，身前凑过来一道人影，他用余光看了看，将防风服的拉链拉开。木子君钻进他衣服里，他把那拉链拉上，感觉对方被吹得体温都低了。

"风怎么比墨尔本还大？"她低声抱怨。

"没有地方能比墨尔本的风大。"宋维蒲捍卫道。

两个人都笑起来。

上船日，浪急。

船舱里放了不少花束，尽头摆放着一处祭台，上面放着一块用毛笔撰写着逝者名字的祭台。木子君和父母一同上船布置细节，两个长辈没站一会儿就头晕得厉害，帮忙的海员赶忙过来搀扶他们下船。船舱里一时只剩下木子君，好在她没站一会儿，宋维蒲就从外面进来了。

太阳已经跃出海平面，也到了起航的时候。船长在驾驶室，过来帮木子君的是个年轻海员，戴着白色手套，有条不紊地帮她将骨灰转移到降解罐中。木子君也是这时候才知道，原来人被火化后不是纯粹地化为粉末，仍有一些骨骼的碎片顽强地留存于世，其中还有一些形状难辨的乌黑晶体，她猜想是那串手链被烧后的遗骸。

"他带走了？"宋维蒲站在一侧看出了端倪。

"嗯，带走了，"木子君轻叹，"可惜差了一颗，不过也没办法了。"

骨灰转移完毕，海员又用白线绳将降解罐四周加固，绳子尾部拉长，用以将降解罐吊着放入海水中。一切就绪后，海葬船也终于开到了往常的投放地。

木子君抱着降解罐来到了甲板的一侧。

虽说今天风大，但日光明亮，长浪之后，远处竟有一群白色海鸥盘旋跟来。木子君抬起头，整个世界有种刚被洗净的透亮感。海浪与马达声声不止，船员宣布海葬开始的瞬间，甲板尽头传来三声悠长的鸣笛。

木子君缓缓松开手中绳索，将降解罐顺着船舷向海中投去。骨灰落入海面的一瞬间，风吹得她长发向后扬起，长裙猎猎作响。

朝日初生，宋维蒲抬头望去，依稀看见长风之中，海浪之上，一个与木子君面容相似的女人，与她并肩而立。

1957 年，太平洋。

越洋轮船，真正的好景色在甲板上。

离开香港已经一天有余，风大浪急，受不住的乘客都回了船舱。不过再晃也是邮轮，晃动的幅度根本无法和她在西澳那艘小船"玫瑰号"相比。

风吹得烟点不着，金相绝无奈，胳膊叠起撑在船舷上，望着远处的海鸟发呆。白色的海鸟乘浪而行，在邮轮卷起的浪花上盘旋，不时俯身冲入海中，再起身的时候，嘴上竟能叼一条被浪打晕的鱼。

她看得发出轻笑声，笑着笑着，又有些怅惘。

她很少怅惘，做难民一路逃到南方不怅惘，混在欧洲舞团里四处飘零不怅惘，在唐人街无依无靠的时候也不怅惘。

她这时候怅惘什么呢？

啊，金相绝知道了，她是因为临走前司七的那番话而怅惘。像是一张写满肺腑之言的信纸落进水里，你为了看清上面的文字反反复复地将它晾干熨平，终于有一天，那张纸恢复如初，而你直到这时候才发现，上面的字一个都不剩，拿到手里的，只剩一张纯净如初的白纸了。

甲板的另一头传来三声鸣笛，惊得追逐白浪的海鸟骤然飞远。海上气候瞬息万变，风中忽然夹了几缕雨丝，打到了金相绝的脸上。她直起身子向远处看去，长风之中，海浪之上，她第一次看见了命运的如椽巨笔。

金相绝忽然意识到，原来她的一生也如白纸，被命运肆意涂抹勾画，从不由己。如今她与往事相绝，将天意写给她的愚弄一一抹去，那支笔就又一次出现，要重写她后半生的结局。

她喉中忽然涌起一股血腥气。

风雨太大，甲板上已经没有旁人。金相绝嘴角噙着冷笑看天看海看浩瀚风雨，左手摸到手腕上最后的那颗玉珠。

疑。

苑成竹最后留给她的那颗"疑"。

她把珠子摘下来，一手扶住船舷，另一手朝后举起，而后将那颗"疑"，狠狠地朝天意，砸过去！

珠子穿过雨幕，落入海中，转瞬被浪吞噬。她扬起头，对着天意毫不畏惧地喊：

"来！

"我不怕你！"

风大浪急，天意都被她喝退，挟着前半生的爱恨，尽数归海里。

· 番外一 ·
双城记

【北京】

墨尔本到北京的航班，半夜起飞，凌晨到达。因着时差的原因，即便是十一个小时的航行，体感上也不会过分漫长。

回国是盛夏，墨尔本却正值隆冬。木子君穿了尽量少的衣服，以便下飞机的时候把外套往行李里一塞就能出航站楼。从撒莎车上下来的时候，她不自觉地缩起肩膀，然后被宋维蒲用那条黑白条纹的围巾缠了个严实。

"还得是……"她被突如其来的冷空气冻得打了个哆嗦，"宋老师考虑得周到。"

后备厢"咣当"一声，木子君循声望去，看见撒莎已经帮他俩把行李都拿了出来。两个人连忙过去接手，两个行李箱加两个人，排排站在撒莎面前。

"感谢二位，"撒莎直起身子，感激地拍木子君的肩膀，"我的第一组接送机服务客人。"

身后一辆迷彩绿的二手车，是撒莎低价买的，她在朋友圈官宣自此开展接送机服务，属于一个月亮看了大半年发现六便士不够了，赶紧低头捡捡，捡完了还能接着看月亮。

木子君立刻微信道：不用打折啦，送我俩赶趟飞机吧！

撒莎完全没有客气：那就不打了！

距离上次回去参加爷爷葬礼其实也只过去两个月。他们从北京回了

590

墨尔本，把落下的课业赶上，期末周火烧眉毛地应付完，折腾了两周，终于告一段落。短暂的休整之后，他们再一次踏上回国的旅途。

只是这一次，心情似乎有些不同。

木子君嘴上说的是这次带宋维蒲回上海看百乐门，可回去之前总是要先在北京待一段时间。上次见得匆忙，谁也没有在乎礼节，这次可是正儿八经的"见家长"了。宋维蒲又不知道从隋庄那里听来一堆什么乱七八糟的理论，第二次去由嘉那儿买了一套送她妈妈的珍珠首饰，直接把她寒假的业绩拉满。至于送她爸的……

"你不用送我爸礼物，"木子君和他说，"分清大小王，把我妈哄高兴了就行。"

又学习到了，宋维蒲点点头，如是心想。

机场外又起了寒风，木子君把行李箱拖到自己脚边，和送他俩过来的撒莎正式道别。说完最后一句话，撒莎又想起来什么似的，从书包里掏出一本装订好的书，封皮是撕下一张墨尔本城市画册上的风光图折的。

她惊讶接过，翻了几页，发现撒莎已经把故事分章排版，就像专门预备着给她看的一样。

"飞机上打发时间吧，"撒莎说，"十几个小时呢。"

"不打发时间，我要好好看——那你书名想好了吗？"

登机时间还充裕，木子君垂下眼打量手中的册子，发现封皮上是城市画册里撕下来的弗林德斯火车站，墨尔本最具地标性的建筑。维多利亚式的古老房屋静静矗立，电车自前街穿行而过，分明是静态的长焦摄影，她竟似听到电车的"当当"声与蒸汽时代的火车鸣笛。

"还没，"撒莎摇摇头，"没什么灵感，你先看吧，要是你有灵感，就帮我在封面上写一个。"

好艰巨的任务，木子君顿时有了压力。和撒莎告别后，她便转身和宋维蒲进了灯火通明的航站楼。这样小的机场，竟也终日迎来送往，连接南、北两座半球，承接如此多的远行与归乡。

两个人顺着人流将行李托运，而后便前往国内航空公司的登机口等待。

同时段回国的也大多是亚洲面孔，木子君往身旁看了看，时间太晚，旅人大多面露倦色，抱着手臂靠在椅背上闭目养神，等待机场的登机广播。宋维蒲最近没休息好，此刻把卫衣帽子往眼睛处一拉，双手抱在胸前，大有准备睡过去的意思。

"可以靠我呀。"木子君用肩膀撞了他一下，撞得他向左倒了几厘米，又缓缓弹回来。再开口的时候，声音果然很困。

"哪有男生靠着女朋友睡觉的。"

"多了，"木子君说，"你这样颈椎多疼。"

他往后仰了下脖子，骨头果然"嘎嘣"一声。木子君"啧"一声，忍不住批评："你这还没毕业就颈椎报废了，想提前毕业也不是这么个学法……"

话音未落，就像是为了让她闭嘴似的，宋维蒲身子微微歪过来，头靠到她肩上，随即打了个绵长的哈欠。半长不短的头发从帽子边檐探出来，扫过她颈侧，触感柔软干燥。顿了片刻，他又把头的方向往下转了一点，右侧前额抵在她锁骨处，眼睛半闭，睫毛偶尔扫过她皮肤。

木子君没什么好说的，也说不出什么了。她伸手把他卫衣帽子往下拽了拽，彻底遮住他眼睛，而后伸手从一旁的包里拿出刚刚撒莎给她的书，看着封皮发了会儿呆。

她未曾这样认真地凝视过弗林德斯火车站，她只是无数次地路过这个地方。宋维蒲曾在一次路过时和她提及这座火车站始建于 1901 年淘金热时代，此后便一直作为墨尔本的交通枢纽留存。车站一侧，横贯墨尔本的雅拉河静默流淌，想必也曾目睹金女士的每一次离开与归来。

如果说她一次又一次离开故乡是被迫，那她一次又一次离开墨尔本又是为什么呢？木子君闭上眼，试图去共情这个和她相距大半个世纪的女人。她听了那么多金女士的故事，可事到如今，她就真的了解金女士了吗？她所耳闻的，所有关于金女士的叙述都是来自旁人，金女士竟然从未给他们留下只言片语。即便是与她共同生活了那么多年的宋维蒲，也对她的内心世界一无所知。

她一边想，一边用指腹摩挲着铜版纸印刷的作品封面，皮肤被油墨刮擦，略显粘连。忽然传来低沉的广播声，提醒深夜候机的旅客开始登机。她动了下肩膀，把宋维蒲摇醒，两个人便提起书包起身。时间太晚，周围的人也安静而疲惫，在落地窗透进来的夜色里沉默着排起队伍。宋维蒲还没彻底睡醒，用拇指和食指捏了下太阳穴，再睁开眼睛的时候，看到了木子君拿在手里的书。

周遭没人说话，他声音也不大。

"看了吗？"

"还没，"木子君也压低声音，"上飞机看吧，我好好替她想个书名。她不要'沪上玫瑰'那种，太土了。"

文人拉踩，宋维蒲笑了一瞬，稍微清醒了些。登机的队伍终于开始向前移动，拉开舱门的客机已经对上连廊，将室内外的空间隔绝，唯独脚下还留着半寸缝隙，仍能灌进冷风。木子君和宋维蒲顺着人流找到了座位，宋维蒲示意她去靠窗户的最里侧坐下。一会儿就是实打实的十一个小时航行，坐不算坐，躺不算躺，对颈椎和腰椎都是严峻考验。她扶着前侧座椅走到最里面，靠窗坐下，顺着小小一方飞机窗户望出去，能看到被橘色灯光照亮的机场。

她从小就不喜欢飞机的窗户，如此狭窄，把世界切割得只剩方寸大小，又如此封闭，让她听不到室外的半丝声息。她也不知道金女士坐没坐过飞机，金女士坐汽车、坐火车、坐轮船、骑马……她直觉金女士也不会喜欢坐飞机。

宋维蒲身子忽然微微倾过来，朝她的方向靠。木子君余光看去，发现他正透过那扇小小的窗户，探望机场的模样。

"怎么了？"木子君问。

"没什么，"宋维蒲的目光转向她，两个人离得太近，能听见彼此呼吸，"风，好大的风。"

她一愣，随即循着他的目光向外望去。

风，人看不见风本身，但风一起，总能察觉到。似乎有东西被风吹飞了，在远处顺风滚动，后面跟着一个狼狈追逐的工作人员。木子君眯起眼，敏锐地察觉到机身不远处有风打着旋刮过来，在裸露的地面上卷起尘埃和干枯的草叶——如果此刻有树木，那一定会被这阵风吹得海浪一般涌动。

虽说都是冬天，不过——"我来的那天只是冷，没有刮这么大的风。"木子君说。

"是，"宋维蒲收回身子，又把帽子拽到眼睛的位置，"你一走，就又开始了。好重要的人，墨尔本的风为你而停。"

为什么这个人的中文水平上去以后会是这种结果？木子君又好气又好笑。

空乘开始检查，短暂的混乱之后，飞机终于有了起飞的苗头。宋维蒲依然是习惯性地抱着手臂睡在她身旁，木子君把撒莎的书放在膝盖上，目光又在窗外停留片刻，而后缓缓移回封面。

弗林德斯火车站静静矗立，上有晴空碧日，万里无云，照片里是难得的好天气。

她看了一会儿，忽然从包里摸索出一支马克笔，将笔盖拧开。

笔尖和纸面摩擦，传来一种令人心里妥帖的声音，像是羽毛笔在羊皮纸上划过。她借着头顶小灯横向铺开字迹，手再拿开的时候，一行金色笔墨写就的书名出现在照片正上方——

墨尔本风停了吗

飞机上一夜，腰酸背痛。

父母来接机的时候，木子君还有点迷茫，似乎是还没反应过来自己已经从墨尔本飞抵北京。倒是宋维蒲，打起十二分精神见家长，"叔叔阿姨"叫得又礼貌又乖，半年之内第三次把木子君她妈妈哄得喜上眉梢。

一家四口在家里吃过饭，又简单聊了聊木子君在墨尔本这一年。忙着说了半晌家常话，快结束的时候，父母才想起来告诉木子君他俩，这几天他俩可以去爷爷留下的房子住。

"想住哪儿看你们，"木子君家里人都是有话直说，宁婉也没含糊，"我和你爸爸商量了一下，觉着你们年轻人在家里拘谨。去那边住，地方也大，离有名的景点和饭店也近，你们好安排。不过你们要是愿意住家里——"

"去爷爷那儿蛮好的。"木子君低头扒了几口饭，开口回答，"爷爷的东西是不是还没收拾完呢？正好我去收拾一下，有的东西我想留着。"

的确，苑成竹去世也就是两个月前的事，木子君父母最近工作繁忙，老人的房间还原封不动地保留着。事情三言两语说定，他俩又在家里聊了几句，就拿着行李被打发到苑成竹那里了。

"也挺好的。"木子君和宋维蒲坐上车后座的时候说，"其实爷爷这里才是我长大的地方，我有好多东西可以给你看。"

她去了墨尔本就住进唐人街，住在他家里，见识了他成长环境中的一切，她的东西对他却都是新奇而陌生的。两个长辈把孩子送到就离开了，宋维蒲跟着木子君进了她以前住的卧室，她发现苑成竹几乎没怎么动过她的东西。

床上端正摆放着她喜欢的兔子玩偶，书桌上和书架上依次排列她的照片和从小得过的奖。估计是家里人来收拾，房间里几乎没落灰，一切就像是苑成竹还没走，而木子君还年幼的时候。

她拉开书柜的玻璃门，手指伸向一张自己六岁时和苑成竹的合照，神色有些恍惚。照片里的老人一头银发，戴着细边的银框眼镜，温文尔雅，一看就是出身大户人家。那么规整体面的人，却放任木子君坐在他膝盖上，弄皱他的衣服，甚至还试图伸手触碰他的眼镜。

她终于用指腹点了点那张照片，回头看向宋维蒲，语气带笑："我就说我小时候很野蛮嘛。"

他看了她一会儿，伸手去按她眼角，两下就刮出眼泪。木子君闭了下眼睛，泪珠滚下来，又迅速被宋维蒲擦净，好在这泪水并不汹涌，似乎纯粹是对过往记忆的条件反射。

别的照片就都是她单人的了，四岁的木子君，八岁的木子君。中间有一段时间的空白，或许就是那段她被寄养的岁月。再次回到镜头里的时候，小姑娘脸上比小时候少了些恣意自在，好在时至今日，这神情又重新回到了她脸上，甚至带了几分本来属于另一个女人的潇洒与力量感。

"这个是小时候射击比赛的奖杯，"她从书柜里拿出一个玻璃制品，"放弃了还是蛮可惜的，不过无所谓啦，反正现在都捡起来了。"

她已经在宋维蒲的陪伴下一点点把以前的自己拼回来了，他也同样。书柜里已然没什么好讲的，不过木子君回头的时候，发现他仍然在认真端详方才她介绍的所有东西，就像是要把那些他错过的画面都印刻在脑海里。

　　"没了吗？"他边端详边问。

　　"没了吧，"木子君回忆片刻，反问道，"你在干吗？"

　　"没干什么，"他的注意力还在照片上，"就是看一看你小时候的样子，感觉是自己错过的一段时间。你还可以继续和我说啊，我想多听一些。"

　　多听一些倒也不是不行，不过两个人飞了一晚上，落地以后还没休息过，听着听着就听到木子君以前睡的床上了。躺下的时候，她还光明磊落地拍了床垫和枕头，纯洁地表示："这个就是我从小睡到大的地方了，你可以来感受一下。"

　　感受什么？宋维蒲不知道，不过躺到木子君身边的时候，又的的确确感到了一丝微妙的不同。枕套和被罩都是新换的，偏偏就有一种她身上才有的气息，是他在墨尔本和她朝夕相处时日日接触的气息。他对这太过熟悉，以至于靠近的时候，简直感到自己又回了墨尔本家里。又或者对他来说，这个世界上的诸多地方也没有太大区别，唯一有区别的，是在木子君的身边，和不在木子君的身边。

　　她的床可比家里的沙发宽敞多了，宋维蒲抱住手臂侧过身子，看到她也侧身躺在自己身边。天色还亮，他们身上都带着疲惫，但神志并不昏沉，因此最舒服的姿势或许就是这样躺在床上看着彼此。

　　他与她相处越久，越觉得她的长相与他外婆还是有着些微的不同，眼角没那么尖锐，瞳色浅一些。他先前觉得她身体的许多特质像森林里蓬勃生长的植物，但她容貌上的许多特质又像幼兽，能凶起来，但终归还没长成，以至于让他自发地去守护和捍卫。

　　他又伸出手揉了揉她眼角，把方才留存的一些水雾抹净，而后展开手臂让她枕到自己肩膀上。木子君听话地凑过来，额头抵住他颈侧，指间在他胸口的衣服上划，留下一道又一道浅浅的痕迹。

　　"神奇吗？"她问，"躺在我长大的床上。"

　　"嗯。"宋维蒲点点头，下巴蹭过她头发，"好像在做梦，没想到自己以这种方式回来。"

"你对国内一点都不了解吗？"

"很少，都是听别人说的，我外婆也不大提。我有时候在想，要是我父母在的话，可能会给我讲一些吧，不过他们毕竟……"

他没说完，木子君忽然抬起头，在他唇侧亲了一下。宋维蒲顿住话头，又被她搂着领子用下颌摩擦了几下嘴唇，他这才来得及把她按住："好啦，这都多少年的事了，金女士带我也带得很好……"

木子君面露不信："你确定？"

宋维蒲思考片刻，重新下了结论："主要还是我自己会长。"

他把她摁在胸口笑，两个人的笑声都闷。她的指尖还在他胸口划，不知道在写什么字，也像是在画画。宋维蒲听到她问："你父母是什么样的人呀？"

"不太清楚，"他的确没有太多记忆，"他们和唐人街的人都不熟，意外出得也很突然。我外婆好像就提过几次，说他们是……江浙一带的人，在上海认识，结婚以后又去了墨尔本。"

"上海？"

"对。怪不得我喜欢吃沪菜。"

上海过去的啊。金女士被迫离开了自己的第二个故乡，又收养了一个从这个故乡来的孩子，命运真是充满巧合。更巧合的是，木子君思考了一会儿，就开口和宋维蒲说："我在上海上过两年学。"

这她倒是没提过。宋维蒲的身子往后撤了撤，低头和她四目相对。木子君回忆得也磕磕绊绊，不过终归还是记起来了。

"就是，我当时不是去看心理医生吗，"她陷入回忆，"我妈妈因为这事特别自责，还和我爸爸吵了一架，然后就带我去上海了，觉得我在一个新环境里能更快忘记以前的事，觉得我能痊愈得更快。"

的确是崭新的知识点，不过她忽然说这个做什么？宋维蒲没有说话，安安静静听她说，手还搭在她腰侧。木子君又往他怀里凑了凑，继续畅想道："所以就算你爸妈没出国，我们两个也很有可能会在上海遇见哎，万一我们就上了同一所学校呢。而且你也不会跳级，那我们应该就是同一级，说不定我们还是同校同班！那你碰不到那些讨厌的事，就还是个阳光小少年，我那时候倒是很自闭，所以你一定会——"

宋维蒲听她畅想听得饶有兴趣，一副"我看你要说什么"的表情。木子君也在短暂的停顿后不负他望地宣布道："——被我这个心事重重的神秘少女吸引！"

他也不负她望地笑出声音。

"我预测得对吗？"她追问他，"你父母如果没出国，你那时候遇见我，会喜欢上我吗？"

明明在飞机上也没睡好，木子君说话的时候倒是眼睛亮晶晶的，在他怀里动来动去，惹得人想法过多。宋维蒲不轻不重地拍了她后腰一下，示意她老实下来，然后把她更深地抱进怀里。

怎么会这样彻底呢？被子和枕头都是她的气息，怀里也是，简直有致瘾性。他抱着她想了想，回答道："会的。我觉得我无论在什么地方、什么时间遇到你，都会喜欢上你的。"

木子君家里人毕竟还有工作，在北京的那几天，她和宋维蒲最重要的活动就是到处吃吃喝喝，过着比在墨尔本清闲得多的生活。不过回国以后的生活半径似乎小了许多，绕来绕去也是在市中心附近，两个人很快就把注意力移回了苑成竹家里。

苑成竹出身巨富之家，而后家道败落，见过大厦倾塌，后半生物欲极低，经手生意也只是为了生活，并无开疆拓土的野心。木子君从小在他身边长大，他的住处只是一所大学附近的家属院，似乎是一位老教授朋友遇到难处后变卖房产，他救急而购，后半生就一直住在这栋家属院里。

人死如鲸落，木子君以前尚未理解这句话的意思，如今忽然懂了。家里有大量苑成竹生前周游各国买回的纪念品，而这"周游"的路线无疑是在寻找金红玫的踪迹。木子君找来一个纸箱，把这些价值不菲的纪念品一样样包好放进去，简直像是收拾出了一座小型的世界博物馆。

最后就是书，几乎无法统计数目，不少书本的出版年代甚至是在苑成竹还小的时候。她把这些书本一样样放进纸箱，同样做好了捐献给社区图书馆的准备。收拾书房的复杂程度几乎超越了客厅和卧室，木子君和宋维蒲花了整整两天，才把书房整理到只剩下最后一个锁起来的红木柜子。

"有钥匙吗？"宋维蒲单膝跪在柜子前，观察了一会儿那枚古老的锁，偏过身子问她。时间正值午后，经历了大半周的收拾，家里浮动着一层寂寞被惊扰的尘埃。木子君也跪到他身边，用手摸了摸那枚锁，而后想起什么似的转身去了家门口。

防盗门旁挂着一串钥匙。

上一辈就是这点好，所有东西的摆放都要物归原位。她从那串钥匙里辨认出一枚尺寸偏小的，递给宋维蒲，然后抱着膝盖蹲到他身边，看着他把柜子打开。

锁芯想必是有锈的，开得有些卡顿，拧了半晌才发出一声不大清脆的"咔嗒"声。柜子的两扇门被打开，里面摆放着几个古老的笔记本。

木子君面露奇怪，伸手将笔记本拿出。她在这栋屋子里度过了整个童年，却对这些东西毫无印象。笔记本是棕褐色的牛皮封面，右侧嵌了一枚金色金属用来做书签，翻开来则是一行行遒劲的硬笔字。宋维蒲第一眼只能看出字形，发现木子君的笔迹和她爷爷简直一脉相承。而当他看清那些汉字的内容时，内心也忍不住震动。

内容其实非常简单：

> 1951年7月，应邀至西班牙马德里洽谈红酒商贸，访当地酒庄，无果。
>
> 1954年5月，去英国爱丁堡见学生时代老友，无果。
>
> 1957年春，香港会友，偶遇司七，亦为红玫旧友，盼复！
>
> 1965年2月，冬极冷，伦敦友人来信，有线索，访，无果。
>
> 1973年3月，意大利那不勒斯一小镇，访，见舞团照片，无红玫。
>
> ……

写一条，一条无果，整整两本笔记，都是这样无望而执着的寻找，哪怕只有蛛丝马迹，也要亲身前往去看一眼才死心，足迹几乎遍布了整个欧洲大陆。不过到了第三个笔记本时，情况似乎有些变化——

1984 年冬，旅居西班牙，住一古堡，窗前有湖如镜。清晨起雾，见黑天鹅，雾尽而散。驱车前往小镇酒馆，弗拉门戈舞，极美。询舞团线索，无果。

1986 年 4 月，加州见故友，儿孙满堂，院中古木参天，可窥青天一线。有一小辈，聊之甚欢。谈及舞会遇一法国女孩，热情奔放，鼓励邀之！赴美欧裔诸多，红玫会来美国吗？

1988 年冬，校友聚会，重回伦敦，街道如故，唯我已老。想少年事，恍如隔世。遇老友，询问：仍在找？我答：仍在找。次日与老友前往郊野骑马，我仍能上马，可惜身痛半月有余。此次英国之行依旧无果，老友猜测应已婚嫁，可我仍想再见她一面。我想再见一面，我欠她道歉。

1992 年春，随任教友人重游沪上。学生陪伴，青春洋溢，我已老，略有羡意。车经百乐门，已修缮，感慨万千。

……

木子君一页页地向后翻，眼泪已经不知不觉流了满脸。最后一本也要翻到尽头时，几行字略显颤抖，下笔急促的文字忽然映入眼帘：

2012 年 7 月，华侨博物馆友人来信，寻到一颗玉珠下落。正是红玫瑰！正是红玫瑰！辗转问及捐赠人，祝姓，已移民美国，遗物为其祖辈澳洲所得。红玫竟在墨尔本！可惜我卧病在床，难起身。

2013 年 7 月，子君赴澳留学，盼复！

泪珠落到纸页上的时候，木子君都没有反应过来。只听到"啪嗒"一声，"复"字就洇染了泪水，钢笔的墨痕都被洇染开。她急忙用袖子擦干净脸，又抽过纸巾小心地吸附落到纸页上的泪水。

三个笔记本，就这样浓缩了人一生走过的千山万水。翻到最后一页的时候，人的一生也就走到了尽头。宋维蒲也接过去翻阅片刻，再抬起头的时候，声音变得很轻，像是在安慰木子君，也像是在给苑成竹盖棺定论。

"苑老先生比我想象的要豁达，"他说，"他这一生也走了许多地方，像我外婆一样。"

的确，他为了寻找金红玫，去了这样多的地方。起初还只是在寻找，而后则更像游历。金女士的足迹遍布澳洲大陆，苑成竹则是遍布整个世界……可惜，除了澳大利亚。

他由木子君代他去往这片他命运的应许之地，而她帮他拼凑出了这个世界的最后一块碎片。

这三个笔记本势必是不会被丢弃或捐赠的，木子君默默把自己的包拿过来，把三本笔记一本一本地放到了撒莎给她的书稿上。放到第三本的时候，她忽然发现本子的最后有一个随本的透明薄册，里面夹着不少年代久远的票据。

"是什么？"宋维蒲移到她身侧探看。

木子君望了他一眼，低头将白色按扣打开，把里面厚厚一沓票据倒了出来。带着年代感的纸张早已泛黄发脆，她很小心地捧着它们，一张一张向后翻。

前面的东西都很寻常，直到最后一片朱红色的平安符出现在手心。宋维蒲显然没有见过类似的东西，低着头问她："这是什么？"

"平安符，一般是寺庙求的。"木子君微微挤压朱红硬纸折就的纸壳两侧，让里面包裹的平安符露出来。她用食指和拇指小心地把这张年代久远的平安符从纸壳中抽出，发现正面的朱砂印料早已褪色，反倒是背面还残余着一层浅浅的墨痕。

她把平安符翻过来，看到了一行竖着的，和笔记本上一样的字迹，但又比笔记本上写得潦草得多，大约是落笔时有些赶时间。宋维蒲认这种连笔字还有些困难，轻声问道："你爷爷……写了什么？"

木子君没有马上回答他，只是长久地凝视着那行连笔字。

那是和她落笔时如此相似的字体，书写这笔字迹的老人陪伴她的成长，如今又留下她在这世上。

"他写的是——"她在书房浮动的尘埃里轻念出声，语调带着怅惘与惋惜，"——愿我红玫，所求皆得。"

愿我红玫，所求皆得。

她无法推测这枚护身符是他在上海与金红玫相伴时求得的，还是在没有金红玫的余生中求得的。唯一可以确定的是，他把这枚护身符和记录他一生游历的笔记本放在了一起，锁进了这个无人问津的柜子里。

　　方才已经流过眼泪，木子君此刻只剩下内心胀满的酸涩。反倒是宋维蒲，在终于辨认清晰那八个字后，忽然从木子君包里重新拿出笔记本，翻到了再无后文的终页上。

　　2013 年 7 月，子君赴澳留学，盼复！

　　书架上有笔筒，他从里面摸索出一支钢笔，又拧开一旁的墨水瓶，吸满了墨水。干涸的笔尖瞬间有了墨迹涌出，宋维蒲握住笔，对着空白的后半页比画了一会儿，最终还是掂量出自己的中文书写水平，把钢笔递还木子君。

　　她吸了下鼻子，问："怎么了？"

　　"写行字吧？"宋维蒲说。

　　"写什么？"木子君一边这样问着，一边很自然地接过钢笔，将笔尖悬在纸面上。宋维蒲方才一直半跪着，此刻坐到她身侧，抬起手揽住她肩膀，目光和她一同垂落。

　　"就写……"他字斟句酌，"2014 年 6 月，子君归……"

　　他语速很慢，木子君弯着身子，将笔记本平铺在地板上，按照他的话，一个字一个字地在苑成竹的笔迹后书写新的汉字。一老一少的字体如此相似，以至于乍看过去，整页字迹都像出自同一人之手，只是墨迹显出新旧之别。

　　钢笔笔尖摩擦纸页，为这漂泊一生和阴错阳差画下句点。

　　——2014 年 6 月，子君归。

　　——玫瑰竹叶，失而复得。

　　【上海】

　　多年未来，上海比记忆中更加繁华。

602

木子君早年上学的时候在市区久住过，宋维蒲虽然先前来过一次，但也只是码头短住一日，今日这趟才算真正一窥闹市区的繁华。从火车站打车去酒店的时候木子君和司机说了几句，对方特意开车绕去外滩，车速放慢，从万国建筑群旁的沿江大路上穿行而过。

车窗降下，游人如织，宋维蒲很认真地打量着路旁的银行大楼与树木。大理石的建筑仍然维持着民国时代的模样，几乎能让人想象到百年前宾客往来的繁华旧景。

"我读书的时候有上海同学告诉我，"木子君拍了拍宋维蒲的肩膀，手指在黄浦江两侧画了一道弧线，"以前这里全是码头，他家祖上就是坐轮渡从江浙过来的。那时候上海是开埠之地，冒险家的乐园。"

故事过去百年，纵然建筑楼群被保存下来，繁忙的旧日码头也早已消失无踪，那些投身角斗场的初代冒险者也都如水一般融入这座城市的肌理。宋维蒲顺着她的目光向黄浦江对岸望去，日光过分明亮，照得一切光明坦荡，反倒失去了想象中旧照片一般的质感。

"……我同学祖上是坐船到那边的码头，在租界外面，"木子君仍在回忆并发表演讲，"成片的贫民窟，现在还是棚户区。船到江中改道，有钱有势的去灯火辉煌的万国建筑群，贫苦人家就只能看着灯火远去，真的很容易激发斗志……"

"什么斗志？"

"就《上海滩》里万里滔滔江水永不休的斗志。"

宋维蒲的大脑又开始艰难处理木子君的语言体系。

这又是什么新的知识盲区？

现代人似乎很难想象那个时代了，动荡不安又生机勃勃，繁华的十里洋场和路有冻死骨交错出现。但它又的确令人着迷，因为秩序尚未建立，迷人的东西从来不讲秩序，迷人的东西只会在规则外野蛮生长，成为篝火旁被讲述的传奇。所有人都会死去，但传奇永不消亡，传奇被口口相传，被赋予不朽的生命力。传奇不屑于内在的消耗，是向外的征伐和开疆拓土。人从远古时代的洞穴中走出本就是传奇，远洋航海发现新大陆也是传奇。上海滩是无数传奇的发生地，而从这码头驶出、跨越大洋、抵达异域的人里，更多传奇埋藏海外，缄口不言，后人再度回头，只剩江水滔滔，流奔万里。

上海正儿八经的景点比北京少得多，木子君带路，宋维蒲没两天就玩穿了。路程规划一直绕过百乐门，这趟寻访之旅至关重要，被她安排在了一个夜色清凉的晚上。

静安区，愚园路，218号。

百乐门始建于1932年，耗费七十万两白银，号称东方第一乐府，一杯茶贵达伍角，等同于九斤面粉的市价，在当年是不折不扣的销金窟。舞厅一层铺设当时名气极高的弹簧地板用于宾客跳舞，楼上的玻璃水晶地板更是名噪一时。

几度顶峰，几度低谷，这座建筑如今也只是繁华街角旁的一栋落寞建筑，哪怕几次重修也回不到旧日光彩，年轻人即便来也是去楼上改建的娱乐场所，旧日舞厅里则只剩下怀旧的上海阿姨和叔伯。

吃饭的时候尚算明亮，跳舞的时间一到，灯光立刻暗淡，座位旁的叔叔阿姨们立刻拉着手前往舞厅中央，宋维蒲看向黄浦江时的新感顿时被这里的旧感覆盖，再次回到1937年的上海。

木子君托着下巴专注地看老克勒们沉浸于少时幻梦，看了一会儿才发觉身旁有道目光。她转过头，和正在看她的宋维蒲四目相对。

昏暗的灯光里，他的面容也旧旧的，不像是这个时代的人。哦，她都忘了，他是有这个本事的——他的气质就是可以随时随地，和所在的环境恰到好处地融合。

"盯着我干什么？"她问。

"想跳舞吗？"他反问回来。

"我不会哎，"她说，"而且要下舞池吗？都是叔叔阿姨，还都跳得那么好，我去好尴尬啊……"

他点了下头，目光在舞池里游荡一圈，像是见到了什么，再次伸手去拉木子君。她被他拉得站起身，从餐桌一侧的空隙里穿行而过。旋转的聚光灯有一瞬偏移过来，又迅速掠过他们，照亮墙壁角落一扇被丝绒窗帘遮掩的雕花门。

灯光再度转走时，他们的身影已经消失在那扇门后。

门外就是露天阳台，细听之下，室内爵士乐仍能入耳。木子君心跳莫名加快，被宋维蒲拉到玻璃透光处之外，一手搭上肩膀，一手牵入掌心。

"你倒是什么都会。"她忍不住说。

"我们有毕业舞会，"宋维蒲语气散漫，"必备技能。"

"是吗？"她来了兴趣，"我听说你们外国学校的毕业舞会都是邀请自己暗恋的女孩，还有的直接修成正果。你去和谁跳？"

他拉了她一把，手从肩膀落到后腰："真想知道？"

"你不敢说？"

"由嘉。"

意料之外。

"我俩都不想参加。"他态度诚恳，"她和我说自己在国内有喜欢的人了，但是不跳又会在那些金头发面前丢人，就问我能不能只跳一支，然后我俩各自跑路。"

"你答应了？"

"我正好嫌麻烦，我外婆又非让我去参加，那跳一支刚好。她自己每天和老爷爷跳交谊舞，就觉得我也应该有类似的社交……"

他说着已经开始牵着木子君移动舞步，示意她随着自己的步伐转动。他带得很好，节拍又慢，哪怕木子君是第一次学，也完全跟得上节奏。舞厅内的爵士乐顺着门缝隐约露出，灯光洒出些微穿透彩色玻璃，夜色如旧梦。阳台的地面并无弹簧地板，但鞋跟踩踏亦有"咔嗒"声，节拍与八十年前的一场舞重叠。

夜色渐深，上海却无睡意，百年来的一座不夜城。

"我小时候最喜欢看《小妇人》，"木子君闭着眼，任他带着自己在露天的狭长阳台上旋转，"里面有一个镜头，就是女主角和男主角在舞会上相遇，两个人跑去阳台上跳舞，我觉得好浪漫。"

"一般吧，比不上在船上接吻浪漫。"

木子君："你好得意哦……"

他们的身形已经掠过第一扇玻璃门，每一步都像踏上回到过往的音符。她从他怀里短暂地抽离，似乎找到了舞步的节奏，转而引领起他的节奏。他也将主导权交还给她，他自愿听从她的调遣，只是言语上决计不落下风。

"我当然得意，还有骑摩托带你去看海。"

"一口气说完算了宋老师。"

"突然出现在悉尼青旅里啊，还有在红土沙漠的每一天……啊，去泳池下面帮你捞珍珠耳环算不算？"

"浪漫大师，恋爱高手，完全看不出是初恋呢。"她被他逗笑，抽出一只手去按他眼角，他也闭起眼睛任她勾画轮廓，"坦白从宽，你是不是谈过好几场恋爱了？还在这里装纯情。"

舞步蹁跹，他们转回原位。宋维蒲的手顺着她脊背往上按住她长发，发丝冰凉柔软。他叹了口气，把她的手从自己脸侧拿开，合着自己的一起贴到心口，简直像是在对信仰的主神祷告。

"哪里敢？"他语气坦荡，"只是一见到你，立刻无师自通……是这么用？"

"太是了，"木子君甘拜下风，"你已经堪比母语水平。"

即便是晚上，也是上海的盛夏时分。他们在阳台上待了片刻，额间便渗出细细的汗。两个人立刻灰溜溜地跑回大厅，坐到餐桌后面吹冷气。身旁餐桌的一对儿老人也跳累了，相互搀扶着回到椅子上休息。老婆婆穿一身旗袍，白发绾成髻，优雅得浑然天成。木子君忍不住多看了两眼，对方也注意到她的视线，和蔼地向她发问："小姑娘啥事体？"

舞曲略显嘈杂，老婆婆开口又是沪语，木子君没有第一时间听懂，下意识看向了宋维蒲。没想到都回国了还要启动他这人形翻译器的功能，宋维蒲抬起头，立刻转换道："她问你有什么事情。"

"啊，没什么没什么。"木子君赶忙冲老婆婆摆手，用口齿清晰的普通话说，"刚才光一打，我觉得您的旗袍好漂亮，就多看了两眼。"

她夸得真心，老婆婆有些不好意思地笑，低头看向自己的旗袍，用手指在盘扣上抚了几下。倒是旁边的老爷爷，很得意地跳出来说："当然漂亮了，是我选的花纹和布料，带她去的旗袍铺子。"

怎么这些个男人总是如此得意，没夸他们都要自己赶来认领？木子君觉得好笑，意味深长地看向宋维蒲，没想到对方的眼神被吸引在那件旗袍上没移开，看了许久，再抬头的时候，望向了老爷爷。

"可以告诉我一下地址吗？"宋维蒲走过去，调出手机备忘录。

老爷爷也就愣了一秒，而后便很慷慨地分享了那家旗袍铺子的地址和名字。宋维蒲一边打字一边在手机上搜索——目的地就在外滩旁边的一条小巷子里。

　　他搜索完了便撤回木子君身边，没再多说半句话。她不知道他怎么忽然和陌生人搭话就为了这种事，等到舞会散场，两个人走上马路，才想起追问他要做什么。

　　"啊……就……"宋维蒲语焉不详。

　　木子君愣愣地看着他。

　　不夜城，一百年过去了，依然是不夜城。百乐门外灯火辉煌，人流穿梭，车水马龙。木子君没有停止追问的意思，宋维蒲看糊弄不过去，半句半句往外说。

　　"也带你去做件旗袍，喜欢吗？"他问。

　　木子君："感觉没有场合穿。"

　　"有的啊，"他反常地坚持己见，"墨尔本有很多活动都鼓励穿民族服饰，我总看印度人穿纱丽来，你也可以穿旗袍啊……"

　　"哪有年轻人穿旗袍啊。"

　　"你穿不就有了。"

　　"很奇怪，我不去。"

　　"不着急，走之前去就行。"

　　"嘶——"

　　她顿住脚步，一把拽住宋维蒲，狐疑地打量他的神色。他起初看起来还一脸冠冕堂皇，被注视的时间越久，就越有点不敢直视她的眼神。

　　"宋维蒲——"她拖长了声调，"该不会——我好像猜到了——哇——"

　　他把她的手从袖子上抓下来，别开目光不看她。而木子君已经百分之百下定结论，按捺不住揶揄的语气。

　　"我不喜欢JK，"她拿腔拿调，学他语气说话，"原来不喜欢JK，喜欢——"

　　他在她开口之前用胳膊夹住她脖子，把她按到自己怀里，然后挟持到街道的无人角落。建筑阴影外还是人来人往，木子君被他卡在黑暗里，伸手挠了挠他下巴，悠然吹了口仙气。

"害羞什么啊，小宋老师，"宋维蒲垂下眼，也分不清木子君的表情是调侃还是调戏，"那明天一起去？选你喜欢的。"

夜半灯影，看不清脸。隐约之间，只能瞧见男生微微泛红的耳郭。

说好了明天挑，谁知从百乐门回来当夜，上海下起一场夏日暴雨。总之归期还早，两个人也没有急着出门，只是窝在酒店里听浩瀚落雨，起风时也像回到墨尔本。木子君早晨醒来的时候正好有点不舒服，宋维蒲在电脑上改图的时候，她就缩在被子里睡觉。

笔记本的配置比不上台式，3D软件一过载就发出嗡鸣。他撑着侧脸，指腹一下下地轻点鼠标时，忽然收到了史蒂夫跨越大洋发过来的一条消息。

木子君还在睡梦里，他急忙把电脑改成静音，点开屏幕下方的消息提醒。一串巨大的"！！！！！"之后，是一张澳洲当地的电视台报道截图。

很难说宋维蒲看见那张白人脸的第一瞬间，生理上是不是又出现了条件反射一般的溺水感。

但那毕竟已经是少年时代的事，他没费太大力气就从那种感觉里挣脱，继而思路清晰地开始阅读报道里的字体。

越读越意外。

读第一段的时候，他还以为是这个曾经溺死同学的混账又一次违法被抓，没想到他是一档关于澳洲青少年犯罪事件的被采访者。他说他万分后悔少年时代的所作所为，人总要为自己的行为付出代价……而他的忏悔录，要从半年前他在北区被一个心理诊所的华人女孩……

用枪指着说起？

史蒂夫的消息紧跟着发了过来，提及了那次在心理诊所的意外会面。都是聪明人——心理诊所，会打枪，身边跟了只狼狗，几乎不用费劲儿就能猜出这华人女孩非木子君莫属。

史蒂夫尚在嗷嗷乱叫，宋维蒲把电脑一扣，表情是完全的意料之外——什么时候的事？她怎么没和自己说过？？

回忆迅速开始检索，那个晚上木子君被瑞恩送回家的画面也在这一刻迅速出现在宋维蒲的回忆里。是那个时候……是那一天吗？

　　他去遛狗回来，看见木子君在楼下鼓励性地触碰捷克狼犬的额头，还和开车过来的瑞恩谈笑。枪……只有公民可以买枪，看来她是……

　　他简直又恍然又无奈。

　　她借了瑞恩的枪和狗，去给他出气，还不告诉他——至于他，那天不知道她去做了什么，甚至因为她和瑞恩一起回家有些不高兴。

　　怪不得后来他说北区乱她一脸讳莫如深，宋维蒲再度陷入了"我到底从机场接回家个什么"的错乱中……

　　窗外的风雨都有了停下的苗头，宋维蒲拉开窗帘看了看，起身去给木子君倒了一杯水。她早上吃过感冒药就睡了，也不知道现在缓过来没有。房间里没有开灯，天色又因为风雨显得晦暗，而在昏暗中长久地注视屏幕让他眼睛有一点酸涩。宋维蒲坐到她身侧的床边，捏了捏太阳穴，再睁开眼的时候，发现躺在他身边的木子君也睁开眼睛了，还没醒全，带着困意望向他。

　　一时不知从何开口。他伸手刮她鼻梁，问："舒服点了吗？"

　　"好多了。"她从被子里爬起来，后背抵着床头坐直，"雨停了吗？晚点可以出去，待得我好闷。"

　　"好，你想去哪儿都行。"

　　他平常对她态度也温柔，但今天似乎特别温柔。木子君接过热水抿着喝，宋维蒲又递了两片胶囊过来让她顺水咽下，晚上应该就能彻底好过来。

　　"怎么啦？"她"咕咚"把水咽下去，迷茫地看着他，"怎么睡了一觉，醒来感觉你更喜欢我了。"

　　确实……确实更喜欢她了。

　　宋维蒲顺手帮她把杯子放去柜子上，而后转身去吻她的眼睛。这突如其来的喜欢让木子君更为茫然，细细地思考了两秒，得出一个惊人的结论：

　　"——你是不是刚才干对不起我的事了？"

　　她朝酒店房间四处张望，语气惊慌："——你把我化妆品摔坏了？"

　　"我没有！"

这个人！！！

喜欢不过三秒！

得知化妆品无恙，木子君的脑瓜子一时也想不出这小小一个房间里能发生什么更惊悚的意外。偏偏宋维蒲也没有说清楚的意思，他只是拉开被子，和她肩并肩躺到一起，还伸出手臂把她整个人拢进怀里，抱得比之前任何一次都用力。

她吃过药睡了一天，身子罩在被子里，全是温热气息。宋维蒲手指在她耳后轻触一下，和她确认："我手冷吗？"

"还行，"她说，"不冰，可以碰。"

"冰就不给碰？"

"你冰的时候也没少碰。"

"以后不会冰的时候碰你了，好吗？"

木子君再度陷入沉思，回过神来的时候，语气显得心事重重："你真的没干对不起我的事？我好担心啊，你突然开始做人了。"

宋维蒲懒得说了，左手温度正常，右手是冰的，他直接把冰的手伸进她衣服里，另一只手按着木子君不让她起来，并在百忙之中拷问道："这样就习惯了？"

木子君："不是……我不是这个意思啊！"

哀号之间，宋维蒲手的温度已经升到和她身体一样了。

看她那么有精神，估计病的确是好彻底了，两个人终于停止了互相伤害，精疲力竭地倒回了柔软的被褥。木子君躺在宋维蒲伸展开的手臂里，仍然没想通到底发生了什么，让他看起来明显更离不开自己。

毕竟从她的视角而言，她就只是单纯地，因为感冒在床上睡了一天而已……

算了，木子君最后这样想。

反正她那次去给宋维蒲的人渣同学做人体描边工作，也没和他汇报过。那他可能和自己一样，准备把一些事情，藏在心里吧……

午后，雨停，出门做旗袍。

外滩如此繁华，游客摩肩接踵，但甫一转入大理石的银行建筑背侧，噪声便迅速消失，视线中只留零星几道身影。旗袍铺子开在一家酒店侧门，门脸很小，招牌也不大显眼，显然更多是在做熟客生意。

或许就是因为太小，木子君和宋维蒲走到很近才发现，铺面大门紧闭，一块小黑板悬挂门后，字迹从玻璃里透出——

暂时闭店，晚七点回，急拨 ×××××××

"不在哎。"木子君趴在门上确认了一番，回头问宋维蒲，"要打电话吗？"

"不用，老板不是七点回来吗？"宋维蒲抬了下下巴，示意她可以在周围转转，"我们等一会儿就好，这里我还没来过。"

他对这片土地充满好奇，建筑越古老，就越能让人想起这是金相绝曾经走过的街巷与土地。雨后天色微微泛灰，巷子里又人烟稀少，就像是木子君第一次去唐人街似的，有种跨越时代的穿越感。一辆车从街道上开过，放下一车游客，全都是金发碧眼的外国人，不知是哪国来的旅行团，吵吵嚷嚷地从木子君他们面前经过，把视线全都占据。

人群再度散开的时候，一个更为隐蔽的铺面忽然出现在了木子君的视野里。大约在旗袍铺子左侧三米处，靠街的方向有一个小小的玻璃橱窗，面积并不大，但设计得十分精致。下部铺陈白色沙砾，几枚乳白色的贝壳错落交叠，贝壳里面放着古董首饰，右侧还有一个古董八音盒缓缓旋转，里面两个小人儿相拥舞蹈。

天色已经有点暗了，橱窗里落着橘色灯光，让人不由自主地心生向往。那批外国游客已经彻底消失在酒店侧门里，木子君慢慢走过去，双手按住玻璃，细细地观察起里面的首饰。

宋维蒲也跟了过来。

"你看那个……"她的语气变得恍惚起来。

宋维蒲的目光顺着她手指的方向转过去，神色也显出几分意外。靠近八音盒的一处贝壳里，是一串和金相绝手上一模一样的玉珠手链——除了没有字，从玉珠的色泽、大小，到颗数，再到穿绳的编织纹理，都让人找不出区别。

两个人双双陷入恍惚，简直不知今夕何夕。站定许久，天色都显出暗淡，狭窄的店门忽然被推开，冒出个年轻的店主。

木子君抬头看她一眼，第一反应是这人怎么长得——

长得神神秘秘的？

其实神秘不是指外形，神秘是一种感觉。她一时也无法从衣着、长相去形容这个店主的气质，只觉得她站在半明半暗的黄昏中，很难辨认五官的细节与神情。或许正是因为看不清，所以才难以形容，才会觉得神秘。

"你们好呀，"店主开口了，嗓音也很神秘，"欢迎光临百里珠宝……我姓撒，叫我撒老板就好。"

真是猝不及防的自我介绍。

"撒姓这么普遍了吗？"木子君奇道，"我们有个朋友也姓撒呢。"

"啊……"撒百里发出神秘的感叹声，"那都是我的分——哦不，那很巧。你们是在看……那串玉珠链？"

"对，好眼熟的首饰，它是本来有一对吗？"

"是的，是一对呢。"撒百里说着就走到了橱窗前面，这面橱窗的玻璃竟然可以从外面打开，"很久以前，有人路过这里的时候，买走了其中一串……"

"你们想要这一串吗？"她已经把手链从贝壳里捧出来，递到木子君面前。

上一串手链已经归于海底，蓦然又见到这一串一模一样，木子君控制不住地想接过。谁知，她刚抬起手，宋维蒲忽然把她往身侧一拽，语气不太友好。

"我觉得不是很吉利。"他说。

木子君一怔。

神秘的气氛顿时消散了，捧着手链的撒老板刚把价签从贝壳底下抠出来，此刻也只能略显尴尬地先塞回去。

"该不会你们店也有往珠子上刻字的业务吧？"宋维蒲追问，"然后手链分成两半，人也分开，我不想买了。"

"你还真是算命算出的英文名啊。"木子君无奈。

"宁可信其有。"他义正词严，拉着木子君就要走。

撒老板眼见形势不妙，立刻把那串手链举起，宣布道："不——不是的！你俩的情况是——是很吉利的！"

　　宋维蒲被迷信绊住了脚步。

　　眼看客人再度产生兴趣，撒百里老板立刻把贝壳底下的价钱扣回手里。她指了指木子君，又指了指宋维蒲，和他们确认一番名字和第一串手链的往事后，斩钉截铁地说道：

　　"你们看！你叫木子君，他叫宋维蒲，我刻字刻什么？木和蒲草，那从五行上讲，都属木，是同类！哦，你英文名是 River，那更好了，我给你刻木和水流，水木相生，是大吉之兆啊！"

　　木子君和宋维蒲：有点被这破理论说服了。

　　"你们说之前那个玫瑰和竹叶——金女士是吧，哎，这个竹属木，金克木啊，这个也是命中注定，都是命数啊，都是我掐指算出的命数……"

　　只见撒百里一边摇头叹息，一边把珠链给木子君戴上。

　　绿意莹莹的珠子回到木子君身上的一瞬间，她空荡荡的手腕就像突然有了生息，再度让人想起蓬勃生长的植物。

　　她神色也有些怔，眼睛一眨不眨地看着那串手链，轻声说："宋维蒲，我最近一直觉得心里空了一块，今天这串珠子戴回来，才好像……"

　　"完美地契合了你的气质！"撒百里终于亮出了撒手锏，从手心里把这串手链的标签亮到宋维蒲跟前，"来，兄弟，你有国内转账方式吗？刷卡也行，我这儿收外币。我刻得特快，三秒意念篆刻，你等我转个身啊，你看哎——我刻好了！"

　　宋维蒲："……"

　　一声钱款到账的"叮咚"声后，撒老板的脸上终于露出了沾染了世俗气息的微笑，彻底丧失了出场时的神秘气质。她扶着门框目送这对新人远去，心中充盈起三年不开张，开张吃三年的祥和愉悦。

　　哦……对了。

　　那个旗袍铺子的老板，应该也快回来了。

　　宋维蒲和木子君在街角餐厅吃过饭后，总算看见那间狭小的门脸里面亮起灯光。餐厅门口恰有派发礼物的人偶，看到木子君出门，从随身的田园风小篮子里抓出两把糖果，给她和宋维蒲一人塞了一把。

"哇，"木子君一边把糖果塞回口袋一边感慨，"你看你，以前一脸生人勿近，街上发传单的都不敢过来找你，现在还有人给你送礼物……"

"问我路的也比以前多了，"宋维蒲无奈叹气，"有点烦。"

"没办法，已经从乐于助人进阶到了平易近人。很正常啦，以前我们读书的时候，年级里人气最高的也不是那种冷脸酷哥，是让谁都如沐春风的……学生会主席。"

宋维蒲无语。

如沐春风就不必了。

两人说着已经走到旗袍铺子门前，店面狭窄而长，两侧挂满各种旗袍款式，也有叠在一起的布料。老板显然是刚从外面回来，神色急匆匆的，身材纤细，长发在脑后绾了一个髻，用细长的簪子别起来。她抬头看见木子君和宋维蒲，有些抱歉地笑了一下，而后招呼道："等了很久吗？不好意思，你们先进来坐。"

进去以后才发现别有洞天，两侧还有工作间和更衣室。工作间里似乎有人在听收音机，咿咿呀呀，古旧唱腔。门外天色迅速暗淡下去，街边路灯一盏盏亮起，裁缝小姐姐弯着腰给手里的活加了最后一根别针，然后将垂落的发丝别到耳后，起身看向木子君。

"我下午去医院接家里老人，"她自来熟地寒暄解释，"耽搁得有点久，刚带回店里来呢。你们是来买旗袍，还是定做？"

"有什么……区别吗？"木子君和她说话，目光却控制不住地瞄向工作间的方向。里面的人跟着收音机的戏腔在哼，声音能听出来年事已高。分明刚从医院被接回来，但还是体面地穿着旗袍和坡跟鞋——这是她唯一能看到的。

"定做有些慢，我手头的件数太多了。"小姐姐歉意摇头，"定做的话，我要帮你量一下尺寸，然后你们选布料和款式，再等个大约……三个月……或者……"

"不用了，不用了。"木子君急忙摆手，"三个月太久了，我们都不在国内了……"

"要出国吗？"

"嗯，在国外读书。"

"这样啊，"对方点了点头，转身点了一排已经做好的旗袍，"那你们可以在这里挑一下，选一件自己喜欢的，我再按照你身材的尺寸修改。加急的话，很快就能拿到了。"

这倒是个不错的方案，木子君点点头，拉着宋维蒲去成衣架子前面挑选起来。她以前对旗袍的认识很简单，每每看剧也看不出什么分别，如今亲手触碰布料，才能体会到其中细微的不同。再加上这家店老板年轻，做起设计也活泼，从衣领到盘扣都有巧思，看上去十足灵动。

老板实在忙得很，又和木子君简单介绍了几句，便拿着一块布料匆匆出了门，说很快回来，让他们随意挑选。两个年轻人被留在古旧的裁缝铺子里，门外的街道也安静，只有隔壁收音机里的昆曲调，溢满了整间屋子。

　　——俺曾见，金陵玉树莺声晓，秦淮水榭花开早，谁知道容易冰消！眼看他起朱楼，眼看他宴宾客，眼看他楼塌了。
　　——这青苔碧瓦堆，俺曾睡过风流觉，把五十年兴亡看饱。那乌衣巷，不姓王；莫愁湖，鬼夜哭；凤凰台，栖枭鸟。
　　——残山梦最真，旧境丢难掉。不信这舆图换稿，诌一套"哀江南"，放悲声，唱到老……

"——这个喜欢吗？"

宋维蒲的声音忽然响起，把她被这戏腔勾走的魂魄拉了回来。木子君看着宋维蒲眨了眨眼睛，视线下沉，发现他刚从衣架上抽出一件金玫瑰布料的旗袍款式，肩头别玫瑰花口，淡金色布料，轻薄柔软，攥进手里的时候就像攥了一团水雾。

其实她觉得都差不多……于是，她反问："你喜欢吗？"

"又不是我穿。"他语气无奈。

"你那次西装也不是我穿呀，"木子君笑起来，"让你说个喜欢这么难。到底喜不喜欢？不喜欢我就换一件。"

"喜欢。"他说。

木子君已经看透他的别扭了。

旗袍单穿看不出效果，店老板临走的时候给她留下了盘发的卡子，几件首饰挂在镜子旁，让她喜欢就配着选。木子君拿上旗袍和首饰进更衣室看效果，留宋维蒲一个人坐在外面的沙发上等待。

大约是旗袍穿起来烦琐，木子君还要盘头发，等待的时间变得很漫长。宋维蒲把胳膊撑在膝上等了片刻，手心握着木子君方才让他帮自己拿着的一串项链。

收音机的声音不知道是什么时候停的。

听到工作室里传来的声音时，宋维蒲缓缓抬头，意外地发现，一位老人摇着轮椅，出现在了门侧。她的容貌和刚才那位年轻的老板如此相像，不需要思考就能断定二人的亲缘关系，连梳发髻的手法和簪子的样式都丝毫不差地遗传下来。宋维蒲出于礼貌想起身打招呼，对方却摆摆手，只摇着轮椅过来仔细打量他的容貌。

他被看得生出一丝忐忑，客气寒暄道："您……找您孙女吗？她出门了，一会儿就回来。"

纵然对方眼睛很亮，头发雪白整齐，但人到这个年纪，脑子多少还是有些迷糊。她又看了一会儿宋维蒲，目光落到他衣服口袋里露出边角的包装袋，伸手指了指，说："想吃糖。"

宋维蒲：啊？

"水果糖，"老人重复道，"静安寺外面的，水果糖。"

哪儿来的什么静安寺……但宋维蒲还是迅速从兜里把刚才餐厅给他的那把糖掏了出来，挑出其中的水果糖递了过去。老人得偿所愿，把糖果放到自己膝上，摇着轮椅回到工作室。路过一处柜子时，她忽然停下，打开抽屉，从里面拿出了一件东西，而后拆开糖纸，含着水果糖回了工作室，还顺手带上了房门。

收音机咿咿呀呀的声音再度响起，但这一次因为房门紧闭，就小了很多。宋维蒲所坐的沙发在店铺深处，陷在数不清的旗袍和布匹之中，几乎有了一丝困意。

好在木子君在这个时候从更衣室里走了出来。

很漂亮。

有点过分漂亮了。

这件旗袍的金色乍看上去和那幅油画里金相绝穿的有一点类似，但颜色偏浅淡，木子君年纪小，穿起来是截然不同的活泼轻巧。她平日头发不是披着就是扎高马尾，第一次盘在脑后，又用同样的金色丝带缠绕。

女孩穿漂亮衣服，自己也高兴。宋维蒲脸上露出笑意，看着她高高兴兴走到自己面前，张开手绕了个圈，示意他给自己把项链戴到旗袍立起的领子外面。

反正屋子里也没人，他忽然就不大想站起身，拍了下膝盖，让她坐到腿上戴。木子君神色倒是有点担忧，往门外看了看——被重叠的衣服挡住，又往工作间看——门已经被老人关上。还打算再看时，身子一轻，竟然直接被宋维蒲拽坐过去了。

木子君无奈。

"在外面呢。"她动了下身子，谁晓得腰被他揽着往后挪，人更深地倒进怀里——啊，宋维蒲这个黑里切白夹蛋黄流心的破人格！

"你刚才不是挺害羞的吗？"她压低声音质问。

"刚才有别人。"他倒是有一套自己的逻辑，颠扑不破。

旗袍面料柔软，他顺着腰侧曲线攥了几下，靠近木子君耳侧提醒："就买这件吧，都给人家弄皱了。"

"不改尺寸了？"

"我看挺贴你身材的。"

"你懂做衣服吗……"

"我懂建筑啊，"宋维蒲在他自己的逻辑里继续战无不克，"都是曲线，房子和人，人和衣服，一样的。"

你问问其他学建筑的答应吗？

"我现在能闭着眼徒手画你腰的线——"

"闭嘴！"

小规模搏斗，衣服更皱，这回是当真非买不可了。木子君被制伏，两只手攥在腰后面，感觉到宋维蒲的腿轻颠了她一下，他提醒道："给你戴项链，别动了。"

她"哦"了一声，老实下来。

旗袍领子立起来，项链搭在肩膀上，刚好触及玫瑰花的别扣，款式和之前她过生日宋维蒲送的那款也差不了太多。结扣闭合时发出一声轻微的"咔嗒"声，宋维蒲帮她戴好，手顺着她脊背凹进去的线条滑落，最后又覆在她后腰上，掌心的温度比平日热。她闭了下眼睛，双手环上对方脖颈，任凭他把她搂过去，嘴唇在她额头轻轻贴了一下。

"好喜欢你，"他说，又笑，"还说什么异地恋，真异地了，我先疯了。"

木子君也笑起来，没过一会儿，她忽然感到宋维蒲身子显出几分僵硬。她撑着他胸口支起身子，也感觉出一丝不对劲。

再回过头的时候。

那位刚才自娱自乐听昆曲的老婆婆，正饶有兴趣地注视着他俩……

木子君在一秒钟之内从宋维蒲身上弹起来，立正站好，严肃得像要去发表正式演讲。不过看那老婆婆的神色，她并没有觉得这是一件多么值得害臊的事情，反倒转着轮椅过来，看看木子君，又看看宋维蒲，最后把目光落回木子君身上，开开心心地问："啊呀呀，我都记不清啦。上次来的，不是他吧？"

木子君和宋维蒲一怔。

等一下？

眼看着宋维蒲表情迅速变差，木子君立刻张口结舌地解释："宋、宋维蒲，我之前没来过这个地方。"

"来过的呀，"老婆婆兴高采烈，添油加醋，"我记得的嘛，来找我师父做旗袍呀。"

找她的……师父？

"金小姐，"老婆婆转了方向，滑到了她身边，"你这次有给我带静安寺外面卖的糖果吗？水果糖。"

原来如此……

原来如此啊。

跨越了遥远的大洋，他们回到上海，终于又遇到一个把她错认的故人。木子君瞬间反应过来，右手不由自主地伸进自己衣服兜里，把那把餐厅送给她的水果糖掏了出来。

"这次这么多呀！"老婆婆开心极了，将糖果一枚一枚从她手心拈起，继而放进自己的口袋里，"师父出去了，我要快些吃，不然她回来又要怪我长蛀牙了。"

老婆婆坐在轮椅上，停在木子君面前，神色是和陈元罡一般的天真。而木子君穿着金色的旗袍，腕上戴着碧绿的珠串，安安静静地站在她面前，手心里是一捧跨越时空的糖果。

最后一枚糖果也放进口袋后，老婆婆长舒一口气，抬头冲木子君笑起来。她看着老人水晶琉璃似的棕色眼珠，心中更是柔软。

"你多大了？"木子君轻声问。

"我十一岁啊，"老婆婆抬起右手，用指腹按了按自己的白发，"我告诉过金小姐的呀。我九岁来做学徒的时候，金小姐就已经来师父这里做旗袍了——对了，金小姐。"

她将手伸进没装糖的一侧衣兜，掏出了一枚红色的纸壳。木子君下意识伸出手，掌心向上，一枚已经褪色的护身符随即落入她掌心。

"你上次落在我这里的东西。"老婆婆说。

"是吗？"木子君低头看向护身符，眼神也有些茫然，"是……什么时候落的？"

"就是上半年呀……上半年，你和那个——"她侧头看了一眼宋维蒲，有些拿不准自己该不该往下说了。

"没关系，"木子君鼓励她，"你继续说。"

她这才放下心来，转回视线，从轮椅上抬头望向木子君，继续说："你和苑公子一起来的嘛！"

宋维蒲慢慢站起身，和木子君并肩站到一起，手落在她的后腰处。木子君目不转睛地看着老婆婆，听她用小孩似的语气说——

"你们去静安寺求了护身符，然后就来找我师父做旗袍。你给了我水果糖，苑公子替你挑了布料——就是你身上这个料子呢。

"然后……然后你定下款式，和苑公子离开了，可这护身符却落在店里了。师父让我收着，等你回来取旗袍的时候再给你，可是你……你就一直没有回来了……"

说到这里，她似乎也有些迷茫了。

"时间不太对呀，你好像很久很久都没有回来，你好像再也没有回来了。可是我明明记得，我不久前还见过你呀……"

　　老人就这样陷入了长久的困惑，对自己，对时间，对这梦幻泡影的一生。而木子君在她的自言自语中轻轻拾起那枚护身符，果然——和他们在苑成竹的书房里发现的那枚，是一样的。

　　木子君那天没猜错，这对护身符是他们一起求得的。苑成竹在自己的那枚上手书"愿我红玫，所求皆得"，那……金红枚自己呢？

　　她会在自己的护身符上，写什么呢？

　　木子君小心翼翼地将护身符里写着字的那一面，展开了。

　　十八岁的金红枚，年轻而意气风发的金红枚，遇到了心爱之人的金红枚。她那时或许也只是从苑成竹那里学到了一些，她的笔迹很稚拙，但她仍然认真而一笔一画地写——

　　愿我一生，天高海阔。

　　原来如此。原来金女士要的东西，从头到尾也没有变过。她留下，也不过又是一段救风尘的佳话，戏本子里写了太多。她离开，反倒成就江水滔滔，天高海阔。

　　而后人百年回首，玫瑰竹叶——

　　所求皆得。

·番外二·
有没有人吻过艾尔斯岩

"宋维蒲！我和你说过！

"……别连名带姓叫人。"

往前是沙漠，往后也是沙漠。沙漠之中只有一条长长的柏油公路，几乎要被太阳晒化了。

越野车像一把利剑，从墨尔本出发后经阿德莱德一路向北，直插入澳大利亚的腹地沙漠。路是越来越烫，周遭的景色也越开越荒凉。风餐露宿了将近一周，车辆发动机终于无法忍耐红土沙漠正午的高温，在一次熄火后重启时发出闷响，并再也点不燃了。

和故乡隔了一片大洋，木子君却在这一刻体验到了那种被称为"前不见古人，后不见来者"的古韵。

车前盖被支起，宋维蒲踩着车沿在修发动机，手上沾了机油，袖子挽着箍紧小臂。男人修车，帅是挺帅，但木子君一肚子火，已经注意不到男朋友的帅。

"我、和、你、说、了、十、遍！"木子君跳下车，头上戴了顶帽檐很宽的帽子，脸上全是因为车内空调报废而流的汗，"坐飞机坐飞机，开车容易出意外，你就是不听！耽误了人家婚礼怎么办！"

"这不是还没耽误嘛。"宋维蒲说。

木子君眼前一黑，深感多帅多好使的男人，到了手都会变得不好使起来。还好帅这个东西是客观且不那么容易改变的，要不然她真是亏大发了。

发动机"咯噔"一声，一股刺鼻的焦煳味从前盖散出来。木子君又看了一眼没有古人和来者的沙漠公路，一直悬着的心，终于死了。

他们此行是去乌鲁鲁巨石旁的原住民区参加苗珊和史蒂夫的婚礼。宋维蒲收到消息的时候已经忘了这两人是谁，直到木子君拿出那张她临走时候拍的四人合照，照片里耀眼的红发和金色脏辫，才算唤醒了这健忘者的记忆。

四个人前年相识，去年，史蒂夫和苗珊离开乌鲁鲁，今年旅行结婚，把这里当成了重要的一站。丽丽、娟娟听闻他俩要以这样的身份回到这片热土，立刻着手准备了一场原住民部落特色的婚礼，要他俩重温那年在红土沙漠旅社里的相遇。

而宋维蒲和木子君，作为他俩爱情的见证者，自然也收到了婚礼邀请。

然后，宋维蒲和木子君就被这辆罢工的越野车，抛在了参加婚礼的半路上。

也不怪车，从墨尔本开来中部要一周的时间，车子无时无刻不在面临酷热和路况的考验。宋维蒲第一次玩沙漠穿越就挑战如此艰难的路线，到这儿才出状况，已经算是表现得很好了——可惜这"很好"，根本无法熄灭木子君被正午烈日引燃的怒火。

毕竟，她已经多次表示坐飞机直达才是最稳妥的。

"别生气行吗？"宋维蒲倒是不紧不慢，"和我朝夕相处好几天，路上风景那么美，这不是挺好的回忆吗？等你八十岁回忆我带你横穿南部澳洲沙漠，不比坐飞机睡一觉到了浪漫多了。"

木子君气结。

浪漫吗？车坏在半路，手机连信号都没，全指着一会儿有车路过。她被打发回副驾驶坐着，空调是坏的，只能听见宋维蒲在后备厢里又翻找一通，给她找出隔热箱里一瓶用冰块镇着的可乐。

这招是他从一位沙漠向导那儿学来的，据说能有效缓解旅客因为天气炎热导致的焦躁。果然是经验出真知，冰凉液体往喉咙里一灌，木子君生气归生气，起码安静下来了。

宋维蒲又对着发动机钻研了一会儿，仍是没有修好的兆头。好在远处传来一声绵长的车笛声，木子君将头伸出去，看到一辆装载了建筑材料的卡车从远处驶来，速度减慢，有刹车的迹象。

见人受困，必下车帮忙，这是沙漠里约定俗成的规矩。毕竟方圆百里杳无人烟又无信号，谁也不知道下一个受困的会不会是自己。

木子君在车里老老实实地喝可乐，看见对方将卡车停到他们的越野前面，下车和宋维蒲交涉了几句。很快，司机找来一条拖车链，挂在越野车和自己车后，而宋维蒲也坐回了驾驶座。

车被卡车拖着，缓缓地移动起来。

"去哪儿？"木子君没什么安全感地询问。

"前面有个住处，"宋维蒲说，"然后他帮我把车拖去最近的修车厂。"

"那史蒂夫他俩的婚礼……"

"保证不让你错过。"

"可是……"

"我和你保证过的事有没有做到的吗？"宋维蒲侧过头说。

好有力的反问，木子君只能陷入沉默。

荒郊野岭的一家旅社，破败的小木屋上横挂一个花体字描绘的"Accomodation（住宿）"的照片，木质的大门被烈日晒得开裂。木子君站在门口担忧地看了一会儿，宋维蒲已经办好了入住，拿着钥匙出来找她了。

木屋右侧是一排可以入住的木屋，不过样子就简陋多了。让木子君惊讶的是，这排木屋后面还有一个空泳池——池壁上贴着浅蓝色的瓷砖，上面留下了因为暴晒而干涸的水渍。这样的沙漠，哪能有多余的水注满泳池呢？木子君注视着空荡荡的泳池，开始觉得这座旅社，很蹊跷了。

宋维蒲在招呼她离开，木子君最后往泳池看了一眼，刚刚转身，脑袋后面忽然传来一声刺耳的尖叫。

那声音粗哑凄厉，再有周遭望不到尽头的红土加持，简直像是风声里的哭喊。

木子君被吓得浑身一哆嗦，下意识窜到宋维蒲身后——脑袋从他肩后再冒出来的时候，她总算看清了那叫声的来源。

视线定格，两个人都很无奈：那是一只双爪紧抓着笼杆的鹦鹉。

个子不小，加上尾巴起码有人小臂那么长，身上的羽毛可以用五颜六色来形容——头是深蓝的，颈部绕了一圈黄绿色，挺起的胸部一片赤黄，靠近爪子的位置则是渐变过去的深蓝，至于其他部分，从翅膀到背再到尾巴，则是连成一片的翠绿。

沙漠里的颜色很单调：黑色的公路，赤红的沙子，和绿得发黑的灌木。这只硕大的鹦鹉骤然出现在人眼前，让枯燥的环境转瞬妖异起来。

木子君和这鹦鹉对视片刻，忽然见它双翅一展，仰头"啊"的一声大喊，挥舞着翅膀就朝自己扑来。她猛然抱头原地蹲下，听着翅膀拍打声瞬间接近。

感觉自己要被啄成筛子的下一秒，办理入住的小木屋里突然冲出来一个人，拎着一个录音机，边跑边旋转音量的按钮。

录音机里传来的是无线电的电台音乐，因为信号不好，在电流"刺啦刺啦"的声音加持下，传出一首极富当地土著风情的歌来。

因为并非英语，木子君无法辨认歌词，但她明显感觉到那只鹦鹉腾空而来的气势变缓，双足并未抓向她，而是落到了地面上。她又抱了一会儿脑袋，确认威胁消除后，终于战战兢兢地抬头，发现那只小臂长的鹦鹉的巨爪已经抓牢她眼前的那片土地，整个身体跟着音乐声摇摆起来。

什……么……啊……

店主歉意地笑了，和仍然站着的宋维蒲攀谈，她终于从对方浓重的中部口音里听懂了，这是澳大利亚著名的彩虹鹦鹉，他从昆士兰带来旅社给自己做伴。这种鹦鹉生性喜爱音乐，听到喜欢的歌曲后，便会跟着节奏摇摆身体。

对方致歉后朝她伸出了手，木子君这才有力气站直身子。

"宋、维、蒲，"目送老板用手臂带着鹦鹉离开，木子君再次按捺不住道，"我和你说了，我说坐飞——"

"等你八十岁，"宋维蒲立刻老调重弹，"回忆我带你横穿南部澳洲沙漠，路上偶遇一只巨型鹦鹉，还会跟着音乐跳舞，这不比坐飞机——"

"够了！"

沙漠里面，住宿环境也要求不了什么，房间里只有最简单的两张单人床和浴室。墙上倒是挂了几张土著人的艺术画，木子君走过去，细细打量起来。

　　她这两年研读了不少讲述原住民部落文化的书，发现他们信奉的是一套与其他文明截然不同的信仰。在他们的传说中，这个世界曾经空无一物，是一条彩虹蛇在大地上爬行，蜿蜒的身体孕育了山川河流。

　　而那个万物初创的时代，在土著语言里被称为"梦创时期"，他们的诸多艺术创作也来源于这段信仰。

　　在欧洲人抵达这片大陆前，他们在岩石和沙子上用点状物进行绘画，如今，这种点状画呈现在了画布上，为谋生艰难的土著居民带来了足够的收益。

　　这种点状画十分密集，木子君盯着看了没一会儿，就感到了些微的眩晕，她觉得这样不太礼貌，也不太尊重当地的艺术。她坚持去辨认那些圆点组成的内容，发现这幅原住民画所描绘的是一只五彩斑斓的动物，正是他们传说中的那只"彩虹蛇"。

　　整幅画的主色调是赤色和橙色，彩虹蛇的身体上还点缀了蓝色和绿色的花纹。木子君实在无法再坚持注视这样斑斓的色彩，她只能闭上眼睛，在脑海里重新描绘红土沙漠中的一切——彩虹鹦鹉，彩虹蛇……

　　太热了，也太累了，她头晕得厉害，很快倒在床上睡着了。

　　再醒来的时候，门外天色已经黑透。

　　沙漠里的黑是很彻底的，门外伸手不见五指。木子君摸索着去开灯，然而墙上"咔嗒咔嗒"几声传过来，灯泡却毫无反应，她这才意识到，灯已经坏了。

　　"宋维蒲？"她试探着对着漆黑的房间喊了一声。

　　没有回音。

　　她睡着的时候他还在收拾行李，再醒来，他就不在了。木子君想给他打个电话，偏偏一片漆黑里，连手机也找不到了。

　　"宋维蒲……"

　　木子君忽然有些茫然。

　　她踏上这片大陆的瞬间就与宋维蒲相识，他也从那一刻开始与她并肩前行，不曾缺席她后来的每一步。

她已经习惯了他永远在她一抬头就能看见的地方，也习惯了她每次叫他的名字都能立刻得到回音。

仔细想下来，这甚至是第一次，她在需要宋维蒲的时候，发现他不在身边。

她忽然意识到，自己原来已经彻底习惯了他的存在，以至于在当下这个喊出宋维蒲的名字却得不到回应的瞬间，一种手足无措的恐惧感转瞬袭击了她。

这种恐惧感在窗边传来一阵哼歌似的低语声时达到了顶峰。

木子君甚至不知道那哼歌的声音是什么时候响起来的，总之在她意识到的时候，那歌声就已经存在了。那声音那么近，紧紧贴着她的窗户，但窗内外都是一片漆黑，她什么都看不见。

她不敢再发出声音，脑海里全是这片沙漠上发生过的犯罪事件——这并不少见，这是一片没有信号的法外之地。那哼歌的声音越来越响，开始伴随有节奏的敲击声，就像有一个人在用指节敲打窗户。

以这种力道，他把窗户打开或敲碎，都不是难事。

恐惧感在黑暗里发酵着，木子君在被子里缩成一团。精神要崩溃的前一秒，门外忽然传来一声转锁的声音，而后，光明照亮了整间屋子。

她蓦然抬头，看见了站在门口的宋维蒲。

而对方的视线落在被惊吓过度的木子君身上，还没来得及关心，就听见自己女朋友"嗷"的一声飞扑过来，整个人挂到他身上，难得的小鸟依人。

他急忙抬手将她护住，询问道："怎么了？"

"有有有……"木子君话都说不利索了，"窗户外面……有人呜呜哇啊……"

有……人？

宋维蒲不明所以，因为他走回来的时候要路过木子君所说的那面窗户，他并没有看到任何人影。而那哼歌声也在灯亮起时离奇地停下了，因此他只能走过去，慢慢将窗帘拉开。

木子君躲在他身后，又不死心地从他肩膀上冒出一双眼睛。

窗帘彻底拉开的一瞬间，室内灯光照亮室外窗台，两个人都沉默了。

那只硕大的彩虹鹦鹉，正歪头站在窗户外，硬硬的喙抵在玻璃上，随着身体的摇晃发出敲击声。

木子君说："它……它……"

那鹦鹉盯着木子君，嘴里又哼哼了几声方才那诡异的曲调，然后便转过头，振翅高飞。

区区一只鹦鹉，竟然把木子君吓得魂飞魄散。

而宋维蒲忍着笑，将窗帘拉上，回过头打量起自己受惊不轻的女朋友。

"你是不是又要说，"他控制不住地调侃，"宋、维、蒲，我早就和你说——"

话音未落，宋维蒲怀里忽然一热。他低下头，看见木子君如离弦之箭一般扎进他怀里，双臂紧紧搂着他的腰，脸埋在他肩窝里，死贴着不离开一寸。

他被撞得倒退了半步，但手还抬着。等反应过来了，他才将两只手慢慢下放，落到了她的后背，轻轻地拍了两下——木子君紧嵌在他怀中，一副今晚再也不要和他分开的样子。

"好啦，对不起，"他说，"我去取车了，车修好了。这次是我不周到，没想到半路会坏。我们明天一早出发，晚上就能到乌鲁鲁了……"

"不许不在我身边，"他怀里传来的声音带了点霸道和闷，"叫你的时候……不许不在。"

这么粘人，好难得。

宋维蒲低着头，视线在她浓密的黑发上盘旋片刻，落到她的脖颈一侧。他用手指顺着那条颈侧的筋揉了揉，声音忽然带了笑意。

"那我还得感谢鹦鹉？"他说，"走，关灯说。"

说好了一早出发，然而一夜大动干戈，他们再睁开眼的时候，已经是早上十点了。

宋维蒲没占什么理，只能沉默寡言地被木子君从睡醒怪到出发，又去小木屋里还了钥匙。离开前，那鹦鹉盯着他俩看了半天，一脸看破一切的鸟类机警。木子君被它看得十分不适，拉着宋维蒲，匆匆上车了。

沙漠上的信号断断续续，又开了两个小时，手机的信号格终于恢复到了可以正常通话的水平。屏幕上迅速跳出来好几条短信提醒，全是苗珊十万火急地问他们的位置。

木子君看了一眼专心开车的宋维蒲，迅速打字回复：今晚可以到！

苗珊的短信很快回来了：吓死我了，我还以为你们路上出什么事故，这破地方又总没信号

苗珊：今晚能到就行，我们在营地等你们。明早一起开车去原住民聚集区，婚礼有一整天呢！晚上有篝火仪式！

木子君看着屏幕笑：好，期待！

这条短信发送的时间比前几条都长，屏幕上的标志转了半天，终于显示发送成功。下一秒，信号格就又掉没了。

木子君盯着信号看了一会儿，选择点灭屏幕。她抬起头，发现公路两侧的沙漠植被比上午看见的丰富了一些。

虽然还是很稀疏，但种类已经变多，叶子的颜色也从奄奄一息的黑绿变成苍绿，这代表着附近或许会有水源。

她忽然有一点明白了宋维蒲那种……很特殊的浪漫。

一辆车，两个人，横跨半个大陆的旅行。他们不需要任何人，只需要彼此的陪伴——像是一场末日片的结尾，他们是大陆最后的幸存者，沿着公路驶向生机与未来。

事到如今，他们都无法离开另一个人独行了。

车修得仓促，空调的制冷效果依然不大好。窗外风景的重复和枯燥让木子君开始犯困，车内的闷热又加剧了困意。她侧头看着宋维蒲的侧脸，看了没一会儿，就又睡着了。

沙漠里的时间维度似乎和别处不同，木子君并没有觉得自己睡了很长时间，但是再睁开眼睛的时候，车窗外面已经彻底黑了。但今夜星空极亮，银河落入瞳孔，让木子君的意识很快清醒。

她睁了一会儿眼睛，忽然反应过来，刚才被她当成星空一部分的星光并非来自夜空，而是来自地面。她迅速坐直身子，将车窗降下——

沙漠的夜风残留了一丝白昼的酷热，远处是乌鲁鲁巨石的阴影，像是从沙漠腹地隆起的巨兽。而近处的地面上，本应该覆盖着红沙的区域，却亮起了成千上万盏灯火。

　　"宋维蒲，"木子君控制不住地喊，"你看，你看外面——"

　　她回过头，却发现驾驶座上的人神色并无半分惊讶，反倒是嘴角微微扬起，有种少年人的得意。

　　木子君忽然明白了。

　　她再度转过头——那些灯串在沙土上一簇一簇地站立着，像是会发光的蒲公英，在漆黑的夜幕中变换着颜色。

　　"你……"她眼神不离开窗外，但仍控制不住地伸手去抓他的袖子。越野车慢慢地停止，最终停靠在一片无人的空地。宋维蒲从驾驶座跳下去，又到副驾驶的位置，将车门慢慢打开，礼节性地朝她伸出胳膊。

　　很难叫人不想起"他们上流社会是不是都得挽着胳膊"的那个时刻。

　　木子君觉得这场面很滑稽，他们两个现在一点都不"上流"，他们都是风尘仆仆，穿着沙漠向导们才会穿的墨绿色上衣和短裤，还戴了宽檐的帽子。

　　但宋维蒲挽扶她的态度又是如此认真，就像是真的从车上接下了什么身份高贵的公主。

　　她扶着他的胳膊下车，双脚踏上了粗粝的红沙。头顶的星光和地面上望不到尽头的灯簇照亮了一切，她问："这到底是什么啊……"

　　"中文的话应该叫……原野星光。"宋维蒲说，目光也转向身后数以万计的灯盏，"是一个灯光艺术家的作品，开车去参加婚礼的话，就会路过这里。"

　　灯簇在沙地上蜿蜒着，因为颜色斑斓，让木子君的脑海里出现了那条原住民神话中的彩虹蛇。她想看得更远一些，于是踮起脚——

　　而后，宋维蒲爬上了越野车的前盖，并回身攥住她的手腕，将她拉了上去。

　　木子君站直身子的一瞬间，远处的巨石，近处的五万盏灯，和头顶的五千万颗星星，尽收眼底。

　　"你非要开车过来，"她忍不住询问，"就是为了带我来看这个？"

"当然也不光是为了这个，"他看出她的喜欢，眼神专注地望着远处巨岩的阴影，语气懒洋洋里带了些自得，"主要还是为了，等你八十岁，回忆我带你横穿沙——"

他唇边忽然传来一丝温热。

宋维蒲转瞬停下说话，转过头，看向了踮脚亲吻他的木子君。

她亲他是情之所至，但一点也不认真，亲完了就转过头去，继续欣赏与夜空融为一体的地面星光。

宋维蒲觉得自己又被挑逗了，她总是这样不负责任地挑逗别人。他看了木子君一会儿，发现她确实没有更深的自觉，忽然伸出手扣住她后脑，将她的视线转向了自己。

他的眼睛在夜色里也带着微光，或许也是被星空映进去的。

他们站在越野车的车顶，她的手落在他的肩上。他扶住她一侧的腰线，慢慢凑近，轻轻地碰了一下她的嘴角，在发现她试图逃离的瞬间收紧手臂，将她按回自己怀中，继而低头，放纵灵魂的交缠。

他们身后的那座巨岩已经在沙漠中孤独地矗立了三亿年，人的生命在它面前只有短暂的瞬间。它或许也会奇怪，为何人类会穷尽如此短暂的一生，前赴后继地去寻找能够相伴的爱侣。

它不懂，所以它只能沉默。它沉默地矗立在黑暗中，望着年轻的爱人在沙漠中相拥，他们身后有闪烁的星空，与跳动的灯火。

·作者后记·

写完了！又是一本把自己写进绝路的小说！解脱了！

这是我第一次写完一本书不知道在后记里写什么，大概是因为累惨了……努力想了一下，从灵感来源开始说吧。

主要的灵感来源有三个。

第一个是我还在墨尔本读书的时候，有一次傍晚在家附近跑步，忽然见到了一幢别墅，门口挂着一个红灯笼。就是非常典型的，中国人过年要挂的红灯笼。

当时天色已经挺晚的了，周围的建筑和街道都是西式的，那个红灯笼那么挂在那儿，显得又突兀又融合。

我当时心里涌起了一种很莫名的情绪，后来我写了一个短篇叫《吻光》发表在杂志上，讲华人文化在海外的留存与传承，那个短篇的剧情和这本长篇基本没什么关系，但《吻光》其实是故事的雏形，也是两代人的羁绊，灵感情绪是共通的，感兴趣的话鼓励大家搜来看一下。

第二个是我有一次去找朋友玩，没有顺路的车，干脆走了半小时过去。中间偶然路过一个陵园，我从朋友家回来的时候进去看，发现了一个华人老奶奶的墓碑——和那个红灯笼一样，旁边都是英文、意文的墓碑，忽然出现一个写着横平竖直的汉字的，那种莫名的情绪再度出现了。

但是到这个时候我还不知道这种情绪是什么，我只是觉得心里有些东西在动。

第三次，就是在墨尔本唐人街。其实我以前总去唐人街吃饭，但从来没有好好观察过这个地方。然后，2020年墨尔本封城了，中间有一段魔幻过渡期，就是你可以出门，但是街上非常萧条，所有店铺都禁止堂食。我那天又走了半个小时去唐人街买饭，站在门口等的时候，忽然发现这条街道有一种现实魔幻的感觉。

因为它空荡荡的，没有人，但那些楼和招牌都很老，包括有一个华侨博物馆，门口还有石狮子，整条街道就有一种时空穿越的感觉。我那个时候忽然意识到，哦，我可以写一个文明在海外延续的故事。

其实我动笔之前会对这个作品要讲的东西有一个大概的预期，2018年写《有雁南飞》的时候，这个预期是以昆明为背景，刻画一批年轻人的群像，以及冼青鸿这个传奇的女空军。

《墨尔本风停了吗》也是群像，是描绘海外华人的群体故事，当然，还有金红玫传奇的一生。感觉很奇妙，时隔五年，我重新把写作这条路走了一遍，又走到了和当初一样的位置，这次我打算继续往前探索。

我2018年的时候在微博上和读者说：我还有很多想写的题材，说完了我就去留学了，然后就去工作了，蝇营狗苟之间再也没写出过任何东西。现在终于找到了一个开闸口，可以把它们一个一个地讲出来，真开心啊。

下个故事见！

北风三百里